천일의 스캔들

THE OTHER BOLEYN GIRL

천일의 스캔들

필리파 그레고리 지음 _ **허윤** 옮김

THE OTHER BOLEYN GIRL

이 책을 읽기 전에

헨리 8세는 튜더 왕조를 연 헨리 튜더(Henry Tudor, Earl of Richmond, 헨리 7세)의 아들로 역대 영국의 왕들 중에서 가장 유명한 왕일 것이다. 그는 아버지인 헨리 7세가 약 30년에 걸친 분투 끝에 다른 귀족들을 물리치고 쟁취한 왕위를 고스란히 물려받았다. 장자 계승법에 따라 당연히 그의 형인 아서(Arthur)가 왕위를 물려받아야 했지만 아서의 뜻하지 않은 죽음으로 인하여 왕권뿐만 아니라 이미 형과 결혼했던 형수(스페인의 공주 캐서린, Catherine of Aragon)까지도 아내로 맞는다. 처음부터 문제의 소지가 많았던 결혼이었지만, 캐서린의 막대한 결혼 지참금을 놓치고 싶지 않았던 헨리 8세는 기필코 로마교황청의 인가를 얻어 결혼에 이른 것이다.

이 책의 이야기는, 우리가 익히 알고 있는 "천일의 앤"의 주인공 앤 불린(Anne Boleyn)이 캐서린 왕비의 시녀가 되기 위해 궁으로 들어와 헨리 8세의 총애를 받으면서(1521년 봄) 시작된다.

이 책의 주인공인 "메리 불린(Mary Boleyn)"은 앤 불린과 자매이자 캐서린 왕비의 시녀로서 그녀 역시 왕의 총애를 받아 두 자녀(아들 하나, 딸 하나)를 낳지만 앤 불린의 시기와 질투, 그녀의 부계(父系)인 불린 가(家)와 모계(母系)인 하워드 가(家)의 희생 양으로 끝내 왕비의 자리에는 오르지 못한다.

간혹 다른 문헌이나 참고자료에는 메리 불린이 앤 불린의 언니로 표현되기도 하지만 이 책의 저자는 그녀를 앤 불린의 동생으로 표현했다. 독자 여러분들은 이 점을 양지하기 바란다.

헨리 8세는 앤 불린과 결혼하기 위해 캐서린과의 결혼을 무효로 하고 이를 인정하지 않는 로마 교황청으로부터 영국교회를 분리시키고 막대한 수도원의 영지를 몰수하여 왕실의 부를 축적하였다.

후일 '피의 여왕(Bloody Mary)'이라 불리는 메리 1세(Mary I, 첫 번째 왕비의 딸)가 종교적인 문제로 처형한 사람이 300여 명에 달하는 것도 이와 무관하지 않다. 그녀의 어머니인 캐서린은 구교도인 반면, 헨리 8세는 자신의 재위기에 신교도 국가로 전향시켰고, 메리1세는 다시 영국을 구교도 국가로 만들려 했기 때문이다. 그러나 영국의 가장 위대한 여왕인 엘리자베스 1세(Elizabeth I)가 바로 처형당한 앤 불린의 딸이라는 사실은 아이러니하지 않을 수 없다.

이 책(The Other Boleyn Girl)은 앤 불린이 처형당하고(1536년 5월 19일), 제인 시모어가 헨리 8세와 결혼함으로써(1536년 5월 20일) 대단원의 막을 내린다. 다만 독자 여러분의 이해를 돕기 위해 헨리 8세 이후 튜더 왕가에 대해 간단히 소개한다.

헨리 8세는 6명의 부인을 두었지만 정작 적자(嫡子)는 에드워드 6세(Edward VI)뿐이다. 에드워드 6세는 10살의 어린 나이로 왕위에 오르지만 알려진 것처럼 결핵으로 투병하다 16살에 요절하고 만다. 이후 헨리 7세의 증손녀인 제인(Lady Jane Gray)이 왕위에 오르지만 군대를 이끌고 진격한 메리1세에 의해 왕위에 오른 지 9일 만에 폐위되고 다음해 그의 시아버지, 남편과 함께 처형되고 만다. 왕위에 오른 메리 1세는 아버지인 헨리 8세와 이복동생인 에드워드 6세의 종교개혁을 부정하고 구교 부활에 주력하여 많은 신교도를 처형했으나 그녀 역시 재위 5년 만에 암으로 세상을 등진다.

메리 1세에 이어 왕위에 오른 엘리자베스 1세는 이 책에서 묘사되는 것처럼 간악하고 권력 쟁취에 대한 야심으로 시기와 질투에 눈이 먼 어머니, 앤 불린과는 달리 안정되고 확고한 치세로써 영국의 절대주의 전성기를 이루었고, 국민들에게는 온갖 영광의 상징이 되었다. 영국이 일개 섬나라에서 대해상국으로 성장할 기초가 다져졌고 국민문학의 황금시대가 도래한 것도 엘리자베스 1세에 의해서이다.

원서의 내용을 충실히 하고 그때그때의 정확한 묘사를 위해 프랑스어나 라틴어는 이탤릭체[예: *애나 만세(Vivat Anna!)*]로 구분하였고 원문에서 강조된 단어들은 볼드(예: 처신하는 **것뿐이에요.**) 처리했다.

그리고 원문에서 "sir"로 표기된 호칭은 "각하"로 일괄 표기하여 독자 여러분들의 혼동을 피하도록 하였다. 아울러 본문에서도 설명했지만 왕의 사저는 우리의 사저(私邸)와는 분류되는 것으로써 왕의 방에는 알현실-〉처소-〉사저(처소보다 더 사적인 공간)가 있고 왕비의 방에는 내전이 추가됨으로 이의 혼동이 없기를 바란다.

튜더 왕조(House of Tudor, 1485-1603)와 인물 소개

Henry VII(헨리 7세)
Henry VIII(헨리 8세)
Edward VI(에드워드 6세)—헨리 8세와 셋째 왕비인 제인 시모어 사이에 낳은 아들
Jane(제인)—헨리 7세의 증손녀
Mary I(메리 1세)—헨리 8세와 첫째 왕비 캐서린 사이에 낳은 딸
Elizabeth I(엘리자베스 1세)—헨리 8세와 둘째 왕비 앤 불린 사이에 낳은 딸

헨리 7세 [Henry VII, 1457.1.28~1509.4.21]

재위 기간(1485~1509).

보즈워스 전투에서 장미전쟁을 종식시킴과 동시에 튜더왕조의 개조로서 즉위함. 내란으로 혼란한 국내질서를 바로잡고 봉건가신단(封建家臣團)을 해산시켜 귀족세력을 약화시킴. 재정을 튼튼히 하였으며, 왕권을 신장시켜 영국의 절대왕정의 기초를 확립함.

헨리 8세 [Henry VIII, 1491.6.28~1547.1.28]

재위 기간(1509~1547).

헨리 7세의 둘째아들로 형이 요절하자 아버지의 뒤를 계승하였으며, 청년시절은 르네상스 군주로 알려짐. 형의 미망인인 왕비 캐서린과의 사이에 아들이 없었기 때문에, 1527년경부터 시녀 앤 불린과 결혼하려고 하였으나 로마 교황이 이를 인정하지 않으므로 가톨릭 교회와 결별할 것을 꾀하여, 1534년 수장령(首長令)으로 영국 국교회(國敎會)를 설립하여 종교개혁을 단행함. 이어 1536년과 1539년에 수도원을 해산하고 그 소령(所領)을 몰수함.

종교정책 이외에도 왕권강화에 힘썼으며, 웨일스 ·아일랜드 ·스코틀랜드 등의 지배와 방비를 강화하고, 당시의 복잡한 국제정세 속에서도 몇 차례나 대륙에 출병함. 여섯 왕비 중 두 왕비와 울지, T. 크롬웰, T. 모어 등의 공신(功臣)을 처형하는 등 잔학한 점도 있었으나, 그 통치는 국민의 이익을 크게 배반하지 않았으며, 부왕이 쌓은 절대왕정을 더욱 강화함.

첫 번째 왕비: 이혼
두 번째 왕비: 처형
세 번째 왕비: 산후 사망
네 번째 왕비: 이혼
다섯 번째 왕비: 처형
여섯 번째 왕비: 헨리 8세 사후 사망.

에드워드 6세 [Edward VI, 1537.10.12~1553.7.6]

재위 기간(1547~1553).
헨리 8세와 셋째 왕비 제인 시모어 사이에 낳은 아들로 10세에 즉위하여 처음에는 외삼촌인 에드워드 시모어가 섭정하였으나, 인클로저 금지책으로 에드워드 시모어가 실각한 후에는 노섬벌랜드 공(公)이 실권을 잡음. 태어나면서부터 몸이 허약하여 16세에 세상을 떠났기 때문에, 그의 개성이 정치에 반영된 일은 거의 없었음. 그러나 종교 면에서는 열렬한 신교도였으며, 중신들도 그의 뜻을 따라서 예배통일법(1549, 1552)과 일반 기도서의 제정 등 부왕의 종교개혁을 계승하여 신교정책을 추진함.

레이디 제인 그레이 [Lady Jane Gray, 1537.10~1554.2.12]

재위 기간(1553.7~1553.7, 9일간).
왕위에 올랐으나 9일 만에 폐위, 이듬해 처형당함.
'9일간의 여왕' 또는 '런던 탑의 비극' 으로 불림.
제인은 헨리 7세의 증손녀로 매우 아름답고 영리하여 헬라어, 라틴어, 히브리어, 프랑스어, 이탈리아어에 능하였다고 함.
에드워드 6세가 16살의 나이로 숨지자, 제인을 며느리로 삼았던 존 더들리(John Dudley) 백작은 왕위계승권자인 메리 1세와 엘리자베스 1세를 배제하고 제인을 왕위 계승자로 선언함. 이에 메리 1세는 군대를 이끌고 런던으로 진격하여 백작과 그의 아들 길포드(Guilford) 그리고 제인을 런던 탑에 가두었고 1554년 2월, 모두 처형함.

메리 1세 [Mary I, 1516.2.18~1558.11.17]

재위 기간(1553~1558).

헨리 8세와 첫째 왕비 캐서린의 딸.

레이디 제인 그레이를 처형하고 이복동생 에드워드 6세의 뒤를 이어 즉위함.

열렬한 구교도로서, 즉위 이듬해에 구교의 나라 에스파냐의 펠리페 2세와 결혼하여, 아버지와 동생의 종교개혁 사업을 부정하고 구교 부활에 주력하였으며 많은 신교도를 처형함. 이런 이유로 후에 '피의 메리(Bloody Mary)'라고 불림.

둘째 왕비 앤 불린의 딸인 엘리자베스보다 17년 먼저 공주로 태어났으나 어머니 캐서린이 폐위를 당하자 사생아가 됨.[형수와의 사이에서 낳은 딸(근친상간)이라는 이유.] 계모 앤 불린 역시 메리의 왕위 계승 자격을 박탈하게 하고 박대함.

재위 5년 만인 1558년 11월 17일, 암으로 세상을 등짐.

엘리자베스 1세 [Elizabeth I, 1533.9.3~1603.3.23]

재위 기간(1558~1603).

영국 절대주의의 전성기를 이룸. 국교의 확립을 꾀하고 종교적 통일을 추진하였으며 화폐제도를 통일하고 중상주의 정책을 펼침. 빈민구제법에 의하여 토지를 잃은 농민의 무산화를 방지하였고 영국의 동인도회사를 설립함.

헨리 8세와 두 번째 왕비 앤 불린의 딸. 어머니가 간통과 반역죄로 참수된 뒤 궁정의 복잡한 세력다툼의 와중에서 왕위 계승권이 박탈됨. 또한 이복 언니 메리 1세의 가톨릭 복귀 정책이 불만을 사게 되어 와이어트 반란으로까지 확대되었을 때, 그녀도 반란 가담의 혐의를 받아 런던 탑에 유폐(1554)되는 등 다난한 소녀 시절을 보냄. 석방된 뒤 인문주의자 R. 어스컴에게 그리스·라틴의 고전을 배우고, 독일·프랑스·이탈리아 등의 외국어를 공부하여 역사·음악·신학에 능통함. 메리 1세가 죽자 뒤를 이어 25세에 즉위하였으며, 에스파냐 왕 펠리페의 구혼을 받았으나 즉위하면서 이를 거절함. 그녀의 오랜 치세는 영국의 절대주의 전성기를 이루었으므로 국민으로부터 '훌륭한 여왕 베스'라고 불리며 경애의 대상이 됨.

여왕의 치세 중 영국은 한 섬나라에서 대해상국으로 성장할 기초가 다져졌고 문화면에서는 영국 르네상스라고 불리는 국민 문학의 황금시대가 도래하여 셰익스피어·스펜서·베이컨 등의 학자·문인이 속출됨. 영국 국민의 온갖 영광의 상징이 되었고, 영국의 절대주의는 절정에 다다랐으나, 처녀여왕으로서 노쇠하여 죽음.

헨리 8세의 왕비들

첫 번째 왕비
캐서린 [Catherine of Aragon, 1485.12.16~1536.1.7]

아라곤 왕(에스파냐 왕) 페르난도 2세와 카스티야 여왕 이사벨 1세의 딸.

신성로마황제 카를 5세의 백모. 영국 왕 헨리 7세의 결혼정책에 의하여 1501년 그의 맏아들 아서와 결혼했으나 결혼 5개월 만에 남편과 사별하고, 1509년 시동생인 헨리 8세와 재혼함. 몇 명의 자녀를 낳았으나 딸 메리(메리 1세)만 남고 모두 요절함. 헌신적으로 남편을 섬겼으나 아들이 없는 것이 원인이 되어, 1531년 이후 강제 별거. 1533년 헨리 8세가 교황의 반대에도 불구하고 이혼을 단행하고, 그녀의 시녀인 앤 불린과 재혼한 후에도 여러 차례 압박을 가했지만 이에 굴하지 않고 끝까지 합법적인 왕비임을 주장함.

두 번째 왕비
앤 불린 [Anne Boleyn, 1507~1536.5.19]

토머스 불린과 엘리자베스 하워드 사이의 딸이자, 엘리자베스 1세의 어머니. 어린 시절의 3년간을 프랑스에서 보낸 뒤 15세 때 귀국, 얼마 뒤 궁정으로 들어가 왕비 캐서린의 시녀가 됨. 그녀는 검게 빛나는 아름다운 눈 이외에는 별로 보잘것없는 여인이었으나, 헨리 8세는 그녀와의 결혼을 결심하고 교황에게 캐서린과의 결혼무효를 신청함. 그러나 교황이 이를 인정하지 않음으로써 왕과 교황이 대립하여 영국 종교개혁의 발단이 됨. 1533년 1월 25일, 헨리 8세는 그녀와 비밀결혼을 하였고, 부활절에 이 사실을 공포함. 9월에 공주(엘리자베스 1세)를 낳았으며, 1534년 아이를 유산하고 1536년 1월 아들을 낳았으나 사산함. 왕자를 열망한 헨리 8세에 의해 간통과 근친상간 오명을 쓰고 1536년 처형됨. '천일(千日)의 앤'의 주인공.

세 번째 왕비
제인 시모어 [Jane Seymour, 1505~1537.10.24]

존 시모어와 마저리 웬트워드 사이의 딸.
앤 불린이 처형당한 다음날인 1536년 5월 20일, 헨리 8세와 결혼함.
1537년 헨리 8세의 뒤를 이을 왕자를 출산하였으나, 얼마 후 세상을 떠남. 그녀가 낳은 아들인 에드워드 6세는 헨리 8세의 뒤를 이어 잉글랜드 국왕이 되었으나 요절함.
헨리 8세는 살아생전 제인 시모어가 묻힌 윈저 성의 성 조지 교회에 자신의 묘지를 미리 준비해둠. 그리하여 제인 시모어는 여섯 왕비 중 유일하게 헨리 8세와 함께 묻힌 아내가 됨.

네 번째 왕비
안나 클레페 [Anne of Cleves, 1515.9.22~1557.7.16]

윌리히 클레페 베르크의 공작 요한 3세와 마리아 폰 겔데른 사이
의 딸.
안나는 1540년 1월 6일 헨리 8세와 결혼하였으나, 결혼 직후 이미
헨리 8세는 결혼 생활을 끝내기로 결심함.
헨리 8세는 안나가 조금도 매력적이지 않다고 생각했고 결국 두 사
람은 1540년 7월 9일 이혼함. 대신 안나는 어느 정도의 재산을 받게
되었는데, 여기에는 앤 불린의 집이었던 헤버 성도 포함됨.
안나는 사후 웨스트민스터 사원에 묻힘.

다섯 번째 왕비
캐서린 하워드 [Catherine Howard, 1520~1542.2.13]

에드먼드 하워드와 조이스 컬페퍼 사이의 딸.
헨리 8세의 두 번째 왕비인 앤 불린의 사촌 여동생.
캐서린 하워드는 19살 때 안나 클레페를 모실 시녀로 궁정에 옴.
헨리 8세는 마침내 안나와 이혼하기 직전인 1540년 6월 28일 캐더
린 하워드와 다섯 번째 결혼식을 올림.
헨리 8세는 그의 젊은 아내에게 아낌없이 선물을 주었고, 그녀를
'가시 없는 장미' 혹은 '보석같이 아주 귀한 여성'이라고 호칭.
그러나 결혼한 지 1년도 안 되었을 무렵, 왕비의 부정에 대한 소문
이 떠돌기 시작함. 크랜머 대주교는 증거가 충분했으므로 캐서린 왕
비의 간통을 왕에게 고발함. 헨리 8세는 처음에 이 사실을 믿지 않
았으나 이윽고 이 문제에 관한 조사를 계속하도록 허락함. 이후 캐
서린이 결혼 전 난잡한 성생활을 했고, 결혼 후에도 남자들과 밀통
했다는 사실을 뒷받침하는 증거들이 충분히 수집되었으므로 결국

그녀는 그린 타워에서 처형됨.

여섯 번째 왕비
캐서린 파 [Catherine Parr, 1508?~1548.9.5]

켄달 토마스 파와 모드 그린 사이의 딸.
캐서린 파는 헨리 8세와 결혼하기 전 두 번의 결혼 경력이 있음.
헨리 8세와 캐서린 파는 1543년, 결혼식을 올렸으며 이 결혼식이 헨리 8세의 마지막 결혼임.
헨리 8세가 죽고 나자 그녀는 헨리 8세의 세 번째 부인인 제인 시모어의 남동생, 토머스 시모어와 네 번째 결혼을 함.
캐서린 파는 1548년 8월 30일, 메리라는 이름의 여자 아이를 출산함. 그러나 캐서린은 불행히도 출산 후 건강을 회복하지 못하고 9월 5일 세상을 떠남.

1521년 봄

둔한 북소리가 한 차례 들려왔다. 그러나 나에게는 내 앞에 서서 단두대 모습을 가로막고 있는 여인의 보디스 끈밖에 보이지 않았다. 이 궁에서 생활한 지 1년이 넘었고 그동안 수많은 축제에 참가한 나였지만, 오늘 같은 행사는 처음이었다.

옆으로 걸음을 조금 옮겨 목을 길게 빼니, 신부와 함께 런던 탑에서 나와 나무로 된 대(臺)가 놓여진 녹지 쪽으로 천천히 걸어가고 있는 사형수가 보였다. 나무받침의 단두대는 무대 중앙에 놓여 있고, 셔츠 차림으로 머리에 검은 두건을 쓴 사형 집행인은 임무를 수행할 만반의 준비가 되어 있었다. 실제라기보다는 가면극에 더 가까워보여서 나는 왕실 오락을 구경하듯 이 상황을 지켜보았다. 왕좌에 앉아 있는 왕은 용서의 연설문을 머릿속으로 훑어보고 있기라도 한 듯 정신이 다른 데 팔려 있는 것 같아 보였다. 그 뒤로는 결혼한 지 1년 된 나의 남편 윌리엄 캐리, 조지 오빠, 그리고 나의 아버지 토머스 불린 경이 하나같이 엄숙한 표정으로 서 있었다.

나는 실크 슬리퍼 속의 발가락을 꿈지럭거리면서 모두 한시라도 빨리 아침식사를 할 수 있도록 왕이 어서 사면하기를 바랐다. 나는 겨우 열세 살이었고 언제나 허기를 느꼈다.

멀리 단두대 위에서 버킹엄서 공작이 두꺼운 코트를 벗었다. 그는 내가 삼촌이라고 부를 만큼 가까운 친척이었고, 내 결혼식에 들러 도금한 금팔찌도 주었었다. 그런 그가 여러모로 왕의 감정을 상하게 했다고 아버지가 내게 일러주었다—그의 몸에는 왕족의 피가 흐르고 있었고, 그는 아직 완전히 안전하게 왕권을 쥐지 못한 왕으로서 안심할 수 없을 만큼 많은 무장 수행원을 거느리고 있었으며, 무엇보다도 사람들이 말하기를 그가, 현재 왕에게는 아들도 계승자도 없으며 얻을 수도 없을 테고, 아마도 왕위를 계승할 아들도 없이 죽을 것이라고 말했다는 것이었다.

그런 생각은 결코 입 밖에 내서는 안 되는 것이었다. 왕도, 신하들도, 그리고 나라 전체도 왕비가 반드시 아들을, 그것도 빠른 시일 내에 낳아야 한다는 것을 알고 있었다. 반대되는 의견을 암시한다는 것은, 지금 나의 삼촌인 저 공작이 단호한 태도로 두려움 없이 올라간 단두대의 나무 계단을 향해 첫걸음을 떼는 것과 마찬가지였다. 훌륭한 신하는 결코 왕의 입맛에 맞지 않는 진실을 입에 올리지 않는다. 궁중 생활은 늘 명랑해야 하는 것이다.

스태퍼드 삼촌은 최후의 한마디를 하기 위해 대 위에서 앞으로 나왔다. 나는 그로부터 너무 멀리 떨어져 있어서 목소리를 들을 수는 없지만, 어차피 나는 왕을 주시하며 그가 앞으로 나와 은사(恩赦)를 베풀 신호만 기다리고 있던 참이었다. 이른 아침의 햇살을 받으며 단두대에 서 있는 이 남자는 한때 왕의 테니스 파트너였고, 마상 창 시합의 라이벌이었으며, 무수한 술잔치와 도박판에서는 친구였고, 왕이 소년이었을 적부터 동지 사이였다. 왕은 지금 그를 혼내주려고 하는 것이었다. 이것은 그저 강력한 공개적 훈계에 불과하고, 왕이 뒤미처 그를 용서하면 우리는 모두 아침식사를 하러 가는 것이다.

멀리서 조그맣게 보이는 삼촌의 모습이 고해 신부 쪽으로 향했다. 그는 축도를 받기 위해 머리를 숙이고 묵주에 입을 맞췄다. 삼촌은 단두대 앞에 무릎을 꿇고 그것을 양손으로 꽉 쥐었다. 매끄럽게 밀랍을 입힌 나무 위에 뺨을 올려놓고, 강에서 불어오는 따뜻한 바람

냄새를 맡으면서, 갈매기가 머리 위에서 우는 소리를 듣는 기분은 어떨지 궁금했다. 모든 것이 실제상황이 아닌 한낱 가면극에 불과하다는 것을 삼촌이 알고 있다 할지라도, 그래도 역시 머리를 단두대 위에 놓고 등 뒤에는 사형 집행인을 두고 있는 기분은 묘할 것 같았다.

집행인이 도끼를 들어 올렸다. 나는 왕을 바라보았다. 그는 무척 늦게까지 개입하길 미루고 있었다. 나는 다시 무대 쪽을 힐금 보았다. 단두대에 머리를 내려놓은 삼촌이 양팔을 넓게 내뻗었다. 처형에 동의한다는 몸짓이었다, 도끼가 떨어져도 된다는 신호였다. 나는 또다시 왕을 바라보았다. 이제 일어서야 할 때가 됐다. 하지만 그는 아직도 느긋하게 앉아 있었다. 그의 잘생긴 얼굴에 엄한 표정이 떠올라 있었다. 아직 내 시선이 왕을 향해 있는 동안 또다시 북소리가 울리더니 갑작스러운 정적이 찾아왔다. 도끼가 쿵하고 한 번, 두 번, 세 번—집 마당에서 나무를 찍어 내는 듯한, 둔탁한 소리가 울려 퍼졌다. 믿을 수 없었다. 나는 삼촌의 머리가 짚더미 위로 튕겨 떨어지는 것을 보았다. 뭉뚝하게 잘려 묘하게 보이는 목에서 주홍빛 피가 뿜어져 나왔다. 검은 두건을 쓴 집행인이 피로 물든 커다란 도끼를 한쪽으로 치우더니, 굽슬굽슬한 머리칼을 잡아 모두가 이 이상하고 가면 같은, 잘려나간 머리를 볼 수 있도록 들어 올렸다. 이마부터 코까지 검은 눈가리개로 가려져 있었고, 마지막 순간까지도 이를 드러내며 반항적인 미소를 입가에 띠고 있었다.

자리에서 천천히 일어나는 왕을 보며, 나는 철없이 생각했다.

'맙소사, 엄청 난처하시겠다. 너무 늦게까지 내버려두셨어. 모든 게 잘못된 거라구. 제시간에 제지하기를 깜빡 잊으신 거야.'

그러나 나는 틀렸다. 너무 늦게까지 내버려둔 것도, 깜빡 잊은 것도 아니었다. 그는 궁정 사람들 앞에서 삼촌을 처형해서 국왕은 오로지 하나라는 것을, 그리고 그 하나는 헨리 자신이라는 것을 모든 이에게 분명히 알리고 싶었던 것이었다. 국왕은 오로지 하나밖에 존재할 수 없고, 그것은 헨리 자신이었다. 그리고 이 왕에게서 아들이

탄생할 것이다―반대되는 의견을 암시한다는 것은 치욕적인 죽음을 의미했다.

신하들은 세 척의 바지선으로 강을 거슬러 조용히 웨스트민스터 궁전으로 돌아갔다. 강둑 위의 사람들은 왕실의 바지선이 페넌트를 펄럭이고, 호화로운 의복 차림의 궁정 사람들이 빠르게 지나가자 모자를 벗고 무릎을 꿇었다.

나는 왕비의 것인 두 번째 바지선에 궁중 여자들과 함께 타고 있었다. 어머니는 내 가까이에 앉아 있었다. 그녀는 잘 내비치지 않는 관심을 나타내며 나를 힐금 보더니 물었다.

"무척 창백하구나, 메리. 어디 아프냐?"

"삼촌께서 처형당하게 되리라곤 생각지 못했어요. 폐하께서 용서해주실 거라고 생각했어요."

어머니가 몸을 앞으로 기울여 내 귓가에 입을 바짝 댔다. 배가 삐걱거리고 사공의 북소리가 둥둥 울렸기 때문에 아무도 우리의 대화를 엿듣지 못했을 것이다.

"어리석구나. 게다가 그런 생각을 입 밖에 내다니, 어리석어. 잘 보고 배워라, 메리. 궁에는 실수를 용납할 만한 여지가 없어."

어머니가 무뚝뚝하게 말했다.

1522년 봄

"내일 프랑스에 다녀오면서 네 언니 앤을 집으로 데리고 오마."

아버지가 웨스트민스터 궁전의 계단에 서서 말했다.

"잉글랜드로 돌아오면 메리 튜더 왕비의 궁중에 네 언니가 들어갈 거다."

"계속 프랑스에서 지낼 줄 알았는데. 프랑스의 어느 백작과 결혼하는 줄 알고 있었는데요."

아버지가 고개를 저었다.

"네 언니를 위한 다른 계획이 있다."

무슨 계획이냐고 물어봐도 소용이 없다는 것을 알고 있었다. 그저 잠자코 지켜보는 수밖에. 가장 두려운 것은 언니를 위해 나보다 더 나은 결혼이 준비되어 있고, 나는 평생토록 나를 제치고 당당하게 앞서 나아가는 언니의 가운 자락을 졸졸 쫓아다녀야 하는 것이었다.

"그런 부루퉁한 표정은 거둬라."

아버지가 날카롭게 말했다.

나는 즉시 신하다운 미소를 머금고는 고분고분하게 대답했다.

"알겠습니다, 아버지."

아버지는 만족한 듯이 고개를 끄덕였고 나는 자리를 뜨는 그를 향해 공손히 인사했다.

무릎을 편 나는 천천히 남편의 침실로 향했다. 그리고는 벽에 걸어둔 조그만 거울 앞에 서서 유리에 비친 내 모습을 가만히 바라보았다.

"괜찮을 거야. 나는 불린 가(家) 사람이야. 낮은 신분이 아니라구. 어머니는 하워드 가문에서 태어나셨고, 하워드 가(家)라면 이 나라에서 가장 위대한 가문 중 하나잖아. 나는 하워드 가 여자이자 불린 가 여자야."

나는 자신에게 속삭이며 입술을 깨물었다.

"그렇지만 그건 언니도 마찬가지잖아."

나는 신하다운 공허한 미소를 지어보았다. 거울에 비친 예쁘장한 얼굴이 답례하듯 싱긋 웃었다.

"비록 내가 불린 가 여자 중 가장 어리다고 해도, 나는 그 누구에게도 뒤지지 않아. 나는 폐하께서 무척 총애하는 윌리엄 캐리와 결혼했어. 게다가 왕비마마께 가장 사랑받고 있고 가장 어린 시녀잖아. 아무도 이걸 망쳐놓진 못해. 언니조차도 빼앗지 못할 거야."

* * *

앤 언니와 아버지의 귀국은 봄철의 폭풍으로 인해 약간 지연되었다. 소식을 들은 나는 보트가 가라앉아 언니가 익사하길 철없이 바라고 있었다. 언니가 죽는 상상을 하자 진심으로 비탄에 젖는 마음과 의기양양해지는 마음이 뒤섞이면서 혼란에 빠진 감정이 요동쳤다.

앤 언니가 없는 세상은 나에게도 존재할 수 없었다. 그러나 세상은 우리 둘을 공평하게 받아들일 만한 여지 또한 없었다.

어쨌거나 앤 언니는 그런대로 무사히 도착했다. 아버지와 언니가 왕실의 선착장 부교(船着場 浮橋)에 내려 자갈길을 따라 궁전으로 올라오는 모습이 보였다. 일층 창문에서 내려다봐도 흔들거리는 언니의 가운과 맵시 있게 재단된 망토는 확연히 눈에 띄었다. 너무나도 아름답게 언니를 휘감고 있어 순간 강렬한 질투심이 나를 휩쓸었다.

언니가 더 이상 보이지 않을 때까지 바라보다가 서둘러 왕비의 알현실에 있는 내 자리로 돌아갔다.

교직(交織) 무늬의 천으로 호화롭게 장식된 왕비의 방에 무척 편안한 자세로 앉아 있는 내 모습을 언니가 맨 처음으로 볼 수 있도록 계획했다. 언니가 들어오면 자리에서 천천히 일어나 매우 성숙하고 품위 있게 맞이하는 것이었다.

그러나 막상 문이 열리고 언니가 들어오자 돌연 북받쳐 오른 기쁨에 나는 "앤 언니!" 하고 소리치고 말았다. 나는 치맛자락으로 바람을 가르며 언니에게로 뛰어갔다. 머리를 높게 쳐들고, 거만하고 어두운 시선을 이리저리 던지면서 들어왔던 앤 언니 역시 돌연 열다섯의 점잖은 숙녀 행세를 그만두고 나를 향해 두 팔을 내뻗었다.

"키가 컸네."

언니가 숨을 몰아쉬며 말했다. 언니의 양팔이 나를 꼭 감싸 안았고, 한쪽 뺨은 내 뺨을 지그시 눌렀다.

"엄청 굽 높은 구두를 신고 있거든."

나는 친숙한 언니의 향기를 들이마셨다. 따뜻한 살결에서는 비누와 로즈워터 에센스 냄새가, 옷에서는 라벤더 향내가 났다.

"잘 지냈지?"

"그럼. 언니도 잘 지냈지?"

"*물론이지*(Bien sur)! 어때? 결혼생활은?"

"그리 나쁘진 않아. 옷, 잘 어울린다."

"남편은?"

"무척 위엄 있어. 항상 폐하를 곁에서 모시면서 폐하의 많은 총애를 받고 있지."

"했니?"

"응, 벌써 오래전에."

"아팠어?"

"엄청."

언니가 내 표정을 읽으려고 몸을 뒤로 뺐다.

"그렇게 아프진 않았어."

표현을 좀 부드럽게 했다.

"조심스럽게 하려는 편이야. 늘 나한테 포도주를 주거든. 사실은 모든 게 좀 싫어."

찡그리고 있던 표정이 녹아내리더니 언니가 킬킬 웃었다. 두 눈동자가 춤추고 있었다.

"어떻게 싫은데?"

"내가 바로 볼 수 있는 데서 요강에 오줌을 눈다니까!"

언니가 울부짖듯이 웃음을 터뜨리며 무너졌다.

"설마!"

"자, 얘들아. 메리, 언니를 왕비마마께 데리고 가서 인사시키렴."

아버지가 앤 언니 뒤에서 나타나며 말했다.

나는 곧바로 몸을 돌려 도열해 있는 시녀들을 지나, 벽난로 옆에 허리를 곧추세우고 앉아 있는 왕비에게로 언니를 데려갔다.

"엄격하셔. 여기는 프랑스 같지 않아."

언니에게 주의를 주었다.

왕비는 그녀의 푸른 눈이 자아내는 특유의 맑은 시선으로 앤 언니를 훑어보며 평가하려 했다. 순간 그녀가 나보다 언니를 더 좋아하게 될지 모른다는 강한 두려움을 느꼈다.

앤 언니는 흠 잡을 데 없이 완벽한 프랑스식 절을 한 후 이 궁전을 소유하고 있기라도 한 듯한 몸짓으로 일어섰다. 언니는 매혹적이게 악센트가 찰랑거리는 목소리로 말했다. 몸짓 하나하나가 프랑스 궁정식이었다. 앤 언니의 멋 부린 태도에 냉담한 왕비의 반응을 나는 기쁜 마음으로 알아차렸다.

나는 언니를 창가 벤치로 이끌었다.

"왕비마마는 프랑스인을 싫어하셔. 계속 그런 식으로 행동하면 마마께서 절대 곁에 두려고 하지 않으실 거야."

앤 언니가 어깨를 으쓱했다.

"프랑스 사람들이 가장 세련됐는걸. 마마가 좋아하든 말든 말이야. 달리 어떡하라고?"

"스페인식은 어떨까? 꼭 그렇게 특별한 척을 해야겠다면."

내가 제안하자 앤 언니가 콧방귀를 뀌며 웃었다.

"그런 우스꽝스런 두건을 쓰란 말이지! 왕비마마 말이야, 마치 누가 머리 위에 지붕을 씌워놓은 것 같아."

"쉬이이잇. 마마는 아름다우셔. 유럽에서 가장 훌륭한 왕비이신걸."

내가 나무라듯이 말했다.

"늙은이일 뿐이야. 유럽에서 가장 추한 옷을 입고 유럽에서 가장 멍청한 나라에서 온 늙은이. 우리한테 스페인 사람들을 상대할 시간은 없어."

앤 언니가 가차 없이 말했다.

"우리가 누구지? 잉글랜드 사람들이 아니라는 거야?"

내가 차갑게 물었다.

"*프랑스 사람들이지(Les Francais)! 당연히(Bien sur)!* 나는 이제 거의 프랑스인이나 다름없어."

언니가 짜증스럽게 대답했다.

"언니는 오빠나 나나 마찬가지로 잉글랜드에서 태어났고 잉글랜드인으로 길러졌어. 나도 언니랑 똑같이 프랑스 궁정에서 자랐고. 왜 꼭 그렇게 다른 척을 해야 하는 거야?"

"사람은 누구나 무언가를 해야 하니까."

"무슨 뜻이야?"

"모든 여자는 자신을 남들과 차별화할 무언가를 해야만 해. 시선을 사로잡고 모든 관심을 받게 할 무언가를. 그래서 나는 프랑스인이 되기로 했어."

"언니가 아닌 다른 사람인 척을 하겠다고."

나는 못마땅한 투로 말했다.

언니는 눈을 반짝거리며 나를 바라보았다. 검은 두 눈동자가 오로지 언니만이 자아낼 수 있는 특유의 눈빛으로 나를 유심히 바라보았다.

"나는 네가 다른 사람인 척하는 것보다 더도 덜도 하지 않아. 내 동생, 내 귀중한 동생, 내 젖과 꿀 같은 동생."

내 눈이 언니와 마주쳤다. 내 옅은 눈동자가 언니의 검은 눈동자를 응시했다. 그 순간 나는 내가 언니와 꼭 닮은 미소를 짓고 있다는 사실을 깨달았다. 언니는 어두운 거울 속에 반사된 나의 모습이었다.

"아, 그거. 그거 말이지."

정곡을 찔렸다는 것을 끝까지 인정하려 들지 않았다.

"맞아. 나는 어둡고 세련되고 까다로운 프랑스인이 되는 거고, 너는 상냥하고 관대하고 아름다운 잉글랜드인이 되는 거지. 얼마나 멋진 한 쌍이 되겠니. 어떤 남자가 우리를 거부할 수 있을까?"

나는 웃고 말았다. 언니는 늘 나를 웃게 만들 수 있었다. 납으로 된 창틀 너머로 내려다보니 왕의 사냥대가 마구간 뜰로 돌아오고 있었다.

"폐하께서 오시는 중이니? 정말 사람들이 말하는 것만큼 잘생기셨어?"

"멋지셔. 정말 멋지시지. 춤도 추시고 말도 타시는데ㅡ아, 말도 못 해!"

"이제 여기로 오시는 거야?"

"아마도. 마마를 보러 늘 들르시거든."

앤 언니가 시녀들과 함께 바느질을 하고 있는 왕비 쪽을 무시하는 눈빛으로 힐금 쳐다보았다.

"이유를 모르겠네."

"사랑하시니까. 얼마나 멋진 사랑을 하셨는데. 마마께선 먼저 폐하의 형님과 결혼하셨는데 그분이 젊은 나이에 일찍 돌아가시는 바람에 뭘 어떡해야 할지도, 어디로 가야 할지도 모르는 마마를 폐하께서 거둬주시고 또 아내로 맞이하고 왕비로 만들어주시고. 정말 멋진 사랑이야. 폐하는 여전히 마마를 사랑하고 계셔."

앤 언니가 완벽한 활모양의 눈썹을 치켜 올리더니 방 안을 둘러보았다. 사냥대가 돌아오는 소리를 듣고 시녀들은 모두 왕이 문간에 들어섰을 때 조그만 활인화(배경을 꾸미고 분장한 사람이 그림 속의 인물처럼 정지해 있는 상태를 구경거리로 보여주는 것.)처럼 보이게 가운 자락을 펼치고 제자리에 정렬하였다. 문을 활짝 열어젖힌 헨리 왕은 문지방에 서서 제멋대로 자란 젊은이답게 호탕하게 웃으며 즐거워했다.

"불시에 습격해서 모두를 놀래 주려고 왔습니다!"

놀란 왕비가 따뜻하게 맞이했다.

"모두들 깜짝 놀랐어요! 정말 재미있군요!"

왕의 측근 신하들도 주인을 따라 방으로 들어왔다. 첫 번째로 들어온 조지 오빠가 문지방에서 앤 언니의 모습을 발견하고는 멈칫했다. 오빠는 잘생긴 신하로서의 얼굴 뒤로 기쁜 속내를 감추면서 왕비가 내민 손 위로 머리를 깊이 숙이고 정중히 인사했다.

"마마, 아침 내내 햇빛 아래 있었지만, 이제야 정말 눈이 부십니다."

오빠의 숨결이 왕비의 손가락에 닿았다. 왕비는 숙이고 있는 오빠의 짙은 곱슬머리를 가만히 내려다보면서 살며시 미소를 입가에 머금으며 예의를 차렸다.

"누이를 맞이하여도 됩니다."

"메리가 여기 있나요?"

조지 오빠는 마치 우리 둘은 아예 보지도 못했다는 듯이 태연스레 물었다.

"다른 누이, 앤 양 말입니다."

왕비가 바로 잡았다. 그리고는 온통 반지로 장식된 손으로 우리에게 가까이 다가오라고 살짝 손짓했다. 조지 오빠는 왕좌에서 가장 가까운 자리를 지키며 우리에게 인사했다.

"누이가 많이 변했나요?"

왕비의 물음에 오빠가 빙긋 웃었다.

"마마를 본보기 삼아 더 많이 변했으면 하는 바입니다."

왕비가 살짝 웃었다.

"듣기 좋군요."

그녀가 고마워하며 그만 우리에게로 가도 좋다고 손짓했다.

"안녕, 아름다운 어린 아가씨."

오빠가 앤 언니에게 인사하더니 내게는 "안녕하십니까, 아름다운 부인." 하고 인사했다.

"안아줄 수 있었으면 좋겠다."

앤 언니의 짙은 속눈썹 아래 두 눈동자가 오빠를 가만히 바라보며 말했다.

"나갈 수 있을 때 가능한 한 빨리 나가자. 그나저나 애나마리아, 건강해 보인다."

"응, 건강해. 오빠는?"

"나야 이보다 더 건강할 순 없지."

"우리 어린 메리 남편은 어떤 사람이야?"

방으로 들어와 왕비의 손 위에 고개를 숙이고 인사하는 윌리엄의 모습을 언니가 호기심 어린 눈빛으로 쳐다보며 물었다.

"3대 서머싯 백작의 증손이고 폐하의 굉장한 총애를 받고 있어."

조지 오빠가 대답해주었다. 가문계보가 얼마나 왕권과 가까운지가 그들의 유일한 관심사였다.

"결혼 잘한 거지. 참, 앤, 아버지가 너를 결혼시키려고 집으로 데리고 오신 거 알고 있어?"

"아직 누구랑 할지는 말씀 안 하셨어."

"내 생각에 넌 오르몬드 가(家)로 가게 될 것 같아."

"공작부인이 되는 거구나!"

앤 언니가 나를 보며 의기양양하게 웃었다.

"한낱 아일랜드인일 뿐이지."

내가 재빨리 대꾸했다.

왕비의 자리에서 물러난 남편이 우리를 발견했다. 앤 언니가 강렬하고 도발적인 눈빛으로 빤히 쳐다보자 영문을 모르는 그는 눈썹을 치켜 올렸다. 왕은 왕비의 옆에 앉더니 방 안을 둘러보았다.

"제가 아끼는 메리 캐리 부인의 언니가 우리와 함께 자리했습니다. 앤 불린 양입니다."

왕비가 말했다.

"조지의 누이?"

왕이 묻자 오빠가 머리를 숙이면서 대답했다.

"그렇습니다, 폐하."

왕이 언니를 보며 웃자 언니는 고개를 빳빳이 쳐들고 입가에는 엷으나마 도전적인 미소를 머금은 채 우물 안으로 떨어지는 두레박처럼 곧게 절했다. 왕은 그다지 탐탁해하지 않았다. 그는 다루기 쉽고 방긋방긋 잘 웃는 여자를 좋아하지, 강렬하고 도전적인 시선으로 그를 옭아매려 하는 여자는 좋아하지 않았다.

"언니와 다시 함께 있게 되어 기쁜가?"

왕이 내게 물었다. 나는 공손히 절한 후 얼굴을 붉히며 일어섰다.

"물론입니다, 폐하. 앤 언니 같은 사람을 어떤 여자가 반기지 않겠습니까."

내가 감미롭게 말했다. 왕의 눈썹이 내 대답에 살짝 실룩거렸다. 그는 여자들의 가시 돋친 재치보다 남자들의 노골적인, 음탕한 유머를 좋아했다. 왕은 나로부터 조금 어리둥절해하는 언니에게로 시선을 돌리더니, 재담을 알아듣고는 큰 소리로 웃었다. 그는 손가락을 딱 소리 나게 튀기더니, 내게 손을 내밀었다.

"걱정 말아. 그 누구도 행복한 신혼 초 신부의 아름다움을 가릴 순 없지. 그러고 보니 나와 캐리는 둘 다 금발머리 여성을 더 좋아하는군."

그 말에 모두들 웃었다. 머리색이 짙은 앤 언니와 적갈색의 머리칼은 어느덧 사라지고 이제는 흰머리가 군데군데 섞인 갈색머리의 왕비가 유달리 크게 웃었다. 그들은 왕의 농담에 웃지 않고 다른 행동을 할 만큼 바보들은 아니었다. 나 역시 따라 웃었다. 아마도 언니와 왕비보다는 한결 기쁜 마음으로 웃었을 것이다.

악단이 개막 곡을 연주하기 시작했다. 헨리 왕이 나를 이끌면서 만족스레 말했다.

"당신은 무척 예쁜 여자야. 캐리가 내게 그러더군. 어린 신부가 너무 좋아서 이제는 열두 살짜리 숫처녀 이외의 여자와는 두 번 다시 잠자리에 들지 않을 거라고."

얼굴을 똑바로 들고 미소를 짓기가 힘들었다. 우리는 자리를 바꿔 돌며 춤을 췄고, 왕은 나를 내려다보며 웃었다.

"그는 운 좋은 남자지."

그가 상냥하게 말했다.

"폐하의 총애를 받고 있으니 정말 운 좋은 남자지요."

왕의 칭찬에 나는 어쩔 줄 몰라 더듬거렸다.

"당신의 총애를 받는 게 더욱 행운이라고 생각하는데!"

그가 갑자기 큰 소리로 웃으며 말했다. 그리고는 나를 가볍게 이끌어 열 맞춰 춤추고 있는 사람들 사이로 빙글빙글 춤을 추며 나아갔다. 오빠가 나를 만족스럽게 쳐다봤지만, 잉글랜드 국왕의 품에 안겨 춤을 추는 동생을 향한 앤 언니의 질투 어린 시선에 더 달콤함을 느꼈다.

앤 언니는 결혼할 날을 기다리며 잉글랜드 왕실의 일상에 적응해 갔다. 언니는 아직까지도 신랑이 될 사람을 만나보지 못했고, 지참금과 재산 상속에 대한 논쟁 또한 영원히 끝날 것 같지 않았다. 잉글랜드의 모든 것을, 아마도 잉글랜드의 빵집에 있는 모든 빵까지 그의 손길을 거친다고 해도 과언이 아닐 울지 추기경마저 나섰지만 이번 일은 신속하게 추진되지 못했다.

그동안 언니는 정말 프랑스 처녀처럼 우아한 자태로 남자들과 어울렸고 흔들리지 않는 기품으로 왕의 누이를 시중들었으며, 조지 오빠와 나와 함께 잡담이며 승마, 그리고 다른 여러 놀이도 하며 시간을 보냈다. 우리는 취미도 비슷하고 나이차도 많이 나지 않았다. 내가 열넷으로 가장 어렸고 그다음으로 열다섯인 앤 언니, 그리고 열아홉인 조지 오빠 순이었다. 우리는 가장 가까운 혈족 관계였음에도 거의 남남이나 다름없었다. 조지 오빠가 잉글랜드에서 신하가 되기 위해 공부하고 있을 동안 앤 언니와 나는 프랑스 왕실에서 어린 시절을 보냈다. 그러나 다시 이렇게 재결합한 우리는 궁정에서 세 명의 유쾌한 불린 가 사람들로 알려졌으며, 왕이 이따금 사적인 공간에서 우리 세 명의 불린 가 사람을 찾으면 누군가가 성 한끝에서 서둘러 우리를 데리러 오는 것이었다.

궁중에서 우리의 첫 번째 임무는 왕을 위한 여러 가지 오락의 격을 높이는 것이었다. 마상 창 시합, 테니스, 승마, 사냥, 매사냥, 무도가 그 대표적인 예였다. 왕은 끊임없이 왁자한 흥분 속에서 살길 원했고, 그런 그가 따분해지지 않도록 책임을 지는 것이 우리의 임무였다. 그러나 만찬 전 고요할 때나 비가 내려 사냥을 가지 못할 적에는, 간혹, 아주 간혹 가다 왕은 왕비의 방을 홀로 찾아왔다. 그럴 때면 왕비는 하고 있던 바느질이나 독서를 멈추고 짧은 한마디로 우리를 물러나게 했다.

조금 꾸물대면 왕을 향해 환히 웃어주는 왕비의 모습을 볼 수 있었다. 그것은 그녀가 다른 이에게는, 자신의 딸 메리 공주에게조차 보이지 않는 미소였다. 한 번은 왕이 있는지 모르고 왕비의 방에 들어간 적이 있었다. 그때 왕은 아직도 애인 사이처럼 왕비의 발치에 앉아 그녀의 무릎 위로 고개를 젖힌 채 휴식을 취하고 있었다. 왕비는 곱슬곱슬한 붉은 금발머리를 이마 뒤로 쓰다듬어주며 손가락으로 그의 머리칼을 휘감았다. 휘감긴 머리칼은 아직은 왕비가 왕만큼이나 밝은 머리색을 한 젊은 공주였을 때, 그가 모두의 충고를 뿌리치고 그녀와 결혼을 감행했을 적에 선물했던 반지들처럼 밝게 빛났다.

나는 왕과 왕비가 눈치 채지 못하도록 살그머니 물러났다. 그들이 단둘이서 시간을 보내는 일은 매우 드물었기에 그 마법 같은 시간을 깨고 싶지는 않았다.

나는 앤 언니를 찾아갔다. 망토로 몸을 꼭 감싼 언니는 한 손에 스노드롭을 한 묶음 쥔 채 조지 오빠와 함께 을씨년스런 정원을 거닐고 있었다.

"폐하와 마마가 함께 계셔. 단둘이서."

나는 그들과 합류하며 말했다.

언니가 눈썹을 치켜 올리며 호기심에 가득 차서 물었다.

"잠자리에?"

나는 얼굴을 붉혔다.

"당연히 아니지. 아직 오후 2시밖에 안 됐는걸."

언니가 나를 보며 웃었다.

"해지기 전에는 잠자리에 들지 못한다고 생각하다니, 넌 참 행복한 아내로구나."

조지 오빠가 다른 팔을 내게 뻗었다.

"행복한 아내지."

오빠가 나를 대신해서 대답했다.

"윌리엄이 폐하께 너보다 더 달콤한 여자는 본 적이 없다고 말하더라. 한데 메리, 두 분은 뭐하시고 계시든?"

"그냥 같이 앉아 계셨어."

앤 언니에게 그 장면을 설명해주고 싶지 않은 기분이 강렬했다.

"그런 식으로는 아들을 갖지 못하실걸."

언니가 거침없이 말했다.

"조용히 해."

오빠와 내가 동시에 말했다. 우리 세 사람은 조금 더 가까이 모여 목소리를 낮추고 대화했다.

"왕비마마도 희망을 많이 잃으셨겠다. 올해 연세가 어떻게 되시지? 서른여덟? 서른아홉?"

오빠가 물었다.

"겨우 서른일곱이신걸."

내가 화가 나서 대답했다.

"생리는 아직도 하시니?"

"오빠!"

"응, 아직도 하셔."

앤 언니가 사무적으로 대답했다.

"그렇지만 아무런 도움도 안 돼. 마마가 문제야. 베시 브라운트가 낳은 서자는 벌써 조랑말 타는 법을 배우고 있는데, 폐하를 탓할 순 없잖아."

"아직 시간은 많아."

내가 변호하듯 말했다.

"왕비가 죽고 왕이 재혼할 시간?"

언니가 뭔가 생각하듯 말했다.

"그래, 게다가 별로 건강하시지도 않잖니?"

"언니! 너무 비열하잖아."

이번만큼은 언니의 언행에 나도 모르게 진저리가 났다.

조지 오빠는 다시 한 번 주위를 힐금 둘러보며 가까이에 아무도 없는지 확인했다. 시모어 가(家) 여자 몇 명이 그들의 어머니와 함께 정원을 거닐고 있었지만 우리는 눈길도 주지 않았다. 시모어 가는 권력과 출세에 있어 우리 집안의 최대 경쟁자였기 때문에, 될 수 있으면 우리는 그들을 못 본 척했다.

"비열하지만 사실이야. 아들을 낳지 못하면 누가 다음으로 왕이 되겠어?"

오빠가 직설적으로 말했다.

"메리 공주마마가 결혼하시면 되잖아."

내가 제안했다.

"다른 나라 왕자를 데려와서 잉글랜드를 통치하게 한다고? 나라가 절대 버티지 못할 거야. 게다가 또다시 왕권 때문에 전쟁이 일어나는 건 우리 모두 바라지 않아."

오빠가 대답했다.

"메리 공주마마가 결혼하지 않고 여왕이 되시면 되잖아. 여왕이 되어 자신이 직접 통치하는 거지."

내 허황된 상상에 앤 언니가 믿을 수 없다는 듯 콧방귀를 뀌었다. 언니의 입김이 싸늘한 공기 속에서 조그만 구름이 되어 떠올랐다.

"아아, 그래. 두 다리를 벌려 말을 타고, 마상 창 시합하는 것도 배우고 말이야. 잉글랜드 같은 나라를 여자애가 통치한다고? 대신(大臣)들이 산 채로 잡아먹으려 들걸."

앤 언니가 조롱하듯 말했다.

우리 셋은 정원 한가운데에 있는 분수대 앞에 멈춰 섰다. 훌륭하게 교육받은 기품 있는 몸가짐으로 앤 언니는 분수대 가장자리에 앉아 물속을 가만히 들여다보았다. 금붕어 몇 마리가 기대를 품고 언니 쪽으로 헤엄쳐왔다. 언니는 수놓인 장갑을 벗고 기다란 손가락으로 물을 튀겼다. 금붕어들이 수면 위로 솟아올라 조그만 입을 뻐끔거리며 공기에 입질했다. 조지 오빠와 나는 수면에 비쳐 흔들리는 자신의 모습을 내려다보는 언니를 가만히 지켜보았다.

"폐하는 이 일을 염두에 두고 계셔?"

언니가 반사된 자신의 모습에게 묻듯이 물었다.

"항상. 세상에 이보다 더 중요한 일은 없으니까. 내 생각에는 마마가 아들을 끝까지 낳지 못한다면, 폐하께선 베시 브라운트의 아들을 합법적으로 인정하고 계승자로 만들 것 같아."

"서자가 왕위를 잇는다?"

"괜히 헨리 피츠로이란 세례명을 받은 게 아니니까. 그 아이는 왕의 아들로 인정되어 있어. 만약 헨리 폐하께서 이 나라를 자신에게 안전하도록 만들 수 있을 만큼 오래 산다면, 그리고 만약 폐하께서 시모어 가 사람들과 우리 하워드 가 사람들의 동의를 받아내고, 또 울지 추기경이 교회와 외세를 끌어들여 지지한다면…… 무엇이 폐하를 가로막을 수 있을까?"

"겨우 태어난 아들 하나가 서자라니."

언니가 생각에 잠겨 말했다.

"여섯 살 먹은 딸 하나에 나이가 지긋한 왕비, 그리고 한창 나이의 왕이라."

언니가 수면에 비친 자신의 창백한 얼굴에서 시선을 거두고는 우리 둘을 올려다보았다.

"무슨 일이 일어날까? 무슨 일이든 일어나야 할 텐데. 과연 어떤 일일까?"

언니가 물었다.

울지 추기경은 요크 플레이스의 자택에서 참회 화요일(사순절이 시작되는 재의 수요일 전날.)에 상연할 가면극에 참여할 수 있는지 왕비에게 편지를 보내 물어왔다. 왕비는 내게 그 편지를 읽어달라고 부탁했다. '멋진 가면극', '샤토 베르라는 이름의 요새', 그리고 '요새를 포위할 다섯 명의 기사들과 춤추게 될 다섯 명의 여인' 이라는 단어를 읽는 내 목소리는 흥분으로 주체할 수 없이 떨렸다.

"아! 마마……"

나는 미처 말을 끝맺지 못하고 입을 다물었다.

"아! 마마, 그리고 뭐라는 건가?"

"연회를 구경하러 저도 갈 수 있을까 해서요."

나는 매우 겸손하게 대답했다.

"그것 말고도 더 있지 않은가."

왕비가 눈을 반짝이며 물었다.

"저도 춤추게 될 여인들 중 하나가 될 수 있을까 해서요. 아주 멋질 것 같은데."

"좋아, 그러게. 추기경께서 몇 명의 여인을 부탁하셨지?"

"다섯입니다."

내가 조용히 대답했다. 나는 앤 언니가 등받이에 허리를 기대고 앉아 잠깐 동안 눈을 감는 것을 곁눈질로 볼 수 있었다. 언니가 무얼 하는 건지 정확히 알고 있었다. '나를 뽑아! 나를 뽑아! 나를 뽑아!' 하고 언니가 소리 내어 외치기라도 하듯 언니의 목소리를 내 머릿속에서 들을 수 있었다.

과연 효과가 있었다.

"앤 불린 양, 프랑스의 메리 공주, 데번 백작 부인, 제인 파커, 그리고 자네, 메리."

왕비가 신중하게 발표했다.

언니와 나는 짧은 시선을 주고받았다. 왕의 이모와, 동생인 메리 공주, 두 아버지 사이에서 지참금 문제만 해결된다면 우리의 올케가 될 듯한 상속녀 제인 파커와, 언니와 나 둘이라. 어쩐지 묘하게 묶인 오인조가 될 것 같았다.

"녹색 옷을 입게 될까요?"

언니가 물었다.

왕비가 언니를 보고 미소 지으며 대답했다.

"음, 그럴 거라고 생각하는데. 메리, 추기경께 기꺼이 참석하겠다고 편지 드리지 않겠나? 모두 의상과 안무를 준비할 수 있도록 연회 총책임자를 보내줄 수 있는지도 여쭙고."

"제가 하겠습니다."

언니가 자리에서 일어나 펜과 잉크와 종이가 준비돼 있는 탁자로 향했다.

"메리가 워낙 글씨를 못 써서 초대를 사절하는 줄로 아실 것 같습니다."

왕비가 웃었다.

"아, 우리 프랑스 학자 선생. 그럼 불린 양, 자네가 아름다운 프랑스어로 추기경께 편지를 드리게. 아니면, 라틴어로 드리겠나?"

언니의 시선은 흔들리지 않았다.

"마마께서 원하시는 대로 하겠습니다. 양쪽 다 상당히 유창하게 할 수 있습니다."

언니가 침착하게 대답했다.

"샤토 베르에서 모두들 맡은 역할을 열심히 하고 싶다고 말씀드리게. 스페인어는 쓸 줄 모른다니, 참으로 아쉽군."

왕비가 부드럽게 말했다.

안무를 가르쳐주기 위한 연회 총책임자의 도착은 가면극에서 누가 어떤 역할을 맡을지에 대한 사나운 쟁탈전을 알리는 신호였다. 모두들 상냥한 미소와 감미로운 언어를 구사하고 있었지만 맹렬한 싸움이었다. 결국에는 왕비가 직접 나서서 더 이상의 논쟁은 용납하지 않겠다는 듯이 각각에게 배역을 나눠주었다.

왕비는 내게 친절의 여인 역할을 주었고, 왕비의 시누이인 메리 공주에겐 근사한 미의 여인을, 제인 파커에겐 지조의 여인을—"뭐, 지조 있게 매달리긴 하지." 하고 언니가 내게 속삭였다—그리고 앤 언니에겐 인내의 여인 역할을 주었다. "마마가 언니를 어떻게 생각하고 계신지 드러나네." 하고 나도 속삭였다. 언니는 여유 있게 킬킬 웃었다.

왕과 그가 선택한 친구들에게 구출되기 전, 우리는 인디언 여자들—실제로는 왕실 부속 예배당의 성가대원들이었지만—에게 습격받았다. 우리는 왕이 변장을 한 채 등장할 것이라고 미리 귀띔을 받았고, 금발머리에 묶은 금빛 가면과 누구보다도 큰 키가 너무 뻔해도 태연스레 모르는 척하라는 주의를 받았다.

결국 가면극은 내가 기대했던 것보다 훨씬 더 재미있는, 정말 떠들

석한 놀이가 되었다. 무도회라기보다는 전투극에 가까웠다. 조지 오빠는 장미꽃잎을 내게 뿌려주었고, 나는 장미향수를 아낌없이 부어 오빠를 흠뻑 적셔주었다. 아직 어린 소년에 불과한 성가대원들은 극도로 흥분하여 기사들을 마구 공격했다. 기사들은 그들을 번쩍 안아 들어 빙글빙글 돌린 후 어질어질해하면서도 킬킬대는 소년들을 바닥에 털썩 내려놓았다. 성에서 나온 다섯 명의 여인이 수수께끼의 기사들과 함께 춤을 추는 장면에서 가장 키가 큰 기사가 내게 다가왔다. 왕이 나를 찾아온 것이었다. 조지 오빠와 정신없이 싸우느라 아직도 숨이 차 헐떡이던 나는, 나도 모르게 경쾌하게 웃으면서 그에게 손을 맡겼다. 머리쓰개와 머리카락에는 장미꽃잎이 여전하고, 가운의 접혀진 부분에서는 설탕을 입힌 과일이 떼굴떼굴 굴러 나왔다. 나는 마치 왕이 평범한 남자인 듯, 그리고 나 또한 시골 운동회의 식모쯤 되는 듯 스스럼없이 그와 춤을 췄다.

가면을 벗어야 할 때를 알리는 신호가 올 즈음 "계속 합시다! 조금만 더 춤춥시다!" 하고 왕이 크게 외쳤다. 자리를 움직여 파트너를 바꾸는 대신, 왕은 또다시 나를 이끌었다. 우리는 나란히 서서 컨트리댄스(영국의 스코틀랜드 지방에 전하여 내려오는 민속춤의 하나. 농촌에서 유행한 쾌활한 2박자의 춤)를 췄다. 금빛 가면의 기다란 눈구멍 사이로 두 눈을 반짝반짝 빛내며 나를 바라보는 그를 볼 수 있었다. 아무것도 개의치 않고 웃으면서 나 또한 그를 올려다보며 미소 지었고, 나를 받아들이는 그의 태양처럼 찬란한 눈빛이 피부에 스며들게 했다.

"오늘 밤 당신의 드레스가 벗겨지면 당신의 달콤한 사랑에 흠뻑 젖게 될 남편이 부러운걸."

다른 한 쌍이 원의 중심에서 춤을 추는 것을 바라보며 율동에 따라 나란히 섰을 때, 왕이 나지막하게 말했다.

재치 있는 대답을 생각해내지 못했다. 방금 그가 한 말은 궁정 연애의 형식적인 찬사를 벗어나 있었다. 달콤한 사랑으로 흠뻑 젖는 남편의 모습이란 지극히 사적인 일이었고, 또 너무 선정적이었다.

"아무것도 부러워하실 필요는 없잖아요. 모든 건 당신의 것이니까요."

"왜 그렇지?"

그가 물었다.

"당신이 왕이니까요."

순간 나는 움찔했다. 왕은 누구도 알 수 없는 변장을 하고 있다는 사실을 깜박 잊고 있었다.

"샤토 베르의 왕이니까요."

나는 얼른 수습했다.

"오늘 하루 동안은 왕이잖아요. 헨리 폐하께서야말로 당신을 부러워하실 거예요. 오후 한나절 만에 포위 공격을 뚫고 멋지게 이기셨잖아요."

"당신은 헨리 왕에 대해 어떻게 생각하지?"

나는 순진한 표정으로 그를 올려다보았다.

"잉글랜드 역사상 가장 위대하신 왕이라고 생각해요. 그런 왕이 계시는 왕실에 있게 된 것을 영광으로 생각하고, 또 그런 분을 곁에서 모시게 되어 특전을 입고 있다고 생각하죠."

"그분을 남자로서 사랑할 수 있나?"

나는 고개를 숙이면서 얼굴을 붉혔다.

"그런 생각은 감히 할 수조차 없습니다. 폐하는 제 쪽을 쳐다보지도 않으시는걸요."

"아니, 쳐다봤을걸. 믿어도 좋아. 만일 그분이 당신 쪽을 몇 번이고 쳐다봤다면, 친절의 아가씨, 당신은 당신의 이름에 걸맞게, 그분께 친절하게 대할 수 있나?"

"폐……."

입술을 깨물어 "폐하."라고 말하려는 자신을 억제했다. 나는 주위를 둘러보며 앤 언니를 찾았다. 그 무엇보다도 지금은 앤 언니가 곁에 있기를 바랐다. 언니의 재치를 절실히 필요로 했다.

"당신의 이름은 '친절의 여인' 이잖아."

왕이 상기시켜 주었다.

나는 나의 금빛 가면을 통해 왕을 올려다보며 미소 지었다.

"그렇죠. 그러니 친절하게 대해야겠죠."

연주를 마친 악단은 왕의 명령을 받들 준비를 하고 기다리고 있었다. 왕이 "가면을 벗어라!" 하고 외친 뒤 자신의 가면을 얼굴에서 벗겨냈다. 눈앞에 잉글랜드 국왕이 서 있는 것을 보고 나는 그럴듯하게 숨을 조금 삼키고선 몸을 비틀거렸다.

"쓰러진다!"

조지 오빠가 소리쳤다. 훌륭했다.

나는 왕의 품안으로 쓰러졌고, 앤 언니는 뱀처럼 빠른 동작으로 핀을 뽑아 가면을 벗겨주고, 기가 막힌 순발력으로 머리쓰개를 벗겨내 내 금발머리가 시내처럼 왕의 팔 위로 흘러내리게 했다.

눈을 떠보니 왕의 얼굴이 무척 가까이에 있었다. 머리에 뿌린 향수 냄새가 풍겨왔다. 왕의 입김이 내 뺨에 닿았고, 나는 그의 입술을 바라보았다. 그는 내게 입을 맞출 수 있을 만큼 가까이에 있었다.

"당신은 내게 친절해야 해."

그가 다시 일깨워주었다.

"당신이 왕이라니……."

나는 쉽사리 믿지 못하겠다는 듯이 말했다.

"그래, 그리고 당신은 내게 친절하겠다고 약속했어."

"폐하이신 줄 몰랐습니다."

왕이 나를 조심스럽게 안아 올려 창가 쪽으로 데리고 갔다. 그가 손수 창문을 열자 차가운 공기가 안으로 불어들었다. 나는 고개를 살짝 젖혀 머리칼이 바람을 타고 물결치게 했다.

"놀라서 쓰러졌나?"

그가 매우 낮은 목소리로 물었다.

나는 두 손을 내려다보며 수줍은 처녀가 고백하는 것만큼 달콤하게 속삭였다.

"기뻐서 그랬습니다."

왕이 고개를 숙여 내 손에 입을 맞췄다. 그리고는 일어서서 "이제 식사를 합시다!" 하고 소리쳤다.

나는 앤 언니 쪽을 바라보았다. 언니는 가면 끈을 풀면서 계산적인 시선으로 나를 빤히 보고 있었다. 불린 가 사람 특유의, 하워드 가 사람 특유의 눈빛으로, 지금 무슨 일이 일어났으며, 이 일을 어떻게 자신의 이득으로 만들지 묻고 있었다. 저 금빛 가면 뒤에 피부로 만들어진 또 다른 아름다운 가면이 있고, 그것을 벗겨내야만 진실한 여인의 참모습이 나타날 것 같았다. 내가 언니를 바라보자 언니는 남몰래 살짝 웃어주었다.

왕이 왕비에게 팔을 내어주자, 그녀는 마치 자신의 남편이 나와 시시덕거리는 것을 즐기고 있었다는 듯 행복한 표정으로 자리에서 일어섰다. 그러나 왕이 그녀를 인도하려고 몸을 돌렸을 때, 왕비는 푸른 눈동자로 나를 냉엄하게 바라보았다. 마치 친구에게 절교를 고하는 듯한 표정이었다.

"어서 몸을 회복했으면 하네, 캐리 부인. 방으로 가서 쉬는 게 어떨지?"

왕비가 부드럽게 물었다.

"제 생각에는 영양 부족 때문에 어질어질했던 것 같습니다."

조지 오빠가 재빨리 끼어들었다.

"누이를 식사하도록 데려가도 괜찮겠습니까?"

앤 언니도 앞으로 나아왔다.

"폐하께서 가면을 벗으셨을 때 동생을 깜짝 놀라게 하셨습니다. 아무도 폐하이실 거라고는 단 한 순간도 상상 못 했답니다!"

왕은 기뻐하며 호탕하게 웃었고, 모두들 그를 따라 웃었다. 왕비의 바람과는 달리 우리 세 명이 어떻게 그녀의 명령을 뒤집어 내가 함께 식사할 수 있게 되었는지는 왕비 자신만이 알고 있었다. 그녀는 우리 셋이 얼마만한 세력을 가지고 있는지 짐작해보았다. 나는 별 볼일 없는 베시 브라운트와는 달랐다. 나는 불린 가 사람이었고, 우리 불린 가 사람들은 함께 뭉쳐 일했다.

"그럼 함께 식사를 들지, 캐리 부인."

왕비가 말했다. 친절해 보이는 말이기는 했지만, 따뜻함은 전혀 없었다.

샤토 베르의 기사들과 숙녀들 모두 격식 없이 섞여 둥근 테이블의 원하는 자리에 앉았다. 울지 추기경은 초대한 주인으로서 왕의 맞은 편에 앉았고, 왕비는 서열 세 번째의 자리에 앉아 있었다. 나머지 우리들 모두는 앉고 싶은 자리에 흩어져 앉았다. 조지 오빠는 나를 옆자리에 앉혔다. 왕은 나의 맞은편에 앉아 나를 빤히 쳐다보았다. 그런 그의 시선을 내가 조심스레 피하는 동안, 앤 언니는 나의 남편을 옆으로 불러 남편의 주의를 다른 데로 돌렸다. 언니의 오른쪽에는 노섬벌랜드의 헨리 퍼시가 앉아 있었고, 조지 오빠의 다른 편에는 제인 파커가 어떻게 하면 매혹적인 여자가 될 수 있는지 찾아내려는 듯 나를 유심히 쳐다보며 앉아 있었다.

식탁에는 파이와 고기파이, 먹음직스럽게 잘 손질된 고기와 야생 고기가 있었지만, 나는 조금밖에 먹지 않았다. 나는 왕비가 가장 좋아하는 요리인 샐러드를 조금 먹으면서 물과 포도주를 마셨다. 식사 중간에 아버지가 합석하여 어머니 옆자리에 앉았다. 어머니는 그의 귀에 무언가를 재빠르게 속삭였고, 아버지는 마치 말 상인이 망아지의 가격을 매기는 듯한 눈빛으로 나를 흘깃 쳐다보았다. 내가 고개를 들 때마다 왕의 시선이 내게 닿았고, 시선을 피할 때마다 나는 여전히 내 얼굴에 남아 있는 그의 시선을 느낄 수 있었다.

식사가 끝나자 추기경이 홀(hall)로 가서 음악을 듣자고 제안했다. 앤 언니가 옆에서 나를 이끌고 계단을 내려갔다. 그리하여 왕이 도착했을 때 우리 둘은 벽을 등지고 벤치에 나란히 앉아 있었다. 왕은 잠깐 멈춰 서서 내게 이제 몸은 좀 어떠한지 가볍고 자연스럽게 물어올 수 있었다. 그가 언니와 나를 스쳐 지나갈 때 우리는 당연하게 일어섰으며, 그 또한 자연스레 빈자리에 앉아 내게 옆에 앉으라고 권했다. 앤 언니는 다른 쪽으로 가서 왕과 나를 궁중 사람들로부터, 특히 미소 지으면서 바라보는 캐서린 왕비의 시선으로부터 방패막이를 하며 헨리 퍼시에게 재잘거렸다. 연주가 진행되는 동안 아버지는 왕비에게 이야기하러 다가갔다. 모든 것은 쉽고 편안하게 진행되었다. 그리고 그것은 왕과 내가 복작복작 들끓는 사람들 사이에서 거의 숨겨진 것이나 마찬가지임을 의미했다. 음악소리는 우리의 속삭이는 대화를 묻어버릴 만큼 시끄러웠고, 모든 불린 가 사람들은 무엇이 어떻게 되어가고 있는지를 숨길 수 있도록 적당히 자리 잡고 있었다.

"좀 괜찮나?"

왕이 나지막이 물었다.

"여태껏 평생 이보다 더 좋았던 적은 없는 것 같습니다, 폐하."

"내일 말 타러 나가는데, 나랑 같이 가겠어?"

"왕비마마께서 저를 보내주실 수 있다면요."

왕비의 불만을 살 위험은 피하고 싶은 요량으로 대답했다.

"오전 나절 동안 당신을 내어달라고 내가 왕비께 여쭈어보지. 맑은 공기가 필요하다고 말이야."

내가 미소 지었다.

"폐하께서는 정말 훌륭한 의사가 되셨을 겁니다. 한나절 안에 진단도 내리시고 치료법도 주시니 말입니다."

"당신은 내가 시키는 대로 하는, 말 잘 듣는 환자가 되어야 해."

그가 주의시켰다.

"그리하겠습니다."

나는 손가락을 내려다보았다. 내게 닿는 왕의 시선을 느낄 수 있었다. 나는 내가 꿈꾸었던 것보다 더욱 높이 솟아오르고 있었다.

"당신을 잠자리로 불러 며칠씩 함께 할지도 몰라."

그가 매우 낮은 목소리로 말했다.

내 얼굴에 쏟아지는 그의 강렬한 눈빛을 알아채고는 얼굴이 붉어지는 것을 느꼈다. 나는 아무 말도 못 하고 입만 뻥긋거렸다. 갑자기 음악이 뚝 끊겼다. "연주를 계속하라!" 하고 어머니가 외쳤다. 캐서린 왕비가 왕을 찾아 두리번거리다 나와 함께 앉아 있는 왕을 보았다.

"자, 춤을 출까요?"

왕비가 물었다.

그것은 왕명이었다.

앤 언니와 헨리 퍼시가 춤을 추기 위해 자리를 잡았다. 곧이어 연주가 시작되었다. 나는 자리에서 일어섰고, 헨리 왕은 걸음을 옮겨 왕비의 옆자리에 앉아 춤추는 우리를 지켜보았다. 나의 상대는 조지 오빠였다.

"고개 들어. 풀죽어 보이잖아."

오빠가 내 손을 잡으며 날카롭게 말했다.

"마마께서 날 보고 계셔."

내가 속삭이며 대답했다.

"물론 그러시겠지. 그렇지만 더 중요한 건 폐하가 널 지켜보고 계신다는 거야. 그리고 무엇보다 중요한 건, 아버지와 외삼촌이 너를 지켜보고 계시는 거라구. 두 분은 네가 떠오르는 젊은 여자답게 몸가짐 하길 기대하고 계셔. 신분을 상승시키는 거야, 캐리 부인. 그럼 우리 집안사람들도 모두 너와 함께 올라가는 거지."

그 말에 나는 고개를 들고 아무 근심 걱정도 없는 듯이 오빠에게 웃어주었다. 할 수 있는 한 우아하게 춤을 췄고, 조심스레 이끄는 오빠의 손길에 따라 무릎을 굽히고 방향을 바꾸고 빙그르르 돌았다. 고개를 들어 왕과 왕비를 쳐다보았을 때, 그 둘도 나를 지켜보고 있었다.

런던에 있는 외삼촌의 거대한 저택에서 가족회의가 열렸다. 우리는 어두운 색으로 장정된 책들이 거리의 소음을 죽이고 있는 서재 안에서 만났다. 아무도 방해하지 못하고, 누구도 서재 앞에 멈춰 서서 엿듣지 못하도록 우리 하워드 가(家) 제복을 입은 두 남자가 서재 문 앞에 배치되어 있었다. 우리는 가문의 중요한 일과 비밀사항에 대해 의논하기로 되어 있었다. 하워드 가 사람 이외의 그 누구도 서재 가까이에 다가오지 못했다.

회의를 하게 된 원인과 그 주제는 바로 나였다. 이번 일은 나를 중심으로 돌아가고 있었다. 나는 우리의 이익을 위해 움직여야 하는 불린 가의 앞잡이였다. 모든 것이 나에게 집중되어 있었다. 나의 중요성에 대한 자각과 그와는 반대로 가족을 실망시킬지도 모른다는 불안감에 손목의 핏줄이 고동쳤다.

"메리는 아이를 가질 수 있나?"

외삼촌이 어머니에게 물었다.

"생리도 주기적으로 하고, 건강한 아이니까요."

외삼촌이 고개를 끄덕였다.

"폐하가 메리와 함께 잠자리를 하고, 메리가 그의 서자를 갖게 된다면, 우린 많은 것을 노릴 수 있게 될 거야."

일종의 겁에 질려 높아진 집중력으로, 외삼촌의 소맷자락에 달린 털이 탁자의 나뭇결을 쓸고, 그의 호화로운 코트가 난로에서 훨훨 타오르는 불빛을 받아 광택을 내고 있는 것을 보았다.

"이제 메리는 캐리의 침대에서 함께 잘 수 없어. 폐하가 메리에게 관심을 갖는 동안은 결혼생활을 제쳐놓아야 해."

나는 가만히 숨을 들이마셨다. 누가 이런 잔인한 말을 남편에게 전할지 상상이 안 됐다. 더욱이 우리는 늘 함께하겠다고, 결혼은 자식을 만들기 위한 것이며 하느님이 우리를 함께 붙여주셨고 그 누구도 우리를 떼어놓을 수 없다고 맹세한 사이였다.

"저는 그러고 싶지 않……."

내가 입을 열자 앤 언니가 나의 가운 자락을 잡아당겼다.

"조용히 해."

앤 언니가 쉿 소리를 내며 말했다.

"캐리에겐 내가 얘기하지."

아버지가 말했다.

조지 오빠가 내 손을 잡았다.

"아이를 갖게 된다면, 그 아이가 그 누구의 아이도 아닌 폐하 자신의 자식이란 걸 확실히 알게 해야 돼."

"왕의 정부가 될 순 없어."

내가 속삭여 대답했다.

"선택의 여지가 없어."

오빠가 고개를 저었다.

"난 못 해."

내가 큰 소리로 말했다. 나는 위안이 되는 오빠의 손을 꼭 잡으며 짙은 빛깔의 기다란 나무탁자 너머로 외삼촌을 바라보았다. 무엇 하나도 놓치지 않는, 매처럼 날카로운 검은 두 눈동자였다.

"각하,(외삼촌이지만 자신의 의연함을 나타내기 위한 호칭.) 죄송하지만 저는 왕비마마를 무척 좋아합니다. 마마는 훌륭한 분이시고, 저는 그런 마마를 배신할 수 없습니다. 저는 하느님 앞에서 제 남편에게만 충실하겠다고 약속했습니다. 그런 제가 그이를 배신하면 안 되겠죠? 그분이 왕이라는 건 알지만, 각하께서도 제가 정말로 그리하기를 원하시지는 않겠죠? 그렇죠? 각하, 저는 할 수 없습니다."

그는 대답하지 않았다. 내 말에 대답할 생각조차 하지 않아도 좋을 만큼 그의 힘은 막강했다.

"이 유약한 양심을 내가 어찌해야 하는가?"

외삼촌이 탁자 위의 허공을 향해 물었다.

"제게 맡겨주세요. 제가 메리에게 잘 설명해줄 수 있어요."

앤 언니가 간단하게 대답했다.

"남을 가르치는 일을 맡기엔 너는 아직 좀 어리지 않느냐."

언니는 조용하지만 자신감에 찬 표정으로 외삼촌의 두 눈을 맞이했다.

"저는 세상에서 가장 세련된 왕실에서 자랐어요. 그리고 그곳에서 게을리 하지 않고 모든 것을 보았어요. 제가 보았던 모든 것을 배웠죠. 이 상황에서 저는 뭐가 필요한지 알아요. 그리고 메리에게 어떻게 행동해야 하는지 가르쳐줄 수 있어요."

외삼촌은 잠시 주저했다.

"연애 공부를 너무 면밀히 한 게 아니길 바란다, 앤 양."

언니는 수녀처럼 침착했다.

"물론 아니죠."

언니를 밀쳐내려는 듯 어깨가 으쓱해지는 것을 느꼈다.

"제가 왜 언니가 하라는 대로 해야 하는지 모르겠는데요."

이 회의는 나에 대한 것이었지만, 어느덧 나는 사라져 있었다. 앤 언니가 모든 시선을 빼앗아간 것이었다.

"뭐, 그렇다면 네가 동생을 잘 지도할 것으로 믿어보지. 조지, 너도 마찬가지다. 폐하가 여자들과 어떠한지 알지 않느냐. 메리를 항상 폐하의 눈에 들도록 해."

언니와 오빠가 고개를 끄덕였다. 잠시 침묵이 흘렀다.

"내가 캐리의 아버지와 얘기해보지. 윌리엄도 예상하고 있을 거야. 그는 어리석지 않으니까."

아버지가 나섰다.

내 양옆에 친구라기보다는 마치 교도관처럼 서 있는 앤 언니와 조지 오빠를 외삼촌은 탁자 너머로 쳐다보며 명령했다.

"동생을 잘 도우렴. 메리가 폐하를 꾀기 위해서 필요로 하는 것은 무엇이든 주는 거다. 어떤 계략을 필요로 하든, 어떤 물건이 있어야 하든, 또 어떤 능력에 부치는 일이 있더라도 너희가 구해서 도와주는 거다. 너희 둘이 메리를 폐하의 잠자리에 들 수 있도록 하리라는

것을 기대한다. 잊지 말거라. 엄청난 보상이 있을 게야. 그러나 만약
너희들이 실패한다면, 우리에게 주어지는 것은 아무것도 없어. 명심
해라."

남편과의 이별에 이상하게 가슴이 아팠다. 하녀가 내 물건을 왕비
의 처소 옆으로 옮기기 위해 짐을 꾸리고 있을 동안 나는 우리의 침
실로 들어갔다. 신발과 가운은 침대 위에, 망토는 의자 위에 아무렇
게나 던져져 있고 보석 상자는 여기저기 무질서하게 흩어져 있는 가
운데 그 한복판에 남편이 서 있었다. 그의 젊은 얼굴에 그가 받은 충
격이 고스란히 드러나 있었다.
"출세하나 봅니다, 부인."
그는 어느 여자라도 좋아할 만한 잘생긴 젊은이였다. 막상 이렇게
헤어지게 되니, 만약 우리가 집안의 명령에 의해 결혼하지 않았더라
면 우리는 어쩌면 서로를 좋아했을 수도 있겠다는 생각이 들었다.
"미안해요."
내가 어색하게 말했다.
"아시잖아요, 나는 외삼촌과 아버지가 시키는 대로 해야 한다는
것을."
"그건 알고 있어요."
그가 무뚝뚝하게 대답했다.
"나도 그분들 모두가 시키는 대로 해야 하는걸요."
다행히도 그때 앤 언니가 문간에 나타났다. 장난기 어린 미소를 입
가에 머금고 있었다.
"요즘 어떠세요, 윌리엄 캐리 씨. 잘 만났군요!"
언니는 물건들로 엉망인 방 한복판에 서 있는 제부를, 그의 결혼생
활과 아들을 갖고자 하는 꿈이 파멸하는 것을 지켜보는 것이 가장
큰 기쁨이기라도 한 듯했다.
"앤 불린 씨."

남편이 허리를 굽혀 간단히 인사했다.

"동생이 나아가고 올라가게 도와주러 오셨나요?"

"물론이죠."

언니가 두 눈을 반짝이며 그를 바라보았다.

"우리 모두가 그래야 하는 것처럼 말이죠. 메리가 사랑을 받아서 우리에게 해가 될 건 없잖아요."

한순간 언니는 겁 없이 남편의 시선을 응시했다. 먼저 시선을 돌리고 창밖을 내다본 것은 남편이었다.

"이만 가봐야겠군요. 폐하께서 함께 사냥 갈 것을 분부하셨거든요."

그는 잠시 망설이더니, 방을 가로질러 옷장에서 흩어져 나온 옷가지에 둘러싸인 채 가만히 서 있는 내게 다가왔다. 그는 부드럽게 내 손을 잡아 입을 맞췄다.

"정말 당신도 가엾고, 나도 그렇군요. 당신이 내게로 되돌려 보내질 때, 그게 한 달 후가 될지, 일 년 후가 될지는 모르겠지만, 어쨌든 난 오늘을 기억하도록 노력해볼게요. 아이 같은 모습으로, 옷더미속에서 약간 어리둥절한 표정으로 서 있던 당신을. 당신은 어떤 음모로부터도 결백했다는 사실을 기억하도록 할게요. 적어도 오늘 당신은, 불린 가 사람이기보다는 순진한 한 여자에 더 가까웠다는 것을요."

왕비는 이제 내가 홀몸으로서 그녀의 처소에서 벗어난 작은 방에서 앤 언니를 침실친구 삼아 기거한다는 것을 알았지만 아무런 언급도 하지 않았다. 나에 대한 그녀의 외면적인 태도에는 전혀 변함이 없었다. 그녀는 여전히 정중했고 조용조용히 이야기했다. 나에게 무언가를 시킬 때에도―편지를 쓰게 하든, 노래를 부르게 하든, 침실에서 애완용 강아지를 데려오게 하든, 또는 서신을 전하게 하든, 늘 그래왔듯이 정중하게 요청했다. 그러나 더 이상 내게 성경을 읽어달라고도, 바느질을 할 때 발치에 앉아 있으라고도 하지 않았다. 내가 자러 갈 때에도 잘 자라고 말해주지 않았다. 나는 더 이상 그녀가 가장 아끼는 어린 시녀가 아니었다.

앤 언니와 함께 밤에 침실에 드는 것은 위안이 되었다. 우리는 어스름한 어둠 속에서 속삭여도 아무도 들을 위험이 없도록 침대 주위에 커튼을 쳤다. 마치 어릴 적 프랑스에서 보냈던 그 시절 같았다. 때로 조지 오빠가 왕의 처소에서 물러나 우리를 찾았다. 오빠는 높은 침대 위로 올라와, 침대 머리 위에 촛불을 위험스레 세워놓고는 카드나 주사위를 꺼냈다. 우리 방에 남자가 숨어 있다는 사실을 모르는 근처의 다른 시녀들이 자고 있을 동안, 오빠는 우리와 함께 놀았다.

둘 중 누구도 내가 해야 할 역할에 대해 설교하지 않았다. 교활하게도 그들은 내가 제 발로 찾아가서 능력 밖이니 도와달라고 부탁할 때까지 기다렸다.

내 옷가지들이 궁중의 이 끝에서 저 끝으로 옮겨질 때에도 나는 아무런 말도 하지 않았다. 봄을 나기 위해 궁정의 모든 사람들이 짐을 꾸려 왕이 가장 좋아하는 켄트의 엘섬 별궁으로 옮길 때에도 나는 아무런 말도 하지 않았다. 별궁으로 가는 동안 남편이 내 옆에서 말을 타고 가면서, 날씨라든가, 제인 파커가 우리 가문의 야망에 협조하는 의미로 마지못해 빌려준 말의 상태라든가에 대해 친절히 얘기를 걸어와도 나는 입도 뻥긋하지 않았다. 그러나 엘섬 궁의 정원에서 조지 오빠와 앤 언니와만 남게 되었을 때, 나는 결국 입을 열었다.

"할 수 없을 것 같아."

"뭘 할 수 없다는 거지?"

오빠가 아무런 도움도 안 되게 되물었다. 우리는 왕비의 개를 산책시키라는 임무를 띠고 있었다. 개는 온종일 안장 머리에 얹혀 덜컹덜컹 흔들리며 실려 온 탓에 충격을 받아선지 아파 보였다.

"자, 자, 플로! 찾아와, 어서 공을 찾아와!"

오빠가 힘을 북돋아 주려는 듯 불렀다.

"폐하와 남편이랑 동시에 함께 할 수는 없어. 남편이 보고 있는데 폐하와 함께 웃진 못하겠어."

"왜?"

언니는 플로가 뒤따라 잡도록 마당에 공을 굴리며 물었다. 조그만 개는 굴러가는 공을 흥미 없다는 듯이 물끄러미 쳐다보았다.

"계속 말해봐, 이 바보 같은 것아!"

언니가 소리쳤다.

"전부 잘못하고 있는 것 같아."

"네가 어머니보다 더 잘 알아?"

언니가 직설적으로 물었다.

"그건 물론 아니지!"

"아버지나 외삼촌보다 더 잘 알아?"

나는 고개를 저었다.

"그분들은 너를 위해 엄청난 미래를 계획하고 계셔. 잉글랜드에 있는 어떤 여자라도 너 같은 기회를 얻기 위해서라면 목숨까지 기꺼이 바칠 거야. 잉글랜드 국왕에게 가장 사랑받는 사람이 되어가는 중인데, 선웃음을 치고는 정원을 돌아다니면서 왕의 농담에 웃어줄지 어떨지를 고민하고 있어? 넌 정말 여기 있는 플로만큼밖에 머리가 없구나."

언니가 진지하게 말했다.

언니는 플로의 꼼짝 않는 엉덩이 밑으로 승마용 구두 끝을 밀어 넣어 길을 따라 밀쳐냈다. 플로는 나만큼이나 고집스럽고 불행한 모습으로 앉아 있었다.

"네가 생각하는 것만큼 나쁜 게 아니야. 윌리엄은 자신이 동의한다는 걸 보여주려고 오늘 네 옆에서 말을 타고 간 거라구. 너한테 죄스런 마음이 들게 하려고 그런 게 아니야. 윌리엄도 폐하께서 자기 뜻대로 해야 한다는 걸 알고 있어. 그건 우리 모두가 알고 있는 사실이야. 윌리엄도 그에 대해 충분히 만족하고 있다구. 네 덕분에 이익도 얻게 될 거야. 너는 윌리엄의 집안을 출세시킴으로써 그에 대한 너의 의무를 다 하는 거야. 윌리엄은 네게 감사하고 있어. 너는 아무 잘못도 하고 있지 않아."

조지 오빠가 내 차가운 손을 잡아끌어 팔오금 사이에 끼웠다.

나는 머뭇거렸다. 조지 오빠의 갈색 눈동자에서 다른 쪽을 바라보고 있는 앤 언니의 얼굴로 시선을 옮겼다.

"또 다른 문제가 있어."

어쩔 수 없이 자백하게 되었다.

"뭔데?"

오빠가 물었다. 언니는 눈으로는 플로를 좇고 있었지만, 관심은 나에게 쏠려 있다는 것을 알 수 있었다.

"어떻게 해야 하는지 모르겠어. 있잖아, 윌리엄은 일주일에 한 번 정도, 그것도 어둠 속에서 빨리 끝냈거든. 게다가 난 별로 좋아한 적도 없구. 내가 뭘 해야 하는지 도통 모르겠어."

내가 조용히 말하자 조지 오빠가 웃음을 삼키더니, 팔로 내 어깨를 감싸 꼭 껴안아주었다.

"아, 웃어서 미안해. 그런데 너, 뭔가 오해하고 있어. 폐하는 어떻게 해야 하는지 잘 아는 여자를 원하시는 게 아니야. 그런 여자들은 시내에 있는 사창가에 널리고 널렸어. 폐하는 너를 원하시는 거야. 너 자체를 좋아하시는 거라구. 네가 약간 수줍어하고, 또 약간 어쩔 줄 몰라 해도 폐하는 좋아하실 거야. 괜찮아."

"어이! 세 불린 가 친구들!"

뒤에서 고함소리가 들려와 돌아보니 왕이 머리에 멋진 모자를 쓰고 아직도 여행용 망토를 두른 채 언덕 중턱에서 있었다.

"자, 이제 시작이다."

조지 오빠가 정중히 인사했다. 앤 언니와 나는 동시에 무릎을 굽혀 절했다.

"여행하느라 피곤하지 않은가?"

왕이 우리 모두를 향해 물었지만 눈동자는 나를 바라보고 있었다.

"전혀 그렇지 않습니다."

"자네가 타고 있던 저 작은 말은 예쁘긴 하지만 뒤쪽이 너무 좁은 것 같아. 내가 새로 말 한 필을 주지."

"폐하는 정말 자상하십니다. 저 말은 빌린 것입니다. 제게도 제 소유의 말이 생긴다면 정말 기쁘겠습니다."

내가 대답했다.

"마구간에서 자네가 직접 말을 고르게. 자, 그럼 지금 가서 보도록 하지."

왕이 나에게 팔을 내밀었다. 나는 호화로운 옷소매에 조심스레 손가락을 얹었다.

"거의 느끼지 못하겠는걸."

그는 자기 손을 내 손 위에 얹어 꾹 눌렀다.

"이제 됐군. 당신이 내 곁에 있다는 걸 알고 싶어, 캐리 부인."

그의 눈동자는 매우 파랗고 밝았다. 그는 나의 프랑스식 두건의 윗부분과 두건 아래로 잘 빗어 넘긴 나의 금빛 갈색 머리칼을, 그리고 내 얼굴을 가만히 바라보았다.

"당신이 내 곁에 있다는 걸 확실히 알고 싶어."

입술이 바짝 말랐다. 두려움과 기대감 사이의 어떤 숨 막히는 감정에도 불구하고 나는 미소를 지었다.

"폐하와 함께 있어 행복합니다."

"그런가? 정말 그런가?"

왕이 갑자기 정색하며 물었다.

"난 당신에게서 가식은 원하지 않아. 나와 함께 하라고 당신을 재촉하는 이들이 많이 있겠지. 나는 당신이 마음이 내켜 스스로 오는 것을 원해."

"폐하! 지난번 울지 추기경의 연회에서 폐하인 줄 모르고도 함께 춤을 추지 않았습니까!"

왕은 당시의 기억에 흐뭇해했다.

"그랬었지! 그리고 내가 가면을 벗어 당신이 나를 알아보았을 땐 기절하다시피 했지. 누구라고 생각했는가?"

"누구라고 생각해본 적 없습니다. 저도 제가 어리석었다는 것을 압니다. 저는 폐하께서 그저 궁정을 찾아온 잘생긴 새 외부사람이려니 생각했고, 그 사람과 춤을 추게 되어 무척 기뻤습니다."

왕이 웃었다.

"아, 캐리 부인, 그런 예쁜 얼굴로 그런 발칙한 상상을 하다니! 잘생긴 외부인이 궁정에 와서 당신을 택해 춤춘 것이길 바랐다고?"

"그런 생각을 하려고 한 것은 아닙니다."

나는 왕의 구미에 맞게 너무 지나치게 알랑거리는 것은 아닌지 잠시 걱정이 됐다.

"폐하께서 춤추자고 하셨을 때 어떻게 처신해야 할지 잠시 잊어버렸습니다. 도리에 어긋나는 짓은 절대 하지 않았을 것입니다. 그저 잠깐 동안 자제심을……."

"자제심을?"

"잃었습니다."

내가 부드럽게 대답했다.

우리는 마구간으로 향하는 석조 아치 통로에 이르렀다. 왕은 아치 통로 밑에서 잠시 멈춰서더니 나를 자기 쪽으로 돌려세웠다. 포장석 위에서 미끈거리는 승마 부츠로부터 왕의 얼굴을 올려다보는 시선에 이르기까지, 온몸이 구석구석 살아 숨 쉬는 것을 느꼈다.

"다시 잃을 수 있겠나?"

내가 망설이고 있을 때 앤 언니가 앞으로 나와서 쾌활하게 말했다.

"폐하께서는 동생을 위해 어떤 말을 염두에 두고 계십니까? 동생이 뛰어난 기수임을 곧 아시게 될 것입니다."

왕은 잠시 나를 놔주고 우리를 마구간으로 인도했다. 조지 오빠와 왕은 이 말 저 말들을 둘러보고 있었다. 언니가 옆으로 다가왔다.

"폐하께서 계속 다가오게 해야 해. 계속 다가오게는 하지만, 그렇다고 네가 직접 다가간다는 생각이 들게 해서는 안 돼. 폐하는 자신이 너를 좇고 있다는 느낌을 받길 원하시지, 네가 자신을 옭아매고 있는 듯한 기분을 원하시진 않는다구. 다가오든 도망치든 선택할 기회를 주시면, 그때 너는 항상 도망치는 거야."

오빠가 마구간 청년에게 잘생긴 적갈색 말을 끌어 내오게 하는 동안 왕은 돌아서서 내게 미소 지었다.

"그렇지만 너무 빨리 도망치지는 마. 폐하께서 너를 잡아야 한다는 걸 명심해."

언니가 경고했다.

그날 저녁 나는 궁정 사람들이 모두 있는 데서 왕과 춤을 췄고, 다음날엔 왕과 함께 사냥을 나가 곁에서 새로 받은 말을 탔다. 왕비는 상석에 앉아서 함께 춤을 추는 우리를 지켜보았고, 우리가 말을 타고 나갈 때엔 궁전의 거대한 문 앞에 서서 손을 흔들며 왕을 배웅했다. 모든 사람들이 왕이 내게 구애하는 것을 알고 있었고, 명을 받게 되면 내가 몸을 허락하리라는 것 또한 알고 있었다. 이 사실을 알지 못하는 사람은 오로지 왕뿐이었다. 그는 연애의 페이스가 오로지 자신의 욕망에 의해 정해진다고 생각하고 있었다.

첫 번째 토지 사용료 납부일은 아버지가 왕실의 재산 관리인으로 지명되었을 때인 4월의 몇 주가 지난 뒤에 돌아왔다. 아버지의 직책은 자신이 생각하는 최선의 방법으로, 왕의 일일 가용 재산 유용이 가능토록 접근이 허락된 자리였다. 만찬으로 가는 길에 아버지는 왕비의 시종행렬에 있는 나를 잠시 불러 세워 조용히 이야기했다. 왕비는 상석으로 갔다.

"너희 외삼촌과 나는 네 처신에 기뻐하고 있다. 오빠와 언니의 말을 잘 따르렴. 그 애들 말로는 네가 참 잘하고 있다고 하더구나."

아버지가 간단하게 말했다.

나는 살짝 무릎을 굽혀 가볍게 인사했다.

"이제 막 시작일 뿐이야. 폐하를 네 사람으로 만들고 붙들어야 해. 명심해라."

결혼 미사에서나 하는 말에 나는 약간 주춤했다.

"알고 있습니다. 잊지 않아요."

내가 대답했다.

"폐하께서는 아직 별일 없으셨냐?"

나는 대회당 쪽을 쳐다보았다. 왕과 왕비가 자리에 앉고 있었다. 나팔수들은 자리를 잡고 하인들 행렬이 주방에서 도착했다는 것을 알렸다.

"아직이오. 그저 눈빛과 말로만 하십니다."

"그리고 너는 어떻게 대답하지?"

"미소로요."

왕국에서 가장 막강한 힘을 가진 남자로부터 구애받고 있는 기쁨으로 반쯤 제정신이 아니라는 사실은 아버지에게 말하지 않았다. 언니의 충고에 따라 왕에게 웃고 또 웃어주는 것은 어렵지 않았다. 얼굴을 붉히면서, 도망치고 싶은 동시에 더욱 가까이 다가가고 싶은 마음이 들게 하는 것 또한 어렵지 않았다.

아버지는 고개를 끄덕였다.

"그만하면 됐다. 네 자리로 가도 된다."

나는 다시 인사하고 하인들의 바로 앞을 거쳐 대회당 안으로 재빨리 들어갔다. 왕비가 나를 나무라는 듯 약간 날카롭게 쳐다보았으나, 옆을 힐금 바라보고는 남편의 얼굴을 알아차렸다. 내가 대회당 위쪽으로 가서 시녀들 사이에 자리를 잡는 동안, 왕의 표정은 굳어 있었고 눈길은 나에게 집중되어 있었다. 묘한 표정이었다.

잠시 아무것도 볼 수 없고 들을 수도 없는 듯, 대회당 전부가 녹아 사라지면서 눈에 보이는 것은 오로지 푸른 두건에 푸른 가운을 입고, 금발 머리카락은 얼굴 뒤로 부드럽게 넘긴 채 그의 욕망을 느끼고서 입술에 떨리는 미소를 머금고 있는 나뿐인 듯 골똘했다. 왕비는 그의 시선에서 정염을 알아차리고는 입술을 굳게 다물고 엷은 미소를 지으면서 시선을 돌려버렸다.

* * *

그날 저녁 왕이 왕비의 방으로 찾아와서 물었다.

"우리, 음악을 좀 들을까요?"

"그러죠, 캐리 부인이 우리를 위해 노래를 불러줄 수 있을 겁니다."

왕비가 상냥하게 말하면서 나에게 앞으로 나오라고 손짓했다.

"언니인 앤 양이 더 매혹적인 목소리를 가졌지."

왕이 명을 바꾸었다. 앤 언니는 재빨리 내게 의기양양한 눈빛을 던졌다.

"앤 양, 우리에게 프랑스 노래를 한곡 불러주겠나?"

언니는 우아하게 인사하며 프랑스 억양이 강하게 묻어나는 목소리로 대답했다.

"폐하께서는 명령만 내리시면 됩니다."

왕비는 이 뒤바뀜을 지켜보고 있었다. 왕의 관심이 다른 불린 가여자에게로 옮겨지는 것은 아닌지 가늠해보는 왕비의 마음을 읽을 수 있었다. 그러나 왕은 그녀의 의표를 찌른 셈이었다. 앤 언니는 방 가운데에 있는 의자에 앉아 무릎 위에 류트(lute)를 두고 왕이 말한 것처럼 나보다 더 감미로운 목소리로 노래를 불렀다. 왕비는 수놓인 팔걸이와 푹신한 등 받침이 있는 의자에 늘 앉아 있었다. 그녀는 한번도 몸을 등 받침에 기댄 적이 없었다. 왕은 왕비의 옆에 놓인 그녀의 의자와 한 쌍인 의자에 앉지 않고, 내 곁으로 어슬렁어슬렁 걸어와 비어 있는 앤 언니의 자리에 앉았다. 그리고는 내 손안에 있는 바느질감을 슬쩍 들여다보았다.

"아주 잘했는데."

왕이 칭찬했다.

"가난한 사람들을 위한 옷입니다. 왕비마마께서는 늘 가난한 사람들에게 도움을 베푸십니다."

"그렇지. 바느질을 참 빨리도 하는군. 나도 그런 매듭을 만들어봐야겠는걸. 참 작지만 솜씨가 뛰어난 손이로구나."

그의 머리가 내 손을 향해 숙여졌다. 나는 그의 목 언저리를 바라보며 굵게 구불거리는 머리카락을 만져봤으면 좋겠다는 생각을 하고 있었다.

"당신의 손은 내 손의 반밖에 되지 않을 것 같군. 손을 펴서 보여주게."

왕이 느긋하게 말했다.

나는 옷감에다 바늘을 찔러두고 손바닥을 펴서 보여줬다. 시선은 결코 내 얼굴을 떠나지 않은 채, 그도 손바닥을 내밀어 손바닥과 손바닥이 서로를 마주 보게, 그러나 맞닿지는 않게 내 쪽으로 향하게 했다. 내 손에 전해오는 그의 손의 온기를 느낄 수 있었지만, 얼굴에서 시선을 뗄 수가 없었다. 왕의 입술 주위로 곱슬곱슬한 콧수염이 조금 나 있었다. 검고 숱이 적으면서 곱슬곱슬한 남편의 수염처럼 부드러울지, 아니면 금으로 된 실처럼 딱딱할지 궁금했다. 보기에는 굵고 따끔따끔해 보였다. 키스를 하면 얼굴이 붉게 긁힐 것만 같았다. 그렇게 된다면 모든 사람들이 우리가 키스를 나누고 있었다는 사실을 알게 되겠지. 그의 곱슬곱슬한 수염 아래 관능적인 입술에서 눈을 뗄 수가 없었다. 입술의 감촉을 상상하지 않을 수 없었다.

파반(pavane: 16세기에 유행했던 이탈리아풍의 우아한 춤.)의 마지막에 무희가 그렇게 하듯 왕은 자기 손을 내 손 가까이로 천천히 가져왔다. 그의 손바닥이 내 손바닥에 닿았다. 깨물린 듯한 감촉에 나는 약간 움찔했다. 자신의 접촉이 나를 전율케 한 것을 보고 왕은 빙그레 웃

었다. 내 차가운 손바닥과 손가락은 그의 손을 따라 펴졌다. 손가락
이 그의 손가락 끝마디에서 멈췄다. 나는 왕의 따뜻한 피부를, 궁술
로 인해 한 손가락에 박힌 군살을, 말도 타고 테니스도 치고 사냥도
하고, 또 진종일 창과 검을 들었던 남자의 강한 손바닥을 느꼈다. 나
는 그의 입술 위에 머물러 있던 시선을 끌어들여 얼굴 전체를 바라
보았다. 왕의 눈부시고 빈틈없는 시선은 마치 화경(火鏡)을 통과하는
햇빛처럼 내 얼굴에 집중되어 있었다. 욕망은 뜨거운 열기처럼 그에
게서 뿜어져 나왔다.

"피부가 참 부드럽군. 손도 내가 생각했던 것처럼 조그맣고."

왕이 속삭이는 것처럼 낮은 목소리로 말했다.

손가락 넓이를 재어본다는 핑계는 이미 오래전에 다 써먹은 것이
었지만, 우리는 여전히 가만히 앉아서 손바닥과 손바닥을 맞댄 채로
서로를 바라보고 있었다. 그러더니 천천히, 주체할 수 없다는 듯이
왕이 두 손을 둥그렇게 모아 내 손을 부드럽게, 그러나 힘주어 감싸
쥐었다.

앤 언니는 한 곡을 끝내고 다음 곡을 시작했다. 음정도 바뀌지 않
았거니와 한결같은 목소리로 마법 같은 이 순간을 유지케 했다.

방해를 한 것은 왕비였다.

"폐하께서는 캐리 부인의 일을 지체케 하고 계십니다."

남편이 자기보다 스물세 살 어린 여자와 손을 꼭 맞잡고 있는 모습
이 재미있기라도 한 듯 살짝 웃으면서 왕비가 말했다.

"친구인 윌리엄이 당신께서 자기 아내를 나태하게 만들었다는 것
을 알면 고마워하지 않을 겁니다. 캐리 부인은 위트처치 수녀원에
보낼 셔츠의 옷단을 대기로 약속했었는데, 아직 반도 끝내지 못했습
니다."

왕이 나를 놓아주며 아내에게로 고개를 돌렸다.

"윌리엄은 나를 용서해줄 거요."

왕이 무심하게 말했다.

"카드놀이를 할 생각인데, 함께 하시겠어요, 여보?"

왕비가 물었다.

순간 나는 왕비가 둘 사이에 오랫동안 쌓아온 애정으로 왕을 내게서 떼어놓는 데 성공한 줄 알았다. 그러나 그녀가 바란 대로 왕이 자리에서 일어섰을 때, 그는 뒤를 힐금 돌아 자신을 올려다보고 있는 나를 보았다. 나는 타산적이지 않은 표정으로 그를 바라보고 있었다. 정말 거의 아무것도 생각지 않았다. 나는 그저 욕망이 담긴 두 눈으로 한 남자를 빤히 올려다보는 한 젊은 여자에 지나지 않았다.

"나는 캐리 부인을 파트너로 하겠어요. 당신도 조지를 불러 또 한 불린 가 사람을 파트너로 하겠어요? 그러면 우리는 대등한 짝을 이루게 되지."

"제인 파커와 함께 하면 됩니다."

왕비가 싸늘하게 대답했다.

"정말 잘하더라."

그날 밤 앤 언니가 말했다. 언니는 머리를 옆으로 기울여 길고 검은 머리를 빗으면서 침실의 난로 옆에 앉아 있었다. 향수를 뿌린 머리칼은 마치 폭포수처럼 어깨 위로 늘어뜨려져 있었다.

"손 가지고 했던 거, 그거 정말 멋있던데. 뭐 하고 있던 거야?"

"폐하께서 자기 손 뼘을 내 손 뼘과 재어보고 있었던 거야."

머리칼을 다 땋은 나는 나이트캡(nightcap: 잘 때 쓰는 모자)을 머리에 쓰고 하얀 리본을 묶었다.

"손이 맞닿았을 때, 마치……."

"뭐?"

"살갗에 불이 붙은 것 같았어. 진짜야. 폐하의 손길이 나를 태울 것만 같았어."

내가 속삭였다.

언니가 혹시나 하는 눈초리로 나를 쳐다보았다.

"무슨 뜻이야?"

말이 입에서 쏟아지듯 흘러나왔다.

"폐하가 나를 만져줬으면 좋겠어. 만져주기를 정말 죽도록 원해. 내게 키스해줬으면 좋겠어."

언니는 쉽사리 믿지 못했다.

"폐하를 원하는 거야?"

나는 두 팔로 몸을 감싸 안으며 석조로 된 창가 벤치에 주저앉았다.

"맙소사. 맞아, 결국 그걸 바라고 있었다는 걸 모르고 있었어. 맞아. 맞아, 그거야."

언니가 입 꼬리를 내리며 얼굴을 찡그렸다.

"아버지 어머니 앞에서는 그런 말 못 들으시게 조심해. 두 분은 너한테 게임을 현명하게 수행하라고 명하신 거지, 상사병에 걸린 여자애처럼 달밤에 멍하게 돌아다니라고 한 게 아니라구."

"하지만 폐하께서 나를 원하는 것 같지 않아?"

"뭐, 지금 당장은 그렇지. 하지만 다음주에도 그럴까? 내년에도?"

침실 문을 똑똑 두드리는 소리가 나더니 조지 오빠가 머리를 문 사이로 내밀었다.

"들어가도 될까?"

"좋아. 그렇지만 오래는 못 있어. 곧 잘 거거든."

언니가 퉁명스럽게 대답했다.

"그건 나도 마찬가지야. 아버지하고 술 마셨거든. 오늘 자고 내일 술이 다 깨면, 일찍 일어나서 목을 매달 거야."

나는 오빠의 말을 거의 듣지 못했다. 나는 창밖을 빤히 내다보며 내 손에 닿았던 헨리 왕의 감촉만을 곱씹고 있었다.

"왜?"

언니가 물었다.

"내년에 나, 결혼시키실 거래. 어때, 질투라도 내보시지?"

"다 결혼하는데 나만 못 해. 오르몬드 가(家)와도 수포로 돌아가고,

날 위해서는 아무런 계획도 없으시잖아. 수녀라도 되길 바라시는 거야?"

언니가 신경질적으로 말했다.

"나쁘지 않은데. 나도 받아줄까?"

"수녀원에서?"

무슨 얘기를 하는지 알아차리고는, 나는 오빠를 비웃어주기 위해 몸을 돌렸다.

"훌륭한 수녀원장이 될 것 같은데."

"보통보다야 낫겠지."

오빠가 쾌활하게 말했다. 그리고는 스툴에 가서 앉으려다 놓치고는, 대리석 바닥에 쿵하고 엉덩방아를 찧었다.

"오빠, 취했어."

"그래, 기분도 고약하구. 내 미래의 아내에 대해 아주 이상하게 생각되는 게 있어. 뭔가 좀…… 지독히도 불쾌한 게."

오빠는 적당한 단어를 찾으려 했다.

"말도 안 돼. 지참금도 굉장하고 좋은 연줄도 갖고 있고, 왕비가 가장 아끼고 아버지도 존경받는 부자인데, 무슨 걱정이야?"

언니가 물었다.

"말투는 토끼 덫같이 날카로운 데다, 뜨거운 동시에 차가운 눈을 갖고 있으니까 말이지."

언니가 웃었다.

"시인이네."

"난 오빠의 말뜻이 뭔지 알겠어. 그 여자, 열정적이면서도 어쩐지 비밀스럽단 말이야."

"신중한 것뿐이지."

조지 오빠가 고개를 저었다.

"뜨거우면서도 동시에 차가워. 여러 가지 기질들이 뒤죽박죽 섞여 있어. 난 그 여자랑 개 같은 인생을 살게 될 거야."

"아아, 그럼 결혼해서 같이 잔 다음에 시골로 보내버리면 될 거 아냐. 오빠는 남자잖아. 하고 싶은 대로 할 수 있잖아."

언니가 더 이상 참지 못하고 말했다.

오빠는 그 말에 기운이 나는 듯했다.

"헤버로 그냥 확 내려보내는 거야. 아니면 로치퍼드 홀로 보내든지. 게다가 오빠가 결혼하면 폐하께서 반드시 새로운 토지도 주실 거 아냐."

오빠가 사기 술병을 입가로 가져가며 물었다.

"이거 좀 마시고 싶은 사람?"

"나."

나는 술병을 받아 차갑고 시큼한 적포도주를 맛보았다.

"난 잘 거야. 메리, 너, 부끄러운 줄 알아. 나이트캡을 쓰고 술을 마시다니."

언니는 이불을 젖히고 침대로 기어올라갔다. 그리고는 엉덩이 주위를 침대보로 감싸며 조지 오빠와 나를 찬찬히 뜯어보았다.

"두 사람은 정말 너무 쉬워."

언니가 단언했다.

오빠가 얼굴을 찌푸리더니 내 쪽을 향해 "야단치시는군." 하고 명랑하게 말했다.

"언니는 참 엄격해. 누가 언니를 보고 반평생을 프랑스 왕실에서 시시덕거리며 보냈을 거라고 생각하겠어."

내가 존경하는 체하며 속삭였다.

"내 생각에 쟤는, 프랑스 사람보다는 스페인 사람하고 더 비슷한 것 같아."

조지 오빠가 약을 올렸다.

"게다가 결혼도 안 했잖아. 완전 스페인 사감선생이야."

내가 속삭였다.

언니는 베개 위에 누워 어깨를 구부리고 이불을 제자리로 끌어당겼다.

"안 들으니까 쓸데없는 짓 말고 잠자코 있어."

"누가 쟤를 데려가겠어? 누가 쟤를 원하겠냐구?"

오빠가 캐물었다.

"어른들께서 누군가 찾아주시겠지. 어느 가문의 차남이나, 불쌍하게도 늙고 몰락한 대지주라든지."

나는 오빠에게 술병을 건네며 대답했다.

"두고 봐. 내가 두 사람보다 더 나은 결혼을 하고 말 테니까. 만약 아버지 어머니가 이른 시일 내에 성사시켜주시지 않으면, 나 스스로 하고 말겠어."

침대에서 소리가 들려왔다.

오빠가 내게 다시 사기 술병을 건네줬다.

"다 마셔. 난 이미 너무 많이 마셨어."

나는 마지막 남은 술을 꿀꺽꿀꺽 들이켜고는 침대의 반대편으로 돌아갔다.

"잘 자."

오빠에게 인사했다.

"난 잠깐 난로 옆에 앉아 있을게. 우리, 우리 불린 가 남매들 말이야, 잘하고 있어, 그치? 난 약혼했고, 너는 폐하의 잠자리에 들려는 중이고, 여기 계신 우리 *완벽한 아가씨(Mademoiselle Parfait)*는 누구든 사갈 수 있는 데다 가능성도 무한하고 말이야."

오빠가 말했다.

"응. 잘하고 있어, 우린."

나는 왕의 푸른 눈동자에서 쏟아지던 뚫어질 듯한 시선과 머리쓰개의 끝에서 가운 위까지 훑어보던 눈동자의 움직임을 생각했다. 나는 아무도 듣지 못하도록 베개에 얼굴을 파묻고 속삭였다.

"헨리, 폐하. 내 사랑."

이튿날에는 엘섬 궁전에서 조금 떨어진 저택의 정원에서 마상 창 시합이 열리게 되어 있었다. 피어슨 하우스는 왕의 아버지 아래에서 부(富)를 이룬 많은 용사들 중 한 명이, 그가 통치하던 시절에 지은 곳이었다. 피어슨 하우스는 크고 웅장했으며 성벽이나 호(壕)가 없었다. 존 로빅 경이 잉글랜드가 영원한 평화를 누리게 될 것이라 믿고 외적으로부터 방어되지 않는, 정말 방어될 수 없는 집을 지은 것이었다. 저택을 둘러싼 정원은 마치 녹색과 흰색으로 된 체커 판처럼 펼쳐져 있었다—하얀 석축과 보도와 화단 경계가 숲으로 둘러싸인 푸른 초원을, 나지막이 정교하게 장식한 정원을 둘러싸고 있었다. 정원 너머로는 사냥을 위해 풀어둔 사슴이 뛰노는 공원이 있었고, 공원과 정원 사이에는 왕이 마상 창 시합장으로 사용할 수 있도록 일 년 내내 손질하는 아름다운 잔디밭이 있었다.

왕비와 시녀들을 위한 천막은 다홍색과 흰색의 실크로 드리워져 있었고, 왕비는 그와 어울리게 체리 색 가운을 걸치고 있었다. 화사한 색 속에서 그녀는 젊고 혈색이 좋아 보였다. 나는 녹색을 입고 있었다. 왕이 여럿 중에서 나를 선택했던, 참회 화요일에 열렸던 가면극에서 입은 그 가운이었다. 녹색은 내 머리칼을 더욱 금빛으로 빛나게 했고, 내 두 눈은 반짝였다. 나는 왕비의 의자 옆에 섰다. 어느 남자라도 왕비와 나를 번갈아보면, 왕비는 훌륭한 여자이긴 하지만 내 어머니가 될 수 있을 만큼 나이가 들었다고 생각할 것이다. 그러나 나는 겨우 열네 살의 사랑에 빠질, 욕망을 느낄 준비가 되어 있는 조숙하고 이제 막 꽃피는 여자였다.

처음 세 시합은 왕실의 낮은 계급 남자들 사이에서 벌어졌다. 그들은 관심을 끌기 위해서 위험을 무릅썼다. 모두 꽤 능숙한 솜씨였고, 몇몇의 흥미진진한 교합(交合)도 있었고, 경쟁자 둘 중 작은 남자가 보다 큰 상대를 말에서 떨어뜨려 구경하던 사람들을 환호하게 했던 멋진 순간도 있었다. 작은 남자가 말에서 내려 투구를 벗고 성원에 답했다. 그는 금발머리에 호리호리하고 잘생긴 남자였다. 앤 언니가 나를 팔꿈치로 쿡 찌르며 "누구야?" 하고 물었다.

"시모어 가(家) 남자들 중 하나일 뿐이야."

왕비가 고개를 돌렸다.

"캐리 부인, 사마관(司馬官)을 찾아가서 폐하께서 오늘 언제 말을 타시고 어떤 말을 고르셨는지 여쭈어보겠나?"

왕비의 명령에 따라 몸을 돌리다가 나는 그녀가 왜 나를 보내려고 하는지 알게 되었다. 왕이 잔디밭을 천천히 가로질러 우리의 대형 천막을 향해 걸어오고 있었기 때문이었다. 왕비는 내가 그의 시야에서 벗어나길 원했던 것이다. 나는 왕비에게 절하고 왕이 차일 아래에서 머뭇거리는 나를 볼 수 있도록 문간에서 꾸물거리며 떠나는 시기를 맞췄다. 그는 즉시 양해를 구해 대화에서 벗어나 서둘러 내게 다가왔다. 갑옷은 은처럼 눈부시게 닦여 있었고, 그 위의 장식은 금으로 되어 있었다. 가슴받이와 팔목 보호대를 고정시키고 있는 가죽 끈은 벨벳처럼 붉고 매끄러웠다. 왕은 키가 더욱 커 보였고, 그 옛날 전쟁에서 전투를 지휘했던 영웅 같았다. 왕에게로 쏟아지는 햇빛에 금속은 불꽃같이 타올랐다. 나는 그늘 쪽으로 한 걸음 뒤로 물러나며 손을 눈 위로 가져갔다.

"캐리 부인, 올리브 그린 색을 입고 있군."

"폐하께서는 온통 번쩍거리십니다."

"검은색 중에서도 가장 검은색을 입고 있었어도 눈부셨겠어."

나는 아무 대답도 하지 않았다. 그저 바라만 볼 뿐이었다. 앤 언니나 조지 오빠가 가까이에 있었다면 어떤 찬사로 나를 슬쩍 거들어줬을 것이다. 그러나 내 머릿속에는 어떤 재치도 떠오르지 않았다. 욕망이 모든 생각을 밀어내버렸다. 나는 아무 말도, 어떤 행동도 하지 못하고 그저 그를 바라만 보았다. 얼굴이 열망으로 가득 차 있다는 것은 알고 있었다. 그 역시 아무 말도 하지 않았다. 우리는 그렇게 서서, 단단히 얽힌 시선으로, 마치 눈동자로 상대방의 욕망을 읽을 수 있다는 듯이 서로의 얼굴을 골똘하게 낱낱이 뜯어보았다.

"당신을 따로 봐야겠어."

왕이 마침내 말했다.

나는 교태를 부리지 않았다.

"폐하, 저는 그럴 수 없습니다."

"싫다는 건가?"

"감히 그렇게 하지는 못하겠습니다."

그 말에 왕은 마치 욕망 자체를 맡아내려는 듯 숨을 크게 들이마셨다.

"나를 믿어도 좋아."

나는 그의 얼굴에서 눈을 억지로 떼어내며 눈길을 돌렸다. 아무것도 보이지 않았다.

"감히 그렇게는 못 하겠습니다."

나는 또다시 고지식하게 말했다.

왕은 손을 뻗어 내 손을 그의 입술에 가져가 입을 맞췄다. 손가락에 닿는 그의 따뜻한 숨결과, 마침내 내 피부를 부드럽게 쓰다듬는 그의 곱슬곱슬한 수염을 느낄 수 있었다.

"아, 부드럽다."

그가 내 손 위에서 고개를 들었다.

"부드러워?"

"폐하의 수염 감촉 말입니다. 어떤 느낌일지 혼자 상상해봤었습니다."

"내 수염이 어떤 느낌일지 혼자 상상해봤었다고?"

왕이 물었다. 뺨이 달아오르는 것을 느꼈다.

"예."

"내가 당신에게 키스를 하면?"

나는 눈부신 파란 눈동자를 피하려고 시선을 발치로 떨어뜨리고는 고개를 아주 살짝 끄덕였다.

"내가 당신에게 키스해주기를 바라고 있었나?"

그 말에 나는 고개를 들었다.

"폐하, 저는 이만 가 봐야 합니다. 왕비마마께서 심부름을 시키셨습니다. 제가 어디 있는지 찾고 계실 겁니다."

내가 필사적으로 말했다.

"어디로 심부름을 보냈지?"

"사마관을 찾아가 폐하께서 어떤 말을 타실지, 또 언제 타실지 알아보라고 하셨습니다."

"그건 내가 직접 말할 수 있어. 괜히 이렇게 뜨거운 햇볕 아래를 걸어다닐 필요는 없지 않나?"

나는 고개를 흔들었다.

"마마를 위해 가는 것은 제게 힘든 일이 아닙니다."

왕이 쯧쯧 하고 혀를 찼다.

"그러고도 왕비가 이 시합장 녹지를 빙 두르고도 남을 만한 충분한 하인들을 두고 있는 건 하느님만 아실 테지. 왕비는 스페인인 수행원들을 잔뜩 거느리고 있는데 나는 이 몇 안 되는 종자들 때문에 시기를 받는다니."

앤 언니가 왕비의 천막에서 천을 젖히고 나와, 가까이 붙어 있는 왕과 나를 보고 우뚝 서는 것을 곁눈질로 보았다.

왕이 나를 부드럽게 놓아주었다.

"내가 당장 왕비를 찾아뵙고 직접 질문에 답해드리지. 당신은 무얼 할 건가?"

"저도 곧 들어가겠습니다. 우선 그전에 잠시 마음을 좀 가라앉히고, 지금은 너무……."

지금 내가 느끼는 감정을 도저히 설명할 수가 없어 나는 입을 다물었다.

그가 나를 다정하게 바라보았다.

"이 게임을 하기에 당신은 아직 너무 어리지 않은가? 불린 가 사람이든 아니든 말이야. 아마 집안사람들이 어떻게 하라고 지시하면서 내 쪽으로 떠밀어댔겠지."

시합장 천막의 그늘 속에서 기다리고 있는 앤 언니만 없었더라면, 나는 하마터면 왕을 꾀기 위해 우리 가족이 세운 계략을 그에게 고백할 뻔했다. 언니가 바라보고 있었기에 나는 그저 고개를 저을 뿐이었다.

"제겐 게임이 아닙니다. 약속드릴 수 있어요. 제겐 게임이 아닙니다, 폐하."

나는 눈길을 돌리며 입술을 떨었다.

왕이 손을 올려 내 뺨을 잡고는 그에게로 얼굴을 돌렸다. 숨 막히는 한순간 동안 나는 그가 모든 사람들이 보는 앞에서 내게 입을 맞출까 봐 두려우면서도 한편으로는 기뻤다.

"내가 두렵나?"

나는 고개를 저으며 그의 손을 향해 얼굴을 돌리고 싶은 유혹을 참았다.

"무슨 일이 벌어질지 두렵습니다."

"우리 둘 사이에?"

왕이 미소 지었다. 원하는 여인이 팔을 뻗으면 안을 수 있는 거리에 있음을 알고 있는 남자만의 자신만만한 미소였다.

"나를 사랑해서 당신에게 해가 가진 않을 거야, 메리. 원한다면 맹세할 수 있어. 당신은 내 애인이 되는 거지. 내 어린 왕비가 되는 거야."

그런 힘 있는 말에 나는 숨을 삼켰다.

"스카프를 줘보게, 시합하는 동안 당신의 징표를 지니고 싶어."

그가 갑자기 말했다.

나는 주위를 둘러보았다.

"여기서 드릴 수는 없어요."

"그럼 보내주게. 조지에게 당신을 찾아가라고 말하지. 그때 조지 편으로 주게. 보이지 않게 지니고 있겠어. 가슴받이 속에 넣어 심장 위에다 두지."

나는 고개를 끄덕였다.

"그럼 징표를 주는 건가?"

"폐하께서 원하신다면요."

"무척 원하고말고."

왕이 말했다. 그는 내게 인사를 하고 왕비의 천막 입구 쪽으로 향했다. 앤 언니는 유령처럼 사라지고 없었다.

나는 모두에게 약간의 시간을 준 다음, 천막으로 돌아갔다. 왕비가 내게 캐묻는 듯한 날카로운 시선을 던졌다. 나는 무릎을 푹 굽혀 절했다.

"폐하께서 마마의 질문에 직접 답하러 오시는 것을 보았습니다, 마마. 그래서 저는 돌아왔습니다."

내가 상냥하게 말했다.

"처음부터 하인을 보내지 그랬어요. 캐리 부인은 이런 햇볕 아래에서 시합장을 이리저리 헤매고 다니면 안 됩니다. 그러기엔 너무 뜨거워요."

왕이 불쑥 말했다.

왕비는 단지 아주 잠깐 동안 망설였을 뿐이었다.

"정말 죄송해요. 제가 생각이 짧았네요."

"사과는 나한테 해야 하는 게 아니오."

그가 매섭게 말했다.

나는 왕비가 주저할 줄 알았다. 내 옆에 서 있는 앤 언니의 몸에서 느껴지는 긴장감에, 나는 스페인의 공주이자 잉글랜드의 왕비가 이어서 어떻게 행동할지 언니 역시 기다리고 있다는 것을 알 수 있었다.

"내가 불편을 끼쳤다면 미안하네, 캐리 부인."

왕비가 흔들림 없이 말했다.

승리감은 조금도 느낄 수 없었다. 나는 호화로운 융단이 깔린 천막을 가로질러 내 어머니가 될 수 있을 만큼 나이를 먹은 여자를 바라보았다. 내가 그녀에게 주게 될 고통에 대한 연민 이외에는 아무것도 느낄 수 없었다. 잠깐 동안 내게는 왕조차 보이지 않았다. 서로에게 결국 슬픔이 될 우리 둘만 보일 따름이었다.

"마마를 모시는 것은 제겐 기쁨입니다, 캐서린 왕비마마."

내가 대답했다. 진심이었다.

잠깐 동안 왕비는 내 마음을 조금은 이해한다는 식으로 나를 쳐다보았다. 그리고는 그녀의 남편에게로 시선을 돌리고는 물었다.

"말 상태는 좋은가요? 자신이 있으세요, 폐하?"

"오늘은 나 아니면 서픽, 둘 중 하나겠지."

"조심하실 거죠, 폐하? 공작 같은 기수를 잃더라도 별 지장은 없지만, 당신께 무슨 일이라도 생기면 왕국은 끝장나는 것이니까요."

왕비가 부드럽게 말했다.

진심에서 나온 말이었지만, 왕은 전혀 고맙게 받아들이지 않았다.

"물론 그렇겠지. 아들이 없으니까."

왕비가 주춤했다. 얼굴에 핏기가 사라지는 것을 보았다.

"시간은 있어요. 아직 시간은 있어요……."

목소리가 너무 작아 내게는 거의 들리지 않았다.

"그리 많지 않습니다. 이제 가서 준비해야겠군."

왕이 딱 잘라 말하고는 그녀에게서 몸을 돌렸다.

언니와 나와 다른 시녀들 모두 절을 했지만, 왕은 나를 쳐다보지도 않고 지나쳤다. 일어섰을 때 왕비가 내 쪽을 바라보고 있었다. 경쟁자를 바라보는 것이 아닌, 마치 내가 아직도 그녀에게 위안을 가져다줄 수 있는 가장 아끼는 어린 시녀인 것처럼 바라보고 있었다. 잠깐 동안 그녀는, 남자가 지배하는 이 세상에서, 여자에게 주어진 지독한 곤경을 이해할 수 있는 사람을 찾으려는 듯이 나를 바라보았다.

조지 오빠가 천막 안으로 어슬렁어슬렁 들어와서 편안하지만 기품 있는 몸짓으로 왕비 앞에 무릎을 꿇었다.

"마마. 켄트에서, 잉글랜드에서, 그리고 세계에서 가장 아름다운 귀부인을 만나 뵈러 왔습니다."

"아아, 조지 불린, 그만 일어나게."

왕비가 웃으면서 말했다.

"차라리 마마의 발치에서 죽겠습니다."

왕비가 부채로 오빠의 손등을 가볍게 톡 쳤다.

"그건 안 되지. 하지만 원한다면 폐하께서 이기는 데 걸 테니 접어주게."

"누가 폐하의 상대편에 걸겠습니까? 폐하께서는 가장 뛰어나신 기수입니다. 두 번째 시합에서 5 대 2의 비율로 내기를 거시죠. 하워드 가(家) 대 시모어 가(家)입니다. 누가 이길지 전 조금도 의심하지 않습니다."

"시모어 가에게 돈을 걸라고 제안하는 건가?"

왕비가 묻자 오빠가 재빨리 대답했다.

"그들이 마마의 축복을 받게 하라구요? 그건 절대 안 되죠. 제 사촌인 하워드 가에게 거시길 권합니다, 마마. 그럼 승리는 확신하셔도 됩니다. 이 나라에서 가장 훌륭하고 가장 충성스러운 가문 중 하나에 거셨다는 것 또한 확신하셔도 됩니다. 그리고 어마어마하게 접어드리죠."

그 말에 왕비는 웃었다.

"역시 자네는 훌륭한 신하야. 내게 얼마를 잃기를 원하나?"

"5크라운(잉글랜드의 5실링 은화)은 어떨까요?"

"좋네!"

"저도 걸겠습니다."

제인 파커가 느닷없이 말했다.

오빠의 미소가 사라졌다.

"당신에게는 그렇게 접어줄 순 없지요, 파커 양. 나의 모든 재산은 당신 손에 있으니까요."

오빠가 공손하게 대답했다.

여전히 궁정 연애식 어투였다. 가끔은 중요한 얘기도 있지만, 대개는 아무런 뜻도 없는, 왕실 내부에 밤낮으로 오가는 끊임없는 시시덕거림에 불과했다.

"그저 몇 크라운만 걸고 싶은 것뿐이에요."

제인은 오빠가 정말 잘하는, 재치 있게 아부하는 대화에 그를 끌어들이려고 시도하고 있었다. 언니와 나는 그녀가 오빠와 잘되게 해주고 싶은 마음이 전혀 생기지 않아 비판적으로 바라볼 뿐이었다.

"제가 마마께 지게 되면―마마께서 얼마나 인자하게 저를 가난하게 만드실지 보시게 될 겁니다―제겐 다른 이를 상대할 아무것도 남지 않게 됩니다. 그렇습니다. 실로 마마와 함께 있을 때마다 제겐 다른 이를 위한 건 아무것도 남지 않습니다. 돈도, 마음도, 눈길도."

"안 되겠군. 약혼녀 앞에서 이런 말을 하느냐?"

왕비가 끼어들었다.

조지 오빠가 절하며 말했다.

"저희는 아름다운 달을 선회하는 약혼한 별입니다. 가장 아름다운 이는 다른 모든 것을 어스레하게 만드는 법이죠."

"아아, 저리 가라. 가서 다른 데서 반짝거려라, 내 작은 불린 별."

조지 오빠는 인사를 하고 천막 뒤쪽으로 물러났다. 나는 오빠를 뒤따라갔다.

"빨리 줘. 다음 차례이시란 말이야."

오빠가 짧고 퉁명스레 말했다.

나는 드레스의 윗부분을 장식하고 있는 매우 긴 흰색 실크를 녹색 연결고리에서 잡아 빼내 오빠에게 건넸다. 오빠는 그것을 홱 낚아채 주머니에 넣었다.

"제인이 우리를 보고 있어."

오빠가 고개를 흔들었다.

"상관없어. 자기 생각이 어떻든 그 여자는 우리 집안의 관심사에 묶여 있어. 이만 가 봐야 해."

나는 고개를 끄덕였다. 오빠가 떠나자 나는 다시 천막 안으로 들어왔다. 왕비의 눈길이 내 가운 앞에 달린 비어 있는 고리에 잠시 머물렀지만, 그녀는 아무 말도 하지 않았다.

"곧 시작할 거예요. 폐하의 경기가 다음이거든요."

제인이 말했다.

갑옷의 무게에 눌려, 왕은 두 사람의 부축을 받으며 말안장 위에 오르고 있었다. 왕의 매제인 서퍽 공작 찰스 브랜든 역시 무장하고 있었다. 두 남자는 함께 말을 타고 나와 왕비의 천막 입구를 지나쳤다. 왕은 왕비에게 인사하는 의미에서 창을 밑으로 내리고 천막을 끝에서 끝까지 지나갔다. 투구의 면갑(面甲)을 올린 그는 내게 싱긋 웃어주었다. 결국 나에게 인사하는 격이 된 것이다. 그의 가슴받이에서 하얀 무언가가 아주 작게 펄럭였다. 나는 그것이 내 가운에서 나온 스카프라는 것을 알 수 있었다. 서퍽 공작이 왕을 뒤따랐다. 그는 왕비를 향해 창을 내리고, 나를 보며 뻣뻣하게 고개를 끄떡했다. 뒤에 서 있던 앤 언니가 짧게 숨을 들이마셨다.

"서퍽 공작이 너를 인정했어."

"그랬던 것 같아."

"그랬어, 머리를 숙였다니까. 폐하께서 너에 대해 공작에게 언급했다는 뜻이야. 아니면 누이인 메리 공주한테 말해서 그녀가 서퍽 공작한테 전했는지도 모르고. 폐하는 진심이야. 분명 진심인 거야."

나는 옆을 힐금 보았다. 왕비는 왕이 말을 세워놓은 경기장을 내려다보고 있었다. 커다란 군마는 트럼펫 출발 소리를 기다리면서 머리를 이리저리 쳐들었다.

왕은 편안하게 안장 위에 앉아 있었다. 투구에는 작은 금빛 고리가 둘러져 있었고 면갑은 아래로 내려져 있었으며 눈앞에는 창을 들고 있었다. 왕비는 잘 보기 위해 몸을 앞으로 기울였다. 트럼펫이 힘차게 울리고, 두 말은 옆구리에 박혀 들어오는 박차에 앞으로 뛰어올랐다. 무장한 두 남자는 번개처럼 서로를 향해 돌진했다. 말의 발굽에서는 땅에서 뜯긴 잔디 조각들이 튀어 올랐다. 창은 마치 과녁을 향해 날아가는 화살처럼 수평으로 내려져 있었고, 둘 사이의 간격이 좁혀지면서 창끝에 달린 페넌트도 세차게 펄럭였다. 왕은 상대의 일격을 방패로 잘 받아냈지만, 서퍽 공작을 향한 그의 공격은 공작의 방패 아래로 미끄러져 들어가 그의 가슴받이를 세차게 쳤다. 그 충격으로 서퍽 공작은 뒤로 떠밀리면서, 갑옷의 무게 때문에 말의 엉덩이 아래로 미끄러져 내렸다. 그는 거대한 쿵 소리와 함께 바닥에 떨어졌다.

공작의 아내가 자리에서 펄쩍 뛰어올랐다.

"찰스!"

그녀는 왕비의 대형 천막에서 재빨리 나와 치마를 쳐들고는 잔디 위에 미동 없이 누워 있는 남편을 향해 보통 아낙네처럼 뛰어갔다.

"나도 가봐야겠어."

언니가 자신의 주인을 서둘러 뒤따랐다.

나는 경기장 아래로 왕을 내려다보았다. 시종이 무거운 갑옷을 벗겨주고 있었다. 가슴받이가 벗겨지면서 내 하얀 스카프가 펄럭펄럭 땅으로 떨어져 내렸다. 왕은 그것을 보지 못했다. 시종들은 왕의 다리에서 정강이받이를 풀어내고 팔에서는 보호대를 벗겨냈다. 그리고 왕은 코트를 걸치면서 불길할 정도로 꼼짝도 않고 있는 공작을 향해 경기장 위쪽으로 활기차게 걸어갔다. 메리 공주는 서퍽 공작 옆에 무릎을 꿇고 앉아서 양손으로 그의 머리를 보호하듯이 안고 있었다. 공작의 시종은 바닥에 누워 있는 주인의 몸에서 무거운 갑옷을 벗겨냈다. 메리 공주는 오라버니가 다가오자 고개를 들었다. 싱긋 웃고 있었다.

"괜찮아요, 이 사람은. 방금 버클로 꼬집었다고 피터에게 무시무시한 욕설을 퍼부었는걸요."

헨리 왕이 하하 웃었다.

"다행이군!"

들것을 든 두 남자가 달려왔다. 서퍽 공작이 몸을 일으켰다.

"걸을 수 있어. 죽기 전에는 들판에서 실려 나갈 수 없지."

"자." 하고 헨리 왕이 그를 끌어올렸다. 또 한 남자가 반대편으로 뛰어와서 두 사람이 공작을 부축하고 걸어갔다. 공작은 발을 질질 끌었고 보조를 맞추려다 보니 뒤뚱거렸다.

"오지 마. 우선 편히 쉬게 하고, 그런 다음에 마차든 뭐든 준비해서 집으로 태워 보내자구."

헨리 왕이 어깨너머로 메리 공주에게 소리쳤다.

그녀는 그 자리에 멈춰 섰다. 왕의 시동(侍童)이 내 스카프를 손에 쥐고 주인에게 전해주기 위해 뛰어갔다. 메리 공주가 한 손을 내저으며 날카롭게 말했다.

"지금 폐하를 성가시게 하지 말거라."

소년은 여전히 내 스카프를 쥔 채 미끄러지듯이 멈춰 섰다.

"폐하께서 이걸 떨어뜨리셨습니다, 마마. 가슴받이 속에 지니고 계셨던 겁니다."

소년이 말했다.

메리 공주는 무관심하게 손을 내밀었고 소년은 스카프를 건넸다. 그녀는 오라버니의 부축을 받아 저택 안으로 들어가는 남편을 눈으로 좇고 있었다. 존 로빅 경이 그들을 서둘러 앞질러서 문을 열고는 하인들을 소리쳐 불렀다. 메리 공주는 내 스카프를 손에 돌돌 만 채 멍하니 왕비의 대형 천막으로 돌아갔다. 나는 스카프를 돌려받으려고 앞으로 나아갔지만 무슨 말을 해야 할지 몰라 망설였다.

"공작은 괜찮으신가?"

캐서린 왕비가 묻자 메리 공주가 깜짝 미소를 지었다.

"예. 정신도 말짱하고 부러진 곳도 없습니다. 가슴받이에도 거의 손상이 없구요."

"그거, 내가 가져갈까?"

캐서린 왕비가 물었다.

메리 공주가 내 구겨진 스카프를 내려다보았다.

"아, 이거! 폐하의 시동이 제게 대신 준 것입니다. 폐하의 가슴받이 속에 있었다고 하더군요."

그녀는 캐서린 왕비에게 스카프를 건네주었다. 메리 공주는 자신의 남편 이외에는 완전히 눈도 귀도 멀어 있었다.

"아무래도 가봐야겠어. 앤, 자네와 나머지 사람들은 식사 후에 왕비마마와 함께 처소로 돌아가도 되네."

왕비도 고개를 끄덕여 허락을 나타냈고 메리 공주는 서둘러 대형 천막을 나가 저택으로 향했다. 캐서린 왕비는 내 스카프를 손에 쥔 채 떠나는 그녀의 모습을 바라보았다. 그러더니 천천히, 그러하리라 예상했던 듯이, 왕비는 스카프를 뒤집었다. 부드러운 실크는 손가락 사이에서 쉬이 미끄러졌다. 술이 달린 가장자리에 실크로 수놓인 밝은 녹색의 모노그램 'MB'를 보고는, 천천히, 비난하듯이, 왕비는 내 쪽으로 시선을 돌렸다.

"이건 자네 것 같은데."

왕비가 경멸하는 듯한 목소리로 나지막이 말했다. 내 스카프가 찬장 뒤쪽에서 찾아낸 죽은 쥐라도 되는 듯이 팔을 죽 뻗어 엄지와 검지 두 손가락으로 들어 올렸다.

"어서 가. 받아야 할 거 아냐."

언니가 속삭이더니 내 등허리를 떠밀어서 나는 앞으로 나아갔다.

왕비는 내가 앞으로 나아갈 때 스카프를 떨어뜨렸다. 나는 떨어지는 스카프를 가까스로 받아냈지만, 스카프는 바닥이나 닦을 형편없는 천 조각 같아 보였다.

"고맙습니다."

내가 겸손하게 말했다.

만찬 동안 왕은 나를 거의 쳐다보지 않았다. 낮의 사고는 그의 아버지가 늘 그러하였듯 그를 우울하게 했다. 신하들도 그런 버릇에

점차 두려움을 느끼게 되었다.

왕비는 이보다 더 사근사근하고 유쾌할 수가 없었다. 그러나 어떤 대화도, 어떤 매력적인 미소도, 어떤 음악도 그의 기분을 돋워줄 수 없었다. 왕은 왕실 광대의 익살스러운 짓에도 웃지 않았다. 그는 악단의 연주를 들으면서 흠뻑 취하도록 술을 마셨다. 왕비는 그런 왕의 기분을 돋을 수 없었다. 왕이 소침하게 된 원인이 어느 정도는 그녀 자신에게 있었기 때문이었다. 왕은 왕비가 인생의 변환점에 가까워 있다고 느꼈고, 그녀의 어깨에서 죽음의 신을 보았다. 왕비는 앞으로 십여 년을 더 살지도, 수십 년을 더 살지도 모른다. 죽음의 신은 이 순간에도 그녀의 월경을 고갈시키고 얼굴에는 주름살을 그리고 있었다. 왕비는 늘그막을 향해 가는 중이지만 그들의 뒤를 이을 계승자를 만들지 못했다. 마상 창 시합도 하고 노래도 부르고 춤도 추면서 하루하루 즐겁게 지낼지도 모르지만, 왕이 아들을 황태자로 책봉하지 못한다면 그는 왕국에게 가장 중요하고도 가장 기본적인 의무를 다하지 못하는 것이었다. 베시 브라운트의 사생아로는 되지 않는 일이었다.

"찰스 브랜든 공작은 분명 금방 다시 좋아질 겁니다."

왕비가 나섰다. 식탁 위에는 설탕을 입힌 서양자두와 진하고 달콤한 포도주가 놓여 있었다. 왕비는 포도주를 한 모금 마셨다. 그러나 옆에 앉아 있는 남편이 자신을 결코 좋아하지 않았던 시아버지처럼 일그러진 어두운 표정을 하고 있어 그녀가 포도주에 별로 구미를 느끼지 못할 것이라고 생각했다.

"당신이 잘못했다고 생각하시면 절대 안 돼요, 헨리. 정당한 시합이었잖아요. 게다가 전에 당신께서 공작에게 가격당했던 적이 있다는 건 하느님이 아시잖아요."

왕은 자리에서 몸을 돌려 왕비를 쳐다보았다. 왕비 역시 그를 마주보았다. 왕의 차가운 시선에 그녀의 얼굴에서 미소가 사라지는 것을 보았다. 왕비는 무엇이 문제냐고 묻지 않았다. 그녀는 무척 노련하고 지혜로워서 화가 난 남자에게 무엇이 그를 괴롭히는지 절대 묻지 않았다. 대신에 왕비는 당당하면서도 사랑스러운 미소를 지으며 왕을 향해 잔을 들었다.

"헨리, 당신의 건강을 위하여."

그녀가 다정한 어조로 말했다.

"당신이 건강하시고, 오늘 다치신 게 당신이 아니라는 것에 대해 하느님께 감사해야겠어요. 지금까지는 늘 두려움으로 가슴을 끓이면서 천막에서 경기장으로 뛰어갔던 게 저였는데 말이죠. 물론 당신의 누이인 메리 공주를 생각하면 유감이지만, 오늘 다치신 게 당신이 아니라서 저는 기쁠 수밖에 없네요."

"바로 저거. 저게 대가같이 능수능란하다는 거야."

앤 언니가 내 귀에 대고 속삭였다.

효과가 있었다. 자신의 안녕에 대하여 두려움으로 애태우는 여자의 모습에 매혹된 헨리 왕은 어둡고 부루퉁한 표정을 지웠다.

"한순간도 결코 당신을 불안하게 하지 않을 거요."

"여보, 당신은 벌써 밤낮으로 저를 불안하게 하셨어요. 하지만 당신이 건강하고 행복하시기만 하다면, 그리고 모든 일이 끝난 뒤 처소로 돌아오시기만 한다면, 제가 왜 불평하겠습니까?"

캐서린 왕비가 웃으며 말했다.

"아하. 이렇게 해서 왕비가 동의를 하고, 네 고통은 가시겠구나."

앤 언니가 조용히 말했다.

"무슨 뜻이야?"

내가 묻자 언니가 사납게 대답했다.

"정신 차려. 모르겠어? 마마가 폐하의 기분을 풀어주고는, 나중에 돌아오기만 한다면 너를 가져도 된다고 말했잖아."

나는 왕이 잔을 들어 왕비의 축배에 답례하는 것을 보았다.

"그래서 그 다음은 어떻게 되는 거야? 언니가 그렇게 모든 걸 다 안다면 말이야."

내가 물었다.

"뭐, 한동안 폐하는 너를 갖는 거지. 그렇지만 넌 폐하와 마마 사이에 끼어들진 못해. 넌 폐하를 붙들지 못할 거야. 물론 마마가 늙은 건 인정해. 하지만 마마는 폐하를 받드는 척할 수 있고, 폐하는 그걸 필요로 하셔. 폐하께서 갓 소년에서 벗어나셨을 때는 마마가 왕국에서 가장 아름다운 여인이었잖아. 그걸 극복하려면 많은 게 필요할 거야. 네가 그걸 할 수 있으리라는 건 의심스러워. 너는 나름대로 예쁘고, 또 폐하와 반쯤 사랑에 빠져 있으니까 도움이 되겠지만, 너 같은 여자가 폐하를 조종할 수 있으리란 건 의심스럽단 말이지."

"그럼 누가 할 수 있는데?"

언니가 깔보는 것에 마음이 상해 힐문했다.

"언니가?"

언니는 성벽을 재어보는 공성(攻城) 장교처럼 왕과 왕비를 바라보았다. 얼굴에는 호기심과 전문가적인 식견밖에 어려 있지 않았다.

"그럴지도 모르지. 그렇지만 어려운 임무가 될 거야."

"폐하께서 원하는 건 언니가 아니라 나야. 내 징표를 달라고 하셨어. 내 스카프를 가슴받이 속에 지니셨다구."

내가 일깨워주었다.

"떨어뜨리고 잊어버리셨지. 어쨌든 폐하가 무얼 원하는지가 문제가 아니야. 탐욕스럽고 부패하시니까. 아무거나 다 원하게끔 만들 수도 있어. 하지만 너는 결코 그렇게 못 할 거야."

늘 그렇듯 잔인하게도 정확히 지적했다.

"왜 나는 못 한다는 거야? 왜 언니는 폐하를 붙잡을 수 있는데 나는 그러지 못한다고 생각하는 거야?"

내가 열에 받쳐 물었다.

언니는 얼음으로 조각한 것처럼 완벽하게 아름다운 얼굴로 나를 바라보았다.

"왜냐하면 폐하를 다룰 수 있는 여자는 한순간도 자신이 어떤 게

략을 위해 있다는 것을 절대 잊지 않는 사람이어야 하거든. 너는 완전히 부부 생활을 즐기는 데에만 준비되어 있잖아. 하지만 헨리 폐하를 다룰 여자는 매순간순간 폐하의 생각을 다루는 데서 기쁨을 얻어야 한다는 것을 아는 사람이어야 해. 절대 관능적인 욕망으로 성립된 결혼이 아닐 테지. 헨리 폐하께선 그걸 얻는다고 생각하실 테지만. 끝없이 노련한 솜씨를 요하는 일일 거야."

만찬은 4월의 선선한 초저녁인 5시쯤 끝났다. 초대해준 주인에게 인사를 하고 말에 올라타 엘섬 궁전으로 돌아갈 수 있도록 말들은 저택 앞에 준비되어 있었다. 연회 자리를 떠나면서, 하인들이 부엌문에서 남은 빵 덩어리들과 고기를 할인가격으로 팔기 위해 큼직한 바구니에 살짝살짝 떨어뜨리는 것을 보았다. 왕이 가는 곳곳마다 달팽이 뒤에 남는 점액처럼 사치와 부정과 낭비가 질질 뒤따랐다. 마상 창 시합을 보기 위해 왔다가 궁정 사람들이 식사하는 것까지 남아서 지켜본 가난한 사람들은 연회 음식을 얻기 위해 이제 부엌문으로 모여들었다. 그들은 먹다 남은 음식을 받게 되었다—빵 조각, 잘라진 고기, 반쯤 먹다 남은 푸딩 따위. 가난한 사람들은 아무것이나 먹기 때문에 어떤 것도 낭비하지 않았다. 그들은 돼지를 기르는 것만큼 경제적이었다.

왕의 사저〈이 책에 등장하는 사저(privy chamber)는 우리가 흔히 쓰는 사저(私邸)와는 분류되며 보통 처소를 뜻하는 'chamber' 보다는 좀더 사적인 공간으로, 이곳에는 화장실, 도서실, 서재, 침실이 있다.〉에서 일하는 게 하인들에게 기쁨이 되는 것은 이러한 부수입 때문이었다. 어디에서나 어느 하인이든 약간은 속이고, 조금씩 자기 주머니를 챙겼다. 부엌에서 가장 지위가 낮은 하인도 파이 부스러기나 고기를 굽고 남은 기름, 그레이비의 즙으로 약간의 돈벌이를 했다. 아버지는 왕의 사저 관리인이었기에, 이렇게 모인 부수입의 맨 꼭대기 자리에 있었다. 그는 모든 사람들이 자기 몫을 가져가는 것을 감시하며 자기 몫도 챙겼다. 왕비의 말벗이 되어주고 간단한 시중을 들어주기 위해 있는 것처럼 보이는 시녀라는 직업조차도 자신들의 주인(왕비)의 눈앞에서 왕을 유혹하기 좋은 곳에 자리를 잡았고, 한 여자가 다른 여자에게 초래할 수 있는 가장 큰 슬픔을 주었다. 시녀에게도 짭짤한 부수입이 있었다. 시녀 역시 만찬이 끝난 후 동석자가 다른 쪽을 보고 있을 때 쓸데없는 약속과 쉽게 잊을 수 있는 사탕과자 같은 달콤한 사랑놀이로 비밀스런 장사를 하곤 했다.

우리는 빛이 희미해지는 하늘 아래에서 말을 타고 처소로 향했다. 사위가 회색빛에 잠기고 서늘해졌다. 몸에 망토를 감싸고 있어서 다행이었지만, 눈앞에 펼쳐져 있는 길과 머리 위에서 어둑어둑해지는 하늘, 옅은 회색빛 하늘에 핀으로 조그맣게 구멍을 낸 듯한 별들을 보기 위해 망토에 달린 모자는 뒤로 젖히고 있었다. 반쯤 도착했을 때 왕의 말이 내 말 옆에 나란히 섰다.

"오늘 하루 재미있게 보냈나?"

왕이 물었다.

"폐하께서 제 스카프를 떨어뜨리셨습니다. 폐하의 시동이 메리 공주마마께 전해드렸고, 메리 마마께서 왕비마마께 전해드렸습니다. 왕비마마께선 단번에 알아채시고 스카프를 제게 돌려주셨습니다."

내가 부루퉁하게 대답했다.

"그래서?"

나는 캐서린 왕비가 왕비의 의무이기에 참아 넘겼을 작은 굴욕감에 대해 생각했어야 했다. 그녀는 남편에게 결코 푸념을 털어놓지 않았다. 항상 고민거리를 하느님께 가져갔고, 그제야 매우 나지막이 속삭이며 기도했다.

"끔찍했습니다. 처음부터 폐하께 절대 드리지 말았어야 했어요."

"그래, 이제 되찾지 않았나. 그게 그렇게 소중했다면 말이야."

왕은 비웃듯이 말했다.

"소중해서 그런 게 아닙니다. 마마께서 의심도 없이 제 것인 줄 아셨기 때문입니다. 모든 시녀들이 보는 앞에서 제게 스카프를 돌려주셨습니다. 땅으로 떨어뜨리셨어요. 제가 잡지 못했다면 땅으로 떨어졌을 것입니다."

내가 계속 설명했다.

"그래서 뭐가 변했지? 그래서 뭐가 곤란하다는 거야? 왕비는 우리가 함께 춤을 추는 것도 대화하는 것도 보지 않았나. 왕비는 내가 자네를 찾는 것도 봤고, 자네는 왕비가 보는 바로 앞에서 나와 손을 맞붙잡지도 않았나. 그때 자네는 불평하지도 성가신 잔소리를 늘어놓지도 않지 않았나."

그가 무척 거친 목소리로 힐문했다. 얼굴이 갑자기 험악해졌고 미소도 짓지 않았다.

"잔소리를 하는 것이 아닙니다!"

마음이 상했다.

"아니, 하고 있어. 이유도 없고, 내 말해 볼까, 신분도 없이. 자네는 내 애인도 귀부인도 아내도 아니야. 나는 다른 사람이 내 행동에 대해 불평하는 것에 귀 기울이지 않아. 나는 잉글랜드의 왕이야. 내가 하는 행동이 마음에 들지 않으면, 자네에게는 프랑스가 있어. 언제든지 프랑스 왕실로 돌아갈 수 있어."

"폐하…… 저는……."

왕은 말에 박차를 가했다. 말은 속보로 달리다가 천천히 걸었다.

"잘 자게."

왕이 어깨너머로 말했다. 그는 망토를 휘날리고 모자에 달린 깃털을 나부끼며 말을 몰고 떠나갔다. 내가 아무 말도 못 하게, 다시 그를 부를 수도 없게 내버려두고.

앤 언니는 왕비의 처소에서 우리 방으로 나를 아무 말 없이 끌고 가 이야기의 모든 전말을 얘기해주기를 기대하고 있었지만, 그날 밤

나는 언니와 아무 얘기도 하지 않을 작정이었다.

"얘기하지 않을 거야. 나 좀 혼자 내버려둬."

내가 고집스럽게 말했다.

언니는 두건을 벗고 땋은 머리칼을 풀기 시작했다. 나는 침대 위로 뛰어올라가 가운을 벗어던지고 잠옷을 걸친 다음 머리칼도 빗지 않고 심지어는 얼굴도 씻지 않은 채 침대보 사이로 쑥 미끄러져 들어 갔다.

"설마 그런 꼴로 자려는 건 아니겠지."

언니가 기가 막힌다는 듯이 말했다.

"제발 나 좀 내버려둬."

베개에 얼굴을 파묻고 말했다.

"왜 폐하가……?"

언니가 내 옆으로 들어오며 입을 열었다.

"얘기하지 않을 거야. 그러니까 묻지 마."

언니는 고개를 끄덕이더니 몸을 돌려 촛불을 껐다.

꺼진 심지에서 피어오르는 연기 냄새가 내 쪽으로 불어왔다. 마치 슬픔의 냄새 같았다. 앤 언니의 예리한 시선으로부터 보호된 어둠 속에서, 나는 몸을 돌리고 똑바로 누워 위에 있는 닫집을 빤히 보며 만일 왕이 너무나도 화가 나서 다시는 나를 보려 하지 않는다면 어떻게 될지 곰곰이 생각해보았다.

얼굴이 차가웠다. 손을 뺨에 갖다 대니 눈물로 젖어 있었다. 나는 침대보에 얼굴을 문질렀다.

"이번엔 또 왜 그래?"

언니가 졸린 듯이 물었다.

"아무것도 아니야."

* * *

"네가 놓쳤어."

외삼촌이 비난하듯이 말했다. 그는 엘섬 궁전의 대회당에 있는 기다란 목제 식탁 너머로 나를 쳐다보았다. 우리 수행원들은 뒤에 있는 문 앞에서 보초를 서고 있었다. 대회당 안에는 울프하운드 두어 마리와 잿불 앞에서 자고 있는 남자아이밖에 없었다. 하워드 가(家) 제복을 입은 우리 쪽 남자들이 맨 끝에 있는 문 앞에 서 있었다. 궁전이, 왕 소유의 궁전이 하워드 가 사람들끼리 은밀히 계략을 짤 수 있도록 안전하게 만들어져 있었다.

"손에 쥐고 있던 폐하를 네가 놓쳐버렸어. 대체 무슨 잘못을 저지른 게야?"

나는 고개를 저었다. 상석의 단단한 표면 위로 쏟아내기에는, 그리고 냉혹한 얼굴을 한 외삼촌에게 털어놓기에는 너무 은밀한 일이었다.

"나는 대답을 원해. 너는 폐하를 놓쳤어. 일주일 동안 폐하는 너를 쳐다보지도 않았어. 대체 무슨 잘못을 한 게야?"

"아무것도요."

내가 속삭였다.

"무슨 잘못을 했을 게 아니냐. 마상 창 시합 때 폐하는 가슴받이 속에 네 스카프를 지니고 있었어. 그 후에 네가 화나게 할 무슨 짓을 했겠지."

나는 비난하는 듯한 눈빛으로 조지 오빠를 쏘아보았다. 외삼촌에게 내 스카프에 대해 말했을 사람은 오빠밖에 없었다. 오빠는 어깨를 으쓱하며 미안하다는 표정을 지었다.

"폐하께서 제 스카프를 떨어뜨리셨는데, 폐하의 시동이 그걸 메리마마께 전해드렸습니다."

불안과 고통으로 목구멍이 조여 왔다.

"그래서?"

아버지가 날카롭게 물었다.

"메리 마마께서 캐서린 왕비마마께 스카프를 전해드렸어요. 왕비마마께서 제게 돌려주셨구요."

나는 단호한 얼굴들을 번갈아보았다.

"모두들 그게 무얼 뜻하는지 알았죠."

내가 절망적으로 말했다.

"궁전으로 돌아올 때, 다른 사람들이 징표를 보게 해서 폐하께 실망했다고 말했습니다."

외삼촌은 숨을 토해냈고 아버지는 식탁을 탁 쳤다. 어머니는 내가 꼴도 보기 싫다는 듯 고개를 돌렸다.

"맙소사."

외삼촌이 어머니를 노려보았다.

"제대로 가르쳤다고 나를 확신시키지 않았나. 프랑스 왕실에서 반평생을 살아놓고는 마치 건초더미 뒤의 양치기 소녀처럼 폐하께 우는 소리를 하다니!"

"어떻게 그럴 수 있니?"

어머니가 간단하게 물었다.

나는 얼굴을 붉히며 윤이 나는 식탁 표면에 나 자신의 불행한 얼굴이 보일 때까지 고개를 숙였다.

"잘못되게 하려고 한 말은 아닙니다. 죄송해요."

내가 속삭였다.

"상황이 그렇게 나쁘진 않아요. 모두들 너무 어둡게 보고 있는 거예요. 폐하께서 그리 오랫동안 화를 내시진 않을 겁니다."

조지 오빠가 끼어들었다.

"왕은 곰처럼 골을 잘 내. 지금 당장에도 폐하를 위해 춤추고 있는 시모어 가(家) 여자들이 있다고는 생각하지 않느냐?"

외삼촌이 날카롭게 말했다.

"그중 누구도 메리만큼 예쁘지는 않죠. 폐하는 메리가 적절치 못한 말을 했다는 것조차 잊으실 겁니다. 어쩌면 그런 말 때문에 메리를 좋아할지도 모르죠. 지나치게 꾸미지 않았다는 것을 보여주니까요. 약간의 열정이 있다는 것을 보여주기도 하구요."

아버지는 약간 위로가 되었는지 고개를 끄덕였지만, 외삼촌은 긴 손가락으로 식탁을 두드렸다.

"이제 어떡하지?"

"메리를 보내버리세요."

앤 언니가 불쑥 말했다. 뒤늦게 말하는 사람이 늘 그러하듯 언니는 단번에 모두의 시선을 끌었지만, 우리를 사로잡은 것은 언니의 자신감 있는 목소리였다.

"보내버려?"

외삼촌이 되물었다.

"네, 헤버로 내려보내세요. 그런 다음 폐하께 메리가 아프다고 말씀드리는 거예요. 슬픔으로 죽어가는 메리를 상상하실 수 있게 하는 거죠."

"그다음엔?"

"그다음엔 폐하께서 메리가 돌아오길 원하겠죠. 메리는 원하는 대로 할 수 있을 거예요. 단지 메리가 돌아오면 해야 하는 것은 기독교국에서 가장 교양 있고 가장 재치 있고 가장 잘생긴 왕자를 매혹할 만큼 정말로 훌륭하게 처신하는 것뿐이에요. 메리가 할 수 있을 거라고 생각하세요?"

앤 언니의 입가에 특유의 심술궂은 엷은 미소가 번졌다.

어머니와 아버지와 외삼촌, 그리고 심지어 조지 오빠까지 아무 말 없이 나를 면밀히 뜯어보는 동안 차가운 정적이 흘렀다.

"저도 못 할 거라고 생각해요. 하지만 메리가 폐하의 잠자리에 드는 정도는 제가 잘 지도해줄 수 있어요. 그 후에 메리한테 무슨 일이 일어나든 그건 하느님의 손에 달렸죠."

언니가 우쭐거리며 말했다.

외삼촌이 언니를 골똘히 쳐다보았다.

"어떻게 폐하를 붙들지 지도해줄 수 있느냐?"

외삼촌이 물었다.

언니는 얼굴을 들고 그에게 웃어주었다. 자신감이 넘치는 얼굴이었다.

"물론이죠. 얼마간은요. 폐하도 결국 어쩔 수 없는 남자니까요."

외삼촌은 아무렇지도 않게 그의 성별을 무시하는 언니를 보고 무뚝뚝하게 웃었다.

"말조심해라. 우리 남자들이 오늘날 이런 자리에 있게 된 것은 어떠한 우연 때문이 아니다. 우리는 여자들의 욕망보다는 더 중요한 권력을 택했어. 그리고 우리는 그것을 이용해서 우리 자신들을 영원토록 그 자리에 붙들어 맬 수 있는 법률을 만들었지."

외삼촌이 힘주어 말했다.

"그건 그렇죠. 하지만 우린 지금 중요한 정책에 대해 이야기하고 있는 게 아니잖아요. 우리 폐하의 욕망을 사로잡는 것에 대해 이야기하고 있어요. 메리는 그저 폐하를 붙잡고 아들이 생길 만큼 오랫동안 붙들고 있으면 되는 거예요. 왕족의 피가 흐르는 하워드 가의 서자 말이에요. 뭘 더 바라겠어요?"

"메리가 할 수 있을 것 같으냐?"

"배우면 되죠. 반쯤 왔잖아요. 어떻든 간에 폐하께서 메리를 선택했으니까요."

언니가 대답했다. 어깨를 살짝 으쓱하는 것이 왕의 선택을 대수롭지 않게 여긴다는 것을 나타냈다.

정적이 흘렀다. 외삼촌의 관심은 나와 가문의 번식용 암말이 될 내 미래를 떠나갔다. 대신에 외삼촌은 마치 처음 본다는 듯 앤 언니를 바라보고 있었다.

"네 또래의 아가씨들 중에 너만큼 영리한 아이는 많지 않아."

언니가 외삼촌을 보며 빙긋 웃었다.

"저도 외삼촌과 같은 하워드 가 사람이니까요."

"직접 폐하께 시도해보지 않는다는 게 뜻밖이구나."

"생각은 해봤어요. 현재 잉글랜드에서 사는 여자라면 반드시 한 번쯤은 그런 생각을 해봤을 거예요."

언니가 솔직하게 말했다.

"그런데?"

외삼촌이 재촉했다.

"저는 하워드가 사람이잖아요. 중요한 건 우리 중 어느 하나가 폐하를 사로잡는다는 거예요. 그게 누군지는 중요하지 않아요. 메리가 폐하의 취향이고, 그래서 폐하께서 인정하는 아들을 갖게 된다면, 우리 가문은 왕국에서 가장 높은 자리에 오를 거예요. 경쟁자도 없고요. 우리는 할 수 있어요. 우리는 폐하를 잘 다룰 수 있어요."

외삼촌이 고개를 끄덕였다. 외삼촌은 왕의 양심은 길들여진 짐승과 같다는 것을 알고 있었다. 쉽게 무리를 따르기도 하지만 돌연 고집스럽게 멈춰서기도 일쑤였다.

"우리가 너한테 고마워해야 할 것 같구나. 네가 우리의 계략을 짜줬어."

외삼촌이 말했다.

언니가 사의에 답했다. 허리를 숙여 인사했다면 기품 있어 보였겠지만, 그러하지 않았다. 대신 언니는 줄기에 달린 꽃처럼 머리를 까딱였다. 전형적인 거만한 몸짓이었다.

"저도 당연히 제 동생이 폐하께서 가장 총애하는 사람이 되는 걸 애타게 보고 싶어요. 이 일은 외삼촌의 일이자 전적으로 제 일이기도 해요."

어머니가 지나치게 자신만만한 맏딸에게 쉿 하는 소리를 내자 외삼촌이 고개를 흔들었다.

"아니, 말하게 내버려둬. 앤은 우리 중 누구만큼이나 예리해. 그리고 앤 말이 맞는 것 같아. 메리는 헤버로 가서 폐하가 부를 때까지 기다리는 게 좋겠어."

"부르실 겁니다. 부르실 거예요."
언니가 잘 알고 있다는 듯이 말했다.

자신이 소포처럼, 침대의 커튼처럼, 또는 대회당의 위쪽 식탁에 놓인 접시나 아래쪽 식탁에 놓인 양은그릇처럼 느껴졌다. 나는 왕을 낚기 위한 미끼로, 짐같이 꾸려져서 헤버로 보내지게 되었다. 떠나기 전에 왕을 볼 수도, 떠나는 것을 누구에게 말할 수도 없었다. 어머니는 왕비에게 내가 과로했으니 집에 가서 쉴 수 있도록 며칠 동안 시중드는 것을 면해달라고 청했다. 불쌍한 왕비는 자기가 승리했다고 생각했다. 그녀는 불린 가 사람들이 물러나는 줄만 알았다.

긴 여행은 아니었다. 이십 마일을 조금 넘었다. 우리는 길가에 멈춰 서서 식사를 했다. 싸 가져온 빵과 치즈밖에 먹지 않았다. 아버지는 가는 길에 아무 대저택이라도 방문하기만 하면 후한 대접을 받을 수 있었다. 아버지는 왕의 큰 총애를 받는 신하로서 웬만히 알려져 있었으므로 계속해서 정중한 대접을 받았을 것이다. 그러나 아버지는 잠시도 쉬지 않고 계속해서 나아가고 싶어했다.

큰길에는 바퀴자국이 나 있고 구덩이가 움푹 패어 있었다. 이따금 우리는 여행자들이 타고 가다 뒤집혔을 법한 부서진 수레바퀴를 보았다. 그러나 말들은 마른 땅에서 꽤 잘 나아갔고, 때때로 우리는 천천히 달리기도 했다. 길가의 가장자리는 하얀 집시 레이스와 꽃잎이 커다란 흰색 데이지로 충만했고, 초여름 잔디의 푸르름으로 무성했다. 산울타리에는 인동덩굴이 산사나무와 그 꽃을 칭칭 감고, 뿌리 쪽에는 보라와 파랑이 섞인 꿀풀 바다가 펼쳐져 있었고, 섬약한 흰 꽃과 보라색 잎맥을 한 레이디스 스목이 후리후리하게 자라고 있었다. 산울타리 뒤의 푸른 풀이 무성한 목장에서는 살찐 소들이 머리를 숙이고 우적우적 풀을 씹고 있었다. 더 높은 들판에서는 이따금 부리는, 빈둥대는 사내아이가 나무 그늘에 앉아서 양 떼를 지키고 있었다.

마을 밖의 공유지는 대부분 좁고 기다랗게 경작되어 있었다. 왕의 행차에 행렬을 지어 뒤따르는 수행원들처럼 양파와 당근을 줄줄이 이어 가꾼 모습이 아름다운 풍경을 만들었다. 마을에도 수선화와 허브, 채소와 앵초, 생장기의 야생 콩과 죽 늘어선, 만발한 산사나무 관목이 시골집들의 정원에 뒤죽박죽 뒹굴고 있었다. 구석에는 돼지를 위한 자리가 따로 마련되어 있었고, 뒷문 바깥쪽에 쌓인 거름더미 위에서는 수탉이 울고 있었다. 내리막길을 따라 에덴브리지와 목초지를 지나 헤버의 우리 소유지로 들어서면서, 아버지는 만족스러운 듯 침묵에 잠겨 말을 몰고 갔다. 땅이 축축해서 걸음걸이가 무거워져 말들이 전보다 느려졌지만, 이제 우리 땅에 가까워지고 있어 아버지는 느긋했다.

저택은 아버지의 소유가 되기 전에 할아버지의 것이었다. 그러나 그 이상 거슬러 올라가면 우리 가문의 것이 아니었다. 할아버지는 그저 평범한 재산을 가진 남자였다. 그는 자력으로 노픽에서 출세했다. 포목상의 도제였으나 결국에는 런던 시장이 되었다. 우리가 그렇게도 매달리는 하워드 가의 연줄은 겨우 최근에, 그리고 단지 노픽 공작의 딸 엘리자베스 하워드였던 어머니를 통해 만들어졌다. 아버지로서는 굉장한 결혼 상대였다. 아버지는 어머니를 에식스의 로치퍼드에 있는 우리의 대저택에 데려간 다음, 헤버에도 데려갔다. 어머니는 성의 작은 규모와 아늑하지만 초라한 내실에 질겁했다.

즉시 아버지는 어머니를 기쁘게 해주기 위해 성을 재건하기 시작했다. 맨 먼저 그는 옛날식으로 천장이 없고 서까래가 보였던 곳에 천장을 만들었다. 대회당 위쪽의 공간에는 가족을 위해 개인 방들을 여럿 만들어 넣어, 더욱 편안하고 개인적으로 식사도 하고 쉴 수도 있게 했다.

아버지와 나는 정원 문으로 들어갔다. 우리가 지나가자 문지기와 그의 아내가 허겁지겁 뛰어나와서 인사했다. 우리는 손을 흔들며 그들을 지나쳤고, 비포장도로를 올라 작은 나무다리가 놓여 있는 첫 번째 강으로 향했다. 나의 말은 이런 광경을 좋아하지 않았다. 말굽 소리가 속이 빈 나무에 부딪혀 울려 퍼지자마자 말은 앞으로 나아가려 하지 않았다.

"바보 같으니."

아버지가 투덜거렸다. 나를 뜻한 것인지 말에게 한 것인지 잠시 의아했다. 아버지는 사냥말을 내 말 앞으로 몰고 와 건너편 길로 인도했다. 위험하지 않다는 것을 알고 나서 매우 온순해진 나의 말이 뒤따랐다. 그렇게 해서 나는 아버지를 따라 우리 성의 도개교(跳開橋)까지 가서 하인들이 경비실에서 나와 뒤쪽에 있는 마구간으로 말들을 이끌고 가주기를 기다렸다. 장시간에 걸쳐 말을 타고 온 터여서 하인이 안장에서 들어 내려줬을 때 다리가 후들거렸다. 하지만 나는 아버지를 따라 도개교를 건너고 경비막사의 그늘을 지나, 외부인을 차단하도록 된 내리닫이문의 두꺼운 창살 아래를 거쳐서 작은 성내 마당으로 들어갔다.

정문은 열려 있었다. 욕실담당 하인과 집사장이 나와서 아버지에게 인사했다. 그들 뒤에는 대여섯 명의 하인들이 서 있었다. 아버지는 그들을 훑어보았다—어떤 이들은 정식 제복을 입고 있었고 어떤 이들은 아니었다. 하녀 두 명은 가장 좋은 앞치마 위에 덧입은 질긴 삼베 앞치마를 허겁지겁 풀었다. 굉장히 더러운 리넨이 힐금힐금 보였다. 마당 구석에서 빠끔히 얼굴을 내밀고 있는 고기 굽는 소년의 모습은 몸에 더러움이 깊이 배어든 데다 반쯤 벗겨진 누더기를 입고 있어 불결해 보였다. 아버지는 전체적으로 혼란스럽고 부주의한 느낌을 알아차리고는 사람들을 향해 머리를 끄덕였다.

"음, 그래. 여기는 내 딸 메리다. 메리 캐리 부인이지. 우리를 위해 방을 준비해두었나?"

아버지가 조심스럽게 입을 열었다.

"그렇고말고요, 나리. 모든 게 준비되어 있습니다. 캐리 마님의 방도 준비되어 있구요."

침실담당 하인이 고개를 숙였다.

"식사는?"

"즉시 준비하겠습니다."

"우리는 내실에서 식사하겠네. 내일 저녁은 대회장에서 식사를 할 테니 사람들은 그때 찾아와서 나를 봐도 되네. 내일은 모두들 있을 때 식사를 하겠다고 말해두게. 하지만 오늘 저녁은 아무도 방해하지 말아주게."

하녀들 중 하나가 앞으로 걸어 나와 나에게 절했다.

"방을 보여드릴까요, 캐리 마님?"

아버지가 고개를 끄덕여 나는 하녀를 따라갔다. 우리는 넓은 앞문을 지나 좁다란 복도를 따라서 왼쪽으로 돌았다. 마침내 작은 나선형의 대리석 계단을 올라가자, 옅은 푸른색 실크 커튼이 쳐진 조그만 침대가 있는 예쁜 방이 나왔다. 창문을 통해 해자(垓字)와 그 너머의 정원이 내다보였다. 방에서 문을 나서면 어머니가 가장 좋아하는 거실인 석조 벽난로가 있는 조그만 복도가 이어졌다.

"씻고 싶으세요? 뜨거운 물을 가져다 드릴까요?"

하녀가 어색하게 물었다. 차가운 물이 담긴 주전자와 주둥이가 넓은 물 항아리를 몸짓으로 가리켰다.

나는 승마용 장갑을 벗어 여자에게 건넸다. 순간 나는 엘섬 궁전과 지속적으로 아부하며 시중드는 것에 대해 생각했다.

"응, 뜨거운 물을 가져오고 하인들이 내 옷을 가져오는지 확인해줘. 이 승마복을 갈아입고 싶어."

하녀는 인사를 하고 방을 나가서 자그마한 대리석 계단을 내려갔다. 하녀가 나가면서 잊지 않으려고 "뜨거운 물. 옷." 하고 자신에게 주입하듯 중얼거리는 것을 들었다. 나는 창가 벤치로 가 무릎을 대고 일어서서 조그만 창문에 달린 창살 너머로 밖을 내다보았다.

하루 내내 나는 헨리 왕과 떠나온 왕실을 생각하지 않으려고 노력했었다. 그러나 이렇듯 편치 않은 귀가를 하고 나니 내가 잃은 것이 비단 왕의 사랑뿐만 아니라 어느덧 내게 없어서는 안 되게 된 사치스런 생활 또한 잃었다는 것을 깨달았다. 다시 헤버의 불린 가 아가씨가 되고 싶지 않았다. 켄트에 있는 조그마한 성 주인의 딸이 되고 싶지 않았다. 나는 잉글랜드에서 가장 총애받던 젊은 여자였다. 이미 헤버로부터 멀리 벗어났고, 다시 되돌아오고 싶지 않았다.

아버지는 사흘밖에 머물지 않았다. 그러나 토지 관리인과, 긴급히 이야기를 나누고 싶어했던 소작인들을 만나보고, 토지 경계에 대한 논쟁을 해결하고, 가장 좋아하는 암말을 종마 곁에 두라고 명령을 내리기에는 충분한 시간이었다. 그런 다음 아버지는 떠날 준비를 했다. 나는 도개교에 서서 아버지에게 작별을 고했다. 나 자신이 얼마나 슬픈 표정을 하고 있는지 알 수 있었다. 심지어 아버지도 안장 위에 훌쩍 올라타면서 알아차렸기 때문이다.

"왜 그러냐? 궁정을 그리워하는 건 아니겠지?"

아버지가 기운을 북돋워 주려는 듯이 말했다.

"아뇨."

내가 무뚝뚝하게 대답했다. 정말로 궁정을 그리워하고 있지만, 내가 가장 견딜 수 없을 정도로 그리워하는 것은 헨리 왕이라는 것을 아버지에게 말해봤자 무의미했다.

"너 자신밖에 탓할 사람은 없다. 우린 네 오빠와 언니가 너를 위해 모든 걸 바로잡아 줄 것을 믿어야 해. 만약 실패한다면, 네가 어떻게 될지는 하늘만이 알겠지. 나는 캐리가 너를 다시 받아주게끔 해야 하고, 우리는 그가 너를 용서해주기를 바라는 수밖에."

아버지가 거칠게 말했다.

충격받은 내 표정에 아버지가 큰 소리로 웃었다.

나는 아버지에게 다가가 고삐를 잡고 있는 그의 긴 장갑 위에 손을 얹었다.

"만약 폐하께서 저에 대해 물어보시면, 언짢게 해드렸다면 정말 죄송하다고 말씀드려주시겠어요?"

아버지는 고개를 저었다.

"우리는 앤의 방식대로 이 일을 진행할 거야. 앤은 폐하를 어떻게 조종해야 하는지 자기가 잘 안다고 생각하는 것 같더구나. 너는 그저 시키는 대로 해야 한다, 메리. 넌 이미 한 번 망쳐놓았어. 이제는 지시대로 행동해야 해."

"지시하는 사람이 왜 하필 언니여야 하죠? 아버지는 왜 항상 언니의 말을 귀담아들으시는 거예요?"

아버지는 내 손아귀에서 손을 빼냈다.

"왜냐하면 앤은 머리가 있고 자기 자신의 가치를 알거든. 반면에 너는 첫사랑에 빠진 열넷 먹은 소녀처럼 행동했어."

아버지가 직설적으로 말했다.

"하지만 전 정말로 첫사랑에 빠진 열넷 먹은 소녀잖아요!"

내가 소리쳤다.

"바로 그거야. 그래서 우리가 앤한테 귀 기울이는 거야."

아버지는 내게 잘 있으라는 인사도 하지 않고 말을 돌렸다. 빠른 걸음으로 도개교를 넘어 오솔길을 따라 정문으로 향했다.

나는 아버지가 혹시 뒤돌아볼 경우 손을 흔들려고 들어 올렸다. 그러나 그는 돌아보지 않았다. 아버지는 허리를 꼿꼿이 편 채 앞만 보며 달렸다. 그는 하워드 가 사람처럼 말을 탔다. 우리는 결코 뒤돌아보지 않는다. 우리에겐 후회하고 다시 생각해볼 시간이 없다. 만약 어떤 계획이 잘못된다면 우리는 다른 계획을 세워야 한다. 만약 하나의 무기가 우리 손에서 부서진다면 다음 무기를 찾아야 한다. 만약 우리 앞에서 계단이 무너져 내린다면 그것을 뛰어넘어 위로 올라가야 한다.

하워드 가 사람에게는 늘 나아가고 올라가는 것만 존재한다. 그리고 그런 나의 아버지는 뒤돌아보지도 않고 궁정과 왕의 사람들에게로 돌아가고 있었다.

첫 주말까지 나는 정원에 있는 산책로를 모조리 돌아보았고, 도개교를 출발점으로 모든 방향에서 공원을 다녀보았다. 헤버의 성 베드로 성당에 있는 제단에 쓰일 융단도 짜기 시작했고, 1평방피트 크기의 하늘 부분을 완성했다. 파란색으로만 했기 때문에 상당히 지겨운 작업이었다. 앤 언니와 조지 오빠에게 세 통의 편지도 써서 심부름꾼을 통해 엘섬 궁전으로 보냈다. 심부름꾼은 세 번이나 내 편지를 전했으나, 그때마다 답장은 없이 그저 잘 지내기를 빈다는 말만 전해왔다.

둘째 주말까지는 마구간에서 말을 내오게 해 홀로 먼 거리를 타고 다녔다. 심지어 과묵한 하인을 동행자로 삼기에조차 너무 예민해 있었다. 나는 내 기분을 숨기려고 노력했다. 어떤 사소한 시중을 받더라도 하녀에게 고마움을 표했다. 식사 자리에 앉아 신부가 감사의 기도를 드릴 때도 나는 고개를 푹 숙였다. 궁정 사람들은 엘섬에서 윈저로 옮겨가는 중인데, 나는 그들과 함께 하지 못하고 헤버에 갇혀 있다는 사실에 조바심이 나서 소리라도 지르고 싶은 것을 참으려는 듯이.

나는 무슨 일이든 함으로써 궁정으로부터 무척 멀리 떨어져 있고, 무척 가혹하게도 모든 것으로부터 따돌려져 있다는 노여움을 삭혔다.

셋째 주말이 되자 자포자기 상태에 빠져들었다. 그 누구로부터 어떤 소식도 듣지 못했다. 결국 헨리 왕이 나를 돌아오라고 부를 마음이 없다고, 그리고 나의 남편 역시 고분고분 따르지 않고, 왕의 정부도 아닌 한낱 시시덕거릴 상대밖에 아니었다는 불명예를 입은 아내는 원치 않는 것이라고 결말지었다. 그런 여자는 남자의 명성에 보탬을 주지 못했다. 그런 여자는 시골구석에 처박혀 있는 것이 상책이었다.

벌써 둘째 주에 두 번씩이나 앤 언니와 조지 오빠에게 편지를 보냈지만 여전히 답장은 없었다. 그러나 드디어, 셋째 주 화요일에, 나는 조지 오빠로부터 아무렇게나 갈겨 쓴 쪽지를 받았다.

절망하지 마. 아마 우리 모두에게 버림받았다고 생각하고 있겠지. 폐하는 지속적으로 너에 대해 이야기하고 계시고, 나는 너의 수많은 매력을 상기시켜드리고 있어. 내 생각으로는 이달 안으로 너를 부르실 것 같아. 좋게 보일 준비하고 있어!

오빠가.
앤이 곧 편지 쓴다고 꼭 전해달라는구나.

조지 오빠의 편지를 접한 것이 내 오랜 기다림 동안 유일하게 위안이 되는 순간이었다. 두 달째로 접어들자, 하루하루가 무척 길게만 느껴졌다. 5월이었다. 피크닉과 여행의 계절이 다시 시작되는, 궁정 사람들에게는 가장 행복한 달이었다. 그러나 내게는 정말 지루한 날들일 뿐이었다.

대화할 상대도, 이렇다 할 손님도 전혀 없었다. 하녀는 내게 옷을 입혀주면서 재잘거렸다. 아침식사 때 나는 상석에 홀로 앉아 식사하면서 아버지가 처리해야 할 일거리를 가지고 집에 오는 청원자들과만 대화했다. 얼마 동안 정원을 거닐기도 하고, 책도 읽었다.

기나긴 오후 동안, 나는 사냥말을 끌고나가 점점 더 넓은 범위로 시골길을 돌았다. 우리 성 주위로 길게 뻗어 있는 좁은 길과 샛길들을 조금씩 알아갔고, 조그마한 농장을 꾸리고 사는 우리 소작인 중 몇몇을 알아보기까지 했다. 나는 그들의 이름을 기억하고, 논밭에서 일하고 있는 남자를 보면 말의 고삐를 잡고 서서 무엇을 기르는지, 어떻게 지내는지 일일이 묻고 인사하기 시작했다. 지금이 농부들에게는 가장 좋은 시기였다. 건초는 잘려서 말리기 좋게 줄 지어 늘어져 있었다. 갈퀴로 긁어 커다란 더미로 쌓아올린 다음, 겨울 동안 사료로 쓰기 위해 지붕 위에서 말려지기를 기다리고 있었고 밀과 보리와 호밀은 들판에 꼿꼿이 서 있었다.

키가 쑥쑥 크고 무럭무럭 자라고 있었다. 송아지들은 어미젖을 먹고 포동포동 살이 찌고 있었으며, 농촌에 있는 모든 농가와 시골집에서는 금년도 양모 매상고에서 얻은 수입을 계산하고 있었다.

한가로운 여가의 시기였다. 땀 흘려 일하는 일 년 중 짧은 휴식 기간이었다. 농부들은 마을의 녹지에서 작은 무도회를 열었고, 주 작업인 수확 전에 경마대회나 운동회를 열기도 했다.

처음 불린 가 소유지에 말을 타고 들어왔을 때 주위를 둘러봐도 아무것도 알아보지 못했던 나는, 이제 소유지 담장 주위의 농촌에 대해 모든 것을 알게 되었다. 농부들과 그들이 재배하는 농작물도 알았다.

만찬 때 그들이 나를 찾아와서 어떤 한 남자가 마을과 합의해서 소유한 좁다란 땅을 제대로 돌보지 않는다고 불평했을 때도, 나는 그들이 무엇을 얘기하는지 단번에 알아차렸다. 어제 말을 타고 그쪽을 지나치다가 잡초와 쐐기풀이 자라도록 내버려둔 땅을 보았기 때문이다. 잘 가꾸어진 공유지 가운데 유일하게 황폐된 토지였다. 식사를 하면서 나는 어려움 없이, 그 소작인에게 농작물을 농작물 재배를 위해 토지를 사용하지 않는다면 땅을 빼앗길 것이라고 경고했다. 나는 어떤 농부가 홉을 재배하고 어떤 농부가 포도를 재배하는지도 알고 있었다. 어느 한 농부에게는 그가 싱싱한 포도를 거두어들이게 되면, 내가 런던에서 포도주 만드는 기술을 가르쳐줄 프랑스 사람을 부르도록 아버지에게 부탁드려 헤버 성을 방문케 하겠다고 약속했다.

나는 지치지 않고 매일같이 말을 타고 돌아다녔다. 밖에 나와 있는 것도, 숲을 지나면서 새들이 지저귀는 소리를 듣는 것도, 오솔길 양옆에서 산울타리 사이로 폭포처럼 떨어지는, 꽃이 한창인 인동덩굴 냄새를 맡는 것도 무척 좋았다. 왕이 선물한 내 암말 제즈먼드도 너무 좋았다. 늘 천천히 달리고 싶어하고, 귀도 민첩하게 깜짝 움직이고, 당근을 손에 들고 마구간으로 들어가면 내는 울음소리도 좋았다. 강변의 낮은 풀밭의 청청함도, 꽃들과 섞여 하얗고 노랗게 아른 아른 빛나는 모습도, 그리고 밀밭에서 눈부시게 빛나는 붉은 양귀비도 매우 좋았다. 광야도, 넓은 날개로 방향을 돌려 날아가기 전에 느릿하게 커다란 원을 그리며 종달새보다 더 높이 하늘을 선회하는 말똥가리도 좋았다.

물론 이런 모든 것은 한낱 시간 때우기 용이었다. 헨리 왕과 함께 하지도 못하고 궁에서 지낼 수도 없기 때문에 그저 시간을 메우는 방법의 하나에 불과했다. 그러나 만약 내가 다시는 왕실로 돌아가지 못하게 된다면 적어도 선량하고 공정한 지주는 될 수 있겠다는 생각이 점차 들고 있었다.

에덴브리지 밖의 보다 진취적인 젊은 농부들은 시장에서 자주개자리를 필요로 한다는 것을 알고 있었다. 그러나 그들은 누가 자주개자리를 재배하는지도, 어디서 씨앗을 구해야 하는지도 몰랐다. 나는 그런 그들을 위해 에식스에 있는 아버지의 소유지를 임차한 한 농부에게 편지를 써서 조언과 더불어 씨앗을 구해다줬다. 내가 그곳에 있는 동안 농부들은 들에 씨앗을 심었고, 작물이 토양에 잘 맞는 것을 보고는 다른 곳에도 심겠다고 약속했다. 나는 그저 젊은 여자에 불과했지만, 정말 좋은 일을 했다고 생각했다. 내가 없었더라면 그들은 홀리부시에서 손으로 탁자를 탁 치면서 새로운 농작물로 돈을 벌 수 있을 거라고 단언하는 것 그 이상은 못 나아갔을 것이다. 나의 도움으로 그들은 시도해볼 수 있었고, 만약 그들이 한 재산 벌게 된다면 이곳에서 두 남자가 더 출세하게 되는 것이다. 할아버지의 성공기가 인용할 만한 것이라면, 그들이 얼마만큼 더 높이 솟아오를지는 누구도 장담할 수 없었다.

농부들은 기뻐했다. 밭을 가는 것이 어떻게 되어 가는지 보러 말을 타고 갔을 때, 그들은 장화에 묻은 진흙을 발길질로 털어내며 밭을 가로질러와 어떻게 씨앗을 뿌리고 있는지 설명해주었다. 그들은 관심을 두는 주인을 원했지만 아무도 없어 내게로 왔다. 그리고 만약 내가 농작물에 관심을 두게 된다면 한몫을 차지하도록 설득될 수도 있다는 사실을 그들은 잘 알고 있었다. 내게 돌려둔 돈이 어느 정도 있어 투자하게 된다면, 우리는 모두 함께 부유해지는 것이었다.

말 위에서 햇볕에 그을려 까무잡잡한 그들의 얼굴을 내려다보며, 나는 그 말에 웃었다.

"저는 돈이 없어요."

"궁정의 높으신 분의 부인이잖아요."

그중 한 명이 항변했다. 그의 시선이 내 가죽 장화에 달린 품위 있는 장식 술, 상감 세공을 한 안장, 그리고 호화로운 드레스와 모자에 달린 금빛 브로치에 머물렀다.

"제가 일 년 동안 버는 것보다 지금 마님께서 더 많은 돈을 지니고 계시잖아요."

"알아요, 하지만 그냥 그대로 있는 거예요. 지니고 있을 뿐이죠."

"그렇지만 아버님께서 돈을 주실 것 아녜요, 아니면 부군께서. 자기 땅에 투기하는 것이 뒤집히는 카드에 돈을 거는 것보다는 나을 것 아닙니까."

다른 남자가 설득력 있게 말했다.

"저는 여자예요. 제 것은 없어요. 당신부터 보세요. 당신은 웬만히 잘사시지만—아내 분이 부자이신가요?"

그 말에 그가 수줍게 쿡쿡 웃었다.

"제 아내니까 그냥 저만큼 살지요. 하지만 자기 소유의 것은 아무 것도 없답니다."

"저도 마찬가지예요. 저는 아버지가 사시는 만큼, 남편이 사는 만큼 사는 거예요. 아내로서, 또는 딸로서 그에 맞게 옷을 입고 다니는 거구요. 하지만 제 소유의 것은 아무것도 없어요. 그런 식으로 볼 때, 저는 당신의 아내만큼이나 가난한 거죠."

"그렇지만 마님은 하워드 가 분이시고, 저는 보잘것없는 사람이 아닙니까."

그가 소견을 말했다.

"저는 하워드 가 여자예요. 이곳에서 가장 지위가 높을 수도 있고, 당신처럼 아무것도 아닐 수도 있다는 뜻이죠. 모든 건 형편에 따른 거예요."

"무슨 형편이오?"

그가 호기심이 이는 듯 물었다.

나는 기분을 상하게 했을 때 불쑥 어두워졌던 헨리 왕의 얼굴을 생각했다.

"제 운이오."

1522년 여름

    쫓겨난 후 셋째 달인, 헤버의 정원이 활짝 핀 장미꽃들로 가득하고 그 향기가 연기처럼 공기 속을 떠다니는 6월 중순에 나는 앤 언니로부터 편지를 받았다.

    잘됐어. 내가 직접 폐하를 따라다니면서 너에 대해 이야기했어. 네가 폐하를 견딜 수 없을 만큼 그리워하고, 또 갈망하고 있다고 말했지.
    네가 폐하를 향한 네 사랑을 너무 솔직하게 드러내서 가족을 불만스럽게 해, 폐하를 잊으라는 뜻에서 너를 보내버렸다고도 말했어. 남자들의 반대되는 성향에 따라, 네가 비탄에 잠겨 있다는 생각에 폐하는 무척 흥분해 계셔. 아무튼 이제 궁으로 돌아와도 돼.
    우리는 윈저에 있어. 아버지가 성에 있는 대여섯 남자들에게 바래다달라고 명해서 당장 돌아오라고 말씀하셨어. 반드시 만찬 전에 조용히 도착해서 우리 방으로 곧장 와야 해. 어떻게 행동해야 하는지 내가 가르쳐줘야 하니까.

    헨리 왕의 가장 아름다운 성 중 하나인 윈저 성은 마치 벨벳 위의 회색 진주처럼 푸른 언덕 위에 놓여 있었다. 작은 탑에는 왕의 깃발이 펄럭이고, 도개교는 열려 있었으며, 수레와 행상인과 양조장의 짐마차들이 잇따라 오가고 있었다.

궁정 사람들은 어느 농촌에서든 가리지 않고 부를 빨아먹었고, 윈저는 점점 커져가는 성의 욕구에 이바지하는 데 익숙해 있었다.

나는 옆문으로 슬쩍 들어가 나를 아는 사람들을 피해 앤 언니의 방으로 찾아갔다. 방은 비어 있었다. 나는 자리를 잡고 기다렸다. 예상했듯이, 앤 언니는 3시 정각에 머리에서 두건을 벗겨내며 방으로 들어왔다. 나를 보고 언니는 화들짝 놀랐다.

"귀신인 줄 알았잖아! 깜짝 놀랐어."

"언니가 방으로 몰래 오라고 했잖아."

"그래, 일이 어떻게 돌아가고 있는지 얘기해주고 싶었거든. 방금 전까지 나는 폐하랑 얘기하고 있었어. 마상 창 시합장에서 퍼시 경을 보면서 말이야. 맙소사! 정말 너무 더워!"

"뭐라고 하셨어?"

"퍼시 경? 아, 정말 매혹적이었지."

"아니, 폐하 말이야."

언니가 일부러 약 올리며 웃었다.

"너에 대해 물어보셨어."

"그래서 뭐라고 대답했어?"

"흠, 생각 좀 해보자."

언니는 두건을 침대 위에 던져놓고 머리칼을 흔들어 풀었다. 머리칼은 검게 물결치며 등을 타고 흘러내렸고, 언니는 그것을 한 손으로 쓸어 올려 목을 시원하게 했다.

"아, 기억나지 않아. 너무 더워."

언니의 놀림에 무척 익숙해 있어 고통스럽지 않았다. 나는 텅 빈 벽난로 옆에 놓인 작은 나무 의자에 조용히 앉았다. 언니가 얼굴을 씻고 물을 튀겨 팔과 목에 끼얹고, 머리칼을 다시 뒤로 묶으면서 프랑스어로 수많은 감탄사를 외치며 더위에 대한 불평을 늘어놓는 동안에도, 나는 고개를 돌리지 않았다. 그 무엇도 나를 돌아보게 하지 못했다.

"이제 기억나는 것 같아."

언니가 나섰다.

"상관없어. 만찬 때 내가 직접 보게 될 텐데 뭐. 폐하께서 무얼 말씀하고 싶으시든 그때 얘기하시면 되지. 언니는 필요 없어."

그 말에 언니가 단번에 제지했다.

"아니, 너한텐 내가 필요해! 어떻게 행동할 건데? 무슨 말을 할지도 모르잖아, 넌!"

"폐하께서 나랑 사랑에 홀딱 빠지게 하고 내 스카프를 달라고 청하게 할 만큼은 나도 알았어. 식사 후에 폐하와 공손하게 이야기를 나눌 만큼은 나도 안다고 생각하는데."

내가 차분하게 소견을 말하자 언니가 뒤로 물러나더니 나를 찬찬히 뜯어보았다.

"굉장히 차분하네."

그 말이 다였다.

"생각할 시간이 있었거든."

내가 흔들림 없이 말했다.

"그리고?"

"내가 무얼 원하는지 알게 됐어."

언니는 기다렸다.

"나, 폐하를 원해."

내가 말하자 언니가 고개를 끄덕였다.

"잉글랜드에 있는 모든 여자가 폐하를 원하지. 난 네가 특별히 남들보다 뛰어나다고 생각한 적은 없는데."

나는 어깨를 으쓱하며 나를 무시하는 언니의 말을 한 귀로 흘려버렸다.

"하지만 폐하 없이도 살 수 있다는 걸 알게 됐어."

언니는 가늘게 눈을 흘겼다.

"윌리엄이 다시 받아주지 않으면, 너는 끝장이야."

"그것도 견딜 수 있어. 헤버에서 지내는 동안 좋았어. 매일 말 타러 나가고 정원을 산책하는 것도 좋았구. 거기서 거의 세 달 동안 혼자 지냈잖아. 태어나서 지금까지 한 번도 혼자 지내본 적이 없었는데. 궁정도 왕비도 왕도, 그리고 심지어 언니도 필요하지 않다는 걸 깨달았어. 말 타고 나가서 농지를 보는 것도 좋았고, 농부들과 이야기하고 농작물도 구경하면서 어떻게 자라는지 보는 것도 좋았어."

"농부가 되고 싶어?"

언니가 비웃듯이 웃었다.

"농부로 살아도 행복할 수 있어."

내가 침착하게 대답했다.

"폐하를 사랑하지만. 아, 무척 사랑하지만, 만약 모든 게 잘못된다면, 조그만 농장에서도 행복하게 살 수 있을 것 같아."

나는 숨을 훅 들이마셨다.

언니는 침대의 발쪽에 있는 옷장으로 가서 새 두건을 꺼냈다. 거울을 보면서 머리칼을 뒤로 매끄럽게 쓸어 넘기고 머리쓰개를 썼다. 그러자 즉시 언니의 극적인 어두운 모습이 새로운 우아함을 자아냈다. 물론 언니 스스로도 느끼고 있었다.

"내가 너였더라면, 내게는 폐하 아니면 아무것도 안중에 없었을 거야. 폐하를 얻기 위해서라면 내 목을 단두대에라도 올려놓았을 거라구."

"나는 한 남자로서 폐하를 원하는 거야. 폐하가 왕이기 때문이 아니라구."

언니가 어깨를 으쓱했다.

"둘은 하나고 똑같은 사람이야. 폐하를 평범한 남자처럼 원할 수도, 머리 위에 얹어져 있는 왕관을 잊을 수도 없어. 폐하는 현재 이곳에서 가장 뛰어난 분이야. 왕국에서 폐하보다 더 위대한 분은 없어. 폐하와 같은 분을 찾으려면 프랑시스 왕을 보러 프랑스로 가든가, 황제를 만나러 스페인으로 가야 하지."

나는 고개를 저었다.

"황제도 봤고 프랑스 국왕도 봤지만 두 분 다 두 번은 보고 싶지 않았어."

언니는 거울 앞으로 돌아서서 가슴의 곡선을 보이려고 보디스를 아래로 조금 잡아당겼다.

"그렇다면 네가 바보인 거구."

언니가 간단히 말했다.

준비가 끝났을 때 언니는 왕비의 방으로 나를 인도했다.

"마마께선 너를 다시 받아주시겠지만 따뜻하게 맞이하진 않으실 거야."

언니가 어깨너머로 말했다. 왕비의 방 앞을 지키고 있던 병사들이 우리에게 인사했다. 병사들은 이중문을 열었다. 우리 두 불린 가 여인들은 우리가 이 성의 반을 소유하고 있기라도 한 듯한 몸짓으로 걸어 들어갔다.

왕비는 창가 벤치에 앉아 있었다. 창문은 활짝 열려 보다 시원한 초저녁의 공기를 들이고 있었다. 왕비의 악사가 그녀 옆에 서서 류트를 연주하면서 노래를 불렀다. 시녀들은 왕비 주위에 있었다. 어떤 이들은 바느질을 하고, 어떤 이들은 만찬의 부름을 기다리며 한가로이 앉아 있었다. 왕비는 완벽하게 세상사에 평화로워 보였다. 시녀들에 둘러싸인 채, 남편의 궁에서, 창밖으로 윈저의 조그만 읍과 그 너머로 펼쳐진 백랍 빛으로 굽이치는 강을 내다보고 있었다. 나를 본 그녀의 얼굴은 변하지 않았다. 자신의 실망을 드러내기에는 너무 교육을 잘 받았다. 왕비는 나에게 살짝 미소를 지어 보였다.

"아, 캐리 부인. 쾌차해서 이제 궁으로 돌아온 건가?"

"마마께서 허락하신다면요."

"이렇게 오랫동안 부모님의 집에 있었던 건가?"

"예, 헤버 성에요, 마마."

"잘 쉬었겠군. 그쪽 세상에는 양과 소밖에 없지?"

나는 웃었다.

"농지입니다. 하지만 의외로 할 게 많았답니다. 말 타고 나가서 밭도 보고, 밭을 가꾸는 농부들과 이야기하는 것도 즐거웠습니다."

잠시 그녀가 시골 생각에 호기심이 이는 것을 보았다. 잉글랜드에서 몇십 년이나 살았지만, 왕비는 아직도 겨우 사냥과 피크닉과 여름나기를 위한 곳밖에 보지 못했다. 그러나 곧 처음으로 돌아가서 왜 내가 궁정을 떠나야 했는지 기억해냈다.

"폐하께서 돌아올 것을 명하셨나?"

뒤에서 언니가 경고하듯이 작게 쉿 하는 소리를 들었지만 무시했다. 이 착한 여자의 선량한 두 눈을 바라보면서 거짓말을 하고 싶지는 않다는 낭만적이고 어리석은 생각이 들었기 때문이다.

"예, 폐하께서 저를 부르셨습니다, 마마."

내가 공손히 대답했다.

왕비는 고개를 끄덕이더니 무릎 위에 침착하게 깍지 끼고 있는 자신의 두 손을 내려다보았다.

"그렇다면 자네는 운이 좋군."

이렇게 말할 뿐이었다.

잠깐 동안 침묵이 흘렀다. 내가 비록 그녀의 남편과 사랑에 빠졌지만, 그녀가 나보다 훨씬 훌륭하다는 것은 알고 있다고 몹시 얘기해주고 싶었다. 왕비는 자신의 영혼이 솔직한 울림만을 낼 때까지 단련되고 벼려진 여자였다. 나머지 우리와 비교할 때 그녀는 은이었고 우리는 납과 주석의 저급한 혼합물인 백랍일 뿐이었다.

거대한 이중문이 활짝 열렸다.

"폐하께서 납시오!"

포고관이 알렸다. 헨리 왕이 왕비의 방으로 한가로이 걸어 들어왔다.

"당신과 함께 식사를 하기 위해 모시러 왔습니다."

그렇게 입을 연 왕은 나를 보고는 걸음을 멈췄다. 왕비의 침착한 시선이 왕의 깜짝 놀라 굳어버린 얼굴과 내 얼굴을 번갈아보았다.

"메리."

그가 소리쳤다.

나는 절을 하는 것도 잊은 채 그저 왕을 가만히 바라보았다.

앤 언니가 경고하듯 짧게 혀를 찼지만 그래도 정신을 차리지 못했다. 왕은 성큼성큼 세 걸음으로 방을 질러와 내 손을 잡고는 가슴 위로 가져갔다. 손가락 아래로 수놓인 더블릿(doublet: 중세 시대부터 17세기 중반까지 서유럽에서 입었던 허리가 잘록한 남자의 상의)의 가칠가칠한 감촉과 벌어진 옷자락 사이로 보이는 실크 셔츠의 부드러운 감촉을 느꼈다.

"내 사랑, 궁으로 돌아온 것을 환영하네."

그가 낮게 속삭이며 말했다.

"감사합니다……."

"따끔하게 가르치려 보내버렸다고 그들이 말해줬네. 가르치지 않아도 되니 돌아오게 하라고 그랬는데, 잘한 건가?"

"네, 네. 지당하십니다."

나는 더듬거렸다.

"혼나지는 않았나?"

그가 재촉했다.

나는 살며시 웃으며 골똘히 응시하는 왕의 파란 눈동자를 올려다보았다.

"네. 약간 화는 나 계셨지만, 그게 다였습니다."

"궁으로 돌아오고 싶었나?"

"물론입니다."

왕비가 자리에서 일어섰다.

"자, 그럼 식사하러 갑시다."

그녀가 모두에게 말했다. 헨리 왕은 어깨너머로 그녀에게 힐금 눈길을 던졌다. 왕비는 스페인 왕가의 딸답게 오만한 태도로 그에게 손을 내밀었다. 왕은 헌신과 충성이라는 오랜 습관으로 왕비에게로 돌아섰다. 어떻게 그를 다시 잡을 수 있을지 생각나지 않았다. 나는 왕비의 뒤로 가서 몸을 낮게 숙이고는 가운 뒷자락을 정리해줬다. 왕비는 강인하면서도 아름답고, 피로한 듯한 표정임에도 왕비다운 자태로 서 있었다.

"고맙네, 캐리 부인."

그녀가 부드럽게 말했다. 그리고는 남편의 팔 위에 한 손을 살짝 올리고 우리를 식당으로 인도했다. 왕은 왕비가 말한 무언가를 들으려고 그녀 쪽으로 머리를 숙였고 나를 다시 뒤돌아보지 않았다.

식사 후 조지 오빠가 우리 시녀들이 포도주와 사탕과자를 앞에 두고 앉아 있는 왕비의 식탁으로 어슬렁어슬렁 걸어와서 나를 반겼다. 오빠는 내게 설탕을 입힌 서양 자두를 가져다줬다.

"달콤한 이에게 달콤한 것을."

오빠가 말하고는 내 이마에 입을 맞췄다.

"아, 오빠. 쪽지 고마웠어."

"네가 절망적으로 울부짖었잖아. 첫 주에 편지를 세 통씩이나 보내고. 그렇게 괴로웠어?"

"첫 주는 그랬어. 그러다가 차츰 익숙해졌어. 첫 달이 끝날 때쯤에는 오히려 시골 생활에 흠뻑 빠지게 됐다니까."

"아무튼 우리는 여기서 너를 위해 최선을 다했어."

"외삼촌은 궁에 계셔? 안 보이는데."

내가 주위를 둘러보며 물었다.

"아니, 울지 추기경하고 런던에 계셔. 그렇지만 돌아가는 형편은 모두 알고 계시니까 걱정 마. 외삼촌께서 너에 대한 보고를 계속 들을 거고 이제 네가 어떻게 행동해야 하는지 알고 있는 것으로 믿겠다고 전해달라고 하셨어."

제인 파커가 맞은편에서 이쪽으로 몸을 숙였다.

"시녀가 되실 건가요?"

그녀가 조지 오빠에게 물었다.

"우리 식탁에다 시녀용 의자에 앉아 계시니 말이에요."

조지 오빠가 느긋하게 일어섰다.

"실례했습니다, 숙녀 여러분. 방해할 생각은 아니었습니다."

대여섯 명의 목소리가 방해하지 않았다는 것을 납득시키려 했다. 우리 오빠는 잘생긴 젊은이였고 왕비의 처소에서 인기 있는 손님이었다. 심술궂은 약혼녀 이외에는 어느 누구도 오빠가 우리 식탁에 함께 있는 것을 반대하지 않았다.

오빠는 제인의 손 위로 머리를 숙였다.

"파커 양, 떠나야 할 것을 상기시켜주셔서 고맙습니다."

오빠가 예의바르게 말했다. 상냥한 목소리 뒤에는 명백히 짜증이 숨겨져 있었다. 오빠는 몸을 구부리고 내 입술을 꾹 눌러 키스했다.

"성공을 빌어, 귀여운 메리. 네가 우리 가문의 희망을 쥐고 있어."

오빠가 귓가에 속삭였다.

나는 떠나려는 오빠의 손을 붙잡았다.

"잠깐, 오빠. 물어보고 싶은 게 있었어."

오빠가 돌아보았다.

"뭐?"

손을 잡아당겨 오빠가 몸을 구부리게 한 다음 귓가에 속삭였다.

"폐하께서 나를 사랑하는 것 같아?"

"아. 아, 사랑."

오빠가 몸을 일으키며 말했다.

"어떻게 생각해?"

오빠는 어깨를 으쓱했다.

"사랑이 대체 무슨 뜻인데? 우리는 그것에 대해 하루종일 시도 쓰고 밤새도록 노래도 부르지만, 세상에 진짜 그런 게 있다고 해도 내가 알 리가 없지."

"오빠!"

"폐하는 너를 원해, 그건 확실히 말해줄 수 있어. 너를 얻기 위해서 난관을 헤쳐 나갈 준비가 되어 계셔. 그런 게 너한테 사랑이라면, 그래, 폐하는 너를 사랑해서."

"그걸로 충분해. 나를 원하고, 나를 얻기 위해 난관을 헤쳐 나갈 준비가 되어 있다. 내가 듣기에 그건 사랑인데."

내가 만족하며 말했다.

나의 잘생긴 오빠가 허리를 굽혀 인사했다.

"네가 그렇다면야, 메리. 그걸로 충분하다면야."

오빠가 똑바로 일어서더니 곧바로 뒤로 물러났다.

"폐하."

왕이 내 앞에 나타났다.

"조지, 저녁나절 내내 여동생과 함께 노닥거리는 것은 허락할 수 없네. 자네는 궁정 사람들의 시기를 한 몸에 받고 있어."

"정말 그렇습니다."

오빠가 신하로서의 모든 매력을 드러내며 대답했다.

"아름다운 여동생이 둘이나 있고, 세상에 걱정 하나 없고 말이죠."

"춤을 좀 췄으면 싶은데, 자네가 불린 양을 이끌겠나? 나는 여기 있는 캐리 부인을 데리고 출 테니."

"저야 물론 좋습니다."

조지 오빠가 대답했다. 주위를 돌아보지도 않고 오빠는 손가락을 탁 튕겼다. 늘 그렇듯 앤 언니가 재빨리 오빠 옆에 나타났다.

"춤을 추지."

왕이 짧게 말했다.

왕이 손을 흔들자 악단은 빠른 컨트리댄스를 연주하기 시작했다.

우리는 그에 맞춰 여덟 사람으로 원을 만들어 흐르는 듯한 스텝으로 처음은 한 방향으로, 이어서 반대 방향으로 향했다. 원의 반대편에서 나는 조지 오빠의 친근하고 사랑스러운 얼굴과 오빠 옆에 선 앤 언니의 부드러운 미소를 보았다. 언니는 새 책을 정독할 때처럼 보였다. 시편을 보는 듯한 표정으로 왕의 기분을 주의 깊게 읽고 있었다. 그의 욕망이 얼마나 긴박한지 재어보려는 듯 왕과 나를 차례로 바라보았다. 그리고 고개는 결코 돌리지 않고 왕비의 기분을 점검하며 그녀가 무엇을 보고 무엇을 느꼈는지에 대한 어떤 착상을 얻으려고 했다.

나는 남몰래 웃었다. 앤 언니가 왕비에게서 적수를 만났다고 생각했다. 누구도 스페인 딸의 겉모습을 꿰뚫을 수는 없었다. 언니는 누구보다 뛰어난 신하였지만 태어나기를 서민이었다. 캐서린 왕비는 공주로 태어났다. 말을 할 수 있을 때부터 입 조심 할 것을 배워왔다. 걸을 수 있을 때부터 조심해서 걸을 것을 배웠고, 언제 부자와 가난한 사람들 양쪽 다 필요할지 모르니 모두에게 친절하게 대하라는 가르침을 받았다. 캐서린 왕비는 언니가 태어나기도 전부터 대단히 경쟁적이고 대단히 부유한 왕실의 배우였던 것이다.

앤 언니는 한껏 주위를 둘러보면서 왕의 가까이에서 단단히 얽힌 시선으로 서로 바라보며 둘 사이에 뜨거운 욕망을 키우고 있는 내 모습을 왕비가 어떻게 견디고 있는지 살폈다. 언니가 계속 살펴볼지는 몰라도, 왕비는 의례적인 관심 이외에는 어떤 감정도 나타내지 않았다. 춤이 끝날 때 박수를 치기도 했고 한두 번쯤 축하 인사를 외치기도 했다. 그러더니 갑자기 춤이 끝났고, 헨리 왕과 나는 음악도 없이, 우리 곁을 에워싸며 숨겨줄 다른 사람들도 없이 궁색하게 남겨지게 되었다. 우리는 모두에게 드러난 채 단둘이 남겨졌다. 여전히 서로의 손을 맞붙잡고, 왕의 두 눈은 내 얼굴 위에, 그리고 나는 아무 말 없이 그를 올려다보면서, 마치 영원토록 그러고 있을 것처럼 붙어 있었다.

"브라보, 무척 아름답군요."

왕비가 한 치의 흔들림도 없는 자신감 넘치는 목소리로 말했다.

"폐하께서 너를 부르실 거야."

그날 밤 방에서 옷을 갈아입으면서 앤 언니가 말했다. 언니는 드레스를 털어 펼쳐서 침대 발쪽에 있는 옷장 속에 조심스레 넣었다. 두건은 다른 한쪽에 두고, 신발은 침대 밑에 나란히 놓았다. 언니는 취침용 가운을 걸치고 거울 앞에 앉아 머리를 빗었다.

언니는 내게 빗을 넘겨주고는 두 눈을 감았다. 나는 머리에서 허리까지 오는 언니의 긴 머리칼을 빗어 내리기 시작했다.

"오늘 밤, 아니면 내일 중에. 그렇게 되면 너는 폐하께 가는 거야."

"당연히 가야지."

"아무튼 네 자신이 누구인지 잘 기억해둬. 문간이나 어디에 숨어서 허겁지겁 하지 못하게 해야 해. 제대로 된 방에 제대로 된 침대에서 해야 한다고 주장해야 돼."

언니가 경고했다.

"일단 보구."

"중요한 거야. 너를 창녀처럼 차지할 수 있다고 생각하게 되면, 너를 갖고는 잊어버리실 거야. 조금 더 끄는 편이 좋아. 네가 너무 쉽다고 생각하게 되면, 너를 한두 번 이상 갖지 않으실 거라구."

언니가 주의를 주었다.

나는 언니의 부드러운 머리칼을 한 묶음 쥐고 땋기 시작했다.

"아야! 당기잖아."

언니가 투덜댔다.

"잔소리 좀 마. 내가 알아서 하게 맡겨둬, 언니. 지금까지도 그렇게 잘못하지는 않았잖아."

"아, 그거. 누구나 남자를 유혹할 수는 있어. 관건은 바로, 붙드는 거지."

언니는 어깨를 으쓱하더니 거울에 비친 자신의 모습을 보며 미소 지었다.

문을 똑똑 두드리는 소리에 우리 둘은 깜짝 놀랐다. 언니의 검은 두 눈동자가 거울 속으로 날아들어 언니를 멍하니 바라보고 있는 거울에 비친 내 얼굴에 닿았다.

"폐하는 아니겠지?"

나는 이미 문을 열고 있었다.

문 앞에는 조지 오빠가 서 있었다. 만찬 때 입었던 스웨이드 가죽으로 된 빨간 더블릿을 입고 있었다. 앞자락 사이로 하얀 리넨 셔츠가 빛났고, 검은 머리 위에는 진주로 수놓인 빨간 모자를 쓰고 있었다.

"만세(Vivat)! 메리앤 만세(Vivat)!"

오빠가 방으로 재빨리 들어와서 문을 닫았다.

"폐하께서 포도주 한잔 하게 너를 초대하라고 내게 청하셨어. 이렇게 늦은 시간에 미안하다고 대신 사과하라고도 하셨구. 베네치아 대사가 방금 전에 떠났거든. 두 분은 프랑스와의 전쟁에 대해서만 얘기를 나누셨어. 대사는 지금 잉글랜드와 헨리 폐하, 그리고 성 조지를 향한 열정으로 꽉 차 계시지. 너는 스스로 자유로이 선택할 수 있다는 사실을 확신시키라고도 하셨어. 포도주 한잔 하고 다시 방으로 돌아와도 돼. 네가 선택할 수 있어."

"무슨 제안은 없었어?"

앤 언니가 물었다.

조지 오빠가 거만하게 눈썹을 치켜 올렸다.

"품위를 좀 지켜라. 지금 내놓고 메리를 산다는 게 아니잖아. 우선은 포도주나 한잔 하자고 초대하시는 거야. 가격은 나중에 정하자."

오빠가 꾸짖고는 말했다.

나는 손으로 머리를 짚어보았다.

"내 두건!"

내가 소리쳤다.

"언니, 빨리! 머리 따줘."

언니가 고개를 저었다.

"그대로 가. 그렇게 머리칼을 내려서 어깨를 감싸구. 결혼식 날 신부 같아. 내 말이 맞지, 오빠? 그게 바로 폐하께서 원하시는 거라구."

오빠가 고개를 끄덕였다.

"그렇게 하니까 정말 아름답다. 보디스도 살짝 풀어줘 봐."

"숙녀다워야 하잖아."

"조금만. 남자는 자기가 사려는 것을 살짝 엿보길 원하거든."

오빠가 제안했다.

언니는 보디스 뒤쪽의 끈을 풀어 고래수염을 넣은 스토마커를 조금 헐렁헐렁하게 했다. 그리고는 허리에 두른 보디스를 아래로 끌어당겨 더욱 매혹적이게 했다. 조지 오빠가 고개를 끄덕였다.

"완벽해."

언니는 뒤로 물러서서 아버지가 종마에게 보낸 암말을 보았을 때처럼 신중하게 나를 바라보았다.

"더 필요한 거?"

오빠가 고개를 저었다.

"씻는 게 좋겠어. 적어도 겨드랑이 밑하고 거기는 씻어야지."

언니가 갑자기 결정했다.

오빠에게 애원해보려고 했다. 그러나 오빠는 세금 징수 도급인만큼 골똘한 표정으로 고개를 끄덕이고 있었다.

"그래, 그래야겠다. 폐하께선 무엇이든 냄새나는 걸 혐오하시거든."

"어서 해."

언니가 주전자와 항아리를 몸짓으로 가리켰다.

"둘 다 나가."

조지 오빠가 문을 향해 돌아섰다.

"우린 밖에서 기다릴게."

"그리고 엉덩이도."

오빠가 문을 닫는 사이로 언니가 말했다.

"대충 하지 마, 메리. 몸 구석구석이 깨끗해야 해."

젊은 숙녀답지 않은 대답을 던졌지만, 문이 닫히면서 잘려나갔다. 차가운 물로 기세 좋게 몸을 씻고 타월로 문질렀다. 앤 언니의 로즈 워터도 손에 조금 부어 목과 머리, 다리에 두드려 발랐다. 그런 다음 문을 열었다.

"깨끗이 씻었어?"

언니가 날카로운 목소리로 물었다.

나는 고개를 끄덕였다. 언니가 걱정스레 바라보았다.

"그럼 어서 가. 있지, 조금 끌어도 돼. 약간 불안해하는 모습도 보이구. 그냥 그대로 품에 안기지는 마."

나는 언니에게서 눈길을 돌렸다. 이 모든 일이 참을 수 없을 정도로 지독해 보였다.

"조금은 즐겨도 돼."

조지 오빠가 부드럽게 말하자 앤 언니가 덤벼들었다.

"폐하의 침대에서는 안 돼. 메리는 자신이 아닌 폐하의 즐거움을 위해 거기 있는 거니까."

언니가 말했지만 그 목소리조차 들리지 않았다. 내게 들리는 것은 오로지 귓가에서 쿵쿵거리며 고동치는 심장 소리와, 왕이 나를 불렀고 이제 곧 그와 함께 하게 되리라는 인식뿐이었다.

"빨리 와, 가자."

내가 조지 오빠에게 말했다.

언니는 몸을 돌려 방으로 돌아갔다.

"기다릴게."

언니가 말했지만 나는 망설였다.

"오늘 밤에 안 돌아올지도 몰라."

언니는 고개를 끄덕였다.

"안 돌아왔으면 좋겠다. 어쨌든 기다릴게. 난로 옆에 앉아서 동트는 거나 보지 뭐."

잠시 나는 언니가 노처녀의 침실에서 나를 기다리며 밤을 새는 동안 잉글랜드 국왕의 침대에서 편안하게 누워 사랑받는 것을 생각했다.

"어머, 언니는 내가 아니라 언니였음 하겠다."

내가 갑작스레 넘치는 기쁨으로 말했다.

그 말에도 언니는 주춤하지 않았다.

"물론이지. 왕이니까."

"그렇지만 폐하는 나를 원하시지."

내가 정곡을 찔렀다.

조지 오빠는 허리를 굽혀 절을 하고는 내게 팔을 내밀었다. 오빠는 좁다란 계단을 내려 대회당 앞의 복도로 나를 인도했다. 우리는 한 쌍의 유령처럼 붙어서 이어진 대회당을 지나갔다. 우리가 지나치는 것을 본 사람은 아무도 없었다. 주방의 심부름꾼 두어 사람이 잿불 곁에서 자고 있었고, 남자 대여섯 명은 대회당 곳곳에 있는 탁자 위에 머리를 박고 졸고 있었다.

우리는 상석을 지나 왕의 사저가 시작되는 문을 통과했다. 넓은 계단이 아름다운 융단으로 호화롭게 장식되어 있었다. 밝은 실크의 색이 달빛을 받아 옅어져 있었다. 무장한 두 남자가 알현실을 가로막고 서 있었다. 금발머리를 풀어 내리고 자신감 어린 미소를 머금은 나를 보자 지나가도록 옆으로 물러섰다.

이중문 뒤에 펼쳐진 알현실은 놀라웠다. 나는 지금껏 그곳이 사람들로 북적북적할 때만 보아왔던 것이었다. 여기가 바로 모든 사람들이 왕을 보기 위해 찾는 장소였다. 청원자들은 이곳에 서기 위해 왕실의 고관들에게 뇌물을 주었다. 혹시나 왕이 그들을 알아보고 어떻게 지내는지, 바라는 것은 무엇인지 물어올까 해서였다. 이 커다란 아치형 방에는 자신들의 옷 중에서 가장 멋진 옷을 차려입고 왕의 눈길을 끌려고 목을 매는 사람들로 언제나 꽉 차 있었다. 이런 모습은 처음이었다. 지금 알현실은 고요했고, 어두침침했다. 조지 오빠가 내 차가운 손끝을 꽉 잡아주었다.

앞에는 왕의 개인 침실로 통하는 문이 있었다. 무장한 두 남자가 창을 엇걸고 서 있었다.

"폐하께서 우리에게 오도록 명하셨다."

조지 오빠가 간단하게 말했다. 창이 서로 부딪히며 짧은 순간 쨍소리를 냈다. 두 병사가 창을 바로 세우고 절을 하고는 이중문을 활짝 열었다.

왕은 모피로 장식된 따뜻한 벨벳 가운으로 몸을 감싼 채 난로 앞에 앉아 있었다. 문이 열리는 소리를 듣고 그는 자리에서 벌떡 일어났다.

나는 무릎을 깊이 굽혀 정중히 절했다.

"부르셨습니까, 폐하."

그는 내 얼굴에서 눈을 떼지 못했다.

"그러네. 와줘서 고마워. 당신을 보고…… 당신과 얘기하고…… 당신과 잠깐……."

왕은 결국 잠깐 동안 입을 다물었다.

"당신을 원했어."

나는 조금 더 가까이 다가갔다. 이 정도 거리면 앤 언니의 향수 냄새를 맡을 수 있으리라 생각했다. 나는 머리를 젖혔다. 머리칼이 넘어가는 것을 느꼈다. 뒤에서 조지 오빠가 묵묵히 문을 닫고 나가는 소리가 들렸다. 헨리 왕은 오빠가 나가는 것조차 보지 못했다.

"영광입니다, 폐하."

내가 속삭였다.

왕은 고개를 저었다. 참을 수 없어서가 아니라, 유희에 시간을 낭비할 수 없다는 몸짓이었다.

"당신을 원해."

그가 또다시 단호하게 말했다. 그것이 여자가 알아야 하는 모든 것이라는 듯이.

"당신을 원해, 메리 불린."

나는 조금 더 가까이 다가갔다. 왕에게 몸을 기댔다. 그의 따스한 숨결과 내 머리칼에 닿는 입술을 느꼈다. 나는 앞으로도 뒤로도 꼼짝하지 않았다.

"메리."

왕이 속삭였다. 목소리가 욕망으로 메어 있었다.

"폐하?"

"그냥 헨리라고 불러줘. 내 이름이 당신의 입술을 통해 흘러나오는 걸 듣고 싶어."

"헨리."

"나를 원하나?"

그가 속삭였다.

"그러니까 남자로서 나를 원하나? 내가 만약 당신 아버지 땅에 엎드려사는 농부였더라도, 그래도 나를 원했겠나?"

그는 내 눈동자를 들여다보려고 내 턱밑에 손을 넣어 얼굴을 들어 올렸다. 나는 그의 눈부신 푸른 눈동자를 바라보았다. 조심스럽게 나는 왕의 얼굴에 손을 얹었다. 부드럽고 곱슬곱슬한 수염이 손바닥에 느껴졌다. 내가 만지자 바로 눈을 감더니 얼굴을 돌려 그의 턱을 감싸고 있는 내 손에 입을 맞추었다.

"네."

어리석은 소리라는 것도 전혀 개의치 않고, 내가 대답했다. 이 남자를 잉글랜드 국왕이 아닌 다른 어떤 사람으로도 상상할 수 없었다. 내가 하워드 가 사람이라는 것을 부정할 수 없듯이, 그 또한 왕이라는 것을 부정할 수 없었다.

"당신이 보잘것없는 사람이고 나 또한 그랬더라도 나는 당신을 사랑했을 거예요."

내가 속삭였다.

"당신이 홉 밭을 갖고 있는 농부였더라도 나는 당신을 사랑했을 거예요. 내가 홉을 따러 온 여자였더라도 당신은 나를 사랑했겠어요?"

왕이 나를 가까이로 이끌었다. 그의 손이 내 스토마커 위에 따뜻하게 닿았다.

"그랬을 거요. 당신이 어디에 있든, 당신이 내 진실한 사랑이라는 걸 알았을 거요. 내가 누구였든, 당신이 누구였든, 나는 단번에 당신이 내 진실한 사랑이란 걸 알았을 거요."

왕의 얼굴이 내려왔다. 처음에는 부드럽게 키스하더니 점점 거칠어졌다. 입술이 매우 따뜻했다. 그가 내 손을 잡아 달집이 덮힌 침대로 이끌었다. 왕은 나를 눕히더니 스토마커 위로 보이는 젖무덤 사이에 얼굴을 묻었다.

* *. *

동틀 녘에 나는 몸을 일으켜 팔꿈치를 세우고 창살로 된 창문 밖을 내다보았다. 하늘은 희붐해지고 있었다. 앤 언니 역시 해가 떠오르기를 기다리고 있겠지. 빛으로 천천히 채워지는 하늘을 바라보면서 이제 겨우 자기 동생이 왕의 정부이자 잉글랜드에서 왕비 다음으로 가장 중요한 여자가 되었다는 것을 깨달을 것이다. 창가 벤치에 앉아서 아침에 첫 새들이 목청을 가다듬고 머뭇머뭇 지저귀는 소리를 들으면서 언니는 이 현실에 대해 어떻게 생각하고 있을지 궁금했다. 심정이 어떨지도 궁금했다. 왕이 선택한 사람은 나이고, 우리 가문의 야망을 쥐고 있는 것도 나인 것을 잘 알고 있을 테니. 왕의 침대에 있는 사람 역시 언니가 아닌 나이니까.

그러나 사실 궁금해 할 필요가 없었다. 내 언니로 인해 마음속에 늘 생겨나고 불안케 하는 무엇이 있듯이, 언니도 복잡한 감정을 똑같이 느끼고 있을 것이다. 감탄과 시샘, 자존심과 격렬한 경쟁심, 사랑하는 동생이 성공하는 모습을 보고픈 마음과 경쟁자가 무너지는 모습을 보고픈 열렬한 욕망이 뒤섞인 감정을.

왕이 몸을 움직였다.

"깼나?"

이불로 얼굴이 반쯤 가려진 채 그가 물었다.

"예."

번쩍 정신을 차리고 내가 대답했다. 나가겠다고 해야 하는지 몰라 망설이고 있는데, 왕이 뒤엉킨 잠자리에서 얼굴을 먼저 내밀었다. 그는 싱긋 웃고 있었다.

"좋은 아침이야, 자기. 오늘 아침 기분은 좋은가?"

나는 어느덧 그의 기쁨을 반영하듯 그에게 웃어주고 있었다.

"정말 좋습니다."

"마음속으로도 정말 기쁘고?"

"이제까지의 제 인생에서 가장 행복합니다."

"그럼 이리 오게."

왕이 두 팔을 펼치며 말했다. 나는 이불 속으로 미끄러져 들어가 따뜻하고 사향 냄새가 나는 품속에 안겼다. 그의 단단한 허벅지가 나를 누르고, 두 팔은 내 어깨를 부드럽게 안고 얼굴은 내 목을 파고 들었다.

"아, 헨리. 아, 내 사랑."

내가 바보같이 말했다.

"알고 있어. 좀더 가까이 와봐."

왕이 매력적인 목소리로 대답했다.

나는 해가 완전히 뜨기 전까지 왕의 곁을 떠나지 않았다. 그리고 나서 하인들이 오기 전에 내 방으로 돌아가려 서둘렀다.

헨리 왕이 손수 가운을 입고 스토마커 뒤의 끈을 묶는 것을 도와주고, 자기 망토를 내 어깨에 둘러 쌀쌀한 아침 공기로부터 보호해줬다. 그가 문을 열었을 때 조지 오빠는 창가 벤치에서 빈둥거리고 있었다. 오빠는 왕을 보자 벌떡 일어나서 한 손에 모자를 들고 인사하더니, 왕 뒤에 있는 나를 보고는 달콤하게 웃어주었다.

"캐리 부인을 방까지 모셔다 드리게. 그리고 나서 침실 당번을 보내주겠나, 조지? 오늘은 일찍 일어나고 싶군."

조지 오빠는 다시 인사하고 내게 팔을 내밀었다.

"그리고 미사를 드리러 나와 함께 가세. 오늘은 내 개인 예배당에 함께 가도 되네, 조지."

왕이 문 앞에 서서 말했다.

"감사합니다."

조지 오빠는 태연스럽지만 품위 있는 태도로 특별한 신하에게만 주어지는 가장 커다란 영광을 받아들였다. 나는 절을 했고 왕의 침소 문은 닫혔다. 우리는 재빨리 접견실을 거쳐 대회당을 지났다. 너무 늦어서 가장 낮은 지위의 하인들을 피할 수 없었다. 불을 계속 지피는 임무를 맡은 젊은 하인들은 대회당 안으로 커다란 통나무를 질질 끌고 들어오고 있었다. 다른 소년들은 바닥을 쓸고 있었고, 밥 먹었던 자리에서 잠을 잔 무장병들은 이제 막 눈을 뜨고 하품을 하며 포도주가 너무 독했다고 욕을 해대었다.

나는 왕의 망토에 달린 모자를 내 헝클어진 머리에 뒤집어썼다.

우리는 재빠르고 조용하게 대회당을 지나고 계단을 올라 왕비의 처소 옆 우리 방으로 갔다.

조지 오빠가 노크하자 앤 언니는 문을 열고 우리를 안으로 들였다. 언니는 잠을 못 자서 얼굴이 창백하고 두 눈은 새빨갰다. 나는 질투심에 몹시 시달리는 언니의 모습을 즐겁게 음미했다.

"그래서?"

언니가 날카롭게 물었다.

나는 침대 위의 매끈한 이불을 힐금 내려다보았다.

"안 잤구나, 언니."

"못 잤어. 너야말로 조금만 잤길 바라는데."

언니의 음란한 언행에 나는 고개를 돌렸다.

"자, 자."

조지 오빠가 입을 열었다.

"우린 그저 너에게 있었던 모든 일들에 아무 문제가 없는지를 알고 싶은 거야, 메리. 게다가 아버지도 아셔야 할 거고, 어머니도 외삼촌도 마찬가지잖아. 얘기하는데 편해지는 게 좋을 거야. 이건 개인적인 문제가 아니잖아."

"세상에서 가장 개인적인 문제야."

"너는 예외야."

앤 언니가 차갑게 말했다.

"그러니까 자꾸 봄철에 젖 짜는 여자처럼 굴지 마. 폐하가 널 가졌어?"

"응."

내가 무뚝뚝하게 대답했다.

"한 번 이상?"

"응."

"하느님, 고맙습니다!"

조지 오빠가 외쳤다.

"해냈어. 이제 나는 가봐야겠다. 폐하께서 함께 미사를 드리자고 하셨거든. 잘했어. 나중에 얘기하자. 지금은 가봐야 해."

오빠가 방을 가로질러 나를 꽉 안아 올리고는 조심성 없이 문을 쾅 닫고 나갔다. 앤 언니가 작게 혀를 쯧쯧 차더니, 우리의 옷가지가 담겨 있는 옷장 쪽으로 돌아섰다.

"크림색 가운을 입는 게 좋을 거야. 창녀처럼 보일 필요는 없잖아. 뜨거운 물을 좀 가져다줄게. 씻어야 할 거야."

언니가 말했다. 내가 항변하려고 하자 언니가 한 손을 들어 올렸다.

"아니, 해야 돼. 그러니까 대꾸하지 마. 머리도 감아. 티끌 하나 없이 깨끗해야 해, 메리. 게으른 창녀처럼 굴지 마. 그 가운도 좀 벗고 서둘러. 마마와 함께 미사 드리러 가기까지 한 시간도 안 남았어."

나는 늘 그렇듯 언니를 따랐다.

"근데 언니도 기분 좋아?"

내가 스토마커와 페티코트를 힘들여 벗으며 물었다.

나는 거울에 비친 언니의 얼굴을 보았다. 길게 뻗은 속눈썹이 복받쳐 오르는 질투심을 가리고 있었다.

"우리 집안을 위해서 기뻐. 네 생각 따윈 하지 않아."

언니가 대답했다.

왕이 예배당이 내려다보이는 그의 개인 별석에서 아침 미사를 드리고 있는 동안, 우리는 그곳과 연결된 왕비의 처소로 열을 지어 지나갔다. 귀를 기울이니 서기가 왕이 대충 훑어보고 서명할 수 있도록 그 앞에 서류를 놓는 소리를 겨우 들을 수 있었다. 왕은 그동안 예배당 아래에서 신부가 진행하는 익숙한 미사 의식을 지켜보고 있었다. 왕은 늘 아침 예배를 드리면서 동시에 일을 했다. 그의 아버지의 관습을 따르는 것이었는데, 많은 사람들은 그가 일을 신성한 것으로 숭배하는 것이라고 생각했다. 그러나 외삼촌을 포함한 다른 일부 사람들은 왕이 서둘러 일을 끝내려 하고, 또 신경을 겨우 반밖에 쏟지 않으려는 것이라고 생각했다.

나는 왕비의 내실에 있는 쿠션에 무릎을 꿇었다. 앉으면서 아른아른 빛나는 내 상아색 가운을 보았다. 허벅지 윤곽이 살짝 드러나 있었다. 아직도 나는 내 다리 사이 부드러운 부분에 닿았던 왕의 따뜻함을 느낄 수 있었고, 입술에서는 그를 맛볼 수 있었다. 앤 언니가 강요해서 목욕을 했지만, 여전히 그의 가슴을 적셨던 땀 냄새가 내 얼굴과 머리카락에서 난다고 생각했다. 내가 눈을 감았을 때 그것은 기도를 위해서가 아닌 관능적인 몽상에 빠지기 위해서였다.

왕비가 내 옆에서 무릎을 꿇었다. 엄숙한 표정으로 무거운 박공 두건을 쓴 머리를 꼿꼿이 들고 있었다. 목 언저리에 가운이 살짝 열려 있었다. 그 속으로 손가락을 넣어 속옷으로 늘 입는 마모직 내의를 만지기 위해서였다. 진지한 얼굴은 수척하고 피곤해 보였다. 그녀는 묵주 위로 머리를 숙였다. 턱과 뺨에서 늘어지는 늙은 피부는 피로해 보이고, 꼭 감은 두 눈 밑이 주머니 모양이 되어 있었다.

미사는 지루하게 계속되었다. 정신을 문서에 돌릴 수 있는 헨리 왕이 부러웠다. 왕비는 절대 흔들리지 않고 집중했다. 묵주 알을 세는 손가락 역시 쉼 없이 움직였고, 항상 두 눈을 꼭 감고 기도했다. 예배가 끝나고 신부가 흰 천으로 성배를 닦아 가져간 후에야 비소로 왕비는 오래 한숨을 내쉬었다. 마치 우리 중 누구도 깨닫지 못한 무엇을 그녀 혼자만 들은 듯이. 왕비가 몸을 돌려 우리 모두에게, 모든 시녀들과 심지어 나에게도, 웃어주었다.

"이제 그럼 아침식사를 하러 갑시다. 어쩌면 폐하께서 우리와 함께 식사하실지도 모르겠네."

왕비가 사근사근하게 말했다.

열을 지어 왕의 문을 지나칠 때 나는 꾸물대고 있는 자신을 느꼈다. 왕이 내게 한 마디도 없이 내가 지나가게 내버려두는 것을 믿을 수가 없었다. 내 욕망을 눈치 채기라도 한 듯, 내가 꾸물대던 바로 그 정확한 순간에 조지 오빠가 문을 활짝 열고는 큰 소리로 말했다.

"좋은 아침입니다, 누이."

오빠 뒤쪽 방 안에 있던 헨리 왕이 서류에서 재빨리 고개를 들고 나를 보았다. 나는 앤 언니가 골라준 크림색 가운을 입고, 크림색 머리쓰개로 빛나는 머리칼을 얼굴 뒤로 넘긴 채 문틀에 붙박인 듯 서 있었다. 나를 보자 그는 욕망 섞인 한숨을 살짝 내쉬었다. 얼굴이 붉어지고, 입가에 머금은 미소가 얼굴을 따뜻하게 덮혀주는 것을 느꼈다.

"좋은 아침입니다, 폐하. 좋은 아침입니다, 오라버니."

내가 부드럽게 말했다. 두 눈은 결코 헨리 왕의 얼굴을 떠나지 못했다.

헨리 왕이 자리에서 일어나 나를 안으로 이끌려는 듯이 손을 뻗었다. 그는 서기를 힐끗 쳐다보며 멈칫했다.

"자네와 함께 식사를 하지. 왕비에겐 내가 곧 따라가겠다고 전하게. 여기에 있는 것만 끝내고 곧장, 여기에 있는 그…… 그……."

애매한 몸짓이 서류가 어디에 있는지 전혀 알 수 없다는 것을 나타냈다.

왕이 밀어꾼의 밝은 등불을 향해 멍하게 헤엄쳐가는 송어처럼 방을 가로질러 다가왔다.

"당신, 오늘 아침에 기분은 좋은가?"

그가 나만 들을 수 있도록 조용히 말했다.

"좋습니다."

왕의 골똘한 얼굴을 향해 나는 장난스러운 눈빛을 힐금 던지고는 이어 말했다.

"조금 피로합니다."

그 고백에 그의 두 눈이 춤추었다.

"잠을 잘못 잤어, 자기?"

"거의 자지 못했습니다."

"잠자리가 마음에 들지 않았나?"

나는 머뭇거렸다. 앤 언니와는 달리 나는 이러한 말장난에 재주가 없었다. 결국 간단히 사실대로 털어놓았다.

"폐하, 무척 마음에 들었습니다."

"그곳에서 다시 자겠나?"

제때에 나는 감칠맛 나게 알맞은 대답을 찾았다.

"아, 폐하. 너무 빨리는 다시 그곳에서 자기를 바라지 않고 있었습니다."

왕이 고개를 젖히고 하하 웃더니, 내 손을 낚아채 올려 손바닥에 꾹 입을 맞췄다.

"부인, 당신은 그저 내게 명령만 내리면 돼. 나는 모든 면에서 당신의 하인이야."

그가 단언했다.

나는 내 손에 입술을 누르고 있는 왕을 보려고 고개를 숙였다. 그의 얼굴에서 눈을 뗄 수가 없었다. 왕이 고개를 들었다. 우리는 같은 욕망으로 서로를 오랫동안 바라보았다.

"이만 가봐야겠습니다. 왕비마마께서 제가 어디 있는지 찾으실 겁니다."

"당신을 뒤따르지. 믿어도 좋아."

나는 그에게 살짝 웃어주고는 몸을 돌려 별석에서 뛰어 내려가 왕비의 시녀들을 뒤쫓았다. 구두굽이 바쁘게 움직이며 석조 바닥에 또깍 또깍 소리를 내고 실크 가운은 바삭바삭 소리를 내는 것을 들었다. 내 민활한 몸 구석구석에서, 나는 젊고 아름답고 사랑받고 있다는 것을 느낄 수 있었다. 잉글랜드 국왕에게서 사랑받고 있었다.

왕은 아침식사를 하러 와 자리에 앉으면서 미소 지었다. 왕비의 옅은 눈동자가 장밋빛으로 물든 내 뺨과 호화롭게 빛나는 크림색 가운을 훑어보고는 시선을 돌렸다. 그녀는 식사하는 동안 연주를 들을 수 있도록 악단을 부르고, 자신의 사마관이 찾아오도록 했다.

"오늘 사냥을 나가실 겁니까, 폐하?"

왕비가 왕에게 상냥하게 물었다.

"예, 그렇습니다. 당신의 시녀들 중 사냥을 따라갈 마음이 있는 사람 있습니까?"

왕이 초대의 의사를 밝혔다.

"물론 있지요."

왕비가 평상시와 다름없는 상냥한 목소리로 말했다.

"불린 양, 파커 양, 캐리 부인? 자네 세 명이 말 타는 것을 아주 좋아하는 걸로 알고 있네. 오늘 폐하와 함께 말을 타고 싶은가?"

내가 세 번째로 불린 것을 듣고 제인 파커가 심술궂은 미소를 재빨리 던졌다. 그녀는 아직 모를 테니까 하고 생각하며 속으로 자신을 달랬다. 그녀는 아무것도 모르니까 마음껏 의기양양해할 수 있다.

"폐하와 함께 나가게 된다니, 황공합니다. 저희 세 사람 모두 말이죠."

앤 언니가 부드럽게 말했다.

마구간 앞의 넓은 안뜰에서 왕은 커다란 사냥말 위에 올라탔다. 그동안 마부 중 한 사람이 나를, 왕이 선물한 말의 안장으로 들어 올려 줬다. 나는 안장머리에 다리를 단단히 끼고 가운을 알맞게 흘러내리도록 정리했다. 앤 언니는 나를 찬찬히 살펴보았다. 늘 그렇듯 아주 미세한 부분도 놓치지 않았다. 섬세한 깃털이 달린 말쑥한 프랑스풍 사냥 모자를 쓴 언니가 됐다는 듯 살짝 고개를 끄덕여서 나는 만족했다. 언니는 곧 안장 위로 들어 올려 달라고 마부를 불렀다. 그리고는 사냥말을 내 말 옆으로 몰고 와 고삐를 침착하게 움켜잡으면서 몸을 기울였다.

"폐하께서 너를 숲 속으로 데려가서 가지려고 하면, 안 된다고 하는 거야. 네가 하워드 가 여자라는 것을 기억하도록 해. 완전히 창녀가 아니라구."

언니가 속삭였다.

"폐하께서 나를 원하시면……."

"원하시면, 기다리면 돼."

사냥꾼이 나팔을 불자 안뜰의 말들은 모두 흥분으로 경직되었다. 헨리 왕은 신이 난 소년처럼 나를 향해 싱긋 웃어주었다. 나도 그에게 미소를 지었다. 나의 암말 제즈먼드는 똘똘 감긴 용수철 같았다. 사냥 대장이 도개교를 넘으며 길을 이끌기 시작했고, 우리는 재빨리 달려 그를 뒤따랐다. 말발굽 주위는 사냥개들로 둘러싸여 얼룩무늬와 흰색의 바다 같았다. 화창한 날이었지만 그리 덥지는 않았다. 선선한 바람이 초지의 잔디를 산들산들 흔드는 것을 보며 우리는 달려서 마을을 떠났다. 건초꾼들은 자루가 긴 낫에 기대어 서서 우리가 지나가는 것을 지켜보았다. 밝은 색깔로 치장한 귀족들을 보자, 그들은 모자를 벗었고, 왕의 깃발을 보고서는 무릎을 꿇었다.

나는 성을 힐금 돌아보았다. 왕비 처소의 여닫이창이 열려 있었다. 나는 왕비의 검은 두건과 우리를 눈으로 좇고 있는 그녀의 창백한 얼굴을 보았다. 왕비는 우리와 만찬 때 만날 것이다. 그때 그녀는, 나란히 말을 타고 하루의 운동을 즐기기 위해 함께 나간 헨리 왕과 나를 본 적 없는 듯이, 우리에게 웃어줄 것이다.

날카롭게 짖던 사냥개들의 소리가 갑자기 바뀌더니 조용해졌다. 사냥꾼이 나팔을 불었다. 큰 소리로 길게 부는 것은 사냥개들이 냄새를 맡았다는 뜻이었다.

"여이!"

헨리 왕이 앞으로 박차를 가하며 외쳤다.

"저기다!"

내가 소리쳤다. 우리 앞으로 펼쳐지는 가로수 길 끝에서 나는 커다란 수사슴의 윤곽을 보았다. 수사슴은 뿔을 뒤로 바짝 숙이고 사냥대로부터 거침없이 도망쳤다. 사냥개들은 잇달아 재빨리 뒤쫓아 갔다. 가끔씩 흥분해서 짖어대는 소리 외에는 거의 조용했다. 사냥개들은 덤불 속으로 뛰어 들어갔고, 우리는 말고삐를 잡고 서서 기다렸다. 사냥꾼들은 마음을 졸이며 사냥대로부터 말을 몰고 달려나갔다. 그들은 도망치는 수사슴을 찾을 기대로 수색거리를 좁게 해서 숲을 엇갈리게 찾아보았다. 그때 사냥꾼들 중 하나가 갑자기 등자를 밟고 높이 일어서서 나팔을 불었다. 그 소리에 내 말이 흥분해서 뒷발로 서더니 빙 돌아 사냥꾼에게로 달려갔다. 나는 품위 없게 안장 머리와 갈기에 매달렸다. 뒤로 굴러 떨어져 진흙 속에 빠지지만 않는다면 어떻게 보이든 상관없었다.

수사슴은 도망쳤다. 목숨을 건지기 위해 숲 끝자락의, 늪지와 강 쪽으로 나 있는 거칠고 텅 빈 땅을 질주했다. 개들은 즉시 수사슴을 우르르 뒤쫓았고, 말들은 개들을 쫓아 무섭게 질주했다. 말발굽이 내 주위에서 온통 쿵쿵거렸다. 나는 눈을 반쯤 감은 채 가늘게 떴다. 진흙덩어리들이 내 얼굴로 날아오고 있었다. 나는 제즈먼드의 목으로 몸을 낮게 웅크리며 박차를 가했다. 모자가 머리에서 벗겨져 굴러 떨어지는 것을 느꼈다. 그때 만발한 여름 꽃들로 하얀 산울타리가 바로 눈앞에 나타났다. 제즈먼드의 힘센 엉덩이가 내 밑에서 위로 모아지는 듯하더니 단 한 번의 엄청난 도약으로 산울타리를 뛰어 건너편으로 멀리 넘어갔다. 중심을 되찾은 제즈먼드는 다시 매우 빠르게 달렸다. 왕이 내 앞에 있었다. 그의 시선은 점점 가까워지는 수사슴에 집중되어 있었다. 나는 핀에서 흘러내려 물결치는 머리칼을 느끼면서 얼굴에 닿는 바람의 감촉에 별생각 없이 하하 웃었다. 내 웃음소리에 제즈먼드의 귀가 뒤로 젖혀졌다가 작고 더러운 개울이 있는 또 다른 산울타리에 닿자 앞으로 되돌아갔다. 제즈먼드도 나와 동시에 그것을 보았다. 제즈먼드는 아주 짧은 순간 멈칫하더니 고양이처럼 네 발을 동시에 들고 힘차게 뛰어넘었다. 제즈먼드의 발굽이 산울타리 위를 잘라내면서 으깨진 인동덩굴의 향기를 맡았다. 그리고 우리는 계속해서, 더욱 빠르게 달렸다. 내 앞에서 조그만 갈색 점 같은 수사슴이 강가로 뛰어들어 건너편으로 힘차게 헤엄치기 시작했다. 다급해진 사냥 대장이 필사적으로 나팔을 불었다. 그는 사냥개들이 수사슴을 따라 물에 뛰어들지 못하도록 자기 쪽으로 불러서, 함께 제방을 따라 아래로 뛰어 내려가 사냥감이 물가로 나올 때 위협할 수 있도록 하려 했다. 그러나 몹시 흥분 상태에 있는 사냥개들은 말을 듣지 않았다. 사냥개지기들이 앞으로 몰려왔지만 이미 무리의 반은 수사슴을 쫓아 강가에 들어가 있었다. 몇 마리는 빠른 물살에 휘말려 떠내려갔다. 모두 깊은 물에서는 무력했다. 헨리 왕은 고삐를 잡고 서서 혼란스런 광경을 지켜보았다.

나는 그가 화를 낼까 봐 두려웠지만, 왕은 고개를 젖히고 수사슴의 교활한 간계가 즐겁기라도 한 것처럼 하하 웃었다.

"가버려라, 그럼!"

그가 수사슴 뒤로 소리쳤다.

"너를 요리하지 않아도 나는 여기서 사슴 고기를 먹을 수 있단 말이다! 나한텐 저장실 가득 사슴 고기가 있어!"

왕이 멋진 농담이라도 한 것처럼 모두가 소리 내어 웃었다. 모두들 사냥이 실패해서 그의 기분이 언짢아질까 봐 두려워하고 있었다는 것을 깨달았다. 밝고 즐거워하는 얼굴들을 바라보면서, 나는 번득이는 한순간, 한 남자의 기분이 우리 삶의 중심이 되게 만든 우리 자신들이 얼마나 어리석은지를 생각했다. 그러나 그때 왕이 나를 보며 웃었고, 나는, 적어도 나에게는, 선택권이 없다는 것을 알았다.

왕은 진흙 튀긴 내 얼굴과 뒤엉킨 머리칼이 흘러내리는 것을 바라보았다.

"시골 아낙네 같군."

그가 말했다. 누구나 그의 목소리에서 욕망을 감지할 수 있었을 것이다.

나는 장갑을 벗어 손으로 머리칼을 만져보았다. 머리칼을 매듭지어 뒤로 묶으려 했으나 제대로 되지 않았다. 그의 음란함을 알고는 있지만 대답은 하지 않겠다는 듯, 나는 왕에게 작고 비스듬히 미소를 지었다.

"아이, 참, 쉬잇."

내가 부탁했다. 왕의 골똘한 얼굴 뒤로 제인 파커가 말파리라도 삼킨 듯이 갑자기 꿀꺽하는 것을 보았다. 마침내 그녀도 우리 불린 가사람들 주위에서 행동을 조심해야 한다는 것을 깨달은 것 같았다.

헨리 왕이 말에서 내리더니 고삐를 마부에게 던지고는 내 말의 머리 쪽으로 다가왔다.

"내게로 내려오겠어?"

그가 따뜻하고 매혹적인 목소리로 물었다.

나는 무릎대를 풀고 말의 옆구리로 미끄러져 내려와 그의 품에 안겼다. 왕은 가뿐히 나를 받아 땅에 내려주었다. 그러나 놓지는 않았다. 궁정 사람 모두가 보는 앞에서 그는 내 뺨에 입을 맞추더니 다른 뺨에도 입을 맞췄다.

"당신은 사냥의 여왕이야."

"꽃을 엮어 왕관을 씌워야겠습니다."

앤 언니가 제안했다.

"좋지!"

헨리 왕은 그 제안에 만족해했다. 잠깐 사이에 궁정 사람들의 반이 인동덩굴 화환을 엮었다. 나는 흘러내린 나의 금빛 갈색 머리칼 위에 잊히지 않을 정도로 무척 향기로운, 꿀 냄새를 풍기는 왕관을 썼다.

마차가 만찬 거리를 싣고 올라와서 왕의 총신 오십 명의 식사를 위한 작은 천막을 쳤다. 다른 이들을 위해서는 의자와 벤치를 놓았다. 왕비가 그녀의 얌전한 승용마를 타고 느릿느릿 도착했을 때, 그녀는 내가 왕의 왼편에 앉아 여름 꽃들로 엮은 왕관을 쓰고 있는 모습을 보았다.

다음달에 잉글랜드는 드디어 프랑스와 전쟁에 들어갔다. 공식적으로 전쟁을 선포했다. 스페인의 황제인 찰스는 그의 군대를 창처럼 프랑스의 심장에 겨누었고, 그와 동맹을 맺은 잉글랜드 군대는 칼레 성채에서 행군하여 나가 파리를 향해 남쪽으로 내려갔다.

궁정 사람들은 가슴을 졸이며 승전 소식을 고대하면서 런던 시내 외곽에 머물렀다. 그러나 때마침 여름철 전염병이 런던에 돌아 언제나 항상 질병을 두려워하는 헨리 왕은 즉시 여름나기에 들 것을 명했다. 우리는 이동했다기보다는 도망치듯이 햄프턴 궁전으로 왔다. 왕은 모든 음식을 주변 농촌에서 가져올 것을 명했고, 어떤 것도 런던으로부터 가져올 수 없었다. 그는 상인들과 무역업자들, 공예가들이 수도의 불결한 매음굴에서부터 궁정 사람들을 따라오는 것을 금했다. 맑은 물가의 깨끗한 궁전은 질병으로부터 보호되어야 했다.

프랑스로부터는 좋은 소식이 왔고, 런던 시내로부터는 나쁜 소식이 왔다. 울지 추기경은 궁정이 남쪽을 지나 서쪽으로 갈 것을 계획했다.(왕과 왕비를 포함한 궁정 사람들은 철마다 다른 궁전으로 이동을 하곤 했다. 여기서 '궁정'은 왕과 그 신하들이 머무는 곳을 뜻한다.) 우리는 지역 고관들의 대저택에 머물면서 가면극과 만찬, 사냥과 피크닉과 마상 창시합을 즐겼다. 헨리 왕은 마치 소년처럼, 지나치는 경치에 쉽게 정신을 팔며 나아갔다. 우리가 가는 길에 사는 모든 신하들은, 자신들이 가장 두려워했던 경비지출에도 불구하고 가장 큰 기쁨인 것처럼 왕을 접대해야 했다.

왕비는 왕과 함께 여행했다. 왕 옆에서 말을 타고 아름다운 시골길을 지나갔고, 이따금 피곤하면 가마로 옮겨 여행하기도 했다. 밤에는 나를 부를지는 모르나, 왕은 낮 동안에는 왕비에게 관심을 보이며 정답게 대했다. 그녀의 조카가 유럽에서 잉글랜드 군대의 유일한 동맹자였기 때문에, 우호적인 그녀의 가문은 잉글랜드 군대에게 승리를 가져다줄 것을 의미하는 것이었다.

그러나 왕에게 캐서린 왕비는 전시의 동맹자 이상의 상대였다. 내가 아무리 헨리 왕을 기쁘게 할지라도, 그는 여전히 그녀의 남자, 그녀의 사랑스럽고 귀중한 응석받이에 버릇없는 남자였다. 그는 나나 다른 아무 여자나 자기 방으로 부르면서도 왕비와 꾸준히 유지되고 있는 애정만큼은 건드리지 않을 수 있었다. 그것은 오래전 왕비가 더 어리석고, 더 이기적이고, 그녀가 공주다웠던 것에 비해 왕자답지 못했던 이 남자를 사랑했던 그 능력으로부터 비롯된 것이었다.

1522년 겨울

크리스마스에 왕은 궁정 사람들을 그리니치에서 지내게 했고, 열이틀 밤낮으로 가장 사치스럽고 아름다운 파티와 축제가 벌어졌다. 크리스마스 연회의 총책임자인 윌리엄 아미티지 경은 매일같이 새로운 아이디어를 생각해내야 했다. 그가 짠 일일 계획표에는 아침에 밖에서 할 수 있는 재미있는 여러 가지 놀이가 있었다. 보트 경기를 보거나, 마상 창 시합이나 궁술 대회를 열거나, 곰 골리기, 개싸움, 닭싸움, 혹은 곡예사나 불 먹는 마술사가 나오는 순회공연을 보고 그 다음으로는 대회당에서 성대한 만찬이 따랐다―고급 포도주와 에일, 약한 에일을 마시고, 조각된 마치페인(marchpane: 아몬드를 으깨어 설탕, 계란과 버무려 만든 과자)으로 만든, 어느 예술 작품만큼이나 훌륭하고 매혹적인 푸딩을 매일 먹었다. 오후에는 기분 전환을 위해 연극이나 좌담, 무도회나 가면극을 열었다.

우리에게는 모두 각자 맡은 배역과 각자 입을 의상이 있었고, 모두 명랑할 수 있을 만큼 명랑해야 했다. 이번 겨울 동안 왕은 늘 웃고 있었으며 왕비 또한 한시도 미소를 거두지 않았기 때문이었다.

쌀쌀한 날씨와 더불어 결말이 나지 않을 것 같았던 프랑스와의 전쟁도 끝났지만, 모두들 봄이 오면 또다시 전쟁은 불가피할 것이고, 잉글랜드와 스페인은 힘을 합쳐 위험을 무릅쓰고 적과 맞서리라는 것을 알고 있었다. 이번 크리스마스 기간 동안 잉글랜드 국왕과 스페인 출신의 왕비는 완벽하게 하나가 되었다. 그들은 일주일에 한 번씩 꼭 빠짐없이 단둘이서 식사를 했고 왕은 그날 밤에 왕비의 침실에서 잠을 잤다.

그러나 그 밖의 모든 날들은 역시 빠짐없이 조지 오빠가 앤 언니와 함께 쓰는 방으로 찾아와 문을 두드리고는 "널 부르신다." 하고 알려 줬다. 그러면 나는 나의 사랑, 나의 왕에게로 달음박질로 달려갔다.

밤새도록 머물지는 않았다. 유럽 전역에서부터 크리스마스를 지내기 위해 그리니치로 초대된 외국 대사들이 있었고, 그들 앞에서 헨리 왕은 왕비를 냉대하지 않았다. 그중에서도 스페인 대사가 예법에 까다로운 사람이었으며 왕비의 친한 친구였다. 내가 궁정에서 어떤 역할을 하는지 아는 그는 나를 좋아하지 않았다. 나 역시도 왕의 사저에서 얼굴을 붉히고 머리칼이 헝클어진 차림으로 나오다 그와 우연히 마주치고 싶지 않았다. 차라리 대사들이 미사를 드리러 오기 전에 왕의 따뜻한 침대에서 나와 옆에서 하품하는 조지 오빠와 함께 서둘러 내 방으로 돌아가는 것이 훨씬 나았다.

앤 언니는 늘 자지 않고 에일을 데우고 불씨들을 모아 방을 따뜻하게 덥히면서 나를 기다렸다. 나는 침대 속으로 폴짝 뛰어 들어갔고, 그러면 언니는 모직 덮개로 내 어깨를 덮어주곤 했다. 조지 오빠가 난로에 통나무 하나를 넣고 음료수를 마시는 동안 앤 언니는 내 옆에 앉아 내 머리칼의 엉킨 부분들을 빗어내었다.

"지치는 일이다, 이거. 요즘 거의 매일, 오후 내내 곯아떨어져. 눈을 뜨고 있을 수가 없다니까."

오빠가 말했다.

"난 언니가 무슨 아이처럼 만찬 후에 재워."

내가 원망하듯이 말했다.

"뭘 바라는데? 왕비처럼 초췌해지길 바라는 거야?"

앤 언니가 물었다.

"그렇게 건강해 보이지 않으시던데. 어디 아프신가?"

조지 오빠가 동의했다.

"늙어서 그래, 내 생각엔. 항상 행복한 듯 보이려고 노력하는 것도 그렇고. 지쳤을 거야. 헨리 폐하께서 많이 즐거워하시지?"

언니가 별로 신경 쓰지 않고 말했다.

"아니."

내가 새치름하게 대답했고 우리 셋은 웃었다.

"크리스마스 때 너한테 특별한 선물을 준다는 말씀은 없으셨어? 아니면 오빠한테는? 우리 중에는?"

언니가 물었다.

나는 고개를 저었다.

"말씀 없으셨어."

"외삼촌께서 너에게 폐하께 드리라고 우리 문장을 세공한 술잔을 보내주셨어. 찬장 안에 잘 보관되어 있어. 어마어마하게 비싼 거야. 어느 정도 보답을 받았으면 하는데."

언니가 말했다.

나는 나른하게 고개를 끄덕였다.

"놀래 줄 게 있다고 말씀하셨어."

언니와 오빠가 즉시 긴장했다.

"내일 조선소에 데려가고 싶다고 하셨어."

기대할 가치가 없다는 듯 언니가 얼굴을 찡그렸다.

"선물을 말하는 줄 알았잖아. 우리 모두 가는 거야? 궁정 사람들 모두?"

"몇몇 사람들만."

나는 눈을 감고 잠 속으로 빠져들기 시작했다. 앤 언니가 침대에서 일어나 방을 왔다 갔다 하며 옷장에서 내 옷가지를 꺼내 아침에 입을 것들을 펼쳐놓는 소리가 들렸다.

"빨간 옷을 입는 게 좋을 거야. 백조 솜털을 덧댄 내 빨간 망토도 빌려 입고. 강가는 추울 테니까."

언니가 말했다.

"고마워, 언니."

"아, 너를 위해 하는 거라고 생각하지는 마. 우리 가문의 출세를 위해 하는 거니까. 이건 다 너를 위한 게 아니야. 네 자신도 그래서는 안 되고."

언니의 차가운 말투에 나는 어깨를 움츠렸으나 너무 피곤해서 대꾸할 수 없었다. 희미하게, 조지 오빠가 잔을 내려놓고 일어나 앤 언니의 이마에 부드럽게 입맞추는 소리를 들었다.

"피곤한 일이지만, 할 만한 엄청난 가치가 있는 일이지. 잘 자, 애나마리아. 너는 네 할 일을 하고, 나는 내 일 하러 간다."

오빠가 조용히 말했다.

언니의, 매혹적으로 쿡쿡 웃는 소리가 들렸다.

"그리니치 창녀들과 만나는 건 숭고한 천직이지요, 오라버니. 그럼 내일 봐요."

앤 언니의 망토는 내 빨간 승마복 위에 너무나도 잘 어울렸다. 언니는 세련되고 작은 프랑스풍 승마모자도 빌려주었다. 헨리 왕과 앤 언니, 나, 조지 오빠와 나의 남편 윌리엄, 그리고 나머지 대여섯 명의 사람들은 말을 타고 강을 따라 왕의 새로운 배를 만들고 있는 조선소로 향했다. 겨울답지 않은 화창한 날이었다. 햇빛은 수면에 닿아 반짝였고, 강 양옆의 들판은 물새 소리로 시끌시끌했으며, 러시아에서 온 거위들은 따뜻한 늪지에서 겨울을 나고 있었다. 계속되는 거위들의 울음소리에 비해, 꽥꽥거리는 오리들과, 도요새와 마도요의 울음소리는 무척 컸다. 우리는 작게 무리를 지어 강가를 따라 천천히 달렸다. 나의 말은 왕의 커다란 사냥말과 어깨를 나란히 하고 있었고, 앤 언니와 조지 오빠는 우리의 양옆에서 갔다. 헨리 왕이 고삐를 당겨 속도를 늦추더니 부두에 가까워지자 걸어가도록 했다.

우리 일행이 다가오는 것을 보고 감독이 나와 모자를 벗고 왕에게 정중히 절했다.

"어떻게 되어 가는지 한번 보러 나왔네."

왕이 웃으며 그를 내려다보면서 말했다.

"영광입니다, 폐하."

"일은 잘되어 가는가?"

왕은 안장에서 휙 뛰어내려 기다리고 있던 마부에게 고삐를 던져 주었다. 그는 돌아서서 나를 안아 내리고, 팔오금 사이로 내 손을 밀어 넣더니 건선거(큰 배를 만들거나 수리할 때 배가 출입할 수 있을 정도로 굴착하여 만든 구조물.)로 데려갔다.

"자, 어떻게 생각하나? 대단히 아름다울 거라고 생각하지 않나?"

헨리 왕이 눈을 가늘게 뜨고 커다란 나무 롤러 위에 놓여 있는 반쯤 지어진 배의 매끄러운 오크 측면을 올려다보며 내게 물었다.

"아름답고 위협적일 것 같습니다. 프랑스에는 물론 이렇게 대단한 게 없겠죠."

내가 포문을 바라보며 말했다.

"없지. 작년에 이런 배 세 척만 있었어도 항구로 몰래 들어오는 프랑스 군함을 파괴하고, 오늘날 명실 공히 잉글랜드의 왕이자 프랑스의 왕이 될 수 있었을 텐데."

헨리 왕이 자랑스럽게 대답했다.

나는 망설이다 과감히 입을 열었다.

"프랑스 군대도 굉장히 강하다고 들었습니다. 프랑시스 왕도 무척 단호하다고도요."

"겉치레꾼일 뿐이야. 다 연극일 뿐이라고. 게다가 스페인의 찰스 황제가 남쪽에서 공격하고 나는 칼레에서 공격할 거야. 우리 둘이 프랑스를 나눠 가지는 거지."

헨리 왕이 불퉁하게 말하고는 조선공을 향해 물었다.

"언제쯤 완성되겠나?"

"봄입니다."

"제도공은 오늘 있나?"

남자가 절했다.

"있습니다."

"당신을 그리게 하고 싶군, 캐리 부인. 잠깐 앉아서 제도공이 당신의 초상화를 그리게 하겠나?"

나는 기뻐하며 얼굴을 붉혔다.

"물론입니다, 폐하께서 원하신다면요."

헨리 왕이 조선공에게 고개를 끄덕이자 조선공은 난간에서 아래쪽 부두를 향해 소리쳤다. 남자 한 명이 뛰어왔다. 헨리 왕은 내가 사다리를 내려가는 것을 도와줬고, 거친 홈스펀 옷을 입은 젊은 화가가 빠르게 내 초상화를 그리는 동안 나는 새로 자른 널빤지 더미 위에 앉아 있었다.

"제 초상화로 무얼 하시게요?"

내가 호기심으로 물었다. 움직이지 않고 입가에는 미소를 유지하려 했다.

"두고 보면 알 거야."

화가가 한쪽으로 종이를 치웠다.

"다 됐습니다."

헨리 왕이 손을 건네 나를 일으켰다.

"자, 자기. 그럼 식사하러 돌아가지. 늪지를 돌아서 궁으로 가자구. 성까지 신나게 달릴 만한 장소가 있거든."

마부들은 말들이 감기에 걸리지 않도록 주변을 돌아다니게 하였다. 헨리 왕은 나를 안장 위로 번쩍 들어 올려 주고 나서 말을 탔다. 그는 모두 떠날 준비가 되었는지 어깨너머로 살폈다. 헨리 퍼시 경은 앤 언니의 뱃대끈을 조여주고 있었다. 언니는 그를 내려다보며 은근히 도발적인 미소를 지었다. 우리는 모두 방향을 돌려 그리니치로 되돌아갔다. 햇빛이 싸늘한 겨울 하늘을 앵초 색과 크림색으로 물들이고 있었다.

크리스마스 만찬은 거의 하루종일 계속되었다. 나는 그날 밤 헨리 왕이 나를 부르리라 확신하고 있었다. 그러나 그는 왕비를 찾아갈 것을 알렸고, 나는 왕비 곁에 앉아 있는 시녀들 사이에 껴서 왕이 신하들과 술을 다 마시고 왕비의 처소로 들기를 기다렸다.

앤 언니가 반쯤 바느질된 셔츠를 내 손에 밀어 넣고는 옆에 앉았다. 자기 허락 없이는 일어나지 못하도록 펼쳐져 있는 내 가운 자락 위에 아예 눌러 앉았다.

"진짜, 나 좀 혼자 내버려둬."

내가 속삭였다.

"그 비참한 표정이나 거둬. 바느질하면서 즐기는 것처럼 웃으라구. 괴롭힘 당하는 곰처럼 뚱해 있으면 어떤 남자도 너를 원하지 않을 거야."

언니가 쉿 소리를 내며 말했다.

"그렇지만 크리스마스 밤을 마마와 보내신다니……."

언니가 고개를 끄덕였다.

"왜 그런지 알고 싶어?"

"응."

"어떤 거지 같은 점쟁이가 폐하께 오늘 밤에 아들을 갖게 될 거라고 말씀드렸거든. 폐하께선 마마가 가을 아이를 낳아줄 것을 기대하고 계셔. 참, 남자들은 바보지."

"점쟁이?"

"응. 아들을 낳을 거라고 예언했대. 폐하께서 다른 모든 여자들을 물리친다면 말이야. 누가 그 점쟁이한테 돈을 먹였는지는 묻지 않아도 뻔해."

"무슨 뜻이야?"

"내 추측으로는, 그 점쟁이를 뒤집어서 세게 흔들어보면 주머니에서 시모어 가 사람이 준 돈이 떨어져 나올걸. 그렇지만 그렇게 하기에는 이미 너무 늦었어. 손해는 벌써 입었으니까. 폐하께선 오늘 밤부터 열이틀 동안 매일 밤 마마와 잠자리를 하실 거야. 그러니까 폐하께서 자기 의무를 다 하기 위해 너를 지나치실 때, 뭘 놓치고 있는지 기억하게끔 확실하게 행동하란 말이야."

바느질감 위로 고개를 깊이 숙였다. 나를 지켜보고 있던 앤 언니는 셔츠 가장자리에 눈물이 한 방울 떨어지고, 내가 그것을 손가락으로 훔쳐내는 것을 보았다.

"바보 같으니라구. 되돌아오실 거야."

언니가 거칠게 말했다.

"폐하께서 마마와 함께 누워 있는 생각은 하기도 싫어. 마마도 자기라고 불러줄까?"

내가 속삭였다.

"아마도. 말투를 이리저리 바꿀 만큼 재치 있는 남자는 많지 않거든. 그렇지만 폐하께서는 마마께 할 의무를 다하시고 나면 다시 둘러보실 거야. 그때 네가 폐하의 시선을 사로잡으면 다시 사랑받게 되는 거지."

앤 언니가 무뚝뚝하게 대답했다.

"가슴이 찢어지는데 어떻게 웃을 수 있겠어?"

언니가 킬킬 웃었다.

"아, 완전히 비극 배우잖아! 가슴이 찢어지는데도 웃을 수 있어. 너는 여자고, 신하다, 하워드 가 사람이니까. 세상에서 가장 기만적인 동물이 될 수밖에 없는 세 가지 이유가 거기 다 있네. 자, 이제, 쉬— 폐하가 오신다."

조지 오빠가 내게 살짝 웃어주면서 첫 번째로 들어와, 왕비의 발치에 무릎을 꿇었다. 왕비는 얼굴을 붉히며 오빠에게 손을 내밀었다. 그녀는 왕이 자신에게 온다는 사실에 기쁨으로 홍조를 띠고 있었다. 그다음으로 헨리 왕이 한 손을 퍼시 경의 어깨에 얹은 채 나의 남편 윌리엄과 함께 들어왔다. 앤 언니와 나는 일어서서 무릎을 깊이 굽혀 절했지만, 그는 그저 고개만 끄덕이며 나를 지나쳤다. 왕은 곧장 왕비에게로 다가가 입술에 키스하더니 내전으로 인도했다. 왕비의 하녀들이 따라 들어갔다가 곧 문을 닫고 나왔다. 나머지 우리는 침묵 속에 남겨졌다.

윌리엄이 주위를 둘러보더니 나를 보고 싱긋 웃으며 상냥하게 말했다.

"잘 만났군요, 부인. 지금의 자리를 앞으로 더 오래 지키시게 될 것 같나요? 아니면 다시 나를 침실상대로 원하실 것 같나요?"

"그건 왕비마마와 저희 외삼촌의 뜻에 달린 거죠."

조지 오빠가 그에 맞서 대답했다. 오빠의 손이 허리띠를 따라 검이 달려 있는 자리로 미끄러졌다.

"메리앤은 스스로 선택할 수 없잖아요, 아시다시피."

윌리엄은 도전에 응하지 않았다. 그는 내게 애처롭게 웃어 보였다.

"흥분하지 말아요, 조지. 굳이 설명해줄 필요 없어요. 지금쯤이면 저도 알 때가 됐죠."

나는 눈길을 돌렸다. 퍼시 경이 앤 언니를 구석진 곳으로 데려가 둘은 함께 있었다. 그가 뭔가를 말하자 언니가 유혹적으로 킬킬 웃는 소리가 들려왔다. 그 모습을 바라보고 있는 나를 보고는 언니가 더욱 큰 소리로 말했다.

"퍼시 경께서 내게 소네트를 써주고 계셔, 메리. 운율이 안 맞는다고 말씀 좀 드리렴."

"아직 완성되지도 않았잖습니까. 첫 구절만 말씀드렸는데 벌써 너무 비판적이시네요."

퍼시 경이 항변했다.

"'아름다운 여인이여―그대는 진정 나를 멸시로 대하고…….'"

"매우 좋은 시작(始作)이라고 생각하는데요."

내가 부추기듯 말했다.

"어떻게 이으실 건가요, 퍼시 경?"

"좋은 시작은 분명 아니에요."

조지 오빠가 말했다.

"구애를 멸시로 대하는 건 바로 최악의 시작이죠. 다정한 시작이 좀더 희망적일 것 같은데요."

"다정한 시작은 확실히 놀랄 만하죠. 불린 가 여자한테서 말이에요."

윌리엄이 가시 박힌 어조로 말을 이었다.

"구혼자에 따라 다르겠지만요, 물론. 다시 생각해보니까, 노섬벌랜드의 퍼시 가 사람 정도면 다정한 시작을 할지도 모르겠네요."

앤 언니는 그에게 뭔가 가족답지 않은 눈빛을 번득였다. 그러나 헨리 퍼시는 자기 시(詩)에 흠뻑 빠져 있어 그가 하는 말을 거의 듣지 못했다.

"그리고는 다음 구절과 이어져요. 아직은 없지만요. 그러고 나서 그 다음은 무슨 무슨 무슨 무슨, 나의 고통이에요."

"아! 멸시와 운을 맞추려는 거군요!(멸시=disdain와 고통은=pain 양쪽 다 'ain' 으로 끝나 운이 맞다.) 이제 좀 알 것 같은데요."

조지 오빠가 약 올리듯 말했다.

"그렇지만 처음부터 끝까지 시가 추구하는 어떤 이미지가 있어야죠."

언니가 헨리 퍼시에게 말했다.

"애인에게 시를 쓰실 거면, 그녀를 어떤 것에 비교한 다음, 그 비교를 비틀어서 재치 있게 끝맺는 거예요."

"어떻게 그러죠?"

퍼시 경이 언니에게 물었다.

"어떤 것에도 당신을 비교할 수 없어요. 당신은 당신이에요. 당신을 무엇에다 비교합니까?"

"아, 무척 아름답군!"

조지 오빠가 만족스레 말했다.

"이봐요, 퍼시 경, 당신은 시보다 대화를 더 잘하는데요. 제가 당신이었다면 한쪽 무릎을 꿇은 채로 귀에 대고 속삭였을 겁니다. 당신은 산문(散文)을 고수하면 성공할 거예요."

퍼시 경이 웃으며 앤 언니의 손을 잡았다.

"밤하늘에 떠 있는 별."

그가 말했다.

"무슨 무슨 무슨 무슨, 약간의 기쁨."

언니의 기민한 대꾸가 대구(對句)를 이루었다.

"포도주나 한잔 합시다."

윌리엄이 제안하며 말을 이었다.

"이런 눈부신 재치는 영 따라가지 못하겠는걸요. 저와 주사위 놀이하실 분?"

"제가 하겠습니다."

윌리엄이 나에게 신청하기 전에 조지 오빠가 말했다.

"얼마 걸기죠?"

"뭐, 두세 크라운 정도. 도박 빚 때문에 당신이 내 원수가 되는 건 무척 싫을 것 같은데요, 불린."

"다른 이유도 마찬가지겠죠. 특히나 여기 계시는 퍼시 경께서 우리에게 싸움에 대한 무예시를 써주실지도 모르니까요."

오빠가 감미롭게 말했다.

"무슨 무슨 무슨이 그리 위협적이라고 생각하지는 않는데요. 퍼시 경께서 쓰는 구절은 그것밖에 없잖아요."

앤 언니가 토를 달았다.

"아직은 습작생일 뿐입니다. 사랑의 수습생이고 시의 습작생이죠. 저에게 친절하게 대하지 않으시잖아요. '아름다운 여인이여? 그대는 진정 나를 멸시로 대하고?'는 사실 그대로입니다."

퍼시 경이 점잖게 말했다.

언니가 웃으며 그가 입맞출 수 있도록 손을 내밀었다. 윌리엄은 주머니에서 주사위 두어 개를 꺼내 탁자 위에 굴렸다. 나는 포도주를 한 잔 따라 윌리엄 옆에 두었다. 내가 사랑하는 남자가 옆방에서 자신의 아내와 잠자리를 하는 동안 그나마 윌리엄의 시중을 드는 것이 내게는 묘한 위안이 되었다. 내 자신이 한쪽으로 치워졌다는 느낌이 들었다. 그리고 아마도 그 한쪽에 계속해서 머물러야 할지 몰랐다.

우리는 자정까지 놀았지만 왕은 여전히 나오지 않았다.

"어떻게 생각해요?"

윌리엄이 조지 오빠에게 물었다.

"폐하께서 마마와 함께 밤을 보내실 생각이라면, 우리도 자러 가는 게 좋을 것 같은데요."

"저희는 가겠어요."

앤 언니가 단호히 말하며 위압적으로 내게 손을 내밀었다.

"벌써요? 하지만 별들은 밤에 나타나잖아요."

퍼시 경이 간청했다.

"그리고 새벽에 사라지죠. 이 별은 어둠에 자신을 가려야 한답니다."

언니가 대답했다.

나는 함께 가기 위해 일어섰다. 남편이 잠시 나를 바라보았다.

"내게 키스를 해줘요, 부인."

그가 부탁했다.

나는 망설이다 방을 가로질러 갔다. 남편은 내가 뺨에 무심하게 키스하리라 예상했지만, 나는 몸을 숙여 그의 입술에 키스했다. 내 입술이 닿자 그가 반응하는 것이 느껴졌다.

"잘 자요, 여보. 메리 크리스마스."

"잘 자요, 부인. 당신이 있었다면 오늘밤 내 침대가 더욱 따뜻했을 겁니다."

나는 고개를 끄덕였다. 해줄 수 있는 말이 없었다. 그럴 마음은 없었는데, 나는 굳게 닫혀 있는 왕비의 내전을 힐금 쳐다보았다. 내가 사랑하는 남자가 자신의 아내의 품에 안겨 자고 있는 그곳.

"어쩌면 우리 모두 결국에는 각자의 아내와 함께 하게 되겠죠."

윌리엄이 조용히 말했다.

"물론이죠."

조지 오빠가 명랑하게 말하며 딴 돈을 탁자에서 그러모아 모자에 한가득 넣고는 재킷 주머니 속에 부어넣었다.

"살면서 무얼 좋아했든 상관없이, 결국 나란히 땅에 묻힐 테니까요. 생각해보세요, 제인 파커와 함께 먼지로 스러질 저를."

심지어 윌리엄도 웃었다.

"언제입니까? 행복한 결혼식 날이?"

퍼시 경이 물었다.

"한여름이 지난 다음쯤에요. 그때까지 제가 참을 수 있으면 말이죠."

"지참금이 훌륭하던데요."

윌리엄이 덧붙였다.

"아, 그게 무슨 상관입니까? 중요한 건 오직 사랑뿐이죠."

퍼시 경이 외쳤다.

"라고 왕국에서 손꼽히는 부자가 말했습니다."

오빠가 비꼬듯이 말했다.

앤 언니가 퍼시 경에게 손을 내밀었다.

"신경 쓰지 마세요, 각하. 저는 당신 의견에 동의하니까요. 중요한 건 오직 사랑뿐이죠. 적어도 저는 그렇게 생각해요."

"그렇게 생각하지 않잖아."

문이 닫히자마자 내가 말했다.

앤 언니가 내게 작게 웃어주었다.

"내가 무슨 말을 하는지가 아니라, 누구한테 이야기하는지 신경 좀 쓰고 봐줬으면 좋겠구나."

"노섬벌랜드의 퍼시 경? 노섬벌랜드의 퍼시 경과 사랑으로 결혼 하겠다는 거야?"

"그렇지. 그러니까 너는 네 남편 앞에서 마음껏 히쭉히쭉 웃으라 고. 나는 결혼하면, 너보다 훨씬 잘할 테니까."

1523년 봄

새해 초에 왕비는 젊음을 되찾았다. 따스한 방 안에서 장미처럼 활짝 피어났고, 혈색은 좋았으며, 언제나 미소를 지었다. 왕비는 평소 가운 밑에 입던 마모직 내의도 한쪽으로 치워뒀고, 사랑받지 못함을 드러내듯 목과 어깨 주변의 거칠었던 피부도 기쁨으로 매끌매끌하게 윤이 났다. 왜 이런 변화가 일어났는지 그녀는 누구에게도 털어놓지 않았다. 그러나 왕비의 하녀가 다른 사람에게, 왕비가 생리를 한 달 동안 하지 않았다고, 점쟁이가 옳았다고 가르쳐주었다. 왕비가 임신을 한 것이다.

예전에도 산달을 꽉 채우지 못했기에, 왕비가 무릎을 꿇고 내전 한쪽 구석 작은 기도대에 있는 성모 마리아 상(像)을 올려다보는 것은 당연했다. 매일 아침 그녀는 한 손은 배에 얹고 다른 손은 미사 경본을 쥔 채, 두 눈을 꼭 감고 몰두한 표정으로 그곳에 있었다. 기적은 일어날 수 있다. 어쩌면 왕비에게 기적이 일어나고 있는지도 몰랐다.

하녀들은 왕비의 속옷이 2월에도 깨끗했다며 수군거렸고, 차츰 우리는 왕비가 왕에게 곧 이야기하리라 생각했다. 벌써부터 왕은 좋은 소식을 기다리는 듯이 보였고, 그는 내가 보이지도 않는 듯 지나쳤다. 나는 왕 앞에서 춤을 춰야 했고 그의 아내의 시중을 들어야 했으며, 다른 시녀들의 능글맞은 미소를 견디면서 다시 한 번 나는 그저 한낱 불린 가 여자일 뿐이고 더 이상 왕에게 가장 사랑받는 이가 아니라는 것을 깨달아야 했다.

"견딜 수가 없어."

앤 언니에게 털어놓았다. 우리는 왕비의 처소에 있는 벽난로 옆에 앉아 있었다. 다른 사람들은 개들을 데리고 걷고 있었지만, 언니와 나는 나가지 않았다. 강에서 안개가 피어오르고 있었고, 몹시 추운 날이었다. 나는 모피 안감의 가운을 입고서도 추위에 덜덜 떨었다. 헨리 왕이 나를 지나쳐 왕비의 방으로 들어갔던 크리스마스 밤 이후, 몸이 좋지 않았다. 그 뒤로 왕은 나를 부르지 않았다.

"받아들이기 힘들구나. 그게 바로 왕을 사랑하는 대가지."

언니가 만족스레 말했다.

"내가 뭘 할 수 있을까?"

내가 비참하게 물었다. 바느질하는 데 환한 빛을 더 받으려 창가 벤치로 자리를 옮겼다. 가난한 이들을 위한 왕비의 일손을 돕느라 셔츠들의 단을 깁고 있었는데, 나이 든 노동자들을 위한 것이라고 해서 대충 할 수 있는 일은 결코 아니었다. 솔기를 훑어보고 서투르게 마감했다고 생각되면, 왕비는 내게, 매우 상냥하게, 다시 해오라고 했다.

"마마가 아이를 갖고 그 아이가 아들이라면, 너는 그냥 윌리엄 캐리 곁에 머무르면서 네 가정을 꾸리는 게 더 나을 뻔했지. 폐하는 마마가 시키는 대로 할 테고, 네 시대는 끝나는 거야. 너는 그저 그런 여자들 중 하나가 되는 거지."

앤 언니가 소견을 말했다.

"폐하는 나를 사랑하셔. 나는 그저 그런 여자들 중 하나가 아니야."

내가 확신 없이 말했다.

나는 고개를 돌려 창밖을 내다보았다. 안개가 커다란 고리를 만들며 강에서 휘감기듯 피어오르고 있었다. 침대 밑의 먼지 같았다.

언니는 큰 소리는 아니었지만 매몰차게 웃었다.

"너는 원래부터 그저 그런 여자들 중 하나였어."

언니가 잔인하게 말했다.

"하워드 가에는 여자가 수십 명이나 있어. 모두 가정교육을 잘 받았고, 모두 훌륭하게 교육받았고, 모두 예쁘고, 모두 젊고, 모두 아이를 가질 수 있어. 하워드 가 사람들은 여자들을 잇달아 한 명씩 탁자위에 던져놓고 누가 운이 좋은지 시험해보는 거지. 여자들이 차례로 들어 올려졌다가 한쪽으로 던져진다 해도 그들이 실제로 손해 보는건 없어. 언제든 떠올릴 수 있는 또 다른 하워드 가 여자가 있고, 또다른 창녀가 육아실에 대기하고 있으니까. 태어나기도 전에 이미 너는 그저 그런 여자들 중 하나였던 거야. 폐하께서 너한테 달라붙지않으면 너는 윌리엄에게 돌아가는 거고, 그들은 폐하를 꾈 또 다른하워드 가 여자를 찾을 거고, 그럼 처음부터 무도회는 다시 시작되는 거지. 그들이 잃는 건 아무것도 없어."

"나는 잃는 게 있어!"

내가 소리쳤다.

언니가 고개를 갸웃하며 어린애같이 조바심 내는 열정에서 현실을가려내려는 듯 나를 바라보았다.

"그래, 어쩌면. 너는 잃는 게 있겠지. 네 순결, 네 첫사랑, 네 믿음. 어쩌면 네 가슴은 찢어졌는지도 몰라. 어쩌면 평생 치유되지 않겠지. 가엾고 바보 같은 메리앤. 한 남자를 기쁘게 하기 위해 다른 남자가 시키는 대로 했는데, 네 자신에게 돌아온 건 비탄밖에 없으니."

언니가 부드럽게 말했다.

"그래서 누가 내 다음으로 오는데?"

나는 고통을 조소로 뒤바꾸며 물었다.

"어른들이 폐하의 침대로 떠밀어 넣을, 다음 하워드 가 여자가 누굴 거라고 생각해? 내가 한번 추측해볼까—또 다른 불린 가 여자?"

언니가 재빨리 검은 두 눈동자를 내게 번득이더니 검은 속눈썹이 아래로 쓸려 내렸다.

"나는 아니야. 나는 내가 알아서 결정해. 들어 올려졌다가 다시 떨어질 위험 같은 건 지지 않아."

언니가 말했다.

"나한테는 그런 위험을 지라고 했잖아."

내가 상기시켰다.

"그건 너였으니까. 나는 네가 사는 것처럼 인생을 그런 식으로 살지는 않을 거야. 너는 항상 명령받은 대로 행동하고, 시키는 대로 결혼하고, 하라는 대로 잠자리에 들겠지. 나는 너 같지 않아. 나는 내가 알아서 내 인생을 개척해."

"나도 내가 알아서 개척할 수 있어."

언니가 믿지 않는다는 듯이 웃었다.

"헤버로 돌아가서 거기서 살면 돼. 궁정에 계속 있지는 않을 거야. 내팽개쳐지면 헤버로 가면 돼. 적어도 그 정도의 희망은 있겠지."

왕비의 처소 문이 열렸다. 힐끗 올려다보자 하녀들이 왕비의 침대에서 걷어낸 침대보를 끙끙거리며 들고 나오고 있었다.

"침대보를 갈아달라고 하신 게 이번 주에만 벌써 두 번째야."

그중 한 명이 짜증을 부리며 말했다.

앤 언니와 나는 서로를 재빨리 쳐다보았다.

"얼룩졌나?"

언니가 다급히 물었다.

하녀가 건방진 태도로 언니를 쳐다보며 물었다.

"마마의 침대보 말입니까? 지금 마마의 내실 침대보를 보여 달라고 하시는 겁니까?"

언니의 기다란 손가락이 지갑 속으로 들어가더니 은화 한 닢을 꺼냈다. 동전이 다른 손으로 옮겨갔다. 하녀가 동전을 주머니에 넣으며 의기양양하게 웃었다.

"전혀 얼룩지지 않았습니다."

언니는 기분이 착 가라앉는 듯했다. 나는 두 하녀들을 위해 문을 열어주었다.

"고맙습니다."

다른 하녀가, 하녀에게도 친절한 내 태도에 놀라며 말했다. 그녀가 내게 머리를 꾸벅 숙여 보였다.

"요즘 늘 땀으로 흠뻑 젖으십니다, 불쌍한 마마."

그녀가 조용히 말했다.

"뭐라고?"

내가 놀라 물었다. 프랑스 간첩이 왕의 몸값만큼을 주고라도 얻어내려 할 만한, 이 땅의 모든 신하들이 애타게 알고 싶어하는 정보를 그녀가 내게 공짜로 준다는 것을 믿을 수가 없었다.

"마마께서 도한(盜汗)을 흘리신다는 건가? 갱년기가 왔다는 거야?"

"지금이 아니라면 머지않아서요. 불쌍한 마마."

하녀가 대답했다.

아버지는 대회당에서 하인들이 주위에 만찬용 커다란 가대(架臺) 식탁을 마련하는 동안 조지 오빠와 함께 머리를 맞대고 있었다. 아버지가 내게 가까이 오라고 손짓했다.

"아버지."

내가 절하며 말했다.

아버지는 건성으로 내 이마에 입을 맞췄다.

"딸아. 나를 보자고 했다고?"

냉랭한 한순간, 나는 아버지가 내 이름을 잊은 건 아닌지 의심했다.

"마마께서 임신하신 것이 아닙니다. 생리를 시작하셨어요, 바로 오늘요. 지난번에 빠뜨리신 건 나이 때문이었습니다."

내가 아버지에게 전했다.

"하느님, 고맙습니다!"

조지 오빠가 대단히 기뻐하며 말했다.

"내가 이 일에 금 크라운을 하나 걸었거든. 좋은 소식이네요."

"최고의 소식이지. 우리에게는 최고의 소식이자 잉글랜드에는 최악의 소식이지. 마마가 폐하께 말씀드렸느냐?"

아버지가 물었으나 나는 고개를 저었다.

"바로 오늘 오후에 시작하셨어요. 아직 폐하를 뵙지 못하셨습니다."

아버지가 고개를 끄덕였다.

"그렇다면 우리가 폐하보다 먼저 소식을 들은 거군. 이 사실을 아는 다른 사람은?"

나는 어깨를 으쓱했다.

"마마의 침대보를 가는 하녀들이 알고 있으니, 그들에게 돈을 주는 사람은 모두 알고 있겠죠. 울지 추기경도 아마 알고 계실 겁니다. 프랑스 쪽에서도 하녀를 매수했을지도 모르구요."

"처음으로 알리는 자가 되고 싶으면 서둘러야겠군. 내가 할까?"

조지 오빠가 고개를 저었다.

"너무 사적인 일입니다. 메리가 어떨까요?"

"그렇게 되면 폐하가 실망하는 바로 그 순간에 메리가 눈앞에 있게 돼."

아버지가 깊이 생각했다.

"안 그러는 게 좋겠어."

"그럼 앤으로 하죠. 폐하께 메리를 다시 떠올리게 하려면 우리 중하나가 해야죠."

오빠가 말했다.

"앤이라면 할 수 있을 거야. 앤이라면 쥐 냄새를 맡은 긴털족제비도 다른 데로 돌아서게 만들 수 있으니까."

아버지가 동의했다.

"언니는 정원에 있어요. 사적장(射的場)이에요."

내가 나섰다.

우리 세 사람은 대회당을 나와 봄의 화창한 햇빛 속으로 들어갔다. 차가운 바람이 햇빛 아래 있는 나팔수선화 사이로 불어 나부끼게 했다. 사적장에 신하들 몇 명이 있는 것을 보았다. 앤 언니도 그중에 있었다. 우리가 보고 있는 동안, 언니는 앞으로 몇 걸음 나아가 과녁에 조준하고 나서 활시위를 힘껏 잡아당겼다. 줄이 탕 하고 울리고 화살이 과녁 복판을 명중시키는 만족스러운 쿵 소리가 들렸다. 여기저기서 박수를 쳤다. 헨리 퍼시는 과녁을 향해 어슬렁어슬렁 걸어가더니 화살을 뽑아 가질 것처럼 자기 화살 통에 넣었다.

앤 언니는 웃으면서 화살을 달라고 손을 내밀다가 힐금 돌아보고는 우리를 발견했다. 즉시 언니는 일행을 두고 우리에게 다가왔다.

"아버지."

"앤."

아버지가 내게 했던 것보다 따뜻하게 언니에게 입을 맞췄다.

"마마께서 생리를 시작하셨어."

조지 오빠가 직설적으로 말했다.

"우리 생각엔 네가 폐하께 말씀드리는 게 좋을 것 같아."

"메리가 아니고요?"

"저속하게 보이잖니. 내실 하인이랑 지껄이고, 요강 비우는 거나 보고."

아버지가 대답했다.

순간 나는 앤 언니가 자기 역시 저속하게 보이고 싶지 않다고 말하리라 생각했다. 그러나 언니는 어깨를 으쓱할 뿐이었다. 하워드 가문의 야망을 위해 일하는 것에는 항상 보답이 따른다는 것을 언니는 알고 있었다.

"그리고 꼭 메리가 다시 폐하의 침실로 들게 해야 한다. 마마에게서 돌아서실 때, 폐하를 붙드는 사람은 메리가 되어야 해."

아버지가 말하자 언니가 고개를 끄덕였다.

"물론이죠. 메리가 우선이죠."
목소리에 선 날은 나만 들을 수 있었을 것이다.

왕은 그날 저녁에도 평소와 마찬가지로 왕비의 처소에 들러 그녀와 함께 화롯가에 앉아 있었다. 우리 세 사람은 왕을 지켜보았다. 확실히 그는 부부 사이의 이런 평온함이 싫증났을 것이다. 그러나 왕비는 그를 즐겁게 하는 데 능숙했다. 늘 카드 게임이나 주사위 놀이가 벌어졌고, 항상 최신작들을 읽고 흥미로운 의견을 과감히 말하거나 항변했다. 언제나 다른 방문객들도 있어서 왕은 학식이 풍부하거나 여행을 많이 한 남자들과 대화를 나누었다. 언제나 가장 뛰어난 음악이 있었고, 헨리 왕은 훌륭한 음악을 무척 좋아했다.

토머스 모어 경은 왕비에게 가장 총애받는 신하여서 가끔 그와 왕비와 왕 세 사람은 성의 평평한 옥상 위를 걸으며 밤하늘을 구경하기도 했다. 모어 경과 왕은 성경의 해석에 대해 대화를 나누기도 했고, 서민들이 읽을 수 있는 영어 성경을 허가하는 날이 언제쯤 올지 함께 고민해보기도 했다. 그리고 언제나 그곳에는 예쁜 여자들이 있었다. 왕비는 왕국에서 가장 예쁜 여자들로 자신의 방을 메울 만큼 현명했다.

오늘 저녁도 예외는 아니었다. 왕비는 호의를 보여야 하는 대사가 방문이라도 한 듯 왕을 대접했다. 얼마 동안 왕비와 담소를 나눈 후, 누군가가 왕에게 노래를 불러달라고 부탁하자 왕은 자리에서 나와 자신이 직접 작곡한 노래를 불러주었다. 그는 소프라노를 맡을 여자를 부탁했고, 앤 언니가 마지못해 하는 듯 겸손하게 앞으로 나와 한 번 해보겠다고 했다. 물론 언니는 정확하게 음을 뽑아냈다. 스스로 만족한 둘은 이중창으로 노래를 불렀다. 그러고서 헨리 왕은 앤 언니의 손에 입을 맞추었고, 왕비는 두 가수를 위해 포도주를 내오도록 했다. 왕의 손을 살짝 만지기만 한 것뿐이었는데, 앤 언니는 왕을 궁정 사람들로부터 조금 떨어진 곳으로 이미 이끌어내었다.

왕비와 우리 불린 가 사람들만이 왕이 따로 떨어져 있다는 것을 알고 있었다. 왕비는 악사들 중 한 명을 불러 또 다른 곡을 연주할 것을 부탁했다. 그녀는 탁월한 분별력이 있어 또다시 시시덕거리기 시작하는 남편을 노려보는 모습을 들킨 적은 없었다. 왕비는 왕의 팔에 꼭 달라붙어 있는 언니의 모습을 내가 어떻게 받아들이는지 보려고 나를 슬쩍 쳐다보았다. 나는 그녀에게 온화하고 순진하게 웃어주었다.

"훌륭한 신하가 되어가는군요, 귀여운 부인."

윌리엄 캐리가 말했다.

"그런가요?"

"처음 이곳에 왔을 때 당신은 때 묻지 않았어요. 프랑스 궁정 생활에 거의 닿지 않았었죠. 하지만 이제 당신의 영혼에도 금박이 입혀지는 것 같군요. 두 번 생각해보지 않고 행동하는 경우가 있나요?"

순간 나는 자신을 변호하려 했지만, 때마침 앤 언니가 왕에게 무슨 말을 하고 왕이 왕비를 힐금 돌아보는 것을 보았다. 언니는 그의 소매에 손을 다정스레 얹으며 또다시 부드럽게 말했다. 나는 윌리엄에게서 눈길을 돌렸다. 그의 말은 들리지 않았다. 대신 나는 내가 사랑하는 남자를 바라보았다. 힘이 반쯤 빠져나간 듯이 왕의 넓은 어깨가 굽혀지더니 축 처졌다. 그는 배신당하기라도 한 것처럼 왕비를 쳐다보았다. 상처받기 쉬운 아이 같은 표정이었다. 언니는 나머지 궁정 사람들로부터 왕이 감춰지도록 몸을 돌렸고, 조지 오빠는 왕의 귀에 비탄을 쏟아 붓고 있는 앤 언니로부터 시선을 돌리기 위해 왕비에게 나아가 춤을 춰도 되겠냐고 물었다.

견딜 수가 없었다. 나는 춤을 추러 자리를 잡으면서 떠들어대는 여자들 사이에서 빠져나와 앤 언니를 밀어내고 헨리 왕에게 다가갔다. 그의 얼굴은 창백하고 두 눈은 비탄에 젖어 있었다. 나는 왕의 손을 잡고 "어쩌면 좋습니까."라고만 말했다.

그가 단번에 내게로 눈길을 돌렸다.

"당신도 알고 있었어? 다른 시녀들도 다 알고 있나?"

"그런 것 같습니다."

앤 언니가 대답했다.

"폐하께 말씀드리고 싶지 않으셨을 마마를 탓할 수도 없죠. 불쌍한 마마, 마지막 희망이셨는데. 폐하의 마지막 기회이셨는데 말입니다."

왕의 손가락이 내 손을 조금 더 꽉 쥐었다.

"그렇지만 점술가가 내게……."

"저도 압니다. 아마도 매수된 것이겠죠."

내가 부드럽게 말했다.

언니가 조용히 사라져 우리 둘만 남겨졌다.

"함께 잠자리를 하면서 얼마나 노력했는데, 그리고 바랐는데……."

"저도 폐하를 위해 기도했습니다. 두 분을 위해 기도했어요. 폐하께서 아들을 얻으시기를 무척 바랐어요. 하느님께 맹세코, 마마께서 폐하의 적자(嫡子)를 낳아주시길 세상 그 어떤 것보다 소원했습니다."

내가 속삭였다.

"그렇지만 이제 왕비는 그러지 못해."

왕의 입이 덫처럼 닫혔다. 그는 원하는 것을 가질 수 없는 버릇없는 아이 같아 보였다.

"그래요, 더 이상 그러지 못하시죠. 다 끝났어요."

내가 확신시켰다.

돌연 왕이 내 손을 놓더니 나를 떠났다. 왕이 쌍쌍으로 서서 춤추는 사람들 사이로 성큼 들어서며 빠른 걸음으로 다가오자 사람들은 양쪽으로 갈라졌다. 그는 미소를 머금은 채 궁정 사람들을 내려다보며 앉아 있는 왕비에게 다가가 모든 사람들이 들을 정도로 크게 말했다.

"몸이 불편하시다고 들었습니다, 부인. 직접 말해주셨으면 좋았을 텐데 말입니다."

단번에 왕비가 나를 쳐다보았다. 날카로운 시선이, 자신의 가장 사적인 비밀을 누설한 것을 책망했다. 나는 보일 듯 말 듯 고개를 저었다. 왕비가 춤을 추던 사람들 틈에서 앤 언니를 찾다가 조지 오빠의 손을 잡고 서 있는 언니를 보았다. 언니는 온화하게 왕비를 바라보았다.

"죄송합니다, 폐하."

왕비가 최대한 정중하게 말했다.

"더 적당한 때를 잡아 폐하와 이 일을 이야기했어야 했는데 말이죠."

"더 빠른 때를 잡았어야 했겠지요."

왕이 고쳐 말했다.

"그렇지만 불편하시다니 이 사람들을 물리치시고 혼자 쉬시는 것이 어떨까요."

무슨 일이 일어나고 있는지 단번에 이해한 왕비의 시녀들 몇몇은 옆 사람에게 재빨리 소곤거렸다. 그러나 대부분의 사람들은 가만히 서서 갑작스레 불쾌한 감정을 쏟아내는 왕과 얼굴이 하얗게 질린 채 참고 있는 왕비를 응시했다.

헨리 왕은 홱 돌아서더니 손가락을 튕겨 총신들을 불렀다. 조지 오빠, 퍼시 경, 윌리엄, 찰스, 프랜시스를 개 부르듯 부르더니 두말없이 왕비의 처소를 나섰다. 다른 누구보다 조지 오빠가 왕비에게 가장 정중하게 절해 마음이 흡족했다. 왕비는 아무 말 없이 그들을 보낸 뒤 자리에서 일어나 조용히 내전으로 들어갔다.

점점 더 부조화한 음으로 연주하던 악사들은 소리가 죽어버린 것을 알고는 다음 지시가 있나 둘러보았다.

"이만 가시죠. 오늘밤에는 더 이상 춤도 노래도 없을 거란 걸 모르시겠습니까? 여기 있는 누구도 음악이 필요하지 않습니다. 정말이지, 아무도 춤추고 싶어하지 않습니다."

갑자기 참을 수 없어서 내가 말했다.

제인 파커가 놀라며 나를 바라보았다.

"기뻐할 거라고 생각했는데. 폐하와 마마의 사이가 틀어지고, 당신은 물받이에 떨어진 멍든 살구처럼 언제든 주울 수 있게 되었으니 말이죠."

"저야말로 당신이 그런 말을 할 만큼 생각이 없지는 않다고 생각했었는데요. 시누이가 될 사람한테 그런 식으로 말하다니! 똑바로 행동하지 않으면 이 집안에서 환영받지 못할 겁니다."

앤 언니가 거침없이 말했지만 제인 역시 물러서지 않았다.

"약혼은 파기할 수 없어요. 조지 씨와 저는 이미 결혼한 거나 마찬가집니다. 날짜를 잡는 일만 남아 있을 뿐이죠. 저를 환영하셔도 되고 싫어하셔도 됩니다, 앤 양. 하지만 나를 내칠 수는 없어요. 우리는 증인들 앞에서 서약했으니까요."

"아, 그게 무슨 상관이에요! 그게 다 무슨 상관이냐구요!"

내가 소리쳤다. 나는 돌아서서 내 방으로 뛰어갔다. 앤 언니가 나를 따라 들어왔다.

"왜 그래? 폐하께서 우리한테 화나셨어?"

언니가 무뚝뚝하게 물었다.

"아니, 그러셨어야 하지만. 우리가 심술궂게 행동하면서 마마의 비밀을 말씀드렸으니까."

"그야 뭐, 그렇지. 그렇지만 우리한테 화나지는 않으셨지?"

언니가 태연스레 고개를 끄덕였다.

"아니, 마음이 상하신 거야."

언니가 문으로 향했다.

"어디 가?"

"목간통 가져오라고 하려고. 네가 씻을 거니까."

언니가 대답했다.

"아, 언니. 폐하께서는 방금 생에서 가장 안 좋은 소식을 들으셨어. 기분이 최악이실 거라구. 오늘 나를 부르실 리가 없어. 꼭 그래야 한다면 내일 씻을게."

내가 짜증스레 말했다.

언니는 고개를 저었다.

"난 그런 모험은 하지 않아. 오늘밤 씻어야 돼."

앤 언니는 틀렸지만, 겨우 하루 차이였다. 다음날 왕비는 시녀들과 함께 방에 홀로 있었고, 나는 사저에서 오빠와 오빠의 친구들과 왕과 함께 식사했다. 음악과 춤과 도박이 어우러진 유쾌하고도 유쾌한 저녁이었다. 그리고 그날 밤, 나는 다시 한 번 왕의 침대에 누웠다.

이번에는 헨리 왕과 내가 서로 떨어질 수 없을 것 같았다. 궁정 사람들은 우리가 연인 사이라는 것을 알았다. 왕비도 알고 있었고, 우리가 식사하는 것을 보려고 런던에서 온 사람들조차 알고 있었다. 나는 왕의 금팔찌를 내 팔목에 찼고, 그의 사냥말을 타고 사냥개를 앞세워 사냥했다. 똑같은 모양으로 세공한 다이아몬드 귀고리 한 쌍도 받았고, 새로운 가운을 세 벌 받았는데 그중 하나는 금실로 만든 것이었다. 그리고 어느 날 아침, 왕이 침대에서 내게 말했다.

"조선소에서 화가에게 그리게 했던 초상화가 어떻게 됐는지 생각해본 적 없나?"

"잊고 있었습니다."

"이리 와서 키스해주면 내가 왜 화가에게 당신을 그리게 했는지 가르쳐주지."

헨리 왕이 느릿느릿 말했다.

그는 베개에 등을 기댔다. 늦은 아침이었지만 우리 주위에는 여전히 커튼이 쳐져 있어, 불을 지피고 왕에게 뜨거운 물을 가져다주고 요강을 비우러 들어오는 하인들로부터 가려져 있었다. 나는 침대 위에서 그에게로 기어올라가 내 둥근 가슴을 그의 따뜻한 가슴에 기대었다. 머리칼이 앞으로 떨어져 금색과 구리 색의 베일을 만들었다. 왕의 입술로 입술을 가져갔다. 따뜻하고 에로틱한 그의 수염 냄새를 들이마시면서 입 주위로 부드럽고 따끔거리는 수염을 느꼈다. 나는 왕의 입술에 내 입술을 더 깊게 밀었다. 내가 강렬하게 키스하자, 그가 욕망으로 짧게 신음하는 소리가 들렸다.

나는 고개를 들고는 그의 눈동자를 보며 미소 지었다.

"키스했어요."

내가 쉰 목소리로 속삭였다. 그의 욕망과 함께 내 욕망도 타올랐다.

"왜 화가에게 저를 그리도록 명하셨나요?"

"직접 보여주겠어, 미사 후에. 말을 타고 강으로 내려가면 내 새로운 배와 당신의 초상화를 동시에 보게 될 거야."

그가 약속했다.

"배가 완성되었나요?"

내가 물었다. 나는 그로부터 떨어지고 싶지 않았지만, 그는 이불을 젖히고 일어나려 했다.

"그래, 다음주 중에 진수하는 걸 보게 될 거야."

왕이 말했다. 그는 침대 커튼을 약간 젖히고 하인을〈신하(courtier)보다 낮은 계급의 하인(servant).〉소리쳐 불러 조지 오빠를 데려오라고 했다. 나는 가운과 망토를 걸쳤다. 헨리 왕이 내 손을 잡아 침대에서 내려오는 것을 도와주었다. 그가 내 뺨에 입을 맞췄다.

"왕비와 함께 아침식사를 하겠어. 그리고 난 다음에 나가서 배를 보자고."

아름다운 아침이었다. 나는 왕이 준 옷감 한 필로 만든 노란 벨벳으로 된 새로운 승마복을 입고 있었다. 앤 언니는 내 헌 가운을 입고 옆에 서 있었다. 언니가 내게서 물려받은 옷을 입은 걸 본 나는 너무 기뻐 어쩔 줄을 몰랐다. 그러나 한편, 자매로서 반대되는 감정으로,

언니가 그 옷을 어떻게 바꿨는지를 보고 감탄했다. 언니는 가운을 짧게 줄이고 프랑스풍으로 다시 재단했는데, 무척 세련되어 보였다. 언니는 치마 밑단을 가지런하게 잘라 모은 천으로 만든 조그만 프랑스 모자와 함께 가운을 입었다. 노섬벌랜드의 헨리 퍼시는 언니에게서 눈을 떼지 못했지만, 언니는 왕의 모든 일행을 똑같이 매력적인 태도로 대하며 시시덕거렸다. 총 아홉 명이 말을 타고 나왔다. 헨리 왕과 나는 맨 앞에서 나란히 갔다. 앤 언니는 퍼시 경과 윌리엄 노리스와 함께 내 뒤를 따랐다. 조지 오빠와 제인, 어울리지 않는 두 조용한 한 쌍이 그 뒤를, 그리고 프랜시스 웨스턴과 윌리엄 브레레톤이 웃고 떠들며 그들의 뒤를 따랐다. 우리를 앞서 가는 사람은 마부 두어 명밖에 없었고, 뒤에는 네 명의 기마 병사들이 따라왔다.

우리는 강가를 따라 나아갔다. 조수(潮水)가 밀려들어 오자 파도가 하얀 포말을 만들어 기슭으로 철퍽철퍽 튀겼다. 내륙으로 날아온 갈매기들이 끼룩끼룩 울며 우리의 머리 위로 원을 그리며 날았다. 봄볕 속에서 갈매기들의 날개는 은색으로 빛났다. 산울타리 담장은 봄의 새순으로 푸름을 더했고, 흐릿한 크림버터 덩어리 모양의 앵초 무더기는 언덕바지의 햇볕 잘 드는 곳에 피어 있었다. 강을 따라난 길은 진흙으로 단단히 다져져 있었고, 말들은 적당하고 편안한 보폭으로 천천히 달렸다. 가면서 왕은 직접 작곡한 연가를 불러주었고, 두 번 듣고 난 후 나는 그를 따라 불렀다. 내가 화음을 맞추려 하자 왕이 웃었다. 내게는 앤 언니 같은 재능이 없다는 것을 알고 있었다. 그러나 상관없었다. 그날은 아무것도 상관없었고, 아무것도 상관이 있을 수 없었고, 그저 사랑하는 사람과 내가 밝은 햇살 속에서 함께 말을 타고, 짧은 나들이를 즐기며, 그가 행복해하고 나 또한 그가 바라봐주어 행복하면 그만이었다.

우리는 바랐던 것보다 일찍 조선소에 이르렀다. 헨리 왕이 직접 내 말 옆에 서서 나를 안장에서 내려주었다. 두 발이 땅에 닿았을 때 그는 나를 잡고 가볍게 키스했다.

"자기, 깜짝 놀래 줄 게 있어."

왕이 속삭였다.

그가 나를 돌려세우고는 한쪽으로 물러나, 내게 그의 아름다운 새 배를 보여줬다. 배는 이제 바다로 나갈 준비가 거의 다 되어 있었다. 전함 특유의 높다란 선미루 갑판과 뱃머리로 빠른 속도를 낼 수 있도록 건조되어 있었다.

"자, 봐."

내가 윤곽만 보고 세부는 보지 못하는 것을 보고 헨리 왕이 말했다. 화려하게 장식된 뱃머리에 굵직하고 구불구불하게 새겨서 금색 에나멜을 칠한 배의 이름을 가리켰다. 거기에는 "메리 불린"이라고 쓰여 있었다.

잠깐 동안 나는 멍하니 바라만 보았다. 내 이름의 글자들을 읽을 수는 있었지만 이해할 수는 없었다. 왕은 깜짝 놀란 내 얼굴을 보고 웃지 않았다. 그는 놀란 표정이 당황함으로, 그리고 이해하기 시작하는 것으로 바뀌어가는 것을 가만히 지켜보았다.

"제 이름을 따서 명명하신 거예요?"

내가 물었다. 목소리가 흔들리고 있었다. 나에게는 정말 엄청난 영광이었다. 배를, 그것도 저런 훌륭한 배를 내 이름을 따서 명명하기에 나는 너무 어리고, 너무도 보잘것없게만 느껴졌다. 또한 이제 이 세상 모든 사람들이 내가 왕의 정부였다는 것을 알게 될 것이다. 부정할 수도 없었다.

"그렇게 했어, 자기."

왕이 웃었다. 그는 내가 기뻐하리라 예상하고 있었다.

왕은 나의 차가운 손을 그의 팔꿈치 아래로 밀어 넣더니 배의 앞면으로 서둘러서 끌고 갔다. 배의 조상(彫像)이 있었다. 당당하고 아름다운 옆얼굴로 템스 강을 넘고 바다를 건너 프랑스를 바라보고 있었다. 바로 나였다. 입술을 살짝 벌리고, 살짝 미소 지으며, 마치 내가 그런 엄청난 모험을 원하는 여자인 듯한 모습을 하고 있었다. 하워드 가문의 앞잡이가 아닌, 당당하게 살아가는 용감하고 아름다운 여자인 듯한 모습이었다.

"저예요?"

내가 물었다. 건선거 옆면에 튀기는 물소리에 묻혀 목소리가 실낱같았다.

헨리 왕의 입술이 내 귓전에 있었다. 뺨에 닿는 그의 따뜻한 입김을 느낄 수 있었다.

"당신이야. 아름답지, 당신처럼. 행복해, 메리?"

나는 왕에게로 돌아섰고, 그는 두 팔로 나를 감싸 안았다. 나는 깨금발로 서서 그의 따뜻한 목에 얼굴을 묻고는 수염과 머리칼의 달콤한 냄새를 맡았다.

"아아, 헨리."

내가 속삭였다. 나는 그에게서 얼굴을 숨기고 싶었다. 그가 내 얼굴에서 기쁨이 아닌, 너무 높이 그리고 너무 공공연히 출세하는 현실에 잔뜩 겁먹은 솔직한 심정을 읽을까 봐 걱정되었기 때문이었다.

"행복해?"

왕이 다짐하듯 물었다. 한 손을 내 턱밑에 대고 얼굴을 들어 올려 원고를 읽듯 찬찬히 내 얼굴을 훑어보았다.

"굉장한 영광이지 않나."

"알고 있습니다."

미소가 입술 위에서 떨렸다.

"고마워요."

"당신이 진수시키게 될 거야. 다음주에."

그가 내게 약속했다.

나는 머뭇거렸다.

"왕비마마가 아니구요?"

왕비의 자리를 차지하고 왕이 건조한 배들 중 가장 최근에, 그리고 가장 훌륭하게 만들어진 배를 진수시키는 것이 두려웠다. 그러나 당연히 내가 해야 할 일이었다. 내 이름을 가진 배를 왕비가 어떻게 진수시킬 수 있겠는가?

왕은 십삼 년 동안 부부였던 적이 없는 것처럼 어깨를 으쓱하며 왕비를 무시해버렸다.

"그래, 왕비가 아니야. 당신이야."

그가 무뚝뚝하게 대답했다.

나는 애써 입가에 미소를 띠며 정말로 기뻐하는 것처럼 보이기를, 그리고 내가 너무 멀리, 너무 빠르게 나아가며, 이 길의 끝은 오늘 아침 우리가 느꼈던 태평스런 기쁨이 아닌, 무언가 어둡고 더욱 무시무시한 것으로 끝날 것 같은 무서운 예감이 숨겨지기를 바랐다. 함께 말을 타고 음정이 맞지 않게 노래도 불렀지만, 우리는 연인 사이가 아니었다. 배가 내 이름을 지니고, 내가 다음주에 그 배를 진수시키게 되면, 나는 잉글랜드 왕비의 공공연한 경쟁자가 되는 것이다. 스페인 대사의 적이, 스페인 국민 전체의 적이 되는 것이다. 궁정에서는 힘 있는 세도가가 되고, 시모어 가문에게는 위협의 대상이 되는 것이다. 왕의 총애가 더욱 높아질수록, 내 앞에 펼쳐지는 위험 또한 커지는 것이다. 그러나 나는 겨우 열다섯 살의 젊은 여자였다. 나는 아직 야심을 펼치는 데서 즐거움을 느끼지 못했다.

내키지 않아 하는 내 마음을 읽은 듯이, 앤 언니가 옆에 섰다.

"동생에게 굉장한 영광을 베푸십니다, 폐하. 정말 더없이 훌륭한 배입니다. 폐하께서 이름을 따오신 여자처럼 아름다워요. 그리고 튼튼하고 강한 배입니다―폐하처럼 말입니다. 하느님께서 이 배를 축복하셔서 우리들의 적을 정벌하길 빕니다. 어떤 적이든 말입니다."

언니가 부드럽게 말했다.

찬사를 듣고 헨리 왕이 빙긋 웃었다.

"반드시 행운이 따르는 배가 될 거야. 앞에서 천사의 얼굴이 인도하니까."

"저 배로 올해 프랑스와 싸워야 할 것 같습니까?"

조지 오빠가 물었다. 오빠가 내 손을 잡아 신하로서의 임무를 상기시켜주려는 듯 손가락을 몰래 재빨리 꼬집었다.

헨리 왕은 엄한 표정으로 고개를 끄덕였다.

"물론이지. 그리고 스페인 황제가 나와 협력하여 움직여준다면, 우리는 내 계획에 따라 내가 프랑스의 서쪽을 공격하고 그가 남쪽을 공격하게 될 거야. 그렇게 되면 프랑시스 왕의 오만불손함을 깨부수지 못할 리 없겠지. 이번 여름에 우리는 해낼 거야, 틀림없이."

"스페인 사람을 믿을 수 있다면 말이죠."

앤 언니가 부드럽게 말했다.

헨리 왕의 얼굴이 어두워졌다.

"우리를 전적으로 필요로 하는 건 그들이야. 찰스도 그걸 기억해야 해. 이건 가족이나 혈족 관계의 문제가 아니야. 왕비가 이런저런 이유로 나를 못마땅하게 생각한다면, 왕비는 자신이 첫째로 잉글랜드 왕비이며 스페인 공주는 둘째라는 것을 기억해야 해. 왕비는 맨먼저 나한테 충성해야 한다고."

언니가 고개를 끄덕였다.

"그렇게 나누어져 있는 건 싫을 것 같습니다. 우리 불린 가 사람들은 철저히 잉글랜드인이라서 다행입니다."

"프랑스식 가운을 입고 있지만 말이지."

헨리 왕이 유머를 번득이며 말했다.

앤 언니도 그에게 웃어주었다.

"가운은 그저 가운일 뿐이죠. 메리의 노란 벨벳 가운처럼 말입니다. 그러나 그 가운 밑으로 일편단심으로 충성하는 진실한 신하가 있다는 걸 폐하께서 누구보다 잘 아시지 않습니까."

그 말에 왕이 내 쪽으로 고개를 돌리더니 그를 올려다보고 있는 나를 보며 빙긋 웃었다.

"이런 충직한 마음에 보답하게 되어 기쁘군."

왕이 말했다.

눈물이 고여 있는 게 느껴져서 왕이 보지 못하도록 눈을 깜빡여 없애려고 했지만 한 방울이 속눈썹에 맺혔다. 그가 몸을 숙여 그것에 입을 맞췄다.

"정말 사랑스런 여인이야. 내 귀여운 잉글랜드 장미."

그가 부드럽게 말했다.

메리 불린 호를 진수시키기 위해 궁정의 모든 사람들이 모였다. 오직 왕비만이 편찮다고 변명하여 참석하지 않았다. 스페인 대사도 배가 진수하는 것을 보기 위해 참석했고, 배의 이름에 대해 어떤 의혹을 품었던지 간에, 속으로 삭혔다.

아버지는 그 자신과 나와 왕에게 짜증을 내며 조용하지만 격앙되어 있었다. 나와 우리 가족이 입은 굉장한 영광에는 그만한 보답이 따르는 것이다. 헨리 왕은 그런 문제에 대해서는 매우 교활한 군주였다. 외삼촌과 아버지가 우리 가문의 이름을 쓴 영광에 고마워하자, 왕은 불린 가의 이름이 대양을 가로질러 나아가며 명예를 높이게 되었으니 그들이 기여하게 될, 걸맞은 공헌에 대해 암시했다.

"이렇게 해서 다시 판돈이 올라가는구나."

조지 오빠가 쾌활하게 말했다. 우리는 배가 롤러에서 미끄러져 템스 강의 소금기 있는 강물로 들어가는 모습을 지켜보고 있었다.

"어떻게 더 올라갈 수 있겠어? 나는 내 인생을 다 던졌는데."

입가에 미소를 띠고 내가 물었다.

공짜 에일을 마시고 벌써 반쯤 취한 조선소의 작업인부들이 모자를 흔들며 환성을 질렀다. 앤 언니는 웃으며 답례로 손을 흔들었다. 조지 오빠가 나를 보며 싱긋 웃었다. 오빠의 모자에 붙은 깃털이 바람에 살랑거리고 짙은 고수머리칼이 날렸다.

"이제 네게 폐하의 총애가 계속되게 하기 위해서는 아버지가 돈을 들여야 해. 던져진 건 단지 네 마음과 행복이 아니야, 내 귀여운 동생아. 우리 가문의 재산이라구. 우리는 폐하를 상사병에 걸린 바보

쯤으로 여기고 게임을 했지만, 사실은 폐하가 우리를 돈줄로 여기고 게임을 한 게 되는 거야. 판돈은 올라가. 아버지와 외삼촌은 이 투자에 보상이 있길 기대할 거야. 안 그러는지 두고 보라구."

나는 오빠에게서 돌아서서 앤 언니를 보았다. 언니는 궁정 사람들로부터 조금 떨어진 곳에 있었다. 늘 그렇듯 언니 옆에는 헨리 퍼시가 있었다. 두 사람 모두 바지선 몇 척이 강으로 배를 끌고나갔다가 방향을 돌려, 물살을 거스르려 바동거리면서, 배를 다시 방파제 옆으로 끌고 와 수면 위에 떠 있는 채로 장비하여 묶어놓기 시작하는 것을 지켜보고 있었다. 앤 언니의 얼굴은 시시덕거릴 때 항상 그렇듯 기쁨으로 눈부셨다.

언니가 돌아서서 나를 보고 웃으면서 조롱하듯 말했다.

"아, 오늘의 여왕이시여."

나는 얼굴을 살짝 찌푸렸다.

"놀리지 마, 언니. 조지 오빠한테 충분히 당했단 말이야."

헨리 퍼시가 앞으로 나오더니 내 손을 잡고 입을 맞췄다. 그의 금발머리의 뒤쪽을 내려다보면서, 나는 내 세력이 얼마나 높이 솟아오르고 있는지 깨달았다. 이 사람은 노섬벌랜드 공작의 아들이자 상속인인 헨리 퍼시 경이었다. 왕국에서 그보다 전도유망한 미래와 막대한 재산을 가진 사람은 없었다. 그는 잉글랜드에서 왕 다음으로 가장 부유한 사람의 아들이었다. 그런 그가 나에게 머리를 숙여 절하고 내 손에 입을 맞추고 있는 것이다.

"언니께서 놀리지 못하실 겁니다. 제가 당신을 식사에 모시고 갈 거니까요. 그리니치 요리사들이 새벽부터 여기서 모든 걸 준비했다고 들었습니다. 폐하께서 들어가시네요. 우리도 따라갈까요?"

그가 웃으면서 일어서며 내게 말했다.

나는 주저했다. 그러나 항상 의례적인 분위기를 만드는 왕비는 그리니치에 남겨져 배에는 통증을, 가슴에는 두려운 감정을 담고 어둑하게 해놓은 방에 누워 있을 것이다. 부두에는 궁정의 무기력하고 나태한 남자들과 여자들 말고는 아무도 없었다. 누가 먼저 가든 아무도 상관하지 않았다. 단지 승자가 먼저 가야 한다는 생각 외에는.

"물론 그러지요. 왜 안 가겠어요?"

내가 대답했다.

헨리 퍼시 경이 다른 팔을 앤 언니에게 내밀었다.

"두 분 자매님을 제가 모실까요?"

"성경에서 그것을 금하는 걸 아시리라 생각하는데요."

언니가 도발적으로 대답했다.

"성경은 남자가 자매 중 하나만 선택해서 첫째로 취한 자와 함께 하라 했습니다. 그 외의 것은 주된 죄입니다."

퍼시 경이 하하 웃었다.

"틀림없이 저는 사면을 받게 될 것입니다. 교황 성하께서 분명히 면죄해주실 거예요. 이런 두 자매 중에서, 어떤 남자가 선택할 수 있겠습니까?"

우리는 땅거미가 질 때까지 집으로 돌아가지 않았다. 어슴푸레한 회색빛 봄 하늘에서 별들이 떠오르기 시작했다. 나는 왕의 손을 잡고 그와 나란히 말을 타고는 강가의 예선(曳船) 길을 따라 어슬렁어슬렁 나아갔다. 우리는 궁전의 아치 통로를 지나 열리고 있는 정문을 향해 올라갔다. 그러고 나서 왕은 말을 세워 나를 안장에서 내려준 뒤 내 귓가에 속삭였다.

"당신이 일평생 왕비였으면 좋겠어. 그저 하루 동안 강가 천막에서가 아니라 말이야, 내 사랑."

"뭐라고 했다고?"

외삼촌이 물었다.

나는 재판관 앞에서 질문을 받는 죄수처럼 그 앞에 서 있었다. 하워드 가 처소의 탁자 뒤로 서리(Surrey. 잉글랜드 남부의 주)의 공작인 외삼촌과 아버지와 조지 오빠가 앉아 있었다. 내 뒤로 방 뒤쪽에는 앤 언니가 어머니 옆에 앉아 있었다. 홀로 탁자 앞에 있는 나는, 어른들 앞에서 불명예를 저지른 아이처럼 서 있었다.

"제가 일평생 왕비였으면 좋겠다고 하셨습니다."

내가 작은 목소리로 대답했다. 내 속내 이야기를 누설한 앤 언니를 증오하고, 연인 간의 밀어를 냉정하게 파헤치는 아버지와 외삼촌을 증오했다.

"무슨 뜻으로 그런 말씀을 하신 것 같으냐?"

"아무 뜻도 없습니다. 정담일 뿐입니다."

"이 모든 빚에 대해 어느 정도 보상이 들어오는지 확인해야 한다. 너한테 땅을 주신다는 말씀은 없으셨냐? 아니면 조지에게 어떤 것이라도? 혹은 우리에게?"

외삼촌이 안달하며 물었다.

"넌 지시 알릴 수는 없느냐? 조지가 곧 결혼한다는 걸 상기시켜드려."

아버지가 제안했다.

나는 조지 오빠를 바라보며 말없이 애원했다.

"문제는 폐하께서 그런 것에 눈치가 빠르시다는 겁니다."

오빠가 지적했다.

"모두가 늘 폐하께 그런 식으로 행동하지요. 매일 아침 사저에서 나와 미사를 드리러 가실 때, 그저 폐하께 부탁이나 해보려고 기다리는 사람들이 줄을 서 있습니다. 제 생각에 여기 있는 메리는 그러지 않아서 폐하께서 좋아하시는 것 같습니다. 제가 알기로 메리는 단 한 번도 뭔가를 부탁한 적이 없습니다."

"귀에 한 재산 하는 다이아몬드를 달고 있잖아."

어머니가 내 뒤에서 날카롭게 끼어들었다. 앤 언니가 고개를 끄덕였다.

"하지만 그건 메리가 부탁한 게 아니잖아요. 폐하께서 마음이 내켜 주신 거죠. 폐하께서는 기대하지 않고 있을 때 인심 쓰는 것을 좋아하십니다. 메리가 메리의 방식대로 하게 내버려두는 게 좋다고 생각해요. 폐하를 사랑하는 데 재능이 있으니까요."

그 말에 나는 입술을 깨물어 어떤 말을 하려는 자신을 저지했다. 내게는 정말 왕을 사랑하는 재능이 있었다. 어쩌면 내 유일한 재능일지 몰랐다. 그리고 이 가문은, 남자들로 형성된 이 강력한 조직은, 그들이 검술에서 조지 오빠의 재능을 이용하고, 말하는 데서 아버지의 재능을 이용하는 것처럼, 왕을 사랑하는 내 재능을 이용해 우리 가문의 이익을 내뻗치고 있었다.

"다음주에 궁정이 런던으로 이동한다. 폐하가 스페인 대사를 만날 거야. 프랑스와 싸우기 위해서는 스페인의 동맹이 필요한 이상, 폐하가 메리한테 더 다가갈 가능성은 희박해."

아버지가 말했다.

"그렇다면 평화를 위해 일해야겠구만."

외삼촌이 탐욕스럽게 제안했다.

"그렇게 하고 있습니다. 저는 조정자니까요. 축복받지 않았습니까?"

아버지가 대답했다.

이동 중에 있는 궁정은 언제나 장관이었다. 시골 축제나 시장이 서는 날, 또는 마상 창 시합 날과 다소 비슷했다. 모든 것은 울지 추기경이 준비했다. 궁정이나 나라의 모든 것은 그의 명령에 따라 행해졌다. 울지 추기경은 프랑스에서 치러진 스퍼스(Spurs) 전투 때에도 왕 곁에 있었다. 그는 당시 잉글랜드 군대의 왕실 하사품 분배 책임자였는데, 군인들은 그때처럼 마른 곳에서 야영한 적도 잘 먹은 적도 없었다. 그는 자세한 사항을 잘 알고 있어 궁정이 어떻게 이곳에서 저곳으로 옮길지 주의를 기울였다. 정치도 잘 이해하고 있어 왕이 여름나기를 위해 옮기는 중에 어디서 멈춰 서서 어떤 경을 찾아가 영광을 주어야 할지 잘 결정했다. 그리고 추기경은 헨리 왕이 이런 것에 신경을 쓰지 않게 할 만큼 책략꾼이어서 젊은 왕은 필요한 물품들과 하인들과 모든 준비가 하늘에서 내려온 것처럼 이곳저곳 즐기면서 이동했다.

이동 중 궁정의 행렬순서 또한 추기경이 정했다.

앞으로는 시동들이 왕실기와 행렬을 따르고 있는 귀족들의 페넌트를 들고 머리 위로 펄럭이며 가고 있었다. 그다음으로는 먼지를 피하기 위해 일정한 간격을 두고 있었고 그 뒤로 왕이 따랐는데, 그는 빨간 가죽으로 된 푹신푹신한 안장과 왕의 신분을 나타내는 모든 장식을 한 자신의 가장 뛰어난 사냥말을 타고 있었다. 머리 위로는 왕의 전용 깃발이 나부끼고 있었고, 옆으로는 그가 그날 함께 가기로 선택한 신하들—나의 남편 윌리엄 캐리, 울지 추기경, 아버지가 있었다. 그리고 그들 뒤로 나머지 왕의 신하들이 행렬에서 뒤떨어져 가기도 하고 앞으로 박차를 가하기도 하면서 원하는 대로 자리를 바꿔가며 뒤따랐다. 주위로는 왕의 개인 기병 경호원들이 느슨하게 그들을 둘러싸며 경례하는 자세로 창을 들고 가고 있었다.

경호원들은 거의 왕을 보호할 기회가 없었으나—누가 감히 왕을 해칠 생각을 하겠는가?—소읍이나 마을을 지나갈 때마다 환호하거나 그냥 구경하려고 모여드는 군중이 앞으로 나오는 것을 물러서게 했다.

그리고 또 다른 간격 뒤에 왕비의 행렬이 있었다. 왕비는 늘 애용하는 늙고 차분한 승용마를 타고 있었다. 그녀는 안장 위에 반듯이 앉아, 두꺼운 옷감이 겹겹으로 커다랗게 겹친 불편한 차림새로 가운을 입고 머리 위에는 모자를 꼬챙이에 꿴 듯이 얹고서 밝은 햇살에 눈을 가늘게 뜨고 있었다.

왕비는 아팠다. 그녀가 아침에 말 위에 올라탈 때 나는 곁에 있었는데, 안장에 자리를 잡으면서 고통을 억누르는 듯 소리를 죽여 끙끙거리며 신음을 내뱉는 걸 들어서 알고 있었다.

왕비의 신하들 뒤로 왕실의 다른 일원들이 따랐다. 몇몇은 말을 타고 있었고, 몇몇은 짐마차에 앉아 있었다. 또 다른 이들은 노래를 부르고 에일을 마시며 길바닥에서 피어오르는 먼지가 목구멍으로 들어오지 못하게 했다. 우리 모두는 축제날과 휴가 때의 태평한 기분을 공유하며 그리니치를 떠나 런던으로 향했다. 파티와 여러 가지 여흥으로 가득한 새로운 시절이 우리 앞에 펼쳐져 있었다. 올해에는 무슨 일이 일어날지 누가 알겠는가?

요크 플레이스에 있는 왕비의 처소는 작고 깔끔했다.

우리가 짐을 풀고 모든 것을 제대로 정리하는 데는 겨우 며칠밖에 걸리지 않았다.

왕은 늘 그렇듯 아침마다 그의 신하들과 함께 왕비를 방문했다. 헨리 퍼시 경도 그중 하나였다. 퍼시 경과 앤 언니는 늘 함께 창가 자리에 즐겨 앉았다. 그들은 머리를 가까이 하고 퍼시의 시들 중 하나를 함께 이어 써나갔다.

퍼시 경은 언니의 지도 아래서 자신이 분명 위대한 시인이 될 거라고 장담했으나, 언니는 그가 결코 아무것도 배우지 못할 것이며 자신의 시간과 학식을 이런 얼간이한테 낭비하는 건 모두 계략일 뿐이라고 단언했다.

나는 에식스에 몇 개의 농지와 켄트의 조그만 성에서 온 불린 가 여자가 노섬벌랜드 공작의 아들을 얼간이라고 부르는 게 대단하다고 생각했으나, 퍼시 경은 하하 웃으면서 언니는 엄격한 선생이며, 언니가 뭐라 하든 재능, 그것도 대단한 재능이 드러날 것이라고 말했다.

"추기경께서 부르십니다."

내가 퍼시 경에게 전했다. 그는 특별히 서두르지 않고 일어나 작별 인사로 앤 언니의 손에 입을 맞춘 뒤 울지 추기경을 찾아나갔다. 언니는 작업하고 있던 종이들을 그러모아 문서 상자에 넣고 잠갔다.

"퍼시 경 말이야, 정말 시인으로서 재능이 없어?"

내가 물었다.

언니는 싱긋 웃으며 어깨를 으쓱했다.

"와이엇 같지는 않아."

"구애하는 데는 와이엇 같아?"

"미혼이잖아. 그러니까 똑똑한 여자에게는 더욱 매력적이지."

"신분이 너무 높지, 심지어 언니한테도."

"안 될 이유도 없잖아. 내가 그를 원하고, 그도 나를 원한다면."

"공작께 말씀드려보라고 아버지한테 한번 물어봐."

내가 비꼬듯 권하며 말을 이었다.

"공작께서 뭐라 하는지 보자고."

언니는 고개를 돌려 창밖을 내다보았다. 요크 플레이스의 길고 아름다운 잔디밭이 우리 아래서 밑으로 뻗어나가 정원 끝 쪽으로 난 반짝이는 강을 거의 가리고 있었다.

"아버지께 물어보지 않을 거야. 내가 알아서 이번 일을 처리해볼까 생각했어."

웃어넘기려고 했지만 언니가 진지하다는 것을 단번에 알아챘다.

"언니, 이건 언니가 알아서 처리할 수 있는 일이 아니잖아. 퍼시 경은 아직 어리고, 언니는 겨우 열일곱이야. 이런 일을 언니가 알아서 결정 내리지는 못해. 공작께서도 분명 퍼시 경의 신붓감으로 점찍어 둔 누군가가 있을 테고, 아버지하고 외삼촌한테도 분명 언니를 위한 계획이 있을 거야. 우리는 사사로운 사람이 아니잖아, 우린 불린 가 여자들이라구. 어른들을 따라야 하고 시키는 대로 해야 해. 나를 봐!"

"그래, 너를 보라구! 넌 아직 어린애일 때 결혼했고 이제는 왕의 정부잖아. 나보다 반밖에 영리하지 못하면서! 반밖에 교육받지 못했으면서! 그렇지만 너는 궁정의 중심이고 나는 아무것도 아니잖아. 나는 네 시녀여야 하잖아. 네 시중을 들 수는 없어, 메리. 그건 내게 모욕이야."

언니가 갑자기 열기를 훨훨 태우며 달려들었다.

"언니한테 시중들라고 한 적……."

나는 말을 더듬었다.

"누가 너한테 목욕하라, 머리 씻어라 강요하지?"

언니가 사납게 물었다.

"언니지. 그렇지만 나는……."

"누가 옷 고르는 걸 도와주고 폐하 곁에 있을 때 거들어주지? 바보 같고 말도 하나 제대로 못 해서 폐하를 상대하지 못할 때마다 누가 수천 번도 넘게 구해줬지?"

"언니. 그렇지만 언니……."

"그렇게 해서 내가 이 일에서 얻는 게 뭐지? 폐하께서 총애하는 의미로 내주는 땅을 받을 남편도 없어. 내 동생이 왕의 정부라서 높은 관직을 얻을 남편도 없다고. 나는 얻는 게 아무것도 없어. 네가 아무리 높이 올라간다 해도, 내가 얻는 건 여전히 없어. 나도 나만의 자리가 있어야 해."

"언니만의 자리가 있어야 하지. 그건 부정하지 않아. 단지 내가 하는 말은, 언니가 공작부인이 될 수 없다고 생각한다는 거야."

내가 힘없이 말했다.

"그걸 네가 결정해야 한다는 거야? 만들 수만 있다면 아들을 만들고, 모을 수만 있다면 군대를 모아 전쟁을 일으킬 중대한 일로부터 폐하가 기분 전환을 위해 필요할 뿐이고 그 외에는 아무것도 아닌 네가?"

언니가 내뱉듯이 말했다.

"내가 결정한다는 말이 아니잖아. 나는 그저 그 사람들이 언니가 결혼하게 내버려두지 않을 거라고 말한 거야."

"해버리면, 도리가 없는 거야. 그리고 해버릴 때까지 아무도 모를 거야."

언니가 갑자기 머리를 쳐들며 말했다.

별안간 언니가 공격하는 뱀처럼 손을 뻗어 내 손을 사납게 쥐었다. 그리고는 단번에 내 손을 뒤로 꺾어 옴짝달싹 못 하고 오로지 고통스러워서 소리치게 만들었다.

"언니! 하지 마! 진짜 아프단 말이야!"

"듣기나 해. 잘 들어, 메리. 나는 내 게임을 하고 있어. 네가 방해하는 걸 원치 않아. 내가 얘기할 준비가 되기 전까지는 누구라도 아무것도 모를 거고, 그러고 나면 그들은 모든 게 너무 늦었다는 걸 알게 될 거야."

언니가 내 귓가에 쉿 소리를 내며 말했다.

"퍼시 경이 언니를 사랑하게 만들 거야?"

언니가 돌연 나를 놓아주었다. 나는 팔꿈치와 팔의 쿡쿡 쑤시는 곳을 감싸 쥐었다.

"나와 결혼하게 만들 거야. 그리고 네가 이 일에 대해 누군가에게 한마디 내뱉기라도 하면, 죽여버릴 줄 알아."

언니가 흔들림 없이 말했다.

그 후로 나는 앤 언니를 더욱 유심히 지켜보았다. 언니가 퍼시 경을 어떻게 조종하는지 지켜보았다. 새해의 추운 몇 개월 동안 그리니치에서 관계를 진전시키고서, 햇빛이 나기 시작하고 요크 플레이스로 도착한 지금, 언니는 돌연 뒤로 물러났다. 그리고 언니가 뒷걸음질칠수록 퍼시 경은 더욱 가까이 다가왔다. 그가 방에 들어올 때 언니는 고개를 들고 그에게 미소를 던졌다. 미소는 화살처럼 과녁 한가운데로 날아가 꽂혔다. 언니는 유혹과 욕망으로 가득 찬 표정을 지었다. 그러나 그러고 나서 언니는 눈길을 돌리고 그의 방문 내내 다시 쳐다보려 하지 않았다.

퍼시 경은 울지 추기경의 수행원이었고, 그는 추기경이 왕이나 왕비를 방문하는 동안 기다려야 했다. 실지로 왕비의 방을 빈둥거리면서 그와 대화를 나누려는 아무나와 시시덕거리는 것 외에 젊은 귀족에게 마땅히 할 것이 없었다. 퍼시 경이 오직 언니만 눈에 두고 있는 것은 분명했다. 그러나 언니는 그를 그냥 지나쳤고, 그를 제외하고는 신청하는 모든 남자들과 춤을 췄으며, 장갑을 떨어뜨려 그가 주워주게 했고, 그의 가까이에 앉았으나 말은 하지 않았으며, 그의 시를 돌려주면서 더 이상 도와주지 못하겠다고 말했다.

언니는 흔들림 없이 다가갔던 것처럼, 조금의 흔들림도 없이 지독하고도 지독하게 물러났다. 젊은이는 다시 언니를 되찾기 위해서 어떻게 해야 하지는 모르게 되었다.

퍼시 경이 나를 찾아왔다.

"캐리 부인, 제가 어떤 식으로든 언니 분의 감정을 해쳤습니까?"

"아뇨, 그건 아닌 것 같은데요."

"예전에는 제게 매력적으로 웃어주었는데, 이제는 무척 차갑게 대합니다."

나는 잠시 생각했다. 나는 이런 일에 너무 둔감했다. 한편에는 진실한 답이 있었다—언니는 대어를 낚은 낚시의 명수처럼 그를 가지고 노는 것이었다. 그러나 그런 대답을 하길 앤 언니가 원할 리 없다는 것을 알고 있었다. 또 한편에는 언니가 말해주길 원하는 답이 있었다. 나는 잠시 진심에서 우러난 연민으로 퍼시 경의 애태우고 있는 눈동자를 들여다보았다. 그리고 나서 나는 그에게 불린 가 사람의 미소와 하워드 가 사람의 대답을 주었다.

"실은요, 퍼시 경, 언니가 당신을 너무 친절하게 대하길 두려워하는 것 같습니다."

그의 믿어 의심치 않는 소년 같은 얼굴에 희망이 떠오르는 것을 보았다.

"너무 친절하다니요?"

"언니가 당신께 매우 친절했지요, 퍼시 경?"

그가 고개를 끄덕였다.

"아, 그랬었죠. 저는 그녀의 종이니까요."

"제 생각에는 언니가 당신을 너무 좋아하게 될까 봐 두려웠던 것 같습니다."

내 입에서 그 말을 잡아채기라도 하려는 듯 그가 내 쪽으로 몸을 기울였다.

"너무 좋아하게 될까 봐요?"

"마음의 평화를 유지하지 못할 만큼 너무 좋아하게 될까 봐서요."

퍼시 경이 벌떡 일어서더니 성큼성큼 두 걸음 멀어져갔다가 되돌아왔다.

"나를 원하는 것인지도 모른다는 건가요?"

나는 웃으면서 그가 이런 속임수에 지친 내 모습을 보지 못하도록 고개를 살짝 돌렸다. 퍼시 경은 물러날 태세가 아니었다. 그는 내 앞에 무릎을 꿇고는 나를 빤히 올려다보았다.

"말씀해주세요, 캐리 부인. 몇 날 밤을 지새웠어요. 며칠 동안 먹지도 못했어요. 저는 고통받는 영혼입니다. 그녀가 저를 사랑하는지, 사랑할지도 모른다고 생각하는지 말씀해주세요. 말씀해주세요, 저를 가엾게 여기시고."

그가 애원했다.

"뭐라고 말씀드릴 수 없습니다."

정말로, 나는 그럴 수 없었다. 거짓말들로 목구멍이 막혔을 것이다.

"직접 물어보셔야 합니다."

퍼시 경은 비글 사냥개들에 쫓겨 고사리 덤불을 뚫고 나오는 산토끼처럼 뛰어올랐다.

"그러겠습니다! 그러겠어요! 어디에 있나요?"

"정원에서 볼링을 하고 있습니다."

그에게 더 이상 필요한 것은 없었다. 그는 문을 뜯어내듯 열어젖히고 방을 뛰쳐나갔다. 그의 장화 굽이 대리석 계단을 울리면서 내려가 정원으로 나 있는 문으로 향하는 소리가 들렸다. 방 맞은편에 앉아 있던 제인 파커가 눈을 치떴다.

"또 다른 사랑을 꾀어 차지했나 보죠?"

늘 그렇듯 잘못 받아들이며 제인이 말했다.

나는 그녀만큼이나 독살스러운 미소를 보였다.

"어떤 여자들은 욕망을 끌게 하죠. 다른 여자들은 그러지 못하구요."

내가 간명하게 대답했다.

퍼시 경은 앤 언니를 볼링 녹지에서 찾았다. 언니는 토머스 와이엇 경에게 고상하고 그럴듯하게 고의적으로 져주고 있었다.

"소네트를 써드리겠어요. 자비롭게도 제게 승리를 넘겨주셨으니 말입니다."

토머스 경이 약속했다.

"아닙니다, 아니에요. 공정한 시합이었어요."

언니가 항변했다.

"만약 돈을 걸었더라면 지금쯤 저는 지갑을 꺼내고 있었을 겁니다. 당신네 불린 가 사람들은 이겨도 얻을 게 없을 때만 지니까요."

언니는 웃었다.

"다음번에는 당신의 재산을 거서도 됩니다."

언니가 그에게 약속했다.

"보세요―제가 당신을 달래서 안전하다는 생각을 품게 했잖아요."

"제겐 제 마음 이외에는 바칠 재산이 없습니다."

"나랑 같이 걷겠어요?"

퍼시 경이 끼어들었다. 의도했던 것보다 목소리가 훨씬 크게 튀어나왔다.

앤 언니는 그의 인기척을 느끼지 못하기라도 한 듯 살짝 놀랐다.

"아! 퍼시 경."

"숙녀 분께서는 볼링을 하시는 중입니다."

토머스 경이 대답했다.

언니는 두 명 모두에게 웃어 주었다.

"너무 완벽하게 저버렸으니 걸으면서 전략을 짜야겠어요."

언니는 퍼시 경의 팔에 손을 얹었다.

퍼시 경은 볼링 녹지에서 구불구불한 길을 내려가 주목 아래 벤치로 언니를 데려갔다.

"앤 양."

그가 입을 열었다.

"자리가 너무 축축한가요?"

퍼시 경은 바로 자신의 호화로운 망토를 어깨에서 휙 벗어 석조 벤치 위에 깔아주었다.

"앤 양……."

"안 되겠어요, 너무 추워요."

언니는 결정을 내리고 자리에서 일어섰다.

"앤 양!"

그가 약간 부루퉁해지며 소리쳤다.

언니는 잠시 가만히 있다가 유혹적인 미소로 그를 돌아보았다.

"각하?"

"저를 왜 그렇게 냉정하게 대하시는지 알아야겠습니다."

잠시 언니는 머뭇거리다가, 교태부리기를 멈추고 진지하고 사랑스런 얼굴로 그를 돌아보았다.

"냉정히 대하려 한 게 아닙니다. 조심하려고 했던 것뿐이에요."

언니가 천천히 말했다.

"뭘요? 저는 고통받고 있었습니다!"

퍼시 경이 소리쳤다.

"고통을 드리려고 그런 게 아닙니다. 조금 물러나려고 했던 것이에요. 단지 그것뿐입니다."

"왜죠?"

언니는 정원 아래로 강을 내려다보았다.

"저를 위해, 어쩌면 우리 둘을 위해서도 그게 더 나을 거라고 생각했습니다. 우정으로 너무 가까워져서 저의 평안함을 유지하기 어려울지도 모르니까요."

언니가 조용히 대답했다.

퍼시 경은 빠른 걸음으로 언니에게서 물러섰다가 다시 곁으로 돌아왔다.

"당신을 절대 한순간이라도 불편하게 하지 않을 겁니다. 당신이 우린 앞으로도 친구이고, 당신 귀로 어떤 추문도 절대 들어오지 않게 약속하길 원하신다면, 그렇게 하겠습니다."

그가 안심시켰다.

언니의 검고 빛나는 두 눈동자가 그에게로 향했다.

"우리가 사랑하는 사이라고 아무도 말 못 하게 할 것을 약속해주실 수 있어요?"

아무 말 없이, 퍼시 경은 고개를 저었다. 당연히 추문에 환장하는 궁정 사람들이 뭐라 할지 약속할 수는 없었다.

"우리가 절대 사랑에 빠지지 않을 것을 약속해주실 수 있어요?"

퍼시 경은 망설였다.

"물론 저는 당신을 사랑합니다, 앤 양. 궁정식으로 말이죠. 품위 있게 말이죠."

그 말이 듣기 좋고 기쁘다는 듯 언니는 빙긋 웃었다.

"그저 흥겨운 놀이에 지나지 않는다는 것을 저도 잘 압니다. 제게도 마찬가지구요. 그렇지만 잘생긴 총각과 처녀가 그런 놀이를 하면, 위험한 장난이 됩니다. 우리가 천생연분이라고, 완벽한 한 쌍이라고 성급하게 말하는 사람들이 많으니까요."

"사람들이 그렇게 말합니까?"

"우리가 춤추는 것을 보고, 당신이 저를 바라보는 것을 보면서요.

또 제가 당신께 웃어주는 모습을 보고 말입니다."

"또 뭐라고들 합니까?"

퍼시 경은 이 생생한 묘사에 상당히 넋을 잃었다.

"당신이 저를 사랑한다고들 말합니다. 제가 당신을 사랑한다고들 해요. 우리가 그저 장난치는 것일 뿐이라고 생각하고 있는 동안 사랑에 푹 빠졌다고들 말합니다."

"맙소사! 맙소사, 정말 그렇군요!"

그가 깨닫고는 소리쳤다.

"아니, 퍼시 경! 무슨 말씀이십니까?"

"제가 바보였다는 말입니다. 몇 달이나 당신과 사랑에 빠져 있었는데, 줄곧 저는 그저 제가 즐기고 있고 당신은 저를 놀리고 있는 것이라고, 이 모든 게 아무 뜻 없는 것이라고 생각했습니다."

언니가 퍼시 경을 따뜻이 쳐다보았다.

"제겐 아무것도 아니지 않았습니다."

언니가 속삭였다.

언니의 짙은 눈동자가 그를 붙잡았다, 젊은이의 온 정신이 언니에게 못 박혔다.

"앤."

그가 속삭이며 말을 이었다.

"내 사랑."

언니의 입술이 뇌쇄적인 미소를 띠며 키스하고픈 모양으로 되었다.

"헨리, 나의 헨리."

언니가 속삭였다.

퍼시 경이 한 걸음 살짝 다가서더니, 끈으로 꽉 졸라맨 언니의 허리에 손을 얹었다. 그는 언니를 가까이 끌어당겼고, 언니는 못 이기는 체하며 유혹적으로 한 걸음 더 가까이 다가갔다. 그의 얼굴이 내려오면서 언니의 얼굴은 위로 들리어졌다. 그가 언니의 입술을 찾아 그들의 첫 키스를 했다.

"아, 말해요. 지금 말해요, 지금 당장, 말해줘요, 헨리."

앤 언니가 속삭였다.

"결혼해줘요."

그가 말했다.

"그렇게 해서 끝났어."

그날 밤 언니가 침실에서 쾌활하게 보고했다. 언니가 목간통을 가져올 것을 명해 우리는 한 명씩 차례로 뜨거운 물속에 들어가 서로의 등을 밀어주고 머리를 감겨줬다. 청결에 관해서는 프랑스 고급 매춘부만큼이나 열중하는 앤 언니는 보통 때보다 열 배는 더 까다로웠다. 언니는 내가 더러운 남학생이라도 되는 듯 손톱과 발톱을 검사했고, 자기 자식이라도 되는 듯 귀속을 닦아내라고 상아색 귀이개를 건네줬으며, 내가 아파서 찡찡거리는 것도 상관 않고 참빗으로 머리칼을 한 가닥도 빠짐없이 빗어냈다.

"그래서? 뭐가 끝났다는 거야?"

나는 바닥에 물을 뚝뚝 흘리며 몸을 천으로 감싸면서 부루퉁하게 물었다. 네 명의 하녀들이 들어와 커다란 나무 목간통을 다시 가져가려고 그 안의 물을 퍼내 양동이에 나눠 부었다. 목간통에 대는 천은 무겁고 흠뻑 젖어 있었다. 적은 수입에 비해 일이 굉장히 과해 보였다.

"내가 여태까지 들은 건 시시덕거림에 더 가까운데."

"퍼시 경이 나한테 청혼했어."

앤 언니가 말했다. 언니는 하인들이 나가서 문을 닫을 때까지 기다린 다음, 천을 가슴께에 더욱 꼭 두르며 거울 앞에 앉았다.

노크소리가 들려왔다.

"이번엔 또 누구세요?"

내가 짜증을 부리며 소리쳤다.

"나야."

조지 오빠가 대답했다.

"우리, 씻는 중이야."

"아, 그냥 들어오게 해. 엉킨 머리칼이나 풀라고 하지 뭐."

언니가 검은 머리칼을 빗어 내리기 시작했다.

조지 오빠가 방으로 어슬렁어슬렁 들어왔다. 물로 엉망인 바닥, 젖은 시트, 반쯤 발가벗은 우리 둘과 길고 숱 많은 축축한 머리칼을 어깨 위로 늘어뜨린 앤 언니의 모습에, 오빠는 짙은 눈썹을 치켜 올렸다.

"이거, 무슨 가면극이야? 너희들이 인어니?"

"언니가 씻어야 한다고 강요해서 말이야. 또."

앤 언니가 빗을 내밀었다.

"머리 빗어줘. 메리는 항상 머리칼을 잡아당기거든."

웃으면서 언니가 말했다.

고분고분하게, 오빠가 언니 뒤에 서서 검은 머리칼을 차근히 빗어 내리기 시작했다. 오빠는 자기 암말의 갈기를 다루듯 언니의 머리칼을 조심스럽게 빗었다. 언니는 눈을 감고 그 느낌을 즐겼다.

"이 있어?"

언니가 깜짝 생각난 듯 물었다.

"지금까지는 없어."

오빠가 베네치아인 미용사처럼 친근하게 굴며 안심시켰다.

"그래서 뭐가 끝났다는 거야?"

"붙잡았어. 헨리 퍼시 경 말이야. 그가 나한테 사랑한다고 말했어, 나하고 결혼하고 싶다고 말했어. 너랑 오빠가 우리의 약혼에 증인이 되었으면 해. 퍼시 경이 나한테 반지를 주면, 그럼 끝난 거고 깰 수 없게 돼. 성당에서 신부 앞에서 결혼하는 거나 다름없어. 그리고 그렇게 해서 나는 공작부인이 되는 거야."

언니가 솔직하게 대답했다.

"세상에."

조지 오빠가 얼어붙었다. 빗은 허공에 떠 있었다.

"앤! 확실한 거야?"

"내가 이걸 망쳐놓을 것 같아?"

언니가 무뚝뚝하게 물었다.

"아니."

오빠가 인정하며 말을 이었다.

"그렇지만 말이야. 노섬벌랜드 공작부인이라니! 맙소사, 앤, 네가 잉글랜드 북쪽을 거의 다 소유하게 될 거야."

언니는 고개를 끄덕이며 거울에 비친 자신을 보고 웃었다.

"세상에, 우리가 이 나라에서 가장 위대한 가문이 될 거야! 유럽에서 가장 위대한 가문이 될 거라고. 메리가 왕의 침대에 있고, 네가 왕의 가장 높은 신하의 아내인 이상, 우리 하워드 가는 절대로 무너질 수 없을 정도로 높이 올라갈 거야."

오빠는 잠시 말을 멈추고 다음 일을 가늠해보았다.

"맙소사, 메리가 폐하의 아이를 가져 아들을 낳게 된다면, 노섬벌랜드도 뒤에 있겠다, 그 아이가 왕위를 차지할 수 있을 거야. 내가 잉글랜드 국왕의 외삼촌이 될 수 있는 거라고."

"그래, 나도 그렇게 생각했어."

앤 언니가 부루퉁하게 말했다.

나는 아무 말 없이 언니의 얼굴을 지켜보았다.

"'하워드 가문이 왕위에 오른다!', 노섬벌랜드와 하워드 가의 연합이라. 끝나는 거야, 그치? 그 둘이 합해지면 말이야. 결혼으로 묶어진 두 집안은 서로 노력하여 왕위에 올릴 계승자를 통해서 연합하게 되겠지. 메리가 계승자를 갖게 되고, 앤은 그 아이의 미래를 위해 퍼시 가를 결합시키는 거야."

조지 오빠가 반쯤 자신에게 중얼거렸다.

"너는 내가 결코 이루지 못할 거라고 생각했지?"

앤 언니가 손가락으로 나를 가리키며 말했다.

나는 고개를 끄덕였다.

"언니가 목표를 너무 높이 두고 있다고 생각했어."

"다음번에는 기억해둬. 나는 내가 겨누는 곳은, 반드시 맞춘다는 것을."

언니가 경고했다.

"다음번에는 기억해둘게."

내가 동의했다.

"그렇지만 만일, 그들이 퍼시 경의 상속권을 빼앗으면? 그렇게 되면 꼴좋겠다, 한때 공국(公國)의 상속인이었지만 결국 불명예를 입고 빈털터리가 된 남자와 결혼하는 것이니."

조지 오빠가 언니에게 주의를 주었다.

언니는 고개를 저었다.

"그렇게 하지는 않을 거야. 그들에게 퍼시 경은 너무 소중하니까. 어쨌든 오빠는 나를 편들어야 해. 아버지도 외삼촌도 마찬가지고. 퍼시 경의 아버지가 우리 가문이 충분히 훌륭하다는 걸 확인해야 돼. 그리되면 약혼을 인정할 거야."

"최선을 다하겠지만, 퍼시 가 사람들은 오만한 패거리야, 앤. 울지 추기경이 반대하기 전까지 그 사람들은 퍼시 경의 짝으로 메리 탤벗을 점찍어뒀었어. 메리 탤벗 대신 너를 원하지는 않을 거야."

"언니가 원하는 건 단지 퍼시 경의 재산이야?"

내가 물었다.

"아, 물론 작위도 원하지."

언니가 노골적으로 대답했다.

"아니, 진짜로 말이야. 그 사람에 대해 어떻게 생각해?"

잠시 나는 언니가 내 질문을 또 다른 신랄한 농담으로 비껴가며, 언니를 향한 퍼시 경의 소년 같은 흠모를 별것 아닌 것처럼 만들 줄 알았다. 그러나 언니는 머리를 치켜들었다. 깨끗한 머리칼이 검은 강물처럼 조지 오빠의 손 사이에서 날렸다.

"아, 나도 내가 어리석다는 걸 알아! 그가 한낱 어린애라는 걸, 그것도 사랑에는 바보 같은 어린애라는 걸 알지만, 퍼시 경이 내 곁에 있을 때는 나 역시 소녀처럼 느껴져. 우리가 사랑에 빠져 아무것도 두려워하지 않는 두 젊은이들처럼 느껴져. 그 사람은 나를 무모하게 만들어! 황홀하게 만들어! 사랑에 빠진 것처럼 만들어!"

주문(呪文) 걸린 하워드 가의 냉혹함이 거울처럼 산산이 깨지고, 모든 것이 현실적이고 밝아진 것 같았다. 나는 언니와 함께 웃으며 언니의 손을 잡아채 올리고 얼굴을 들여다보았다.

"정말 좋지? 사랑에 빠지는 것 말이야. 정말 가장 좋고도, 좋은 것이지?"

내가 물었다.

언니가 손을 뿌리쳤다.

"아, 저리 가, 메리. 정말 어린애 같다니까. 그렇지만 맞아! 좋으냐고? 그래! 그러니까 이제 내 앞에서 그렇게 히죽거리지 좀 마, 견딜 수가 없다니까."

조지 오빠가 언니의 검은 머리를 한 묶음 쥐고는 꼬아서 머리 위에 얹더니, 거울에 비친 언니의 얼굴을 탄복하며 바라보았다.

"'앤 불린이 사랑에 빠졌다.'라. 누가 믿겠어?"

오빠가 생각에 잠겨 말했다.

"퍼시 경이 왕국에서 왕 다음으로 대단한 남자가 아니었더라면, 이런 일은 결코 일어나지 않았을 거야. 나는 나와 우리 가문이 마땅히 받아야 할 것들을 잊지 않아."

언니가 오빠에게 상기시켰다.

오빠가 고개를 끄덕였다.

"그건 나도 알아, 애나마리아. 우리 모두 네 목표가 무척 높을 거란 걸 알고 있었어. 그렇지만 퍼시 가 사람이라니! 내가 상상했던 것보다 훨씬 높잖아."

언니는 거울에 비친 모습을 낱낱이 뜯어보려는 듯 몸을 앞으로 기울였다. 그리고는 손을 오목하게 모아 얼굴을 받쳤다.

"이건 내 첫사랑이야. 태어나서 내가 처음 한 사랑이야."

"네가 운이 좋아서 이게 네 첫사랑이자 마지막 사랑이 되길 하느님께 빌어보자."

조지 오빠가 돌연 진지하게 말했다.

언니의 짙은 두 눈동자가 거울에서 오빠의 눈을 보았다.

"하느님, 제발."

언니가 말했다.

"제 인생에서 헨리 퍼시 외에 원하는 것은 아무것도 없습니다. 그 사람만 있으면 저는 만족할 겁니다. 아, 조지 오빠! 나, 정말 말도 못 해. 헨리 퍼시를 붙들 수만 있다면, 그를 가질 수 있다면 나는 정말 무척 만족할 거야."

다음날 정오에 헨리 퍼시 경은 앤 언니의 부탁에 따라 왕비의 처소로 왔다. 언니는 만날 시각을 신중하게 선택했다. 시녀들이 모두 미사를 드리러 갔기에 방은 우리 차지였다. 퍼시 경은 방으로 들어와 주위를 둘러보았다. 정적이 흐르고 텅텅 비어 있어 놀란 것이다. 앤 언니가 퍼시 경에게 다가가 그의 두 손을 잡았다. 잠시 나는 그가 구애받는 것보다는 사냥되는 것 같아 보인다고 생각했다.

"내 사랑."

앤 언니가 입을 열었다. 그 목소리에 젊은이의 얼굴이 누그러졌다. 용기를 되찾은 것이다.

"앤."

그가 부드럽게 말했다.

퍼시 경은 누빈 바지주머니를 뒤적이더니, 안주머니에서 반지를 꺼냈다. 창가 벤치에 있는 나는, 반짝이는 붉은 루비를 볼 수 있었다. 정숙한 여성을 상징하는 루비.

"당신을 위한 거예요."

그가 다정히 말했다.

앤 언니는 그의 손을 잡으며 물었다.

"약혼 서약을 지금 하고 싶으세요, 증인들 앞에서?"

퍼시 경이 침을 꼴깍 삼켰다.

"예, 그러고 싶어요."

그를 보는 언니의 눈빛이 반짝였다.

"그럼 하세요."

퍼시 경은 우리가 자신을 말릴지도 모른다고 생각하는 듯 오빠와 나를 힐금 쳐다보았다.

오빠와 나는 격려하듯이 웃었다. 불린 가 사람의 미소. 우리는 사근사근한 한 쌍의 뱀이었다.

"나, 헨리 퍼시는 당신, 앤 불린을 합법적으로 혼인한 나의 아내로 받아들입니다."

퍼시 경이 언니의 손을 잡으며 말했다.

"나, 앤 불린은 당신, 헨리 퍼시를 합법적으로 혼인한 나의 남편으로 받아들입니다."

언니가 그보다 차분한 목소리로 말했다.

퍼시 경은 언니의 왼손 셋째 손가락을 찾았다.

"이 반지와 함께 나를 당신께 바칩니다."

그가 조용히 말하고서 언니의 손가락에 반지를 끼웠다. 너무 헐렁했다. 언니는 반지가 빠지지 않도록 주먹을 쥐었다.

"이 반지와 함께 나는 당신을 받아들입니다."

언니가 대답했다.

퍼시 경이 머리를 숙여 언니에게 키스했다. 언니가 내게 얼굴을 돌렸을 때, 두 눈은 욕망으로 흐릿했다.

"나가줘."

언니가 낮은 목소리로 말했다.

우리는 그들에게 2시간을 허락했다. 그리고는 대리석 복도 저 멀리에서 왕비와 시녀들이 미사를 드리고 돌아오는 소리를 들었다. 우리는 '불린!'을 뜻하는 박자로 문을 세게 두드렸다. 앤 언니는 깊은 잠에 들어 있더라도 그 소리를 듣고 벌떡 일어나리란 것을 알고 있었다. 그러나 우리가 문을 열고 들어섰을 때, 언니와 퍼시 경은 마드리갈(madrigal:무반주 합창곡)을 짓고 있었다. 언니는 류트를 켜고 퍼시 경은 함께 쓴 가사를 노래로 부르고 있었다. 머리를 무척 가까이 대고 스탠드 위의 손으로 쓴 악보를 보고 있었다. 그러나 그 친밀함을 빼면, 그들은 지난 석 달 동안 늘 그랬던 것처럼 행동했다.

조지 오빠와 내가 방에 들어서자 앤 언니가 나를 보며 빙긋 웃었다. 우리 뒤로 왕비의 시녀들이 따라 들어왔다.

"정말 아름다운 곡을 지었어, 아침나절이 다 걸렸다니까."

언니가 감미롭게 말했다.

"제목이 뭔데?"

오빠가 물었다.

"명랑하게, 명랑하게. '명랑하게 명랑하게 앞으로 나아가세'야."

언니가 대답했다.

그날 밤에는 앤 언니가 침실을 빠져나갔다. 언니는 가운 위에 짙은 색깔의 망토를 걸치고는 문으로 향했다. 궁전의 탑 종이 울리며 자정을 알리고 있었다.

"이 밤중에 어디 가?"

내가 기가 막혀서 물었다.

언니의 창백한 얼굴이 망토에 달린 짙은 모자 아래서 나를 내다보았다.

"내 남편한테."

언니가 간단하게 대답했다.

"언니, 안 돼. 잡힐 거야. 그럼 끝장날 거라고."

나는 깜짝 놀라 말했다.

"우리는 하느님과 증인들 앞에서 약혼했어. 결혼한 거나 마찬가지야, 안 그래?"

"그래."

내가 내키지 않게 대답했다.

"결혼은 첫날밤을 치러 완성하지 않으면 뒤엎일 수 있잖아?"

"그래."

"그러니까 서두르는 거야. 헨리와 내가 결혼하고 잠자리도 했다고 말하면 퍼시 가문조차도 빠져나가지 못할 거야."

나는 침대에서 무릎을 꿇고 일어나 가지 말라고 애원했다.

"그렇지만 언니, 누가 보기라도 하면!"

"보지 못할 거야."

언니가 말했다.

"퍼시 가 사람들이 언니와 퍼시 경이 한밤중에 몰래 빠져나갔다는 걸 알면!"

언니가 어깨를 으쓱했다.

"'어떻게' 나 '어디서'는 별로 중요하지 않아. 끝내기만 한다면."

"아무것도 아닌 게 돼버리면……."

언니의 불타는 눈동자를 보고 나는 입을 다물었다. 단 한 걸음으로 언니는 방을 가로질러 와서 내 잠옷 깃을 잡아채고는 멱살을 비틀었다.

"그러니까 내가 이러는 거잖아. 바보 같으니라고. 아무것도 아닌 게 안 되게 하려고 이러는 거잖아. 그 누구도 아무것도 아니었다고 말하지 못하게 하려고. 서명하고 도장까지 찍으려는 거잖아. 결혼하고 잠자리도 하고. 아니라고는 절대 못 하게. 그러니까 너는 이제 잠이나 자. 일찍 돌아올 테니까. 동트기 훨씬 전에. 이제 갈 거야."

언니가 쉿 소리를 내며 말했다.

나는 고개를 끄덕이고 잠자코 있다가, 언니의 손이 문 걸쇠의 고리에 닿았을 때 입을 열었다.

"하지만 언니, 퍼시 경을 사랑해?"

내가 호기심으로 물었다.

굽어진 모자에 가려져 미소의 끝자락밖에 보이지 않았다.

"그런 감정을 가지면 바보겠지. 하지만 그의 감촉을 느끼고 싶어 미칠 것 같아."

그러고 나서 언니는 문을 열고 나갔다.

1523년 여름

궁정은 5월을 울지 추기경이 계획하고 실행한 연회로 맞이했다. 왕비의 시녀들은 모두 흰색을 입고 바지선을 타고 나갔다가 검은 옷을 입은 프랑스 산적들에게 기습을 당했다. 녹색을 입은 잉글랜드 자유민 구조대가 배를 저어 구하러 왔고, 양동이로 물을 끼얹고 물로 채운 돼지 오줌보로 연속 물 포격을 하며 신나게 싸움했다. 왕실 바지선은 전체가 녹색기로 꾸며져 있고 녹림(綠林, greenwood: 영국에서는 로빈 후드 등 추방자의 소굴로 연상된다.) 깃발을 펄럭이면서 정교한 대포로 조그만 물 폭탄을 쏘아 프랑스 산적들을 물 밖으로 쫓아냈다. 템스 강 뱃사공들이 산적들을 급히 구해냈고, 이 수고의 대가로 충분한 돈을 지급받았으며, 그리고는 그들도 싸움에 합류하지 못하도록 막아야 했다.

싸움으로 왕비는 홀딱 젖었고, 바지선에서 가면과 모자를 쓰고 노팅엄(Nottingham)의 로빈 역할을 하며 그녀의 옆에 앉아 있는 내게 장미꽃을 던지는 자신의 남편을 보며 소녀처럼 명랑하게 웃었다.

우리는 요크 플레이스에 하선했고 추기경이 직접 강변에 나와 우리를 반겼다. 정원 나무들 사이에 악사들이 숨어 있었다. 다른 사람들보다 키가 머리 반쯤이나 크고 금발머리를 한 그린우드의 로빈이 나를 이끌어 춤을 췄다.

왕이 내 손을 잡아 그의 녹색 더블릿 위 심장 위에 얹고, 나는 그가 준 장미꽃이 내 관자놀이에 활짝 피어 있도록 두건에 끼어 넣는 동안에도 왕비의 미소는 흔들리지 않았다.

추기경의 요리사들은 평소 능력 이상의 솜씨를 보였다. 속을 채운 공작과 백조, 거위와 닭은 물론, 거대한 사슴의 다리와 허리 부분과 추기경이 가장 좋아하는 잉어를 포함한 네 가지 종류의 구운 생선이 있었다.

5월에 찬사를 바치는 사탕과자들이 식탁 위에 모두 꽃과 꽃다발 모양의 마치페인으로 만들어져 있어 부수어 먹기에는 너무 예뻤다. 식사를 마친 후부터는 날이 쌀쌀해지기 시작했다. 악사들은 오싹한 소곡(小曲)을 연주하며 어둑어둑해지는 정원을 지나 요크 플레이스의 대회당으로 인도했다.

대회당은 완전히 바뀌어 있었다. 추기경이 녹색 천으로 내부를 감싸고, 천 구석구석을 제멋대로 커다랗게 자란 산사나무 가지들로 고정시키라 명한 것이었다. 대회당 중앙에 하나는 왕, 하나는 왕비를 위한 두 개의 거대한 왕좌가 있었고, 왕의 성가대원들이 그 앞에서 춤을 추고 노래를 불렀다.

우리는 모두 자리를 잡고 앉아 소년들의 가면극을 보았고 그러고 나서 우리도 일어나서 함께 춤을 췄다.

자정까지 흥겹게 놀다가 왕비가 일어나서 시녀들에게 물러나자고 신호를 보냈다. 왕비의 시종행렬을 뒤따르는데 왕이 내 가운을 잡았다.

"이리 와 봐."

헨리 왕이 다급하게 말했다.

왕비는 왕에게 취침 인사를 하려고 돌아섰다가 내 가운 자락을 잡고 있는 왕과, 그 앞에서 망설이고 있는 내 모습을 보았다. 그녀는 망설임 없이 위엄 있는 스페인식 절을 했다.

"안녕히 주무세요, 여보."

왕비가 낮고 감미로운 어조로 말했다.

"잘 자게, 캐리 부인."

나는 떨어지는 돌처럼 그녀에게 절했다.

"안녕히 주무십시오, 마마."

고개를 숙이고 속삭였다. 절을 하면서 나는 자신이 더욱 아래로 내려가길 바랐다. 바닥 밑으로, 바닥 밑의 땅속으로 내려가, 내가 일어섰을 때 왕비가 주홍빛으로 타오르는 내 얼굴을 보지 못하도록.

일어섰을 때 왕비는 사라져 있었고 왕은 이미 자리를 비켰다. 그는 벌써 왕비를 잊은 것이다. 마침내 어머니가 젊은이들끼리 놀라고 자리를 비켜준 것 같았다.

"노래를 좀더 들읍시다. 포도주도."

왕이 즐겁게 말했다.

나는 주위를 둘러보았다. 왕비의 궁정 시녀들은 그녀와 함께 사라져 있었다. 조지 오빠가 안심시키려는 듯 내게 웃어주었다.

"초조해하지 마."

오빠가 나지막이 말했다.

나는 망설였으나, 포도주를 한잔 하던 헨리 왕이 한 손에 술잔을 들고 내게로 돌아섰다.

"5월의 여왕을 위하여!"

왕이 외치자, 그가 네덜란드 수수께끼를 암송한다 해도 따라할 궁정 사람들은 고분고분하게 "5월의 여왕을 위하여!"를 외치며 나를 향해 잔을 들었다.

헨리 왕은 내 손을 잡아 캐서린 왕비가 앉아 있었던 왕좌로 나를 이끌었다. 나는 그를 따라가긴 했지만 발이 질질 끌리는 것을 느꼈다. 왕비의 자리에 앉을 준비가 되어 있지 않았다.

그가 부드럽게 나를 계단 위로 재촉했고, 나는 돌아서서 내 아래에 있는 시녀들의 순진한 얼굴과 헨리 왕과의 사이에 대해 보다 알고 있다는 듯한 궁정 사람들의 미소를 내려다보았다.

"5월의 여왕을 위해 춤을 춥시다!"

헨리 왕이 말하고 시녀 하나를 가볍게 이끌어 짝을 이루고는, 내 앞에서 춤을 췄다. 그리고 나는, 왕비의 자리에 앉아 그녀의 남편이 춤을 추면서 상대와 다정히 시시덕거리는 것을 지켜보면서, 나 역시도 얼굴에 왕비의 관대한 가면 같은 미소를 머금고 있다는 것을 알았다.

5월제 다음날, 앤 언니가 하얗게 질린 얼굴로 우리 방으로 휘몰아쳐 들어왔다.

"이것 좀 봐!"

언니가 쉿 소리를 내며 침대 위에 종이 한 장을 던졌다.

앤, 오늘 당신을 보러 갈 수 없을 것 같아요.

추기경 각하께서 모든 것을 아셨고, 저는 각하께 설명해드려야 합니다.

그러나 맹세코 당신을 실망시키지 않을 겁니다.

"맙소사, 추기경께서 아셨어. 폐하도 아시게 될 거야."

내가 조용히 말했다.

"그래서? 다들 알면 뭐가 어때서? 적법한 약혼이잖아, 안 그래? 다들 알면 왜 안 돼?"

언니가 공격하는 살무사처럼 물었다.

내 손에서 종이가 흔들리고 있었다.

"무슨 뜻이지, 실망시키지 않겠다는 게?"

내가 물었다.

"깰 수 없는 약혼이라면 실망시킬 수도 없는 거잖아. 실망시키고 아니고 할 의문의 여지가 없는 거잖아."

앤 언니는 재빠르게 세 걸음으로 방을 가로질러 가 벽 가까이서 돌아서더니, 다시 세 걸음을 내딛으면서 런던 탑 안의 사자처럼 서성거렸다.

"무슨 뜻인지 나도 몰라. 정말 바보 같은 놈이야."

언니가 내뱉듯이 말했다.

"사랑한다고 했잖아."

"그렇다고 해서 바보가 아닌 건 아니잖아. 가봐야겠어. 내가 필요할 거야. 퍼시 경은 그들 앞에서 약해질 거야."

언니가 갑자기 결심했다.

"안 돼. 기다려야 해."

언니가 옷장을 열어젖히더니 망토를 꺼냈다.

우레 같은 노크소리가 들려왔다. 둘 다 얼어붙었다. 일순간에 언니는 망토를 어깨에서 벗겨내 옷장 안으로 던져 넣은 후 아침나절 내내 거기에 있었던 것처럼 침착하게 그 위에 앉았다. 나는 문을 열었다. 울지 추기경의 제복을 입은 하인이었다.

"앤 양 계십니까?"

나는 문을 조금 더 열어 그가 언니를 보게 했다. 언니는 생각에 잠긴 듯한 모습으로 정원 너머를 내다보고 있었다. 눈에 띄는 빨간 깃발을 단 추기경의 바지선이 정원 기슭에 매어 있었다.

"추기경 각하를 뵈러 접견실로 가주십시오."

하인이 말했다.

앤 언니는 고개를 돌리고 아무 말 없이 그를 바라보았다.

"즉시요, 각하께서 즉시 오라고 하셨습니다."

거만한 명령에도 언니는 버럭 화를 내지 않았다. 언니는 울지 추기경이 왕국을 조종하고 그의 말 한마디가 왕의 말과 같은 무게를 지니고 있다는 것을 나와 마찬가지로 잘 알고 있었다. 언니는 방을 가로질러 가 거울 앞에서 자신의 모습을 힐금 확인했다. 혈색이 돌게끔 뺨을 꼬집었고 윗입술과 아랫입술을 차례로 깨물었다.

"나도 따라갈까?"

내가 물었다.

"응, 같이 가서 옆에 있어. 네가 있으면 폐하께 말을 전할 수도 있다는 걸 상기시킬 거야. 그리고 만약 폐하도 거기 계시면—할 수 있다면 잘 구슬려줘."

언니가 낮은 어조로 재빨리 대답했다.

"나는 아무것도 부탁드리지 못해."

내가 다급하게 속삭였다.

이런 급박한 순간에도 언니는 재빨리 거만한 미소를 던졌다.

"그건 나도 알아."

우리는 하인을 따라 대회당을 지나서 헨리 왕의 접견실로 향했다. 접견실은 보통 때와는 달리 삭막했다. 왕은 궁정 사람들과 함께 사냥을 나가 있었다. 주홍색 의복을 입은 추기경의 부하들이 문을 지키고 있었다. 그들은 뒤로 물러나서 우리를 안으로 들여보내고는 다시 문을 가로막았다. 추기경은 우리가 방해받지 않도록 확실하게 해놓았다.

"앤 양. 오늘 내가 굉장히 걱정되는 소식을 들었네."

언니가 방에 들어서자 추기경이 입을 열었다.

언니는 매우 침착하게 서 있었다. 두 손은 포개 있고 얼굴은 차분했다.

"그런 말씀을 듣게 돼 유감입니다, 각하."

언니가 부드럽게 말했다.

"내 시동인 젊은 노섬벌랜드의 헨리가 왕비마마의 처소에서 장난을 치고 쓸데없이 사랑이나 지껄이게 내가 허락한 자유를, 악용했던 것 같더군."

앤 언니가 고개를 저었지만 추기경은 말을 하지 못하게 했다.

"내가 오늘 그 아이에게 그런 일시적 장난은 북쪽 공국들을 상속받고, 결혼이 그의 아버지와 폐하와 나에게 중요한 일이 되는 사람에게는 어울리지 않는다고 말했네. 그는 젖 짜는 처녀를 건초더미에

넘어뜨려도 아무도 저속하게 보지 않을 농촌 청년이 아니네. 헨리만큼 높은 작위의 결혼은 정책적인 것이네."

추기경이 잠시 말을 멈췄다.

"그리고 이 왕국에서 정책은 폐하와 내가 만드네."

"퍼시 경께서 제게 청혼하셨고 저는 받아들였습니다."

언니가 침착하게 말했다. 목에 맨 진주 초커(choker: 목에 꼭 끼는 짧은 목걸이)에 매달린 금으로 만든 "B" 펜던트가 가쁜 심장박동에 맞춰 들썩이는 것을 보았다.

"저희는 약혼했습니다, 추기경 각하. 이 쌍이 마음에 안 드신다 해도 죄송하지만, 이미 했습니다. 안 했다고 할 수도 없는 일입니다."

추기경은 불룩한 모자 아래서 언니에게 어두운 눈빛을 던졌다.

"퍼시 경은 아버지와 폐하의 권위에 복종할 것을 동의했네. 호의로 자네에게 이런 말을 하는 거네, 불린 양. 하느님께서 정하신 자네보다 높은 사람들의 비위를 건드리지 않도록 하라고 말이야."

언니는 하얗게 질렸다.

"퍼시 경께서 그런 말씀을 하신 적은 없습니다. 아버지의 권위에 복종하는 대신에 제……."

"자네에게 복종할 거라고? 있지, 일이 그렇게 된 것인 줄 내 의심하긴 했네. 정말로 퍼시는 그렇게 했네, 불린 양. 하지만 이 사소한 모든 문제는 폐하와 공작의 손안에 있네."

"그이는 제 약혼자입니다, 저희는 약혼한 사이입니다."

언니가 열에 받쳐 대꾸했다.

"계약(de futuro) 약혼이었지. 미래에 가능하다면 결혼하겠다는 약속이지."

추기경이 판결했다.

"사실(de facto) 약혼이었습니다. 증인들 앞에서 한 약혼이었고, 신방을 치러 완성했습니다."

언니가 흔들리지 않고 대답했다.

"아."

경고의 의미로 땅딸막한 손이 올라왔다. 추기경의 묵직한 반지가 잉글랜드의 영적 지도자라는 것을 상기시키려는 듯 언니를 향해 반짝였다.

"그런 일이 있었을 수 있다고 제발 비치지는 말게. 너무 경솔한 짓이야. 내가 이 약혼이 계약 약혼이라고 하면 그런 것이네, 앤 양. 내가 틀릴 수는 없어. 숙녀가 그런 하찮은 보증으로 남자와 잠자리를 했다면 그건 그녀가 어리석은 것일 테지. 몸을 줬는데 버려진 숙녀는 완전히 파멸되는 거네. 아예 결혼을 못 하는 거지."

앤 언니가 재빨리 나를 곁눈으로 쳐다보았다. 울지 추기경은 왕국에서 가장 악명 높은 간부(姦婦)의 언니 앞에서 순결의 미덕에 대해 설교하는 아이러니를 자각하고 있었을 것이다. 그러나 그의 시선은 결코 흔들리지 않았다.

"자네에게 무척 치명적일 게야, 불린 양. 퍼시 경에 대한 자네의 애정 때문에 그런 거짓말을 했다면 말이지."

언니가 조바심을 내며 끓어오르는 분노를 떨치는 것을 보았다.

"추기경 각하, 저는 훌륭한 노섬벌랜드 공작부인이 될 것입니다. 가난한 이들을 돌볼 것이며 북부지역에서 정의가 이루어지도록 할 것입니다. 잉글랜드를 스코틀랜드로부터 보호할 것입니다. 언제나 각하의 친구가 될 것입니다. 영원토록 각하의 은혜를 갚지 못할 것입니다."

언니가 입을 열었다. 목소리가 약간 떨렸다.

추기경은 언니가 생각해낸 호의가 여태까지 받은 아첨 중 그다지 대단한 것은 아니라는 듯 슬쩍 웃었다.

"자네는 상냥한 공작부인이 될 것이야. 노섬벌랜드가 아니라면, 다른 어떤 곳에서라도 그러리라고 확신하네. 그 결정은 자네의 아버지가 내려야겠지. 자네가 어디로 결혼해갈지는 자네 아버지가 선택할 테고, 폐하와 나는 그 결혼 문제에 몇 마디 하겠지. 안심하게, 주

안에서 내 딸, 자네의 소망에 신중하겠네. 염두에 두고 있겠어."

그는 미소를 숨기려고 하지도 않았다.

"자네가 공작부인이 되길 바란다는 것을 염두에 두고 있겠어."

추기경이 손을 내밀었다. 앤 언니는 한 걸음 앞으로 나아와 절을 한 뒤 반지에 입을 맞추고는 뒷걸음질하여 방을 나올 수밖에 없었다.

문이 닫혔을 때 언니는 한마디도 하지 않았다. 그리고는 홱 돌아서서 대리석 계단을 지나 정원으로 향했다. 언니는 아무 말 없이 아름답게 굽은 길을 따라 내려가, 석조 벤치 주위에 퍼져서 흰색과 주홍색의 꽃잎을 햇살을 향해 쫙 벌리고 있는 장미꽃밭의 그늘 깊숙이 들어갔다.

"어떻게 하지?"

언니가 물었다.

"생각해! 생각해봐!"

아무것도 생각나지 않는다고 대답하려 했는데, 언니는 내게 말하고 있는 게 아니었다. 자신에게 이야기하고 있는 것이었다.

"내가 노섬벌랜드의 의표를 찌를 수 있을까? 메리를 시켜 폐하께 내 처지를 부탁해볼까?"

순간 언니는 고개를 저었다.

"메리는 믿을 수 없어. 되려 망쳐놓을 거야."

나는 분개하여 부정하려는 말을 깨물어 삼켰다. 앤 언니는 잔디 위를 성큼성큼 걸어서 왔다 갔다 했다. 굽 높은 구두 주위로 치마가 스쳤다. 나는 벤치에 주저앉아 언니를 지켜보았다.

"조지 오빠를 보내서 퍼시 경의 결심을 확고하게 해볼까?"

언니가 다시 돌아섰다.

"아버지, 외삼촌."

언니가 재빨리 말했다.

"내가 출세하는 게 두 분한테도 이로운 일이잖아. 두 분께서 폐하께 말씀드릴 수도, 추기경에 영향을 끼치실 수도 있어. 노섬벌랜드를 유혹할 만한 지참금을 마련해줄지도 몰라. 내가 공작부인이 되길 바라실 거야."

언니는 갑작스레 결심하고 고개를 끄덕였다.

"내 편이 되셔야 해. 내 편이 되어주실 거야. 그리고 노섬벌랜드가 런던으로 오면, 약혼도 했고 결혼도 이미 치렀다고 말씀드려 주실 거야."

가족회의는 런던의 하워드 가 저택에서 열렸다. 어머니와 아버지는 외삼촌을 가운데 두고 커다란 탁자에 앉아 있었다. 앤 언니의 불명예를 같이 한 나와 조지 오빠는 방 뒤쪽에 서 있었다. 이번에는 앤 언니가 법정의 죄수처럼 탁자 앞에 앉아 있었다. 언니는 내가 늘 그러는 것과는 달리 머리를 숙이고 서 있지 않았다. 언니는 고개를 높이 들고 짙은 한쪽 눈썹은 살짝 치켜 올린 채 동등한 상대처럼 외삼촌의 이글거리는 두 눈을 바라보았다.

"네가 드레스 스타일과 마찬가지로 프랑스 관습을 배웠다니 참으로 안타깝구나. 내가 전에 너에 대한 좋지 않은 소문은 용납하지 않겠다고 경고했었지. 그런데 지금 네가 젊은 퍼시 경과 부도덕하게 친밀한 관계였다는 말을 듣게 되었구나."

외삼촌이 노골적으로 말했다.

"남편과 잠자리를 했습니다."

언니가 단호히 말했다.

외삼촌이 어머니를 힐금 쳐다보았다.

"그런 말이나, 그런 비슷한 말이라도 두 번 다시 입 밖에 내는 즉시, 너를 헤버로 내쳐버리고 궁정에 다시는 오지 못하게 할 거다."

어머니가 조용히 일렀다.

"불명예를 입게 되느니 차라리 내 앞에서 죽는 꼴을 보는 게 나아. 그런 말을 하면 아버지와 외삼촌 앞에서 네 자신만 망신당하는 거야. 네 자신에게 불명예스러운 거야. 우리 모두에게 네 자신을 혐오스럽게 보이게 하는 거라고."

뒤에 앉아 있어 앤 언니의 얼굴을 볼 수는 없었지만, 언니의 손가락이 물에 빠진 사람이 지푸라기라도 잡듯 가운의 접힌 부분을 꽉 움켜잡는 것을 보았다.

"이 불운한 실수를 모두가 잊을 때까지 헤버에 가 있어라."

외삼촌이 결정했다.

"죄송합니다만, 불운한 실수는 제가 한 게 아니라 외삼촌이 하신 것입니다. 퍼시 경과 저는 결혼한 사이입니다. 그이는 제 편이 되어 줄 것입니다. 외삼촌과 아버지께선 이 결혼이 공식적인 것이 되도록 퍼시 경의 아버지와 추기경과 폐하께 압력을 넣어야 합니다. 그렇게 해주신다면 저는 노섬벌랜드 공작부인이 되는 것이고, 하워드 가 여자가 잉글랜드의 가장 위대한 공국을 소유하게 되는 것입니다. 그런 이득을 위해서라면 조금 분투할 만한 가치가 있다고 생각했습니다. 제가 공작부인이 되고 메리가 아들을 낳게 되면, 그 아이는 노섬벌랜드 공작의 조카이자 왕의 서자가 되는 것입니다. 우리가 그 아일 왕위에 올려놓을 수 있습니다."

언니가 신랄하게 입을 열었다.

언니를 보는 외삼촌의 눈빛이 이글거렸다.

"2년 전 그보다 못한 말을 했는데도 폐하께선 버킹엄 공작을 처형시켰어."

외삼촌이 매우 조용하게 말했다.

"나의 아버지께서 직접 사형 집행장에 서명하셨었어. 폐하는 자신의 계승자에 무관심한 왕이 아니야. 절대로, 앞으로 한 번만 더 이런 식으로 말하면 너는 헤버가 아니라 수녀원의 담장 안에 평생 처박히게 될 거야. 농담이 아니다, 앤. 너의 어리석은 짓거리로 이 가문의 안전을 위험에 빠뜨리게 하지는 않을 거다."

외삼촌은 침착했지만 분노했다. 언니는 충격을 받았지만 침을 꼴깍 삼키면서 평정을 되찾으려 했다.

"더 말씀드리지 않겠습니다. 그렇지만 이번 일은 성사시킬 수 있습니다."

언니가 속삭였다.

"그렇게는 안 될 거야. 노섬벌랜드는 너를 받아들이지 않을 거야. 울지 추기경 역시 우리가 그렇게 높이 올라가도록 내버려두지 않을 거라고. 그리고 폐하는 추기경이 하자는 대로 할 거야."

아버지가 단호하게 말했다.

"퍼시 경이 제게 약속했습니다."

언니가 격렬하게 항변했다.

외삼촌이 고개를 저으며 탁자에서 일어나려 했다. 회의는 끝난 것이다.

"잠깐만요. 성취할 수 있습니다. 맹세해요. 제 편이 되어주신다면 헨리 퍼시도 제 편이 될 것이고, 그럼 추기경과 폐하와 경의 아버지도 결국 생각을 바꾸셔야 할 겁니다."

언니가 필사적으로 말했다.

외삼촌은 잠시도 망설이지 않았다.

"바꾸지 않을 거야. 어리석은 것. 너는 울지 추기경과 맞서지 못해. 이 나라에서 추기경과 맞설 수 있는 상대는 아무도 없어. 그리고 우리는 그의 적의에 모험을 걸지 않을 거야. 추기경은 메리를 폐하의 침대에서 끌어내고 대신 시모어 가 여자를 그 자리에 넣을 수도 있어. 너를 지지하면 우리가 지금 메리를 데리고 노력하는 것이 모두 뒤집어져. 이건 메리의 기회지 네 것이 아니야. 네가 이 일을 망치게 내버려두지 않을 거다. 적어도 여름 동안, 어쩌면 일 년 동안, 너를 이 일에서 비켜 있게 하겠다."

언니는 놀라서 할 말을 잃었다.

"그렇지만 저는 퍼시 경을 사랑해요."

언니가 말했다.

방 안에 침묵이 흘렀다.

"정말입니다. 그이를 사랑해요."

"그건 내게 아무 의미도 없어. 네 결혼은 우리 가문의 일이야. 우리한테 맡겨둬. 적어도 일 년 동안 너는 궁정에서 추방당해 헤버로가 있을 거다. 그것도 행운으로 생각해야 할 거다. 만약 퍼시 경에게 편지를 쓰거나 답장을 하거나 그를 다시 만난다면, 수녀원으로 직행이야. 다 끝났다."

아버지가 대답했다.

"뭐, 그렇게 나쁘진 않았네."

조지 오빠가 억지로 쾌활하게 말했다. 오빠와 언니와 나는 보트를 타고 요크 플레이스로 돌아가기 위해 강가로 내려가고 있었다. 하워드 가 제복을 입은 하인이 앞에서 거지들과 거리의 상인들을 내쫓으며 나아갔고, 다른 한 명은 우리를 경호하기 위해 뒤따랐다. 앤 언니는 멍하게 걸어갔다. 복잡한 거리를 내려가는 내내 복작거리는 소란을 그다지 깨닫지 못하는 것 같았다.

사람들은 마차 뒤편에서 식품을 팔고 있었다. 시골에서 갓 가져온 빵과 과일, 살아 있는 오리와 암탉 따위였다. 뚱뚱한 런던의 주부들은 서로 물물 교환을 하고 있었는데, 여물 가격을 제대로 받으려는 느릿하고 조심스러운 시골 사람들보다 확실히 말도 잘하고 머리도 잘 돌아갔다.

행상인들은 싸구려 책과 악보를 가방에 넣고 다녔고, 구두 수선공들은 기성 구두 짝들을 놓고 어떤 발에도 다 맞을 거라며 사람들을 꾀고 있었다. 사람들은 꽃도 팔고 물 냉이도 팔았고, 거리에는 빈둥거리는 시동들과 굴뚝 청소부, 밤이 올 때까지는 할 일이 없는 횃불잡이들과 도로 청소부가 있었다.

하인들은 장을 보러 오는 길에 게으름을 피웠고, 모든 가게 앞에는 가게주인의 아내가 의자에 펑퍼짐하게 앉아 지나가는 사람들에게 웃어주며 들어와서 물건을 한번 보고 가라고 재촉했다.

조지 오빠는 단단히 마음먹고 민첩하게 움직이는 뜨개바늘처럼 이 시장 풍경의 융단 사이로 앤 언니와 나를 요리조리 끌고나왔다. 오빠는 언니의 폭풍 같은 성질이 터지기 전에 어서 집으로 데려가려 필사적이었다.

"아니, 무척 잘된 거라고 말할 수 있겠지."

오빠가 일관되게 말했다.

우리는 강으로 이어지는 부두에 도달했다. 하워드 가 하인이 보트를 불렀다.

"요크 플레이스로."

오빠가 무뚝뚝하게 말했다.

조수를 타고 빠르게 강을 거슬러갔다. 앤 언니는 도시의 쓰레기가 흩어져 있는 양쪽 강가를 멍하니 바라보고 있었다.

요크 플레이스의 방파제에 도착했다. 하워드 가 하인들은 인사를 하고, 보트를 타고 런던으로 되돌아갔다. 조지 오빠가 언니와 나를 우리 방으로 쓸어 넣고는 마침내 문을 닫았다.

앤 언니는 즉시 오빠 쪽으로 홱 돌아서서 살쾡이처럼 덤벼들었다. 오빠는 언니의 손목을 잡고 얼굴을 할퀴지 못하게 하려고 분투했다.

"잘된 거라고! 잘됐다고! 사랑하는 사람도 잃고, 내 평판도 잃었는데? 나는 이제 망한 거나 마찬가지고, 모두가 나를 잊을 때까지 시골에서 썩어야 하는데? 잘됐다고! 아버지가 내 편이 되어주지도 않고, 내 어머니는 차라리 내가 죽는 꼴을 보는 게 낫다고 단언했는데? 미쳤어, 이 멍청아? 미친 거야? 아니면 그저 멍청하고, 무식하고, 철부지 바보인 거야?"

언니가 비명을 질렀다.

오빠는 언니의 손목을 붙잡고 있었다.

언니는 또다시 오빠의 얼굴을 손톱으로 할퀴려 했다. 나는 뒤로 가서 언니가 높은 구두 굽으로 오빠의 발을 짓밟지 못하도록 뒤쪽으로 끌어당겼다. 우리 셋은 싸움하는 취객처럼 비틀거렸다. 언니가 오빠와 마찬가지로 나와도 싸우면서 나는 침대 발쪽에 부딪혔으나, 끝까지 언니의 허리를 붙들고 늘어졌다.

조지 오빠는 얼굴을 지키려고 언니의 손을 붙들고 있었다. 마치 앤 언니보다 더욱 악한 것과 싸우고 있는 것 같았다. 언니를 지배하고 있는, 아니, 우리 불린 가 사람들 모두를 지배하고 있는 악령—야망이었다. 그 악마는 우리를 이 조그만 방으로 데려와서 언니를 이런 광적인 비탄으로, 우리를 이런 야만스런 전쟁으로 이끌었다.

"진정해, 제발!"

오빠가 언니의 손톱을 피하려 싸우면서 소리쳤다.

"진정하라고! 내가 어떻게 진정하겠어?"

언니가 소리 질렀다.

"네가 졌으니까. 더 이상 싸울 게 없어, 앤. 네가 졌어."

오빠가 간단하게 말했다.

언니는 잠시 동안 가만히 얼어붙어 있었다. 그러나 우리는 무척 신중했기에 놓아주지 않았다. 언니는 완전히 미친 것처럼 오빠의 얼굴을 노려보다가, 고개를 젖히고는 사납고 야만스럽게 웃었다.

"진정하라고! 맙소사! 그래, 진정하고 나서 죽게 되겠지. 진정하고 죽을 때까지 어른들은 날 헤버에 내버려두겠지. 그리고 두 번 다시는 절대 그 사람을 보지 못하겠지!"

언니가 격하게 소리쳤다.

마지막 말을 외치면서 언니는 가슴이 찢어질 듯한 커다란 통곡을 쏟아놓았다. 싸울 기력이 빠져나가고 언니는 무너져 내렸다. 조지 오빠는 손목을 놓고 언니를 잡아주었다. 언니는 오빠의 목에 팔을 휘감고 가슴에 얼굴을 묻었다. 너무 격하게 울고, 비탄으로 발음이 너무 분명치 않아, 나는 언니가 뭐라 하는지 알아들을 수 없었다. 그러다 언니가 거듭 되풀이해서 울부짖는 말을 알아듣고는 나 역시 눈물을 흘렸다.

"아, 정말 사랑했어, 그 사람을 사랑했어, 유일한 사랑이었어, 내 유일한 사랑이었다고."

주저할 시간이 없었다. 그날 즉시 앤 언니의 옷가지가 꾸려졌고, 말에는 안장이 얹혔으며, 조지 오빠는 언니를 헤버로 호송할 것을 명령받았다. 누구도 퍼시 경에게 언니가 떠났다는 것을 말해주지 않았다. 그는 언니에게 편지를 보냈으나, 어디에나 나타나는 어머니는 편지를 뜯어 침착하게 읽은 뒤 난로에 던져 넣었다.

"뭐라고 하셨나요?"

내가 조용히 물었다.

"불멸의 사랑."

어머니가 혐오스럽다는 듯 대답했다.

"언니가 떠났다는 걸 전해드려야 하지 않겠어요?"

어머니가 으쓱했다.

"머지않아 알게 될 거야. 그의 아버지가 오늘 아침에 만나본다니까."

나는 고개를 끄덕였다. 정오쯤에 또 다른 편지가 왔다. 앞면에 불안정한 글씨로 앤 언니의 이름이 갈겨 쓰여 있었다. 얼룩이 있었다. 어쩌면 눈물 자국일지도 몰랐다. 어머니가 완고한 얼굴로 편지를 뜯어보더니 아까와 같은 방법으로 처리했다.

"퍼시 경인가요?"

내가 물었다.

어머니가 고개를 끄덕였다.

나는 난롯가에서 일어나 창가 벤치에 앉았다.

"저, 나갈까 해요."

어머니가 고개를 돌리고 날카롭게 말했다.

"여기 있어라."

순종하고 존중하는 오랜 버릇이 나를 단단히 붙들어 맸다.

"예, 어머니. 하지만 정원을 거닐면 안 될까요?"

"안 돼."

어머니가 무뚝뚝하게 대답했다.

"네 아버지와 외삼촌이 너더러 집 안에 있으라고 명하셨다. 노섬 벌랜드 공작이 헨리 퍼시를 처리할 때까지 말이다."

"제가 두 분을 방해할 리 없잖아요. 정원을 걷는 것뿐인데."

내가 항변했다.

"네가 퍼시 경에게 연통을 보낼지도 모르잖니."

"그러지 않아요! 맹세코 제가 하는 한 가지, 그 한 가지는 늘, 언제 나, 시키는 대로 한다는 거란 걸 모두 아실 거 아네요. 어머니께서는 저를 열두 살 때 결혼시키셨어요. 2년 후 제가 겨우 열넷이었을 때 그 결혼을 끝내셨구요. 열다섯 번째 생일이 지나기도 전에 저는 폐 하의 침대에 들어갔어요. 제가 항상 이 가문이 시키는 대로 한다는 걸 어머니도 분명히 아실 거 아네요? 제 자유를 위해 싸우지도 못하 는데 제가 언니의 자유를 위해 싸울 리가 없잖아요!"

내가 소리치자 어머니가 고개를 끄덕였다.

"좋은 거야. 이 세상에서 여자에게 자유란 없어. 네가 싸우든 말든 말이다. 앤이 자신을 어떻게 했는지 보려무나."

"압니다. 헤버로 갔죠. 적어도 자유롭게 땅을 딛고 나갈 수 있는 곳으로요."

어머니가 놀라는 듯했다.

"부러워하는 것같이 들리는구나."

"거긴 너무 좋으니까요. 어떨 땐 궁정보다 더 좋다는 생각을 해요. 그렇지만 어머니는 언니의 가슴을 찢어놓으실 거예요."

"가문에 도움이 되려면 어차피 가슴도 찢기고 영혼도 찢겨야 해. 어렸을 때 그리 해놓았어야 하는 건데. 프랑스 왕실에서 너희 둘에 게 순종하는 습관을 가르칠 줄 알았는데, 그네들이 무심했던가 보구 나. 그러니까 이제라도 해야 하는 거야."

어머니가 차갑게 말했다.

가볍게 문을 두드리는 소리가 들리더니 추레한 차림의 한 남자가 불편한 모습으로 문지방에 서 있었다.

"앤 불린 양께 편지를 가져왔습니다. 불린 양이 꼭 읽으셔야 하며, 도련님께서 제게 불린 양이 읽는 모습을 지켜보라고 하셨습니다."

남자가 말했다.

나는 망설였다. 어머니를 힐금 건너다보았다. 어머니는 재빨리 고개를 끄덕였고, 나는 노섬벌랜드 가문이 새겨진 빨간 봉인을 뜯어내고 빳빳한 종이를 펼쳤다.

　부인,

　우리가 서로에게 한 약속을 지키신다면, 저는 맹세를 어기지 않겠습니다.

　당신이 저를 버리지 않는다면 저도 당신을 버리지 않겠습니다. 저희 아버지는 제게 굉장히 화가 나셨고 추기경 각하도 마찬가지십니다.

　우리 두 사람이 걱정되긴 합니다. 그렇지만 우리가 서로를 놓지 않는다면 그분들도 우리가 함께 하도록 내버려둘 수밖에 없을 겁니다.

　제게 쪽지를 보내주세요. 제 편이 되실 거라는 한 마디만 해주세요.

　그럼 저도 당신 편이 될 것입니다.

　　　　　　　　　　　　　　　　헨리.

"답장을 받아오라고 하셨습니다."

남자가 말했다.

"밖에서 기다려라."

어머니가 남자에게 말하고서 면전에서 문을 닫았다. 어머니가 내게 돌아섰다.

"답장을 쓰거라."

"경께서 언니의 필체를 아실 거예요."

내가 말했다.

어머니가 내 앞에 종이 한 장을 밀어놓더니 손에 펜을 쥐여주고 편지를 받아쓰게 했다.

퍼시 경,

당신께 편지를 쓰는 것조차 금지되어 메리가 제 대신 이 편지를 씁니다.

소용없습니다. 그분들은 우리가 결혼하게 내버려두지 않을 거고, 당신을 포기해야 합니다. 저 때문에 추기경 각하와 당신 아버지께 맞서지 마십시오. 저는 이미 포기했다고 그분들께 말씀드렸습니다.

그저 계약 약혼이었기에 우리 둘 중 누구도 구속하지 않습니다. 당신을 이쯤에서 놓아드리고, 저도 이 약속에서 풀려납니다.

"두 사람의 가슴을 찢어놓으실 거예요."

축축한 잉크 위에 모래를 뿌리며 내가 말했다.

"그럴지도 모르지. 그렇지만 젊은 가슴은 쉽게 아물어. 그리고 잉글랜드의 반을 소유하고 있는 가슴은 사랑으로 빨리 고동치는 것보다 해야 할 더 중요한 일들이 있어."

어머니가 냉정하게 말했다.

1523년 겨울

앤 언니가 떠나자, 나는 세상에서 단 하나뿐인 불린 가 여자가 되었다. 왕비가 메리 공주와 함께 여름을 보내기로 해서, 여름나기를 위해 궁정이 이동할 때 나는 헨리 왕과 함께 맨 앞에서 갔다. 우리는 함께 말을 타고, 사냥도 하고, 매일 밤마다 춤추며 즐거운 여름을 보냈다. 그리고 11월에 궁정이 그리니치로 돌아왔을 때 나는 왕에게 생리를 빠뜨렸으며 그의 아이를 가졌다고 속삭였다.

대번에 모든 것이 바뀌었다. 나는 방 몇 개와 시녀 한 명을 새로 얻었다. 헨리 왕은 한시라도 추우면 안 된다고 두꺼운 모피 망토를 사주었다. 조산사, 약제사, 점술가들이 내 방을 오갔으며, 그들 모두가 중대한 질문을 받았다?

"사내아이입니까?"

대부분은 그렇다고 대답하고 그 보답으로 금화를 받았다. 별난 한두 명은 "아닙니다."라고 대답해서 왕이 못마땅해 입을 빼무는 것을 보았다. 어머니는 내 가운 끈을 느슨하게 풀어주었고, 나는 더 이상 밤에 왕의 침실로 가지 못했다. 어둠 속에 홀로 누워 아들을 갖고 있기를 기도해야 했다.

왕비는 고통으로 그늘진 두 눈으로 내 몸이 불어나는 것을 지켜보았다. 나는 그녀 역시 생리를 하지 않았다는 것을 알고 있었지만, 임신할 여지는 없었다. 왕비는 크리스마스 축제와 가면극과 무도회 내 내 미소 짓고 있었고, 헨리 왕에게 후한 선물들을 주었다. 왕은 정말 마음에 들어 했다. 그리고 모든 것이 거짓 없고 명확해야 한다는 느 낌이 감돌던 12일절 전야제 가면극이 끝난 후에, 왕비는 왕에게 단 둘이서 대화를 나눠도 괜찮겠냐고 물었다. 그리고는 아무도 모를 어 딘가에서 용기를 얻어, 왕의 얼굴을 똑바로 쳐다보며 한철 내내 생 리를 하지 않았고 더 이상 아이를 가질 수 없다고 말했다.

"자기가 직접 얘기했어."

그날 밤 헨리 왕이 분개하며 내게 말했다. 나는 그의 침실에서 모 피 망토로 몸을 감싼 채 손에는 데운 포도주를 담은 커다란 잔을 들 고 훨훨 타오르는 불 앞에 맨발을 깔고 앉아 있었다.

"조금도 창피해하지 않고 말했다고!"

나는 아무 말도 하지 않았다. 거의 사십이 다 되어가는 여자가 생 리를 멈춘 것은 창피해할 일이 아니라고 말해주는 것은 내 일이 아 니었다. 왕비가 기도만으로 분만할 수 있었다면 대여섯 명의 아이들 을, 그것도 모두 사내아이들을 낳았으리란 것을 누구보다 왕 자신이 잘 알고 있었을 터였다. 그러나 이제 그는 그 사실을 잊었다. 그가 중요시하는 것은 왕비가 자신에게 마땅히 주어야 할 것을 거절했다 는 것이었다. 나는 실망할 때마다 그를 휩쓰는 엄청난 분노를 다시 한 번 보았다.

"불쌍한 마마."

왕이 내게 불쾌한 듯한 시선을 던졌다.

"잘나신 왕비님이지. 유럽에서 손꼽히게 부유한 남자의 아내이고, 마찬가지로 잉글랜드 왕비인데, 보답이라고는 자식 하나 낳은 것뿐 이야, 그것도 여자아이를."

그가 고쳐 말했다.

나는 고개를 끄덕였다. 헨리 왕과 논쟁하는 것은 어차피 소용없 었다.

왕은 내게로 몸을 기울여 둥글고 단단하게 굴곡진 내 배에 손을 부드럽게 얹었다.

"내 아들이 이 안에 있다 해도 캐리라는 성을 얻게 될 텐데, 잉글랜드에 무슨 소용 있나? 내게 무슨 소용이 있어?"

"그렇지만 이 아이가 폐하의 아이라는 것은 모두가 알 겁니다. 폐하께서 저와는 아이를 만드실 수 있다는 것을 모두가 알고 있어요."

"하지만 나는 적자가 필요해."

그가 진지하게 대답했다. 바라기만 하면 나나 왕비나 다른 아무 여자나 그에게 아들을 줄 수 있다는 듯이.

"꼭 아들이 있어야 해, 메리. 잉글랜드는 나한테서 계승자를 꼭 이어받아야 해."

1524년 봄

　언니는 기나긴 유배 기간 동안 매주 한 통씩 나에게 편지했다. 내가 궁에서 쫓겨났을 때 언니에게 보냈던 절망적인 편지들이 생각났다. 그리고 그때 언니가 답장에 신경조차 쓰지 않았다는 것 역시 기억났다. 이제 궁정에 있는 것은 나이고 언니는 바깥 어둠 속에 있었다. 나는 언니에게 자주 답장을 해주는 관대함을 보임으로써 자매로서의 승리감을 느꼈다. 내 임신 소식과 헨리 왕이 기뻐한다는 사실도 언니에게 빼놓지 않고 전했다.

　친할머니가 앤 언니의 말상대로 헤버로 불려갔다. 프랑스 왕실에서 온 젊고 우아한 여인과 보잘것없던 남편이 고관으로 출세하는 것을 지켜본 현명한 노인, 그 둘은 밤낮으로 마구간 지붕 위의 고양이들처럼 다투며 서로의 인생을 완전히 비참하게 만들었다.

　궁으로 돌아가지 못하면, 나는 아마 미쳐버릴 거야.

　앤 언니가 편지를 했다.

　할머니는 개앞을 손으로 깨서 껍질을 사방팔방 흘리고 다니셔. 달팽이처럼 발밑에 우두둑 밟힌다니까. 게다가 매일같이 함께 정원을 산책하자고 강요하시는 거 있지. 비가 오는 날도 많이야.

빗물이 피부에 좋다고 생각하시면서 그게 바로 잉글랜드 여자들이 비할 데 없이 좋은 피부를 갖고 있는 이유라고 하신다니까.

물론 나는 할머니의 비바람에 시달린 쭈글쭈글한 피부를 보고 차라리 집 안에 머무는 게 낫다는 걸 알지.

할머니한테서 몹시 지독한 냄새가 나는데도 전혀 모르고 계셔. 하루는 하인들한테 할머니를 위해 목욕을 준비하라고 했는데, 글쎄 할머니께서 스툴에 앉아서 발을 씻기도 욕 했다는 거 있지.

식사 자리에서는 작게 흥얼거리시는데, 당신이 그러시는지도 몰라.

옛날식으로 성대하게 집을 개방해서 톤브리지의 거지들에서 에덴브리지의 농부들까지 모두 다 촐로 불러 우리가 무슨 왕인 것같이, 돈을 뿌려버리는 것 외에는 쓸 데가 없는 것처럼 식사를 하는 걸 보게 해야 한다고 멀으신다니까.

제발, 제발 부탁인데, 외삼촌과 아버지께 내가 궁으로 돌아갈 준비가 되어 있다고 말씀드려줘. 시키는 대로 할 거고, 나에 대해 연려하실 건 조금도 없다고.

이곳에서 벗어날 수만 있다면 무슨 짓이라도 하겠어.

나는 즉시 답장을 썼다.

분명 곧 궁정으로 돌아오게 될 거야. 왜냐하면 퍼시 경께서 마지못해 메리 탤벗 양과 약혼하셨거든. 약혼을 하실 때 우셨다고 들었어.

퍼시 경은 자신의 깃발 아래 노섬벌랜드의 병사들과 함께 스코틀랜드 국경을 지키러 가셨어. 잉글랜드 군대가 이번 여름에 다시 프랑스로 가고, 스페인과 협력하여 지난여름에 시작했던 작전을 마칠 때까지 퍼시 가 사람들은 노섬벌랜드를 안전하게 지켜야 하거든.

조지 오빠와 제인 파커의 결혼식은 드디어 이번 달에 치르게 됐어.

언니가 참석해도 되냐고 어머니께 여쭤볼게. 그건 분명히 거절하지 않으실 거야.

나는 건강하긴 한데, 무척 피곤해. 아이가 무겁고, 밤에 자려고 할 때마다 몸을 돌리고 발로 찬다니까.

폐하는 내가 번 후로 최고로 다정히 대해주셔.

우리 둘 다 사내아이를 바라고 있어.

언니가 여기 있었으면 좋겠다. 폐하께서 무척 사내아이를 바라셔서, 만일 여자아이를 낳으면 어떻게 될지 슬슬 두렵기까지 해. 사내아이를 만들 수 있는 방법이 있다면 좋을 텐데.

아스파라거스에 대한 얘기는 하지 마. 아스파라거스에 대한 건 다 알고 있거든. 식사 때마다 먹게 해.

왕비마마는 나를 늘 지켜보셔. 숨기기에는 이제 몸이 너무 불었고, 모두가 내가 왕의 아이를 가졌다는 것을 알고 있어. 월러엄은 첫째 아이를 가져서 축하한다는 말을 듣는 고역을 견디지 않아도 돼.

모두가 알고 있고, 나만 빼고 모두를 편하게 하는 침묵의 벽 같은 게 있거든.

내 자신이 어리석게 느껴질 때도 있어. 배는 불러올라 있고, 계단을 오를 때 숨은 가쁘고, 남편은 낯선 사람처럼 내게 웃어주고 말이야. 그리고 왕비마마는……

아침저녁으로 매일 마마의 예배당에서 기도하지 않았으면 정말 좋겠어.

마마께서 무슨 기도를 하시는지 궁금해, 이제 모든 희망이 사라졌으니.

언니가 여기 있었으면 좋겠다. 언니의 독설조차 그리워.

메리.

조지 오빠와 제인 파커는 수없이 연기한 후 드디어 그리니치의 조그만 예배당에서 결혼식을 올리기로 했다. 앤 언니는 그날 하루 동안만 헤버에서 올라오는 것을 허락받았다. 아무도 보지 못하게 뒤쪽에 있는 높다란 칸막이 석에 앉아 있을 수는 있지만, 피로연에는 참석하지 못했다. 우리에게 가장 중요한 것으로, 결혼식이 아침에 있어서 앤 언니는 그 전날 말을 타고 올라와 우리 셋—조지 오빠, 앤 언니, 나—은 만찬 후부터 동틀 녘까지 밤을 함께 보냈다.

우리는 긴 산고에 대비하는 조산사들처럼 밤새 이야기를 나누기 위한 준비를 했다. 조지 오빠가 포도주와 에일과 약한 맥주를 가져왔고, 나는 주방으로 살금살금 내려가서 요리사들에게 빵, 고기, 치즈와 과일을 몰래 받아왔다. 그들은 내가 칠 개월 된 배 때문에 배가 고픈 줄 알고 기쁘게 접시를 채워주었다.

앤 언니는 짧게 재단한 승마복을 입고 있었다. 언니는 열일곱 살보다 성숙하고, 피부는 창백하니 더욱 고와 보였다.

"마귀할멈이랑 비 오는 데 걸어서 그래."

언니가 험하게 말했다.

슬픔이 언니에게 전에 없던 평온함을 주었다. 고통 속에서 어렵게 교훈을 얻은 것 같았다—인생에서 기회는 여물어진 체리처럼 무릎에 그냥 떨어지는 것이 아니라는 것을. 그리고 언니는 사랑했던 그 남자, 헨리 퍼시를 그리워했다.

"그 사람 꿈을 꿔. 정말 그러지 않았으면 좋겠는데 말이야. 무의미한 불행이니까. 이제 지겨워. 이상하게 들리지? 그렇지만 이렇게 불행한 거 정말 지겨워."

언니가 간단히 말했다.

나는 조지 오빠를 힐금 건너다보았다. 오빠는 동정이 가득한 얼굴로 언니를 바라보고 있었다.

"그 사람 결혼식은 언제야?"

언니가 쓸쓸하게 물었다.

"다음달."

오빠가 대답하자 언니는 고개를 끄덕였다.

"그렇게 되면 다 끝나겠구나. 물론 메리 탤벗이 죽는다면 또 모르지만."

"탤벗이 죽으면 퍼시 경이 언니랑 결혼할 수도 있겠다."

내가 희망을 가지고 말했다.

앤 언니가 어깨를 으쓱했다.

"어리석은 것. 메리 탤벗이 어느 날 푹 꼬꾸라져 죽기만을 바라면서 그를 기다릴 수는 없어. 이 오명만 씻어내면 나도 꽤 쓸 만한 '패' 잖아?(카드놀이의 '패' 를 뜻함.) 특히나 네가 아들을 낳게 된다면, 왕의 서자의 이모가 되는 거잖아."

언니가 불쑥 말했다.

나는 나도 모르게 배를 두 손으로 보호하듯이 감쌌다. 오로지 사내아이여야만 환영받는다는 것을 아이가 듣지 못하게 하려는 듯이.

"성은 캐리가 될 거야."

내가 언니에게 상기시켰다.

"그렇지만 만약 건강하고 튼튼하고 금발인 사내아이가 태어나면?"

"헨리라고 부를 거야."

내 품에 안긴 금발의 튼튼한 아기 생각을 하자 미소가 떠올랐다.

"폐하께서 뭔가 굉장히 훌륭한 것을 아이에게 해주시리란 걸 의심치 않아."

"그리고 우리 모두는 출세하는 거지. 왕의 아들의 이모와 외삼촌으로서, 아이에게 조그만 공국을 주실지 아니면 백작 영지를 주실지, 누가 알겠어?"

조지 오빠가 꼬집어 말했다.

"오빠는 어때?"

언니가 물었다.

"행복해? 이 행복하고도 행복한 밤에? 나가서 법석을 떨고 취해 나가떨어질 줄 알았는데. 여기서 이렇게 뚱뚱한 여자 한 명과 상심한 여자 한 명하고 함께 하는 게 아니라."

오빠가 포도주를 따르더니 잔 속을 어두운 표정으로 내려다보았다.

"뚱뚱한 여자 한 명과 상심한 여자 한 명이 내 기분과도 거의 딱 맞아. 죽인대도 춤추고 노래를 부르진 못하겠어. 정말 굉장히 독살 스러운 여자지? 내가 사랑하는 사람, 내 아내가 될 사람 말이야. 사실대로 말해봐. 나만 그렇게 느끼는 거 아니지? 그 여자에게는 사람을 피하게 만드는 뭔가가 있어, 안 그래?"

"아, 말도 안 되는 소리야. 독살스럽지 않아."

내가 기운차게 대답했다.

"나는 제인 때문에 이가 갈려. 항상 그랬어. 잡담이나 위험한 추문이 있거나, 아니면 누가 남의 얘기를 하고 있는 데에는 제인이 꼭 있어. 모든 걸 듣고 모든 사람들을 지켜보고, 항상 모든 사람들을 가장 나쁜 식으로 생각한다니까."

앤 언니가 직설적으로 말했다.

"그럴 줄 알았어. 맙소사! 정말 근사한 아내로군!"

조지 오빠가 침울하게 말했다.

"첫날밤에 제인이 놀래 줄지도 몰라."

언니가 포도주를 한 모금 마시면서 음흉하게 말했다.

"뭐?"

오빠가 재빨리 물었다.

언니가 잔 위로 한쪽 눈썹을 치켜 올렸다.

"처녀치고는 굉장히 아는 게 많거든. 결혼한 여자들의 문제도 굉장히 잘 알고 있구. 특히 기혼녀들과 창녀들에 대한 거."

조지 오빠의 입이 떡 벌어졌다.

"설마 처녀가 아니라는 건 아니겠지! 처녀가 아니라면 확실히 이 결혼을 피할 수도 있어!"

오빠가 소리치자 언니가 고개를 저었다.

"예의가 아닌 다른 감정으로 제인을 대하는 남자는 본 적 없어. 누가 그러겠어, 내 참. 그렇지만 제인은 늘 유심히 보고 귀 기울이고, 자기가 뭘 묻든 뭘 보든 상관 안 해. 시모어 가 여자 하나랑 폐하와 잠자리 한 여자에 대해 숙덕이는 걸 들었는데―너 말고."

언니가 내게 재빨리 말했다.

"입을 열고 키스를 한다거나, 혓바닥으로 핥는다는 아무튼 그 비슷한 얘기들이나, 폐하의 위에 누워야 하는지 밑에 누워야 하는지에 대한 거나, 어디를 만져야 한다거나, 폐하에게 잊지 못할 쾌감을 주기 위해서 어떻게 해야 한다거나 하는 저질스런 이야기를 하는 거 있지."

"제인이 그런 프랑스 관습을 안다는 거야?"

조지 오빠가 깜짝 놀라며 물었다.

"아는 것처럼 얘기하던데."

언니가 놀라는 오빠를 보고 웃으면서 대답했다.

"이런, 맙소사! 어쩌면 생각했던 것보다 나, 행복한 남편이 되겠는데. 어디를 만져야 하는 건데, 응? 어디를 만져야 하는 거야, 애나마리아 양? 내 사랑스런 아내가 될 사람과 마찬가지로 너도 이런 대화를 들은 것 같은데?"

오빠가 포도주를 한 잔 따르고 내게 술병을 흔들며 말했다.

"아, 나한테 묻지 마. 나는 처녀야. 아무나 붙잡고 물어보라구. 어머니나 아버지나 외삼촌께 물어봐. 울지 추기경에게도 물어보라구, 공식적으로 그렇게 했으니까. 나는 처녀야. 공식적으로 분명한 처녀로 증명되었어. 요크(York)의 대주교인 울지 추기경 자신이 직접 내가 처녀라고 하셨어. 누구도 나보다 더 확실한 처녀일 수는 없어."

"그럼 이 오빠가 다 말해주겠어. 헤버로 편지할게, 앤. 할머니한테
도 큰 소리로 읽어드려."

조지 오빠가 쾌활하게 말했다.

결혼식 아침, 조지 오빠는 신부처럼 창백했다. 폭음이 원인이 아니
라는 것은 앤 언니와 나만 알고 있었다. 제인 파커가 제단으로 다가
올 때 오빠는 웃지 않았으나, 제인이 오빠 몫까지 충분히 활짝 웃고
있었다.

나는 두 손으로 배를 꼭 껴안은 채, 제단 앞에 서서 다른 모든 사람
들을 버리고 윌리엄 캐리한테만 충실하겠다고 약속한 것이 참으로
오래전의 일인 것 같다고 생각했다. 겨우 4년 전에 우리가 굳게 손
을 맞붙잡고 희망으로 가득 차 있었을 때는 이런 일이 닥치리라 예
상하지 못했었다는 것을 윌리엄도 생각하고 있었는지, 그가 나를 힐
끗 건너다보며 희미하게 미소 지었다.

헨리 왕은 성당 맨 앞에 앉아 오빠가 신부를 맞이하는 것을 보고
있었다. 우리 가족은 내 무거운 배로 인해 이익을 제대로 얻어내고
있었다. 왕은 내 결혼식 때는 늦게 왔었는데, 그것도 우리 불린 가
사람들에게 영광을 주려는 것보다는 더없이 가까운 윌리엄에게 호
의를 나타내기 위해서였다. 그러나 이 신혼부부가 제단에서 돌아서
서 성당의 통로를 지나갈 때 왕은 행복을 비는 사람들 맨 앞에 있었
고, 그와 나는 함께 손님들을 피로연 장소로 인도했다. 어머니는 내
가 유일한 딸인 것처럼 내게 웃어주었고, 그때 앤 언니는 예배당의
옆문으로 조용히 빠져나가서 말을 타고 단지 하인 몇과 함께 헤버로
돌아갔다.

나는 혼자서 말을 타고 헤버로 가는 언니를 상상했다. 정문 초소
너머로 달빛 속에 장난감처럼 예쁜 성이 보이겠지. 오솔길이 어떻게
나무들 사이로 굽어져 나아가서 도개교에 닿는지 생각했다. 도개교

가 내려올 때 덜컹덜컹하는 소리와 말이 목재받침들을 조심해서 밟을 때 생기는 발굽 소리의 공허한 울림. 해자에서 피어오르는 습기 찬 냄새와 안마당으로 들어서면 풍겨오는, 불꼬챙이에 고기를 꿰어 굽는 냄새. 안마당에 쏟아지는 달빛과 밤하늘을 배경으로 한 박공벽의 들쭉날쭉한 윤곽. 나는 자신이 궁중 가면극에서 왕비를 흉내 내고 있는 것이 아닌, 헤버의 대지주이기를 상반되는 심정으로 바라고 있었다. 적자를 임신하고 있고, 창밖으로 몸을 기울여 내 땅을, 어쩌면 그저 조그만 장원 농장일지 모르는 내 땅을 내다보면서, 언젠가는 이것이 모두 합법적으로 내 아들의 것이 되리란 것을 알고 있기를 온 마음으로 바랐다.

그러나 대신 나는 운 좋은 불린 가 여자, 재산과 왕의 총애로 축복받은 불린 가 사람이었다. 내 아들의 땅의 경계를 상상할 수도 없고, 그가 얼마나 출세할지 꿈꿀 수도 없는 불린 가의 한 사람이었다.

1524년 여름

6월 한 달 동안 나는 궁정에서 물러나 해산준비를 했다. 두꺼운 융단을 쳐 어두운 방에서 아이를 낳고 기나긴 6주를 보낸 뒤 나올 때까지 빛도 볼 수 없고 신선한 공기를 마실 수도 없었다. 통틀어 두 달 반 동안이나 나는 방 안에 갇혀 있어야 하는 것이다. 어머니와 조산사 두 명이 나를 돌봐주었고, 하녀 두어 명과 몸종이 그들을 도왔다. 방 밖에서는 약제사 둘이 밤낮으로 교대해가며 대기하고 있었다.

"앤 언니를 불러도 될까요?"

내가 어두운 방을 눈여겨보며 어머니에게 물었다.

어머니는 인상을 찌푸렸다.

"반드시 헤버에서 지낼 것을 네 아버지께서 명하셨다."

"아, 제발요. 무척 긴 시간이 될 텐데, 언니가 같이 있었으면 좋겠어요."

"잠깐 들를 수는 있어. 그렇지만 폐하의 아들이 태어나는 곳에 앤이 있게 할 수는 없어."

어머니가 결정했다.

"딸일지도 모르죠."

내가 어머니에게 상기시켰다.

어머니가 내 배 위에 성호를 긋고 속삭였다.

"제발 아들이기를."

나는 더 이상 아무 말도 하지 않았다. 앤 언니가 들를 수 있게끔 한 것만으로도 만족했다. 언니는 하루를 보내기 위해 찾아와 이틀 동안 머물렀다. 언니는 헤버를 지루해했고, 할머니 때문에 격분해 있었으며, 왕의 서자를 위해 잠옷을 꿰매며 출산을 기다리는 동생을 찾아 어두운 방에라도 오고 싶었을 만큼 필사적으로 도망치고자 했다.

"자작(自作) 농장에 들러봤어?"

내가 물었다.

"아니, 말 타고 지나치긴 했어."

"딸기 수확은 어떻게 되어 가는지 궁금했는데?"

언니가 어깨를 으쓱했다.

"피터의 농장은? 양털 깎기 할 때 놀러 가 봤어?"

"아니."

언니가 대답했다.

"올해 건초 수확이 얼마나 됐는지 알아?"

"몰라."

"언니, 도대체 하루종일 뭐해?"

"책 읽어. 음악 연습도 하고. 노래도 좀 지었어. 매일 말도 타고. 정원 산책도 하구. 시골에서 이거 말고 더 할게 뭐 있어?"

"동네를 돌면서 농장을 구경하지."

앤 언니가 눈썹을 치켜 올렸다.

"늘 똑같잖아. 풀만 자라고."

"무슨 책 읽어?"

"신학. 마틴 루터라고 들어봤어?"

언니가 무뚝뚝하게 말했다.

"당연히 들어봤지. 이교도이고, 그 사람이 쓴 책들이 금지됐다는 걸 알 만큼은 알아."

내가 자존심이 상해 대답했다.

앤 언니가 조그맣고 비밀스럽게 웃었다.

"반드시 이교도라고 할 수는 없어. 견해의 차이지. 그 사람 책과
또 비슷하게 생각하는 사람 책들을 읽고 있었어."

"들키지 않게 조심해. 언니가 금서들을 읽고 있다는 걸 아버지랑
어머니가 아시면 프랑스로 돌려보낼 거야. 방해되지 않게 아무 데나
보내버릴 거라구."

언니가 으쓱했다.

"아무도 나한테 신경 쓰지 않아, 네 영광 때문에 가려져 있는걸.
이 집안에서 주목받을 수 있는 유일한 방법은 한 가지밖에 없어. 바
로 폐하의 침대로 기어올라가는 거지. 이 집안에서 사랑받으려면 창
녀가 되어야 한다니까."

나는 불러 오른 내 배 위에 깍지를 끼고는 언니의 악의 어린 말에
도 별로 흔들리지 않고 웃어 주었다.

"내 운수가 나를 여기로 이끌었다고 해서 나를 위축시키려 하지는
마. 언니가 헨리 퍼시 경에게 접근해서 계속 밀고 나가 불명예스럽
게 될 필요는 없었다구."

순간 나는 언니의 아름다운 얼굴에서 가면이 벗겨지고 두 눈에 기
대의 눈빛이 역력히 스쳐가는 것을 보았다.

"그 사람한테서 연락 왔었어?"

나는 고개를 저었다.

"편지를 썼다고 해도 받아보지 못하게 할 텐데 뭐. 여전히 스코틀
랜드와 싸우고 있는 것 같아."

언니는 입술을 맞붙여 작은 신음 소리를 억눌렀다.

"이런, 다치거나 죽으면 어쩌지?"

뱃속에서 아기가 뒤척이는 것을 느끼고 나는 헐렁한 스토마커 위
에 따뜻한 두 손을 얹었다.

"언니, 그 사람은 이제 언니한테 아무것도 아니어야 하잖아."

언니의 눈썹이 열정 어린 시선을 살짝 내려 가렸다.

"아무것도 아니야."

언니가 대답했다.

"이제 유부남이야. 궁으로 다시 돌아오고 싶다면, 그 사람은 잊어야 해."

내가 단호히 말했다.

언니가 손가락으로 내 배를 가리켰다.

"저게 문제야. 이 집안사람들이 생각하는 거라고는 네가 왕의 아들을 배고 있을지도 모른다는 거야. 아버지께도 대여섯 번 편지를 드렸었는데, 딱 한 번 서기를 시켜서 답장해주셨어. 내 생각은 하지도 않으셔. 내 걱정은 하지도 않으신다고. 다들 걱정하는 거라고는 너와 네 풍만한 배뿐이야."

언니가 노골적으로 말했다.

"머지않아 알게 되겠지."

침착한 듯 말하려 했지만, 실은 두려웠다. 헨리 왕이 내게서 딸을 얻고 그 아이가 건강하고 사랑스럽다면, 그는 세상에 자신이 아이를 만들 수 있다는 것을 보여준 만큼 웬만히 행복해할 것이다. 그러나 왕은 평범한 남자가 아니었다. 그는 자신이 건강한 사내아이를 만들 수 있다는 것을 세상에 보여주고 싶어했다―건강한 사내아이를.

딸이었다. 수개월 동안 바라고 조용히 기도하고 헤버와 로치퍼드 성당에서 특별 미사를 드렸음에도 불구하고, 여자아이가 태어났다. 그러나 나의 귀여운 딸이었다. 손은 무척 작아서 조그만 개구리의 손바닥 같고, 두 눈은 굉장히 진한 파란색이어서 헤버의 밤하늘 같은, 너무나도 아름다운 조그만 꾸러미였다. 검은 머리칼은 정수리에 살짝 뿌려져 있었다. 헨리 왕의 붉은 금발과는 상상할 수 없을 만큼 달랐다. 그러나 아기는 왕의, 입맞추고픈 장미꽃 봉오리 같은 입술을 갖고 있었다. 하품을 할 때는 아침이 부족하여 지루해하는 여느 왕과 똑 닮았다. 울 때는 권리를 거부당한 군주처럼 분개한 분홍빛

뺨 위로 진짜 눈물을 짜냈다. 품에 안고 젖을 먹이며 끈질기고 힘차게 빠는 것에 놀라워할 때, 아기는 양처럼 부풀어 올랐고 벌꿀 술을 가득 담은 커다란 잔 옆에 축 늘어져 있는 술꾼처럼 잠을 잤다.

나는 아기를 품에 계속 안고 있었다. 돌봐주는 유모가 있었지만, 젖이 너무 아파서 아기가 빨아야 한다고 우겨 아기를 교묘하게 독차지했다. 나는 내 딸과 사랑에 빠졌다. 완전하고 철저하게 사랑에 빠져 한순간도 아기가 사내아이였더라면 더 좋았을 거란 생각을 할 수가 없었다.

심지어 헨리 왕도 분만실의 어슴푸레한 평화 속에 있는 나를 만나러 왔을 때 아기의 모습에 녹아내렸다. 왕은 아기를 요람에서 들어 올려 조그맣고 완벽한 얼굴과 손, 호화롭게 수놓인 가운 밑으로 비어져 나온 작은 발을 감탄하며 바라보았다.

"엘리자베스라고 부르지."

왕이 아기를 부드럽게 흔들며 말했다.

"이름은 제가 골라도 될까요?"

내가 무척 대담하게 물었다.

"엘리자베스가 싫은가?"

"생각해둔 이름이 있어서요."

그는 어깨를 으쓱했다. 여자아이의 이름일 뿐이었다. 별로 상관없었다.

"원하는 대로. 당신이 부르고 싶은 대로 불러. 우리 아기, 정말 예쁘고 조그맣지?"

왕은 내게 금화가 든 지갑과 다이아몬드 목걸이를 가져다줬다. 그리고 책과 그가 쓴 신학 비평서와 울지 추기경이 추천한 심오한 작품들도 가지고 왔다. 나는 그에게 감사를 표하고 책들을 한쪽에 치워두면서, 앤 언니한테 그 책들을 보내 간단한 줄거리를 써달라고 해서 대화할 때 허세를 부리며 잘 속여 넘길 생각이었다.

우리는 벽난로 양옆에 놓인 의자에 앉아 격식을 차리고 산후 처음

만남을 가졌다. 그러나 왕은 곧 나를 침대로 데려가서 옆에 누워 부드럽고 달콤하게 키스했다. 조금 뒤 그가 나를 가지고 싶어하여 아직 산후의 감사 예배를 올리지 않았다는 것을 상기시켜야 했다. 나는 청결하지 않았다. 나는 머뭇거리면서 왕의 조끼를 만졌고, 그는 한숨을 내쉬며 내 손을 잡아 그의 단단해진 그것에 눌렀다. 그가 내게서 무얼 바라는지 누군가 가르쳐주기를 바랐다. 그러나 왕이 직접 내 손길을 이끌었고, 원하는 것을 내 귀에 속삭였다. 잠깐 동안의 움직임과 내 서투른 애무 후에 왕은 한숨을 내쉬며 가만히 누웠다.

"충분하세요?"

내가 수줍게 물었다.

그가 나를 돌아보며 감미롭게 미소 지었다.

"내 사랑, 오랜 시간 기다렸지만 이렇게라도 당신을 가질 수 있어 내게는 큰 기쁨이야. 감사 예배를 올리러 갈 때 이건 고백하지 말게─모두 내 죄니까. 그렇지만 당신은 성인(聖人)도 유혹할 거야."

"우리 아기를 사랑하세요?"

내가 강요하듯 물었다.

왕은 너그럽고 느릿하게 킬킬 웃었다.

"그야 물론이지. 엄마만큼이나 사랑스러운걸."

잠시 후 왕은 일어나서 옷차림을 바르게 했다. 그는 매력적이고 짓궂은 미소를 지었다. 그 미소는 여전히 나를 기쁘게 했다. 비록 내 마음의 반은 요람에 있는 아기한테 쏠려 있고, 나머지 반은 쿡쿡 쑤시는 모유로 무거운 젖가슴에 가 있었지만.

"예배를 올린 후에는 내 처소에서 가까운 곳에 지내게 될 거야. 당신이 항상 내 곁에 있었으면 해."

그가 내게 단언했다.

나는 미소를 머금었다. 가슴 벅찬 순간이었다. 잉글랜드 국왕이 나를 계속해서 자기 곁에 두기를 원했다.

"당신에게서 아들을 원해."

그가 무뚝뚝하게 말했다.

딸이라서 아버지는 내게 화나 있었다고—적어도 어머니는 그렇게 말했다—무척 멀리 떨어져 있는 듯한 바깥세상에서 전해져왔다. 외삼촌은 낙심했지만 드러내지는 않으려 했다. 나는 신경 쓰는 것처럼 고개를 끄덕였지만, 오늘 아침 아기가 눈을 뜨고 나를 보며 내가 엄마라는 것을 안다고 확신되는 어떤 눈부신 강렬함으로 나를 바라봤기 때문에, 나는 완전한 기쁨밖에 느끼지 못했다. 아버지도 외삼촌도 분만실에 들어올 수 없었고, 왕도 단 한 번 방문 후 다시 오지 않았다. 이곳은 우리에게 피난처라는 느낌이 들었다. 남자와 그들의 음모와 배반이 닿지 않는 비밀의 방이었다.

조지 오빠가 평소의 편안하면서 품위 있는 태도로 관례를 깨고 찾아왔다.

"무슨 엄청 안 좋은 일이 벌어지고 있는 건 아니겠지?"

오빠가 잘생긴 얼굴을 문 사이로 들이밀며 물었다.

"아니야."

나는 빙긋 웃는 얼굴로 오빠를 환영했다. 오빠가 몸을 구부려 내 입술에 진하게 키스했다.

"아, 정말 달콤해. 내 동생에다 젊은 엄마, 단 한 번에 수십 가지의 금지된 쾌감을 모두 느끼게 하는구나. 다시 키스해줘—폐하한테 키스하는 것처럼 해줘."

"저리 가."

오빠를 밀어내며 말했다.

"아기나 보라구."

내 품에 안겨 잠들어 있는 아기를 오빠가 빤히 바라보았다.

"머리칼이 예쁘네. 뭐라고 부를 거야?"

나는 닫혀 있는 문을 힐금 보았다. 조지 오빠는 믿을 수 있다는 것을 알고 있었다.

"캐서린이라고 부르고 싶어."

"좀 묘한데."

"그럴 이유가 없잖아. 난 마마의 시녀인데."

"그렇지만 자기 남편의 아기잖아."

나는 킬킬 웃었다. 기쁨을 즐기지 않을 수가 없었다.

"아, 오빠, 나도 알아. 그렇지만 나는 마마의 시중을 들기 시작한 순간부터 마마를 사모했는걸. 그리고 내가 마마를 존경한다는 걸 보여드리고 싶어—무슨 일이 일어났든지 상관없이."

오빠는 여전히 의심스러워했다.

"마마께서 이해하실까? 무슨 조롱이라고 생각하시지는 않을까?"

나는 너무 충격받아서 캐서린을 조금 세게 안았다.

"내가 마마께 의기양양한 태도를 보인다고 생각하지는 않으실 거야."

"야, 왜 울어? 울 이유가 없잖아, 메리. 울지 마, 젖이 불거나 그럴 수도 있잖아."

조지 오빠가 물었다.

"우는 거 아니야. 울려고 한 거 아니야."

눈물로 젖은 뺨을 모르는 체하며 내가 말했다.

"아무튼 그만 울어. 그만 울어, 메리. 어머니가 들어오시면, 모두들 내가 네 마음을 상하게 했다고 탓할 거라구. 애당초 나는 여기 있으면 안 된다고 뭐라 그럴 거야. 바깥으로 나올 때까지 기다렸다가 그때 왕비마마를 찾아뵙고 경의의 표시를 받아들이시려는지 네가 직접 물어보는 건 어떨까? 내가 제안하는 건 그뿐이야."

오빠가 재촉했다.

"응. 그렇게 하면 되겠다. 설명드릴 수도 있고."

"그렇지만 울지는 마. 마마는 왕비여서. 눈물을 좋아하지 않으실 거라구. 너도 밤낮으로 4년 내내 모시고 있었지만, 틀림없이 마마가 우시는 모습은 보지 못했을걸."

오빠가 내게 상기시켰다.

나는 잠시 생각해보았다.

"응. 정말이지 4년 내내, 마마께서 우시는 걸 단 한 번도 본 적이 없어."

내가 천천히 대답했다.

"앞으로도 없을 거야. 비탄으로 무너지실 분이 아니니까. 굉장히 의지력이 강하신 분이야."

오빠가 만족해하며 말했다.

* * *

나의 또 다른 유일한 방문객은 남편인 윌리엄 캐리였다. 그는 헤버에서 가져오라고 한, 철 이른 딸기 한 공기를 가지고 왔다.

"고향의 맛이에요."

윌리엄이 친절하게 말했다.

"고마워요."

그가 요람 안을 힐끗 쳐다보았다.

"건강하고 튼튼한 여자아이라고들 하던데요."

"맞아요."

내가 대답했다. 그의 무관심한 어조에 조금 한기가 들었다.

"아이 이름은 뭐라 할 건가요? 내 성이 아닌 다른 성인가요? 내 성을 물려받는다고 생각했는데, 피츠로이나 폐하의 서자라는 걸 인지하는 다른 성을 물려받는 건 아니죠?"

나는 혀를 깨물며 머리를 숙였다.

"기분 상하셨다면 죄송해요, 여보."

내가 온순하게 말했다.

윌리엄은 고개를 끄덕였다.

"그래서 이름이 뭐죠?"

"캐리가 될 것입니다. 캐서린 캐리를 염두에 두고 있었어요."

"원하는 대로 하세요, 부인. 나는 다섯이나 되는 토지 관리직에, 기사 작위까지 하사받았답니다. 이제 윌리엄 경이고 당신은 캐리 영부인이죠. 수입도 두 배 이상으로 늘었어요. 폐하께서 말씀하시던가요?"

"아뇨."

내가 대답했다.

"나는 가장 총애받고 있지요. 당신이 아들을 낳아 우리를 기쁘게 해주었다면, 아일랜드나 프랑스에 토지를 기대할 수 있었을지 모르는데. 캐리 공이 되었을지도 모르죠. 남아 서자가 우리를 얼마나 높이 이끌었을지 누가 알겠습니까?"

나는 대답하지 않았다. 윌리엄의 어조는 유순했지만, 그의 말에는 통렬한 울림이 있었다. 자신이 잉글랜드에서 가장 유명한 오쟁이 진 남편이란 행운을 축하해달라고 진심으로 청하는 게 아니라고 생각했다.

"있죠, 나는 내가 폐하의 궁정에서 위대한 남자가 될 거라고 생각했었어요."

윌리엄이 씁쓸하게 말했다.

"폐하께서 나와 함께 하는 걸 좋아하신다는 걸 알고, 또 내 운수가 떠오르고 있었을 때 말이죠. 당신 아버지 같은 사람이 되길 바랐어요. 전체적인 상황을 파악하고, 유럽의 일류 왕실에서 논쟁하는 역할을 맡아 여러 사람과 상대하고 자기 신조처럼 늘 자국의 이익을 위해 일하는, 그런 정치가 말이죠. 하지만 지금 나를 보세요. 아무것도 안 하고 단지 폐하께서 제 아내를 침실로 데려가는 걸 눈감아준 대가로 열 배도 더 되는 보상을 받았잖아요."

나는 침묵을 지키면서 눈을 내리깔고 있었다. 올려다보았을 때 윌리엄은 아이러니하고 슬픔이 반쯤 섞인 뒤틀린 미소를 짓고 있었다.

"아, 귀여운 부인. 우리는 많은 시간을 함께 보내지 못했죠? 잠자리도 잘하지도, 자주 하지도 못했구요. 애정이나 욕망조차도 배우지 못하고, 겨우 아주 짧은 시간밖에 함께 하지 못했어요."

그가 온화하게 말했다.

"나도 안타깝게 생각해요."

내가 조용히 대답했다.

"우리가 잠자리를 못 해서 안타깝다는 겁니까?"

"각하?"

갑자기 날카로워진 그의 어조에 진실로 혼란스러웠다.

"당신네 친척 분들께서 무척 공손하게 넌지시 말씀하시더군요. 어쩌면 내가 모든 걸 상상한 것이고, 우리는 잠자리를 한 적이 없다고 말이죠. 당신도 그걸 바라나요? 내가 당신을 가졌다는 것을 부정하는걸."

나는 펄쩍 뛰었다.

"아뇨! 이런 문제에 그분들이 내 바람을 고려하지 않는다는 걸 아시잖아요."

"그분들이 당신에게 내가 우리의 첫날밤에 하지 못했고 그 후의 모든 밤에도 그랬다고 폐하께 말씀드리라고 하지 않았나요?"

나는 고개를 저었다.

"내가 왜 그런 말을 하겠어요?"

윌리엄이 웃었다.

"우리 결혼을 무효로 하려구요. 결혼하지 않은 여자가 되게 하려구요. 그래서 다음 아기는 피츠로이란 성을 얻게 되고, 어쩌면 폐하께선 그 아이를 합법적으로 인정해서 왕의 아들이자 계승자로 만들도록 설득될지도 모르죠. 그렇게 된다면 당신이 다음 잉글랜드 국왕의 어머니가 되는 거예요."

침묵이 흘렀다. 나는 멍청하게 윌리엄을 빤히 보고 있었다.

"그분들이 내가 그러길 바라시진 않겠죠?"

내가 속삭였다.

"아, 당신 불린 가 사람들이란. 당신은 어떻게 될까, 메리. 그분들이 우리의 결혼을 무효로 하고 당신을 앞으로 떠밀면? 결혼한 신분을 뒤엎고, 당신은 이의 없이 창녀, 그것도 예쁘고 어린 창녀로 불릴 텐데?'

윌리엄이 부드럽게 말했다.

뺨이 뜨겁게 타올랐지만, 나는 입을 꾹 다물고 있었다. 윌리엄은 잠시 나를 바라보았다. 얼굴에서 분노가 빠져나가고 지친 동정 같은 것이 떠올랐다.

"당신이 하고자 하는 말을 해요. 그분들이 어떤 명을 내리시든 상관없이. 만약 그분들께서 첫날밤에 내가 밤새도록 은색 종약 알로 저글(juggle)만 하고 당신의 다리 사이에 누운 적이 없다고 말하라고 압박하면, 그렇게 말해도 좋아요, 해야 한다면 맹세를 해도 좋아요―아마 그렇게 해야 될 거예요. 당신은 캐서린 왕비마마의 적의에 직면하게 될 테고, 스페인 전 국민의 증오의 대상이 되겠죠. 내 분노는 면하게 해드리겠어요. 불쌍하고 어리석은 당신. 저 요람에 있는 아기가 사내아이였다면, 당신이 감사의 예배를 올리자마자 그분들은 나를 제거하고 폐하를 계속 유혹하기 위해 당신이 위증하도록 떠밀었을 겁니다."

윌리엄이 말했다.

우리는 잠시 서로를 매우 침착하게 바라보았다.

"그렇다면, 아이가 딸이라는 게 세상에서 당신과 나에게만 안타깝지 않은 일이 되겠군요. 왜냐하면, 나는 지금 내가 갖고 있는 것 이상을 바라지 않거든요."

내가 속삭였다.

윌리엄이 씁쓸한 신하다운 미소를 지었다.

"그렇지만 다음번에는?"

궁정 사람들은 한여름을 나기 위해 이동했다. 먼지 쌓인 좁은 길을 따라서 서식스를 지나 윈체스터로, 그리고 그곳에서 뉴 포레스트로 옮아가, 왕이 매일 동틀 녘에서 황혼이 깃들 때까지 사슴 사냥을 하고 매일 밤 사슴 고기를 대접받을 수 있도록 했다. 남편은 왕의 곁에 있었고, 남자들끼리 모여, 궁정이 이동할 때는 질투에 대한 생각을 잊은 채로 동행했다.

사냥개들은 말들을 앞서 뛰어가며 날카롭게 짖어댔고, 매들은 특별한 마차에 실려 뒤따르고 있었다. 조련사들은 매들을 침착하게 하기 위해 옆에서 말을 타고 가며 노래를 불러줬다. 오빠도 함께 갔다. 프랜시스 웨스턴 옆에서 새로운 검은 사냥말을 타고 있었다. 왕이, 나와 내 가족에 대한 한층 더한 징표로 왕실 마구간에서 내어준 크고 튼튼한 말이었다.

아버지는 유럽에서 잉글랜드, 프랑스, 그리고 스페인 사이의 끝없는 협상의 한편에 서서, 유럽의 가장 위대한 왕이라는 지위를 차지하려는 세 명의 탐욕스럽고 똑똑한 젊은 군주들의 야망을 통제하려고 애썼다. 어머니는 자신의 조그만 하인 행렬을 데리고 궁정과 함께 이동했다. 외삼촌 역시 하워드 가 제복을 입은 남자들과 함께 갔는데, 시모어 가문의 야망과 겉치레를 늘 신중하게 지켜보았다. 퍼시 가문도 그곳에 있었고, 찰스 브랜든 공작과 메리 공주, 런던의 금세공사들, 그리고 타국의 외교관들도 있었다. 잉글랜드의 대단한 사람들 모두가 그들의 밭, 농장, 배, 광산, 무역, 도시의 집들을 버리고 왕과 사냥하기 위해 나온 것이다. 돈을 하사받거나 땅을 분배받거나, 총애를 받게 되거나, 아니면 예쁜 딸이나 아내가 왕의 춤추는 두 눈에 들어 지위를 얻을지도 모를 경우에 대비해 단 한 사람도 뒤처지지 않았다.

나는, 아주 다행히도 올해는 그 일을 면했다. 궁정 사람들을 떠나와 켄트를 향해 말을 타고 좁은 길을 내려가고 있어 기뻤다. 앤 언니는 헤버 성의 말끔한 안마당에서 나를 맞이했다. 언니의 얼굴은 한여름의 폭풍우만큼이나 어두웠다.

"네가 미쳤구나. 여기 뭐 하러 왔어?"

언니가 인사말로 말했다.

"우리 아기랑 이번 여름을 여기서 보내고 싶어서. 휴식이 필요해."

"휴식이 필요해보이지는 않는데."

언니가 내 얼굴을 찬찬히 살펴보았다.

"아름다운데 뭐."

언니가 마지못해 시인했다.

"그렇지만 우리 아기를 좀 봐."

나는 캐서린의 조그만 얼굴에서 하얀 레이스 숄을 걷어냈다. 아기는 덜컹거리는 가마에 흔들려서 여행 동안 거의 잠만 잤다.

앤 언니가 예의상 아기를 힐끗 보았다.

"귀엽네. 하지만 왜 유모한테 맡겨서 내려보내지 않았어?"

어디든 궁정보다는 지내기 좋다는 것을 언니에게 납득시킬 수 없어 나는 한숨을 내쉬었다. 나는 홀로 가서, 품에서 캐서린을 유모에게 건네고는 강보를 갈게 했다.

"다 입힌 다음에 다시 데려와요."

내가 분명하게 말했다.

나는 대회당 탁자 앞의 조각된 의자에 앉아 심문자처럼 안달하며 내 앞에 서 있는 앤 언니를 보고 웃었다.

"나는 궁정에 별로 관심 없어. 아이를 낳아서 그래. 언니는 이해 못 할 거야. 갑작스레 내 인생의 목적이 뭔지 알 것 같아. 폐하의 총애를 받고 출세하거나 궁정에서 잘되는 것만이 아니야. 가문을 좀더 높이는 것도 아니야. 그런 것보다 더 중요한 것들이 있어. 나는 캐서린이 행복했으면 해. 걸을 수 있을 만큼 크자마자 떠나보내는 건 싫어. 소중히 보살펴주고 싶고, 내가 보는 데서 교육받게 하고 싶어. 여기서 자랐으면 좋겠고, 강과 밭과 늪에 있는 버드나무도 알았으면 좋겠어. 자기 나라를 이방인처럼 느끼지 않았으면 좋겠어."

내가 단호하게 말했다.

앤 언니는 잠시 멍해 있었다.

"아기일 뿐이야. 게다가 아마 죽을 게 뻔해. 앞으로 너는 아기를 십수 명은 더 낳을 거야. 그 애들마다 이럴래?'

언니가 딱 잘라 말했다.

그 생각에 나는 움찔했지만 언니는 보지 못했다.

"몰라, 나도 캐서린한테 이런 감정을 느끼게 될 줄은 몰랐어. 그렇지만 그렇게 됐어, 언니. 캐서린은 나한테 세상에서 가장 소중해. 다른 어떤 것보다 훨씬 더 중요해. 캐서린을 돌보고 캐서린이 건강하고 행복해하는 걸 보는 것밖에 생각할 수가 없어. 캐서린이 울면 내 가슴에는 못이 박히는 것 같아, 아니, 캐서린이 운다는 생각조차 견딜 수가 없어. 내 아이가 자라는 모습을 보고 싶어. 헤어지지 않을 거야."

"폐하는 뭐라 하셔?'

앤 언니가 불린 가 사람의 유일한 핵심으로 유도하며 물었다.

"이런 얘기는 말씀드린 적 없어. 여름 동안 떠나와서 쉬는 데 그런대로 만족하셨어. 사냥하러 떠나고 싶어하셨거든. 올해 정말 열광적으로 가고 싶어하셨어. 그다지 싫어하시지 않았어."

"그다지 싫어하시지 않았다고?'

언니가 믿을 수 없다는 듯이 되풀이했다.

"전혀 싫어하시지 않았어."

내가 고쳐 말했다.

언니는 손가락을 조금씩 물어뜯으며 고개를 끄덕였다. 내가 한 말을 자세히 검토하면서 머릿속으로 계산하는 것이 거의 보일 정도였다.

"좋아, 그럼. 그분들이 너에게 궁정에 있으라고 강요하지 않는다면, 내가 걱정할 이유는 없지. 모르긴 몰라도 네가 여기 있으면 나는 더 즐거우니까. 적어도 네가 그 무자비한 늙은이랑 말상대를 해주면서 그 끊임없는 수다를 덜어줄 수는 있잖아."

나는 웃었다.

"무척 무례하군, 언니."

"아, 알아, 알아, 알아. 아무튼 이제 소식이나 모두 전해줘. 왕비마마에 대해서 말해줘. 토머스 모어 경께서 독일의 신계(新界)에 대해 뭐라고 하셨는지도 알고 싶어. 프랑스에 대한 계획은 뭐래? 또 전쟁하는 거야?"

언니가 조바심치며 대답하고는 의자를 곁으로 끌어왔다.

"미안, 전날 밤에 누군가 그것에 대해 얘기하고 있었는데 듣지 않았거든."

나는 고개를 저었다.

언니가 작은 소리를 내더니 벌떡 일어섰다.

"아, 좋아, 그럼. 아기에 대해서 말해봐. 네가 관심 있는 건 그것밖에 없지? 머리는 반쯤 삐딱하게 하고 앉아서 항상 아기한테 귀 기울이는 거지? 정말 우스꽝스러워 보여. 제발 좀 바로 앉아라. 네가 그렇게 먹이를 노리는 사냥개처럼 군다고 해서 유모가 아기를 더 빨리 데리고 오는 것도 아니잖아."

언니가 짜증을 부리며 말했다.

언니의 정확한 표현에 나는 하하 웃었다.

"이건 마치 사랑에 빠진 것 같아. 항상 보고 싶어."

"넌 늘 사랑에 빠져 있지. 넌 커다란 버터 덩어리 같아. 항상 누군가에게 사랑을 줄줄 흘려내고. 한 번은 그래서 우리도 폐하의 덕을 톡톡히 봤지. 그런데 이제는 폐하의 아이잖아, 아무런 도움도 안 되는. 그렇지만 너는 상관 안 하지. 언제나 줄줄줄이니까, 열정도 감정도 욕망도. 진짜 열 받아."

앤 언니가 부루퉁하게 말했다.

나는 언니에게 웃어 주었다.

"언니한테는 야망뿐이니까."

언니의 두 눈이 빛났다.

"물론이지, 뭐가 더 있겠어?"

헨리 퍼시 경이 우리 사이에서 유령처럼 어떤 형태로든 떠돌고 있었다.

"내가 그 사람 본 적 있는지 알고 싶지 않아?"

내가 물었다. 잔인한 질문이었다. 악의로 언니의 눈에 고통이 보이기를 바랐지만, 나는 아무것도 얻어내지 못했다. 언니의 얼굴은 냉정하고 단호했다. 퍼시 경 때문에 울 만큼 울었고, 이제는 두 번 다시 남자로 인해 눈물 흘리지 않을 것처럼 보였다.

"응. 어른들이 물으시면 내가 그 사람 이름을 절대 입에 올리지 않았다고 말씀드려. 그이는 포기했잖아? 다른 여자랑 결혼했으니."

언니가 대답했다.

"그분은 언니가 자기를 버렸다고 생각하셨으니까."

내가 항변하자 언니는 고개를 돌렸다.

"제대로 된 남자였다면, 나를 계속 사랑했겠지. 입장이 바뀌어 있었다면, 나는 내 연인이 자유로워질 때까지 절대 결혼하지는 않았을 거야. 그 사람은 굴복했고, 나를 놔버렸어. 절대 용서하지 않을 거야. 나한테 그 사람은 죽은 거나 마찬가지야. 나도 그 사람한테 죽은 거라 해도 상관없어. 내가 하고픈 건 이 무덤에서 뛰쳐나가 궁정으로 돌아가는 것뿐이야. 나한테 남은 건 야망뿐이야."

언니가 매정한 목소리로 말했다.

앤 언니, 친할머니, 우리 아기 캐서린, 그리고 나는 억지스런 친구 사이로 여름을 함께 보내기 위해 자리를 잡았다. 건강이 회복되고 음부의 통증이 완화되면서, 나는 다시 말을 타고 오후에 바깥으로 나가기 시작했다. 나는 우리 영지의 골짜기를 모두 돌고 윌드의 언덕들을 올랐다. 첫 수확 후 건초 밭이 다시 푸르러지고 양들이 새로운 털로 하얗고 복슬복슬해지는 모습을 지켜보았다. 첫 작물을 낫으로 베러 밀밭으로 들어가는 농부들을 보면서, 나는 수확이 잘되었기를 기원해주었다. 그들은 곡물을 커다란 수레에 실어 곡식창고와 제분

소로 날랐다. 어느 저녁에는 농부들이 개들을 풀어 미처 빠져나가지 못하고 밀의 밑동에 걸린 짐승들을 물어와, 산토끼 고기를 먹었다. 나는 송아지들의 젖을 떼기 위해 어미 소와 격리해 놓은 것을 보았는데, 어미 소들이 문짝에 떼 지어 모여 빽빽한 산울타리를 뚫으려고 머리를 부딪뜨리고 뿔로 치면서 새끼들을 돌려달라고 울부짖는 모습을 보고 불쌍한 생각에 내 젖가슴이 아파져 오는 것을 느꼈다.

"그놈들은 곧 잊을 겁니다, 캐리 영부인. 며칠 이상 저러진 않을 거예요."

소를 치는 인부가 나를 위로하듯 말했다.

나는 그에게 미소를 지어 보였다.

"좀더 오래 함께 두면 좋을 텐데요."

"인간과 짐승에게는 참 힘든 세상이죠. 어쩔 수 없이 헤어져야죠, 그렇지 않으면 어떻게 버터와 치즈를 구하겠어요?"

그가 단호히 말했다.

과수원에는 사과가 둥글고 발그스름하게 익어가고 있었다. 나는 주방으로 가서 요리사에게 저녁으로 커다랗고 통통한 사과 경단을 만들어달라고 했다. 자두는 맛이 풍부하고 색이 짙게 자라 껍질이 갈라졌고, 게으른 늦여름의 말벌들은 나무 주위를 윙윙 돌며 당밀을 배불리 먹었다. 인동덩굴과 가지에서 살찌고 있는 과일의 진한 향기로 공기는 달콤했다. 나는 여름이 끝나지 않기를 바랐다. 내 딸이 언제나 이렇게 작고, 이렇게 완벽하고, 이렇게 사랑스럽게 그대로 있어주기를 바랐다. 캐서린의 눈동자는 태어났을 때의 짙은 파랑에서 더욱 짙은 남색으로, 이제 거의 검게 변했다. 날카로운 성격을 가진 이모처럼 짙은 눈동자의 미녀가 될 것이다.

캐서린은 이제 나를 보면 웃었다. 계속해서 시험해보았는데, 친할머니가 아기는 두세 살 전까지는 앞을 못 본다며, 내가 요람에서 시간을 보내고 노래도 불러주고, 나무 밑에 양탄자를 깔고 캐서린과 함께 누워 아기의 조그만 손가락을 펴서 손바닥을 간질이고 조그맣고 통통한 발을 들어 발가락을 잘근잘근 깨물어주는 것 모두 시간 낭비라고 하여 나는 꽤 삐쳤다.

왕은 내게 한 번 편지를 했다. 사냥과 그가 잡은 것들에 대해 이야기해주었다. 그의 편지로 봐서 그가 만족할 즈음에는 뉴 포레스트에 사슴이 남아 있을 것 같지 않았다. 마지막 부분에서 왕은 궁정이 10월에 윈저로 돌아가고 크리스마스에는 그리니치로 간다며 그곳에서 보자고 했다. 물론 언니는 빼고, 그가 키스를 보낸 우리 아이도 빼고 말이다. 왕이 우리 아이에게 보낸 애정 어린 키스에도 불구하고, 나는 캐서린과 함께 보낸 기쁨으로 충만했던 여름이, 내 바람과는 상관없이 끝났다는 것을 알았다. 자식을 두고 농사지으러 밭으로 나가는 아낙네처럼, 나도 이제 내 일을 하러 갈 시간이었다.

1524년 겨울

　윈저에서 만난 왕은 명랑한 기분이었다. 사냥은 잘되었고, 측근들 역시 훌륭했다. 시시덕거림에 대한 소문이 있었는데, 하나는 왕비의 새로운 시녀들 중 하나인, 내 하워드 가 사촌으로 새로 궁정에 들어온 마거릿 셸턴이 그 주인공이었고, 다른 하나는 사실이라기보다는 우스꽝스러운, 어떤 숙녀에 대한 이야기였는데, 그녀가 왕과 막상막하로 말을 타고 울타리를 뛰어넘다가, 왕이 순전히 이기고자 하는 절망적인 심정으로 덤불 뒤에서 그녀와 관계를 맺고 난 뒤, 그녀가 드레스를 채 추스르기도 전에 말을 몰고 가버렸다고 했다. 숙녀는 누군가 지나가다가 다시 안장 위로 올려줄 때까지 땅에서 꼼짝도 못하고 있었고, 그리하여 내 자리를 차지하고자 했던 그녀의 희망은 물거품이 되었다.

　술잔치에 대한 음란한 이야기들도 있었다. 술집에서 싸움한 조지 오빠는 한쪽 눈에 멍이 들어 있었고, 한 젊은 시동이 오빠에 빠져 사랑에 번민하는 소네트 십수 개에 가니메데스(Ganymede: 그리스 신화에서 제우스가 신들의 술시중을 들게 하려고 데려간 트로이의 미소년)로 서명하여써 보냈다가 불명예를 입고 집으로 쫓겨났다는 우스갯소리도 떠돌았다. 대체로 궁정의 신사들은 즐거운 시간을 보냈고, 왕 역시 대단히 좋은 기분이었다.

왕은 나를 보자마자 잡아채어 꼭 껴안고는 궁정 사람들 모두가 보는 앞에서 진하게 키스했다. 다행히도 왕비는 그곳에 없었다.

"자기, 보고 싶었어. 당신도 내가 보고 싶었다고 말해줘."

왕이 생기에 가득 차서 말했다.

나는 그의 밝고 열망으로 타오르는 얼굴을 바라보며 웃지 않을 수 없었다.

"당연하죠. 폐하께서 즐겁게 지내셨다는 얘기가 사방에서 들려오던데요."

내가 대답했다.

왕의 가장 친한 측근들이 있는 쪽에서 조금 낄낄대는 소리가 들려왔다. 왕 자신도 조금 수줍게 씩 웃었다.

"당신 때문에 밤낮으로 가슴이 아팠어. 바깥의 암흑 속에서 당신을 애타게 그리워했지. 몸은 좀 어때? 우리 아기는?"

그가 궁정 연애의 절묘한 거짓 인사치레로 말했다.

"캐서린은 굉장히 아름답고, 건강하고 튼튼하게 자란답니다."

왕에게 상기시키려고 나는 이름을 아주 살짝 강조해서 말했다.

"너무나도 아름답게 갖추어졌죠. 진정한 튜더 가의 장미랍니다."

조지 오빠가 앞으로 나왔다. 오빠가 내 뺨에 입맞출 수 있게 왕이 나를 놓아주었다.

"궁정으로 돌아온 것을 환영한다, 메리. 어린 공주님은 어떻게 지내니?"

오빠가 쾌활하게 말했다.

충격으로 잠깐 동안 침묵이 흘렀다. 헨리 왕의 얼굴에서 미소가 싹 가셨다. 오빠가 저지른 엄청난 실수에, 나는 완전히 겁에 질려 입을 떡 벌리고 오빠를 바라보았다. 눈 깜짝할 사이에 오빠는 확 돌아서더니 왕을 향해 말했다.

"저는 어린 캐서린을 공주라고 부릅니다. 예비 왕비처럼 아첨을 받거든요. 메리가 손수 수놓고 바느질한 옷가지를 보셔야 합니다.

어린 황후가 깔고 눕는 침대보도 말이죠! 심지어 기저귀에도 이니셜이 있답니다. 폐하, 캐서린을 보시면 웃음이 나오실 겁니다. 헤버의 조그만 폭군이거든요. 모든 게 자기 지시대로 되어야 하죠. 진정한 추기경이자 육아실의 교황이랍니다."

홀륭하게 원상회복되었다. 헨리 왕의 표정이 누그러지더니 조그만 아기가 독재하는 생각에 하하 웃었다. 신하들도 모두 바로 따라 웃었다. 조지 오빠의 묘사를 제각기 상상하며 미소 짓고 킥킥거렸다.

"정말 그런가? 그리 심하게 응석을 받아주나?"

왕이 내게 물었다.

"첫 아이잖습니까."

내가 변명하며 말을 이었다.

"그리고 옷은 모두 다음 아이 때 또 쓸 테니까요."

정확한 음을 짚었다. 헨리 왕은 즉시 다음 아이를 생각했고, 우리는 앞으로 나아간 것이다.

"아, 그렇지. 하나뿐인 육아실에 경쟁자가 들어오면 공주님이 어떻게 할까?"

왕이 물었다.

"너무 어려서 잘 알지 못하길 바라는 마음입니다. 한 살도 채 되기 전에 남동생을 얻을지도 모르지요. 메리와 앤이 겨우 몇 달 차이라는 걸 기억해주십쇼. 저희는 생산력이 왕성한 집안이니까요."

조지 오빠가 부드럽게 넌지시 말을 이었다.

"아, 조지, 창피하게."

어머니가 웃으며 말했다.

"그렇지만 헤버에 어린 사내아이가 생긴다면 우리 모두에게 이루 말할 수 없는 기쁨을 줄 것입니다."

"나도 마찬가지이지. 어린 사내아이는 내게 엄청난 기쁨이 될 것이야."

왕이 따뜻한 눈길로 나를 보며 말했다.

아버지가 프랑스에서 돌아오자마자 또다시 가족회의가 열렸다. 이번에는 탁자 앞에 나를 위한 의자가 놓여 있었다. 나는 더 이상 지시만 따르는 여자가 아니었다. 나는 왕의 총애를 받는 여자였다. 더 이상 어른들의 앞잡이가 아니었다. 나는 최소한 성장[城將: 체스에서 장기의 차(車)에 해당]이며 이 게임에서 한 명의 선수였다.

"메리가 또 임신하고 이번에는 아들이라고 치자. 왕비마마가 자기 양심에 못 이겨 물러나고, 폐하가 재혼할 수 있게 놓아준다고 치자. 폐하는 임신한 정부에게 무척 구미가 당길 게야."

외삼촌이 부드럽게 말했다.

잠시 나는 내가 이 계획을 꿈꿨었다고 생각했다. 그러다가 곧 내가 이 순간을 기다리고 있었다는 것을 깨달았다. 내 남편 윌리엄이 이의 위험을 알려줬었고, 이것이 내 마음속 깊은 곳에 생각하기조차 두려운 상념으로 도사리고 있었던 것이었다.

"저는 이미 결혼한 몸입니다."

어머니가 어깨를 으쓱했다.

"겨우 몇 개월뿐이었어. 거의 신방도 치르지 못하다시피 한 결혼이었고."

"치러진 결혼이었습니다."

내가 침착하게 말했다.

외삼촌은 눈썹을 치켜 올려 어머니를 재촉했다.

"메리는 어렸어요. 무슨 일이 일어나는지 어떻게 알았겠어요? 완전히 끝낸 적이 없다는 걸 메리는 맹세할 수 있어요."

어머니가 말했다.

"그럴 수는 없어요. 감히 그러진 않을 겁니다. 왕비마마의 왕위를 제가 빼앗을 수는 없습니다. 마마의 자리를 차지할 수는 없어요. 마마는 세 번에 걸친(아라곤 국왕 페르난도 5세의 딸, 카스티야 여왕 이자벨라의 딸, 잉글랜드로 시집을 왔기에 잉글랜드의 '공주', 이렇게 해서 '세 번에 걸친 공주'라는 뜻.) 공주이시고, 저는 겨우 불린 가 여자일 뿐입니다. 맹세코 말씀드리는데, 저는 할 수 없습니다."

어머니에게 말하면서 나는 외삼촌을 응시했다.

외삼촌에게는 전혀 먹혀들지 않았다.

"특별한 일을 하라는 게 아니다. 너는 명받은 대로 결혼하는 거야, 전에도 그랬듯이. 나머지 모든 건 내가 지시한다."

"하지만 마마께서 결코 물러나지 않으실 겁니다. 마마께서 직접 그리 말씀하셨습니다, 제게 직접 말씀해주셨습니다. 차라리 먼저 죽는다고 하셨어요."

내가 필사적으로 말했다.

외삼촌은 고함을 치더니 의자를 뒤로 밀고 한 걸음 나아가 창밖을 내다보았다.

"이 시점에서 마마는 유력한 위치에 있어."

외삼촌이 인정하며 말을 이었다.

"마마의 조카가 잉글랜드와 연합해 있는 동안은, 누구도 아직 갖지도 않은 아이 때문에 그 협정에 차질을 빚지는 못해. 누구보다도 폐하가 그러지는 못하겠지. 그러나 프랑스와의 전쟁에서 승리하여 점령지를 나누고 나면, 마마는 계승자도 절대 만들 수 없는, 폐하에게는 그저 너무 늙은 여자로 전락하는 거야. 마마도, 우리 모두와 마찬가지로, 물러나야 한다는 걸 충분히 알고 계셔."

"전쟁에서 승리하면 그리할 수도 있겠죠. 하지만 지금 이 시점에서 감히 스페인과의 단교를 모험할 수는 없습니다. 이번 여름 내내 제가 이런 동맹을 중재하고 타결하기 위해서 애썼습니다."

아버지가 걱정했다.

"뭐가 우선인가?"

외삼촌이 냉담하게 물었다.

"국가인가, 가문인가? 왜냐하면 국가의 안녕에 모험을 걸지 않고서는 우리가 메리를 제대로 쓸 수 없다는 거지요."

아버지가 머뭇거렸다.

"물론, 자네는 혈족이 아니니까. 단지 결혼으로 하워드 가 사람이 된 것이니."

외삼촌이 조용하면서도 독살스럽게 말했다.

"가문이 우선입니다. 당연히 그래야지요."

아버지가 천천히 말했다.

"그렇다면 프랑스에 대항해서 맺은 스페인과의 동맹을 희생해야 할지도 모르네. 우리에겐 유럽에 평화를 이루는 것보다 캐서린 왕비를 제거하는 게 더 중요해. 잉글랜드인의 목숨을 구하는 것보다 우리 가문의 여자를 폐하의 침대로 들여보내는 게 더 중요해. 군대에 복무시킬 남자들은 늘 있어. 그렇지만 우리 하워드 가 사람들에게 이번 기회는 백 년에 한 번 올까말까 한 것이야."

외삼촌이 차갑게 말했다.

1525년 봄

3월에 파비아에서 소식이 들려왔다. 이른 아침에 전령이 아직 옷도 채 입지 않은 왕에게 들이닥쳤다. 왕은 소년처럼 왕비에게로 달려갔고, 포고관이 그를 앞지르며 왕비의 방문을 쾅쾅 두드리면서 "폐하께서 납시오! 폐하께서!" 하고 소리쳤다. 때문에 우리 시녀들은 각기 다른 평복 차림으로 방에서 허겁지겁 나왔다. 오직 왕비만이 잠옷 위에 가운을 걸치고서 침착하고 우아한 차림으로 있었다. 헨리 왕은 문을 박차고 들어와 새장 속의 눈먼 개똥지빠귀처럼 재잘거리고 있는 우리들 사이를 뚫고 곧장 왕비에게로 뛰어갔다. 금빛 구름처럼 머리칼이 내 얼굴을 감싼 채 나는 매혹적으로 흐트러져 있었지만, 왕은 나를 쳐다보지도 않았다. 그는 여태껏 들은 소식 중 가장 좋은 소식을 들고 내게로 달려오지 않았다. 그는 그 소식을 스페인과 깰 수 없는 동맹을 맺게 해준 여자인 왕비에게 전했다. 왕은 자주 그녀에게 성실치 못했고, 자주 그들의 정책에 성실치 못했었다. 그러나 승리를 거둔, 격렬한 기쁨으로 가득한 이 순간, 왕이 제일 먼저 소식을 전한 사람은 왕비였다. 다시 한 번 그의 가슴속에 확연히 왕비로 자리 잡은 것은 캐서린 왕비였다.

왕은 왕비의 발치에 몸을 던지고서 그녀의 손을 낚아 올려 키스를 퍼부었다. 캐서린 왕비는 다시 소녀처럼 웃으면서 조바심을 내며

"무슨 일입니까? 말씀해주세요! 말씀해주세요! 무슨 일입니까?" 하고 소리쳤고, 왕은 그저 "파비아! 찬양받을지어다! 파비아!" 하고 외칠 뿐이었다.

왕은 벌떡 일어나 소년처럼 펄쩍펄쩍 뛰며 왕비를 끌고 온 방을 돌며 춤을 췄다. 그의 수행 측근들이 뛰쳐들어 왔다. 왕이 그들을 제치고 왕비에게로 제일 먼저 달려온 것이었다. 조지 오빠가 친구 프랜시스 웨스턴과 함께 허겁지겁 방으로 들어오더니 나를 발견하고 곁으로 다가왔다.

"도대체 무슨 일이야?"

나는 머리칼을 뒤로 매만져 넘기고 치마를 허리에 동여매면서 물었다.

"대단한 승리야. 명백한 승리지. 프랑스 군대가 완전히 궤멸됐대. 이제 프랑스는 우리 눈앞에 펼쳐져 있어. 스페인의 찰스 황제는 남쪽에서 뜻대로 고르고, 우리는 북쪽을 점령하는 거야. 프랑스는 끝났어. 파괴됐어. 프랑스의 잉글랜드 왕국의 경계선까지는 스페인 제국이 될 거야. 우리가 프랑스 군대를 때려눕혔어. 우리가 이제 두말할 것도 없이 프랑스의 주인이자 유럽 대부분의 공동 지배자야."

"프랑시스 왕이 패배했다고?"

우리 금발머리 왕의 경쟁자였던 짙은 머리칼의 야심 찬 왕자를 생각하면서 나는 믿을 수 없어 물었다.

"산산이 박살났죠. 잉글랜드에게 정말 영광스런 날이에요! 정말 대단한 승리죠!"

프랜시스 웨스턴이 확언했다.

나는 왕과 왕비를 건너보았다. 왕은 스텝의 리듬을 잃고 더 이상 춤을 추려 하지 않는 대신, 왕비를 양팔로 감싸 안고서 그녀의 이마와 눈과 입술에 키스하고 있었다.

"여보, 당신 조카는 대단한 장군입니다. 그는 우리에게 대단한 선물을 줬어요. 프랑스를 우리 발아래 두게 됐습니다. 나는 명실 공히 잉글랜드와 프랑스의 왕이 되는 겁니다. 리샤르 드 라 폴이 죽음으로써 내 왕위에 대한 위협도 함께 죽었어요. 프랑스 왕은 포로가 됐습니다, 프랑스는 패망한 거지요. 당신 조카와 내가 유럽에서 가장 위대한 왕이고, 우리 동맹이 모든 것을 차지하게 될 겁니다. 아버지께서 당신과 당신의 가문을 두고 계획하신 모든 것이 바로 오늘 우리에게 주어졌습니다."

왕비의 얼굴은 기쁨으로 환하게 빛났다. 왕의 잇따른 키스로 세월의 흔적이 벗겨졌다. 혈색이 좋아지고 파란 눈동자는 반짝였으며, 왕이 쥔 허리는 나긋나긋했다.

"스페인 사람들과 스페인 공주를 축복하옵소서!"

헨리 왕이 불쑥 외치자 궁정 사람들은 모두 목청껏 되받아 소리쳤다.

조지 오빠가 곁눈으로 나를 힐끗 보았다.

"스페인 공주를 축복하옵소서."

오빠가 조용히 말했다.

"아멘."

내가 대답했다. 왕비는 남편의 어깨에 머리를 기대고 환호하는 궁정 사람들을 보며 웃고 있었다. 그런 그녀의 빛나는 모습을 보며 나는 진심으로 웃어주었다.

"아멘, 하느님께서 마마를 앞으로도 이 순간만큼 행복하게 해주시길."

우리는 그날 새벽부터 잇따라 네 번의 새벽을 맞을 때까지 승리감에 취해 있었다. 마치 3월 중순에 열린 12일절 전야제 같았다. 성의 함석 지붕에서 우리는 커다란 축하 횃불이 런던에 이르기까지 훨훨 타오르는 모습을 볼 수 있었다. 도시는 길모퉁이 각각에 달아놓은 횃불과 쇠고기와 양고기 덩어리를 꼬챙이에 끼워 굽는 남자들로 인해 밤하늘과 대조되게 붉게 타올랐다. 성당에서는 종소리가 크게 울려 퍼지고 있었다. 이 나라의 모든 사람들이 잉글랜드의 가장 오래된 적이 완전히 패배한 것을 축하하는 동안 끊임없이 울렸다. 우리는 이날을 기념하기 위해 새롭게 이름 지어진 파비아 공작요리와 파비아 푸딩, 스페인 딜라이트(Spanish Delight)와 찰스 블라망쥬(Blancmange: 젤라틴 따위에 우유나 향료를 섞어 만든 푸딩) 같은 특별한 요리들을 먹었다. 울지 추기경은 성 베드로 성당에서 특별 경축 장엄 미사를 거행하도록 명했고, 이 땅의 모든 성당에서는 파비아에서의 승리와 잉글랜드에게 승리를 가져다준 황제—캐서린 왕비의 사랑스런 조카인, 스페인의 찰스 황제에게 감사 예배를 올렸다.

누가 왕의 오른편에 앉을지는 이제 의심의 여지가 없었다. 바로 왕비였다. 그녀는 매우 짙은 진홍색과 금색 옷을 입고서 머리를 높이 들고 입가에 조그만 미소를 머금은 채 대회당을 질러왔다. 왕비는 다시 총애를 받게 됨을 과시하지 않았다. 그녀는 자신의 몰락을 받아들였던 것처럼 국혼의 본모습으로 그것을 받아들였다. 이제 다시 욱일승천의 기세로 돌아온 왕비는, 그늘 속에서도 그랬던 것처럼 당당하게 걸었다.

파비아에 대한 감사로 왕은 다시 한 번 왕비와 사랑에 빠졌다. 왕은 프랑스에서의 자신의 권력의 원천으로, 또 승리에 대한 기쁨의 원천으로 그녀를 보았다. 헨리 왕은 무엇보다도 먼저 버릇없는 아이였다. 멋진 선물이 주어질 때만 그것을 준 사람을 사랑했다.

그는 선물을 준 사람을 사랑했지만, 그러나 그것은 선물이 지켜지거나, 부서지거나, 그가 원했던 것이 아니었거나 하면 그때까지뿐이었다. 그리고 3월 말쯤 스페인의 찰스 황제가 기대에 어긋날지도 모른다는 것을 나타내는 첫 징조들이 우리에게 찾아왔다.

헨리 왕의 계획은 그들이 먼저 프랑스를 나눠서 가지고, 부르봉 공작에게 조그만 몫의 점령지만 던져주는 것이었다. 그리고 헨리 왕이 실제로 프랑스의 왕이 되어 교황이 무척 오래전에 그에게 수여했었던 오래된 칭호를 받는 것이었다. 그러나 스페인의 찰스 황제는 쉽사리 그럴 마음이 아니었다. 헨리 왕이 프랑스에 가서 프랑스의 왕으로 책봉되는 계획을 만드는 대신, 찰스 황제는 신성 로마 황제가 되기 위해 대관식을 거행하러 로마로 갔다. 이보다도 더 나쁜 사실은, 찰스 황제가 프랑스 전역을 점령하려는 잉글랜드의 계획에 관심을 보이지 않았다는 것이었다. 그는 프랑시스 왕을 포로로 잡고 있었지만, 이제 몸값을 받고 그를 프랑스로 보내주어, 근래에 무너진 왕위에 다시 앉히겠다는 계획을 하고 있었다.

"도대체 왜? 왜 그러겠단 말입니까?"

헨리 왕이 걷잡을 수 없는 분노를 터뜨리며 울지 추기경에게 호통을 쳤다. 왕의 핵심조직에 속한 가장 총애받는 측근들조차 움찔했다. 궁정의 시녀들은 눈에 띄게 몸을 움츠렸다. 오직 왕비만이 왕 옆의 대회당 상석에 앉아, 나라에서 가장 강력한 남자가 겨우 한 발자국 옆에서 주체 못 할 분노로 떨고 있음을 모르는 듯 무표정한 얼굴이었다.

"그 미친 스페인 녀석이 왜 우리를 이렇게 배신하겠다는 거지? 왜 프랑시스를 풀어주겠다는 거야? 정신 나간 겁니까?"

그가 왕비에게로 향했다.

"미친 겁니까, 당신 조카? 무슨 값비싼 이중 게임이라도 하는 건가요? 그가 나를 배반한 겁니까? 당신의 아버지가 우리 가족을 배반하려 했던 것처럼? 스페인 왕들한테는 무슨 비열하고 배신적인 피가 흐르는 겁니까? 당신의 대답은 뭡니까, 부인? 그가 당신에게 편지하지요? 가장 최근에 뭐라고 썼던가요? 우리의 최대의 적을 풀어주고 싶다고 하던가요? 미치광이랍니까, 아니면 바보 천치라 합니까?"

왕비는 혹 추기경이 중재할까 해서 그를 힐금 쳐다봤지만, 울지 추기경은 일이 이렇게 반전되고 난 뒤 왕비에게 있어 친구가 아니었다. 그는 잠자코 있으면서 간청하는 왕비의 날카로운 시선을 수완 있고 침착하게 맞았다.

홀로 남겨진 왕비는 아무런 도움 없이 남편을 대면해야 했다.

"조카는 자신의 모든 계획을 알리러 저에게 편지하지는 않습니다. 그가 프랑시스 왕을 풀어줄 생각을 하고 있었는지 저는 몰랐습니다."

"몰랐길 바랍니다! 왜냐하면 이 나라 최대의 적을 당신 조카가 풀어 주리란 걸 알고 있었다면, 당신은 최소한 반역죄를 범한 것일 테니까요."

헨리 왕이 고함치며 얼굴을 그녀의 얼굴에 바싹 가져갔다.

"그렇지만 저는 몰랐습니다."

왕비가 침착하게 말했다.

"울지 추기경께서 그가 메리 공주를 차버릴 생각이라는데요? 당신의 딸을 말입니다! 그것에 대해 뭐라 말하실 겁니까?"

"저는 몰랐습니다."

왕비가 대답했다.

"죄송합니다만."

울지 추기경이 부드럽게 말을 이었다.

"마마께서 어제 스페인 대사와 가진 만남을 잊으신 것 같습니다. 분명 대사께서 메리 공주마마가 거절당하실 거라고 경고하셨을 텐데요."

"거절당한다고! 알고 계셨나요, 부인?"

헨리 왕이 자리에서 뛰어올랐다. 몹시 흥분한 탓에 가만히 앉아 있지 못했다.

왕비는 남편이 일어서면 그래야 하듯 자리에서 일어났다.

"예, 추기경 말씀이 옳습니다. 대사께서 메리 공주의 약혼에 미심쩍은 부분들이 있다고 언급하셨습니다. 제가 그 일을 입에 올리지 않은 이유는, 직접 조카에게서 듣기 전까지는 믿지 않으려 했기 때문입니다. 그리고 아직 듣지 못했습니다."

"유감이지만 조금도 의심할 여지가 없습니다."

울지 추기경이 끼어들었다.

왕비가 침착하게 추기경에게로 눈길을 돌렸다. 그가 남편의 분노에 그녀를 드러낸 것을, 그것도 두 번이나 고의적으로 그리한 것을 알아챘다.

"그리 생각하시니 유감입니다."

왕비가 말했다.

헨리 왕은 자리에 털썩 주저앉았다. 너무도 화가 나서 말을 하지 못했다. 왕비는 계속 서 있었다. 왕은 앉으라고 권하지도 않았다. 왕비의 가운 위쪽 레이스가 고른 호흡에 따라 살며시 움직였다. 그녀는 그저 허리에 매달린 묵주를 집게손가락으로 만질 뿐이었다. 위엄이나 태도만으로는 흠을 찾을 수 없었다.

헨리 왕이 화를 내며 쌀쌀맞게 왕비를 처다보았다.

"하느님께서는 주셨으나 당신 조카가 지금 버리려 하는 이 좋은 기회를 붙잡으려면 어찌해야 하는지 아십니까?"

왕비는 말없이 고개만 흔들었다.

"세금을 엄청나게 올려야 할 것입니다. 또 다른 군대를 소집해야 할 것입니다. 프랑스로 또 다른 원정을 준비해야 할 것이고, 또 다른 전쟁을 치러야 할 것입니다. 게다가 우리는 이것을 홀로, 아무런 도움도 없이 홀로, 해야 할 것입니다. 왜냐하면 당신 조카, 당신의 조카가, 부인, 왕에게 올 수 있는 몇 안 되는 가장 운 좋은 승리를 싸워 이기고 난 다음, 그것을 헛되이 낭비하고 마치 승리가 해변의 조약돌인 양 물결에 흘려보냈으니 말입니다."

그 말에도 왕비는 꼼짝하지 않았다. 그러나 그녀의 인내는 왕을 더욱 흥분케 할 뿐이었다. 그가 또다시 자리에서 벌떡 일어나 왕비 쪽으로 몸을 내던져서 사람들은 짧게 숨을 들이마셨다. 순간 나는 왕이 그녀를 때릴지도 모른다고 생각했다. 그러나 왕비의 얼굴로 날아든 것은 주먹이 아닌 지적하는 손가락이었다.

"조카한테 내게 충실하라고 명하지 않나요?"

"그리합니다. 우리의 동맹을 기억하라고 합니다."

왕비가 반쯤 닫힌 입술 사이로 말했다.

그녀의 뒤에서 울지 추기경이 아니라고 머리를 설레설레 흔들었다.

"거짓말 마십시오! 당신은 정녕 잉글랜드의 왕비이기보다 스페인의 공주로군요!"

헨리 왕이 왕비에게 소리 질렀다.

"제가 충실한 아내이며 잉글랜드 여자라는 것을 하늘이 아십니다."

왕비가 대답했다.

헨리 왕은 뛰쳐나갔다. 궁정 사람들이 허둥지둥 길을 비키며 허리를 굽히거나 무릎을 굽혀 절을 하느라 갑작스러운 혼란이 일었다. 왕의 측근들은 재빨리 왕비에게 인사한 뒤 왕의 성급한 걸음을 뒤따랐다. 그러나 왕은 문 앞에서 갑자기 멈춰 섰다.

"이번 일을 잊지 않을 겁니다. 당신 조카가 내게 준 모욕을 용서하지도 잊지도 않을 것이고, 당신의 행동 역시 용서하지도 잊지도 않을 겁니다. 당신의 괘씸한 반역적 행동 말입니다."

그가 왕비에게 소리쳤다.

왕비는 천천히, 그리고 아름답게 무릎을 깊이 굽혀 왕비답게 절했다. 그리고 그 자세를 무희처럼 유지하다가 헨리 왕이 욕을 하며 문을 박차고 나간 후에서야 무릎을 펴고 바로 서서 생각에 잠긴 채로 주위를 둘러보았다. 왕비의 수치를 목격한 우리 모두는 그녀가 시중을 요구하지 않을지도 모른다는 생각에 눈길을 다른 데로 돌렸다.

다음날 만찬 때는, 왕비 뒤에서 차분하게 대회당으로 걸어 들어가는 나를 왕이 지켜보고 있는 모습을 보았다. 식사 후, 춤출 자리가 마련되었을 때, 왕이 왕비를 지나쳐 내게로 왔다. 왕비에게 등을 돌리다시피 하고서 내 앞에 서서 춤을 신청했다.

왕이 나를 데리고 댄스 플로어로 나오자 사람들이 관심을 기울이며 조금 웅성거렸다.

"볼타 춤(16-17세기에 유행한 활발한 움직임의 춤)."

헨리 왕이 어깨너머로 말하자 쌍을 이루고 우리와 함께 춤출 준비를 하고 있던 다른 사람들은 뒤로 물러나면서 대신 지켜보기 위해 원을 만들었다.

다른 춤과는 확연히 다른, 유혹의 춤이었다. 헨리 왕은 그의 파란 눈동자를 내 얼굴에서 떼지 않고 앞으로 춤을 추며 다가와 궁정 사람들 전체가 보는 앞에서 나를 그 자리에서 발가벗길 듯이 발을 쾅쾅 구르고 손뼉을 쳤다. 나는 마음속에서 왕비가 보고 있다는 생각을 몰아냈다. 얼굴을 쳐들고, 왕을 빤히 쳐다보며, 엉덩이를 흔들고 고개를 돌리면서 경쾌하고 빠른, 엉큼한 스텝으로 그에게 다가갔다. 우리는 서로를 마주 보았고, 왕은 나를 잡아채 공중으로 번쩍 들어 올리고는 그대로 있었다. 박수 소리가 울려 퍼지자, 그는 내가 바로 서도록 부드럽게 내려줬다. 나는 자의식, 의기양양함과 욕망이 뒤섞인 강렬한 감정으로 얼굴을 붉혔다. 우리는 작은 북의 박자에 맞춰 떨어졌다가 다시 서로에게로 이끄는 춤에 따라 스텝을 돌려 돌아왔다. 다시 한 번 왕이 나를 공중으로 던져 올렸고, 이번에는 나를 미끄러져 내려오게 해서 내 몸이 그에게 바짝 달라붙게 되었다. 나는 머리에서 발끝까지 온몸 구석구석으로 그를 느꼈다. 그의 가슴도, 바지도, 다리도. 우리는 멈춰 있었다. 서로의 얼굴이 무척 가까워서 그가 앞으로 기울였으면 내게 키스할 수 있을 정도였다. 그의 숨결이 내 얼굴에 닿았다. 그리고는 그가 매우 조용히 말했다.

"내 방으로 당장 오게."

그날 밤 왕은 나를 침실로 데려갔고, 이후 대부분의 밤도 멈추지 않는 욕망으로 나와 계속 함께 했다. 나는 행복했어야 했다. 의심할 여지없이 어머니와 아버지와 외삼촌과 조지 오빠마저도 내가 다시 한 번 왕의 첫 번째 선택이 되었으며 또다시 궁정의 모든 사람들이 내 쪽으로 쏠리게 된 것을 기뻐했다. 왕비의 시녀들은 왕비에게 그러는 것만큼 내게도 경의를 표했다. 외국 대사들은 내가 공주라도 되는 듯 정중히 인사했으며, 왕의 침실 측근들은 내 금발머리와 입술 모양을 읊은 소네트를 써서 바쳤고, 프랜시스 웨스턴은 내게 노래를 지어줬으며, 가는 어느 곳에나 내게 도움을 주거나 거들어주거나 비위를 맞추려는 사람들이 있었고, 언제나, 언제나 나에게 조그만 일을 왕에게 언급해주면 대단히 감사하겠다고 속삭이는 사람들이 있었다.

나는 조지 오빠의 조언에 따라 왕에게 그 무엇도, 나를 위한 것조차도 부탁하지 않았다. 그리하여 왕은 다른 누구와도 결코 그럴 수 없었지만, 나와는 마음 편안해했다. 우리는 굳게 닫힌 사저 문 뒤로 호젓하고 조그만 가정 같은 안식처를 만들었다. 대회당에 만찬이 마련된 후에는 단둘이서 따로 식사했다. 우리는 악사들과, 어떨 때는 측근 한두 명만 골라, 함께 했다. 토머스 모어 경은 헨리 왕을 함석지붕 위로 데리고 올라가서 별들을 구경하기도 했고, 나도 그들을 따라가 어두운 밤하늘을 올려다보면서 같은 별들이 헤버에도 내리비치며, 희미한 빛이 애로슬릿(arrow-slit: 활을 쏠 수 있는 성벽이나 창문에 난 좁다란 틈) 창을 통해 잠자는 우리 아기의 얼굴을 밝혀 주리라는 생각을 했다.

5월에, 그리고 또다시 6월에도 나는 생리를 하지 않았다. 조지 오빠에게 말하자 오빠는 나를 두 팔로 꼭 감싸 안았다.

"내가 아버지께 말씀드릴게. 외삼촌께도. 이번에는 사내아이길 기도해보자."

오빠가 말했다.

나는 직접 헨리 왕에게 소식을 전하고 싶었지만, 어른들은 그렇게 중대하고 값지며 득을 볼 가능성이 있는 소식은 아버지가 왕에게 전해야 한다고, 내 임신으로 불린 가 사람들이 커다란 명예를 얻을 수 있다고 했다. 아버지는 왕에게 개인적으로 할 얘기가 있다고 청했고, 울지 추기경이 진행 중인 프랑스와의 기나긴 교섭에 관련된 이야기인 줄로만 생각한 왕은, 궁정 사람들의 귀를 피해 아버지를 총안(銃眼)으로 이끌어 이야기할 것을 권했다. 아버지는 빙긋 웃으며 짧게 몇 마디 했고, 헨리 왕은 아버지에게서 눈을 돌려 시녀들과 함께 앉아 있는 나를 보았다. 다음 순간 나는 그가 기뻐하며 와아 하고 크게 외치는 소리를 들을 수 있었다. 왕은 방을 가로질러 내게 부리나케 달려오더니, 번쩍 안아 올리려다가 내가 다칠까 봐 돌연 자신을 저지하고는 대신 내 손을 잡고 손에 키스했다.

"자기! 최고의 소식이야! 내가 들을 수 있는 최고의 소식이야!"

왕이 소리쳤다.

나는 흥분한 얼굴들을 힐끗 둘러보다가, 왕의 기쁨에 찬 얼굴을 다시 돌아보았다.

"폐하, 폐하를 행복하게 해드려 저 또한 무척 기쁩니다."

내가 조심스레 말했다.

"당신은 이보다 더 나를 기쁘게 할 수는 없을 거야."

왕이 내게 확언했다. 그가 나를 일어서도록 재촉하더니 한쪽으로 이끌었다. 시녀들은 한 여자 쪽으로 목을 길게 빼고, 동시에 눈길은 다른 데로 돌렸다. 필사적으로 무슨 일인지 알고 싶어하면서도 엿듣는 것처럼 보이지 않기 위해 똑같이 필사적이었다. 아버지와 조지 오빠가 왕 앞에 서서 날씨나 언제쯤 여름나기를 위해 궁정 사람들이 떠날지에 대해 큰 소리로 말하면서 왕과 내가 소곤거리는 소리를 묻히게 했다.

헨리 왕이 나를 창가 벤치에 눌러 앉히고는 내 스토마커에 조심스레 손을 얹었다.

"너무 꽉 졸라맨 건 아닌가?"

"아닙니다. 아직은 무척 이른 초기일뿐이에요, 폐하. 거의 티도 나지 않아요."

나는 웃으며 그를 올려다보고 말했다.

"이번에는 사내아이길 빌어보자."

나는 불린가 사람 특유의 무모한 태도로 싱긋 웃으면서 그를 올려 다보았다.

"분명 그럴 것입니다. 제가 캐서린을 가졌을 때는 이런 얘기를 하지 않았다는 걸 기억하시겠죠. 그렇지만 이번에는 확실합니다. 사내 아이일 것이 확실해요. 어쩌면 아이를 헨리라고 이름 지을 수도 있겠죠."

임신에 대한 보답은 그해 여름에 재빠르게 돌아왔다. 아버지는 로치퍼드 자작이, 조지 오빠는 조지 불린 경이 되었다. 어머니는 자작 부인이 되어 보라색을 입을 자격을 부여받았다. 내 남편은 점점 늘어나는 토지에 더할 또 다른 땅을 하사받았다.

"당신께 감사해야 할 것 같군요, 부인."

윌리엄이 말했다. 그는 만찬 때 내 옆에 자리하더니 가장 좋은 고기 부위를 내게 잘라주었다. 대회당을 건너 상석을 올려다보니, 헨리 왕이 나를 보고 있었다. 나는 그에게 웃어주었다.

"당신께 도움이 되어 기쁩니다."

내가 공손하게 대답했다.

윌리엄은 의자에 기대고는 내게 싱긋 웃어주었지만, 두 눈은 흐리멍덩한 술꾼의 눈 같았으며 회한으로 가득 차 있었다.

"이렇게 해서 우리는 또 다른 1년을 당신은 궁정에, 나는 폐하의 수행원으로 보내는군요. 만나지도 못하고, 얘기도 거의 나누지 못하구요. 당신은 정부이고, 나는 수도자군요."

"독신 생활을 결심하셨는지 몰랐어요."

내가 온화하게 말했다.

윌리엄이 아량 있게 미소 지었다.

"나는 결혼을 했으면서도 안 했어요. 내 아내에게서가 아니면 새로 받은 땅들을 물려줄 자식을 어디서 얻죠?"

그가 꼬집어 말했다.

나는 고개를 끄덕였다. 잠시 침묵이 흘렀다.

"맞아요, 당신 말이 맞군요. 미안해요."

내가 무뚝뚝하게 대답했다.

"당신이 딸을 낳고 폐하의 관심이 시들해지면, 어르신들은 당신을 내게 돌려줄 거예요. 다시 내 아내가 되는 거죠."

윌리엄이 좌담이나 하듯 말했다.

"우리가 어떻게 해나갈 거라 생각해요? 우리와 어린 두 서자들이?"

내 눈동자가 그의 얼굴에 날아들었다.

"그런 식으로 말하는 건 듣고 싶지 않아요."

"조심해요. 주위에서 지켜보고 있으니까."

윌리엄이 경고했다.

즉시 내 얼굴은 공허한 사교적인 미소로 칠해졌다.

"폐하께서 지켜보고 계신다구요?"

나는 주위를 둘러보지 않으려 조심하면서 물었다.

"당신 아버지도요."

나는 빵 조각을 가져와서 조금씩 씹어 먹으며 별 중요한 얘기를 하고 있지 않은 듯이 고개를 돌렸다.

"우리 캐서린에 대해 그런 식으로 말하는 건 듣고 싶지 않아요. 그 아이는 당신의 성을 물려받았잖아요."

"그 때문에 내가 그 아이를 사랑해야 한다는 겁니까?"

"캐서린을 보시면 사랑하게 되실 거예요. 더없이 아름다운 아이니까요. 어떻게 그 아이를 사랑하지 않으실 수 있을지 모르겠네요. 나는 이번 여름에 헤버에서 캐서린과 함께 지냈으면 좋겠어요. 걸음마를 배울 테니까요."

내가 변호하듯 말했다.

윌리엄의 냉엄한 표정이 사라졌다.

"그게 가장 큰 소망이에요, 메리? 잉글랜드 국왕의 정부인 당신이? 가장 큰 소망이 조그만 장원의 성채에 살면서 딸에게 걸음마를 가르쳐주는 거예요?"

나는 조그맣게 웃었다.

"나, 어처구니없죠? 하지만 맞아요. 캐서린과 함께 하는 것 외에 더 바라는 건 없어요."

윌리엄이 고개를 저었다.

"메리, 당신이 나를 바로 잡아주는군요. 당신에게서 이용당했다고 생각하고, 당신과 이리 떼 같은 당신 가족에게 화가 나 있을 때면, 문득 우리가 모두 당신 덕분에 잘되고 있다는 걸 깨닫게 돼요. 우리 모두 굉장히 훌륭하게 번창하고 있는데, 이 모든 것의 중심에, 오리들이 주워 먹는 부드러운 빵 조각처럼, 당신이 있는 거예요. 우리 모두한테 산 채로 잡혀 먹히고 있는 거예요. 어쩌면 당신은, 당신을 사랑하고, 지켜주고, 아무런 방해도 받지 않고 직접 젖을 먹일 수 있는 아기를 줄 남자와 결혼했어야 했는지도 몰라요."

그 묘사에 나는 미소 지었다.

그가 부드럽게 말했다.

"그런 남자와 결혼했으면 하지 않아요? 가끔은 당신이 그랬더라면 하고 바라지요. 당신을 넘겨주는 대가로 어떤 이익이 들어오든, 당신을 사랑하고 지켜줬을 남자와 결혼했더라면 하고 바라지요. 술에 취해 슬퍼질 때, 가끔씩 내가 그런 용기 있는 남자였음 해요."

나는 주위사람들의 시선이 다른 것에 팔릴 때까지 침묵을 지켰다.

"저지른 일은 돌이킬 수 없어요. 내가 스스로 생각할 수 있을 만큼 자라기도 전에 이미 모두 결정된 일이었어요. 분명 폐하께서 원하시는 대로 행동한 당신이 옳았어요, 각하."

내가 위로하듯이 말했다.

"한 가지 일만큼은 되도록 내가 힘쓰겠어요. 이번 여름에 당신이 헤버에 갈 수 있도록 폐하의 허락을 받아내겠어요. 당신을 위해 적어도 그건 할 수 있으니까."

윌리엄이 말했다.

나는 고개를 들었다.

"정말 기쁠 거예요. 아, 각하. 그렇게 된다면 정말 기쁠 거예요."

내가 속삭였다. 캐서린을 다시 본다는 생각에 눈에 눈물이 고였다.

윌리엄은 약속을 지켰다. 그는 아버지에게, 외삼촌에게, 그리고 마지막으로 왕에게 이야기했다. 나는 여름 내내 헤버에서 캐서린과 함께 지내며 켄트의 과수원을 같이 거닐 수 있도록 허락받았다.

조지 오빠는 여름철 동안 연락도 없이 두 번이나 찾아왔다. 모자도 안 쓰고 셔츠 바람으로 성의 안뜰로 말을 타고 들어와 하녀들을 욕망과 갈망의 격렬한 흥분 속으로 몰아넣었다. 앤 언니는 오빠에게 궁정에서는 무슨 일이 있는지, 누가 누구와 만나는지에 대한 질문을 퍼부었지만, 오빠는 지친 듯 조용한 사람으로 변해 있었고, 한낮 뜨거울 때 자주 석조 계단을 올라가 오빠의 방과 나란히 있는, 밑에 있는 해자에서 반사된 희미한 빛이 회칠한 천장에 어른거리는 조그만 예배당을 찾아 얌전히 무릎을 꿇고 기도하거나 마음껏 공상에 잠기곤 했다.

오빠는 아내와 매우 맞지 않았다. 제인 파커는 오빠와 함께 헤버에 온 적이 한 번도 없었다. 오빠가 허락하지 않았다. 우리와 함께 하는 날들은 그녀의 빈틈없고 호기심 많은 시선과 추문을 향한 탐욕스러운 욕망으로 더럽혀지지 않아야 했다.

"정말 괴물이야. 내가 두려워했던 것만큼이나 정말로 나빠."

오빠가 내게 느긋하게 말했다.

우리는 성의 정문 앞에 있는 장식용 정원 한가운데에 앉아 있었다. 주위로는 산울타리와 초목이 한 폭의 그림처럼 단장되어 있었다. 덤불 하나하나도 제자리에 있었으며, 키 큰 나무들도 각기 딱 알맞게 흔들리고 있었다. 우리 셋은 지붕 위로 내리는 비처럼 후두둑 소리를 내는 분수 앞 석조 벤치에 마음을 달래듯이 앉아 있었다. 조지 오빠는 내 무릎에 검은머리를 기대고 있었고, 나는 몸을 뒤로 기대고 눈을 감고 있었다.

석조 벤치 끝에 앉아 있는 앤 언니가 우리를 바라보았다.

"어떻게 나쁜데?"

오빠가 눈을 떴다. 너무 게을러져서 바로 앉지 않았다. 오빠가 손을 들더니 제인의 죄상을 손가락으로 셌다.

"첫째, 몸서리나게 질투심이 많다는 거야. 내가 나가는 걸 제인이 보지 않고는 난 문밖으로 한 발자국도 나갈 수 없어. 그리고 그런 질투심을 거짓 싸움으로 나타내는 거야."

"거짓?"

언니가 물었다.

"그런 거 있잖아."

오빠가 안달을 떨며 말했다. 그리고는 가성으로 우는 소리를 냈다.

"그 여자가 당신을 쳐다보는 걸 내가 다시 보게 되면, 조지 경, 내가 당신을 어떻게 생각할지 알고 계세요! 그 여자애랑 다시 한 번 춤을 추면, 조지 경, 내가 당신하고 그 애에게 한마디 할 줄 아세요!"

"으으. 정말 몸서리나네."

앤 언니가 말했다.

"둘째, 손버릇이 나빠. 가져가도 알아채지 못할 거라 생각하는 실링이 내 주머니에 있으면, 없어지는 거야. 싸구려 물건이 굴러다니면, 까치처럼 잽싸게 물어간다니까."

오빠가 순서를 이으며 말했다.

언니는 혹했다.

"아니, 정말? 나도 한 번 금색 리본을 잃어버린 적이 있는데, 제인이 가져갔을 거라고 항상 생각하고 있었어."

"셋째, 그리고 가장 나쁜 거. 침대에서 발정 난 암캐처럼 날 쫓는다니까."

오빠가 계속했다.

나는 깜짝 놀라 웃음을 터뜨리며 콧방귀를 뀌었다.

"오빠!"

"진짜 그런다니까. 아주 나를 질겁하게 만들어."

"오빠가? 기뻐할 줄 알았는데."

언니가 냉소적으로 말했다.

오빠가 바로 앉더니 고개를 저었다.

"그런 게 아니야. 제인이 색골이라면, 나는 별로 상관 안 할 거야. 그 열기를 집안에만 두고, 나한테 창피를 주지 않는다면 말이지. 하지만 이건 그런 게 아니야. 제인이 좋아하는 건……."

오빠가 입을 다물었다.

"말해줘, 오빠!"

내가 졸랐다.

언니가 재빨리 얼굴을 찡그리며 나를 입 다물게 했다.

"쉿. 이건 중요한 거야. 제인이 뭘 좋아하는데, 오빠?"

"색욕 같은 게 아니야. 색욕은 당해낼 수 있어. 다양하게 하는 것도 문제가 아니야. 나도 약간 거친 세계를 맛보는 걸 좋아하니까. 그렇지만 이건 마치 뭐처럼 나를 지배하고 싶어하는 것 같아. 전날 밤에는 나한테 하녀를 데려와 줄까 하고 묻더라. 나한테 여자를 데려다 주겠다는 거야. 더 심한 건, 보고 싶어했다는 거야."

오빠가 힘들게 말했다.

"보는 걸 좋아해?"

언니가 물었다.

오빠는 고개를 흔들었다.

"아니, 일을 꾸미는 걸 좋아하는 것 같아. 문 앞에서 엿듣고, 열쇠구멍으로 몰래 보는 걸 좋아하는 것 같아. 일이 일어나게 만들고 남들이 하는 걸 보길 좋아하는 것 같아. 그리고 내가 '싫다'고 했을 때는……."

오빠가 갑자기 말을 멈췄다.

"그땐 뭘 권했는데?"

조지 오빠가 얼굴을 붉혔다.

"남자애를 구해다주겠다는 거야."

나는 기가 막혀 작게 소리를 내지르면서 웃었으나, 앤 언니는 전혀 웃고 있지 않았다.

"왜 제인이 그런 제안을 했을까, 오빠?"

언니가 조용히 물었지만 오빠는 눈길을 돌렸다.

"궁정에 가수가 하나 있어. 무척 상냥하고, 처녀만큼 예쁘지만 남자의 기지를 가지고 있는 소년이야. 나는 아무 말도 아무 짓도 안 했어. 그런데 제인이 한번 내가 그 애랑 웃으면서 어깨를 툭 치는 걸 보고서—제인은 모든 게 색욕이라고 생각해."

오빠가 무뚝뚝하게 대답했다.

"이번이 오빠랑 이름이 엮인 두 번째 소년이야. 무슨 시동 하나가 있지 않았나? 작년 여름에 집으로 쫓겨난?"

앤 언니가 물었다.

"그건 아무것도 아니었어."

오빠가 대답했다.

"그리고 이번에 또?"

"이것 역시 아무것도 아니야."

"아무것도 아니지만 위험하지. 아무것도 아닌 게 연계되면 위험하게 되는 거야. 매춘부와 노는 것도 노는 거지만, 이걸로는 교수형을 받을 수도 있어."

우리는 잠시 아무 말이 없었다. 한여름의 파란 하늘 아래 우리는 어둡고 조그만 무리였다. 조지 오빠가 고개를 저으며 되풀이했다.

"아무것도 아니야. 그리고 이건 내 개인적인 문제야. 나는 여자한테 질렸어, 여자들의 끊임없는 욕망과 지껄이는 데 질렸어. 소네트나 시시덕거림이나 공허한 약속들 같은 거 알잖아. 그렇지만 남자애는 너무도 깨끗하고 너무도 맑고……"

오빠는 눈길을 돌렸다.

"일시적인 기분일 뿐이야. 별로 신경 쓸 게 아니야."

앤 언니가 눈을 가늘게 뜨고 오빠를 바라보았다.

"대죄야. 이런 일시적인 기분은 그냥 지나가게 내버려두는 게 좋을 거야."

오빠가 언니를 바라보았다.

"나도 알아, 똑똑한 아가씨."

"프랜시스 웨스턴은?"

내가 물었다.

"그 사람 뭐?"

조지 오빠가 되물었다.

"둘이 늘 붙어 다니잖아."

오빠가 조급하게 고개를 저었다.

"항상 폐하의 시중을 드는 거지. 언제나 항상 폐하께 대기하니까. 할 일이라고는 궁정 여자들과 시시덕거리고 추문에 대해 얘기하는 것뿐이야. 내가 질릴 만도 하지. 내가 사는 이 인생은 여자들의 허영심 때문에 영혼까지 염증 나게 만들어."

오빠가 내 말을 고쳤다.

1525년 가을

가을에 내가 궁으로 돌아왔을 때 가족회의가 열렸다. 이번에는 나도 팔걸이가 달린 커다란 조각된 의자를 받고, 자리에 벨벳 방석까지 있는 것을 삐딱한 마음으로 알아차렸다. 올해 나는 왕의 아들을 갖고 있을지 모를 젊은 여자였다.

어른들은 봄에 앤 언니를 다시 궁으로 부르기로 마음먹었다.

"앤도 이제 깨달았으니까요. 그리고 메리의 운세가 이렇게 높이 오르고 있는데, 앤이 궁정에 있어야죠. 결혼을 해야 하니까요."

아버지가 판단력 있게 말했다.

외삼촌은 고개를 끄덕였고, 그들은 더욱 중요한 문제로 옮아갔다. 왕이 무슨 생각을 하고 있는지에 대해서였다. 아버지에게 작위를 수여한 것과 마찬가지로 베시 브라운트의 아들 역시 공작에 제수되었다. 겨우 여섯 살 먹은 어린 소년 헨리 피츠로이는 리치몬드와 서리의 공작이자 노팅엄의 백작에 잉글랜드의 함대 사령 제독이었다.

"어처구니없어. 하지만 이는 폐하께서 무슨 생각을 하시는지 보여주고 있는 거야. 폐하께서는 피츠로이를 계승자로 만드실 생각이야."

외삼촌이 단호하게 말하고는 잠시 입을 다물었다. 그는 탁자에 앉아 있는 우리 네 사람, 어머니와 아버지, 조지 오빠와 나를 둘러보았다.

"폐하께서 진정 필사적이 되어가는 것을 보여주고 있어. 새로운 결혼을 염두에 두고 계실 거야. 그게 여전히 계승자를 얻는 가장 안전하고 빠른 방법이니까."

"그러나 울지 추기경께서 새로운 결혼을 주선한다면, 우리를 도우실 리가 없습니다. 왜 그러시겠습니까? 우리 편도 아니신데. 프랑스나 포르투갈 공주를 찾으시겠죠."

아버지가 말했다.

"허나 저 애가 아들을 낳으면?"

외삼촌이 내 쪽으로 고갯짓을 하며 말했다.

"마마가 제거되면? 자, 여기 헨리 폐하의 어머니만큼이나 유서 깊은 가문에서 태어난 여자가 있어. 폐하한테서 두 번째로 임신을 했고, 폐하의 아들을 배고 있을 가능성이 무한해. 폐하께서는 이 여자와 결혼하면 계승자를 얻게 되는 거야. 단번에. 완전한 해결책이지."

침묵이 흘렀다. 탁자를 둘러보니 모두들 고개를 끄덕이고 있었다.

"하지만 왕비마마께서 절대 물러나지 않으실 겁니다."

내가 간단히 말했다. 항상 내가 그 사실 하나를 그들에게 환기시켜 주었다.

"마마의 조카가 폐하께 필요 없다면, 마마 역시 폐하께 필요 없어. 울지 추기경께서 그리 힘들게 이룬 모어 조약이 우리에게 문을 열어 주었어. 프랑스와의 평화는 곧 스페인과의 동맹의 파기이며 마마와도 끝나는 걸 의미하는 거야. 마마께서 뜻하든 뜻하시지 않든, 마마는 이제 다른 쓸모없는 아내들과 매한가지라고."

외삼촌이 가차 없이 말했다.

그는 잠시 방 안에 침묵이 흐르게 내버려두었다. 지금 우리가 얘기하고 있는 것은 분명한 반역이었으나, 외삼촌은 아무것도 두려워하지 않았다. 그는 내 얼굴을 똑바로 쳐다보았다. 엄지로 이마를 누르듯 그의 의지력이 느껴졌다.

"스페인과의 동맹 파기는 마마와의 관계가 끝나는 걸 의미하는 거야. 원하든 원하시지 않든, 마마는 물러나야 해. 그리고 원하든 원하지 않든, 너는 그 자리를 차지하는 거야."

나는 젖 먹던 힘을 다해 용기를 내어 자리에서 일어났다. 그리고는 의자 뒤로 돌아가 조각된 두꺼운 나무등받이를 쥐고 몸을 지탱했다.

"싫습니다. 싫습니다, 외삼촌. 죄송하지만 그리할 수는 없습니다."

목소리가 침착하고 강하게 흘러나왔다.

나는 기다랗고 짙은 나무탁자 너머 외삼촌의 매처럼 날카로운 시선과 아무것도 놓치지 않으려는 듯한 검은 눈동자를 응시했다.

"저는 마마를 사랑합니다. 정말 훌륭한 분이시고, 그런 마마를 배신할 수는 없습니다. 마마의 자리를 차지할 수는 없어요. 마마를 밀어내고 제가 잉글랜드 왕비 자리를 차지할 수는 없습니다. 위계질서를 뒤엎는 행위입니다. 감히 그리하지 않을 겁니다. 그리할 수는 없어요."

외삼촌이 나를 보며 탐욕스럽게 웃었다.

"우리는 지금 새로운 질서를 만들고 있어. 새로운 세상을 만들고 있는 거야. 교황의 권위가 끝장날 거란 소리도 있고, 프랑스와 스페인의 지도가 다시 그려지고 있어. 모든 게 바뀌고 있다고. 그리고 지금 우리가, 그런 변화의 선두에 있는 거야."

"제가 거절한다면요?"

내가 물었다. 목소리가 무척 가늘게 흘러나왔다.

외삼촌이 매우 시니컬한 미소를 보였다. 순간 두 눈동자 역시 젖은 석탄처럼 차갑게 식었다.

"거절하지 못해. 세상이 아직 그만큼 변하지는 않았어. 여전히 남자들이 지배하는 거다."

외삼촌이 간단히 대답했다.

1526년 봄

앤 언니는 드디어 궁으로 돌아오는 것이 허락되었고, 내가 점점 힘들어했으므로 왕비의 시녀로서의 내 임무를 언니가 대신 맡았다. 이번에는 정말 힘든 임신이었다. 조산사들은 크고 튼튼한 사내아이가 내 기력을 빼앗고 있기 때문이라고 단언했다. 그리니치를 걸어다녔을 때 확실히 아이의 무게를 느꼈던 나는 언제나 침대에 누워 있고 싶어했다.

침대에 누울 때면 아기의 무게가 등허리를 압박해서 발바닥과 발가락에 쥐가 나 밤중에 갑자기 큰 소리를 치기도 했다. 그럴 때면 앤 언니가 비틀거리면서 일어나 침대 끝으로 더듬더듬 기어가 단단한 발가락을 마사지해주곤 했다.

"제발 잠 좀 자. 왜 내내 몸을 뒤치락거려?"

언니가 화를 내며 말했다.

"편안하지가 않으니까 그렇지. 그리고 언니가 자신보다 나를 좀더 생각해줬더라면, 내 등에 받칠 베개 몇 개랑 마실 것을 가져다줬겠지. 뚱뚱한 베개받이처럼 누워 있을 게 아니라."

내가 톡 쏘아붙였다.

언니는 그 말에 킬킬 웃더니 어둠 속에서 바로 앉아 나를 돌아보았다. 잿불이 침실 안을 밝혀주고 있었다.

"진짜 아픈 거야, 아니면 별것도 아닌데 괜스레 수선떠는 거야?"

"진짜 아파. 정말이지, 언니, 몸속 뼈 마디마디가 다 아파."

언니가 한숨을 내쉬더니 침대를 내려가 빨갛게 타오르는 잿불에 양초를 가져가 불을 붙였다. 언니는 촛불을 내 얼굴 가까이 가져와 살펴보았다.

"보거트(boggart: 켈트족 신화에서, 해로울 때도 있고 도움 될 때도 있는 집안의 요정.)처럼 창백해. 내 엄마가 될 정도로 늙어 보여."

언니가 명랑하게 말했다.

"나, 정말 아파."

내가 침착하게 말했다.

"뜨거운 에일 줄까?"

"응."

"베개도?"

"응."

"언제나처럼 소변도 보고?"

"응. 언니, 언니가 한 번이라도 아기를 가져봤다면 이게 어떤 느낌인지 알 텐데. 맹세코 말하는데, 이건 절대 사소한 일이 아니야."

"그래 보이네. 네 얼굴만 봐도 지금 네가 아흔 살 먹은 노인네 같은 기분이란 걸 알 수 있겠어. 계속 이러면 우리가 폐하를 어떻게 붙들 수 있겠어."

언니가 말했다.

"난 아무것도 안 해도 돼. 요즘 폐하께서는 내 배밖에 안 보시니까."

내가 조바심을 내며 말했다.

앤 언니는 난로에 부지깽이를 밀어 넣고는 에일을 찻잔 몇 개와 함께 난롯가에 놓았다.

"폐하께서 너랑 노시니? 만찬 후에 네가 폐하의 방에 갈 때?"

언니가 관심을 가지며 물었다.

"지난달에는 단 한 번도 그런 적 없어. 조산사가 나한테 그러지 말라고 했거든."

"폐하의 정부한테 참 건전한 조언이네."

앤 언니가 난로 위로 몸을 구부리며 성마르게 투덜거렸다.

"그렇게 말하라고 누가 돈을 줬을까? 곧이곧대로 듣다니, 너는 정말 어리석어."

언니는 뜨거운 부지깽이를 잿불에서 빼내더니 에일이 담긴 단지에 담갔다. 쉿 소리를 내며 맥주가 보그르르 끓었다.

"폐하께는 뭐라고 했어?"

"무엇보다도 아기가 가장 중요해."

앤 언니는 고개를 저으면서 에일을 따랐다.

"아니, 다른 무엇보다도 중요한 거야. 그리고 어떤 여자도 자식을 낳아주는 것만으로 남자를 잡아 두지는 못해. 둘 모두 다 해야 해, 메리. 폐하의 애를 뱄다고 해서 폐하를 즐겁게 해드리는 일을 그만두어서는 안 돼."

언니가 내게 상기시켰다.

"모든 걸 다 할 수는 없어."

내가 하소연했다. 언니가 찻잔을 건네주어 맥주를 한 모금 마셨다.

"언니, 내가 정말 하고 싶은 건 쉬면서 아기가 내 안에서 건강하게 자라게 하는 것뿐이야. 네 살 때부터 이 궁정 저 궁정에서 살았어. 춤추는 것도 지겹고, 연회에 참석하는 것도 지겹고, 마상 창 시합을 보는 것도, 가면극에서 춤추면서 폐하가 변장한 것과 똑같이 생긴 남자가 실제로도 변장한 폐하라는 걸 알면서 놀란 체하는 것도 지겨워. 그럴 수만 있었다면, 내일이라도 당장 헤버에 내려갔을 거야."

앤 언니가 한 손에 찻잔을 든 채 내 옆쪽 침대 안으로 쑤시고 들어왔다.

"어쨌든 그럴 수는 없어. 너한텐 지금 할 수 있는 게 무한해. 마마가 제거되면, 네가 얼마나 높이 오를지는 알 길이 없는 거야. 이만큼

왔잖아. 계속 나아가야 해."

언니가 딱 잘라 말했다.

나는 찻잔 위로 언니를 바라보며 잠시 입을 다물고 있었다.

"내 말 잘 들어. 난 정말 그러고 싶은 마음이 없어."

내가 조용히 말했다.

언니의 눈과 마주쳤다.

"그럴 수도 있겠지. 하지만 너는 자유롭게 선택할 수 없어."

언니가 솔직하게 말했다.

유난히 추운 겨울이었다. 그래서 나한테는 더욱 나빴다. 처소에 갇혀 매일같이 새로이 찾아오는 낯선 통증밖에 생각할 것이 없었다. 출산이 두렵기 시작했다. 첫아이는 무척 행복한 무지함 속에서 출산할 수 있었지만, 지금의 나는 내 앞에 놓인 어둠 속에 갇힌 한 달, 그리고 그 후에는 침대 기둥에 묶어둔 천을 꽉 붙잡고 무섭고 아파서 소리 지르는 동안 조산사들은 아기를 꺼내려 할 테고, 그런 끔찍한 고통이 기다리고 있다는 것을 알고 있었다.

"웃어."

왕이 내 처소에 들를 때마다 앤 언니가 날카롭게 말하곤 했다. 주위의 시녀들은 동요하며 류트나 작은 북을 집어 들었다. 나는 웃으려 노력했지만, 등이 쑤시고 빈번하게 요강을 써야 하는지라 미소는 사라지고 의자에 늘어지곤 했다.

"웃어. 그리고 똑바로 앉아, 이 게으른 창녀 같으니라고."

그럴 때면 언니가 소곤소곤 말하는 것이었다.

헨리 왕이 우리 둘을 건너다보았다.

"캐리 영부인, 피곤해 보이는군."

앤 언니가 두 눈을 빛내며 그를 쳐다보았다.

"과중한 짐을 지고 있으니까요. 누가 폐하보다 이 사실을 더 잘 알겠습니까?"

언니가 미소 지으며 말했다.

왕은 조금 놀란 듯했다.

"그럴지도 모르지. 좀 주제넘군, 아가씨."

앤 언니는 눈 하나 깜박 안 했다.

"제 생각으로는 어떤 여자라도 폐하께는 좀 주제넘게 다가갈 것 같은데요. 서둘러 물러날 타당한 이유가 있다면 또 모르지만요."

언니가 눈을 조금 반짝이며 말했다.

왕은 흥미로워했다.

"그럼 자네는 서둘러 물러나겠나, 앤 양?"

"절대 너무 빨리 물러나진 않겠죠."

언니가 재빠르게 대답했다.

왕은 그 말에 크게 소리 내어 웃었고, 제인 파커를 포함한 시녀들은 내가 어떤 말로 그를 즐겁게 했는지 보려고 건너다보았다. 왕은 내 무릎을 가볍게 두드렸다.

"궁정으로 당신 언니를 돌아오게 해서 기쁘네. 우리를 즐겁게 해줄 테니 말이야."

그가 말했다.

"무척 즐겁게 해주겠죠."

내가 최대한 감미롭게 말했다.

우리 둘만 남았을 때까지 나는 앤 언니에게 아무 말도 하지 않았다. 취침 시각에 언니가 내 옷을 벗겨주었다. 언니가 꼭 조여 맨 내 보디스 끈을 풀어주자, 부푼 배가 자유로워지면서 나는 안도의 한숨을 내쉬었다. 살갗을 긁으니 붉은 손톱자국이 남았다. 등허리를 곧게 펴서 늘 나를 괴롭히는 통증을 완화시키려 했다.

"폐하랑 뭐 하는 거야? 서둘러 물러나는 거야?"

내가 신랄하게 물었다.

"눈 떠봐."

언니가 무뚝뚝하게 말했다. 언니는 내가 치마를 벗고 잠옷을 입는 것을 도와주었다. 내 새로운 하녀가 항아리에 물을 부어주었고, 앤 언니의 까다로운 감시 아래 나는 차가운 물로 성가실 정도로 철저하게 씻었다.

"발도."

언니가 지시했다.

"씻는 건 둘째치고, 보이지도 않는걸."

앤 언니는 항아리를 바닥으로 내려놓으라고 손짓하고, 나를 의자에 앉게 해서 하녀에게 내 발을 씻도록 했다.

"나는 시키는 대로 할 뿐이야. 너도 단번에 알아볼 줄 알았는데."

언니가 차갑게 말했다.

나는 눈을 감고 더러운 발이 비누로 씻기는 느낌을 즐겼다. 그러나 다음 순간 나는 언니의 목소리에서 경고하는 음색을 들었다.

"누가 시키는 대로?"

"외삼촌께서. 또 아버지가."

"뭘 하라고?"

"폐하께서 너한테 늘 마음을 두고, 너와 함께 하는 걸 즐거워하시게 하라고. 너를 폐하의 눈앞에 두라고."

나는 고개를 끄덕였다.

"뭐, 당연한 거지."

"그렇지만 실패했으니, 내가 직접 폐하와 시시덕거리라고."

나는 바로 앉아서 조금 더 집중했다.

"외삼촌께서 언니더러 폐하와 시시덕거리라고 하셨다고?"

언니가 고개를 끄덕였다.

"언제 그런 말씀을 하셨는데? 어디서?"

"헤버에 내려오셨었어."

"폐하와 시시덕거리라고 말해주러 한겨울에 헤버까지 내려가셨다고?"

언니가 웃지 않고 고개를 끄덕였다.

"세상에, 언니가 어차피 폐하와 시시덕거릴 거란 거 모르셨나? 숨쉬는 것처럼 자연스럽게 언니가 시시덕거린다는걸?"

앤 언니가 억지로 웃었다.

"모르셨나 봐. 우리들의, 즉 너와 나의 첫 번째 임무는 네 해산 기간과 그 후 얼마 동안 폐하께서 기분 전환하러 어디를 가시든, 시모어 가 여자의 속치마 속으로는 못 들어가게 확실히 하라고 말씀해주러 오셨던 거야."

"내가 그걸 어떻게 막는데? 나는 거의 항상 분만실에 있을 텐데."

"그러니까 내가 네 대신 막는 거지."

나는 잠시 생각을 해보다 다시 어릴 적 불안한 마음으로 곧장 되돌아갔다.

"그렇지만 폐하께서 언니를 제일 좋아하시게 되면?"

"무슨 상관이야? 불린 가 여자이기만 하면 되지."

"외삼촌께서 그렇게 생각하고 계신 거야? 언니가 내 아이의 아빠랑 작정하고 시시덕거리는 동안 분만 중일 나는 아예 생각 안 하시는 거야?"

언니가 고개를 끄덕였다.

"응, 바로 그거야. 외삼촌께선 네 생각 따위는 전혀 안 하셔."

"내 경쟁상대가 되라고 언니가 궁정으로 돌아오는 걸 원한 게 아니잖아."

내가 부루퉁하게 말했다.

"난 어차피 네 경쟁상대로 태어났어. 넌 내 경쟁상대고. 우리는 자매잖아?"

언니가 간단히 말했다.

언니는 솜씨 있게 일을 처리해나갔다. 아주 가뿐하고 매혹적이게 행동했으므로, 누구도 언니가 임무 수행 중이라는 것을 눈치 채지 못했다. 언니는 왕과 카드놀이를 했는데, 너무나 잘해서 단지 두어 점 차로만 졌을 뿐이다. 언니는 왕이 작곡한 노래들을 불렀고, 다른 어떤 남자가 지은 곡보다 그 노래들을 좋아했다. 언니는 왕에게 자신을 궁정에서 가장 매혹적인 젊은 여자로 인식시키기 위해 토머스 와이엇 경과 다른 대여섯 명의 남자들이 늘 자기 주위에서 시간을 보내도록 조장했다. 앤 언니가 가는 곳마다 어디든지 떠들썩한 웃음소리, 재잘재잘 지껄이는 소리와 음악이 끊이지 않았고, 언니는 오락에 굶주린 궁정에서 독보적으로 활약했다. 기나긴 겨울철 동안 모든 신하들은 왕을 계속 즐겁게 해줘야 할 절대적인 의무가 있었다. 그러나 그것에 있어 앤 언니는 맞먹을 자가 없는 신하였다. 오로지 언니만이 황홀하고 매력적이고 도발적이면서도 항상 그것이 자기 본래의 모습인 듯 하루를 보낼 수 있었다.

헨리 왕은 나와 함께 앉거나, 언니와 앉았다. 그는 자신을 장미 두송이 사이에 있는 가시라고, 또는 여물은 밀의 두 이삭 사이에 있는 양귀비라고도 불렀다. 왕은 내 등허리에 손을 얹고서 언니가 춤추는 것을 보았다. 점점 넓어지고 있는 나의 허벅다리에 받쳐 들고 있는 악보를 따라가면서 언니가 불러주는 새로운 노래를 들었다. 내가 언니를 상대로 카드놀이를 할 때에는 내게 돈을 걸었다. 언니가 자기 그릇에서 가장 맛있는 고기 부위를 내 접시에 덜어주는 것을 눈여겨보았다. 언니는 언니다웠고, 다정했으며, 나에게 더 이상 상냥하고 친절할 수가 없었다.

"언니는 최고로 저질이야."

어느 날 밤, 언니가 거울 앞에서 머리를 빗은 뒤 머리칼을 두껍고 짙은 노끈 한 줄처럼 따고 있을 때 내가 말했다.

"나도 알아."

언니가 거울에 비친 자신의 모습을 보며 흡족하게 말했다.

밖에서 똑똑 소리가 들리더니 조지 오빠가 문 사이로 머리를 비죽 내밀었다.

"들어가도 돼?"

"들어와. 그리고 문 좀 닫아, 복도에 찬바람이 불고 있으니까."

앤 언니가 말했다.

조지 오빠는 고분고분하게 문을 닫아주었다. 그리고는 우리 둘을 향해 포도주가 담긴 주전자를 흔들었다.

"나랑 포도주 한잔 같이 할 사람? 풍년인 마님은? 봄날인 마님은?"

"토머스 경이랑 유곽에 내려갔을 거라고 생각했는데. 경께서 오늘밤에 법석을 떨며 놀 거라고 하셨거든."

앤 언니가 말했다.

"폐하께 붙들렸어. 너에 대해 물어보고 싶어하셔서."

조지 오빠가 말했다.

"나?"

언니가 갑자기 정신을 바짝 차리며 물었다.

"네가 초대에 어떻게 응할지 알고 싶어하셨어."

나는 나도 모르게 어느새 붉은 실크 침대 시트 위에 손가락을 갈고리 발톱처럼 세워놓고 있었다. 내가 물었다.

"어떤 초대?"

"잠자리로."

"그래서 오빠는 뭐라고 대답했는데?"

언니가 재촉했다.

"명받은 대로. 너는 처녀고 집안의 꽃이며, 결혼 전까지 잠자리를 갖는 일은 없을 거라고 했어. 누가 청하든지 간에."

"그랬더니 폐하께선?"

"아."

"그게 다야? 그냥 '아.' 라고 하셨어?"

내가 조지 오빠를 재촉했다.

"응. 그런 다음 창녀들한테 들르러 토머스 경의 보트를 따라 강을 내려가셨어. 내 생각엔 네가 폐하를 안달케 하는 것 같아, 앤."

오빠가 간단하게 대답했다.

언니가 잠옷을 높이 쳐들어 올리며 침대로 들어왔다. 조지 오빠가 감정가 같은 눈길로 언니의 맨발을 유심히 보았다.

"아주 좋은데."

"그런 것 같아."

언니가 흡족해하며 말했다.

1월 중순에 나는 분만실로 들어갔다. 어둠과 정적 속에 갇혀 있는 동안, 밖에서 무슨 일이 일어나고 있었는지 나는 몰랐다. 마상 창 시합이 있었는데, 헨리 왕이 내가 준 것이 아닌 다른 징표를 겉옷 밑에 지니고 있었다고 들었다. 방패에는 '선언할까, 감히 그리하지 않으리!'라는 표어를 지니고 있어 대부분의 궁정 사람들을 어리둥절케 했다. 그들은 그것이 나를 향한 찬사라고 생각했지만, 나는 마상 창 시합도 표어도 볼 수 없고, 분만실의 어슴푸레한 정적 속에 갇혀 궁정 사람들과 악사들도 없이, 그저 에일을 마시면서 그들의 때를, 아니 사실은 나의 때를 기다리고 있는 수다스러운 늙은 여자들과 함께하고 있었으니, 꽤나 빗나간 묘한 표어라고 생각했다.

내 운세가 매우 높이 떠오르고 있다고 생각하는 사람들도 있었는데, 그들은 '선언할까, 감히 그리하지 않으리!'가 아들과 계승자가 선언된다는 신호로 받아들였다. 오직 극소수의 사람들만이 방패에 모호한 선언을 하고 시합하는 왕에게서, 왕비와 나란히 앉아 짙은 눈동자로 기수를 바라보며 작디작은 미소를 입가에 머금은 채 아주 미세하게 신경 써서 머리를 움직이는 언니를 바라볼 생각을 했다.

그날 저녁 언니가 나를 찾아와 분만실이 답답하고 어둡다며 투덜댔다.

"알아, 그렇지만 이래야 한댔어."

내가 무뚝뚝하게 말했다.

"왜 이걸 참는지 모르겠다."

언니가 말했다.

"잠깐 생각해봐. 내가 커튼을 걷고 창문을 열라고 강요했다가 유산하거나 아기가 죽은 채로 태어나면, 우리 어머니가 나한테 뭐라고 하실 것 같아? 폐하께서 분개하시는 건 그에 비하면 친절한 걸 거야."

내가 언니에게 충고하듯 말했다.

앤 언니가 고개를 끄덕였다.

"하나라도 잘못할 이유가 없지."

"맞아, 폐하의 애인 노릇을 하는 것도 항상 즐거운 게 아니라니까."

"폐하께선 나를 원하셔. 나한테 고백하시기 일보직전이야."

"내가 아들을 낳으면 언니는 물러나야 해."

내가 경고했다.

언니는 고개를 끄덕였다.

"알아, 하지만 딸을 낳으면, 앞으로 더 나아가라고들 하셨어."

나는 베개에 등을 기댔다. 너무 지쳐 있어 논쟁하고 싶지 않았다.

"나아가든 물러가든, 내 알 바 아니야."

언니가 동정심도 없이 호기심으로 내 거대한 둥근 배를 바라보았다.

"완전히 역겨워. 폐하께선 군함이 아니라 바지선에다 네 이름을 따셨어야 했어."

나는 언니의 밝고 활기에 찬 얼굴과 매끄러운 얼굴 피부에서 머리칼을 뒤로 넘겨 고정시킨 무척 아름다운 두건을 바라보았다.

"뱀을 물에 띄우게 되면, 언니도 이름이 같은 걸 갖게 될 거야."

내가 단언했다.

"저리 가, 언니. 너무 피곤해서 다투고 싶지 않아."

언니가 바로 일어서더니 문 쪽으로 갔다.

"폐하께서 너 대신에 나를 원하시면, 넌 내가 널 도왔던 것처럼 나를 도와야 할 거야."

언니가 경고했다.

나는 눈을 감았다.

"폐하께서 언니를 원하시면, 난 새 아기를 데리고, 다행히 그렇게 된다면, 헤버에 갈 거니까, 언니는 폐하도, 궁정도, 시샘과 심술과 험담으로 가득한 나날도 내 축복과 함께 다 가져가. 그렇지만 내 생각에 폐하는 자신의 여자한테 썩 기쁨을 줄 남자는 아닌 것 같아."

"아, 난 폐하의 여자가 되진 않을 거야. 설마 내가 너처럼 창녀가 되리라고 생각하는 건 아니겠지?"

언니가 경멸하듯 말했다.

"절대 언니랑 결혼하진 않으실 거야. 만약 하신다고 해도, 다시 한번 생각해봐야 할 거야. 마마의 자리를 넘보기 전에 마마를 먼저 봐봐. 그분의 얼굴에 나타나는 고통을 보고 그분의 남편과의 결혼이 기쁨을 가져다줄 것 같은지 자신에게 한번 물어보라구."

내가 예언했다.

앤 언니는 문을 열기 전에 잠깐 멈췄다.

"기쁨을 위해 왕과 결혼하는 건 아니니까."

2월에 방문객이 한 명 더 찾아왔다. 내 남편 윌리엄 캐리가 어느 날 아침 일찍이 나를 보러 왔다. 그때 나는 빵과 햄, 에일을 마시면서 아침식사를 하고 있었다.

"식사하는데 방해할 생각은 아니었는데."

그가 문간에서 머뭇거리며 공손하게 말했다.

나는 하녀에게 손을 흔들었다.

"치워줘."

미끈하고 잘생긴 윌리엄에 비해 나는 아주 뚱뚱하고 무거워서 입장이 불리하다고 느꼈다.

"폐하께서 당신의 행복을 비시는 마음을 전해주러 왔어요. 이번에 친절하게도 나에게 관리직위를 더 주셨다는 걸 당신께 전해달라고 청하셨거든요. 또다시 당신에게 은혜를 입었군요, 부인."

"기쁘네요."

"이렇게 너그럽게 베푸시니, 당신의 아이에게 내 성을 물려줘야 하는 것이겠죠?"

나는 침대에서 조금 난처하게 몸을 움직였다.

"폐하께서 뭘 원하시는지 아직 내게 말씀하지 않으셨어요. 하지만 내가 생각하기론……."

"또 다른 캐리이겠죠. 우리, 정말 근사한 가족을 이루고 있네요!"

"네."

나를 놀린 것을 갑자기 뉘우친 듯 윌리엄이 내 손을 잡더니 손등에 입을 맞췄다.

"창백하네요, 지쳐 보이고. 이번에는 그리 쉽지 않은가요?"

예기치 않은 그의 친절에 눈꺼풀 밑이 눈물로 따끔따끔해졌다.

"네, 이번에는 그리 쉽지 않아요."

"두렵진 않아요?"

나는 불러 오른 배에 손을 얹었다.

"조금요."

"왕국에서 가장 뛰어난 조산사들이 있을 테니까요."

윌리엄이 내게 상기시켰다.

나는 고개를 끄덕였다. 전에도 가장 뛰어난 조산사들이 나를 돌봐 줬는데, 사흘 밤 동안 침대에 둘러서서 여자가 여태껏 아기들의 죽음에 대해 들어야 했던 가장 사악한 이야기들을 얘기해줬다고 말해봤자 무의미했다.

윌리엄이 문을 향해 돌아섰다.

"당신이 건강하고 명랑해 보인다고 폐하께 말씀드릴게요."

내가 건성으로 웃었다.

"그리 해주세요, 폐하께 삼가 경의도 표해주시구요."

"당신 언니와 무척 즐겁게 지내고 계시던데요."

윌리엄이 말했다.

"언니는 굉장히 마음을 끄는 여자죠."

"언니가 당신의 자리를 뺏을까 봐 두렵지 않아요?"

나는 어두운 방과 침대에 무겁게 드리워진 천들, 뜨거운 불길과 내 육중한 몸을 몸짓으로 가리켰다.

"세상에, 여보, 오늘 아침 내 대신 이 일을 해줄 수만 있다면, 세상 어떤 여자도 제 축복과 함께 제 자리를 차지해도 돼요."

그 말에 윌리엄은 크게 소리 내어 웃었다. 그리고는 모자를 내게 획 흔들며 인사하더니 문을 열고 나갔다.

나는 얼마 동안 침묵 속에서 가만히 누워 침대에 드리워진 천들이 정체된 공기 속에서 천천히 흔들리는 것을 지켜보았다. 지금은 2월 초순이었고, 출산 예정일은 이달 중순을 지나야만 했다. 그 시간이 평생처럼 느껴졌다.

일찍 나와서 다행이었다. 그리고 아들이어서 다행이었다. 내 조그만 남자 아기는 2월의 넷째 날에 태어났다. 남자아이였다. 왕이 인정하는 건강한 남자아이였다. 이제 우리 불린 가 사람들은 이룰 수 있는 것이 무한했다.

1526년 여름

그러나 그들은 나를 쓸 수 없었다.

"세상에, 도대체 뭐가 잘못된 거니?"

어머니가 물었다.

"출산한 지도 벌써 3개월이나 됐는데, 페스트에 걸린 것처럼 창백하다니. 어디 아프니?"

"피가 멈추질 않아요."

나는 일말의 동정이라도 찾아내려 어머니의 얼굴을 유심히 들여다보았다. 어머니는 무표정했고, 조바심을 냈다.

"이러다 출혈 과다로 죽을 것 같아요."

"조산사들은 뭐라 하든?"

"때가 되면 멈출 거라구요."

그 말에 어머니가 쯧쯧 혀를 찼다.

"너무 뚱뚱하구나. 그리고 너무…… 너무 둔해졌어, 메리."

어머니가 불평했다.

나는 어머니를 올려다보았다. 눈물이 차올랐다.

"알아요. 저도 둔해진 걸 느껴요."

내가 말했다.

"너는 폐하에게 아들을 드렸어."

어머니는 기운을 북돋아주려고 했지만, 나는 어머니의 목소리에서 조바심을 엿볼 수 있었다.

"세상 어떤 여자라도 네가 해낸 일을 하려고 오른손이라도 바칠 거야. 세상 어떤 여자라도 침대에서 발딱 일어나 뛰쳐나가서 폐하 곁을 맴돌면서 폐하의 농담에 웃고, 폐하의 노래를 부르고, 함께 말을 타러 나갈 거야."

"제 아들은 어디 있어요?"

어머니가 어리둥절해하며 잠시 우물쭈물했다.

"어디 갔는지는 너도 알잖니. 윈저에 있잖아."

"제가 그 아이를 마지막으로 본 게 언제인지 아세요?"

"모른다."

"2개월 전이에요. 감사 예배를 올리고 돌아오니까 사라져 있었어요."

어머니는 완전히 무표정했다.

"하지만 마땅히 데려갔어야지. 당연히 우리가 아기를 돌볼 준비를 했지."

"다른 여자가 말이죠."

"그게 무슨 상관이니?"

어머니는 진실로 이해하지 못했다.

"잘 돌봐주고 있고, 폐하를 따라 헨리라고 이름도 지었는데."

어머니는 목소리에서 환희를 숨기지 못했다.

"그 아이의 눈앞에 모든 게 창창하게 열려 있고 말이다!"

"그렇지만 보고 싶단 말이에요."

잠시 내가 전적으로 다른 언어, 러시아말이나 아랍어 같은 이해할 수 없는 말을 한 듯했다.

"왜지?"

"그 아이도 보고 싶고, 캐서린도 보고 싶어요."

"그게 네가 이렇게 둔해진 이유니?"

"둔하지 않아요. 슬퍼요. 너무너무 슬퍼서 아무것도 하지 않고 침대에 벌렁 누워서 베개에 얼굴을 파묻고 울고 또 울고 싶어요."

"아이가 보고 싶어서?"

내 생각 자체가 너무나도 이상한 듯 어머니는 꼭 확인을 하려 했다.

"어머니는 제가 보고 싶었던 적이 한 번도 없으셨어요? 아니, 제가 아니라면 앤 언니는요? 저희가 겨우 아기나 마찬가지였을 때 어머니를 떠나 프랑스로 보내졌잖아요. 그때 저희가 보고 싶지 않으셨어요? 다른 사람이 저희에게 읽고 쓰는 걸 가르치고, 다른 사람이 넘어지면 일으켜 세워주고, 다른 사람이 조랑말 타는 걸 가르쳐줬잖아요. 어머니는 딸들을 보았으면 좋겠다는 생각은 단 한 번도 하지 않으셨어요?"

내가 소리쳤다.

"그래, 프랑스 왕실보다 더 좋은 곳을 찾아줄 순 없었으니까. 집에 잡아두게 했다면, 나는 형편없는 엄마였겠지."

어머니가 간단히 대답했다.

나는 고개를 돌렸다. 눈물이 뺨을 흥건히 적시고 있었다.

"아기를 보게 된다면 다시 행복해지겠니?"

"네. 그럴 거예요, 어머니, 그러고말고요. 아기를 다시 보게 된다면 행복해질 거예요. 캐서린도요."

내가 속삭이듯 대답했다.

"뭐, 그럼 내가 네 외삼촌께 말씀드리겠다. 그렇지만 정말로 행복해져야 해. 생글생글 미소 짓고, 웃고, 쾌활하게 춤추고, 보기 좋게 행동하고. 폐하가 다시 네 곁으로 돌아오도록 사로잡아야 해."

어머니가 마지못해 말했다.

"아, 그렇게 멀리 벗어났나요?"

내가 신랄하게 물었다.

어머니는 한순간도 부끄럽지 않아 보였다.

"앤이 폐하를 그물에 가둬뒀으니, 얼마나 다행이니. 그 애는 마마의 개를 놀려먹듯이 폐하를 데리고 놀더구나. 아주 안달복달하게 만들고.”

“그럼 그냥 언니를 쓰시지 그러세요? 일부러 저한테 이러실 필요가 전혀 없잖아요?”

내가 심술궂게 물었다.

어머니의 빠른 대답으로, 나는 이 모든 것이 이미 가족회의에서 결정되었음에 주의했다.

“네가 폐하의 아들을 낳았으니까 그렇지.”

어머니가 간단히 대답했다.

“베시 브라운트의 서자는 리치몬드의 공작이 됐어. 우리 아기 헨리도 그 정도 자격은 충분히 있지. 캐리 경과의 네 결혼을 취소하는 건 아무것도 아니야. 마마의 결혼을 취소하는 것도 그러다시피 하고. 우린 폐하께서 너와 결혼하시길 기대하고 있어. 앤은 네가 분만 중일 때 던진 미끼일 뿐이었어. 그렇지만 너에게는 우리의 운명을 걸고 있어.”

어머니는 내가 기쁨으로 반응하기를 기대하기라도 했는지 잠시 아무 말이 없었다. 내가 아무 말도 하지 않자, 어머니가 좀더 날카롭게 말을 이었다.

“그러니까 어서 일어나서 머리도 좀 빗고 하녀한테 끈도 꽉 졸라매달라고 해라.”

“아프진 않으니까 만찬에 갈 순 있어요.”

내가 매우 진지하게 말을 이었다.

“하혈은 별 상관없는 거라 그러고, 어쩌면 그럴지도 모르죠. 폐하 가까이에 앉아 있을 수도 있고, 폐하의 농담에 웃을 수도 노래를 불러달라고 부탁드릴 수도 있어요. 하지만 진심으로 즐거워할 순 없어요, 어머니. 저를 조금이라도 이해하시겠어요? 더 이상 제 자신을 즐겁게 만들 수가 없어요. 기쁨을 상실했어요. 기쁨을 완전히 상실했어요. 그런데도 이게 어떤 기분인지, 얼마나 지독한지 저 외엔 아무도 몰라요."

어머니가 엄격하고 결연한 시선으로 나를 쳐다보았다.

"웃어라."

나는 입술을 끌어올리면서 눈물이 차오르는 것을 느꼈다.

"그 정도면 됐다. 계속 그러고 있어. 그럼 네가 아이들을 볼 수 있도록 조처해 줄 테니."

만찬 후에 외삼촌이 내 새로운 처소를 찾아왔다. 그는 어느 정도 기뻐하며 방을 둘러보았다. 내가 분만실에서 나온 이후 얼마나 호화롭게 거처하고 있는지 외삼촌은 보지 못했었다. 이제 나는 왕비의 것만큼 커다란 내전(內殿)에, 함께 시간을 보낼 시녀가 넷이나 있었다. 내 시중을 드는 개인 하녀 한 쌍에 시동도 한 명 있었다. 왕은 내게 악사 한 명을 따로 주겠노라 약속했었다. 내전 뒤에는 앤 언니와 함께 쓰는 침실과 책을 읽거나 홀로 있을 수 있는 조그만 뒷방이 있었다. 대부분의 날들을 나는 그곳에 들어가 문을 꽉 닫아걸고 누구에게도 들키지 않게 울었다.

"폐하께서 너를 무척 훌륭하게 대우하고 계시는구나."

"예, 외삼촌."

내가 공손하게 말했다.

"네 엄마가 그러던데 네가 아기들을 애타게 그리워하고 있다더구나."

나는 차오르는 눈물을 멈추려고 입술을 깨물었다.

"도대체 세상에, 왜 그런 표정을 하고 있는 게냐?"

"아무것도 아닙니다."

"그럼 웃어라."

나는 어머니를 만족시켰던 것과 똑같은 괴물 모양의 홈통주둥이 같은 얼굴을 외삼촌에게 보여줬다. 그는 내 얼굴을 빤히 쳐다보더니 고개를 끄덕였다.

"됐다, 그 정도면. 폐하의 아들을 낳았다고 해서 게으르고 우쭐거릴 수 있다고는 생각하지 마라. 네가 다음 단계를 밟지 않으면 아이는 우리에게 아무 쓸모도 없게 돼."

"폐하께서 저와 결혼하게 만드실 수는 없습니다. 아직은 왕비마마와 결혼하신 상태잖아요."

외삼촌이 손가락을 탁 튕겼다.

"맙소사, 이 아가씨야, 아무것도 모르는 게냐? 그게 지금보다 더 상관없었던 적은 없었어. 폐하는 지금 마마의 조카와 전쟁을 하기 일보직전이야. 스페인의 황제에 대항하여 프랑스, 로마 교황, 베네치아와 거의 동맹을 맺은 상태야. 그것도 모를 정도로 무식한 게야?"

나는 고개를 끄덕였다.

"그런 것들을 일삼아 알아두도록 해라. 앤은 항상 그러잖느냐. 새로운 동맹은 스페인의 찰스 황제를 상대로 싸울 게다. 그들이 이기기 시작하면 헨리 폐하께서도 합류하실 것이고. 마마는 유럽 전역의 적의 고모야. 더 이상 마마는 폐하께 영향력을 행사하지 못해. 버림받은 자의 고모일 뿐이야."

외삼촌이 날카롭게 말했다.

나는 믿을 수 없어 고개를 흔들었다.

"파비아 덕분에 이 나라의 구원자가 되셨던 게 얼마 되지도 않았잖아요."

외삼촌이 다시 손가락을 튀겼다.

"잊은 거지. 자, 이제 내 얘기를 좀 해보자. 네 엄마가 그러던데 몸이 안 좋다고?"

나는 머뭇거렸다. 외삼촌에게 마음을 털어놓는 것이 불가능하다는 것은 매우 명백했다.

"네."

"어쨌거나 너는 이번 주말까지 폐하의 침대로 돌아가야 한다, 메리. 그렇게 하거나, 아니면 네 아이들을 다시는 보지 못할 게다. 알겠느냐?"

잔인한 거래에 나는 숨을 조금 들이마셨다. 외삼촌이 매 같은 얼굴을 내 쪽으로 돌리더니 검은 두 눈으로 나를 바라보았다.

"그 이하로는 타협하지 않겠다."

"제가 아이들을 보는 걸 금하실 순 없습니다."

"그리할 수 있다는 걸 알게 될 테다."

"저는 폐하의 총애를 받고 있습니다."

외삼촌이 손으로 탁자를 쾅 내리쳤다. 망치소리 같은 울림이 퍼져 나갔다.

"받고 있지 않아! 내 말이 바로 그거야! 너는 폐하의 총애를 받고 있지 않고, 그러지 못한다면, 너는 내 호의도 받지 못해. 폐하의 침대로 다시 들어가고 난 다음에 네가 하고 싶은 것을 아무거나 하란 말이다. 폐하께 육아실을 차려 달라 하든지, 잉글랜드의 왕좌에 앉아서 네 아기들을 어르든지 마음대로 해. 나를 추방해도 좋아! 허나 폐하의 침대 밖에서 너는 아무도 신경 쓰지 않는, 실컷 쓰다가 버린 바보 같은 창녀일 뿐이야."

방 안에 죽음 같은 정적이 흘렀다.

"알겠습니다."

내가 뻣뻣이 말했다.

"다행이다. 대관식 날 나한테 오늘 일을 감사하게 될 거다."

외삼촌이 벽난로에서 벗어나 조끼를 끌어내렸다.

"네. 앉아도 될까요?"

무릎이 꺾일 것만 같았다.

외삼촌이 대답했다.

"안 된다. 일어서 있는 습관을 들여."

그날 밤 왕비의 방에서 무도회가 열렸다. 왕이 악사들을 데리고 와 왕비를 위해 연주하도록 했다. 왕은 왕비 옆에 앉아 있었지만, 그녀의 시녀들이 춤추는 것을 보며 즐기려고 찾아왔다는 것은 모두에게 명백했다. 앤 언니도 시녀들 사이에 있었다. 언니는 짙은 파란색의 새로운 가운을 입고, 그에 꼭 걸맞은 두건을 쓰고 있었다. 언니는 미혼 여성인 신분을 과시하고 싶은 듯 늘 그렇게 금으로 된 "B" 펜던트가 달린 진주 목걸이를 차고 있었다.

"춤춰."

조지 오빠가 입을 내 귀 가까이에 대고 매우 조용하게 말했다.

"모두들 네가 춤추길 기다리고 있잖아."

"오빠, 그러지 않는 게 좋겠어. 나, 지금 하혈하고 있어. 쓰러질지도 모른단 말이야."

"어서 일어나서 춤을 춰야 해."

오빠가 말했다. 얼굴에 환한 미소를 머금은 채 나를 바라보았다.

"맹세코 말하는 거야, 메리. 해야 해, 안 그럼 너는 끝장이야."

오빠가 손을 내밀었다.

"꼭 잡아줘. 내가 쓰러질 것 같으면 받아줘야 돼."

"뛰어드는 거야. 자, 어서. 어차피 해야 하는 거잖아."

오빠가 나를 이끌고 윤무의 춤추는 사람들과 합류했다. 앤 언니는 내 팔꿈치 밑을 꼭 잡고 있는 조지 오빠의 손과 창백한 내 얼굴을 재빨리 보았다. 잠시 언니는 등을 돌리고 있었다. 내가 바닥에 쓰러지면 언니는 행복해할 거란 것을 나는 알고 있었다. 그러나 우리에게 쏠린 외삼촌의 시선과 어머니의 눈을 부라리며 강요하는 듯한 시선을 보고, 언니는 춤추는 조에서 내게 자리를 내주며 상대였던 프랜시스 웨스턴을 불러 데리고 나갔다. 조지 오빠가 왕 쪽의 열로 나를 이끌었다. 나는 고개를 들어 왕에게 미소 지었다.

나는 그 곡을 췄고, 다음 곡도 췄다. 그러고 나자 왕이 직접 우리에게 다가와 조지 오빠에게 말했다.

"내가 자네를 대신해 자네 누이와 춤을 추겠네. 누이가 너무 피곤하지 않다면 말이야."

"영광스러워할 것입니다."

오빠가 말했다.

나는 환하게 웃었다.

"폐하께서 제 상대이셨다면, 저는 밤새도록 춤을 출 수 있었을 것입니다."

조지 오빠가 인사를 하고 물러났다. 오빠가 앤 언니의 드레스의 접힌 부분을 손가락으로 잡아 방 벽 쪽으로 이끌고 가는 모습을 보았다.

왕과 나는 손을 잡고, 서로에게로 돌아서서 춤을 추기 시작했다. 스텝이 우리를 가까이 이끌었다가 떼어놓았다. 그의 눈동자는 나를 한순간도 떠나지 않았다.

꽉 졸라맨 스토마커 밑에서 내 배는 독으로 가득 찬 듯이 아팠다. 세게 모아 묶은 젖가슴 사이로 땀이 졸졸 흐르는 것을 느낄 수 있었다. 나는 계속해서 밝은 척 미소를 지었지만 즐거움은 없었다. 헨리 왕을 단둘이서 따로 볼 수만 있다면, 이번 여름에 그가 사냥을 갈 때 나는 아이들을 보러 헤버에 가게 허락해달라고 설득할 수 있을지도 모른다고 생각했다. 아들 생각에 꽉 묶은 끈 밑에서 젖이 흐르려고 해 젖가슴이 욱신거렸다. 나는 기쁨으로 충만한 듯 미소 지었다. 윤무 속의 춤추는 사람들을 건너 내 아이들의 아버지를 보면서, 그가 나나 내 가족에게 해줄 수 있는 그 무엇 때문이 아닌, 오로지 그 자신 때문에 잠자리에 들고 싶어 안달이 난 것처럼 나는 그에게 웃어주었다.

* * *

그날 저녁, 앤 언니가 악의에 찬 시선으로 찬찬히 내가 씻는 것을 감독하면서 차가운 목욕 수건으로 나를 찰싹 때리고 피로 흥건한 물을 보며 투덜댔다.

"세상에, 사람 진짜 역겹게 만드네. 폐하께서 대체 어떻게 참아내실까?"

언니가 말했다.

나는 수건으로 몸을 두르고, 언니가 참빗을 들고 내게 날아들어 깨끗이 한다는 그럴싸한 핑계로 내 머리칼을 쥐어뜯기 전에 서둘러 머리를 빗었다.

"어쩌면 나를 부르시지 않을지도 몰라."

내가 대답했다. 춤을 추고 난 후, 헨리 왕이 왕비에게 공식적으로 물러나겠다고 인사를 하기까지 반 시간 동안이나 참을성 있게 서 있어서 너무 피곤한 나머지, 그저 침대로 허겁지겁 파고들고 싶을 뿐이었다.

노크소리가 들리더니 오빠가 문 사이로 얼굴을 내밀었다.

"좋았어."

말끔히 씻고 반쯤 발가벗은 나를 보고는 오빠가 말했다.

"폐하께서 부르셔. 그냥 겉옷만 걸치고 가면 돼."

"용감하신 분이로군. 쟤, 유방에선 아직도 젖이 새고, 하혈 중인데다가 별것도 아닌 일에 눈물을 터뜨리는데."

앤 언니가 심술궂게 말했다.

조지 오빠가 소년처럼 킬킬 웃었다.

"축복받을 거다, 애나마리아. 넌 가장 친절한 언니야. 내 생각에 메리는 매일 일어나서 자기를 편안케 해주고 힘을 돋우어주는 너 같은 침실친구를 둔 걸 하느님께 감사할 것 같은데."

언니는 그나마 양심은 있는지 당황하는 모습을 보였다.

"참, 그리고 하혈을 막아주는 걸 갖고 왔어."

오빠가 말하더니 주머니에서 조그만 솜뭉치 하나를 꺼냈다. 나는 의심쩍은 눈빛으로 그 물건을 바라보았다.

"그게 뭐야?"

"창녀 하나가 가르쳐준 건데, 이걸 거기다 찔러 넣으면 얼마 동안은 피가 멈춘대."

나는 얼굴을 찡그렸다.

"거치적거리지 않아?"

"안 그런다는데. 어서 해봐, 메리앤. 넌 오늘 밤 폐하의 잠자리에 들어야만 해."

"그럼 다른 데 봐."

조지 오빠가 창문 쪽으로 돌아섰고, 나는 침대로 가 서투른 솜씨로 아등바등하며 오빠가 시킨 대로 하려 했다.

"내가 해줄게. 다른 모든 건 내가 다 해줘야 한다는 걸 아무도 모르지."

언니가 쌀쌀맞게 말했다.

언니는 솜뭉치를 내 안에 쑥 밀어 넣었고, 나는 그 아찔한 고통에 힉 하고 쉰 신음소리를 냈다. 조지 오빠가 반쯤 돌아섰다.

"애 죽일 필요는 없어."

오빠가 온화하게 말했다.

"안으로 깊숙이 밀어 넣어야 하는 거잖아? 완전히 틀어막아야 하는 거잖아?"

앤 언니가 상기된 얼굴로 부루퉁하게 물었다.

조지 오빠가 내게 손을 건넸다. 나는 고통으로 얼굴을 찡그리며 구르듯 침대에서 내려왔다.

"세상에, 앤, 너 혹시 궁정을 떠나게 되면, 마녀로 간판을 내걸어도 되겠다. 벌써 친절함도 모두 갖췄겠다."

오빠가 사근사근하게 말했다.

언니가 오빠를 노려보았다.

"왜 그렇게 기분이 언짢아?"

오빠가 물었다. 나는 가운을 몸에 둘러매고, 주홍색 굽 높은 구두를 하나씩 신고 있었다.

"아무것도."

"오호! 훤히 다 보인다, 귀여운 앤 아가씨. 어른들이 너보고 이제 물러나고 폐하를 메리한테 맡기라 하셨군. 네 동생은 왕좌로 오르고 있는데, 너는 늙은 왕비의 시녀일 뿐이지."

오빠가 돌연 깨닫고는 감탄했다.

언니가 오빠를 노려보았다. 질투로 인해 언니의 아름다움이 말끔히 지워졌다.

"나, 열아홉 살이야. 궁정 사람들 반쯤이 다 내가 세상에서 가장 아름다운 여자라고 생각해. 모두 내가 가장 기지 있고, 가장 세련된 걸 알고 있어. 폐하께서도 내게서 눈을 못 떼서. 토머스 와이엇 경도 나를 피하려고 프랑스로 가셨어. 하지만 나보다 한 살 어린 내 동생은, 결혼도 하고 폐하의 자식을 두 명씩이나 낳았잖아. 내 차례는 언제 오는 거지? 난 언제 결혼하는 거지? 내 상대는 누가 되는 거지?"

언니가 씁쓸하게 말했다.

잠시 침묵이 흘렀다. 조지 오빠가 언니의 상기된 뺨에 손을 얹었다.

"애나마리아. 너한테 어울리는 상대가 어디 있겠니. 프랑스 왕도, 스페인 황제도 너한테는 못 미쳐. 너는 모든 방면에 마무리가 끝난 완벽한 여자야. 그러니까 성급해하지 마. 네 동생이 잉글랜드의 왕비가 되면, 우린 아무 곳에서나 신랑감을 찾을 수 있어. 하찮은 공작한테 네 자신을 떠맡기기보단, 네게 도움을 줄 메리를 안전하게 지키는 게 더 낫지."

오빠가 부드럽게 말을 꺼냈다.

그 말에 앤 언니는 마지못해 쿡쿡 웃었고, 조지 오빠는 짙은 머리를 숙여 입술로 언니의 뺨을 스쳤다.

"너는, 너는 정말 전적으로 완벽해. 우리 모두가 널 무척 사랑하잖아. 그러니까 제발 앞으로도 힘내. 네가 사생활에서 실제로 어떤지 누가 알게 되기라도 하면, 우린 모두 완전히 망하는 거야."

오빠가 확신시켰다.

언니가 뒤로 물러서더니 뺨을 때리려고 했지만, 오빠가 재빨리 비커났다. 오빠는 언니를 보며 하하 웃더니 내게 손가락을 탁 튀겼다.

"자, 자, 우리 어린 예비 왕비마마! 다 됐어? 다 준비됐어?"

오빠가 앤 언니를 돌아보았다.

"폐하께서 넣으실 수 있겠어? 너무 꽉 채운 거 아니야, 배의 용골처럼?"

"당연하지. 하지만 아마 죽도록 아플 것 같은데."

언니가 부루퉁하게 말했다.

"뭐, 우린 그런 건 걱정 안 하지, 안 그래? 결국 폐하의 침대로 보내는 건 우리의 특권이자 행운이니까. 여자라고 할 수 없지. 자, 가자, 아가야! 너는 우리 불린 가 사람들을 위해 일해야 해. 우린 네게 기대하고 있어!"

조지 오빠가 언니에게 살짝 미소를 지었다.

오빠는 대회당을 지나 어슴푸레한 계단을 올라 폐하의 처소에 당도할 때까지 계속해서 잡담을 줄줄 늘어놓았다. 우리가 들어섰을 때, 울지 추기경이 헨리 왕과 함께 앉아 있었다. 조지 오빠가 나를 창가 자리로 이끌어, 왕과 그의 가장 신뢰받는 고문이 낮은 목소리로 나누는 대화가 끝나기를 기다리는 동안 내게 포도주 한 잔을 가져다줬다.

"아마도 주방에서 쓰고 남은 자투리를 세고 계신 것일걸."

오빠가 내게 짓궂게 속삭였다.

나는 웃었다. 낭비를 막고 절약해 궁정을 운영하고자 하는 추기경의 노력은, 그 어리석은 짓거리와 사치를 이용해 안락과 이익을 챙기는 우리 집안을 포함한 그런 신하들에게는 끊임없는 우스갯거리였다.

우리 뒤에서, 추기경이 인사를 한 뒤 시동에게 고갯짓을 하여 서류를 모아 정리하게 했다. 조지 오빠가 추기경이 앉았던 벽난로 옆 자리에 나를 앉히려고 데려가자 추기경은 우리에게 머리를 끄덕여 인사했다.

"안녕히 주무십시오, 폐하, 부인, 조지 경."

그렇게 말하고 추기경은 방을 나갔다.

"우리와 함께 포도주 한잔 하겠나, 조지?"

왕이 물었다.

나는 애원하는 듯한 눈빛으로 오빠에게 재빨리 시선을 던졌다.

"감사합니다, 폐하."

조지 오빠가 대답하고는 왕과 나와 자기 몫의 포도주를 따랐다.

"늦게까지 일하시나 봅니다, 폐하?"

왕이 손사래를 쳤다.

"추기경께서 어떠신지 자네도 알잖나. 끊임없이 일하시지."

"죽도록 따분하시죠."

조지 오빠가 버릇없이 슬쩍 말했다.

왕이 신의 없이 낄낄 웃었다.

"죽도록 따분하지."

그가 동의했다.

왕이 11시가 안 되어 조지 오빠를 물러 보내고 나서, 우리는 자정 쯤에 침대에 들었다. 그가 부드럽게 애무하면서 풍만한 내 젖가슴과 퉁퉁한 배를 칭찬해줬다. 다음번에 어머니가 내게 뚱뚱하고 둔하다고 나무라면, 왕은 이런 대로 나를 좋아한다고 주장할 수 있도록 나는 그 말들을 기억해두었다. 그러나 그것은 내게 기쁨을 주지는 못했다. 어떻게 해서인지, 그들은 내 아기를 가져갔을 때 내 한 부분도 또한 뺏어갔다. 나는 분명 내 말을 듣지 않을 왕을, 그리고 그에게 내 슬픔조차 보이면 안 되는 것을 알면서 이 남자를 사랑할 수는 없었다. 그는 내 아이들의 아버지였으나, 그가 상속권 게임에서 산가지(counter—득점을 세기 위한 작은 원판, 우리나라에서는 예전에 수효를 셈하는 데에 쓰던 막대기.)로 이용할 수 있을 정도로 아이들이 클 때까지 그들에게 관심을 갖지 않으려 했다. 왕은 지난 몇 년간 내 애인이었지만,

그가 나를 정말로 알지 못하게 하는 것이 내가 할 일이었다. 그가 내 위에 눕고, 내 안에서 움직일 때에도, 나는 내 이름을 지닌 배처럼 고독했다. 바다에 홀로 떠 있는 듯했다.

헨리 왕은 일을 마치자마자 잠에 빠져들었다. 거칠게 숨을 쉬며, 그는 반쯤 내 위에 드러누워 있었다. 그의 수염이 내 목에 뜨겁게 닿았고, 시큼한 입김이 내 얼굴에 끼쳤다. 그의 무게와 냄새에 미친 듯이 소리 지를 것만 같았지만, 나는 아주 가만히 누워 있었다. 나는 불린 가 사람이었다. 나는 작은 불편도 참지 못하는 창녀 같은 부엌데기가 아니었다. 나는 가만히 누워 달빛이 쏟아지는 헤버 성의 해자를 생각하며, 내 조그만 방의 침대에 누워 편안하게 있기를 바랐다. 귀염둥이 캐서린은 헤버에 있는 자기 침대 속에 있을 테고, 헨리는 윈저에 있는 유아용 침대에 있을 테지. 나는 아이들을 생각하지 않으려 조심했다. 왕의 침대에 있을 때조차 눈물을 흘리는 위험을 무릅쓸 수는 없었다. 그가 언제든 일어나면, 나는 미소 지으며 그에게 향할 준비가 되어 있어야 한다.

놀랍게도 왕은 밤 2시쯤 일어났다.

"초를 켜보게. 잠을 잘 수가 없어."

나는 침대에서 일어났다. 그의 무게에 짓눌려 꼼짝도 않고 불편하게 누워 있었던 터라, 온몸의 뼈 마디마디가 아파져 왔다. 나는 난로 안의 통나무를 들춰 초에 불을 붙였다. 헨리 왕은 바로 앉더니 이불로 그의 벌거벗은 어깨를 감쌌다. 나는 겉옷을 걸치고 난로 곁에 앉아 그가 무얼 원하는지 기다렸다.

왕이 행복해 보이지 않다는 것을, 나는 두려운 마음으로 알아차렸다.

"무슨 일이십니까, 폐하?"

"당신은 왜 왕비가 내게 아들을 낳아주지 못한다고 생각하나?"

이런 생각의 변화에 나는 깜짝 놀라 신하답게 민첩하고 매끄럽게 대답하지 못했다.

"잘 모르겠습니다. 죄송합니다, 폐하. 이젠 마마께서는 너무 늦으셨지요."

"그건 나도 알아. 하지만 왜 이전에도 하지 못했지? 내가 왕비와 결혼했을 때, 나는 열여덟의 젊은 사내였고, 왕비는 스물 셋이었어. 그녀는 정말 말도 못 하게 아름다웠어. 나는 유럽에서 가장 잘생긴 왕자였고."

왕이 조바심을 내며 말했다.

"여전히 그러십니다."

내가 재빨리 말했다.

그가 내게 조그맣게 흐뭇한 미소를 지어 보였다.

"프랑시스 왕이 아니고?"

나는 손을 흔들어 프랑스 왕을 내치는 시늉을 했다.

"폐하께 비교하면 아무것도 아니죠."

"나는 한창 때였어. 충분히 능력도 있었고. 모두가 알고 있는 사실이야. 그리고 왕비도 즉시 임신했지. 결혼한 지 얼마 만에 왕비가 태동을 느꼈는지 아나?"

나는 고개를 흔들었다.

"4개월 만이었어! 생각을 해봐. 신혼 첫 달에 아기를 배게 했다니까. 어떤가, 그 정도 능력이면?"

나는 잠자코 기다렸다.

"사산됐어. 여자아이일 뿐이었지. 1월에 사산됐어."

나는 왕의 불만스러운 얼굴에서 난로의 불길로 눈을 돌렸다.

"또 아기를 뱄지. 이번에는 사내아이였어. 헨리 왕자. 세례를 받게 했고, 그 아이에게 경의를 표하는 의미로 시합도 열었지. 그때보다 더 행복했던 적은 없어. 헨리 왕자, 나와 내 아버지의 이름을 따서 지은 거지. 내 아들, 내 계승자였어. 1월의 첫날에 태어났지. 3월을 넘기지 못하고 죽었어."

나는 가만히 기다렸다. 내게서 빼앗아간 우리 헨리도 3개월 안에 죽을지도 모른다는 생각에 등줄기가 서늘해졌다. 왕은 나로부터 먼

옛날로 멀어져 있었다. 그는 과거로, 그가 지금의 나보다 그리 나이가 많지 않은 젊은이였을 때로 돌아가 있었다.

"내가 프랑스와의 전쟁에 나가기 전에 또 다른 아기가 태어나려 하고 있었어."

왕이 말했다.

"10월에 유산됐어. 가을에 잃어버린 거지. 프랑스와 싸워 거둔 승리가 무색케 됐어. 왕비 역시 빛이 바래지게 됐지. 그 뒤로 2년 후 봄에, 또 다른 아기가 죽어서 태어났어, 또 다른 사내아이였어. 살았더라면 헨리 왕자가 됐을 또 다른 아이가 말이야. 하지만 그 아이도 살지 못했어. 아무도 살아남지 못했어."

"메리 공주마마를 얻으셨잖아요."

내가 반쯤 속삭여 왕에게 상기시켰다.

"그 아이는 그다음에 태어났어. 우리는 분명 이제 그 죽음의 반복을 깬 것이라고, 나는 확신했었어. 내가 얼마나 바랐는지 하느님은 아실 테지. 어떤 불운, 어떤 질병이나 그 비슷한 무언가가 작용했던 거라고 생각했어. 한 번 왕비가 건강한 아이를 낳게 되면, 그 다음은 절로 따라 나올 거라고 생각했지. 하지만 메리 후에 왕비는 아이를 배는 데조차 2년이 걸렸어. 여자 아기가 태어났지. 그것도 죽어서."

나는 숨을 들이마셨다. 익히 알고 있는 이 이야기를 듣느라 숨을 참고 있었던 것이다. 아기들의 아버지가 아기들의 끔찍한 죽음을 열거하는 모습은, 그의 아내가 기도대에서 묵주를 쥐고 잃어버린 아기들의 이름을 나지막이 부르는 모습을 보는 것만큼 가슴 아팠다.

"하지만 나는 알고 있었어."

헨리 왕이 베개에서 힘겹게 몸을 일으키고는 내 쪽을 돌아보며 말했다. 그의 얼굴은 더 이상 슬픔으로 가득 차 있는 것이 아닌, 분노로 상기되어 있었다.

"나는 내가 능력이 있고 아이를 만들 수 있다는 걸 알고 있었어. 왕비가 마지막으로 죽은 아기 때문에 고심하고 있을 동안, 베시 브라운트가 내 아들을 낳았어. 내가 왕비에게서 받은 거라곤 조그만 시체들뿐인데, 베시는 내 아들을 낳았다고. 왜 그런 거야? 왜 그런 거지?"

나는 고개를 저었다.

"제가 어찌 알겠습니까, 폐하? 다 하느님의 뜻이지요."

"맞아. 바로 그거야. 당신 말이 맞아, 메리. 그런 것일 거야. 분명 그런 것일 수밖에 없어."

왕이 만족해하며 말했다.

"하느님께서 폐하께 그런 불행이 있길 바라지는 않으셨을 겁니다."

나는 어둠 속에 잠긴 왕의 옆얼굴을 유심히 보며 조심스레 말을 골랐다. 앤 언니의 조언이 절실히 필요했다.

"기독교국의 모든 왕자들 중에, 하느님께서 당신을 가장 사랑하실 테니까요."

그가 고개를 돌려 나를 바라보았다. 어둠이 그의 파란 눈동자의 색깔을 빼앗아갔다.

"그럼 뭐가 잘못된 거지?"

그가 나를 재촉했다.

나도 모르게 나는 마을 울타리 계단에서 빈둥대는 바보처럼 입을 반쯤 벌리고서, 내가 무얼 말하길 그가 원하는지 생각해내려 애쓰며 빤히 왕을 쳐다보고 있었다.

"왕비마마가 아닐까요?"

왕이 고개를 끄덕였다.

"그녀와의 결혼이 저주받는 거야. 분명 그런 것일 테지. 처음부터 저주받았던 거야."

그가 간단히 말했다.

나는 즉각 부인하고 싶은 마음을 깨물어 넘겼다.

"내 형님의 아내였어. 절대 결혼하지 말았어야 했어. 하지 말라고 조언을 받았었지만, 그때 나는 어렸고, 고집불통이었고, 왕비가 형님께서 단 한 번도 자기를 갖지 않았다고 맹세했을 때 난 그녀를 믿었어."

나는, 왕비는 거짓말을 못 한다고 왕에게 막 일러주려 했다. 그러나 나는 우리 불린 가 사람들과 우리의 야망을 생각하고서 침묵을 지켰다.

"절대 결혼하지 말았어야 했어."

왕이 말했다. 그 말을 그는 한 번, 두 번 되풀이하더니 얼굴이 울먹이는 사내아이처럼 구겨졌다. 그가 나를 향해 팔을 뻗었고, 나는 서둘러 침대 곁으로 가 그를 안아줬다.

"아아, 메리, 내가 어떻게 벌을 받았는지 알겠나? 우리의 두 아이, 그중 한 명은 아들에다가, 베시에게서 서자로 태어난 헨리까지. 하지만 험난한 길을 싸워나갈 능력과 용기가 없다면, 내 뒤를 따라 왕위를 이을 아들은 없어. 그렇지 않으면 메리 공주가 왕위를 이어받아 나라를 지탱해야 하고, 잉글랜드는 내가 메리에게 구해줄 남편이 누구든지 그 사람을 참아내야 해. 맙소사! 저 스페인 여자의 죄로 인해 내가 어떻게 벌을 받는지 보라고! 내가 어떻게 배신당했는지! 그것도 왕비한테서!"

그의 눈물이 내 목을 적셨다. 나는 그를 꼭 안고 내 아기처럼 살살 흔들어 달랬다.

"아직 시간은 있어요, 헨리 폐하. 당신은 젊잖아요. 능력도 있고, 강건하고. 마마께서 당신을 놓아주신다면, 당신은 아직 계승자를 얻을 수 있어요."

내가 속삭였다.

왕을 위로할 길이 없었다. 그는 아이처럼 흐느껴 울었고, 나는 그를 흔들어주면서 더 이상 그 어떤 것도 확신시키려 하지 않고 그저 그를 애무하고 쓰다듬으면서 "자, 자, 자." 하고 속삭였다. 눈물의 폭풍이 가라앉고, 그가 내 품에 안겨 잠들었다. 눈썹이 눈물에 젖어 짙어졌고, 장미꽃 봉오리 같은 입술은 축 처져 있었다.

또다시 나는 잠을 자지 않았다. 왕의 머리가 내 무릎 위에 무겁게 놓여 있었고, 내 팔은 그의 어깨 주위를 받치고 있었다. 나는 기꺼이 꼼짝도 하지 않으려 애쓰며 밤을 지새웠다. 이번에는 마음이 복잡했다. 처음으로 누군가가 왕비에게 위협하는 것을 내 가족이 아닌 다른 사람의 입을 통해 들었다. 이것은 왕의 말이었다. 그리고 그것은 여태까지 일어났던 어떤 일보다 왕비에겐 훨씬 더 위험했다.

헨리 왕은 동트기 전에 일어나 나를 침대 위로 끌어 눕혔다. 그는 눈도 뜨지 않은 채 빠르게 나를 가졌고, 다시 곯아떨어졌다가 침실 담당 하인이 그가 씻을 수 있도록 뜨거운 물이 담긴 항아리를 가지고 들어오고 시동이 불이 잘 타도록 뒤적이러 왔을 즈음 일어났다. 나는 우리 둘 주위로 침대 커튼을 치고, 겉옷을 걸치고 굽 높은 구두를 하나씩 신었다.

"오늘 나와 함께 사냥을 가겠나?"

헨리 왕이 물었다.

나는 밤새도록 그의 무게를 감당하느라 뻐근한 허리를 곧추세우고, 머리부터 발끝까지 지치지 않은 것처럼 미소 지었다.

"그럼요!"

내가 기뻐하며 말했다.

왕이 고개를 끄덕였다.

"미사 후에 보지."

그가 말하고는 나를 보냈다.

나는 밖으로 나갔다. 조지 오빠는 늘 그렇듯 성실하게 대기실에서 나를 기다리며 허브로 채운 금도금한 향정갑을 흔들며 냄새를 맡아 보고 있었다. 내가 왕의 방에서 나오자 오빠는 내 얼굴을 다시 한 번 바라보았다.

"문제 있어?"

오빠가 물었다.

"우리 일은 아니야."

"아, 다행이다. 그럼 누구?"

오빠가 쾌활하게 물었다. 오빠는 내 팔을 끌어당겨 자기 팔 사이에 끼고, 내 옆에서 한가로이 걸으면서 방을 지나고 계단을 내려 대회당으로 갔다.

"비밀로 할 거야? 우선 그냥 말해봐. 그러고 나서 결정할게."

오빠가 애매한 표정을 지었다.

"내가 완전히 바보인 줄 알아?"

내가 짜증을 내며 말했다.

오빠는 오빠의 가장 매력적인 미소를 지었다.

"가끔은. 자, 이제 말해봐. 비밀이 뭔데?"

"헨리 폐하에 대한 거야. 하느님께 저주받아서 아들을 얻지 못한 거라면서 어젯밤 우셨어."

조지 오빠가 걸음을 멈췄다.

"저주받았다고? 폐하께서 저주받았다고 말씀하셨다고?"

나는 고개를 끄덕였다.

"폐하께선 형님의 아내랑 결혼을 했기 때문에 하느님께서 아들을 주지 않는 거라고 생각하셔."

오빠의 얼굴이 순수한 기쁨으로 빛났다.

"따라와, 당장 따라와."

오빠가 나를 이끌고 두 번째 계단을 내려가 궁전의 오래된 구역으로 향했다.

"옷도 제대로 안 입었잖아."

"상관없어. 외삼촌을 뵈러 가는 거야."

"왜?"

"드디어 폐하께서 우리가 바라던 곳으로 오셨으니까. 마침내, 마침내."

"폐하께서 자신이 저주받았다고 생각하시길 원하는 거야? 세상에, 그럼."

나는 걸음을 멈췄다. 오빠의 팔오금 사이에서 손을 빼낼 생각이었지만, 오빠가 나를 꽉 붙잡고 끌어당겨 계속 앞으로 나아가게 했다.

"왜?"

"넌 역시 생각했던 것처럼 바보야."

오빠가 간단히 말하더니 외삼촌의 방문을 쿵쿵 두드렸다.

문이 홱 열렸다.

"중요한 일이어야 할 게다."

문 사이로 우리가 채 드러나기도 전에 외삼촌이 정중하나 위협적으로 말했다.

"들어오너라."

조지 오빠가 나를 밀어 넣고, 우리 뒤로 문을 닫았다.

외삼촌은 사저의 조그만 난로 앞에 앉아 있었다. 그의 옆에는 에일이 담긴 단지 하나가 놓여 있었고, 앞에는 서류가 한 묶음 있었다. 외삼촌은 털로 안감을 댄 겉옷을 입고 있었다. 그의 사저 안에는 누구의 움직임도 없었다. 조지 오빠가 방 안을 재빨리 한번 둘러보았다.

"말씀드려도 안전한가요?"

외삼촌이 고개를 끄덕이고는 기다렸다.

"지금 방금 폐하의 침실에서 메리를 데리고 왔어요. 폐하께서 자신이 자식이 없는 이유가 하느님의 뜻이 그렇기 때문이라고 말씀하셨대요. 자기 자신을 저주받았다고 하신답니다."

외삼촌의 날카로운 시선이 내 얼굴로 옮아왔다.

"폐하께서 그리 말씀하시던? 저주받았다고?"

나는 망설였다. 헨리 왕은 내 품에 안겨 울었고, 내가 이 세상에서 그의 고통을 애처롭게 여겨주는 유일한 여자인 듯 나를 붙들었었다. 배신감 같은 감정이 내 얼굴에 나타났는지, 외삼촌이 짧게 웃더니, 타오르는 불길에 통나무를 발로 차 넣고는 조지 오빠에게 나를 벽난로 옆 자리에 앉히라고 손짓했다.

"얘기해봐라. 이번 여름에 헤버에서 네 아기들을 보고 싶다면 말이다. 얘기해봐, 네 아들이 반바지를 입기 전에 보고 싶다면."

외삼촌이 조용하게 을렀다.

나는 고개를 끄덕이고 숨을 훅 들이마신 다음, 왕이 사적 공간인 그의 침실에서 내게 털어놓았던 얘기들과, 내가 무슨 대답을 했으며, 그가 어떻게 울고 잠들었는지 하나도 빠짐없이 낱낱이 외삼촌에게 전했다. 외삼촌의 얼굴은 대리석으로 뜬 데스마스크 같았다. 그것에서 나는 아무것도 읽어낼 수가 없었다. 다음 순간 외삼촌이 미소를 지었다.

"유모한테 편지해서 네 아기를 헤버로 데리고 가라 해라. 넌 이달 안에 만나러 가게 될 거다. 무척 잘했구나, 메리."

외삼촌이 말했다.

나는 머뭇거렸지만, 외삼촌은 손을 흔들어 나를 내쳤다.

"가도 된다. 아참, 한 가지 더. 오늘 폐하와 함께 사냥을 나가느냐?"

"예."

"오늘 폐하께서 그 일에 대해 더 말씀하시면, 아니 언제든지 말씀하시면, 여태껏 해온 대로 행동해라. 그저 계속 그대로 해나가는 거야."

나는 머뭇거렸다.

"그대로 하는 게 어떤 건데요?"

"유쾌하고 멍청히 구는 거지. 절대 폐하를 재촉하지 말거라. 신학에 대해서 폐하께 조언을 줄 수 있는 학자들이 있고, 이혼에 대해 조언을 줄 법률가들이 있으니까. 너는 그저 계속 감미롭게 멍청히 굴면 되는 거야, 메리. 솜씨 좋게 잘하잖니."

외삼촌은 내가 모욕당했다는 것을 알고서는, 나를 지나쳐 조지 오빠에게 미소 지었다.

"둘 중에 얘가 훨씬 더 감미로워. 네 말이 맞았다, 조지. 이 아이는 우리가 위로 올라가기 위한 계단의 완벽한 디딤대야."

조지 오빠가 고개를 끄덕이고는, 나를 쓸어내듯 방에서 데리고 나왔다.

나는 나 자신의 불충과 외삼촌에게 치미는 분노가 뒤섞인 괴로움으로 부들부들 떨고 있었다.

"디딤대라고?"

내가 내뱉었다.

조지 오빠가 팔을 건넸다. 나는 오빠의 팔을 잡았고, 오빠는 내 떨리는 손가락 위에 자기 손을 내리눌렀다.

"물론이지. 우리 집안이 위로 또 위로 올라가게 할 방법을 생각하는 게 우리 외삼촌의 임무니까. 우리 각자는 그저 그렇게 나아가기 위한 디딤대일 뿐이지."

오빠가 부드럽게 말했다.

손을 빼내려고 했지만, 오빠가 나를 꽉 붙잡았다.

"나는 디딤대가 되고 싶지 않아! 무엇인가가 될 수 있다면, 나는 켄트에서 조그만 농장 주인이 되겠어. 침대에서 내 두 아이들과 밤에 함께 자고, 남편은 나를 사랑해주는 성실한 남자이고 말이야."

내가 소리쳤다.

어슴푸레한 안뜰에서 조지 오빠가 나를 내려다보며 미소 지었다. 손가락 하나를 내 턱에 대고는 얼굴을 오빠 쪽으로 돌리더니, 입술에 가볍게 키스했다.

"우리 모두 그러겠지. 우리 모두 마음속은 소박한 사람들이야. 하지만 우리 중 몇몇은 위대한 일을 위해 부름을 받았어. 그리고 너는 궁정에서 가장 위대한 불린 가 사람이야. 행복하게 여겨, 메리. 이 소식이 얼마나 앤을 분하게 할지 생각해보라구."

그날 나는 왕과 함께 말을 타고 기나긴 사냥을 나갔다. 사냥은 강을 따라 여러 마일을 나아갔는데, 우리가 쫓던 사슴을 사냥개들이 마침내 물속에다 끌어 넘어뜨렸다. 궁전으로 돌아왔을 때 나는 기진맥진해서 거의 울어버릴 정도였다. 그러나 쉴 시간은 없었다. 그날 저녁에 강가에서 피크닉이 있었다. 악사들은 바지선 위에 올라타 있었고, 왕비의 시녀들은 활인화를 연출했다. 왕과 왕비, 그녀의 시녀들과 나는 물가에서 바지선 세 척이 천천히 상류로 올라오는 것을 지켜보았다. 잊히지 않을 것 같은 감미로운 노래가 빠르게 흐르는 물살을 가로지르며 표류했다. 앤 언니는 바지선의 맨 앞에 조각상처럼 자세를 취한 채 장미꽃잎을 흐르는 물에 흩뿌리고 있었다. 나는 헨리 왕의 두 눈이 언니를 떠나지 않는 것을 보았다. 언니 옆의 다른 시녀들이 배에서 도움을 받아 내리면서 치맛자락을 펄럭펄럭 움직였다. 그러나 오직 앤 언니만이 자신을 의식하는 특유의 매혹적인 방법으로 걸었다. 언니는 마치 세상 모든 남자들이 자기를 지켜보고 있는 듯이 몸을 움직였다. 언니는 자신이 거부할 수 없는 여자인 듯이 걸었다. 그리고 그런 언니의 확신이 얼마나 강한지, 궁정의 모든 남자들은 정말로 언니를 쳐다봤고, 정말로 언니를 거부할 수 없는 여자로 느꼈다. 마지막 곡이 끝나고, 상대편 바지선에 타고 있던 신사들이 물가로 뛰어내렸을 때, 그들 중 몇몇이 언니 쪽으로 달려들었다. 앤 언니는 건널판으로 물러나 젊은 궁정 남자들의 어리석은 행동에 놀란 듯이 웃었다. 언니의 아르페지오 같은 웃음소리에, 나는 헨리 왕의 입가에 미소가 걸리는 것을 보았다. 앤 언니는 머리를 치켜들고는 어느 누구도 언니가 마음에 들어 할 만큼 잘나지 않은 듯 그들 모두에게서 벗어나 곧장 왕과 왕비에게로 다가와 절했다.

"활인화가 마음에 드셨습니까, 폐하?"

언니는 마치 왕을 즐겁게 해주라고 왕비가 지시한 춤이 아닌, 자기가 그들 앞에 내놓은 향응인 것처럼 물었다.

"무척 예뻤네."

왕비가 기를 꺾듯이 말했다.

앤 언니는 살짝 내리 깔은 눈썹 밑으로 왕에게 강렬한 눈빛을 한번 쏘아 보냈다. 그리고는 또다시 정중하게 절한 후 내 쪽으로 한가로이 걸어와 벤치의 내 옆자리에 앉았다.

헨리 왕은 아내와의 대화로 돌아왔다.

"이번 여름에 이동할 때 내가 메리 공주를 방문할 겁니다."

왕비는 놀라움을 감추며 말했다.

"어디서 우리가 공주를 만나는 것입니까?"

"내가 만날 것이라고 했잖아요. 그리고 내가 지시하는 곳 어디든 공주가 와야 하는 것이죠."

헨리 왕이 차갑게 말했지만 왕비는 주춤하지 않았다.

"딸아이를 보고 싶습니다. 그 애와 마지막으로 함께 한 지 벌써 여러 달이 지났어요."

"어쩌면 공주가 당신을 찾아와도 되구요. 당신이 어디에 있든."

헨리 왕이 말했다.

궁정의 모든 사람들이 엿들으려 애쓰는 와중에, 이번 여름에 왕과 함께 여행을 하지 못한다는 것을 알아듣고 왕비는 고개를 끄덕였다.

"고맙습니다. 당신은 정말 친절하십니다. 그리스어와 라틴어 실력이 많이 향상되었다고 공주가 제게 편지했답니다. 그 아이가 뛰어난 공주임을 당신께서 보실 수 있게 되길 바라는 마음입니다."

왕비가 꾸밈없는 위엄으로 말했다.

"그리스어와 라틴어는 공주가 아들과 계승자를 만드는 데 별 도움이 안 될 겁니다. 새우등을 한, 학자로 자라지 않는 것이 좋을 것입니다. 공주의 첫 번째 의무는 왕의 어머니가 되는 것이죠. 당신도 알다시피, 부인."

유럽에서 가장 총명하고 교양 있는, 스페인의 이자벨라 여왕의 딸은, 무릎 위에 두 손을 포개놓고서 가느다란 손가락에 끼어진 호화 찬란한 반지들을 내려다보았다.

왕이 무뚝뚝하게 말했다.

"실로 잘 알고 있습니다."

헨리 왕은 자리에서 벌떡 일어서더니 손뼉을 쳤다. 악사들은 즉각 연주를 멈추고 명령을 기다렸다.

"컨트리댄스 곡을 연주해보게! 만찬 전에 춤을 추자고!"

악사들이 즉시 밝고 쉽게 퍼지는 지그 춤곡(빠르고 활발한 4분의 3박자의 춤.)을 연주하기 시작하자 궁정 사람들은 자기 자리를 잡아 들어갔다. 헨리 왕이 내게 다가왔다. 나는 그와 춤추기 위해 자리에서 일어섰으나, 그는 내게 그저 미소만 보이고는 앤 언니에게 손을 내밀었다. 두 눈을 내리깐 채, 언니는 아예 눈길도 마주치지 않은 채 나를 지나쳤다. 나를 무시하는 듯, 언니의 가운이 내 무릎을 스쳤다. 마치 내가 저 뒤로 언니의 길을 비켜 멀리 물러나 있어야 했다는 듯, 마치 모든 사람들이 항상 한걸음 뒤로 물러나 언니에게 길을 내줘야 한다는 듯.

앤 언니는 사라졌고, 올려다보다 왕비와 눈이 마주쳤다. 내가 비둘기장에서 푸드덕거리며 경쟁하는 새들을 볼 때와 같이, 왕비는 나를 무표정하게 바라보았다. 상관없다는 듯했다. 때가 되면 모두 잡혀 먹힐 테니.

헤버에서 아이들을 만날 수 있도록 궁정이 어서 여름나기로 떠나가기를 갈망하고 있었다. 그러나 울지 추기경과 왕은 궁정이 어디로 제일 먼저 갈지를 합의보지 못해 이동이 지체되었다. 스페인과 적대하는 잉글랜드의 새로운 동맹국인 프랑스와 베니스, 그리고 로마 교황과의 협상에 깊이 몰두하고 있는 추기경은, 사태가 전쟁으로 이어지게 되면 그가 왕에게 손쉽게 연락을 취할 수 있도록 궁정이 런던 가까이에 머물기를 원했다.

그러나 도시와 모든 항구에는 페스트가 만연하고 있었고, 헨리 왕은 질병을 몹시 무서워했다. 그는 도시에서 멀리 벗어나 물이 맑고, 도시의 매음굴에서 탄원자나 거지 무리가 쫓지 않을 시골로 들어가길 원했다. 추기경은 싸울 수 있을 만큼 최대한으로 논쟁했지만, 병과 죽음에서 도피하려는 헨리 왕을 막을 수는 없었다. 왕은 메리 공주를 만나러 웨일스까지는 가겠지만, 런던 근처에는 머물지 않을 작정이었다.

왕의 분명한 허락과 조지 오빠의 인도가 없이는 나는 아무 데도 갈 수 없었다. 나는 그 두 사람이 울타리로 둘린 코트에서 뜨거운 햇볕을 받으며 테니스를 치고 있는 것을 발견했다. 나는 그들을 지켜보았다. 조지 오빠가 잘 받아친 공이 돌출되고 금이 간 지붕에 맞고 튀어 코트로 굴러들어왔으나, 헨리 왕은 벌써 그 자리로 움직여서 공을 강하게 쳐 모서리로 보냈다.

조지 오빠는 검객처럼 한 손을 위로 들어 올리며 득점을 인정하더니, 다시 공을 서브했다. 앤 언니는 코트 가의 그늘에 다른 시녀들 몇 명과 함께 앉아 있었다. 언니는 분수대의 조그만 조각상처럼 자세를 취하고 있어 시원해 보였다. 최대한 훌륭하게 옷을 갖춰 입고 있었고, 모든 총애를 바라고 있었다. 나는 이를 갈며 언니 옆에 앉아 언니보다 더 빛나고 싶은, 무섭게 치미는 욕망을 억제했다. 대신 나는 뒤에 서서 왕이 시합을 끝내기를 기다렸다.

물론 왕이 이겼다. 조지 오빠는 그를 막판까지 끌고 갔다가 누구라도 납득할 만하게 졌다. 시녀들은 모두 박수를 쳤고, 왕은 상기된 얼굴로 미소를 머금은 채 돌아섰다가 나를 보았다.

"당신 오라버니한테 내기를 걸지 않았길 바라는데."

"기술을 요하는 어떤 게임에도 폐하의 상대편에 절대 모험을 걸지는 않을 겁니다. 저는 제 작은 재산에 매우 신중하거든요."

그 말에 왕은 싱긋 웃고는 시동에게서 손수건을 받아들어 혈색 좋은 얼굴을 닦았다.

"부탁을 드리러 왔습니다. 우리 아들딸을 보고 싶습니다, 궁정이 여행을 떠나기 전에."

누군가 우리를 방해하기 전에 내가 재빨리 말했다.

"우리가 어디로 갈는지 누가 알까. 울지 추기경이 계속……."

헨리 왕이 말했다. 얼굴이 찡그려지며 주름살이 졌다.

"만일 제가 오늘 떠난다면, 이번 주 안에 돌아올 수 있어요. 그다음 당신과 함께 여행을 떠날 수 있구요, 당신께서 어디로 가길 마음먹으시던지 말이죠."

내가 조용히 말했다.

왕은 내가 떠나는 것을 원치 않았다. 그의 입술이 미소를 잃었다. 나는 조지 오빠에게 재빨리 시선을 쏘아 보내 도와달라고 재촉했다.

"돌아와서 우리한테 아기가 어떻게 지내는지 말해주면 되겠구나! 아버지처럼 잘생기고 튼튼한지도 말이야. 아이가 금발이라고 유모가 그러든?"

조지 오빠가 말했다.

"튜더 가답게 황금빛이래. 하지만 아버지보다 잘생겼는지는 아무도 말 못 하던데."

내가 재빨리 말했다.

우리는 헨리 왕이 불쾌해지기 전에 그를 기분의 끝자락에서 붙잡았다. 미소가 다시 돌아왔다.

"아, 당신은 아첨꾼이야, 메리."

"함께 떠나기 전에 아기를 잘 돌보고 있는지 정말이지 너무도 보고 싶어요, 폐하."

"아아, 잘 알겠네."

그가 아무렇게나 대답했다. 그의 눈동자가 나를 지나쳐 앤 언니에게로 향했다.

"뭔가 다른 할 일을 찾겠어."

왕이 자신들이 있는 쪽을 바라보는 것을 알고, 앤 언니 주위의 다른 시녀들이 모두 미소 지었다. 더 대담무쌍한 시녀들은 고개를 쳐들고 어깨를 돌리고는 경마장의 훈련받은 조랑말처럼 교태를 부렸다. 오로지 앤 언니만 왕을 힐금 쳐다보고는 그의 관심이 아무래도 상관없는 일이라는 듯 눈길을 돌렸다. 언니는 시선을 돌리고서 프랜시스에게 미소 지었다. 언니가 고개를 돌리는 것은 다른 여자들이 약속을 하자고 속삭이는 것만큼이나 유혹적이었다. 프랜시스는 즉각 언니 옆에 왔고, 언니의 손을 잡고서 입술로 가져가 입을 맞췄다.

나는 왕의 얼굴이 어두워지는 것을 보며 앤 언니의 무모함에 경탄했다. 왕은 손수건을 목에 두르고는 테니스 코트 문을 열었다. 놀란 시녀들은 즉시 자리에서 일어나 무릎을 굽히며 정중히 절했다. 앤 언니는 힐끗 돌아보더니, 여유 있게 프랜시스 경에게서 손을 거두고는 역시 살짝 절을 했다.

"게임을 조금이라도 보았나?"

왕이 갑작스레 언니에게 물었다.

앤 언니는 무릎을 펴며 일어서더니, 왕의 눈 밖에 나도 관계없다는 듯이 그의 얼굴을 들여다보며 미소 지었다.

"반쯤 보았습니다."

언니가 무관심하게 말했다.

왕의 얼굴이 어두워졌다.

"반쯤이라고, 아가씨?"

"제가 왜 폐하의 상대를 보겠습니까? 폐하께서 코트에 계시는데요?"

순간 침묵이 흐르더니 곧 왕이 큰 소리를 내어 웃었다. 궁정 사람들은 겨우 1초 전까지만 해도 언니의 건방진 행동에 숨죽였던 적이 없다는 듯이 알랑거리며 그와 함께 웃었다. 앤 언니는 특유의 눈부신 사기꾼 같은 미소를 머금었다.

"그렇다면 자네에겐 게임이 전혀 이해가 가지 않겠군. 겨우 반만 보았으니 말이야."

헨리 왕이 말했다.

"저는 해만 볼 뿐, 그림자는 보지 않습니다. 낮만 볼 뿐, 밤은 보지 않습니다."

언니가 재치 있게 응수했다.

"나를 해라고 부르는 건가?"

언니가 그에게 웃어 주었다.

"눈부십니다. 눈부셔요."

언니가 속삭였다. 그 말은 아침 중에서도 가장 은밀한 것이었다.

"내가 눈부시다는 건가?"

그의 오해에 놀랐다는 듯이 언니가 눈을 동그랗게 떴다.

"해 말입니다, 폐하. 오늘 해가 참 눈부시군요."

* * *

헤버는 켄트의 푸르름으로 무성한 들판에 놓여 있는 작은 탑 모양
으로 된 조그만 회색빛 섬이었다. 우리는 서쪽 끝에 아무렇게나 열
려 있는 문을 통해 정원으로 들어섰고, 저녁놀을 등지고 있는 성을
향해 말을 몰았다. 황금색 빛 속에서, 복잡하게 놓여 있는 붉은 기와
지붕이 빛났고, 회색 석조 벽은 잔잔한 해자의 물에 반사되어 성 두
채가 상상의 세계에서 내 집처럼 하나가 다른 하나 위에 떠 있는 듯
이 보였다. 해자에는 야생 백조 한 쌍이 부리로 서로를 쪼며 굽은 목
으로 하트 모양을 만들고 있었다. 반사된 모습이 네 마리의 백조를
만들었고, 그들 주위로는 반사된 성의 모습이 수면 위에서 흔들거리
고 있었다.

"예쁘다. 항상 여기서 지내고 싶게 만드는데."

조지 오빠가 짤막하게 말했다.

우리는 해자의 가장자리를 지나 납작한 널빤지로 된 다리를 건너
서, 강을 넘어 이어지는 길을 따라갔다. 도요새 한 쌍이 갈대밭에서
휙 날아올랐다. 그 퍼덕이는 소리에, 지친 내 말은 겁을 먹고 주춤했
다. 강 양옆 초지의 건초는 잘려 있었고, 달콤한 풀냄새가 저녁 공기
속을 떠다니고 있었다. 다음 순간 누군가 소리치는 소리가 들려왔

다. 제복을 입은 아버지의 부하 두어 명이 경비실에서 허겁지겁 나와 도개교에 정렬했다. 그들은 손으로 노을빛을 가리고 있었다.

"젊은 주인님과 캐리 마님이십니다."

병사 한 명이 외쳤다. 뒤에 있던 사내가 돌아서더니 소식을 듣고 안뜰로 뛰어들어갔다. 우리는 말들에게 속도를 늦춰 걷도록 했다. 종이 울리자 경비병들이 경비실에서 부리나케 나왔고, 하인들은 안마당에 허둥지둥 모여들었다.

우리 병사들의 무능함에 조지 오빠는 내게 애처로운 미소를 던지고는, 말고삐를 당겨 멈춰 서서 내가 먼저 도개교를 건너 아치형 통로의 격자문 아래를 지나도록 했다. 부엌에서 고기를 낀 쇠꼬챙이를 돌리던 누더기 옷의 꾀죄죄한 사내들에서부터 대회당의 문을 열고 안에 있는 하인들을 날카롭게 불러내는 우두머리 하녀까지, 모두 안마당으로 서둘러 모였다.

"주인님, 캐리 마님."

우두머리 하녀가 앞으로 나서며 말했다. 찬방 하인이 함께 한 걸음 나아왔고, 둘은 나란히 인사했다. 마부가 내 고삐를 잡아주고 경비 책임자가 안장에서 내리는 나를 도와주었다.

"우리 아기는 어떤가?"

내가 우두머리 하녀에게 물었다.

그녀는 안뜰 구석에 있는 계단 쪽으로 고갯짓했다.

"저기 오십니다."

재빨리 돌아보자, 유모가 햇빛 속으로 내 아기를 데리고 나오고 있었다. 맨 먼저 나는 아기가 얼마나 컸는지 알아보아야 했다. 내가 마지막으로 아기를 보았을 때 막 1개월이 되었었고, 태어났을 때는 조그만 아기였다. 이제 나는 아기의 볼이 포동포동해지고 장밋빛 분홍색으로 물든 것을 볼 수 있었다. 유모는 손을 오목이 하여 아기의 금발 머리를 받치고 있었다. 돌연 북받치는 질투가 얼마나 강렬한지 왕의 아들, 나의 아들의 머리를 받치고 있는 그녀의 커다랗고 붉은 노동에 찌든 손을 보자 거의 속이 뒤집힐 지경이었다. 아기는 포대기 판에 묶여 강보로 칭칭 둘러싸 단단하게 감싸져 있었다. 내가 아기에게로 손을 뻗자, 유모는 마치 접시에 담긴 음식처럼 아기를 내게 건네줬다.

"도련님은 건강하십니다."

유모가 방어적으로 말했다.

나는 아기를 들어 올려 자세히 그 얼굴을 보려 했다. 조그만 두 손과 팔은 옆구리에 붙여져 있고, 머리조차 움직이지 않도록 꽉 감싸져 있었다. 오로지 두 눈만이 움직였는데, 눈동자가 내 얼굴을 입에서부터 눈까지 유심히 바라보다가 내가 등지고 있는 하늘과 내 머리 위로 탑을 빙빙 도는 큰 까마귀를 쳐다보았다.

"너무 사랑스러워."

내가 속삭였다.

좀더 여유 있는 태도로 말에서 내린 조지 오빠는, 마구간 청년에게 고삐를 던져주고 내 어깨너머를 들여다보았다. 짙은 파란색 눈동자가 아기에게 향하더니 새로운 얼굴을 찬찬히 살펴보았다.

"자기 외삼촌을 보고 있군. 좋아. 나를 똑똑히 기억해두라고, 총각. 우리는 출세하도록 서로를 도울 테니. 정말 튜더 가 아이답지 않니, 메리? 폐하와 판박이잖아. 잘했어."

조지 오빠가 만족해하며 말했다.

나는 장밋빛 뺨과 레이스 모자 밑에 가닥가닥 빛나는 금발머리, 차분하고 용감하게 조지 오빠의 얼굴과 내 얼굴을 번갈아 보는 짙은 파란색 눈동자를 보며 미소 지었다.

"정말 그렇지?"

"기분이 좀 묘하다. 한번 생각해봐, 이 조그만 천 뭉치한테 충성을 맹세하게 될지도 몰라. 언젠가 잉글랜드의 왕이 될지도 모른다고. 이 아이가 유럽에서 가장 위대한 남자가 되어 너랑 내가 얘한테 완전히 의지하게 될지도 모른다니까."

조지 오빠가 나만 듣도록 목소리를 낮춰 속삭였다.

나는 포대기 판을 좀더 꽉 쥐었다. 나무틀에 단단히 묶여 있는 조그맣고 따뜻한 몸이 느껴졌다.

"미래가 어떠하든 하느님, 제발 아기를 안전하게 지켜주세요."

내가 속삭였다.

"우리 모두를 안전하게 지켜주세요. 왕위로 올려 보내는 길이 평탄치 않을 테니까요."

조지 오빠가 되받았다.

오빠는 심각하게 생각하는 것에 조바심이 났는지, 내게서 아이를 빼앗아 유모에게 무심히 건네고는 성의 정문으로 나를 이끌었다. 나는 멈칫했다. 바로 문 앞의 충계 위에 조그만 두 살배기 여자아이가 짧은 아동복을 입고 나를 올려다보고 있었다. 한 여자가 아이의 손을 꽉 잡고 있었다. 내 딸 캐서린은 내가 낯선 사람인 양 내 얼굴을 물끄러미 올려다보았다.

나는 안뜰의 자갈로 된 돌바닥 위에 털썩 무릎을 꿇었다.

"캐서린, 내가 누군지 알겠니?"

아이의 조그맣고 창백한 얼굴은 떨렸으나 구겨지진 않았다.

"어머니요."

"그래, 이곳에 와서 너를 보고 싶었지만 어른들께서 허락해주시지 않았단다. 보고 싶었어, 내 딸아. 너를 내 곁에 두고 싶었어."

캐서린은 자신의 조그만 손을 붙잡고 있는 하녀를 힐끗 올려다보았다. 하녀가 손바닥을 꽉 쥐어 대답하라고 시켰다.

"예, 어머니."

아이가 조그만 목소리로 말했다.

"엄마를 조금이라도 기억하니?"

내가 물었다. 들을 수 있는 거리의 모든 사람들은 내 목소리에 어린 고통을 명백히 알아차렸을 것이다. 캐서린은 손을 잡고 있는 하녀를 올려다보다가 다시 내 얼굴을 쳐다보았다. 입술이 떨리고 얼굴이 구겨지더니, 아이는 앙 하고 울음을 터뜨렸다.

"아이고."

조지 오빠가 피곤한 듯이 말했다. 오빠의 손이 내 팔꿈치 밑을 단단히 잡아 나를 끌어올리더니 문지방을 넘어 집 안으로 데려갔다. 그리고 오빠는 나를 대회당 쪽으로 강압적으로 밀었다. 한여름이었지만 난로가 켜져 있었고, 그 앞의 커다란 의자는 친할머니가 차지하고 있었다.

"잘 지내셨어요."

조지 오빠가 간결하게 말하더니 우리를 따라 들어온 집안 일꾼에게로 돌아섰다.

"나가세요. 각자 할 일들 하시구요."

오빠가 무뚝뚝하게 말했다.

"메리는 왜 저러니?"

할머니가 오빠에게 물었다.

"더위, 햇볕, 뭐, 그런 거 때문이죠."

오빠는 되는 대로 즉석에서 지어냈다.

"말 타고 오느라 그렇기도 하구요. 애 낳은 다음에."

"그게 다니?"

할머니가 까다롭게 물었다.

조지 오빠가 나를 의자에 떠밀어 앉히고는 자신도 자리에 털썩 주저앉았다.

"목도 마르구요. 포도주 한잔 마시고 싶어서 애가 반쯤 죽은 것 같은데요. 적어도 저는 그러네요, 할머님."

오빠가 빈정대듯 말했다.

노부인은 오빠의 버릇없는 행동에 빙긋 웃더니 뒤에 있는 육중한 찬장을 손짓으로 가리켰다. 조지 오빠는 자리에서 일어나 나와 오빠 몫의 포도주를 한 잔씩 따랐다. 오빠는 포도주를 단숨에 꿀꺽 비우더니 한 잔을 더 따랐다.

나는 손등으로 입술을 문지르고 주위를 둘러보았다.

"캐서린 좀 불러줘."

"내버려둬."

조지 오빠가 조언했다.

"나를 거의 모르잖아. 나를 완전히 잊어버린 것 같아."

"그러니까 내버려두라고."

따지려고 했지만 조지 오빠가 계속 우겼다.

"종소리를 들었을 때 육아실에서 끌려나와 가장 좋은 가운에 쑤셔 입혀져서 아래층으로 내려와 너를 공손하게 반기라고 명받았을 거야. 그 불쌍한 아이는 십중팔구 겁에 질려 있을 거라고. 정말이지 메리, 아버지랑 어머니가 오시는 걸 알았을 때 우리가 야단법석을 떤 거 기억 안 나? 처음으로 궁정에 가는 것보다 더 심했어. 너는 겁에 질려 토하곤 했고, 앤은 며칠씩 가장 좋은 드레스를 입고 돌아다니곤 했잖아. 어머니가 만나러 오는 건 언제나 겁나는 일이야. 다시 편해지게 조금 시간을 줘. 그 다음에 조용히 캐서린의 방으로 올라가서 함께 시간을 보내면 되잖아."

나는 그 상식적인 판단에 고개를 끄덕이고는 의자에 몸을 기댔다.

"모두들 궁정에서 잘 지내니? 우리 아들은 어때? 네 엄마는?"

노부인이 물었다.

"뭐, 아버지는 지난달에 베네치아에 계셨어요. 동맹을 위해 힘쓰셨거든요. 울지 추기경의 일이죠. 어머니는 잘 계세요. 왕비마마의 시중을 드시면서."

조지 오빠가 간단히 말했다.

"마마는 잘 계시냐?"

오빠는 고개를 끄덕였다.

"올해는 폐하와 함께 이동하지 않으세요. 궁정에서 상당히 밀려나셨죠."

노부인은 죽음을 향해 너무나도 천천히 나아가는 여인에 대한 익숙한 이야기에 고개를 끄덕였다.

"폐하는? 여전히 메리가 가장 총애를 받느냐?"

"메리나 앤이오."

조지 오빠가 웃으면서 대답했다.

"불린 가 여자들이 취향에 맞으시는 것 같아요. 메리가 여전히 가장 총애받고 있어요."

할머니가 예리하고 밝은 시선을 내게로 돌렸다.

"너는 착한 아이지. 여기서 얼마나 있을 게냐?"

할머니가 찬성하듯 말했다.

"일주일이오. 그게 허락받은 전부거든요."

"너는?"

할머니가 조지 오빠를 돌아보며 물었다.

"며칠 있을 것 같아요. 헤버가 여름에 얼마나 아름다운지 잊고 있었거든요. 그냥 계속 있다가 궁정으로 돌아가야 할 때 메리를 데리고 갈지도 모르구요."

조지 오빠가 느긋하게 말했다.

"난 하루종일 애들이랑 있을 거야."

내가 오빠에게 경고했다.

"괜찮아. 말벗은 필요 없을 테니까. 글을 쓸 거야. 시인이 되겠어."

오빠가 싱긋 웃었다.

나는 조지 오빠의 조언에 따라 아주 작고 휘어진 계단을 올라 내 조그만 방에 들어가서, 대야에 물을 받아 얼굴을 씻고, 납으로 된 창에서 어둑어둑해지는 성 주위의 정원을 내다보았다. 그때까지 나는 캐서린에게 다가가지 않았다. 가면올빼미의 흰 부분이 스쳐 지나는 것을 보았고, 심문하는 듯 부엉부엉 우는 소리가 들리더니, 곧이어 숲 속에서 그의 짝이 답하는 소리가 들려왔다. 나는 해자에서 물고

기가 뛰어오르는 소리를 들었고, 별들이 푸르고 어슴푸레한 하늘에 은색 점을 콕콕 찍기 시작하는 것을 보았다. 그때, 바로 그제야 비로소 나는 내 딸을 찾아 육아실로 갔다.

캐서린은 난로 앞 의자에 앉아 빵을 담근 우유 한 그릇을 무릎에 올려두고는, 숟가락을 입에 반쯤 가져가다 말고 자신의 머리 위에서 보모와 또 다른 하녀가 잡담하는 것을 듣고 있었다. 나를 본 그녀들은 후다닥 일어섰고, 보모가 재빨리 낚아채지 않았으면 캐서린은 그릇을 떨어뜨릴 뻔했다. 다른 하녀는 가운을 휙 날리며 사라졌고, 보모는 캐서린 옆에 앉아 내 딸이 먹는 것을 지켜보면서 난로에 너무 가까이 있지는 않은지 확인하는 모습을 훌륭하게 연출했다.

나는 자리를 잡아 호들갑이 조금 가라앉고 캐서린이 마지막 남은 저녁식사 한 숟갈을 떠먹는 모습을 볼 수 있을 때까지 아무 말도 하지 않았다. 보모가 아이의 손에서 그릇을 가져가자, 나는 그녀에게 나가 있으라고 고갯짓했다. 보모는 다른 말 없이 곧장 나갔다.

나는 가운 주머니를 뒤적였다.

"조그만 선물을 가져왔지."

그것은 솜씨 좋게 얼굴을 새겨 끈에 매달은 도토리였다. 도토리의 조그만 깍정이가 머리 위에 모자를 만들었다. 캐서린은 즉시 빙긋 웃더니 달라고 손을 내밀었다. 캐서린의 손바닥은 여전히 아기의 손처럼 통통했고, 손가락은 아주 조그마했다. 나는 도토리를 아이의 손에 놓으면서 부드러운 피부를 느꼈다.

"이름을 지어줄래?"

내가 물었다.

캐서린이 조금 얼굴을 찡그리자 부드러운 이마에 주름이 잡혔다. 아이의 금색과 청동색이 섞인 머리칼은 얼굴에서 넘겨져 나이트캡에 반쯤 가려 있었다. 나는 나이트캡에 달린 리본을 조심스레 만지고 나서, 테 밑에 늘어진 금색 단발의 곱슬머리를 만졌다. 캐서린은 내가 만져도 움찔하지 않았다. 아이는 도토리에 완전히 빠져 있었다.

"뭐라고 부를까요?"

파란 눈동자가 나를 올려다보며 반짝거렸다.

"그 애는 오크나무에서 왔어. 도토리거든. 그 나무가 바로 왕이 우리 모두가 심길 원하시는 나무야. 튼튼한 나무로 자라 폐하의 배를 만들 때 쓰이거든."

"오키라고 부르겠어요."

캐서린이 결정하고 말했다. 아이는 분명하게 왕이나 왕의 배에는 관심이 없었다. 캐서린이 줄을 잡아당기자 조그만 도토리가 까딱까딱 움직였다. "춤춘다." 하고 아이는 만족스럽게 말했다.

"오키랑 같이 내 무릎에 앉을래? 그럼 오키가 멋진 연회에 가서 다른 도토리들이랑 모두 같이 춤춘 이야기를 해줄 수 있는데?"

잠깐 동안 캐서린은 망설였다.

"개암들도 왔대. 그리고 밤들도. 굉장한 숲 속의 무도회였어. 내 기억으론 베리들도 왔어."

내가 유혹하듯 말했다.

이 정도면 충분했다. 캐서린은 의자에서 일어서더니 내게로 왔다. 나는 아이를 들어 내 무릎에 앉혔다. 내가 기억하고 있었던 것보다 무거웠다. 내가 매일 밤 생각했던 꿈속의 아이가 아닌, 단단한 살과 뼈로 된 아이였다. 나는 캐서린을 무릎에 앉히고, 아이의 따뜻함과 힘을 느꼈다. 따뜻한 모자에 내 뺨을 기대고 아이의 곱슬곱슬한 머리칼이 내 목을 간질이는 것을 느꼈다. 캐서린의 달콤한 살 냄새, 그 기분 좋은 아기냄새를 들이마셨다.

"얘기해주세요."

캐서린이 말했다.

내가 숲 속의 무도회 이야기를 시작하자 아이는 이야기를 들으려고 몸을 뒤로 기댔다.

조지 오빠, 두 아기, 그리고 나, 이렇게 우리는 함께 멋진 일주일을 보냈다. 우리는 햇볕 아래서 걸었고, 그루터기에서 부드러운 풀이 다시 돋아나기 시작하는 건초 초지로 피크닉을 나갔다. 성에서 보이지 않는 곳으로 나올 때면, 나는 아기 헨리를 싸고 있는 강보를 벗겨 따뜻한 공기 속에서 아기가 두 다리를 걷어차고 자유로이 움직일 수 있도록 했다. 나는 캐서린과 공놀이를 하고, 숨바꼭질을 하곤 했다. 훤히 트인 초지에서 적당한 놀이는 아니었지만, 캐서린은 아직 눈을 꼭 감고 머리를 숄 밑에 숨기면 자기가 보이지 않는다고 믿는 나이였다. 또 조지 오빠와 캐서린은 달리기 시합을 했는데, 점점 더 부당하게 오빠의 조건이 불리해졌다. 처음에 오빠는 한 발로 깡충깡충 뛰어가야 했으나, 다음에는 기어가고, 주말이 되어서는 내가 두 발을 잡은 채 오로지 손으로만 엉금엉금 기어가야 했다. 그렇게 불공평한 시합으로 캐서린이 조그맣고 불안정한 두 발로 이길 수 있게 했다.

궁정으로 떠나기 전날 밤, 나는 식사조차 할 수 없었다. 몸을 가눌 수 없을 정도로 슬펐다. 내가 떠난다는 것을 캐서린에게 도저히 말할 수가 없었다. 새벽에 나는 도둑처럼 몰래 도망쳤다. 아이가 깨어나면 엄마가 가능한 한 빨리 돌아오겠으니, 말 잘 듣고 오키도 잘 돌볼 것을 전해달라고 보모에게 부탁했다. 극심한 고통으로 정신이 몽롱해진 상태로, 나는 정오까지 말을 몰았다. 정오에 조지 오빠가 말을 꺼내기 전까지, 나는 우리가 출발했을 때부터 비가 내리고 있었다는 사실도 알아차리지 못했다.

"이런 정말, 어서 비를 피하고 뭐 좀 먹자."

오빠는 제9시과(時課: 고대 로마에서는 오후 3시, 지금은 정오에 드리는 기도.)를 알리는 종소리가 울려 퍼지기 시작하는 수도원 앞에 멈춰서 있었다. 오빠는 땅으로 풀쩍 뛰어내리더니 나를 안장에서 들어 내려줬다.

"오는 내내 울었어?"

"그런 것 같아. 아이들을 생각하면 견딜 수가……."

"그럼 생각하지 마."

오빠가 기운차게 말했다. 우리 하인들 중 하나가 커다란 종을 울려 문지기에게 우리가 찾아온 것을 알리는 동안, 오빠는 뒤로 물러서 있었다. 커다란 문이 열리자 오빠는 나를 데리고 안뜰을 지나 계단을 올라가 식당으로 향했다. 일찍 들렀는지, 겨우 수도사 두어 명이 백랍제 그릇과 에일이나 포도주를 위한 백랍제 잔을 식탁에 준비하고 있었다.

조지 오빠가 그중 한 명에게 손가락을 탁 튀겨, 포도주를 가져오라며 수도사를 종종걸음으로 다녀오게 했다. 오빠가 차가운 금속 잔을 내 손에 쥐여주었다.

"마셔, 그리고 그만 울어. 오늘밤까진 궁정에 도착해야 하는데, 창백한 얼굴이랑 빨간 눈을 해가지고 돌아갈 순 없잖아. 추한 꼴로 돌아가면 다시는 헤버로 보내지 않으실 거야. 넌 원하는 대로 할 수 있는 여자가 아니잖아."

오빠가 단호히 말했다.

"세상에 원하는 대로 할 수 있는 여자가 있으면 한번 보여줘 봐."

내가 분개하며 격렬히 말하자 오빠가 웃었다.

"못하지. 그런 여자는 한 명도 모르거든. 우리 아기 헨리랑 나는 남자라서 얼마나 다행인지."

저녁까지 우리는 윈저에 당도하지 못했고, 우리가 도착했을 때 궁정은 떠나기 직전이었다. 앤 언니조차도 꾸리는 것을 잠깐 멈추고 내 모습을 검사할 만한 여유가 없었다. 언니는 허겁지겁 준비를 하고 있었다. 새로운 가운 두 벌이 커다란 여행용 가방 안으로 사라지는 것을 보았다.

"그것들은 뭐야?"

"폐하께서 주신 선물."

언니가 간단히 대답했다.

나는 아무 말 없이 고개를 끄덕였다. 언니는 내게 비웃는 듯한 미소를 던지더니, 같은 짝인 두건들도 함께 넣었다. 의심할 여지없이 언니가 내게 보이려 했듯, 적어도 하나는 작은 진주알로 빽빽하게 꿰매어져 있는 것을 보았다. 나는 창가 벤치로 가 꾸린 모든 물건 위에 망토를 덮고 가방을 끈으로 묶으라고 언니가 하녀를 부르는 모습을 지켜보았다. 여자아이와 그녀를 뒤따라 짐꾼이 가방을 나르려고 왔을 때, 앤 언니가 도전적으로 내게 돌아섰다.

"그래서?"

"무슨 일이야? 가운들은 다 뭐야?"

내가 묻자 언니는 뒷짐을 지고 여학생처럼 새치름하게 돌아섰다.

"폐하께서 나한테 구애하고 계셔. 내놓고."

"언니, 그분은 내 애인이잖아."

느릿하게 언니가 어깨를 으쓱였다.

"넌 여기 없었잖아? 넌 한가롭게 헤버로 내려갔었어. 폐하보다 네 아이들을 더 원해서. 넌 엄밀히 말해······."

언니가 잠시 말을 멈췄다.

"뜨겁진 않았어."

"언니는 그렇고?"

언니가 속으로 약간은 조롱하는 듯 미소 지었다.

"공기가 확실히 뜨겁네, 올해는."

나는 울화가 치밀어 이를 악물었다.

"언니는 폐하께서 내게 꾸준히 관심을 갖도록 했어야 하는 거잖아, 딴 길로 새게 하는 게 아니라."

언니가 또다시 어깨를 으쓱했다.

"폐하도 남자야. 남자는 쫓아내는 것보다 흥미를 일으키게 하는 게 더 쉽지."

"궁금한 게 하나 있어. 폐하께서 언니에게 그런 선물을 주셨다면, 분명히 언니는 폐하의 관심을 받고 있는 거네. 궁정에서 한 걸음 위로 올라갔어. 언니가 총애받고 있는 거구."

말이 칼이었다면, 나는 언니의 자만하면서 미소 짓고 있는 얼굴을 향해 칼날을 앞으로 해서 던졌을 것이다.

언니가 고개를 끄덕였다. 쓰다듬는 고양이에게서 나는 따뜻한 냄새처럼, 만족감이 언니 주위를 감돌고 있었다.

"폐하께서는 모두가 인정한 내 애인임에도 불구하고, 언니는 분명하게 이런 식으로 행동하는구나."

"그렇게 하라고 지시받았어."

언니가 거만하게 말했다.

"내 자리에 대신 들어앉으라고 지시받진 않았잖아."

내가 날카롭게 말했다.

언니는 완전히 결백하다는 듯 으쓱했다.

"폐하께서 나를 원하신다면 내가 뭘 어쩌겠어. 궁정에는 나를 원하는 남자들로 가득 차 있어. 내가 그들을 부추기니? 아니잖아."

언니가 우유같이 부드럽게 말했다.

"지금 나랑 얘기하고 있다는 걸 기억해. 난 언니가 알고 있는 얼간이들 중 하나가 아니야. 언니가 모든 사람을 부추긴다는 걸 알고 있어."

내가 진지하게 말했다.

언니가 내게 똑같이 무미건조한 미소를 보였다.

"뭘 바라는 거야, 언니? 폐하의 정부가 되길 원해? 나를 내 자리에서 밀어내길 바라는 거야?"

언니의 얼굴에 떠올랐던 자만하는 듯한 기쁨이, 몰두해서 깊이 생각하는 표정으로 바로 바뀌었다.

"응, 아마도. 하지만 그건 모험이야."

"모험?"

"폐하께서 나를 갖게 하면, 그로 해서 아마 폐하는 내게 관심을 잃으실 거야. 붙잡기 힘든 분이시니까."

"나는 별로 힘들지 않던데."

나는 점수를 조금 땄다.

"아무것도 얻는 게 없어. 폐하께서 베시 브라운트랑 끝내셨을 때도 베시를 보잘것없는 사람한테 시집 보내셨어. 베시도 얻은 게 아무것도 없었어."

나는 입안에 피 맛이 느껴질 정도로 세게 혀를 깨물었다.

"뭐, 언니가 그렇게 말한다면야."

"내 생각에 나는 살아남을 것 같아. 폐하께서 내가 베시 브라운트도, 메리 불린도 아니라는 걸 아실 때까지 말이야. 그네들보다 월등히 대단한 사람이란 것을. 폐하께서 내게 뭔가 제시해야 한다는 걸, 아주 대단한 걸 제시해야 한다는 걸 아실 때까지 살아남을 것 같아."

나는 잠시 잠자코 있었다.

"헨리 퍼시 경을 다시 돌려받고 싶은 거라면, 그건 절대 불가능할 거야. 언니가 총애를 받는다 해도, 폐하께서 퍼시 경을 주시진 않을 테니까."

언니가 커다란 걸음으로 두 번 성큼성큼 걸어 방을 가로질러 오더니 내 양쪽 손목을 낚아챘다. 언니의 손톱이 내 살을 파고들었다.

"두 번 다시 그 사람 이름을 꺼내지 마. 두 번 다시!"

언니가 쉿 소리를 내며 말했다.

나는 두 손을 거칠게 뿌리치고 언니의 어깨를 붙잡았다.

"하고 싶은 말은 할 거야. 언니가 내게 하고 싶은 말을 하는 것처럼 말이야. 언니는 저주받았어, 하나뿐인 사랑을 잃더니 이제 제 것이 아닌 건 무엇이든 모조리 원해. 내 것은 무엇이든 갖고 싶어하지. 언니는 늘 내 것은 무엇이든 갖고 싶어했어."

내가 단언했다.

언니가 내 손아귀에서 벗어나더니 문을 벌컥 열었다.

"나가줘."

언니가 명령했다.

"언니가 나가. 기억해, 여긴 내 방이야."

내가 바로잡아 말했다.

잠시 우리는 마구간 담 위의 고양이들처럼 고집스럽게, 공통된 분노와 그것보다 더욱 어두운 무엇으로 가득 차서, 세상에는 사실 한 명의 여자만을 위한 공간밖에 없다는, 자매 사이의 오래된 생각을 가지고 서로를 노려보았다. 싸움 하나하나가 죽음으로 이끈다는 생각으로.

내가 먼저 물러났다.

"우린 한편이여야 하잖아."

언니가 문을 쾅 닫았다.

"이건 우리 방이야."

언니가 똑똑히 밝혔다.

이제 앤 언니와 나 사이에 확실하게 선이 그어졌다. 어린 시절 늘 우리 중 누가 더 훌륭한 불린 가 여자인지 의문이었는데, 이제 우리의 소녀 시절의 경쟁이 왕국의 가장 거대한 무대에서 펼쳐지게 되었다. 여름이 끝날 때쯤이면 우리 중 한 명이 왕의 정부로 인정되는 것이고, 다른 한 명은 그녀의 하녀이자 조수, 어쩌면 광대로 남는 것이다.

언니를 이길 수 있는 방법이 도무지 없었다. 언니를 적대하여 음모를 꾸미려 해도, 내게는 동맹자도 권력도 없었다. 우리 집안사람들 모두 왕이 밤에는 나를 침대에 두고, 낮에는 언니를 팔에 두는 것에 아무런 손해 볼 것도 없다고 느꼈다. 총명한 불린 가 여자는 왕의 말 벗이자 조언자가 되고, 애를 잘 낳는 불린 가 여자는 그의 애인이니, 그들에게는 이상적인 상황이었다.

언니가 어떤 대가를 치러야 하는지는 나밖에 보지 못했다. 춤추고 웃고 끊임없이 궁정 사람들의 시선을 끄는 모든 것이 끝난 후 밤에 언니는 거울 앞에 앉아 두건을 벗었고, 그럴 때면 나는 언니의 젊은 얼굴이 파리하고 기진맥진해진 것을 보곤 했다.

조지 오빠가 자주 우리 방에 놀러왔는데 오빠 자신과 언니 그리고 나를 위해 포트와인 한 잔씩을 가져오곤 했다. 조지 오빠와 나는 언니를 침대에 눕히고 턱까지 이불을 끌어당겨준 뒤, 언니가 잔을 비우고 양쪽 뺨에 핏기가 천천히 돌아오는 것을 지켜보곤 했다.

"이 일이 우리를 어디로 데려가는 건지. 폐하는 앤한테 정신을 못 차리시고, 궁정 사람들도 재한테 미쳐 있잖아. 도대체 뭘 바라는 거지?"

어느 날 저녁, 앤 언니가 자는 것을 바라보며 조지 오빠가 내게 중얼거렸다.

언니가 자면서 뒤척였다.

"쉿, 깨우지 마. 진짜 한순간도 난 언니를 참아낼 수가 없어. 정말이지 참을 수가 없어."

내가 침대 주위에 커튼을 치며 말했다.

조지 오빠가 눈을 치뜨며 빛나는 시선을 내게 보냈다.

"그렇게 나빠?"

"내 자리를 차지한다니까."

내가 단호히 말했다.

"저런."

나는 다른 쪽으로 고개를 돌렸다.

"내가 손에 넣은 모든 걸 언니가 뺏어갔어."

나는 분노가 머리끝까지 치밀어 올랐지만 소리죽여 말했다.

"그렇지만 넌 이제 폐하를 그다지 원하지 않잖아?"

조지 오빠가 묻자 나는 고개를 끄덕였다.

"하지만 그렇다고 해서 언니 때문에 밀려나고 싶다는 뜻은 아니야."

오빠가 손을 내 허리에 휘감아 엉덩이에 느긋하게 올려두고는 나와 함께 문 쪽으로 한가로이 걸어갔다. 오빠가 애인처럼 내 입술 가득 키스했다.

"네가 가장 사랑스럽다는 거 알잖아."

나는 오빠에게 미소 지었다.

"내가 언니보다 더 나은 여자라는 건 알아. 언니는 차가운 얼음에 야망 덩어리야. 야망을 포기하기 전에는 아마 교수대에서 보게 될 거야. 게다가 내 안에는 폐하를 그 자체로 사랑하는 그의 애인이 들어 있다는 걸 난 알아. 하지만 언니가 폐하를 현혹했고, 궁정 사람들을 현혹했고, 오빠까지 현혹했잖아."

"난 아니야."

조지 오빠가 부드럽게 말했다.

"외삼촌께서도 언니를 가장 좋아하시잖아."

내가 분개하며 말했다.

"외삼촌께선 아무도 좋아하지 않으셔. 하지만 앤이 어디까지 나아갈지 궁금하신 거야."

"그건 우리 모두 궁금해 하지. 언니가 어떤 대가를 치를 준비가 되어 있는지도 말이야. 특히나 그 대가를 치르는 게 나라면."

"앤이 이끄는 이 춤은 쉬운 게 아니지."

조지 오빠가 시인했다.

"언니, 정말 싫어. 자기 야망 때문에 죽는 꼴을 나는 행복하게 지켜볼 수 있을 거야."

내가 간단하게 말했다.

궁정은 루드로 성에서 메리 공주를 방문하기로 되어 있었다. 우리는 여름 내내 정서(正西)로 이동했다. 메리 공주는 겨우 열 살이었지만 나이보다 성숙했다. 그녀는 자신의 어머니가 스페인 궁정에서 그러했듯 의례적이고 엄격한 방식으로 교육되고 수업을 받았다. 그녀가 공주로 있는 웨일즈에는 한 명의 신부와 가정교사 한 조, 말벗인 귀부인과 자기에 딸린 식솔들이 있었다. 우리는 위엄 있는 어린 아가씨, 성숙한 여성으로 변모하기 직전의 소녀를 기대했지만 막상 우리가 만난 공주는 기대와는 매우 달랐다.

공주는 자신의 아버지가 식사 중인 대회당으로 들어와 모든 사람들의 눈동자가 그녀에게 쏠린 가운데서 문간에서부터 상석까지 걸어가야 하는 괴로움을 겪어야 했다. 공주는 여섯 살짜리처럼 작았고, 두건 밑으로 연한 갈색머리를 늘어뜨리고 창백한 피부에 진지한 얼굴을 한 조그맣고 완벽한 인형이었다. 그녀는 자신의 어머니가 처음 잉글랜드에 왔을 때처럼 화사했지만, 조그만 어린아이에 불과했다.

왕은 공주를 부드럽게 맞이했으나, 나는 그의 얼굴에서 충격을 읽어낼 수 있었다. 그는 6개월 넘게 공주를 보지 못했고, 공주가 자라 성숙한 여성으로 활짝 피어났기를 기대했던 것이다. 그러나 여기 있는 공주는 1년 안에 결혼을 해 새로운 가정으로 보내지고, 2년이나 3년 안에 아이를 가질 준비가 되리라 확신할 수 없었다. 그녀 자신이 아직 아이였고, 그러한 것에 대해서는 단지 창백하고, 여위고, 수줍음 많은 조그만 아이였던 것이다.

왕이 공주에게 입을 맞추고 나서, 공주는 왕의 상석을 차지한 채 오른편에 앉았다. 그녀가 대회당을 내려다보자, 모든 이들의 눈동자가 자신을 향하고 있었다. 공주는 거의 아무것도 먹지 않았다. 전혀 마시지도 않았다. 왕이 그녀에게 말을 걸었을 때, 공주는 단음절로만 속삭여 대답했다. 의심할 여지없이 공주는 박학했다. 공주의 가정교사들이 모두 잇따라 떼 지어 들어와 그녀가 그리스어와 라틴어를 할 수 있고, 덧셈표도 작성할 수 있으며, 그녀의 공국과 왕국의 지리를 알고 있다는 것을 왕에게 확신시켰다. 악사들이 음악을 연주하고 공주가 춤을 추었을 때, 그녀는 아름다웠고 두 발은 가벼웠다. 그러나 공주는 튼튼하고, 살집이 좋고, 생식력이 있는 소녀 같아 보이진 않았다. 그녀는 상당히 쉽게 시들고, 가벼운 감기에 걸려도 죽을 것만 같아 보였다. 이 소녀가 바로 헨리 왕의, 아버지의 왕위에 오를 유일한 적자였으나, 왕홀(王笏)을 들어 올릴 만큼 튼튼해 보이지 않았다.

루드로 성에서 그날 이른 밤, 조지 오빠가 나를 데리러 왔다.

"폐하께서 화가 나 지금 기분이 몹시 불쾌하셔."

오빠가 주의를 주었다.

앤 언니가 우리 침대에서 뒤척였다.

"귀염둥이 난쟁이가 마음에 안 드신대?"

"진짜 놀라워. 반쯤 잠들었는데도 넌 여전히 독약처럼 달콤하잖아, 앤. 가자, 메리! 폐하께서 기다리게 하실 순 없어."

내가 들어섰을 때 헨리 왕은 난로 옆에 서서 한쪽 발을 통나무에 올려놓고 빨간 잿불 가까이 한쪽 발을 더욱 깊게 밀어 넣고 있었다. 내가 방에 들어서자 헨리 왕은 나를 거의 쳐다보지도 않고서 내게 한 손을 재빠르게 내밀었고, 나는 날쌔게 그의 품에 안겼다.

"충격이야. 공주가 자랐을 거라고, 거의 완전한 여자가 됐을 거라 생각했어. 공주를 프랑시스 왕이나, 아니면 그의 아들에게라도 시집을 보내서 프랑스와의 동맹을 붙들어 맬 생각이었어. 여자아이는 내게 아무런 도움도 안 돼, 전혀 아무런. 그런데 결혼조차 못 할 여자아이라면!"

왕이 내 머리칼에 얼굴을 묻으며 말했다.

그가 말을 멈추더니 돌연 돌아서서 분개하며 두 걸음으로 재빨리 방을 가로질렀다. 카드가 탁자 위에 펼쳐져 있었다. 패들은 엎어져 있었고, 게임은 반쯤 끝나 있었다. 왕은 분노에 찬 손길로 카드를 힘껏 쳐 탁자에서 떨어뜨리고 탁자 역시 쳐서 넘어뜨렸다. 쿵하는 요란한 소리에 문밖에서 보초병이 소리쳤다.

"폐하?"

"날 내버려둬!"

헨리 왕이 고함을 질렀다.

그가 내게 달려들었다.

"하느님께서 내게 왜 이러실까? 내게 왜 이런 모진 짓을 하실까? 아들도 없고, 하나 있는 딸이라곤 다음 겨울에는 바람에 날려 가버릴 것 같고? 내게는 계승자가 없어. 나를 뒤이을 자식이 아무도 없어. 하느님께서 대체 왜 내게 이런 짓을 하시는 걸까?'

나는 침묵을 유지하고 고개를 저으며 왕이 무얼 원하는지 기다렸다.

"왕비가 문제야, 그렇지? 그게 당신이 생각하는 거야. 그게 모두가 생각하는 거야."

나는 동의해야 할지 반대해야 할지 몰랐다. 나는 주의 깊게 그를 지켜보며 침묵을 지켰다.

"이게 다 그 빌어먹을 결혼 때문이야. 절대 하지 말았어야 했어. 아버지께서 원하지 않으셨어. 아버지께서 왕비가 과부 공주로 잉글랜드에 머물 수 있다고 하셨어, 규범에 따라 우리 사람이라고. 하지만 내 생각은⋯⋯ 내가 원한 건⋯⋯."

그가 말을 멈췄다. 그는 자신이 얼마나 깊고 충실하게 그녀를 사랑했는지 기억하고 싶지 않았던 것이다.

"교황께서 우리에게 특면을 주셨지만, 그건 실수였어. 하느님의 말씀을 거역하고 특면할 수는 없어."

나는 침착하게 고개를 끄덕였다.

"형님의 아내와 결혼하지 말았어야 했어. 그렇게 간단한 거였는데. 하지만 나는 그녀와 결혼했기 때문에 그녀의 불임으로 저주받은 거야. 하느님께서 이 그릇된 결혼을 축복하지 않으셨던 거야. 매년마다 하느님께서 나를 외면하셨는데, 그걸 진작 깨달았어야 했어. 왕비는 내 아내가 아니야, 그녀는 아서 형님의 아내야."

"그렇지만 결혼이 신방을 치러 완성되지 않았다면⋯⋯."

내가 입을 열었다.

"그건 상관없어. 그리고 어쨌든 신방은 치러졌어."

왕이 날카롭게 말했다.

나는 머리를 숙였다.

"침대로 와. 참을 수가 없어. 죄에서 벗어나야 해. 왕비에게 물러나라고 말해야 한다고. 이 지독한 죄악을 내게서 씻어내야 해."

헨리 왕이 갑자기 지친 듯 말했다.

나는 고분고분히 침대로 가 어깨에서 망토를 벗어냈다. 나는 이불을 뒤집어 안으로 들어갔다. 헨리 왕은 침대 발쪽에 무릎을 꿇더니 열렬히 기도했다. 나는 그 중얼거리는 소리를 듣다가 어느덧 나 역시 기도하고 있음을 깨달았다. 힘없는 한 여자의, 힘없는 다른 여자를 위한 기도였다. 이제 잉글랜드에서 가장 힘 있는 남자가, 그녀가 그를 대죄로 이끌었다고 탓하고 있었다. 나는 왕비를 위해 기도했다.

1526년 가을

우리는 왕이 가장 사랑하는 궁전 중 하나인 런던의 그리니치로 돌아왔다. 그러나 여전히 그의 어두운 기분은 걷히지 않았다. 왕은 성직자들, 조언자들과 많은 시간을 보냈다. 어떤 이들은 그가 또 다른 책, 또 다른 신학 연구서를 준비하는 줄로 알았다. 그러나 거의 매일 밤 왕이 책을 읽고 쓰는 동안 함께 앉아 있어야 했던 나는, 그가 성경 구절을 가지고 씨름하면서, 한 남자가 그 형의 미망인과 결혼하는 것이 하느님의 뜻인지를 알아내려고 분투하고 있다는 것을 알게 되었다. 그 여인을 돌봐야 하는지, 아니면 형의 미망인을 내쳐야 하는지—왜냐하면 욕망을 품고 그녀를 바라보는 것은 자신의 형을 욕되게 하는 것이기 때문이었다. 이번 일에 있어서 하느님은 애매했다. 성경 구절마다 각기 다른 이야기를 했다. 어떤 규정이 우선해야 하는지 결정하기 위해서는 대학을 한가득 채울 만큼 수많은 신학자들이 필요했다.

남자가 형의 미망인과 결혼해 형의 아이들이 신실한 가정에서 자라고, 선량한 여인은 잘 돌봐져야 한다는 것은 내게는 너무나도 당연하게만 느껴졌다. 그러나 이런 의견을 헨리 왕의 저녁 회의에서 과감히 드러내지 않은 게 다행이었다. 회의 때에는, 그리스어와 라틴어로 논의하고, 원서들을 뒤적여보고, 교회의 신부들에게 조언을 구하는 남자들이 모여 있었다. 그들이 가장 원치 않는 것이 바로 정말로 평범한 여자에게서 하찮은 상식을 조언받는 것일 터였다.

나는 왕에게 아무런 도움이 되지 못했다. 아무런 도움도 될 수 없었다. 그에게 필요한 명석한 두뇌를 갖고 있는 사람은 앤 언니였고, 오로지 앤 언니만이 복잡하게 뒤엉킨 신학적 뜻들을 농담으로 뒤집어 왕이 어리둥절해하면서도 웃게 만들 수 있는 재능을 갖고 있었다.

그들은 매일 오후마다 함께 걸었다. 언니의 손은 그의 팔오금 사이에 끼워져 있고, 둘은 한 쌍의 음모자처럼 머리를 가까이 맞대고 걸었다. 그들은 연인 사이처럼 보였지만, 그들 옆에 꾸물거릴 때면 나는 앤 언니가 "예, 그렇지만 성 바울께선 이에 대해 상당히 명확하게 논의하셨어요……."라고 하고, 그러면 헨리 왕은 "그게 그가 뜻하는 것이었다고 생각하나? 나는 항상 그가 다른 구절을 언급하는 줄로 알았는데."라고 대답하는 것을 듣곤 했다.

조지 오빠와 나는 그들 뒤에서 유순한 샤프롱(chaperon: 젊은 미혼 여성이 사교계에 나가거나 젊은이끼리 교제하는 장소에 드나들 때 따라다니며 시중 드는, 보통 나이 지긋한 기혼 여성)처럼 걷곤 했고, 나는 앤 언니가 자신의 의견을 철저히 납득시키기 위해 헨리 왕의 팔을 꼬집거나 고개를 저어 부정하는 모습을 지켜보았다.

"왜 그냥 마마께 물러나야 한다고 말씀드리지 않으시는 걸까?"

조지 오빠가 단순하게 물었다.

"폐하를 비난할 궁정은 유럽 어디에도 없어. 폐하께서 아들이 꼭 필요하시다는 건 모두 다 알고 있잖아."

"자기 자신에 대해 좋게 생각하고 싶어하시는 거야."

앤 언니의 고개가 움직이는 것을 지켜보고, 언니의 낮은 웃음소리가 울려 퍼지는 것을 들으면서 내가 설명했다.

"그저 늙었다는 이유만으로 한 여자를 쫓아 보내지는 못하시겠으니까. 자신이 마마를 떠나는 것이 하느님의 뜻이라는 걸 확인할 방법을 찾아야만 하시는 거야. 자신의 욕망보다 더 위대한 권위를 찾아내서야 하니까."

"세상에, 내가 폐하 같은 왕이었다면, 나는 그냥 내 욕망을 따르지 그게 하느님의 뜻인지 아닌지 걱정하진 않았겠다."

조지 오빠가 소리쳤다.

"그건 오빠가 뭐든 손에 넣으려 하는 탐욕스러운 불린 가 사람이기 때문이지. 하지만 폐하는 옳은 일을 하고 싶어하는 왕이시라구. 하느님께서 자기편이라는 것을 확실히 알기 전까진 앞으로 나아가지 못해서."

"그리고 앤이 폐하를 돕고 있고."

조지 오빠가 장난스럽게 말했다.

"정말 양심을 어디다 두는 건지. 오빠의 불멸한 영혼이 언니의 손에선 안전할 거야."

내가 심술궂게 말했다.

가족회의가 소집되었다. 나는 회의를 기다리고 있었다. 루드로에서 돌아온 후부터 외삼촌은 앤 언니와 나, 둘을 신중하게 집중해서 지켜보고 있었다. 외삼촌은 이번 여름에 궁정에서 함께 지내면서 왕이 어떻게 앤 언니와 함께 하루하루를 보내고, 언니가 어디에 있든지 그가 어떤 식으로 저항할 수도 없이 이끌렸는지 지켜보았다. 그러면서도 또 한편 해질 녘에는 왕이 얼마나 습관적으로 나를 부르는지도 보았다. 우리 둘을 향한 왕의 욕망에 외삼촌은 혼란스러워했다. 그는 하워드 가문에게 최대한의 이익을 가져다주기 위해 헨리 왕을 어떻게 조종해야 할지 갈피를 잡지 못했다.

조지 오빠, 앤 언니, 그리고 나는 외삼촌의 처소에 있는 커다란 탁자 앞에 나란히 서 있었다. 외삼촌은 맞은편에 앉아 있었고, 어머니는 외삼촌 옆의 좀더 작은 의자에 앉아 있었다.

"폐하께서 분명히 앤을 원하시는구나. 그러나 앤이 단지 메리의 자리에 대신 들어앉아 총애를 받게 되는 거라면, 우린 더 나아가지 못할 거야. 아니, 오히려 사태가 더욱 나빠지지. 앤은 결혼도 안 했고, 이 상태가 진행되는 동안은 아무도 앤한테 다가가지 못할 거고, 이 관계가 한 번 끝나고 나면 앤은 쓸모없어질 테니까."

외삼촌이 입을 열었다.

나는 어머니를 보며 자신의 맏딸에 대한 이런 토론에 위축됐는지 살펴보았다. 어머니의 얼굴은 단호했다. 이것은 가족 사업이지, 감정적인 일이 아니었다.

"그러니 앤이 물러나야 한다. 너는 메리를 위한 게임을 망쳐놓고 있어. 메리는 폐하한테서 딸도 아들도 낳았어. 헌데 우리는 보답이라고는 받지 못했어, 땅을 얼마 더 받은 것뿐……."

외삼촌이 결정을 지었다.

"작위 두서넛도 있죠. 관직 몇 개도……."

조지 오빠가 중얼거렸다.

"아아, 그래. 그건 부정하지 않겠다. 하지만 메리에 대한 폐하의 욕구를 앤이 꺾고 있잖느냐."

"폐하께선 메리에 대한 욕구가 없으십니다. 메리에 대해서는 습관적이실 뿐이죠. 전혀 다른 이야기입니다. 외삼촌도 유부남이시잖아요, 아실 거 아니에요."

앤 언니가 심술궂게 말했다.

조지 오빠가 숨을 들이마시는 소리가 들려왔다. 외삼촌은 앤 언니에게 웃음을 보였다. 사나운 미소였다.

"고맙군, 앤 양. 네가 아직도 프랑스에 있었다면 재빠른 네 기지는 너와 썩 잘 어울렸을 거야. 허나 너는 지금 잉글랜드에 있음을 상기시켜줘야겠구나. 모든 잉글랜드 여자는 지시받은 대로 해야 하고, 그렇게 하면서도 행복한 듯이 보여야 해."

앤 언니는 머리를 숙였다. 분노로 얼굴이 붉어지는 것을 보았다.

"넌 헤버로 가게 될 것이다."

외삼촌이 갑작스레 말했다.

언니가 깜짝 놀라 펄쩍 뛰었다.

"또요! 제가 뭘 잘못했다고요?"

"너는 와일드카드야. 내가 널 어떻게 써야 할지 모르겠다."

외삼촌이 잔인할 정도로 솔직하게 말했다.

"저를 궁정에 두시면 폐하께서 저를 사랑하게 만들 수 있어요. 또 다시 헤버에 보내지 마세요! 제가 거기서 뭘 하겠어요?"

언니가 필사적으로 항거하자 외삼촌이 한 손을 들었다.

"영원히 있으라는 게 아니야. 크리스마스 때만이야. 헨리 폐하께서 네게 무척 마음을 빼앗기셨다는 건 명백하지만, 이걸로 우리가 무얼 할 수 있을지 모르겠어. 처녀로 있는 동안 너는 폐하와 잠자리를 할 수 없어. 폐하의 잠자리에 들기 전에 결혼을 해야 할 텐데, 네가 폐하께 가장 사랑받고 있는 동안은 어떤 남자라도 정신이 제대로 박혔다면 너와 결혼하지 않으려 할 거야. 이건 완전히 엉망진창이야."

언니는 대꾸하려다가 말을 깨물어 삼키더니 다리를 살짝 굽히며 절했다.

"감사하게 생각합니다. 하지만 크리스마스 동안 저를 홀로 헤버로, 궁정에서 멀리, 폐하로부터 그토록 멀리 보내시는 게 제가 이 가문을 위해 이바지할 기회에 도움이 될지 알 수 없군요."

언니가 잇새로 말했다.

"네가 메리에게 방해되지 않게, 폐하가 목표로 하는 것을 망쳐놓지 못하도록 보내버리는 거지. 폐하께선 캐서린 왕비와 이혼하시자마자 메리와 결혼하실 수 있어. 건강한 두 아기를 낳은 메리와 말이다. 단 한 번의 의식으로 폐하께선 아내와 계승자를 얻으실 수 있다고. 넌 이 그림을 그저 엉망진창으로 만들 뿐이야, 앤."

"그래서 저를 페인트로 칠해 지워버리시겠다구요? 외삼촌이 대체 누구신데요? 홀바인(Holbein: Holbein der Altere, Hans의 아들이며, 독일 르네

상스를 대표하는 화가이다. 처음 아버지와 목판화가인 브루크마이어에게 그림을 배우고 바젤·북이탈리아·런던 등지에서 명성을 얻은 뒤 헨리 8세의 궁정화가가 되었다.)이라도 되세요?"

언니가 물었다.

"입 다물어라."

어머니가 날카롭게 말했다.

"네 남편감을 구해주겠다. 잉글랜드가 아니라면 프랑스에서. 메리가 잉글랜드의 왕비가 되고 나면, 저 애가 네게 남편감을 구해줄 수 있어. 너는 원하는 대로 고르면 돼."

외삼촌이 약속했다.

앤 언니의 손톱이 꽉 주먹 쥔 손바닥을 파고들었다.

"메리의 선물로 남편을 받진 않을 겁니다! 메리는 절대 왕비가 되지 못할 겁니다. 메리는 지금 오를 수 있을 만큼 오른 거예요. 두 다리를 벌리고 폐하께 자식을 두 명씩이나 낳아줬는데도 **여전히** 폐하께선 메리를 상관도 않으시잖습니까. 폐하께선 구애할 때나 메리를 그런대로 좋아하셨죠. 모르시겠어요? 폐하는 사냥꾼이십니다, 추적하는 걸 좋아하시죠. 한 번 메리가 잡히고 나니 게임은 끝난 거예요. 게다가 세상에, 그렇게 쉽게 잡힌 여자도 여태 없었을 겁니다. 폐하는 지금 메리한테 익숙해지신 겁니다. 메리는 정부라기보다는 아내에 가까워요—하지만 명예도 없고, 존경도 받지 못하는 아내 말입니다."

언니는 확실히 잘못된 말을 한 것이다. 외삼촌이 미소 지었다.

"아내 같다고? 아, 그러길 바란다. 그러니 당분간 너는 좀 쉬고, 네가 없는 동안 메리가 폐하를 모시고 뭘 할 수 있는지 지켜보겠다. 너는 메리와 경쟁하고 있었잖느냐. 메리는 우리가 가장 사랑하는 아이인데."

나는 달콤한 미소를 머금고 앤 언니에게 절했다.

"제가 가장 사랑받는 아이죠. 그리고 앤 언니는 사라져야 하구요."

내가 되풀이해서 말했다.

1526년 겨울

앤 언니가 헤버로 내려갈 때, 나는 언니의 트렁크에 우리 아기들을 위해 시장에서 산 크리스마스 선물들을 담아 보냈다. 캐서린에게는 구운 아몬드로 된 지붕의 기왓장에 창문은 솜사탕으로 된 조그만 마치페인으로 만든 집을 보냈다. 캐서린에게 12일절(크리스마스로부터 12일째 되는 날) 전날 밤에 선물을 주면서 엄마가 캐서린을 사랑하고, 보고 싶어하고, 머지않아 찾아갈 것이라 전해달라고 앤 언니에게 사정사정했다.

앤 언니는 장보러 가는 농부의 아내처럼 사냥 말안장 위에 품위 없이 털썩 걸터앉았다. 언니를 지켜볼 사람이 아무도 없었으므로, 쾌활하고 명랑하게 행동해서 얻을 이익이 없었다.

"그렇게 네 아이들을 사랑한다면, 왜 제대로 반항 한번 하지 못하고 헤버로 내려가지 않는지 하느님만 아시겠지."

언니는 내가 말썽을 일으키도록 말을 던졌다.

"좋은 조언 고마워. 분명 최선책을 말한 거라고 생각해."

"참 나, 그분들은 여기서 조언해줄 나도 없이 네가 뭘 할 수 있다고 생각하는 건지 하느님만 아실 거야."

"참으로 하느님만 아시겠지."

내가 쾌활하게 대답했다.

"세상에는 남자가 결혼하려는 여자들이 있고, 그렇지 않은 여자들이 있어. 그리고 너는 남자가 결혼할 생각조차 하지 않을 그런 유의 정부야. 아들이 있든 없든."

언니가 단언했다.

나는 언니를 올려다보며 웃었다. 재치에 있어 나는 앤 언니보다 한참 아둔했기 때문에 이따금 내 굼뜬 손에 무기가 쥐어질 때면 굉장히 기뻤다.

"그래, 언니 말이 맞겠지. 하지만 분명히 세 번째 부류도 있어. 남자가 결혼하지도 않고 정부로도 맞아들이지 않는 여자들이지. 크리스마스를 보내려 홀로 집에 내려가는 여자들. 언니가 그런 여자 같네. 잘 가."

나는 휙 돌아서서 언니를 떠났다. 언니는 동행할 병사들에게 고갯짓을 하고 말을 총총 몰고 출입구를 지나 길을 내려가 켄트로 향할 수밖에 없었다. 언니가 가는 동안 눈송이 몇 개가 허공에 날렸다.

크리스마스 축제를 위해 그리니치에 자리를 잡자마자 왕비가 어찌될지는 분명해졌다. 왕비는 무시당하고 묵살되었고, 궁정의 모든 사람들은 그녀가 더 이상 총애를 받지 않음을 알고 있었다. 매우 이상야릇한 광경이었다. 마치 올빼미가 대낮에 자기보다 작은 새들에게 떼 지어 습격당하는 모습 같았다.

왕비의 조카인 스페인 황제는 어떤 일이 벌어지고 있는지 조금은 알고 있었다. 그는 잉글랜드로 새로운 대사를 보냈다. 멘도사 대사는 예수회의 교육을 받은 약삭빠른 법률가로서, 그녀의 남편에게 왕비를 대신할 수 있을 만큼 믿을 만했으며, 스페인과 잉글랜드를 다시 한 번 결합할 수 있을지도 몰랐다. 나는 외삼촌이 울지 추기경과 속삭이며 상의하는 것을 보고, 추기경이 멘도사 대사의 길을 순탄케 하지 않을 것이라고 추측했다.

나의 예상이 맞았다. 크리스마스 축제 내내 새로운 대사는 궁정에 들어오도록 허락되지 않았고, 그의 서류들도 인정되지 않았으며, 왕에게 인사하지도, 왕비를 볼 수조차 없었다. 왕비의 전갈이나 편지는 감시되었고, 침실담당 하인들의 점검을 받지 않고서는 선물을 받을 수조차 없었다.

크리스마스는 12일절 전날 밤으로 들어섰으나, 새로운 스페인 대사는 여전히 왕비를 볼 수 없었다. 1월 중순이 돼서야 울지 추기경은 고양이와 쥐 놀이(아이들 놀이의 일종으로, 둥글게 둘러서서 손을 잡고, 한 아이가 다른 아이를 뒤쫓으면, 다른 아이들은 쫓기는 아이가 잡히지 않도록 잡은 손을 올렸다 내렸다 하는 놀이)를 그만두고, 멘도사 대사가 정말로 진짜 스페인 황제의 대표임을 인정하고는 서류들을 궁정에 들여오고 왕비에게 전갈을 전하도록 했다.

내가 왕비의 방에 있을 때 추기경이 보낸 시동 하나가 와서 대사가 왕비를 알현하길 청했다고 전했다. 왕비의 뺨에 핏기가 돌더니 그녀가 벌떡 일어섰다.

"가운을 바꿔 입어야 하겠지만 시간이 없군."

나는 왕비의 의자 뒤에 섰다. 내가 그녀를 시중드는 유일한 시녀였다. 모두들 왕과 함께 정원을 산책하고 있었다.

"멘도사 대사께서 조카에 대한 소식을 가져다주겠지. 그분이 조카와 내 남편 사이에 동맹 관계를 맺게 할 거라 믿어. 가족끼리 싸우면 안 되지. 내가 기억할 수 있을 때부터 스페인과 잉글랜드는 동맹 관계에 있었어. 우리가 갈라져 있으면 모든 게 엉망이야."

왕비가 의자에 앉았다.

나는 고개를 끄덕였고, 그때 문이 열렸다.

대사가 그의 수행원들과 함께 왕비에게 선물들과 편지들, 그녀의 조카가 보낸 개인적인 문서들을 전하러 들어온 것이 아니었다. 바로 왕비의 최대의 적인 추기경이 들어온 것이다. 그는 사기꾼이 춤추는 곰을 이끌듯 대사를 왕비의 방으로 인도했다. 대사는 붙잡힌 것이다. 그는 왕비에게 홀로 이야기할 수 없었고, 그가 가방에 지니고 왔을지 모를 비밀문서들도 이미 오래전에 빼앗긴 참이었다. 그는 왕을 스페인과의 동맹으로 다시 이끌 사람이 아니었다. 왕비를 궁정에서 바른 지위로 되오르게 할 수 있는 사람이 아니었다. 그는 추기경에게 거의 납치당한 사람일 뿐이었다.

왕비가 입을 맞추게 하려고 대사에게 손을 내밀었을 때, 그녀의 손은 돌처럼 흔들림 없었다. 목소리 역시 감미롭고 완벽하게 조절되어 있었다. 왕비는 상냥하고 공손하게 추기경을 반겼다. 그녀의 행동으로만 봐서는 그날 화가 난 대사와 웃고 있던 추기경과 함께 그녀의 최후의 운명이 들어왔다는 것을 아무도 절대 알지 못했을 것이다. 그 순간 왕비는 친구들과 가족도 그녀를 돕는 데에 있어 무력하다는 것을 알게 되었다. 왕비는 끔찍하게도, 아무런 저항할 힘도 없이, 완벽하게 혼자였다.

1월 말에 마상 창 시합이 열렸으나, 왕은 참가하기를 거절했다. 대신 조지 오빠가 왕실 깃발을 들고 가도록 선택되었다. 오빠는 왕을 대신하여 이겼고, 감사의 의미로 새로운 가죽 장갑 한 쌍을 받았다.

그날 밤 나는 침울한 기분에 젖어 있는 왕을 발견했다. 그는 두꺼운 가운으로 몸을 감싼 채 사저의 난로 앞에 있었다. 반쯤 빈 포도주 병이 그 옆에 있었고, 또 다른 빈 병은 벽난로의 하얀 잿더미 위에 굴러다니며 붉은 웅덩이에 찌꺼기까지 비워내고 있었다.

"괜찮으세요, 폐하?"

내가 조심스레 물었다.

왕이 올려다보았다. 두 눈엔 핏발이 서 있었고, 얼굴엔 활기가 없었다.

"아니."

그가 조용히 대답했다.

"무슨 일이세요?"

나는 마치 조지 오빠에게 말하기라도 하듯 부드럽고 편하게 말을 걸었다. 오늘밤 그는 무시무시한 왕같이 느껴지지 않았다. 사내아이 같았다, 슬픔에 잠긴 사내아이 같았다.

"오늘 난 마상 창 시합에 나가지 않았어."

"알아요."

"그리고 다시는 나가지 않을 거야."

"앞으로 계속요?"

"어쩌면 평생."

"아, 헨리 폐하, 왜요?"

그는 잠시 아무 말 없었다.

"두려웠어. 창피스럽지 않아? 그들이 내게 갑옷을 씌워 묶어주기 시작했을 때 난 내가 두려워하고 있다는 걸 깨달았어."

나는 무슨 말을 해야 할지 몰랐다.

"위험한 일이야, 마상 창 시합이란 거. 관람석에서 징표나 주고 내기나 걸고, 포고관들이 부는 트럼펫 소리나 듣는 당신 여자들은 몰라. 시합하는 건 생사가 걸린 문제야. 노는 게 아니라고."

왕이 분개하며 말했다.

나는 잠자코 기다렸다.

"내가 죽으면 어쩌지? 내가 죽으면 어떡하지? 그다음은 어떻게 되는 거지?"

그가 멍하게 물었다.

끔찍한 찰나 동안 나는 왕이 내게 그의 불멸한 영혼에 대해 묻는 줄 알았다.

"아무도 확실히는 모르죠."

내가 머뭇거리며 대답했다.

"그걸 말하는 게 아니야. 왕위가 어찌되는 거지? 아버지의 왕좌는? 아버지께선 오랜 전투 끝에 이 나라를 하나로 통합하셨어. 아무도 아버지께서 할 수 있으리라 생각지도 못했어. 하지만 아버지는 해내셨어. 그리고 아들을 두 명 낳으셨지. 두 명이나, 메리! 그랬기에 아서 형님이 돌아가셨을 때 내가 남아서 뒤를 이었던 거야. 아버지께선 전쟁터에서 분투하셨고 침대에서도 임무를 완수하심으로써 왕국을 안전하게 만드셨어. 나는 최고로 안전한 왕국을 물려받았어. 안전한 경계선에, 순종적인 귀족들, 금으로 가득한 국고까지. 그런데 나한텐 이걸 물려받을 자식이 하나도 없어."

왕이 손사래를 쳤다.

그의 어조가 너무나도 통렬해서 내가 할 수 있는 말은 아무것도 없었다. 나는 머리를 숙였다.

"이 아들 문제가 나를 정말 지치게 만들고 있어. 왕위에 올릴 아들을 얻기도 전에 죽을 거라는 신성치 않은 공포에 휩싸인 채로 나는 매일 걷고 있어. 마상 창 시합도 할 수 없어. 가벼운 마음으로 사냥조차 할 수 없어. 내 앞에 울타리가 나타나면 마음을 비우고 내 말이 깨끗이 뛰어넘을 거라 믿는 대신, 눈앞에 뭔가 번쩍 떠오르면서 목이 부러져 도랑에 빠져 죽어 있는 나 자신과, 아무나 주워가도 되게 가시나무에 걸려 있는 잉글랜드의 왕관을 보게 돼. 누가 주워갈까? 누가 그렇게 할까?"

그의 얼굴과 목소리에 어린 고통이 내게는 너무나 버거웠다. 나는 손을 뻗어 병을 잡아 잔을 다시 채워주었다.

"아직 시간은 있어요. 모두가 당신이 저와 아이를 가질 수 있다는 걸 알잖아요. 우리 아들 헨리는 당신과 똑 닮았어요."

외삼촌이 내가 이런 말을 하기를 얼마나 바랄지 생각하며 말했다.

왕이 몸을 둥글게 웅크리며 망토를 조금 더 가까이 끌어당겼다.

"가도 되네. 조지가 방에 데려다 주려 기다리고 있나?"

그가 입을 열었다.

"오라버니는 항상 기다리시죠. 제가 머물길 원치 않으세요?"

내가 깜짝 놀라며 말했다.

"오늘밤은 마음이 너무 울적해. 내 자신이 죽을지도 모른다는 예상을 직면해야 했어. 당신과 함께 이불 속에서 놀 기분이 아니야."

왕이 솔직하게 말했다.

나는 무릎을 굽히며 절했다. 문간에서 나는 잠시 멈춰 서서 방을 돌아보았다. 왕은 내가 떠나는 것을 보지 못했다. 그는 여전히 의자에 등을 구부리고 앉아 망토로 몸을 감싼 채 자신의 미래를 붉은 잿불 속에서 발견하기라도 할 듯 잿불을 응시하고 있었다.

"저와 결혼하시면 되잖아요. 우리는 벌써 자식이 두 명이나 있고, 하나는 아들이잖아요."

내가 조용히 말했다.

"뭐라고?"

그가 나를 올려다보았다. 파란 두 눈은 절망으로 흐리멍덩했다.

외삼촌은 내가 좀더 밀어붙이길 원했으리란 걸 알고 있었다. 하지만 나는 태어났을 때부터 그런 식으로 밀어붙일 수 있는 여자가 아니었다.

"잘 자요. 잘 자요, 사랑스런 왕자님."

내가 부드럽게 말했다.

그리고 나는 그를 자신의 어둠과 함께 내버려뒀다.

1527년 봄

왕비의 권력이 쇠락하는 것이 점점 더 분명해졌다. 2월에 궁정은 프랑스에서 온 외교사절들을 대접했다. 서류가 면밀히 검토되는 동안 그들은 지체되지 않았고, 축제와 연회와 온갖 종류의 파티로 환영받았다. 그들이 메리 공주를 프랑시스 왕이나 그의 아들과 결혼시킬 준비를 하기 위해 잉글랜드에 왔다는 것이 곧 명백해졌다. 루드로 성에 조용히 물러나 있던 메리 공주가 호출되어 사절들에게 소개되었고, 또 춤추고, 놀고, 노래 부르고, 잘 먹도록 부추겨졌다. 세상에! 그 아이를 얼마나 먹여대던지! 마치 협상이 진행되는 몇 달 안에 공주가 그에 맞춰 그들의 눈앞에서 결혼해도 좋을 만큼 몸집이나 허리둘레가 불어나기라도 할 듯이. 함께 프랑스에서 돌아온 아버지는 모든 장소에서 볼 수 있었다—왕에게 조언을 하고, 사절들을 위해 통역을 하고, 유럽의 동맹 관계들을 어떻게 다시 그려야 할지 추기경과 비밀리에 논의하고, 그리고 마지막으로, 이런 소용돌이치는 시기를 통해 가문이 어떻게 더 높이 올라갈 수 있을지 외삼촌과 함께 계획했다.

그들은 둘 사이에서 앤 언니가 궁정으로 돌아올 것을 결정 보았다. 사람들은 슬슬 언니가 왜 떠났는지 궁금해 하기 시작했다. 아버지는 프랑스 사절들이 언니를 만나보기를 바라고 있었다. 내가 왕비의 처소로 가고 있는데 외삼촌이 나를 계단에서 멈춰 세우고는 앤 언니가 돌아올 것이라고 전했다.

"왜요? 헨리 폐하께서 얼마나 아들을 원하시는지 제게 얘기하신 게 겨우 어젯밤이었어요. 언니가 돌아오면 모든 걸 망쳐놓을 겁니다."

나는 감히 그럴 수 없을 만큼 무례함에 가까울 정도로 물었다.

"폐하께서 네 아들에 대해 얘기하셨느냐?"

외삼촌이 단도직입적으로 물었다. 내가 입을 다물고 있자 그가 고개를 흔들었다.

"아니, 너는 폐하와 더 이상 전혀 진척되고 있지 않아. 앤이 맞았어. 우린 조금도 나아가지 못하고 있어."

나는 고개를 돌리고 창밖을 내다보았다. 내가 뚱해 보인다는 것은 나도 알고 있었다.

"그럼 앤 언니는 어디로 끌고 갈 것 같은데요? 언니는 가문의 이익을 위해 일하지 않을 겁니다. 시키는 대로 하지도 않을 거구요. 자기 이익과 자기 소유의 땅과 자기 작위만을 노릴 거예요."

참고 참았던 나의 울분이 화산처럼 폭발했다.

외삼촌이 콧잔등을 쓰다듬으면서 고개를 끄덕였다.

"아아, 그래. 앤은 자기만 챙기는 여자지. 하지만 폐하께서 계속 앤을 찾으셔. 너한테는 한 번도 그러신 적 없는 식으로 앤에게 열을 올리신다고."

"폐하께선 제게서 자식을 두 명이나 얻으셨어요!"

높아진 음성에 외삼촌의 짙은 눈썹이 씰룩거렸다. 바로 나는 다시 고개를 떨어뜨렸다.

"죄송해요. 하지만 제가 뭘 더 할 수 있겠어요? 제가 못 한 걸 언니는 뭘 더 할 수 있겠습니까? 저는 폐하를 사랑했고, 잠자리도 함께 했고, 건강한 두 아이도 낳아드렸어요. 어떤 여자도 이 이상은 할 수 없었을 겁니다. 앤 언니조차도 말이죠. 언니가 모든 사람들에게 그리 소중한 존재이긴 하지만 말입니다."

"어쩌면 앤은 더 해낼 수 있을 거야. 앤이 만약 지금 당장 폐하의 아이를 갖게 되기라도 한다면, 폐하께선 앤과 결혼하실지도 몰라. 앤한테 너무나도 필사적이어서 어쩜 그리할지도 모른다고. 앤한테 도 필사적이고, 자식한테도 필사적이니, 그 두 욕망이 결합될지도 몰라."

외삼촌이 내 부적당한 양심을 무시하며 말했다.

"그럼 저는요?"

"너는 윌리엄한테 돌아가도 좋아."

외삼촌이 그런 것쯤은 전혀 상관없다는 듯이 말했다.

며칠 후에 앤 언니는 떠났을 때처럼 조심성 있게 돌아왔다. 그리고 그날 중으로 모든 사람들의 관심의 중심에 서게 되었다. 나는 침실 친구이자 말벗을 다시 얻었고, 아침에 일어났을 때 나는 어느덧 언니의 드레스 끈을 묶어주고 밤에는 머리를 빗겨주고 있었다. 언니는 일찍이 자신이 억지로 그러했던 것처럼 내게 시중들 것을 명했다.

"내가 폐하를 되찾았을까 봐 두렵지 않았어?"

잠자리에 들기 전, 내가 언니의 머리를 빗어주며 호기심으로 물었다.

"넌 상관없어. 한순간도. 이건 내 봄이고, 내 여름이 될 거야. 내 손끝에서 폐하를 가지고 놀 거라구. 어떤 것도 폐하를 내 주문에서 풀려나게 하지 못할 거야. 네가 뭘 하든 상관없어, 어떤 여자가 뭘 하든 상관없어. 폐하는 내게 푹 빠지셨으니까. 내가 쥐기만 하면 폐하는 내 것이 되는 거야."

언니가 자신만만하게 말했다.

"봄이랑 여름 동안만?"

앤 언니는 깊이 생각하는 듯해 보였다.

"뭐, 누가 남자를 오랫동안 쥐고 있을 수 있겠니? 폐하는 지금 욕망의 파도에서 바로 정점에 계셔. 난 그곳에 폐하를 붙들어놓을 수 있어. 하지만 결국 파도는 부서져야 해. 아무도 영원히 사랑에 빠져 있진 못해."

"폐하와 결혼하고 싶다면, 계절이 몇 번 바뀌는 것보다 훨씬 더 오래 폐하를 붙들고 있어야 할 거야. 1년 정도 붙들고 있을 수 있겠어? 아니면 2년?"

언니의 얼굴에서 자신감이 빠져나가는 것을 보며 나는 크게 소리 내어 웃을 뻔했다.

"폐하께서 자유로이 결혼하실 수 있게 될 때면, 만약 그리하실 수 있게 되기라도 한다면, 폐하께선 어차피 더 이상 언니한테 열을 내시지 않으실걸. 언니는 기울기 시작할 거야. 거의 잊힐 거라고. 전성기를 지나 보내고 20대 중반에 접어들었지만 아직 결혼도 못 한 여자로 남아 있을 거야."

언니는 침대에 털썩 주저앉더니 손으로 베개를 찰싹 때렸다.

"그런 식으로 내 불행을 바라지 마. 세상에 정말, 어떨 때 들으면 넌 에덴브리지의 쪼그랑할멈 같다니까. 나한텐 무엇이든 일어날 수 있어. 난 내가 무엇이든 일어나게 만들 수 있어. 기울기 시작하는 건 너일 거야. 왜냐하면 운명을 스스로 개척해나가기엔 너무 게으른 사람은 바로 너니까. 하지만 나는 내 길을 만들 거라는 굳은 결의로 매일 아침 일어난다구. 나한텐 무엇이든 일어날 수 있어."

언니가 토라져서 말했다.

5월까지 프랑스 사절들과의 거래는 끝났다. 메리 공주가 성숙한 여인이 되는 즉시 프랑시스 왕이나 그의 차남과 결혼하기로 되었다. 축하하기 위해 거창한 테니스 시합이 열렸고, 앤 언니가 선수들의 순서를 배치하게 되었다. 언니는 조그만 깃발 위에 이름을 적어 궁정의 모든 남자들을 열거한 멋진 명단을 만들어냈다. 조그만 깃발 하나를 가슴에 품고 멍하니 명단을 보고 있는 언니를 왕이 발견했다.

"그게 뭔가, 앤 양?"

"테니스 시합의 순서입니다. 신사 분들을 각각 공정하게 맞춰야 하거든요. 그래야 모두가 시합할 수 있고, 진정한 우승자를 확실하게 가려낼 수 있을 테니까요."

언니가 대답했다.

"내 말은 당신 손에 있는 그게 뭐냐고?"

앤 언니가 움찔했다.

"들고 있었다는 걸 깜빡했습니다. 이름 중 하나일 뿐이에요. 시합 순서에 맞춰 이름들을 배치하고 있거든요."

언니가 재빨리 대답했다.

"당신이 그렇게 가까이에 품고 있는 그 신사가 누구지?"

언니가 감쪽같이 얼굴을 붉혔다.

"잘 모르겠습니다, 이름을 확인하지 않았어요."

"내가 해도 될까?"

왕이 손을 내밀었다.

언니는 그 조그만 깃발을 그에게 주지 않았다.

"아무 뜻도 없습니다. 정리하고 있을 동안 그냥 손에 들어온 깃발이에요. 원래 자리에 놓게 해주세요. 그리고 함께 시합 순서를 생각해보시지요, 폐하."

왕이 촉각을 곤두세웠다.

"부끄러워하는 것 같아 보이는데, 불린 양."

언니가 조금 발끈했다.

"아무것도 부끄럽지 않습니다. 그저 어리석어 보이기 싫은 것뿐이에요."

"어리석어?"

언니가 고개를 돌렸다.

"그냥 이 이름을 내려놓게 해주세요. 그런 다음 시합 순서에 대해 폐하께서 제게 조언해주시면 됩니다."

그가 손을 내밀었다.

"그 깃발에 적힌 이름을 알고 싶어."

끔찍한 순간 동안 나는 언니가 연기하고 있는 게 아닌 거라고 생각했다. 그 끔찍한 순간 나는 조지 오빠가 제비뽑기에서 가장 좋은 자리를 얻도록 언니가 속임수를 쓰는 것을 왕이 막 발견한 것이라고 생각했다. 왕이 그 이름을 알려고 재촉하자 언니가 너무나도 혼란스러워하고 고민했기에 나마저도 덜미를 잡힌 거라고 생각했다. 왕은 마치 냄새에 굉장히 민감한 자신의 사냥개들 중 하나 같았다. 그는 무언가를 숨기고 있는 것을 눈치 채고는 호기심과 알고픈 욕망에 괴롭힘 당하고 있었다.

"명령이야."

왕이 조용히 말했다.

몹시 주저하며 앤 언니는 왕이 내민 손 위에 조그만 깃발을 놓고 그에게 절하고는 걸어가 버렸다. 언니는 뒤돌아보지 않았으나 시야에서 사라지자 우리 모두는 언니가 테니스 코트를 벗어나 돌판으로 포장된 길을 지나 성 쪽으로 가면서 구두 굽 소리가 타닥타닥 울리고 드레스가 쉭쉭 날리는 소리를 들었다.

헨리 왕은 손을 펼쳐 언니가 가슴에 품고 있었던 깃발에 적힌 이름을 보았다. 자기 이름이었다.

앤 언니의 테니스 시합은 이틀에 걸쳐 끝났다. 언니는 어디에서나 웃고, 지시하고, 심판하고, 점수를 매겼다. 마침내 네 번의 시합이 남았다. 왕 대 조지 오빠, 내 남편 윌리엄 캐리 대 프랜시스 웨스턴, 최근 프랑스에서 돌아온 토머스 와이엇 경 대 윌리엄 브레레톤, 그리고 우리가 식사를 하는 동안 열릴, 별 볼일 없는 두 사람 사이의 시합이었다.

"폐하께서 토머스 와이엇 경과 시합하지 않으시도록 확실히 하는 게 좋을 거야."

내가 앤 언니에게 나지막이 말했다. 조지 오빠와 왕이 함께 코트에 나오고 있었다.

"아니 왜?"

언니가 천진난만하게 물었다.

"왜냐하면 이 게임엔 너무 많은 게 걸려 있기 때문이지. 폐하께선 프랑스 공사들 앞에서 이기고 싶으실 테고, 토머스 와이엇 경은 언니 앞에서 이기고 싶을 테니까. 폐하께선 남들 앞에서 토머스 와이엇 경에게 지는 걸 쾌히 받아들이지 않으실 거라구."

언니가 어깨를 으쓱했다.

"토머스 경은 신하야. 더 큰 게임을 잊지 않으실 거라구."

"더 큰 게임?"

"테니스든 마상 창 시합이든 궁술이든 시시덕거리는 것이든, 게임의 목적은 폐하를 즐겁게 해드리는 거야. 우리가 여기 있는 것도 그 이유뿐이고, 중요한 것도 그뿐이야. 그리고 우리 모두는 그걸 알고 있잖아."

언니가 몸을 앞으로 기울였다. 제자리에 선 조지 오빠는 서브할 준비가 돼 있었고, 왕은 신경을 곤두세우고 채비를 갖춘 상태였다. 언니가 하얀 손수건을 들어 올렸다 떨어뜨렸다. 조지 오빠가 멋지게 서브했다. 공이 궁정의 지붕에서 달캉달캉 구르더니 헨리 왕이 닿지 못할 곳에 간신히 떨어졌다. 왕은 힘차게 돌진하여 네트 너머로 공을 받아쳐 보냈다. 발이 빠르고 왕보다 열두 살이나 어린 조지 오빠는, 왕을 빗겨나게 공을 스매시했고, 헨리 왕은 손을 들어 득점을 인정했다.

다음 서브는 왕이 받아치기 쉬웠다. 그가 매끄럽게 패싱샷(passing shot: 테니스에서 네트 가까이 있는 상대방 옆으로 공을 쳐 보내는 타구)을 성공시키자 조지 오빠는 공을 쫓아가려 하지도 않았다. 시합은 일진일퇴의 접전이었고, 양쪽 남자 모두 힘껏 뛰고 공을 치면서, 겉보기에는 사정없이 공격하며 한 치의 양보도 없는 듯해 보였다. 조지 오빠가 침착하고 꾸준하게 져주고 있었지만, 오빠가 무척 조심스럽게 행동했기에 경기를 구경하는 사람은 모두 왕이 더 뛰어난 선수라고 생각했을 것이다. 사실상 기술과 전술로 본다면 왕이 아마 더 뛰어난 선수일 것이다. 그러나 조지 오빠는 왕보다 두 배는 족히 더 빨리 뛸 수 있었다. 또한 조지 오빠는 몸이 날씬하면서 다져진 스물네 살의 청년인 반면, 왕은 허리둘레가 점점 두꺼워지고 중년에 가까워지고 있는 남자였다.

첫 세트가 끝나갈 무렵 조지 오빠가 공을 높이 쳐 보냈다. 헨리 왕은 스매시를 날려 점수를 따려고 내려오는 공을 향해 풀쩍 뛰어올랐으나 도로 떨어지고 말았다. 그가 끔찍한 비명을 지르며 쿵하고 바닥으로 무너졌다.

궁정의 모든 시녀들이 비명을 질렀고, 앤 언니는 작동하는 기계처럼 자리에서 벌떡 일어났다. 조지 오빠가 네트를 뛰어넘어 맨 먼저 왕 곁으로 달려갔다.

"맙소사, 무슨 일이야?"

언니가 소리쳤다.

조지 오빠의 얼굴은 하얗게 질려 있었다.

"의사를 불러와."

오빠가 고함을 질렀다. 시동 하나가 성으로 날 듯 뛰어갔고, 앤 언니와 나는 코트 문을 뜯어낼 듯이 열어 경기장 안으로 들어갔다.

헨리 왕은 얼굴이 붉어져 있었고, 고통으로 욕설을 뇌까리고 있었다. 그가 손을 뻗더니 내 손에 매달렸다.

"빌어먹을. 메리, 여기 있는 사람들 다 나가게 해."

내가 조지 오빠에게 눈길을 돌렸다.

"모두 나가 있으라고 해."

나는 헨리 왕이 앤 언니를 재빨리 힐금 쳐다보며 부끄러워하는 모습을 보았다. 그 순간 그가 겪고 있는 고통보다, 바닥에 드러누워 눈까풀 밑으로 눈물을 짜내는 자신의 모습을 언니가 보고 있다는 생각에 그의 자존심이 큰 상처를 입었고 그것이 더 괴롭다는 것을 깨달았다.

"가, 언니."

내가 조용히 말했다.

언니는 따지지 않고 테니스 코트 문으로 물러나서 기다렸다. 궁정 사람들 모두 역시 승리를 가져다줄 스매시를 할 바로 그 순간에 왕이 무엇 때문에 무너졌는지 듣고자 기다리고 있었다.

"어디가 아프십니까?"

내가 다급히 물었다. 그가 가슴이나 배를 가리켜, 몸속의 뭔가가 찢어졌거나 심장이 제대로 뛰지 않는 것일까 봐 두려웠다. 무엇인가 상처가 깊어 고칠 수 없을까 봐.

"내 발."

왕이 쥐어짜듯 헐떡이며 말했다.

"바보 같으니라구. 떨어지면서 발이 꺾였어. 부러진 것 같아."

"발이오?"

안도감에 나는 크게 소리 내어 웃을 뻔했다.

"맙소사! 헨리 폐하, 돌아가시는 줄 알았잖아요!"

그 말에 왕이 나를 올려다보더니 찌푸린 상 사이로 씩 웃음을 보였다.

"테니스 때문에 죽는다고? 내 자신을 안전하게 보호하기 위해서 마상 창 시합도 포기했는데, 당신은 내가 테니스 때문에 죽을 거라고 생각했다고?"

안도감에 나는 숨도 제대로 못 쉴 지경이었다.

"테니스 때문에 죽는다고요? 아닙니다! 하지만 제가 생각하기론 어쩌면…… 너무 갑작스러웠고, 폐하께선 너무 빨리 떨어지시는 바람에……."

"그것도 당신 오라비의 손에 말이지!"

왕이 매듭을 지었다. 나는 무릎에 왕의 머리를 안고, 조지 오빠는 왕의 손을 붙잡고 있고, 왕은 부러진 발 때문에 극심히 고통스러워하는 사이, 불린 가 사람들이 테니스로 자신을 암살하려 했다는 우스운 생각을 하자 갑작스레 우리 세 사람은 와자그르르 웃어젖혔다.

프랑스 사절들이 떠날 때가 되었고, 조약은 체결되었으며, 우리는 성대한 가면극과 연회를 열어 작별을 고할 예정이었다. 연회는 왕비가 초대하지도 않았지만, 그녀의 바람과는 무관하게 왕비의 처소에서 열릴 계획이었다. 단지 연회의 총책임자가 도착하여 그녀의 방에서 가면극이 열릴 것이라는 왕의 명령을 갑작스레 알렸을 뿐인데 마치 자신도 바로 그것을 원했다는 듯이 왕비는 웃으면서 책임자가 차양과 융단, 무대 배경을 위해 치수를 재도록 허락했다. 왕비의 시녀들은 금색이나 은색의 가운을 입고, 변장을 하고 들어올 왕과 그의 동료들과 춤을 춰야 했다.

남편이 변장한 채 방으로 들어올 때 왕비가 몇 번이나 알아보지 못하는 척을 했는지, 몇 번이나 남편이 자기 시녀들과 춤추는 것을 보았는지, 얼마나 자주 그녀의 눈앞에서 왕이 나를 춤 상대로 이끌어냈는지, 그리고 이제는 왕이 앤 언니와 춤추는 것을 왕비가 보게 될 것이었다. 단 한 순간조차도 그녀의 얼굴엔 불쾌한 감정이 스치지 않았다. 왕비는 이제까지 늘 그랬듯이 자기가 춤추게 될 시녀들을 뽑게 되리라 생각했다. 그것은 궁을 지배하는 많은 방법 중 하나인, 조그만 임명권이었다. 그러나 무도 책임자가 이미 역할을 맡을 시녀들의 명단을 뽑아놓고 있었다. 시녀들은 왕이 지명한 것이고, 왕비에게 남겨진 일은 아무것도 없었다. 그녀는 자기 방에서마저 무가치한 사람이 되고 말았다.

가면극 준비는 하루종일 걸렸고, 일꾼들이 나무 벽면에 못을 박고 휘장을 치는 동안 왕비는 앉아 있을 곳이 없었다. 그녀는 내전으로 물러났고, 그동안 우리 시녀들은 가운을 입어보고 춤 연습을 하며 다들 너무나도 흥분해서 음악의 리듬이 일꾼들이 일하는 소리에 묻혀 거의 들을 수 없다는 것도 상관하지 않았다. 늦게까지 우리가 대회당에서 잔치를 벌이는 동안 왕비는 시끌시끌함과 혼잡함을 피해 일찍 잠자리에 들었다.

다음날 정오에 프랑스 사절들이 식사하러 대회당으로 왔다. 왕비가 헨리 왕 오른편에 앉았지만 그의 눈은 앤 언니를 향하고 있었다. 트럼펫 소리가 들리고는, 주방 하인들이 빛나는 제복을 입고 발을 맞추어 군인들처럼 행진해 들어왔다. 상석으로 요리를 연달아 나른 다음, 대회당에 있는 다른 식탁들에도 요리를 내놓았다. 너무 엄청나서 어이가 없을 만큼 상당한 양으로 준비된 성찬이었다. 각종 짐승들을 잡아 내장을 비우고 요리하여 왕의 부와 왕국의 풍요로움을 과시했다. 성찬의 정점은 바로 새고기 요리였는데, 요리된 공작은 깃털을 고스란히 단 채 나타났다. 거대하고 높다란, 화려한 작품이었다. 공작은 백조로, 백조는 닭, 닭은 종달새로 속이 채워져 있었다. 고기를 써는 사람의 임무는 요리의 아름다운 모양은 건드리지 않고 모든 새고기에서 완벽하게 조각을 베어내는 것이었다. 헨리 왕은 고기를 모두 맛보았으나, 앤 언니는 권해진 모든 것을 사양했다.

헨리 왕은 손가락을 한번 까딱여 하인을 부르고서 귀에다 대고 속삭였다. 그는 앤 언니에게 요리의 핵심인 종달새고기를 보내게 했다. 언니는 놀란 것처럼—마치 그의 행동 하나하나를 좇고 있지 않았다는 듯이—위를 올려다보며 왕에게 미소 짓고는 감사의 표시로 머리를 숙였다. 그런 다음 언니는 고기를 맛보았다. 언니가 고깃덩어리에서 조금 떼어 미소 짓고 있는 입에 넣자, 왕이 욕망으로 몸을 떠는 것을 나는 보았다.

식사 후 왕비와 앤 언니와 나를 포함한 시녀들은 대회당에서 물러나 옷을 갈아입기 위해 각자의 방으로 서둘러 갔다. 앤 언니와 나는 우리의 금색 가운의 꼭 끼는 스토마커를 서로 졸라매주었다. 내가 끈을 꽉 잡아당기자 언니가 투덜댔다.

"종달새를 너무 많이 먹었어."

내가 냉담하게 말했다.

"폐하께서 나를 어떻게 지켜보시는지 봤어?"

"모든 사람들이 다 봤어."

언니는 짙은 머리칼이 보이게 프랑스식 두건을 머리 뒤쪽으로 멀찍이 밀고는 늘 목에 매고 다니는 금으로 된 "B" 펜던트를 똑바르게 했다.

"이렇게 두건을 뒤로 하니까 뭐가 보여?"

"언니의 잘난 체하는 얼굴."

"주름살 하나 없는 얼굴에, 흰머리라곤 한 올도 없고 윤기가 잘잘 흐르는 짙은 머리칼이지."

언니가 거울에서 한 걸음 뒤로 물러나 금빛 가운을 감탄하며 바라보았다.

"왕비처럼 입었네."

언니가 말했다.

노크소리가 들리더니 제인 파커가 방 안으로 머리를 쑥 내밀었다.

"무슨 비밀 얘기하고 있어요?"

그녀가 굶주린 듯한 표정으로 물었다.

"아뇨, 그냥 준비하고 있을 뿐이에요."

내가 무심하게 대답했다.

제인이 문을 열고 안으로 슬쩍 들어왔다. 그녀는 젖가슴을 드러내려 깊숙이 파이게 했지만 그래도 조금 더 아래로 끌어당긴 은색 가운을 입고, 은색 두건을 쓰고 있었다. 앤 언니가 두건을 쓴 모습을 본 제인은 즉각 거울 앞으로 오더니 자기 두건도 조금 뒤로 밀었다. 제인 뒤에서 언니가 내게 윙크했다.

"폐하께서 누구보다도 정말 당신을 좋아하시더군요. 폐하께서 당신을 원하신다는 건 누구라도 알 수 있겠더라구요."

제인이 앤 언니에게 비밀인 양 말했다.

"그러네요."

제인이 나를 돌아보았다.

"질투나지 않아요? 당신 언니를 원하는 남자와 잠자리를 갖는 게 좀 묘하지 않아요?"

"아뇨."

내가 무뚝뚝하게 대답했다.

아무것도 이 여인을 멈추게 할 수 없었다. 그녀의 억측은 마치 달팽이 뒤에 남는 점액 자국 같았다.

"나라면 굉장히 묘하게 느낄 텐데. 당신은 폐하의 침대에서 나와서는, 앤 양과 함께 잠자리에 들잖아요. 둘이 나란히 누워 거의 발가벗은 상태로. 폐하께선 이 방으로 와서 두 분 다 동시에 갖길 바라시겠어요!"

나는 얼이 빠졌다.

"정말 상스러운 얘기네요. 폐하께서 무척 불쾌해하실 겁니다."

제인은 숙녀의 방보다 매음굴에나 더 잘 어울릴 미소를 머금었다.

"물론 취침 시각 후에 두 아름다운 누이를 찾아 이곳에 오는 남자는 단 한 명뿐이죠. 바로 제 남편 말이에요. 그이가 거의 매일 밤 들른다는 걸 알고 있어요. 적어도 제 침대엔 확실히 없었으니까요."

"세상에, 누가 오라버니를 탓할 수 있겠어요? 나라면 밤새도록 당신이 내 귓가에 속삭이는 걸 들으니 차라리 지렁이와 함께 잘 테니까요. 그만 나가요, 제인 파커. 나가면서 당신의 그 더러운 입이랑 불결한 마음도 원래 있던, 그걸 필요로 하는 데로 가져가구요. 메리와 나는 춤을 출 거니까요."

언니가 거침없이 소리쳤다.

프랑스 사절들이 떠나자마자 곧바로, 마치 조용함과 비밀스러움을 기다리고 있었다는 듯이, 울지 추기경은 비밀리에 법정을 만들어 증인들과 고발인들, 피고를 불렀다. 물론 재판관은 추기경 자신이었다. 그런 식으로 함으로써 울지 추기경이, 오직 추기경만이 지시에 의해서가 아니라 원칙에 따라 행동하는 것 같아 보였다. 그런 식으로 해야 왕이 요구하는 것이 아닌 교황이 이혼을 명할 수 있게 되는 것이다. 놀랍게도 울지 추기경의 법정은 철저하게 비밀에 붙여 있었다. 조용히 나룻배를 타고 강을 내려 웨스트민스터로 간 사람들을 제외하고는 아무도 알지 못했다. 가문의 이익을 위해 늘 촉각을 곤두세우는 어머니도, 스파이 우두머리인 외삼촌도 알지 못했다. 왕의 침대에서 몸을 따뜻이 하는 나도, 그의 신뢰에 둘러싸여 있는 앤 언니도 모르고 있었다. 가장 중요한 것은, 왕비조차 법정에 대해 알지 못했다는 것이다. 사흘 동안 죄 없는 여인의 결혼을 재판했는데, 당사자는 알지도 못했던 것이다.

웨스트민스터에 위치한 울지 추기경의 비밀 법정은, 죽은 형 아서의 아내와 비합법적으로 동거한 헨리 왕 자신을 재판했다. 너무 무거운 혐의에다 법정은 너무나도 터무니없었기에, 그들은 선서를 하고는, 회개하듯이 머리를 숙인 채 대법관에 의해 죄악으로 고소당해 피고석으로 걸어 들어오는 왕을 지켜보면서 아마 자신들을 꼬집고 있었을 것이다. 헨리 왕은 교황의 잘못된 특면에 의거하여 형의 아내와 결혼했다고 고백했다. 그는 그 당시와 그 후에 '심상찮은 의구심'이 들었다고 했다. 울지 추기경은 눈 하나 깜빡이지 않고 그 문제는 로마 교황의 사절—다시 말해, 편견 없이 공정한 자기 자신—에게 제출해야 한다고 명했고, 왕은 이에 동의하고 변호사를 선임한 후에 소송에서 비켜섰다. 법정은 개정을 선포한 사흘 동안 신학자들을 불러 죽은 형의 아내와 결혼하는 것은 비합법적이라는 증거를 제시하게 했다. 외삼촌의 스파이망은 링컨(Lincoln)의 주교에게 어떤 문의가 있었다는 얘기를 들었을 때 마침내 비밀 법정에 대한 소식을 잡아냈다. 앤 언니, 조지 오빠, 그리고 나는 즉시 윈저에 있는 외삼촌의 처소로 불려갔다.

"무슨 목적으로 이혼하신다는 거지?"

외삼촌이 물었다. 그의 목소리는 흥분으로 꽉 조여 있었다.

앤 언니는 그 소식에 숨이 가빠지고 있었다.

"분명 저 때문에 그러시는 걸 겁니다. 저 때문에 왕비를 쫓아내려 계획하고 계신 걸 거예요."

"폐하께서 청혼하셨느냐?"

외삼촌이 단도직입적으로 물었다.

언니 또한 외삼촌을 바라보았다.

"아뇨, 어떻게 그러실 수 있겠어요? 하지만 왕비에게서 자유로워지자마자 제게 분명 청혼하실 거란 것에 외삼촌이 원하시는 어떤 것이라도 걸 수 있어요."

외삼촌이 고개를 끄덕였다.

"얼마나 오래 폐하를 붙들 수 있겠느냐?"

"얼마나 오래 걸리겠어요?"

언니가 거꾸로 물었다.

"법정은 지금 개정 중이에요. 곧 판결을 내리고, 왕비는 쫓겨나고, 폐하는 마침내 자유로워지시는 거죠. 그런 다음은 *보아라*(voila)! 내가 여기 있도다!"

외삼촌은 언니의 확신에 본의 아니게 미소 지었다.

"그렇구나. 정말 거기 있구나."

그가 동의했다.

"그러니까 동의하시는 거죠, 바로 저라는 것을. 메리는 제가 요구하는 대로 궁정을 떠나거나 그대로 있어야 합니다. 우리 가문은 왕과의 관계에서 제가 필요로 하는 대로 저를 지원해주서야 해요. 우린 오직 제 이익을 위해 이 게임을 해야 합니다. 다른 선택은 없어요. 메리를 복귀시키는 건 안 돼요. 메리를 재촉해서 나아가도록 하지 마세요. 우리가 미는 유일한 불린 가 여자는 접니다."

언니가 외삼촌과 홍정을 했다.

외삼촌은 아버지를 바라보았다. 아버지는 두 딸을 번갈아보더니 어깨를 으쓱했다.

"난 둘 다 의심스럽군요. 틀림없이 폐하께선 서민보다 더 높이 목표하시겠죠.(서민보다는 더 높은 신분의 여자와 결혼을 생각할 것이라는 뜻.) 어쨌든 분명하게 메리는 아닐 겁니다. 메리는 한창때를 이미 지나

보냈고, 폐하께선 메리에게 마음이 식었으니까요."

아버지가 단조롭게 말했다.

이런 매정한 분석에 나는 전신에 한기가 드는 것을 느꼈다. 그러나 아버지는 나를 쳐다보지도 않았다. 이것은 사업이었다.

"그러니 메리는 아닐 겁니다. 그러나 앤을 향한 폐하의 열정이 프랑스 공주를 제치고 더 나아갈 수 있을지 무척 의심스럽군요."

외삼촌이 잠시 고민했다.

"누굴 밀지?"

"앤이오. 폐하가 앤에게 빠져 있으니까요. 이번 달에 아내를 쫓아내실 수 있다면, 제 생각으론 폐하께서 앤을 받아들일지도 몰라요."

어머니가 권했다.

외삼촌은 따먹을 사과를 고르듯이 언니와 나를 번갈아 보았다.

"그럼 앤으로 하자."

그가 말했다.

앤 언니는 미소 짓지도 않았다. 그저 안도의 한숨을 작게 내쉴 뿐이었다.

외삼촌이 의자를 뒤로 밀고 자리에서 일어났다.

"그럼 저는요?"

내가 어색하게 물었다.

모두들 잠깐 동안 내가 있었다는 것을 잊은 듯이 내 쪽을 바라보았다.

"저는 어떡해요? 폐하께서 부르시면 침실로 가야 하나요? 아니면 거절해야 하나요?"

외삼촌은 결정하지 않았다. 그 순간 나는 앤 언니의 절대적 힘을 느꼈다. 가문의 수장이자 나의 세계에서 권위의 원천인 외삼촌이, 언니를 바라보며 결정을 기다린 것이었다.

"메리는 거절하면 안 돼요. 아무 창녀나 폐하의 잠자리에 들어 폐하의 주의를 다른 데로 돌리는 걸 우린 원하지 않잖아요. 폐하께서 밤에는 메리를 정부로 두셔야 하고, 낮에는 계속 저와 사랑에 빠지실 거예요. 하지만 넌 아둔하게 굴어야 해, 메리, 아둔한 아내처럼."

언니가 말했다.

"내가 그걸 할 수 있을지 모르겠네."

내가 짜증스럽게 말했다.

앤 언니가 깔깔 웃었다.

"아, 넌 할 수 있어. 넌 정말 훌륭하게 아둔할 수 있어, 메리. 네 자신을 너무 과소평가하지 마."

언니가 외삼촌을 비스듬히 바라보며 능글맞게 웃으면서 말했다.

외삼촌이 미소를 숨기는 것을 보며 내 뺨은 분노로 뜨겁게 타올랐다. 조지 오빠가 내 쪽으로 몸을 기울였다. 위안이 될 만한 오빠의 무게가 내 어깨를 지그시 누르는 것을 느꼈다. 항의해봤자 소용이 없다고 상기시키는 것 같았다.

앤 언니가 외삼촌에게 눈썹을 치켜 올리자, 외삼촌은 나가도 좋다고 고개를 끄덕였다. 언니가 길을 이끌며 나갔다. 나는 항상 그렇게 될까 봐 두려워했던 그대로 언니의 가운 자락을 쫓아갔다. 나는 눈을 내리깔고 있었다. 언니가 햇빛 속으로 우리를 이끌고 나갔다. 사적장(射的場) 가까이에서 걸어 올라가 정원과 가파르게 층이 진 언덕 아래로 해자를 내려다보고, 조그만 도시와 그 너머의 강을 바라보았다. 조지 오빠가 손가락으로 내 손을 만졌지만, 나는 오빠의 존재를 거의 느끼지 못했다. 언니 때문에 밀려났다는 사실에, 나는 분노로 불타오르고 있었다. 내 가족이, 나는 창녀가 되고, 언니는 아내가 될 것을 결정한 것이다.

"이렇게 해서 나는 왕비가 되는 거야."

언니가 꿈꾸듯 말했다.

"나는 잉글랜드 국왕의 형님이 되는 거고."

조지 오빠가 거의 믿을 수 없다는 듯이 말했다.

"나는 뭐가 되는 거지?"

내가 내뱉었다. 나는 왕에게 가장 사랑받지도 못하고, 궁정의 중심이 되지도 못할 것이다. 나는 열두 살 때부터 여태껏 공들여 쌓아온 자리를 잃을 것이다. 나는 지난 시절의 창녀가 되는 것이다.

"너는 내 시녀가 되는 거지. 넌 그저 또 다른 불린 가 여자가 되는 거야."

앤 언니가 감미롭게 말했다.

왕비에게 펼쳐질 재앙에 대해 그녀 자신이 얼마나 알고 있는지는 아무도 알지 못했다. 요즘 같은 이런 봄날에 그녀는 얼음과 돌로 된 왕비였고, 그동안 추기경은 유럽의 대학들을 이곳저곳 누비고 다니면서 전혀 아무런 죄도 없는 한 아내에 대항할 증거들을 긁어모았다. 마치 운명에 맞서듯이 왕비는 전에 시작해둔 제단보와 한 쌍이 되는 새로운 또 다른 새 제단보를 만들기 시작했다. 그 두 덮개는 대단한 일거리였다. 완성하려면 몇 년은 족히 걸릴 테고, 궁정 가득 시녀들이 필요할 것이다. 마치 모든 것이, 그녀의 바느질조차도, 자신이 잉글랜드 왕비로 살고 또 죽을 것이라고 세상에 내보여야 하는 것 같았다. 달리 어떻게 되겠는가? 지금까지 어떤 왕비도 쫓겨난 적은 없었다.

왕비는 내게 제단보의 천사들 위에 펼쳐진 푸른 하늘의 윤곽을 대충 잡아 자신을 도와달라고 부탁했다. 제단보는 피렌체의 화가가 그녀에게 그려준 것이었는데, 감미롭고 둥글둥글한 몸들이 천사들의 깃털 같은 날개로 반쯤 가려져 있고, 표정이 풍부하고 밝은 얼굴을 한 양치기들이 여물통 주위에 모여 있는 아주 신식 그림이었다. 화가가 그린 그 그림을 보는 것은 연극을 보는 것만큼 훌륭했다. 그림 속의 사람들은 살아 있는 것처럼 생생했다. 조그맣고 세밀한 선을 내가 바늘을 가지고 따르지 않아도 돼 다행이었다. 하늘 부분이 끝나기 한참 전에 울지 추기경이 판결을 내릴 것이고, 교황은 그것을 승인하고, 왕비는 이혼을 당해 수녀원으로 쫓겨날 것이다. 그런 다음 우리 불린 가 사람들이 독신인 왕을 덫으로 가두는 동안 수녀들이 어려운 드레이퍼리(draperies: 조각, 그림에 나타나 있는 휘장, 의복의 주름.)와 깃털 같은 날개를 바느질하면 되는 것이다. 조그만 사각의 하늘을 만드느라 길고 파란 실크 실 한 타래를 다 쓰고, 좁다란 창문에서 들어오는 빛으로 바늘을 가져갔을 때 나는 돌연 오빠의 갈색 머리가 해자를 둘러싼 계단을 뛰어오르는 것을 보았다. 왜 서두르는지 보려고 목을 앞으로 길게 뺐으나 오빠는 이미 보이지 않았다.

"무슨 일인가, 캐리 영부인?"

왕비가 내 뒤에서 물어왔다. 그녀의 목소리에는 감정이 전혀 없었다.

"오라버니가 뛰어 들어오고 있습니다. 내려가서 오라버니를 만나봐도 되겠습니까, 마마?"

내가 물었다.

"물론이지. 혹시라도 중요한 소식이 있으면, 내게 곧장 가져와야 하네, 메리."

왕비가 침착하게 말했다.

나는 바늘을 그대로 쥔 채 방을 나와 대리석 계단을 서둘러 내려 대회당으로 향했다. 조지 오빠가 막 문을 박차고 들어와 있었다.

"무슨 일이야?"

내가 물었다.

"아버지를 찾아야 해. 교황께서 붙잡히셨어."

"뭐?"

"아버지는 어디 계셔? 어디 계시냐구?"

"서기들과 계실지도 몰라."

조지 오빠는 그들의 집무실로 가기 위해 즉시 몸을 돌렸다. 나는 서둘러 뒤쫓아가 소맷자락을 붙잡았으나 오빠가 뿌리쳤다.

"기다려, 오빠! 누구한테 붙잡히셨는데?"

"스페인 군대한테. 찰스 황제한테 고용된 용병들이야. 듣기로는 그들이 걷잡을 수 없이 흥분해서 성도(聖都)도 약탈하고, 성하도 붙잡았대."

나는 잠시 꼼짝 않고 서 있었다. 충격으로 아무 말도 할 수 없었다.

"놓아드릴 거야. 설마 그렇게까지 할 수……."

나는 바로 그 말을 끝맺지 못했다. 조지 오빠는 급히 뛰어갈 생각에 거의 두 발을 동동 구르고 있었다.

"생각을 좀 해! 교황께서 스페인 군대에 붙잡히셨다는 게 뭘 뜻해? 뭘 뜻하냐구?"

오빠가 따져 물었지만 나는 고개를 저었다.

"성하께서 위험에 빠지셨다는 거지. 교황을 붙잡을 수는 없는 거니까……."

내가 미약하게 대답했다.

조지 오빠가 크게 소리 내어 웃었다.

"이 바보!"

오빠가 내 손을 잡아끌고 갔다. 계단을 올라 서기들의 집무실에 닿았다. 오빠는 문을 두드린 후 문 사이로 머리를 집어넣었다.

"아버지가 여기 계신가요?"

"폐하와 함께 계십니다. 사저에요."

누군가가 대답했다.

조지 오빠는 홱 돌아서더니 다시 계단을 뛰어내렸다. 나는 긴 가운의 치맛자락을 들고 오빠를 또닥또닥 뒤따라갔다.

"난 뭐가 뭔지 모르겠어."

"누가 폐하께 이혼을 허가하실 수 있어?"

조지 오빠가 계단이 꺾이는 곳에 멈춰 서서 물었다. 오빠가 나를 올려다보았다. 두 갈색 눈동자가 흥분으로 빛나고 있었다. 나는 위쪽에서 마치 이 둥근 계단의 방어자처럼 머뭇거리고 있었다.

"오직 교황께서만이."

내가 더듬댔다.

"누가 교황을 붙잡고 있지?"

"찰스 황제라고 오빠가 그랬잖아."

"누가 찰스 황제의 고모지?"

"왕비마마."

"그럼 네 생각으론 교황께서 이제 폐하께 이혼을 허가하실 것 같아?"

나는 아무 말도 못 했다. 조지 오빠가 두 칸을 뛰어오르더니 내 벌어진 입술에 키스했다.

"이 바보 같은 아가씨야. 이건 폐하께 재앙 같은 소식이야. 폐하는 마마에게서 평생 벗어나실 수 없으실 거야. 모든 게 완전히 꼬였고, 우리 불린 가 사람들도 함께 꼬여버렸어."

오빠가 따뜻하게 말했다.

나한테서 떨어져 뛰어나가려는 오빠의 손을 낚아챘다.

"그런데 오빠 왜 이렇게 기뻐하는 거야? 오빠! 우리가 망했다며? 그런데 왜 이렇게 명랑해?"

오빠가 나를 올려다보며 웃었다.

"기뻐하는 게 아니야. 발광하는 거야. 잠깐 동안 우리의 광기를 믿기 시작했었어. 앤이 폐하의 아내가 되고 다음 잉글랜드의 왕비가 될 거라고 믿기 시작했었다고. 하지만 이제 다시 제정신을 차렸어. 다행이지 뭐. 그게 내가 이렇게 웃는 이유야. 그러니까 이제 나, 좀 가게 해줘, 아버지께 말씀드려야 한단 말이야. 추기경께 갈 전갈을 가지고 강을 올라온 뱃사람에게 들은 소식이야. 아버지께서 맨 먼저 알고 싶으실 거야. 내가 아버지를 찾을 수 있다면 말이지."

오빠가 외치다시피 했다.

나는 오빠를 보냈다. 광란하는 오빠를 붙잡을 도리가 없었다.

오빠의 장화가 다다닥 대리석 계단을 내리 딛고, 대회당 문이 벌컥 열리는 소리가 들리더니, 홀의 대리석 바닥을 서둘러 걷는 소리가 들려왔다. 개를 길옆으로 걷어찼는지 깨갱거렸다. 그리고는 문이 삐걱거리며 닫혔다. 나는 오빠가 떠난 계단에 그대로 주저앉았다. 아직도 왕비의 자수바늘을 손에 쥐고서, 모든 세력이 다시 왕비에게로 쏠렸으니 이제 우리 불린 가 사람들은 어떤 처지에 놓일 것인지 생각해보았다.

왕비에게 소식을 전해도 될지 조지 오빠는 말하지 않았다. 왕비의 방으로 돌아가서도 아무 말 않는 게 안전하겠다고 판단했다. 나는 얼굴에서 구김살을 펴고 드레스의 스토마커를 끌어내린 뒤 마음을 가라앉히고 문을 열었다.

왕비는 이미 알고 있었다. 한쪽에 내팽개쳐져 있는 제단보와, 창가에 서서 마치 이탈리아까지, 자신을 사랑하고 공경할 것을 약속한 젊은 조카가 승리를 거두고 의기양양하게 로마로 말을 몰고 들어가는 모습까지 볼 수 있는 것처럼 창밖을 내다보고 있는 왕비의 모습에서 알 수 있었다. 내가 방에 들어서자 왕비는 내게 주의 깊은 눈빛으로 재빨리 한번 쏘아보더니 내 어리벙벙한 표정을 보고는 잠시 킬킬댔다.

"소식을 들었나?"

왕비가 추측으로 물었다.

"예, 오라버니께서 소식을 가지고 아버지께 달려가고 있었습니다."

"이 일이 모든 것을 뒤바꿀 거야. 모든 것을."

그녀가 단언했다.

"압니다."

"이 소식을 들으면 자네 언니는 참으로 곤란한 입장에 처하겠군."

왕비가 장난스럽게 말했다.

참을 수 없는 웃음이 터져 나왔다.

"언니는 자신을 폭풍우에 시달리는 처녀라고 불렀어요!"

내가 울부짖듯이 말했다.

왕비가 손으로 입을 살짝 때렸다.

"앤 불린이? 폭풍우에 시달린다고?"

나는 고개를 끄덕였다.

"폭풍우에 시달리는 배를 탄 처녀의 모습이 새겨진 보석을 폐하께 드렸다니까요!"

왕비가 입속으로 주먹을 밀어 넣었다.

"쉿! 쉿!"

문밖에서 사람들이 웅성대는 소리가 들려왔다. 단 한 번의 재빠른 몸짓으로 왕비는 제자리에 돌아가 있었다. 커다란 자수틀은 그녀 쪽으로 끌어당겨져 있었고, 무거운 박공 두건은 일감 위로 숙여져 있었으며, 그녀의 얼굴은 엄숙했다. 왕비는 나를 쳐다보더니 내 일감 쪽으로 고갯짓했다. 나는 여태껏 쥐고 있던 바늘과 실을 들고, 보초병들이 문을 열었을 때 왕비와 내가 부지런하게, 조용히 바느질을 하고 있었던 듯이 보이도록 했다.

왕은 수행하는 신하들도 없이 홀로 들어왔다. 방으로 들어온 그는 나를 보고 잠시 주춤하더니, 마치 오랜 세월을 함께 한 자신의 아내에게 해야 할 말을 듣는 중인으로 내가 있어 반갑다는 듯이 다가왔다.

"당신 조카가 범죄 중에서도 가장 끔찍한 범죄를 저지른 것 같군요."

왕이 성난 목소리로 단호하게 단도직입적으로 말했다.

왕비가 고개를 들었다.

"폐하."

그녀는 무릎을 깊이 굽혀 정중히 절했다.

"내가 말하는데, 가장 끔찍한 범죄요."

"왜요, 조카가 무슨 일을 저질렀죠?"

"그의 군대가 교황 성하를 붙잡아 감금했어요. 신성 모독적인 행위죠. 성 베드로에게 죄를 짓는 정말 어처구니없는 소행입니다."

왕비의 지친 얼굴이 조그맣게 찡그려지며 주름이 졌다.

"분명 그 아이가 교황 성하를 풀어드리고 즉각 복위시킬 겁니다. 왜 그러지 않겠어요?"

왕비가 말했다.

"그러지 않을 겁니다. 왜냐하면 그는 교황을 자기 세력 안에 잡고 있으면 우리 모두를 자기 손에 쥐게 되리라는 걸 알고 있기 때문이죠! 그는 우리가 끄나풀이라는 걸 알고 있어요! 교황을 지배함으로써 우리 모두를 지배하려는 겁니다!"

왕비는 다시 일감을 내려다봤지만 나는 헨리 왕에게서 눈을 뗄 수가 없었다. 이 남자는 내가 지금까지 보지 못한 새로운 남자였다. 그는 화가 나 있었지만, 평소와 같이 벌겋게 타오르는 분노가 아니었다. 왕은 냉정한 표정이었지만 몹시 화가 나 있었다. 오늘 그는 열여덟 살부터 폭군이었던 한 성숙한 남자의 모든 권력을 지니고 있었다.

"조카는 무척 야심적인 젊은이죠. 제가 기억하기로, 당신이 그 나이 때 그랬던 것처럼요."

왕비가 감미롭게 동의했다.

"난 유럽 전역을 지배하려 하지 않았고, 나보다 더 위대한 이들의 계획을 파괴하려고도 하지 않았어요!"

왕이 신랄하게 말했다.

왕비는 그를 올려다보며 사근사근하고 한결같은 자신감으로 미소 지었다.

"그렇죠. 마치 그 아이가 신의 힘으로 인도된 것 같죠?"

그녀가 동의했다.

외삼촌은 우리 모두에게 패배하지 않은 것처럼 행동할 것을 지시했다. 그리하여 아무 일도 잘못되지 않은 듯이, 불린 가 사람들은 처참하게 패배하지 않은 듯이, 앤 언니의 방에서는 웃음과 음악과 시시덕거림이 계속됐다. 이전에 내게 주어지고 나를 위해 꾸며진 방이었지만 더 이상 아무도 그 방들을 내 방이라고 부르지 않았다. 왕비가 유령이 되어버린 것처럼, 나는 그림자가 되었다. 전에도 앤 언니는 나와 함께 살고 함께 잤지만, 이제는 언니가 실체이고 나는 그림자였다. 카드를 가져오라 하고, 포도주를 달라고 하는 것도 언니였고, 왕이 방에 들어올 때 올려다보면서 자신만만하고 매끄럽게 빛나는 미소를 머금는 사람도 앤 언니였다.

둘째로 밀려난 것을 받아들이고 미소 짓는 것 외에 내가 달리 할 수 있는 것은 아무것도 없었다. 왕이 밤에 나와 잠자리를 가질지는 몰라도, 낮에는 내내 앤 언니의 남자였다. 내가 왕의 애인이었던 그 오랜 시간 동안 처음으로 나는 내 자신이 실로 창녀처럼 느껴졌다. 그리고 내게 이런 치욕을 안겨준 사람은 내 친언니였다.

거의 온종일 홀로 남겨진 왕비는 계속해서 제단보를 만들었고, 기도대 앞에서 몇 시간씩 보냈으며, 고해 신부인 로체스터의 주교 존 피셔와 지속적으로 만났다. 그는 많은 시간을 왕비와 함께 보냈고, 그녀의 방에서 나올 때면 침울하고 조용했다. 우리는 그가 자갈이 깔린 언덕을 내려 배가 정박해 있는 강으로 걸어가는 것을 보며 느려터진 걸음걸이에 웃곤 했다. 그는 생각에 짓눌린 듯이 고개를 숙이고 걸었다.

"마마께선 악마만큼이나 죄를 졌을 거야."

앤 언니가 말했다. 모두 우스갯소리를 기다리며 귀 기울였다.

"아니 왜?"

조지 오빠가 재촉했다.

"하루에도 몇 시간씩이나 고해하시기 때문이지. 저 여인이 무슨 짓을 했는지는 하느님만 아시겠지만, 아무튼 마마께선 내가 식사하는 것보다 더 오래 고해하신다니까!"

알랑거리는 가벼운 폭소가 터졌고, 앤 언니가 손뼉을 쳐서 음악을 연주하도록 했다. 사람들이 춤을 추려 쌍쌍으로 줄을 맞췄다. 나는 계속 창가에 서서 주교가 성과 왕비를 떠나는 모습을 지켜보며 실로 그 둘이 그리 오랫동안 무얼 논의했을지 생각해보았다. 왕비는 왕이 무얼 계획하고 있는지 정확히 알고 있는 것일까? 왕비는 교회가, 잉글랜드의 바로 그 교회가 왕에게서 등을 돌리게 하려는 것일까?

나는 춤추고 있는 사람들 사이를 비집고 나와 왕비의 방으로 갔다. 요즘은 흔히 그렇듯 침묵이 흐르고 있었다. 열려 있는 창문들을 통해 음악이 흘러 들어오지도 않았고, 예전에는 방문객들에게 활짝 열려 있던 문도 굳게 닫혀 있었다. 나는 문을 열고 안으로 들어갔다.

왕비의 알현실은 비어 있었다. 제단보는 그녀가 손을 뗀 그 상태로 의자 위에 펼쳐져 있었다. 하늘무늬는 겨우 반쯤 끝나 있었다. 함께 일할 사람이 없는 이상 제단보는 절대 끝낼 수 없을 것이다. 홀로 한 모퉁이를 바느질하고, 또 자기 앞에 남겨진 몇 미터씩이나 되는, 빈 천을 보는 일을 왕비가 견딜 수 있을는지 궁금했다. 난로에는 불이 나가 있었고, 방 안은 싸늘했다. 순간 나는 진정 두려웠다. 불현듯 나는 '왕비가 잡혀갔으면 어떡하지?' 하는 생각을 했다. 무모한 생각이었다. 누가 감히 왕비를 체포할 수 있겠는가? 왕비를 어디로 데려갈 수 있겠는가? 그러나 잠깐 동안 나는 방 안에 흐르는 침묵과 텅텅 빈 이 모습이 뜻하는 것은 오직 하나밖에 없다고 생각했다. 헨리 왕은 돌연 모든 것을 견딜 수가 없어, 한순간이라도 더 기다리는 것을 거부하고 병사들을 보내 왕비를 제거하라고 한 것이다.

다음 순간 나는 어떤 소리를 들었다. 너무나도 애처로워서 어린아이가 엉엉 우는 소리인 줄 알았다. 소리는 왕비의 내전에서 새어나오고 있었다.

잠시 멈춰 서서 생각해볼 필요도 없었다. 비탄에 잠긴 울음소리는 사람을 끄는 무언가가 있었다. 나는 문을 열고 안으로 들어갔다.

왕비였다. 그녀의 머리는 침대 위의 호화로운 침대보에 묻혀 있었고, 두건은 뒤로 비스듬히 밀려나 있었다. 왕비는 기도하듯 무릎을 꿇고 있었지만, 입속에 침대보를 가득 밀어 넣고 있었고, 낼 수 있는 소리는 이 끔찍하고 가슴이 미어지는 통곡뿐이었다. 왕은 왕비의 뒤에 서서, 런던 탑 녹지의 사형 집행인처럼 두 손을 엉덩이에 얹고 있었다. 문이 열리는 소리에 왕은 어깨너머로 힐끗 돌아봐 나를 발견했다. 그러나 그는 알아보는 듯한 아무런 낌새도 나타내지 않았다.

그의 얼굴은 무표정하고 굳어 있었다. 마치 정신이 나간 사람처럼.

"그러니 당신에게 말해줘야겠어요. 이 결혼은 실로 비합법적이었고, 취소돼야 하고 취소될 겁니다."

왕비가 침대에서 눈물에 젖은 얼굴을 들었다.

"우린 특면을 받았잖아요."

"교황은 하느님의 율법을 가지고 특면할 수 없어요."

헨리 왕이 단호히 말했다.

"하느님의 율법이 아니……."

그녀가 속삭였다.

"나와 논쟁하지 마십시오, 부인."

왕이 말허리를 잘랐다. 그는 왕비의 지성을 두려워했다.

"당신은 더 이상 내 아내도 왕비도 아니라는 것을 알아야 합니다. 당신은 물러나야 해요."

왕비가 눈물로 범벅된 얼굴을 그에게로 돌렸다.

"난 물러날 수 없어요. 그리고 싶어도 그리할 수 없어요. 난 당신의 아내이자 왕비예요. 어떤 것도 그 사실을 막을 순 없어요. 그 어떤 것도 그 사실을 제쳐놓을 순 없어요."

왕은 문으로 향했다. 왕비의 절망적인 몸부림에서 벗어나려 필사적이었다.

"난 당신에게 말했어요. 그러니 이제 당신은 내가 직접 내 입으로 한 말을 들은 겁니다."

그가 문간에서 말했다.

"내가 당신에게 솔직하지 않았다고 불평하면 안 돼요. 이렇게 돼야 한다는 걸 난 말해줬으니."

"난 당신을 오랜 세월 동안 사랑했어요. 당신에게 여자로서의 내 인생을 바쳤어요. 말해줘요, 내가 어떤 식으로 당신을 언짢게 했나요? 여태껏 당신이 못마땅하게 여길 만한 무슨 일을 했나요?"

그녀가 왕의 등 뒤로 소리쳤다.

왕은 거의 방에서 나와 있었다. 그가 지나갈 수 있도록 나는 장식 판자를 붙인 벽에 딱 달라붙었다. 그러나 그 마지막 간청에 그는 멈칫하더니 잠시 돌아섰다.

"당신은 내게 아들을 낳아줬어야 했어요. 당신은 그걸 하지 않았어요."

왕이 간단히 말했다.

"하려고 했어요! 하느님은 아십니다, 헨리! 노력했어요! 난 당신에게 아들을 낳아줬어요. 그 애가 살지 못한 건 내 잘못이 아니에요. 하느님께선 우리의 어린 왕자가 천국에서 지내길 원하셨어요. 그건 내 잘못이 아니에요."

왕비의 고통스런 목소리가 왕의 마음을 흔들었지만, 그는 돌아섰다.

"당신은 내게 아들을 낳아줬어야 했어요. 난 잉글랜드를 위해 아들이 꼭 필요해요, 캐서린. 당신도 그걸 알잖아요."

그가 되풀이했다.

왕비의 얼굴은 절망적이었다.

"하느님의 뜻을 감수하셔야 해요."

"바로 하느님께서 나를 이 일로 이끄신 겁니다. 바로 하느님께서 내게 이런 죄악의 그릇된 결혼에서 벗어나 새 출발하라고 계시를 내리신 거라구요. 그리고 그리한다면, 나는 아들을 얻게 될 거요. 난 알 수 있어요, 캐서린. 그리고 당신은……."

헨리 왕이 소리쳤다.

"나는요?"

그녀가 냄새의 흔적을 뒤쫓는 자신의 그레이하운드처럼 재빨리 말했다. 그녀의 모든 용기가 돌연 훨훨 타올랐다.

"내게는 뭐가 기다리는 거죠? 수녀원? 노년? 죽음? 난 스페인 공주이자 잉글랜드 왕비입니다. 이것들 대신 당신은 내게 뭘 권할 수 있죠?"

"하느님의 뜻이에요."

왕이 되풀이했다.

그 말에 왕비는 깔깔 웃었다. 끔찍한 소리였다. 통곡만큼 광기 어린 웃음이었다.

"혼인한 참된 아내를 외면하고 보잘것없는 여자랑 결혼하는 게 하느님의 뜻이라구요? 그 창녀랑 말이에요? 아니면 그 창녀의 언니랑?"

나는 꼿꼿이 얼어붙었다. 헨리 왕은 나를 밀치고 문밖으로 나가버렸다.

"하느님의 뜻이고 내 뜻입니다!"

그가 바깥방에서 고함을 질렀다. 다음 순간 문이 쾅 닫히는 소리가 들려왔다.

나는 살금살금 뒷걸음쳤다. 그녀가 우는 모습을 보았다는 것을 알지 못하게 하려고, 그녀가 왕의 창녀라고 말한 나를 보지 못하게 하려고 나는 필사적이었다. 그러나 왕비는 두 손에서 얼굴을 들더니 간단히 말했다.

"도와주게, 메리."

나는 침묵을 지킨 채 앞으로 나아갔다. 그녀를 알고 지낸 7년 만에 처음으로 그녀가 도움을 청한 것이다. 왕비는 두 팔을 뻗어 내 부축을 받아 일어섰다. 그녀는 거의 서지도 못했다. 두 눈은 흐느낌으로 충혈돼 있었다.

"쉬셔야 합니다, 마마."

"쉴 수가 없네. 기도실로 부축해주게. 그리고 내 묵주도 갖다 주게."

왕비가 대답했다.

"마마……."

"메리, 폐하께선 나를 파멸시키실 거야. 우리 딸도 폐적하실 거야. 이 나라도 망치실 거야. 그리고 자신의 불멸의 영혼도 지옥으로 보내실 거고. 폐하를 위해, 나를 위해, 우리나라를 위해 기도해야 해.

그런 다음 내 조카한테 편지해야겠어."

입을 벌리고 끔찍하게 흐느껴 울어 쉬어버린 목소리로 그녀가 침통하게 말했다.

"마마, 황제폐하께 절대 편지가 닿지 않도록 손쓸 것입니다."

"그 애에게 보낼 방법이 있어."

"마마께 해가 될 수 있는 것은 무엇이든 쓰지 마세요."

그 말에 왕비는 멈칫했다. 내 목소리에 어린 두려움을 들은 것이다. 다음 순간 왕비는 그녀의 눈가까지는 미치지 않는 공허하고 쓸쓸한 미소를 지었다.

"왜지? 지금보다 더 나빠질 수 있을 거라 생각하나? 난 반역죄로 기소되진 못해. 난 잉글랜드의 왕비야, 내 자신이 잉글랜드라고. 난 이혼당할 수 없어, 난 왕의 아내야. 이번 봄에 폐하께선 이성을 잃으셨지만 가을까진 회복하실 거야. 난 그저 이번 여름을 극복하면 되는 것뿐이야."

"불린 가의 여름 말이죠."

앤 언니를 생각하며 말했다.

"불린 가의 여름. 한 계절 이상 가진 않으실 거야."

왕비가 되풀이했다.

왕비는 기도대의 벨벳을 씌운 기도 방석을 검버섯이 핀 손으로 붙잡았다. 더 이상 그녀는 이 세상의 아무것도 듣지도 보지도 못한다는 것을 알고 있었다. 왕비는 하느님에게 가까이 가 있었다. 나는 조용히 나가 문을 닫았다.

* * *

조지 오빠가 왕비의 공무용 방의 그늘진 곳에 자객처럼 숨어 있었다.

"외삼촌이 부르셔."

오빠가 무뚝뚝하게 말했다.

"오빠, 난 갈 수 없어. 대신 핑계 좀 대줘."

"어서 가자."

나는 열려 있는 창문을 통해 흘러 들어오는 한 줄기의 빛 속으로 걸어 들어갔다. 찬란한 눈부심에 눈을 깜빡였다. 밖에서는 누군가가 노래를 부르고 앤 언니가 태평스레 떠들썩하게 웃는 소리가 들려왔다.

"제발 오빠, 날 찾을 수 없었다고 말씀드려."

"외삼촌께선 네가 마마와 함께 있었다는 걸 알고 계셔. 네가 나올 때까지 기다리라고 지시받았어. 그게 언제든지 말이야."

나는 고개를 저었다.

"마마를 배신할 순 없어."

조지 오빠가 재빠르게 세 걸음으로 방을 가로질러오더니, 내 팔꿈치 아래를 잡아 문으로 이끌고 갔다. 얼마나 빨리 걷는지 오빠와 속도를 맞추려면 뛰어야 했다. 오빠가 계단을 성큼성큼 내려가면서 바이스(vise: 작은 공작물을 틀로 된 아가리에 물려 고정시키는 공구.)같이 내 팔을 쥐지 않았더라면 나는 발을 헛디뎠을 것이다.

"네 가족이 누구지?"

오빠가 앙다문 잇새로 물었다.

"불린."

"네 친척은?"

"하워드."

"네 집은?"

"헤버랑 로치퍼드."

"네 왕국은?"

"잉글랜드."

"네 왕은?"

"헨리 폐하."

"그럼 그들을 위해서 일해. 그 순서대로. 내가 지금 한 번이라도 스페인 왕비를 언급했니?"

"아니."

"잘 기억해둬."

나는 오빠의 굳은 결의에 맞서 싸웠다.

"조지 오빠!"

"매일같이 나는 이 집안을 위해 내 욕망을 포기하고 있어. 매일같이 나는 이 여동생 아니면 저 여동생의 비위나 맞추고 폐하께 뚜쟁이질을 해. 매일같이 나는 나 자신의 욕망을, 내 열정을 억눌러. 내영혼도 억누른다고! 내 인생을 나 자신도 모르게 만들고 있어. 그러니 이제 가."

오빠가 나지막하지만 사납게 뇌까렸다.

오빠가 노크도 하지 않고 외삼촌의 사저 문 안으로 나를 밀어 넣었다. 외삼촌은 책상 뒤에 앉아 있었다. 서류들 위에 햇살이 눈부시게 쏟아지고, 그 앞의 책상 위에는 철 이른 장미꽃다발이 놓여 있었다. 내가 들어서자 외삼촌이 올려다보았다. 그의 예리한 시선이 내 가쁜 숨결과 얼굴에 나타난 괴로움을 낱낱이 뜯어보았다.

"폐하와 마마 사이에 무슨 얘기가 오갔는지 알아야겠다."

외삼촌이 단도직입적으로 말했다.

"하녀 하나가 네가 그분들과 함께 있었다고 하던데."

나는 고개를 끄덕였다.

"마마께서 우시는 소리를 듣고 안으로 들어갔습니다."

"마마가 우셨다고?"

외삼촌이 믿을 수 없다는 듯이 물었다.

나는 고개를 끄덕였다.

"말해봐."

잠시 나는 아무 말도 하지 않았다.

외삼촌이 다시 한 번 나를 쳐다보았다. 꿰뚫는 듯한 어두운 시선에는 무한한 힘이 있었다.

"어서 말해보라니까."

그가 되풀이했다.

"폐하께선 마마께 두 분의 결혼은 타당하지 않은 것이기 때문에 취소할 길을 찾는 중이라고 하셨어요."

"그랬더니 마마께선?"

"앤 언니 때문이냐고 물으셨어요. 폐하께선 부정하지 않으셨구요."

외삼촌의 눈동자에 격렬한 기쁨의 불꽃이 번쩍 튀어 올랐다.

"마마를 어찌 두고 나왔느냐?"

"기도하시고 계세요."

외삼촌은 책상에서 일어나 내게로 둘러왔다. 생각에 잠긴 채로 그가 내 손을 잡고 조용히 말했다.

"이번 여름에 아이들을 보고 싶지, 메리?"

헤버와, 귀염둥이 캐서린과, 아기를 갈망하는 마음이 나를 어질어질하게 했다. 나는 잠시 눈을 감았다. 아이들을 볼 수 있었고, 내 품에서 느낄 수 있었다. 깨끗한 머리칼과 햇볕으로 따끈따끈해진 피부에서 나는 달콤한 아기냄새를 맡을 수 있었다.

"이 일로 네가 우리에게 제대로 헌신한다면, 궁정이 이동하는 동안 여름 내내 헤버에서 지내게 해주겠다. 넌 여름 내내 아이들과 시간을 보낼 수 있고, 아무도 너를 건드리지 않을 거다. 네 임무는 끝나는 거고, 널 궁정에서 내보내주겠다. 그러나 넌 이번 일에서 나를 도와야 해, 메리. 마마께서 뭘 하시려는지 정확하게 네 생각을 내게 말해줘야 한다."

나는 나지막하게 한숨을 내쉬었다.

"마마께선 조카 분에게 편지를 쓰실 거라고 하셨어요. 편지가 조카 분의 손에 들어가게 할 방법을 알고 계신다구요."

외삼촌이 미소 지었다.

"마마께서 어떻게 스페인으로 편지를 보내실지 알아내어, 내게 와서 이야기할 것을 기다리겠다. 그리하면 넌 다음주에 아이들과 함께 있게 될 게야."

나는 배신하는 기분을 목 안으로 삼켜 넘겼다.

외삼촌은 다시 책상으로 돌아가더니 서류를 보기 시작했다.

"가도 된다."

그가 무심하게 말했다.

내가 방으로 들어갔을 때 왕비는 탁자 앞에 있었다.

"아, 캐리 영부인, 여기 초 하나 더 붙여주겠나? 편지를 쓰는 데 거의 보이지가 않아서 말이지."

나는 또 다른 촛대에 불을 붙여 종이 가까이에 놓았다. 그녀는 스페인어로 글을 쓰고 있었다.

"세뇨르 필리페즈를 불러주게. 심부름을 보낼 게 있어."

왕비가 부탁했다.

나는 머뭇거렸으나 왕비가 종이에서 얼굴을 들고 내게 살짝 고갯짓을 해, 나는 절을 하고 사내종이 보초를 서고 있는 문으로 향했다.

"세뇨르 필리페즈를 모셔오너라."

내가 무뚝뚝하게 말했다.

잠깐 사이에 그가 찾아왔다. 그는 욕실 담당 종자(從者)였고, 캐서린 왕비가 결혼했을 때 스페인에서 건너온 중년의 남자였다. 그는 왕비의 집안에서 머물렀고, 잉글랜드 여자와 결혼해 잉글랜드 아이들을 낳았음에도 불구하고 스페인어 억양이나 스페인을 향한 사랑은 전혀 잃지 않았다.

나는 세뇨르 필리페즈를 방으로 안내했다. 왕비가 나를 힐끗 보았다.

"나가 있게."

그녀가 말했다. 나는 왕비가 편지를 접어 봉인 반지로 봉하는 것을 보았다. 스페인을 상징하는 석류가 찍혔다.

나는 문 밖으로 나가 창가 벤치에 앉아 실제로도 그렇듯이 첩자처럼 세뇨르 필리페즈가 나올 때까지 기다렸다. 그러다가 나는 그가 조끼 속에 편지를 밀어 넣으며 방을 나오는 것을 보고, 지친 몸을 이끌고는 모든 것을 전하기 위해 외삼촌을 찾으러 갔다.

세뇨르 필리페즈는 다음날 궁정을 떠났다. 구불구불한 길을 걸어 올라 윈저 성의 꼭대기로 향하는 나를 외삼촌이 발견했다.

"헤버로 가도 좋다. 넌 네 임무를 완수했어."

그가 간단히 말했다.

"외삼촌?"

"프랑스로 가기 위해 도버에서 배를 타고 떠날 세뇨르 필리페즈를 붙잡을 거다. 궁정에서 충분히 멀리 떨어져 있으니 마마께는 한 마디 소식도 전해지지 않을 게다. 우린 마마께서 조카에게 보낸 편지를 손에 넣게 될 거고, 그럼 마마는 끝장나는 거야. 반역의 증거가 될 테니까. 울지 추기경은 지금 로마에 계셔. 마마는 목숨을 건지기 위해서라도 이혼에 합의하셔야 할 거야. 폐하께선 재혼하실 수 있는 자유로운 몸이 되는 거지. 바로 이번 여름에 말이야."

가을까지만 어떻게든 버틸 수 있다면, 자신은 안전하게 될 것이라는 왕비의 믿음을 생각했다.

"이번 여름에 약혼하고, 우리 모두가 가을에 런던으로 돌아오면 공개적으로 결혼식과 대관식을 올리는 거지."

나는 침을 꿀꺽 삼켰다. 언니가 잉글랜드의 왕비가 되고, 나는 왕에게 버림받은 창녀가 된다는, 얼음처럼 차가운 사실이 마음속을 얼어붙게 했다.

"그럼 저는요?"

"넌 헤버로 가도 좋아. 앤이 왕비가 되면 궁정으로 돌아와서 시녀로서 앤을 시중들면 돼. 그때쯤이면 앤은 주위에 가족을 필요로 할 테니까. 하지만 지금 당장 네 임무는 끝났다."

"오늘 떠나도 될까요?"

"널 데려다줄 사람을 찾을 수만 있다면야."

"조지 오빠한테 부탁해도 될까요?"

"그러려무나."

나는 외삼촌에게 절한 뒤 돌아서서 언덕을 올랐다. 걸음걸이가 빨라졌다.

"필리페즈 건은 잘 해냈다. 그 건은 우리가 필요로 했던 때를 가져다줬어. 마마께선 도움이 오고 있다고 생각하겠지만 그녀는 완벽하게 혼자야."

서둘러 떠나는 내 뒤로 외삼촌이 말했다.

"하워드 가문을 위해 일해서 기쁩니다."

내가 무뚝뚝하게 말했다. 내가 하워드 가 사람들을 한 명도 빠짐없이 싸잡아—조지 오빠만 빼고—이 집안의 거대한 지하 납골실에 묻더라도 단 한순간도 그것이 손해였다고 생각지 않는다는 사실을 아무도 모르는 게 더 나았다.

조지 오빠는 이미 왕과 함께 말을 타러 나갔다 온 터여서 다시 안장 위에 오르고 싶지 않아 했다.

"머리가 무거워. 어젯밤에 술 마시고 도박을 했거든. 게다가 프랜시스가 도무지 참을 수 없이 행동해서……."

오빠가 말을 멈췄다.

"오늘은 헤버로 떠나지 않을 거야, 메리. 난 진짜 견딜 수가 없게 힘들어."

나는 오빠의 손을 잡아 내 얼굴을 똑바로 보게 했다. 눈에 눈물이 고인 것을 알고 있었다. 나는 뺨을 타고 흘러내리는 눈물을 애써 멈추려 하지 않았다.

"오빠, 제발. 외삼촌께서 마음을 바꾸시면 어떡해? 제발 나 좀 도와줘. 제발 나 좀 아이들한테로 데려다줘. 제발 헤버로 데려다줘."

"아, 울지 마. 울지 좀 마. 내가 진짜 싫어하는 거 알잖아. 데려다줄게. 당연히 데려다줘야지. 마구간으로 사람을 내려보내고 우리 말들에 안장을 얹어놓으라고 해. 그런 다음 즉각 출발하자구."

가방에 몇 가지 짐을 꾸리고, 내 뒤를 따라 짐마차로 운반될 소지품 상자가 제대로 묶여 있는지 보기 위해 우리 방문을 벌컥 열고 들어가자 앤 언니가 방 안에 있었다.

"어디 가?"

"헤버, 외삼촌께서 가도 된다고 하셨어."

"그럼 나는?"

언니가 물었다. 목소리에 깔린 절망적인 어조에 나는 언니를 좀더 유심히 바라보았다.

"언니는 뭐? 언니는 모든 걸 다 가졌잖아. 대체 세상에 뭘 더 원하는 거야?"

언니는 조그만 거울 앞의 의자에 털썩 주저앉더니, 머리를 손에 기대고 자신을 응시했다.

"폐하는 사랑에 빠지셨어. 내게 미치셨다구. 난 폐하를 가까이로 이끌기도 하고, 더 이상 못 오게 하는 데 내 모든 시간을 보내. 폐하께서 나랑 춤추실 때 난 폐하의 단단해진 그걸 마치 코드피스(codpiece: 15-16세기의 남자 바지 앞의 샅주머니.)처럼 느낄 수 있다니까. 폐하는 내가 갖고 싶어 죽을 지경이셔."

"그래서?"

"계속 폐하를 그런 상태로 유지해야 한다는 거지. 숯불 위의 소스 냄비처럼 계속 보글보글 끓게만 해야 해. 만약 넘쳐흐르면 나는 어떻게 되겠니? 화상으로 죽을 거야. 만약 식어버려서 다른 곳에 가서서 물건을 담가 넣으시면, 나한텐 경쟁자가 생기는 거야. 그러니까 네가 여기 필요하다는 거야."

"물건을 담가 넣으시라고?"

언니의 노골적인 묘사를 되풀이했다.

"그래."

"나 없이 잘 해봐야 할 거야. 겨우 몇 주 남았어. 외삼촌께서 언니가 이번 여름에 약혼하고 가을에 결혼할 거라고 하셨어. 난 내 할 일을 다 했어. 그러니까 갈 수 있어."

언니는 내가 무슨 일을 했는지 묻지도 않았다. 앤 언니는 언제나 겉창이 닫힌 랜턴 같은 시선을 갖고 있었다. 지금까지 오직 한 방향으로만 빛났다. 늘 앤 언니, 그 다음이 불린 가 사람들, 그리고 그 다음이 하워드 가 사람들이었다. 조지 오빠가 가끔 내게 충성에 대해 상기시켜주려고 소리치는 교리 문답집은 언니에겐 절대 필요하지 않을 것이다. 언니는 자신의 이익이 어디에 놓여 있는지 늘 알고 있었다.

"몇 주는 더 할 수 있어. 그런 다음 난 모든 걸 얻게 될 거야."

언니가 말했다.

1527년 여름

조지 오빠가 나를 헤버에 내려놓고 간 후, 그 완벽한 여름의 화창한 나날에 궁정이 잉글랜드의 시골 사이를 이동해가는 동안, 나는 오빠나 앤 언니에게서 아무 소식도 듣지 못했다. 그러나 상관없었다. 내게는 아이들과 나만의 집이 있었고, 창백해 보이는지 또는 질투나 있는지 알아내려 나를 유심히 지켜보는 사람도 없었다. 아무도 내가 언니보다 얼굴이 더 예쁜지 덜 예쁜지 손으로 입을 가리고서 다른 사람에게 숙덕거리지도 않았다. 나는 궁정 사람들의 끊임없는 관심으로부터 자유로웠고, 왕과 왕비 사이의 끊임없는 투쟁에서도 자유로웠다. 무엇보다도 좋은 것은, 앤 언니와 나에 대한 나 자신의 끊임없는 질투와 계산된 경쟁에서 자유로워졌다는 것이었다.

아이들은 여러 가지 작은 놀이거리로도 하루가 금세 지나갈 수 있는 그런 나이였다. 우리는 줄에 베이컨 조각을 달아 해자에서 낚시를 했다. 내 사냥말에 안장을 얹고 한 아이씩 돌아가면서 말에 올라 산책을 했다. 우리는 성의 도개교를 건너 정원으로 가 꽃을 꺾거나 과일을 따러 과수원으로 탐험 여행을 떠났다. 우리는 건초로 채운 마차를 준비시켜 내가 직접 말고삐를 잡고 공원에서 벗어나 에덴브리지까지 말을 몰고 가 그곳의 식당에서 약한 에일을 마셨다. 나는 미사 때 아이들이 무릎 꿇는 것을 보았고, 성찬식의 빵이 들어 올려지는 모습에 눈이 휘둥그레지는 것도 지켜보았다. 그리고 저녁 무렵에는 아이들이 잠드는 것을 지켜보았다. 아이들의 피부는 햇빛에 그을려 붉게 달아올라 있었고, 기다란 속눈썹은 통통한 뺨을 쓸어내리고 있었다. 궁정이란 것이, 왕이란 것이, 총애받는 자리라는 것이 존재하는지도 잊어버렸다.

그 뒤 8월에, 나는 앤 언니에게서 편지를 받았다. 언니가 가장 신뢰하는 마부이자 톤브리지에서 태어나고 자라난 톰 스티븐스가 편지를 가져왔다.

"주인님께서 보내신 겁니다. 마님께 직접 드리라구요."

식당에서 톰이 내 앞에 한쪽 무릎을 꿇고 공손하게 말했다.

"고맙네, 톰."

"마님 말고는 아무도 읽지 못했습니다."

그가 말했다.

"잘했어."

"그리고 마님 말고는 아무도 읽지 못할 겁니다. 마님께서 편지를 읽으시는 동안 제가 마님 옆에 서 있다가 마님 대신 난로에 넣고 불에 타는 것을 함께 지켜보게 될 테니까요."

나는 미소 지었지만 마음이 편치 않았다.

"언니는 잘 있나?"

"목초지의 새끼 양처럼 편안히 잘 계십니다."

나는 봉한 부분을 뜯어 종이를 펼쳤다.

일은 끝나고 내 운명이 정해졌으니 나를 위해 기뻐해줘.

드디어 손에 넣었어. 내가 잉글랜드의 왕비가 되게 됐어.

폐하께서 바로 오늘밤에 내게 청혼하셨고, 울지 추기경께서 교황을 대행하면 이번 달 안에 자유의 몸이 되실 거라고 약속하셨어.

나는 우리 가족과 내 기쁨을 함께 하고 싶다고 말하고는 즉각 외삼촌과 아버지를 들어오게 했어. 그래야 증인들이 생기고, 폐하께서 청혼을 철회하지 못하실 테니까. 폐하께 반지를 받았어.

당장은 숨겨둬야 하지만, 어쨌거나 그건 약혼반지고 폐하께선 내 남자가 될 것을 맹세하셨어. 난 불가능하리라 생각했던 일을 해냈어. 폐하를 붙잡았고, 마마의 운명을 정했어. 위계질서를 뒤엎었다고.

이제 두 번 다시 이 나라의 어떤 여자도 이전 같은 삶을 살 순 없을 거야.

울지 추기경께서 그들의 결혼을 취소하셨다는 소식을 전해 오면 우린 곧바로 결혼할 거야.

왕비는 우리의 결혼식 날, 이 사실을 알게 되실 거야, 그전이 아니라. 스페인에 있는 수녀원으로 가게 됐어.

왕비가 내 나라에 있는 건 원치 않아.

나와 우리 가문을 위해 행복해 해줘. 이렇게 될 수 있도록 네가 도왔다는 것을 잊지 않을게.

잉글랜드의 왕비 앤에게서 네 진정한 친구이자 언니를 발견하게 될 거야.

나는 편지를 무릎 위에 올려놓고 난로 속 잿불을 바라보았다. 톰이 앞으로 나아왔다.

"이제 태울까요?"

"한 번 더 읽어보겠네."

내가 대답했다.

그는 다시 뒤로 물러났다. 나는 흥분해서 휘갈겨 쓴 검은 잉크의 글자들을 다시 보지는 않았다. 언니가 뭐라 썼는지 내 자신에게 상기시킬 필요는 없었다. 문장마다 승리감이 꼭꼭 담겨 있었다. 잉글랜드 궁정에서 총애받는 이로서의 내 인생은 완전히 끝났다. 앤 언니가 이겼고 나는 졌다. 언니에겐 새로운 인생이 시작될 것이고, 이미 스스로 서명한 것처럼 잉글랜드의 왕비, 앤이 되는 것이다. 그리고 나는 보잘 것 없는 또 다른 불린 가 여인이 되는 것이다.

"그렇군, 드디어."

나는 자신에게 속삭였다.

톰에게 편지를 건네주고, 그가 그것을 붉게 달아오른 잿불의 바로 중앙에 밀어 넣는 것을 지켜보았다. 편지는 열기에 몸을 뒤틀다가 갈색으로, 그리고 검게 변했다. 나는 아직도 문장들을 읽을 수 있었다—위계질서를 뒤엎었다고. 이제 두 번 다시 이 나라의 어떤 여자도 이전 같은 삶을 살 순 없을 거야.

언니의 어조를 기억하기 위해 편지를 가지고 있을 필요는 없었다. *승리의 애나*(Anna Triumphant). 언니가 맞았다. 이제 두 번 다시 이 나라의 어떤 여자도 이전 같은 삶을 살 순 없을 것이다. 이 시간 이후로는 아무리 순종적이고, 아무리 애정이 있을지라도, 어떤 아내도 결코 안전하지 않을 것이다. 왜냐하면 잉글랜드의 캐서린 왕비 같은 아내가 아무런 이유도 없이 쫓겨난다면, 어떤 아내도 쫓아낼 수 있다는 것을 모두들 알게 될 것이기 때문이다.

편지가 갑작스레 눈부신 노란 불꽃으로 번쩍 타올랐다. 나는 종이가 부드러운 하얀 재로 변하는 것을 지켜보았다. 톰이 부지깽이를 난로에 집어넣더니 그것을 짓이겨 가루로 만들었다.

"고맙네. 부엌에 가면 음식을 마련해 줄 거야."

나는 주머니에서 은화를 꺼내 그에게 건넸다. 톰은 절을 하고 나서, 깨알 같은 하얀 재 찌꺼기가 연기 속에 떠올라 굴뚝을 타고, 벽돌과 검댕으로 된 커다란 아치를 통해 보이는 밤하늘로 사라지는 것을 줄곧 바라보고 있는 나를 뒤로하고 밖으로 나갔다.

"앤 왕비, 잉글랜드의 앤 왕비."

내가 중얼거리면서 그 낱말을 들어보았다.

아이들이 낮잠을 자고 있는 것을 지켜보고 있을 때 나는 높다란 창문 너머로 마부들과 함께 오는 한 기수를 보았다. 조지 오빠일 것을 예상하고, 서둘러 내려갔다. 그러나 덜커덕거리며 안뜰로 들어온 말은 내 남편 윌리엄의 것이었다. 그는 놀라는 나를 보며 웃었다.

"우울한 소식을 가져왔다고 해서 날 탓하진 말아요."

"앤 언니에 대한 건가요?"

윌리엄이 고개를 끄덕였다.

"계략에 말려든 거죠."

나는 그를 대회당 안으로 인도해 난로 가장 가까이에 있는 친할머니의 의자에 앉혔다.

"자, 말해줘요."

문은 닫혔고 방은 비어 있다는 것을 확인한 후 내가 입을 뗐다.

"프란시스코 필리페즈 기억하죠? 마마의 하인인?"

나는 고개를 끄덕였다. 다른 아무 말도 털어놓지 않았다.

"그 사람이 도버에서 스페인까지 안전 통행권을 부탁했는데, 그게 속임수였다더군요. 마마께서 조카 분께 쓴 편지를 갖고 있었고, 폐하를 속인 거라네요. 바로 그날 아침에 특별히 빌린 배를 타고 런던을 떠나 바다를 건너 스페인으로 갔대요. 놓쳤다는 걸 깨달았을 때 그는 이미 떠난 거였죠. 필리페즈는 마마의 편지를 찰스 황제께 전했어요. 완전히 난리가 난 거죠."

심장이 쿵쾅쿵쾅 뛰고 있었다. 진정이라도 시키려는 듯 나는 목에 손을 갖다 댔다.

"무슨 난리요?"

"울지 추기경은 아직 유럽에 계시지만 교황께선 미리 경고를 받으시고 추기경을 대리인으로 받아들이지 않으신다네요. 다른 추기경들도 지지하지 않으려 하고, 평화 조약까지 수포로 돌아갔대요. 우린 이제 다시 스페인과 전쟁 상태로 돌아갔어요. 폐하께선 서기를 오르비에토로 급히 보내서서 곧장 교황께서 계시는 감옥으로 가 직접 결혼을 취소하고 헨리 왕이 원하는 아무 여자와 결혼하게 허락해달라고 했대요. 폐하께서 가진 여자나, 아니면 그 여자의 언니라도. 창녀나 그 창녀의 언니나."

나는 숨을 혹 들이마셨다.

"잠자리를 가진 여자와 결혼을 할 수 있도록 허락받으려 하신다구요? 세상에, 난 아니겠죠?"

윌리엄의 날카로운 웃음이 터져 나왔다.

"처형이죠. 폐하께선 처형과 결혼 전에 잠자리를 가지려고 준비하시는 거예요. 불린 가 여자들은 이런 일에서 잘 빠져나가지 못하죠, 안 그래요?"

나는 의자에 기대앉아 숨을 살짝 들이쉬었다. 남편이 내 부정(不貞)을 빈정대는 것은 원치 않았다.

"그래서요?"

"이같이 모든 것은 마마의 조카 분 보호 아래 오르비에토 성에서 휴식하고 계신 교황 성하께 달려 있는 거죠. 내 생각으론 교황께서 인간이 상상할 수 있는 가장 정숙하지 못한 행위를 정당화하는 교서를 발행해주시라라는 건 아주 가망이 없어요. 당신도 그렇게 생각하지 않나요? 한 여자와 잠자리를 하고, 그 여자의 언니와 잠자리를 하고, 둘 중 하나와 결혼을 하려 하다니요. 합법적인 아내가 전혀 더럽혀지지 않은 평판을 가진 여자인데다 조카는 유럽에서 막강한 세력이 있는데, 누구보다도 그런 왕에게 교서가 발행되진 않겠죠."

나는 숨을 깊이 들이마셨다.

"그래서 마마께서 이기신 건가요?"

윌리엄이 고개를 끄덕였다.

"또 한 번요."

"언니는 어때요?"

"황홀하죠. 아침에는 제일 일찍 일어나요. 하루종일 웃고, 노래 부르고, 보기에도 좋고, 즐겁게 해주고, 일어나선 폐하와 함께 미사를 드리고, 온종일 폐하와 말 타러 나가고, 정원에서 함께 산책하고, 폐하께서 테니스 치시는 걸 구경하고, 옆에 앉아서 서기들이 폐하께 편지를 읽어드리는 것을 듣고, 낱말 놀이를 하고, 철학책을 함께 읽고 신학자처럼 토론하고, 밤 나절 내내 춤추고, 가면극을 안무하고, 오락을 계획하고, 마지막으로 침대에 드는 거죠."

"언니가 정말 그러나요?"

"완벽하고도 완벽한 애인이죠. 한시도 멈추지 않아요. 지쳐서 나가떨어졌을 거예요."

잠시 침묵이 흘렀다. 윌리엄이 잔을 비웠다.

"이렇게 해서 우린 이전과 같은 자리에 있군요. 전혀 더 멀리 앞으로 나아가지 못했네요."

내가 믿을 수 없다는 듯이 말했다.

윌리엄이 내게 따뜻하게 웃었다.

"아뇨, 전보다 더 나빠졌다고 생각하는데요. 왜냐하면 이제 당신네들은 있는 그대로 훤히 드러나게 됐고, 모든 사냥꾼들이 사냥감이 뭔지 알았기 때문이죠. 하워드 가문은 베일이 벗겨진 거예요. 모두들 이제 당신네들이 왕위를 노린다는 걸 알고 있어요. 전에는 당신네들 모두 우리 대부분과 마찬가지로 부와 지위를 노리고 있긴 하지만 조금 더 탐욕스러운 것인 줄로만 알았죠. 하지만 이제 우리 모두는 당신네들이 나무에 가장 높이 매달려 있는 사과를 노리는 걸 알게 되었어요. 모두 당신네들을 몹시 싫어할 겁니다."

"난 아녜요. 난 여기 있을 거예요."

내가 격렬하게 말했다.

윌리엄이 고개를 저었다.

"당신은 나와 함께 노픽으로 가는 거예요."

나는 얼어붙고 말았다.

"무슨 뜻이죠?"

"폐하에겐 당신이 이제 더 이상 아무 쓸모없겠지만, 난 그렇지 않아요. 난 한 여자와 결혼했고, 그 여자는 여전히 내 아내예요. 당신은 우리 집으로 나와 함께 가는 거고, 우린 함께 사는 겁니다."

"아이들은……."

"우리와 함께 가는 거예요. 우린 내가 원하는 대로 사는 겁니다."

그가 잠시 말을 멈췄다.

"내가 원하는 대로."

윌리엄이 되풀이했다.

나는 자리에서 일어났다. 결혼도 하고 잠자리도 함께 했지만 전혀 모르는 사람처럼 이 남자가 갑자기 무서워졌다.

"내게는 여전히 힘 있는 친족이 있어요."

내가 경고했다.

"그걸 고맙게 여겨야 할 겁니다. 만약 당신에게 그런 친족이 없었다면, 난 벌써 5년 전 처음 당신이 내 머리에 오쟁이를 지게 했을 때 당신을 내쳐버렸을 테니까요. 지금은 아내들에게 썩 좋은 시기가 아니에요, 부인. 당신과 당신의 가족이 만든 엉망진창에 당신네 모두 미끄러지고 굴러 떨어질 거라는 걸 알게 될 겁니다."

"난 그저 내 가족과 왕에 복종한 것뿐이에요."

내 목소리는 침착했다. 두려워하고 있다는 것을 윌리엄이 알기 원치 않았다.

"그럼 이제 당신의 남편에 복종해요. 다년간 훈련을 받았으니 얼마나 기쁜지 모르겠군요."

그가 말했다. 목소리는 실크처럼 부드러웠다.

언니,

윌리언이 우리 불린가 사람들은 끝장났다고 했어.

나와 아이들을 노퍽으로 데려간대. 제발 부탁이니 내가 끌려가서 돌아올 수도 없게 되기 전에 폐하께 내 말씀 좀 드려줘.

아니면 외삼촌이나 아버지께.

m

아버지의 서재로 가는 조그만 돌계단을 슬쩍 내려와 안뜰로 나갔다. 불린 가의 하인 하나에게 손짓해 내 쪽지를 가지고 보리우와 그리니치 사이의 길 어디쯤에 있을 궁정으로 말을 달려가라고 했다. 그가 내게 모자를 살짝 들어 올리더니 편지를 받았다.

"앤 마님께서 받으시도록 확실히 하게. 중요한 거니까."

우리는 대회당에서 식사를 했다. 윌리엄은 변함없이 세련된 태도로 완벽한 신하답게 궁정에 대한 소식과 소문을 물 흐르듯 줄줄이 계속 말해나갔다. 그러나 친할머니는 마음이 편안할 수가 없었다. 그녀는 분개해 했지만, 감히 내놓고 불평하지는 않았다. 어느 남자에게 자기 아내와 아이들을 자신의 집으로 데려가면 안 된다고 누가 말할 수 있겠는가?

하인들이 초를 가지고 들어오자마자 친할머니는 몸을 일으켜 자리에서 일어났다.

"자러 가겠다."

그녀가 부루퉁하게 말했다. 윌리엄은 자리에서 일어나 방을 나서는 친할머니에게 허리를 굽혀 인사했다.

다시 앉기 전에 그가 더블릿 속에 손을 넣더니 편지 하나를 꺼냈다. 나는 단번에 내 글씨를 알아보았다. 내가 앤 언니에게 쓴 편지였다. 윌리엄이 내 앞 탁자 위에 던져놓았다.

"그다지 성실하지 않군요."

그가 말했다.

나는 편지를 집어 들었다.

"하인을 잡아 내 편지를 뺏어 읽다니, 그다지 교양 있지 않군요."

윌리엄이 내게 웃어 보였다.

"내 하인과 내 편지죠. 당신은 내 아내예요. 당신의 것은 모두 내 것이죠. 내 모든 것은 내가 관리해요. 내 성을 지니고 있는 아이들과 여자도."

나는 윌리엄의 맞은편에 앉아 탁자 위에 손바닥을 납작하게 내려놓았다. 흥분을 가라앉히기 위해 숨을 골랐다. 나는 겨우 열아홉 살의 여자인지는 몰라도, 그 짧은 생애의 4년 반 동안 잉글랜드 국왕의 정부였고, 하워드 가 사람으로 태어나고 자랐다고 스스로에게 상기시켰다.

"자, 들어보세요, 여보. 과거는 과거일 뿐입니다. 당신은 직위와 토지, 부와 총애를 받게 돼 그런대로 기뻐했어요. 그런 것들이 왜 당신에게 주어졌는지 우리 모두가 알고 있죠. 난 그걸 부끄럽게 생각하지 않고, 당신도 그렇게 생각하지 않잖아요. 우리의 처지에 놓인 사람이라면 누구든지 기뻐했을 거고, 폐하의 총애를 받고 유지하는 게 결코 쉬운 일이 아니란 걸 당신과 나 둘 다 알고 있잖아요."

내가 침착하게 말했다.

나의 갑작스런 솔직함에 윌리엄은 깜짝 놀란 듯했다.

"하워드 가문은 울지 추기경의 이런 불운 때문에 무너지진 않을 겁니다. 그건 울지 추기경의 잘못된 판단이었지, 우리의 잘못이 아니에요. 이 게임이 끝나려면 아직 한참 멀었어요. 당신이 우리 외삼촌을 나만큼 잘 아셨다면, 외삼촌께서 졌다고 그리 성급히 간주하진 않으셨을 거예요."

윌리엄은 고개를 끄덕였다.

"적들은 분명 우리의 뒤꽁무니에 와 있어요. 시모어 가 사람들은 즉각 우리 자리를 차지할 준비가 되어 있죠. 잉글랜드의 어디에선가 시모어 가 여자가 폐하의 눈길을 사로잡으려고 이미 준비하고 있겠죠. 그건 항상 맞는 얘기예요. 경쟁자는 늘 있어요. 하지만 지금 당장은, 폐하께서 언니와 결혼을 하실 수 있는 자유의 몸이시든 아니시든, 언니는 위세당당하고, 우리 하워드 가 사람들은 모두—당신도 마찬가지예요, 여보—언니가 오르는 것을 도와주면 우리 자신의 이익을 가장 만족스럽게 충족시키게 되겠죠."

"처형은 녹고 있는 얼음 위에서 스케이트를 타는 것 같아 보여요. 너무 기를 쓰며 애쓰고 있어요. 폐하 곁의 자리를 유지하려고 땀을

뻘뻘 흘리고 있고, 단 한 순간도 느즈러지지 않아요. 유심히 지켜보는 사람이라면 누구든지 알 수 있을 거예요."

그가 불쑥 말했다.

"누가 알든지 무슨 상관이죠? 폐하께서 깨닫지 못하시는 한?"

윌리엄이 하하 웃었다.

"왜냐하면 처형은 계속 그리하지 못하실 것이기 때문이죠. 지금은 폐하를 손끝에서 가지고 놀지만, 영원히 그리하진 못해요. 가을까진 붙잡고 있을지도 모르겠지만, 어떤 여자도 평생 그렇게는 못해요. 어떤 남자도 처형이 폐하를 붙잡고 있는 것처럼 붙잡혀 있진 않아요. 몇 주간은 그리할 수 있겠죠. 하지만 이제 울지 추기경께서 실패하셨으니, 몇 달이 걸릴지도 몰라요. 몇 년일 수도 있구요."

유쾌하게 떠들고 놀 동안 늙어갈 앤 언니 생각에, 나는 잠시 멈칫했다.

"하지만 언니가 달리 뭘 할 수 있나요?"

"아무것도 없죠. 하지만 당신과 나는 우리 집으로 가서 부부로서 함께 살기 시작할 수 있겠죠. 난 나를 닮은 아들을 원해요, 금발머리의 조그만 튜더 가 아이가 아니라 내 짙은 눈을 가진 딸을 원해요. 그리고 당신은 그런 아이들을 내게 낳아주는 겁니다."

그가 냉소적인 미소를 띠며, 씩 웃으면서 말했다.

나는 머리를 숙였다.

"비난받고 싶진 않아요."

윌리엄은 어깨를 으쓱했다.

"당신은 내가 어떤 대우를 하든 견뎌야 해요. 내 아내잖아요, 안 그런가요?"

"그래요."

"당신 또한 결혼을 무효로 하고 싶은 게 아니라면 말이죠. 요즘 결혼이라는 게 한물 간 것 같던데. 당신이 바란다면 수녀원에 틀어박혀 지낼 수도 있어요."

"싫어요."

"그럼 내 침대로 가요. 나도 곧 올라갈 테니."

그가 간단히 말했다.

그 말에 전신이 얼어붙었다. 생각도 못 한 일이었다. 윌리엄이 포도주 잔의 가장자리 너머로 나를 바라보았다.

"뭐죠?"

"노퍽에 갈 때까지 기다리면 안 될까요?"

"안 돼요."

그가 대답했다.

나는 천천히 옷을 벗으면서 내가 왜 이렇게 내키지 않아 하는지 생각해보았다. 욕망을 전혀 느끼지 못했을 때도 그저 왕이 바라는 것을 따르고 그를 만족시키려 나는 십수 번이나 왕과 잠자리를 했었다. 그가 앤 언니를 원한다는 것을 알고 있었던 지난 일 년 동안에도 매번 나는 억지로 그를 안고 "자기"라고 속삭이며 내가 창녀라는 것을 스스로 느끼기도 했다. 그런데도 그 남자는 가짜 동전과 진짜를 구분하지 못했으니 정말 어리석었다.

그러므로 나는 결혼을 완성시키려 처음으로 이 남자와 신방을 치렀던 때처럼 열세 살짜리 숫처녀가 아니었다. 그러나 나는 반쯤 적(敵)인 듯한 남자와 두려움 없이 잠자리에 들 준비를 할 수 있는 그런 냉소적인 여자 또한 아니었다. 윌리엄은 나와 해결해야 할, 아직 계산되지 않은 것들이 있었고, 나는 그가 두려웠다.

윌리엄은 서두르지 않고 충분히 뜸을 들였다. 나는 천천히 침대 위로 올라가서, 문이 열리고 그가 들어왔을 때 자는 체했다. 윌리엄이 방을 돌아다니는 소리가 들렸다. 그가 벌거벗고 침대 속 내 옆으로 들어왔다. 그가 이불을 끌어올려 벌거벗은 자신의 어깨를 감싸면서, 이불의 무게가 들리는 것을 느꼈다.

"아직 안 자죠?"

"네."

내가 실토했다.

어둠 속에서 윌리엄의 손이 내게로 뻗어와 내 얼굴을 찾았다. 그가 목에서 어깨를, 어깨에서 허리를 쓰다듬었다. 나는 리넨 시프트(shift: 어깨에서 곧게 떨어지는 여성의 간단하고 헐렁한 옷.)를 입고 있었지만, 얇은 천을 통해 그의 손바닥의 차가운 기운이 느껴졌다. 윌리엄의 숨결이 조금 빨라지는 것을 들었다. 그는 나를 자신에게로 끌어당겼고, 나는 그대로 따르면서 헨리 왕에게 늘 그리해줬던 것처럼 몸을 펴며 준비했다. 잠깐 동안 나는 멈칫했다. 헨리 왕 이외의 다른 남자에겐 어떻게 해줘야 하는 건지 몰랐다.

"내키지 않아요?"

윌리엄이 물었다.

"당연히 괜찮아요. 난 당신의 아내잖아요."

내가 감정 없이 말했다.

나는 윌리엄이 나를 내쫓을 구실을 찾으려고 내가 거절하게끔 함정에 빠뜨릴까 봐 두려웠다. 그러나 그가 실망하며 살짝 한숨을 내쉬는 것을 듣고, 그가 더 따뜻한 대답을 진심으로 바라고 있었음을 깨달았다.

"그럼 그냥 자죠."

너무나도 안심이 되어 나는 혹시라도 그가 마음을 바꿀까 봐 감히 한마디도 하지 않았다. 나는 윌리엄이 등을 돌리고 어깨 위로 이불을 끌어당기고서, 베개에 머리를 풀썩 내려놓고 조용해질 때까지 전혀 미동도 없이 가만히 누워 있었다. 그때, 바로 그제야 비로소 나는 배에서 힘을 빼고 얼굴에서 거짓된 하워드 가 사람의 미소를 지웠다. 나는 잠을 청했다. 또 한 밤을 살아남았고, 여전히 헤버에 있었으며, 하워드 가 사람들은 무엇이든 할 수 있었다. 내일은 무슨 일이 벌어질지 몰랐다.

우리는 문을 두드리는 소리에 잠에서 깨어났다. 윌리엄이 눈을 떠 내 손을 잡아채기 전에, 나는 얼른 일어나 침대에서 벗어났다. 나는 문을 열고 "쉿, 각하께서 주무시고 계신다." 하고 날카롭게 말했다. 마치 그것이 내 유일한 걱정이고, 그의 침대에서 가급적 빨리 벗어나려 굳게 마음먹은 적이 없었던 것처럼.

"앤 마님으로부터 온 긴급한 소식입니다."

하인이 말하고서 내게 편지를 건넸다.

나는 정말이지 망토를 걸치고 윌리엄에게서 멀리 떨어져서 읽고 싶었지만, 그는 잠에서 깨어나 몸을 일으키고 있었다.

"우리의 친애하는 처형이시군. 뭐라고 하셨나요?"

그가 조롱하듯 웃으며 말했다.

나는 윌리엄 앞에서 편지를 열고, 앤 언니가 자신의 이기적인 생애에서 이번 한 번만은 다른 사람을 생각해줬기를 하느님께 바라는 수밖에 다른 선택의 여지가 없었다.

동생에게,

폐하와 나는 너와 네 남편이 리치몬드로 우리를 만나러 오도록 초대한다.

우리 모두가 즐거운 시간을 보내게 될 거야.

앤

윌리엄이 편지를 달라고 손을 내밀어 나는 편지를 건네줬다.

"내가 궁정을 떠났을 때 당신에게 오리라 추측하셨군요."

그가 말했지만 나는 아무 말도 하지 않았다.

"이렇게 해서 통탕, 한 번 튀어 올라 당신은 내게서 풀려나는군요. 우린 다시 원래대로 돌아간 거네요."

윌리엄이 씁쓸하게 말했다.

그는 정확히 내 생각을 말했지만, 굳어진 말투 뒤로 나는 그가 상처 입은 것을 보았다. 오쟁이라는 것이 머리에 지기에 편안한 섬이 아니었건만 윌리엄은 벌써 5년 동안 그것을 짊어지고 있었던 것이다. 천천히, 나는 침대로 다가갔다. 그에게 손을 내밀었다.

"난 당신의 혼인한 아내예요. 그리고 절대 그 사실을 잊지 않아요. 비록 삶이 우리를 멀리 떨어뜨려 놓았지만요. 우리가 언젠가 다시 실제적으로 결혼한 상태가 된다면, 당신은 내가 좋은 아내라는 걸 알게 될 거예요."

내가 부드럽게 입을 떼자 윌리엄이 나를 올려다보았다.

"형세가 뒤집히는 것을 두려워하고, 첫 번째 불린 가 여자가 파멸하게 될 때 또 다른 불린 가 여자가 되는 것보다는 캐리 영부인으로 인생을 사는 게 더 안전한 내기일 거라고 생각하는 하워드 가 사람의 입장에서 말하는 건가요?"

그의 추측이 너무나도 명확해서, 그가 내 눈에서 진실을 읽어내게 하는 모험을 하기보다 나는 얼굴을 돌렸다.

"아, 윌리엄."

내가 나무라듯이 말했다.

윌리엄이 나를 아래로 잡아끌더니 손가락을 내 턱 밑에 대고 얼굴을 자신 쪽으로 돌렸다.

"사랑스런 부인."

그가 비꼬듯이 말했다.

뚫어지게 바라보는 윌리엄의 눈길을 만나기보다 나는 눈을 감아버렸다. 놀랍게도 그때, 나는 그의 얼굴의 온기를 느꼈고, 부드럽고 조심스럽게 그의 입술이 내 입술에 닿았다. 오랫동안 잊혀져 있던 샘처럼 욕망이 내 안에서 솟구쳐 올랐다. 나는 윌리엄의 목에 팔을 두르고 그를 좀더 가까이 끌어당겼다.

"어젯밤에는 시작을 잘못했어요. 그러니까 지금은, 여기서는 안 돼요. 그렇지만 어쩌면 머지않아 어딘가에서 하게 되겠죠. 안 그래요, 귀여운 부인?"

노픽으로 끌려가지 않아도 된다는 안도의 마음을 감추고서, 나는 윌리엄을 올려다보며 미소 지었다.

"머지않아 어딘가에서 그리 되겠죠. 언제든 당신이 원하신다면, 윌리엄."

내가 동의했다.

1527년 가을

　리치몬드에서 앤 언니는 호칭만 빼고 모든 것이 왕비나 다름없었다. 언니는 왕의 방에 인접한 새로운 처소를 얻었고, 시녀들, 십수 벌의 새로운 가운, 보석, 그리고 왕과 함께 타고 나갈 사냥말 두어 마리도 받았다. 왕이 상담역들과 나라에 대한 토의를 할 때 언니가 옆에 앉았고, 왕의 옆에 언니 자신의 의자도 있었다. 진짜 왕비가 저녁식사를 하러 대회당에 들어올 때에만 앤 언니는 대회당 바닥에 놓인 식탁으로 밀려났고, 캐서린 왕비는 왕과 함께 식사하러 자리에 앉았다.

　나는 앤 언니의 처소에서 자기로 되어 있었다. 어느 정도는, 왕이 언니와 지속적으로 함께 하는 것이 두 사람이 연인 사이라는 것을 뜻한다고, 아무도 생각지 않도록 도와주기 위해서였지만, 사실은 언니가 왕과 조금 거리를 두기 위해서였다. 왕은 언니를 갖고 싶어 견딜 수 없어하면서, 약혼을 했으니 잠자리를 해도 된다고 우겼다. 앤 언니는 생각해낼 수 있는 모든 수법을 다 썼다. 언니는 처녀성을 주장하며, 결혼하기도 전에 처녀성을 저버린다면 자신을 절대 용서하지 않을 거라고 했다. 비록 하느님은 언니가 얼마나 왕을 원하는지 알 테지만. 언니는 첫날밤에 때 묻지 않은 처녀로 왕 앞에 서지 못한다면 자신을 절대 용서하지 않을 거라고 했다—비록 하느님은 언니가 얼마나 왕을 원하는지 알 테지만. 언니는 왕에게 그가 말로 표현한 것만큼 자신을 사랑한다면, 자신의 성스럽고 순결한 영혼도 사랑할 것이라고 말했다―비록 하느님은 어쩌고저쩌고―그리고 언니는 두렵다고, 갈망하면서도 움츠리게 된다고, 시간이 필요하다고 말했다.

"대체 얼마나 오래 걸리겠다는 거야?"

언니가 조지 오빠와 내게 으르렁거렸다.

"나 원 세상에! 빌어먹을 서기 하나가 로마에 가서 종이에 서명받고 돌아오는 게 얼마나 걸린다는 거야? 대체 얼마나 더 오래 걸려야 한다는 거야?"

우리는 궁전 전체에서 유일하게 은밀한 공간인, 언니의 사저 뒤쪽에 있는 우리의 침실에 모여 있었다. 그 밖의 어디서든지 우리는 끊임없이 사람들 앞에 모습이 드러났다. 사람들은 모두 앤 언니를 유심히 지켜보며 왕이 언니에게 관심을 잃고 있거나, 아니면 그가 드디어 언니를 가졌는지 아주 미세한 단서라도 잡아내려 했다. 수백 개의 눈동자들이 언니를 눈여겨보며 혹시 버림받았는지, 또는 임신했는지 어떤 기색이라도 찾아내려 했다. 조지 오빠와 나는 어떤 때는 경호원처럼, 또 오늘 같은 날은 교도관처럼 느껴졌다. 언니는 조그만 공간을 왔다 갔다 헤매고 다녔다. 침대와 창문 사이를 쉭쉭 가로지르며, 한시도 가만히 멈춰 있지 못하고 끊임없이 중얼거렸다.

조지 오빠가 언니의 손을 잡아 가만히 멈춰 서게 했다. 오빠가 언니의 머리 너머로 나를 한번 힐금 쳐다보며, 만약 언니가 또 걷잡을 수 없이 분노를 폭발하게 되면 뒤에서 잡으라고 경고했다.

"앤, 진정해. 금방이라도 나가서 보트 경주를 봐야 하잖아. 진정해야 돼."

언니는 오빠에게 붙들린 채 몸을 살짝 떨더니 이내 노여움이 빠져나가고 어깨가 축 쳐졌다.

"너무 피곤해."

언니가 속삭였다.

"알아. 하지만 이 일은 아주 오랫동안 계속될 수도 있어. 넌 세상에서 가장 대단한 대가(代價)를 위해 애쓰고 있는 거잖아. 노련한 기술을 필요로 하는, 장기간에 걸친 게임을 위해 네 자신을 준비해야 해."

오빠가 침착하게 입을 열었다.

"마마께서 돌아가시기만 하신다면!"

언니가 돌연 불끈 화를 냈다.

조지 오빠의 시선이 단번에 단단한 나무문으로 향했다.

"쉿, 그렇게 될지도 몰라. 아니면 울지 추기경께서 성공을 거두셨을지도 모르고. 추기경께선 바로 지금 배를 타고 강을 올라오고 계실 수도 있어. 그렇게 되면 넌 내일 결혼하는 거고, 내일 밤 폐하의 침대에 들어가, 다음날 임신하는 거지. 마음을 편안히 가져, 앤. 모든 건 네가 네 모습을 유지하는 데 달렸어."

"성질을 죽이는 것에도."

내가 조용히 보탰다.

"감히 네가 나한테 조언하는 거야?"

"폐하께선 언니가 짜증을 부리는 걸 참지 않으실 거야. 폐하는 결혼생활을 모두 캐서린 마마와 보내셨어. 마마께선 언성은 둘째치고 폐하께 눈썹조차 결코 올리지 않는 분이셨잖아. 폐하께선 언니한테 빠져 있으니까 기어오르는 걸 봐주시는 거야. 하지만 폐하도 언니가 난리 피우는 건 참지 않으실걸."

내가 경고했다.

언니는 또다시 불끈 화를 낼 것같이 보였지만, 사리에 맞는다는 것을 인정하면서 고개를 끄덕였다.

"그래, 나도 알아. 그러니까 둘이 필요하다는 거야."

우리는 언니에게로 좀더 가까이 다가갔다. 조지 오빠는 여전히 언니의 손을 붙잡고 있었고, 나는 언니의 엉덩이에 손을 대어 꼭 붙들었다.

"알아, 우린 이 모든 일에 함께 하고 있는 거야. 우리 모두를 위한 거지. 불린 가나 하워드 가나. 이 일로써 우린 모두 올라가거나 떨어지는 거라고. 우린 모두 이 긴 게임을 함께 기다리고, 함께 하고 있는 거야. 하지만 우린 모두 네 뒤에 있어. 네가 책임지고 앞장서 우리를 이끌어야 해, 앤."

조지 오빠가 말했다.

언니가 고개를 끄덕이더니, 바깥의 강과 정원으로부터 들어오는 빛을 반사하고 있는, 벽에 걸린 새로운 커다란 거울로 향했다. 언니는 두건을 뒤로 밀어 넘기고 진주목걸이를 바로 잡았다. 그러더니 고개를 돌려 거울에 비친 모습을 곁눈으로 보면서 장난기 넘치고 희망적인 미소를 지어 보이려 했다.

"준비됐어."

언니가 말했다.

우리는 언니가 이미 왕비인 듯 길을 비켜줬다. 언니가 머리를 꼿꼿이 쳐들고 문밖으로 나가는 동안, 조지 오빠와 나는 주역을 무대 위로 밀어 보낸 배우들같이 재빨리 눈빛을 주고받고는 언니를 뒤따랐다.

남편은 보트 경주를 구경하기 위해 왕실의 바지선에 올라타 있었다. 그가 나를 보며 웃더니 앉아 있는 벤치에 옆자리를 만들어주었다. 조지 오빠는 프랜시스 웨스턴을 포함한 궁정의 젊은이들과 함께 했다. 힐끗 보니 앤 언니는 왕 옆에 앉아 있었다. 들뜬 듯이 고개를 돌리고 왕을 힐금힐금 곁눈질하는 것을 보며, 언니가 다시 한 번 자신과 왕을 완전히 다스리고 있음을 알 수 있었다.

"만찬 전에 나하고 같이 정원을 산책해요."

남편이 내 귀에 대고 조용히 말했다.

순간 정신이 번쩍 들었다.

"왜요?"

그가 나를 보며 웃었다.

"하여튼 당신 하워드 가 사람들이란! 당신이랑 같이 있는 게 좋으니까, 내가 당신한테 그걸 요구하는 거지요. 우린 부부고, 이제 언제든 부부로 함께 살지도 모르니까요."

나는 그늘진 미소를 지었다.

"잊지 않고 있어요."

"어쩌면 당신도 즐거운 마음으로 그날을 기대할 수 있게 되겠죠?"

"어쩌면요."

내가 감미로운 목소리로 대답했다.

그는 오후의 햇살이 수면에 반짝이고 있는 강을 내다보았다. 모두 각 집안의 제복을 입은 노잡이들로 배치되어 있는 귀족들의 보트는 출발 신호원의 명령 아래 정박해 있었다. 노잡이들은 노를 트럼펫처럼 높이 든 채 출발 명령을 기다리며 다채로운 광경을 만들었다. 그들은 모두 왕 쪽을 바라보고 있었고, 왕은 주홍색 실크 손수건을 들어 앤 언니에게 건넸다. 언니는 왕실 바지선의 머리에 올라가 수건을 머리 위로 높이 들었다. 잠깐 동안 언니는 그 자세를 유지했다. 언니는 모든 눈동자가 자신에게 쏠려 있음을 잘 알고 있었다. 윌리엄과 함께 앉아 있는 자리에서, 우리는 언니의 옆얼굴을 볼 수 있었다. 언니는 머리를 뒤로 쳐들고, 두건은 얼굴에서 적당히 넘겨진 채, 하얀 피부는 즐거움으로 상기되어 있었으며, 짙은 녹색 가운은 가슴과 가느다란 허리를 꼭 끼게 감싸고 있었다. 언니는 욕망의 바로 그 진수였다. 수건을 떨어뜨리자 보트들은 노가 아래로 힘차게 내려찔름과 동시에 앞으로 튀어 올랐다. 언니는 왕 옆의 자리로 돌아가지 않았다. 잠시 왕비 역할을 해야 한다는 것을 잊은 것이다. 하워드 가의 보트가 시모어 가의 보트를 앞지르고 있었고, 언니는 잘 보려고 난간 위로 상체를 구부렸다.

"힘내라, 하워드 가! 힘내!"

언니가 불쑥 외쳤다.

마치 강둑에서 소리치는 다른 모든 사람들보다 언니의 외치는 소리가 더 높게 들렸는지, 노잡이들은 더욱 빠르게 노를 저었고, 보트는 앞으로 힘차게 나아갔다가 잠시 멈추더니, 다시 시모어 가 사람들보다 더욱 빠른 템포로 쭉 나아갔다. 어느덧 나는 두 발로 일어나 있었고, 모두들 응원했다. 궁정의 모든 사람들이 품위도 잊은 채 한쪽으로 모여들어 각자 좋아하는 집안을 소리쳐 응원했기에, 왕실의 바지선은 위태롭게 기울었다. 왕 역시 소년처럼 웃으며 앤 언니의 허리에 팔을 감은 채 경주를 지켜보고 있었다. 그는 어느 쪽 귀족도 응원하지 않으려 조심했지만, 기꺼이 하워드 가가 이기기를 바라고 있음이 분명했다. 그것이 자신의 품안에 있는 여자를 기쁘게 할 것이므로.

보트는 더욱 빨리 나아갔다. 온통 튀기는 물과 빛으로 노들이 분명치 않게 보였다. 결승선에서 하워드 가의 보트는 의심할 여지없이 보트 반 길이 정도 시모어 가를 앞서나가 있었다. 우렁찬 북소리와 쩌렁쩌렁한 트럼펫 소리가 울려 퍼지며, 시모어 가 사람들에게 모든 것이 끝났다고, 우리가 보트 경주를 이겼으며 왕국에서 첫째가는 가문이 되는 경주도 이겼고, 왕의 품에 안겨 잉글랜드의 왕위에 눈을 두고 있는 것도 우리 가문의 여자임을 알렸다.

울지 추기경은 제자리로 돌아왔으나, 결혼 취소장을 주머니 속에 넣고 의기양양하게 온 것이 아닌, 불명예를 안고 돌아왔다. 그는 헨리 왕과 독대를 나누지도 못하게 되었다. 연회에서 포도주를 얼마나 내놓을지에서부터 프랑스와 스페인과의 강화 조건까지 모든 것을 일일이 관리하던 남자가, 마치 공동 군주처럼 나란히 앉아 있는 앤 언니와 헨리 왕 앞에서 보고해야만 했다. 부정과 너무 높이 목표하는 것에 대해 자기가 야단쳤던 여자가 잉글랜드 국왕의 오른편에 앉아 그가 하는 말이 마음에 안 든다는 듯이 눈을 가늘게 뜨고서 그를 쳐다보고 있었다.

추기경은 너무도 늙고 교활한 신하였기에, 어떤 놀람도 얼굴에 내

비치지 않았다. 그는 앤 언니에게 상냥하게 허리를 굽혀 인사한 뒤 결과를 보고했다. 앤 언니는 무척 차분하게 미소 짓고서 듣다가, 몸을 앞으로 기울여 헨리 왕의 귓가에 독 같은 말을 조금 속삭인 뒤 다시 조금 더 들었다.

"바보 멍청이 같으니라구!"
우리의 조그만 방에서 언니가 미친 듯이 날뛰었다. 나는 거치적거리지 않게 두 발을 끌어 모으고 침대에 앉아 있었다. 언니는 자신만의 궤도를 따라 창가에서 침대 기둥까지 런던 탑의 사자처럼 씩씩거리며 다녔다. 언니는 매끄럽게 닦인 마루청에 자국을 남길 것이고, 우리는 유적과 기호(記號)를 좋아하는 사람들에게 그것을 보여주면 되겠다고 쓸데없는 생각을 했다. '앤의 시간에 대한 고뇌.'라고 부르면 좋을 것이다.
"얼간이 같으니라구, 우린 아무 데도 나아가지 못했잖아!"
"추기경께서 뭐라고 하셔?"
"교황과 유럽의 반을 손에 쥐고 있는 남자의 고모를 쫓아내는 건 심각한 문제라면서, 하느님이 허락하신다면, 만약 이탈리아와 프랑스가 힘을 합쳐 스페인과 전쟁을 하게 되면 스페인의 찰스 황제는 패배할 것이고, 그런데 잉글랜드는 지원하겠다는 약속은 하더라도 병사는 한 명도 걸지 말고, 화살 하나도 쏘지 말아야 한다고 하셨어."
"우린 기다리는 거야?"
언니가 머리 위로 손을 내뻗치더니 소리를 고래고래 질렀다.
"기다리느냐고? 아니! 넌 기다릴 수 있겠지! 추기경도 기다릴 수 있겠지! 헨리 폐하도 기다릴 수 있을 거야! 하지만 난 그 자리에서 춤을 춰야 하고, 사실은 그렇지도 않으면서 진척이 있는 것처럼 보여야 해. 정말 일이 벌어지는 듯한 환상을 유지해야 하고, 헨리 폐하께서 더욱더 격렬히 사랑받는 것처럼 느끼게 해야 하고, 상황이 더 나아지고 있다는 믿음을 드려야 해. 왜냐하면 그분이 왕이시고, 여태껏 평생 모든 사람들이 가장 좋은 것만 갖게 될 거라고 말해줬으니까. 크림과 금과 꿀을 약속받으신 분이야. 계속 '기다리세요.' 라고 할 순 없어. 대체 앞으로 어떻게 계속해나가지? 어떻게 해야 하는 거야?"

나는 이곳에 조지 오빠가 있기를 바랐다.

"언니는 잘 해낼 거야. 여태껏 해온 대로 잘해 나갈 거야. 정말 훌륭하게 잘 해왔어, 언니."

언니가 이를 아득바득 갈았다.

"일이 끝나기 전에 난 늙고 기진맥진해질 거야."

나는 부드럽게 언니를 잡아 호화롭고 커다란 베네치아제 유리거울 쪽으로 돌렸다.

"봐봐."

앤 언니는 언제나 자신의 미모를 보고 위로받을 수 있었다. 언니는 잠시 멈춰 있더니 숨을 들이마셨다.

"게다가 언니는 명석하잖아. 폐하께선 항상 언니가 왕국에서 가장 예리한 머리를 갖고 있다면서, 언니가 남자였다면 추기경으로 들였을 거라고 얘기하셔."

나는 언니에게 상기시켰다.

언니가 야성적인 미소를 머금었다.

"울지 추기경께서 들으면 기뻐하겠군."

나도 웃어주었다. 거울에 비친 내 얼굴은 언니의 얼굴 옆에 있었다. 우리 둘은 언제나처럼 생김새도, 색도, 표정도 대조되었다.

"분명 그러시겠지. 하지만 울지 추기경께서 할 수 있는 건 아무것도 없어."

"이제 추기경께선 예약하지 않고는 폐하를 뵐 수조차 없어. 난 그렇게 되는 걸 보았어. 두 사람은 이제 예전같이 친근하게 소곤거리면서 같이 거닌다든지 하지 않아. 내가 그 자리에 없이는 아무것도 결정되지 않는 거야. 폐하께나 내게 알리지 않고는 폐하를 만나 뵈러 궁전에 올 수도 없어. 추기경은 권좌에서 밀려났고, 내가 그 자리에 들어앉았어."

언니가 고소해했다.

"정말 훌륭하게 잘 해냈어. 언니 앞엔 몇 년이고 수많은 세월이 펼쳐져 있잖아."

그 말은 언니를 달래주었지만, 나를 힘들게 했다.

1527년 겨울

물론 왕과 앤 언니가 바라는 것을 중심으로 움직였지만, 윌리엄과 나는 거의 가정과도 같은 편안한 일상에 적응해나갔다. 나는 여전히 밤에 언니의 침대에서 잤고, 우리가 함께 쓰는 처소에서 언니와 사실상 같이 살았다. 바깥세상에는 우리 둘 다 여전히 다른 이들보다 더도 덜도 아닌 왕비의 시녀들일 뿐이었다.

그러나 아침부터 밤까지 앤 언니는 왕과 함께 있었다. 막 결혼한 새신부처럼, 최고 상담역처럼, 가장 친한 친구처럼 언니는 그의 곁에 가까이 있었다. 언니는 오로지 가운을 갈아입거나 침대에 눕기 위해서만 우리 방으로 돌아왔고, 왕이 미사를 드리거나 측근들과 말을 타러 나가고 싶어할 때 얼른 휴식을 취하곤 했다. 그때마다 언니는 마치 탈진으로 급사한 사람처럼 아무 말도 않고 가만히 누워 있었다. 언니의 시선은 멍하니 침대의 닫집을 향하고, 눈은 크게 뜬 채 아무것도 보고 있지 않았다. 아픈 사람처럼 숨을 천천히 그리고 고르게 쉬었다. 말은 전혀 하지 않았다.

나는 언니가 이런 상태에 빠져 있을 때면 혼자 두어야 한다는 것을 터득했다. 끊임없는 공연에서 언니는 어떻게든 쉴 방법을 찾아야 했다. 언니는 그저 왕에게만 그런 것이 아닌, 언니 쪽을 쳐다보는 모든 이들에게 멈추지 않고 계속 매력적으로 보여야 했다. 한순간이라도 눈부심이 덜해 보인다면, 폭풍우 같은 소문이 궁정을 소용돌이치고 다니면서 언니를 삼켜버리고, 언니와 함께 우리 모두를 삼켜버릴 것이다.

언니가 침대에서 일어나 왕에게 갈 때면, 윌리엄과 나는 함께 시간을 보냈다. 우리는 거의 모르는 사람들같이 만났고, 그는 내게 애정을 표시했다. 밀려난 남편이 정숙치 못한 아내에게 이제껏 한 것 중 가장 묘하고, 가장 꾸밈없고, 가장 달콤한 행동이었다. 윌리엄은 내게 조그만 꽃다발을 보냈고, 가끔씩 호랑가시나무 잎이 달린 잔가지와 담홍색 베리가 열린 주목을 주었다. 그는 내게 조그만, 금도금한 팔찌도 보냈다. 내 회색 눈동자와 금발머리를 찬미하며, 내가 마치 그의 애인인 듯 사랑을 달라고 청하는 정말 예쁜 시들도 써줬다. 앤 언니와 타고 나가려 말을 부를 때면, 등자 가죽에 쪽지가 끼워져 있는 것을 발견하곤 했다. 밤에 앤 언니와 함께 침대에 들어가려 침대보를 걷을 때, 금박 포장지에 싸여 있는 사탕과자를 발견하곤 했다. 윌리엄은 조그만 선물들과 작은 쪽지들을 내게 수도 없이 주었고, 궁정 연회나 사적장에 함께 있거나, 테니스 코트에서 선수들을 구경하고 있을 때마다, 그는 내 쪽으로 몸을 기울이고는 입 언저리로 속삭이곤 했다.

"내 방으로 와요, 부인."

나는 여러 해 동안의 아내로서가 아니라 마치 그의 새로운 정부인 듯 키득키득 웃으며 무리에서 물러나오곤 했다. 얼마 안 되어 윌리엄 역시 슬그머니 빠져나와, 그리니치 궁전의 서쪽 성벽에 위치한 그의 침실의 꽉 막힌 공간에서 나를 만났다. 그리고 나서 그는 나를 품에 꼭 끌어안고, 환희와 희망에 차서 말하곤 했다.

"우리에겐 잠깐밖에 시간이 없어요, 내 사랑, 많아야 겨우 1시간밖에. 그러니 이 시간은 모두 당신을 위한 거예요."

윌리엄은 나를 침대에 눕히고, 꽉 조여 맨 스토마커를 푼 뒤, 내 젖가슴을 애무하고, 배를 쓰다듬고, 그가 생각해낼 수 있는 모든 방법으로 내게 쾌락을 주었다. 내가 "아, 윌리엄! 내 사랑! 당신이 최고예요, 당신이 최고야, 당신이 정말 정말 최고야." 하고 기쁨에 겨워 소리칠 때까지.

그리고 그 순간, 예나 지금이나 많은 칭찬을 받고 자란 남자 특유의 미소를 머금고는, 그는 자신을 내 안으로 쏟아 부은 뒤 떨리는 한숨을 내쉬며 내 어깨에 몸을 기대곤 했다.

내게 이 만남은 욕망이었고, 단지 작은 일부분만이 계산에서 비롯된 것이었다. 앤 언니가 무너지고, 우리 불린 가 사람들이 언니와 함께 무너지게 되었을 때, 나를 사랑해주고, 노픽에 근사한 장원의 저택과 지위와 부를 가진 남편이 있으면 나는 무척 기쁠 것 같았다. 더욱이 아이들이 그의 성을 물려받았으니, 그가 그리 원한다면 즉각 아이들을 그의 집으로 불러올 수도 있을 것이다. 나와 내 아이들을 지킬 수만 있다면, 나는 악마에게라도 그가 최고라고, 정말 정말 최고라고 말했을 것이다.

크리스마스 축제 때 앤 언니는 명랑했다. 어떤 것도 언니가 밤낮으로 내내 춤추는 것을 멈추게 하지 못할 거라는 듯이 언니는 춤을 췄다. 언니는 마치 잃어버려도 괜찮을 만큼 왕비로서의 재산이라도 많이 있는 듯이 도박을 했다. 언니와 나와 조지 오빠 사이에는 합의가 있었다. 나중에 우리는 아무도 모르게 돈을 바로 돌려주는 것이었다. 그러나 언니가 왕에게 질 때면, 언니가 어렵게 번 돈이 왕족의 지갑 속으로 사라져 두 번 다시 보지 못했다. 게다가 도박을 할 때마다 언니는 왕에게 져주어야 했다. 왕은 다른 사람이 이기는 것을 몹시 싫어했다.

왕은 언니에게 선물과 명예를 아낌없이 퍼부어주었고, 춤출 때마다 언니를 상대로 이끌어냈다. 모든 가면극에서는 언니가 왕관을 쓴 왕비였다. 그러나 여전히 캐서린 왕비가 상석을 차지했고, 마치 언니가 받은 명예가 자신의 선물인 듯, 언니가 자신의 대리인인 듯, 그리고 그것이 자신의 동의에 의한 것인 듯 언니를 내려다보며 미소 지었다. 조그맣고 바짝 마른 데다 얼굴이 창백한 메리 공주는, 자신의 어머니 옆에 앉아, 마치 왕위를 노리는 이 발 빠른 여자 때문에 엄청나게 재미있다는 듯이 앤 언니를 보며 웃었다.

"정말이지 진짜 싫어. 아주 둘의 판박이라니까, 고것 달덩이 같은 얼굴하고는."

밤에 언니가 옷을 벗으며 말했다.

나는 머뭇거렸다. 앤 언니와 논쟁하는 것은 아무런 소용이 없었다. 메리 공주는 보기 드문 예쁘장한 외모를 한 소녀로 자라났다. 얼굴은 강인한 성격과 굳은 결의로 가득 차 있어, 전적으로 자기 어머니의 딸이라는 것을 한순간도 의심할 여지가 없었다. 공주가 대회당 아래로 앤 언니와 나를 내려다볼 때, 그녀는 우리를 똑바로 꿰뚫어 보는 듯했다. 마치 우리는 베네치아제 거울의 깨끗한 유리일 뿐이고, 그녀가 알고 싶은 것은 바로 그 뒤에 있는 것일 뿐이라는 듯이. 공주는 우리를 질투하는 것 같지도, 아버지의 관심에 있어 경쟁상대나, 어머니의 자리에 있어 위협적인 존재로 보는 것 같지도 않았다. 그녀는 우리를 한 쌍의 보잘것없는 여자들로 보았고, 너무나도 대수롭지 않아 바람이 자비로운 입김을 훅 불어 우리를 날려 보낼지도 모른다고 생각하는 듯했다.

메리 공주는 재기(才氣)가 뛰어난 소녀였다. 겨우 11살이었지만 영어, 프랑스어, 스페인어, 또는 라틴어로 말장난을 만들거나 농담을 뒤집을 수도 있었다. 앤 언니 역시 영리하고 박학했지만, 이 어린 공주 같은 교육은 받지 못했으므로 그것 역시 질투했다. 게다가 이 소녀는 자기 어머니의 당당한 풍채를 모두 물려받았다. 언니가 언젠가 왕비가 되든 안 되든, 언니는 특권과 지위만을 잽싸게 채려는 사람으로 태어나고 길러졌다. 그러나 메리 공주는, 우리는 오직 꿈밖에 꿀 수 없는 권력을 가지고 태어났다. 우리는 둘 다 영원히 터득하지 못할 확신을 그녀는 처음부터 가지고 있었다. 세상에서의 자신의 위치에 대한 절대적인 자신감에서 우러나오는 품위가 있었다. 앤 언니가 당연히 공주를 싫어할 만했다.

"별것 아니지. 머리 빗어줄게."

내가 위로하며 말했다.

조용히 문을 두드리는 소리가 들리더니, 우리가 '들어오세요.' 라고 소리치기도 전에 조지 오빠가 방으로 슬쩍 들어왔다.

"아내한테 걸릴까 봐 무서워 죽겠어."

오빠가 변명했다. 그리고는 우리에게 포도주 병과 세 개의 백랍제 잔을 흔들어 보였다.

"제인이 춤추고 있었거든. 오늘밤 완전히 달아올랐다니까. 나한테 침대로 오라고 명령하다시피 했어. 내가 여기 들어오는 걸 봤으면, 완전히 난리 났을걸."

"분명 봤을 거야."

앤 언니가 오빠의 잔을 하나 받아 들었다.

"아무것도 놓치지 않잖아, 그 여자."

"제인은 스파이가 됐어야 했어. 간통을 전문적으로 염탐하는 스파이가 됐더라면 정말 잘했을 거야."

나는 킬킬 웃으며 오빠가 내게도 어느 정도 포도주를 따르게 했다.

"오빠의 행방을 알아내는 데는 별로 힘 안 들걸. 항상 여기 있으니까."

내가 지적했다.

"내가 나 자신이 될 수 있는 유일한 곳이지."

"창녀집이 아니구?"

내가 물었다.

오빠가 고개를 저었다.

"그런 데는 더 이상 안 가. 취미를 잃었어."

"사랑에 빠졌어?"

앤 언니가 빈정대며 물었다.

놀랍게도, 오빠가 얼른 눈길을 돌리며 얼굴을 붉혔다.

"난 아니야."

"무슨 일이야, 오빠?"

내가 물었다.

오빠가 고개를 흔들었다.

"중요하기도 하고, 별일 아니기도 해. 너희한테 말할 수 없는 중요한 일이기도 하고 내가 감히 행하지도 못할 그런 별것도 아닌 일이기도 해."

"궁정에 있는 사람이야?"

호기심이 강한 앤 언니가 캐물었다.

오빠가 스툴을 난로 앞으로 끌어오더니 잿불을 깊게 들여다보았다.

"말해주면, 아무한테도 말 안 할 거라고 맹세해야 돼."

우리는 고개를 끄덕였다. 모든 것을 알고자 하는 결의에서만은 절대적으로 자매다웠다.

"그것보다 더욱이, 내가 가고 난 뒤 서로한테 아무 말도 하지 말아야 해. 내 등 뒤에서 너희가 이러쿵저러쿵하는 건 원치 않아."

이번에는 우리 둘 다 망설였다.

"우리 둘 사이에서조차 아무 말도 하지 않는다고 맹세하라고?"

"응, 아니면 난 아무것도 말하지 않을 거야."

우리는 우물쭈물하다가 결국 호기심에 압도되었다.

"알았어, 맹세할게."

앤 언니가 우리 둘을 대표하여 말했다.

오빠의 젊고 잘생긴 얼굴이 구겨지더니, 호화로운 재킷 소매에 얼굴을 묻었다.

"남자와 사랑에 빠졌어."

오빠가 간단히 말했다.

"프랜시스 웨스턴이지."

내가 단번에 말했다.

오빠의 침묵이 내가 정확히 추측했음을 알려주었다.

앤 언니의 얼굴은 공포에 질려 어리벙벙했다.

"그 사람도 알아?"

오빠는 고개를 저었다. 여전히 얼굴을 붉은 벨벳 재킷의 화려하게 수놓인 소매 사이에 묻고 있었다.

"그 밖에 다른 사람들도 알아?"

오빠의 갈색 머리가 다시 흔들렸다.

"그럼 어떤 암시도 절대 내비쳐선 안 돼. 누구에게도 절대 말하면 안 되구."

언니가 지시했다.

"이게 누군가에게 털어놓는 처음이자 마지막이어야 해. 우리에게도 말이야. 심장과 마음에서 그 사람을 잘라내고, 두 번 다시 절대 쳐다보지도 말아야 해."

오빠가 언니를 올려다보았다.

"가망 없다는 건 나도 알아."

그러나 언니의 조언은 오빠에게 이롭게 하기 위한 것이 아니었다.

"오빠는 날 위태롭게 하고 있어. 오빠가 우리에게 치욕을 주게 되면 폐하께선 나와 절대 결혼하지 않으실 거야."

"그게 다야? 중요한 건 단지 그뿐이니? 내가 사랑에 빠져 얼간이처럼 죄악의 구렁텅이로 굴러 떨어지는 건 상관 안 하지. 난 평생 행복할 수 없다는 것도, 뱀 같은 여자와 결혼하고 애끓는 사람과 사랑에 빠진 것도 상관 안 하고, 오직 **오로지** 앤 불린 양의 평판에만 흠이 가서는 안 된다는 거지."

갑자기 오빠의 분노가 폭발하며 힐문 조로 질책했다.

단숨에 언니가 갈고리 발톱처럼 손을 펼쳐들고 오빠에게로 날아들었다. 얼굴을 할퀴기 전에 오빠가 언니의 손목을 붙잡았다.

"날 보라구! 나도 내 유일한 사랑을 포기하지 않았어? 나도 가슴이 갈기갈기 찢기지 않았어? 그때 오빠가 나한테 그건 다 그 정도 가치

있는 일이라고 말하지 않았었어?'

언니가 쉿 소리를 내며 말했다.

오빠가 언니를 밀어내고 있었지만 언니는 걷잡을 수 없었다.

"메리를 보라구! 우리가 쟤를 쟤 남편에게서, 나를 내 남편에게서 떼어놓지 않았어? 이제 오빠도 누군가를 포기해야 해. 내가 내 사랑을, 메리가 메리의 사랑을 잃은 것처럼, 오빠도 오빠 생애의 크나큰 사랑을 잃어야 한다고. 가슴이 찢어지는 것에 대해 내게 칭얼대지 마. 오빠가 내 사랑을 죽였고 우린 함께 그걸 묻었고 이젠 영영 사라졌어."

조지 오빠는 언니와 버둥거리고 있었다. 나는 뒤에서 언니를 세게 붙들어 오빠에게서 떼어냈다. 갑작스럽게 언니에게서 싸울 기력이 빠져나갔고, 우리 셋은 활인화를 연출하는 가면극 배우들처럼 가만히 서 있었다. 나는 언니의 허리를 안고, 오빠는 언니의 손목을 잡고, 언니의 뻗친 두 손은 오빠의 얼굴에서 여전히 아주 가까운 채로.

"세상에, 우리 정말 대단한 가족이다."

오빠가 경탄하며 말했다.

"세상에, 대체 우리 어디까지 온 거지?"

"중요한 건 우리가 어디로 가느냐 하는 거야."

언니가 거칠게 말했다.

조지 오빠가 언니의 시선을 맞받으며 선서하는 사람처럼 천천히 고개를 끄덕였다.

"그래, 잊지 않을게."

오빠가 한숨을 내쉬었다.

"사랑을 포기하는 거야. 그리고 두 번 다시 절대 그 사람 이름을 언급하지 마."

언니가 똑똑히 말했다.

패배한 오빠가 다시 머리를 끄덕였다.

"그리고 어떤 것도 이것보단 중요하진 않다는 걸 기억해. 내가 왕비의 자리에 오르는 것 말이야."

"기억할게."

내 몸이 떨리는 것을 느끼고, 나는 언니의 허리를 놓아주었다. 그렇게 속삭이며 약속을 하는 데에는 앤 언니와의 계약이 아닌, 악마에게 약속하는 것같이 느껴지게 하는 무언가가 있었다.

"그런 식으로 말하지 마."

둘 다 나를 바라보았다. 똑 닮은 불린가 사람의 갈색 눈과, 길고 곧게 뻗은 코와, 무례하고 독특한 조그만 입.

"삶 자체만큼 가치가 있는 건 아니잖아."

문제를 가볍게 해보려고 말했다.

둘 중 누구도 웃지 않았다.

"가치 있어."

앤 언니가 간단하게 말했다.

1528년 여름

앤 언니는 세상에 아무 걱정도 없는 듯이 춤추고, 말 타고, 노래하고, 도박하고, 강에서 배를 타고, 피크닉 가고, 정원을 산책하고, 활인화에서 연기를 했다. 언니는 나날이 갈수록 창백하고 더욱더 창백해져 갔다. 눈 밑의 검은 그림자는 갈수록 더욱 짙어지고, 눈 밑의 움푹 꺼진 부분을 가리기 위해 분을 바르기 시작했다. 살이 빠져 나는 점점 더 느슨하게 끈을 매주어야 했고, 그러고 나서 우리는 가운에 패드를 넣어 언니의 젖가슴이 전처럼 풍만해 보이게 했다.

내가 끈을 매주고 있을 때 거울에서 언니의 눈과 마주쳤다. 언니는 모든 면에서 맏이처럼 보였다. 나보다 한참은 나이가 들어 보였다.

"너무 피곤해."

언니가 속삭였다. 입술조차 창백했다.

"내가 경고했었잖아."

나는 동정하지 않고 말했다.

"너도 폐하를 붙들 기지와 미모가 있었다면 나와 똑같이 했을 거야."

나는 몸을 앞으로 기울여 얼굴이 언니와 가까이 닿게 하여 언니가 내 뺨에 활짝 핀 홍조와 빛나는 눈동자와 자신의 피곤에 찌든 얼굴 옆으로 혈색이 무척 좋은 내 얼굴을 볼 수 있도록 했다.

"나한테 기지와 미모가 없다고?"

내가 되풀이했다.

언니가 침대로 돌아서더니 퉁명스레 말했다.

"쉴 거야. 넌 가도 돼."

언니가 침대에 눕는 것을 본 다음, 나는 밖으로 나갔다. 석조 계단을 뛰어내려 바깥의 정원으로 달려나갔다. 정말 멋진 날이었다. 태양은 눈부시며 따뜻했고, 햇빛은 강물 위에서 반짝반짝 빛나고 있었다. 강을 가로지르며 다니는 조그만 보트들은, 바다로 출항하기 위해 조수(潮水)를 기다리고 있는 커다란 배들을 누비듯이 지나가고 있었다. 산들바람이 모험심으로 강을 타고 올라와, 잘 손질된 정원 안으로 소금냄새를 풍겼다. 나는 남편이 남자 두어 명과 아래 쪽 언덕에서 걷고 있는 것을 보고는 그에게 손을 흔들었다.

즉시 그는 양해를 구하고 내게 다가와, 한쪽 발을 층계에 두고 나를 올려다보았다.

"요즘 어떠세요, 캐리 영부인? 오늘도 언제나처럼 아름답군요."

"잘 지내셨어요, 윌리엄 각하?"

"난 잘 지냈죠. 처형은 어디 계세요? 폐하는?"

"언니는 자기 방에 있어요. 폐하께선 말 타러 나가실 거구요."

"그럼 당신은 자유로운가요?"

"하늘을 나는 새처럼요."

윌리엄이 나를 보며 웃었다. 남모르는 비밀을 알고 있는 듯한 은밀한 미소였다.

"당신과 함께 하는 기쁨을 누릴 수 있을까요? 산책을 좀 해도 될까요?"

그의 눈동자가 내게 와 닿는 느낌을 즐기며, 나는 계단을 내려 그에게 다가갔다.

"물론이죠."

윌리엄이 팔오금 사이로 내 손을 잡아끌고, 우리는 낮은 언덕을 따라 걸었다. 그는 발걸음을 나와 맞추고, 몸을 내 쪽으로 기울여 귓가에 속삭였다.

"당신은 정말 사랑스런 여자예요, 부인. 너무 오래 걷지 않아도 된다고 말해줘요."

나는 얼굴을 계속 바르게 하고 있었지만, 키득키득 웃지 않을 수가 없었다.

"내가 궁전에서 나오는 걸 본 사람이라면 내가 정원에 있은 지가 아주 잠깐밖에 안 됐다는 걸 알 거예요."

"아, 그렇지만 당신이 남편의 말에 따른다면, 아내에게는 참 칭찬할 만한 일이죠."

그가 설득력 있게 지적했다.

"당신께서 명하신다면야."

내가 넌지시 말했다.

"명합니다. 절대적으로 명령해요."

윌리엄이 단호히 말했다.

나는 그의 더블릿의 모피 장식을 손등으로 만지작거렸다.

"그렇다면 복종하는 것 외에 내가 달리 뭘 할 수 있겠습니까?"

"좋았어요."

윌리엄은 돌아서서 조그만 정원 문 하나를 통해 안으로 인도했다. 문이 닫히자마자 그 순간 그는 나를 껴안고 키스했다. 그런 다음 침실로 나를 이끌었고, 운 좋은 불린가의 여자, 총애받는 불린 가 여자인 앤 언니가 노처녀의 침대에 겁에 질린 채로 누워 있는 동안, 그곳에서 우리는 오후 내내 사랑을 나눴다.

* * *

그날 저녁에는 오락과 무도회가 있었다. 앤 언니가 늘 그렇듯이 주역을 맡았고, 나는 무희들 중 하나였다. 언니는 여느 때보다 더욱 창백했다. 은색 가운 속에서 얼굴은 백지처럼 하얗다. 너무나도 확연하게, 예전의 미모라곤 조금도 찾아볼 수 없어, 어머니조차 알아차렸다. 연극에서 맡은 대사를 읊고 춤을 추려고 기다리고 있는데, 어머니가 손을 까딱여 나를 불렀다.

"앤이 어디 아프니?"

"평소와 다를 바 없는데요."

내가 무뚝뚝하게 대답했다.

"쉬라고 해라. 미모를 잃어버리면, 앤은 모든 걸 잃게 돼."

나는 고개를 끄덕였다.

"쉬고 있어요, 어머니. 침대에 눕곤 하지만, 두려움에서 벗어나진 못해요. 전 이제 가서 춤춰야 해요."

내가 신중히 말했다.

어머니는 고개를 끄덕이고 나를 보내주었다. 나는 대회당을 둥그렇게 돌아 가면극에 입장했다. 나는 서쪽 하늘에서 내려오는 별이었고, 지구에 평화를 축복하는 역이었다. 이탈리아의 전쟁에 관련하는 어떤 부분이었는데, 나는 라틴어 대사를 알고 있었지만 그 뜻을 알려는 수고는 하지 않았다. 앤 언니가 얼굴을 찡그리는 것을 보고, 내가 뭔가 잘못 발음했다는 것을 눈치 챘다. 부끄러워했어야 하지만, 내 남편 윌리엄이 내게 윙크를 하며 웃음을 억눌렀다. 그날 오후 내가 그와 함께 침대에 있었을 때, 사실은 대사를 외웠어야 했다는 것을 그는 알고 있었다.

춤이 끝나자 복면과 도미노 가면을 쓴 몇몇 낯선 신사들이 대회당 안으로 들어와 춤출 상대를 골랐다. 왕비는 깜짝 놀랐다. 그들은 누굴까? 우리는 모두 정말 깜짝 놀랐지만, 나머지 다른 사람들보다 키가 큰 육중한 체격의 남자가 다가와 춤을 신청했을 때 미소 짓던 앤 언니보다 놀란 것은 아니었다. 그 둘은 자정까지 함께 춤을 췄고, 가면을 벗었을 때 상대가 왕이라는 것을 알아차린 앤 언니가 깜짝 놀라는 자신의 모습에 웃었다. 연회가 끝날 무렵까지 언니는 여전히 가운 색만큼이나 창백했고, 춤을 춘 것조차 피부에 홍조를 띠게 하지 못했다.

우리는 함께 우리 방으로 갔다. 계단에서 언니가 발을 헛디뎠다. 비틀거리지 않게 잡아주려고 손을 뻗었을 때, 언니의 피부가 차가웠지만 땀으로 흠뻑 젖어 있었다.

"언니, 어디 아파?"

"그냥 피곤한 거야."

언니가 희미하게 말했다.

방으로 돌아온 언니가 얼굴에서 분을 씻어냈을 때, 나는 언니의 혈색이 빠져나가고 양피지 색으로 바뀐 것을 볼 수 있었다. 언니는 바들바들 떨며, 씻거나 머리를 빗기도 싫다고 했다. 침대에 허겁지겁 파고들어 가더니, 언니의 이가 딱딱 맞부딪혔다. 나는 문을 열고 조지 오빠를 뛰어가 불러오라고 하인 하나를 급히 보냈다. 오빠가 잠옷 위에 망토를 걸치고 달려왔다.

"의사를 불러줘. 이건 그냥 피곤한 거 이상이야."

오빠가 내 어깨너머로 방 안을 들여다보았다. 앤 언니는 침대 위에서 등을 둥글게 구부리고, 침대 이불을 어깨 주위에 잔뜩 쌓아올린 채, 피부는 조그만 노인처럼 노랗고, 추위로 이를 딱딱거리고 있었다.

"맙소사, 스웨트(sweat, 땀을 흘리는 증상으로 알려진 돌림병.)잖아."

오빠가 페스트 다음으로 가장 무서운 병을 입에 올렸다.

"그런 것 같아."

내가 불길한 마음으로 무척 진지하게 대답했다.

오빠가 두려움에 찬 눈으로 나를 바라보았다.

"앤이 죽으면 우린 어떻게 되는 거지?"

스웨트는 복수심을 갖고 궁정을 찾아왔다. 춤을 췄던 대여섯 명의 사람들이 자기들 방 안에 처박혀 있었다. 하녀 하나는 벌써 죽었고, 앤 언니의 하녀 역시 대여섯 명의 다른 사람들과 함께 쓰는 방에서 끙끙 앓고 있었다. 의사가 앤 언니에게 약을 보내주기를 기다리는 동안, 나는 윌리엄에게서 그에게 가까이 오지 말고, 물에 알로에 알코올을 풀어 목욕을 하라는 전갈을 받았다. 그는 스웨트에 걸렸고, 내게 병을 옮기지 않았기를 하느님께 기도했다고 했다.

나는 윌리엄의 방을 찾아가 문간에서 그와 대화했다. 그는 앤 언니처럼 얼굴에 똑같은 노르스름한 빛깔을 띠고 있었고, 담요를 겹겹이 덮고서도 추워서 벌벌 떨고 있었다.

"들어오지 말아요. 더는 가까이 오지 말아요."

윌리엄이 내게 명령했다.

"돌봐주는 사람은 있어요?"

"그래요. 마차 타고 노퍽으로 갈 거예요. 집에 가 있고 싶네요."

"며칠 좀더 기다려서 몸이 나아지면 가세요."

윌리엄이 침대에서 나를 바라보았다. 그의 얼굴은 병의 고통으로 일그러져 있었다.

"아, 내 아기같이 순진한 아내. 기다릴 여유가 없어요. 헤버에서 아이들을 잘 돌봐줘요."

"당연히 그럴 거예요."

여전히 그를 이해하지 못하고, 나는 말했다.

"우리가 아기 하나를 더 만든 것 같나요?"

남편이 물었다.

"아직은 잘 모르겠어요."

윌리엄은 소원을 비는 것처럼 잠시 눈을 감았다.

"뭐, 무슨 일이 벌어지든 하느님의 손에 달린 거겠죠. 하지만 당신한테서 진정한 캐리 가 아이를 만들었으면 좋았을 텐데."

"그럴 시간은 충분할 거예요. 당신이 낫고 나면."

그가 내게 살며시 웃어주었다.

"그걸 생각할게요, 귀여운 부인. 그리고 내가 한동안 궁정에 없더라도, 당신과 우리 아이들을 잘 돌봐요."

여전히 이가 딱딱거렸지만, 그가 부드럽게 말했다.

"물론이죠. 하지만 돌아오실 거죠? 낫자마자?"

"몸이 다시 좋아지자마자 돌아올게요."

윌리엄이 약속했다.

"당신은 헤버로 가서 아이들과 함께 있어요."

"어른들이 언제 가게 해주실지 모르겠어요."

"오늘 가요. 얼마큼의 사람들이 스웨트에 걸렸는지 알게 되면, 대소동이 일어날 거예요. 상황이 아주 나빠요, 내 사랑. 런던의 상황은 아주 나빠요. 헨리 폐하는 산토끼처럼 이곳을 떠나실 거예요. 내 말 명심해요. 일주일 동안은 아무도 당신을 찾지 않을 거고, 당신은 시골에서 아이들과 안전하게 지낼 수 있을 거예요. 조지 오빠를 찾아서 데려다 달라고 해요. 당장 가요."

그가 조언했다.

그가 시킨 대로 하고픈 유혹에 빠져, 나는 잠시 망설였다.

"메리, 이게 내가 당신에게 시킬 마지막 일이라 해도, 난 이보다 더 진지할 순 없을 거예요. 궁정이 병으로 들끓을 동안 헤버로 가서 아이들을 돌봐요. 엄마와 아빠를 둘 다 스웨트로 잃는다면 아이들에게 얼마나 나쁜 일이겠어요."

"무슨 뜻이에요? 당신은 죽지 않을 거죠?"

윌리엄이 애써 미소 지었다.

"물론 죽지 않아요. 하지만 당신이 안전할 거란 걸 알면, 집으로 가는 동안 마음이 편안할 거예요. 형님을 찾아서 내가 어서 가라고 당신에게 명령했다고, 그리고 형님께는 당신을 안전하게 바래다주라 했다고 전해요."

나는 방 안으로 반걸음 발을 내딛었다.

"더는 가까이 오지 말아요! 그냥 가라구요!"

윌리엄이 날카롭게 소리쳤다.

그의 어조는 무례했다. 나는 확 돌아서서, 상당히 부루퉁해져 방을 나갔다. 그리고는 내가 마음이 상한 것을 그가 알도록 문을 조금 쾅 하고 닫았다.

그가 살아 있는 모습을 본 마지막이었다.

조지 오빠와 내가 헤버에 일주일 조금 넘게 있었을 때, 앤 언니가 무개마차를 타고 도착했다. 마치 혼자서 여행을 한 듯한 모습이었다. 도착했을 때 언니는 극도의 피로로 쓰러질 지경이었지만, 조지 오빠나 나나 양쪽 다 직접 언니를 간호할 용기가 없었다. 에덴브리지에서 조산사 하나가 들어와 언니를 탑에 있는 방으로 데려가 엄청난 몫의 음식과 포도주를 보내오라 했다. 그중 얼마만큼만—우리는 그랬기를 바랐다—정말로 앤 언니가 먹었다. 나라 전체가 병을 앓고 있거나, 병에 걸릴까 봐 겁에 질려 있었다. 하녀 두 명이 이웃 마을에 있는 부모를 간호해야 한다고 성을 떠났는데, 둘 다 죽고 말았다. 정말로 대단히 무시무시한 병이었다. 매일 아침 조지 오빠와 나는 겁에 질린 채 스웨트의 공포 속에서 땀을 흘리며 일어나, 우리도 죽을 운명이 아닌지 생각하며 하루의 나머지를 보냈다.

왕은 병의 첫 징조가 있었을 때, 즉각 궁전을 떠나 헌스든으로 갔다. 그것 자체로도 우리 불린 가 사람들에겐 충분히 사태가 나빴다. 궁정은 대혼란 상태에 빠져 있었고, 나라는 죽음에 붙잡혀 있었다. 우리에게 더 나쁜 것은, 캐서린 왕비는 건강하고, 메리 공주도 건강하여, 둘은 왕과 함께 여름 내내, 마치 그 둘만이 하늘로부터 축복받은 듯이, 병의 바다에 닿지 않고 여행했다는 것이다.

앤 언니는 왕을 얻기 위해 싸웠던 것처럼 목숨을 건지기 위해 사투했다. 언니는 자신의 모든 결의를 끌어다 거의 불가능한 승산에 맞서 견뎌내며 길고 끈질기게 악전고투를 했다.

왕에게서 연애편지들이 왔다. 헌스든, 티텐행어(Tittenhanger), 앰프 씰(Ampthill)로 표시된 편지들은, 치료법을 이것저것 추천하면서, 언니를 잊지 않았으며 여전히 사랑한다고 약속하고 있었다. 그러나 의심의 여지없이, 아무 일도 조금도 진전을 보이지 않는, 추기경 본인마저 아픈 이 시점에서, 이혼이 진행될 수는 없었다. 이혼 문제는 반쯤 잊혔고, 왕비는 왕의 곁에 있었으며, 애교 있는 어린 공주가 그들의 최고의 상대이자 가장 커다란 위안이었다. 여름 동안 모든 것이 그럭저럭 멈춰 있었다. 쏜살같이 지나가는 시간에 대한 앤 언니의 감정이나 절망은, 병을 가장 두려워하지만 고난의 바다 한복판에서 기적적으로 건강을 축복받은 남자에겐 하잘것없는 것이었다.

다행히도 우리 불린 가의 운으로 스웨트는 헤버까지 미치지 않았고, 아이들과 나는 늘 보아온 푸른 들판과 초지에서 안전했다. 나는 윌리엄의 어머니로부터 편지를 받았다. 윌리엄이 죽기 전에, 그가 바랐듯이, 집에 도착했었다고 적혀 있었다. 짧고 쌀쌀맞은 편지였는데, 마지막에는 내가 다시 자유의 몸이 된 것을 축하했다. 과거에 내 결혼 서약이 나를 그다지 억제한 적은 없었다고 생각하고 있었던 것처럼.

나는 정원에서 내가 가장 좋아하는 자리에 앉아 성의 해자와 석조 벽 쪽을 바라보며 편지를 읽었다. 나는 내가 오쟁이를 지게 한, 그리고 지난 몇 달 동안 무척 매혹적인 애인이자 남편이었던 남자를 생각했다. 그가 마땅히 받아야 했던 것을 나는 한 번도 주지 않았다는 걸 알고 있었다. 그는 어린아이와 결혼해 소녀에게 버림받았고, 내가 여자로 자라나 그에게 돌아갔을 때는 나의 입맞춤에도 항상 계산적인 요소가 포함되어 있었다.

나는 이제 윌리엄의 죽음이 나를 자유로이 놓아주었다는 것을 깨달았다. 또 다른 남편으로부터 도망칠 수 있다면, 나는 켄트나 에식스의 우리 가족의 토지에 있는 조그만 장원 농장을 하나 살 것이다. 내 것이라고 부를 수 있는 땅을 소유하고, 농작물들이 자라는 것을 지켜보는 것이다. 이 남자의 정부, 저 남자의 아내이자 불린 가 사람의 동생 대신, 마침내 자립한 여성이 되는 것이다. 내 집에서 아이들을 기르는 것이다. 물론 어딘가에서 얼마간의 돈을 얻어야 할 것이다. 하워드 가 사람이든, 불린 가 사람이든, 아니면 왕이든, 어떤 남자든 설득해서 아이들을 기르고 나도 먹고 살 수 있도록 보조금을 달라고 해야 할 것이다. 하지만 시골의 내 조그만 농장에서 수수한 미망인으로 살기에 충분할 어떤 벌이가 있을지도 모른다.

"너, 정말 별 볼일 없는 사람이 되고 싶은 건 아니겠지."

조지 오빠와 함께 숲 속을 거닐며 내가 이 계획을 대충 이야기하자, 오빠가 소리쳤다. 아이들은 나무 뒤에 숨으면서, 천천히 앞서 걸어가는 우리를 살금살금 뒤따랐다. 우리는 한 쌍의 사슴 역할을 하기로 되어 있었다. 조지 오빠는 모자에 잔가지 다발을 꽂아 뿔로 보이도록 했다. 때때로 우리는 귀염둥이 헨리가 자신이 완벽하게 보이지도 들리지도 않는다고 믿고 요란스레 다가오면서 흥분을 참을 수 없다는 듯이 사랑스럽게 킬킬 웃는 소리를 들을 수 있었다. 나는 아이의 아버지가 변장하는 것에 열광하고, 정말 단순한 술책에도 사람들이 당황한다고 그 역시 늘 생각하고 있다는 것에 대해 생각지 않을 수 없었다. 이제 나는 내 아들의 응석을 받아주며, 나무 사이를 지날 때 요란하게 떠들썩한 소리도 듣지 못한 척, 그늘과 덤불 사이를 뛰어가는 것도 보지 못한 척해주고 있었다.

"너는 궁정에서 총애받는 여자였어. 왜 성대한 결혼을 원치 않는 거지? 아버지나 외삼촌께서 잉글랜드에서 아무나 골라주실 수 있어. 앤이 왕비가 되면 넌 프랑스 왕자랑 해도 되구."

조지 오빠가 항변했다.

"대회당에서 하든 부엌에서 하든, 여전히 똑같은 여자의 일일 뿐이야. 난 꽤 잘 알아. 자신을 위해 돈 버는 건 없고, 뭐든지 남편과 주인을 위한 거야. 마치 식기실의 하인인 것처럼 재빠르게 그리고 온전히 남편에 복종하는 거야. 남편이 어떤 걸 하기로 하든 너그럽게 참아야 하는 거고, 그가 하는 것에 웃어줘야 해. 지난 몇 년간 난 캐서린 마마를 모셨어. 마마의 삶이 어땠는지 봤다구. 공주의 지참금을 준다고 해도, 난 공주가 되진 않을 거야. 왕비는 더더욱 되지 않을 거야. 마마께서 수치를 당하시고 굴욕스럽게 되시고 모욕당하시는 걸 난 봤어. 그런데도 마마가 하실 수 있는 거라곤 기도대에 무릎을 꿇고 도움을 좀 달라고 기도하신 다음, 다시 바로 서서 자신을 이기는 여자에게 웃어주시는 것뿐이었어. 난 그런 삶을 별로 중히 여기지 않아, 오빠."

나는 씁쓸하게 말했다.

우리 뒤에서 캐서린이 흥분하여 살짝 달려들며 내 가운을 잡았다.

"잡았다! 잡았다!"

조지 오빠가 뒤를 돌아 캐서린을 번쩍 들어 올려 하늘에 띄우더니, 내게 넘겨줬다. 캐서린은 이제 꽤 무거웠다. 햇빛과 잎사귀 냄새가 나는, 탄탄한 몸을 한 조그만 네 살짜리 아이였다.

"똑똑하구나. 대단한 사냥꾼이야."

"그럼 캐서린은 어떡할 거야? 세상의 그런 위대한 지위를 이 아이에게 주지 않을 거야? 캐서린은 잉글랜드 왕비의 조카가 될 거야. 그걸 생각해보라구."

나는 머뭇거렸다.

"여자가 좀더 가질 수만 있다면. 우리가 우리의 명의로 좀더 소유할 수만 있다면. 궁정에서 여자로 사는 건 부엌에서 평생을 제빵사로 일하며 보내는 거나 마찬가지야. 정말 맛있는 것들이 가득한데, 정작 아무것도 못 먹는 거야."

내가 갈망하듯이 말했다.

"그럼 헨리는? 네 아들 헨리는 잉글랜드 국왕의 조카야. 아들로도 충분히 잘 알려져 있구. 만약(절대 그런 일이 없길) 앤이 아들을 못 낳게 되면, 헨리가 잉글랜드의 왕위에 오를 수도 있어, 메리. 네 아들은 왕의 아들이야. 왕의 계승자가 될 수도 있다구."

오빠가 유혹하듯 말했다.

그런 생각에 나는 전혀 기쁘지 않았다. 나는 내 믿음직하고 사랑스런 아이가 우리를 따라 걷느라 애쓰며, 스스로 지은 사냥 노래를 중

얼중얼 부르면서 오고 있는 숲 속을 두려운 마음으로 들여다보았다.

"하느님, 제발 아이가 안전하도록 해주세요."

나는 그렇게 말할 뿐이었다.

"하느님, 제발 아이가 안전하도록 해주세요."

1528년 가을

앤 언니는 병을 이기고 살아남아, 헤버의 맑은 공기 속에서 점점 더 건강해졌다. 언니가 방에서 나올 때면 나는 여전히 언니와 함께 앉지 않으려 했다. 아이들에게 병을 옮길까 봐 너무도 두려웠다. 그런 내 두려움에 언니는 재치 있게 행동하려 했지만, 목소리에는 날이 서 있었다. 왕이 궁정에서 도피했을 때 언니는 그에게 배신감을 느꼈고, 그가 캐서린 왕비와 메리 공주와 함께 여름을 보냈다는 것에 치명적으로 감정이 상해 있었다.

언니는 날씨가 선선해지고 발병한 스웨트가 차도를 보임과 동시에 왕을 찾기로 굳게 마음먹고 있었다. 앤 언니를 왕비의 자리에 올리려 서두르는 틈에, 어른들이 나를 생각하지 않고 지나치기를 바라고 있었다.

"넌 나랑 같이 돌아가야 해."

앤 언니가 단호히 말했다.

우리는 성의 해자 곁의, 우리가 가장 좋아하는 자리에 앉아 있었다. 앤 언니는 석조 벤치에 앉아 있었고, 조지 오빠는 언니 앞 풀밭 위에 대자로 뻗어 누워 있었다. 나는 풀밭에 앉아 벤치에 뒤로 기대고, 아이들이 물에서 조그만 발로 물을 철벅거리는 모습을 진지하게 지켜보고 있었다. 둑 가의 얕은 물이었지만, 나는 아이들에게서 시선을 뗄 수 없었다.

"메리!"

언니의 목소리가 날카로웠다.

"들었어."

나는 고개를 돌리지 않고 말했다.

"날 좀 봐!"

나는 언니를 힐끗 올려다보았다.

"넌 나랑 같이 돌아가야 해. 너 없이 잘 해낼 수 없어."

"왜 그런 건지 난 잘……."

"난 알아."

조지 오빠가 말했다.

"앤은 믿을 수 있는 침실친구가 필요한 거야. 침실 문을 닫고 나면 자기가 울고 있다고 마마한테 지껄이거나, 격분했다고 헨리 폐하께 이야기하는 사람이 아무도 없다는 걸 확실히 알아야 하니까. 앤은 생애의 매일 매일 맡은 역을 연기하고 있어. 함께 할 순회 배우 무리가 필요한 거지. 자신이 알 수 있고, 자신을 아는 몇몇 사람을 주위에 두고 있어야 하는 거야. 늘 가면무도회일 순 없으니까."

"맞아, 내 심정이 바로 그거야. 어떻게 알았어?"

언니가 깜짝 놀라며 말했다.

"프랜시스 웨스턴이 내 친구니까."

조지 오빠가 솔직하게 말했다.

"나도 내가 오빠도 아들도 남편도 아닐 수 있는 누군가가 필요하거든."

"애인도 아니고."

내가 슬쩍 말했다.

오빠가 고개를 저었다.

"그냥 친구야. 하지만 난 앤이 널 어떻게 필요로 하는지 알아. 왜냐하면 나도 그가 필요하니까."

"아무튼 난 내 아이들이 필요해. 어차피 언니는 나 없이도 충분히 잘 해내잖아."

내가 고집스럽게 말했다.

"언니로서 내 동생한테 부탁하는 거야."

언니의 어조에 어린 무언가가, 나로 하여금 언니를 좀더 유심히 보게 했다. 병을 심하게 앓더니 언니의 거만함이 다소 줄어들었다. 잠깐 동안 언니는 자매의 보살핌을 필요로 하는 것같이 느껴졌다. 천천히, 아주 천천히, 익숙잖은 동작으로, 앤 언니는 내게 손을 뻗었다.

"메리…… 난 이 일을 혼자 해낼 수 없어. 지난번에 이 일 때문에 난 거의 죽을 뻔했잖아. 계속해야 한다면 몸속에서 무언가가 부서질 거란 걸 예상하고 있었어. 그런데 이제 궁정에 돌아가야 해. 모든 게 다시 시작되는 거라구."

언니가 속삭였다.

"그렇게 무리하지 않고 폐하를 붙들 순 없는 거야?"

언니는 몸을 뒤로 기대고 눈을 감았다. 잠깐 동안 언니는 가장 굳은 결의를 가진, 훌륭한 궁정에서 온 가장 뛰어난 머리를 가진 젊은 여자로 보이지 않았다. 자신의 두려움의 깊이를 본, 몹시 지친 여자처럼 보였다.

"응, 내가 아는 유일한 방법은, 늘 최고가 되는 거야."

나는 손을 뻗어 언니의 손 위에 댔다. 언니의 손가락이 내 손을 쥐는 것을 느꼈다.

"같이 가서 도와줄게."

"잘됐다. 나, 정말 네가 필요하다니까. 내 곁에 있어줘, 메리."

언니가 조용히 말했다.

브라이드웰 궁전에 있는 궁정으로 다시 돌아오니, 게임은 또다시 바뀌어 있었다. 결국 잉글랜드의 끊임없는 요구에 지친 교황은, 최종적으로 완전히 왕의 결혼 문제를 결정짓기 위해 이탈리아인 신학자

캠페지오 추기경을 런던으로 보냈다. 이런 새로운 사태에 위협을 느끼는 것과는 거리가 멀게, 왕비는 오히려 이번 일을 반기는 것 같았다. 그녀는 건강해 보였다. 여름 햇빛을 받아 피부에는 윤기가 흘렀고, 딸과 함께 나날을 행복하게 보냈다. 전염될까 봐 겁에 질려 안정을 잃었던 왕을 즐겁게 해주는 일은 어렵지 않았다. 그들은 함께 나라를 휩쓴 병의 원인에 대해 논의했고, 예방 대책을 짰으며, 특별 기도문을 지어 모든 교회에서 올리라 명했다. 그들은 함께 오랫동안 그들이 지배하고 있는 국민의 건강 문제에 대해 걱정했다. 앤 언니는 왕의 관심에서 멀리 벗어난 적은 없었지만, 그저 많은 아픈 사람들 중 하나가 되었을 때 매력을 다소 잃었다. 또다시 왕비가 이 위험한 세상에서 왕의 한결같고 의지할 수 있는 유일한 친구가 된 것이다.

궁전에 위치한 왕비의 처소로 들어가자마자 나는 왕비에게서 달라진 모습을 보았다. 왕비는 짙은 붉은색 벨벳으로 만든 새로운 가운을 입고 있었고, 그녀의 따뜻한 피부색과 잘 어울렸다. 왕비는 젊은 여자처럼 보이지는 않았지만—이제 그녀는 두 번 다시 젊은 여자가 되지는 못할 것이다—왕비에겐 앤 언니가 절대 터득하지 못할 자신감 넘치는 몸가짐이 있었다.

왕비는 아이러니한, 희미한 미소를 지으며 앤 언니와 나를 반가이 맞았다. 그녀는 내 아이들의 안부를 물었고, 언니의 건강이 어떠한지 물었다. 만약 그녀가 한순간이나마 스웨트가 그렇게 많은 다른 사람들처럼 언니를 채갔더라면 이 나라는 더욱 살기 좋은 곳이 되었을 거라 생각했더라도, 그녀의 얼굴에는 그런 기색이 조금도 나타나지 않았을 것이다.

우리에게 배당된 알현실과 사저는 거의 왕비의 방들에 버금갈 만큼이나 컸지만, 이론적으로 우리는 여전히 왕비의 시녀들이었다. 왕비의 시녀들은 그녀의 처소에서 우리의 처소, 왕의 알현실까지 획획 오가곤 했다. 확고했던 궁정의 규율이 무너지고 있었고, 이제는 거의 무슨 일이든 일어날 수 있다는 감이 맴돌고 있었다. 왕과 왕비는 평온하고 공손한 사이로 지냈다. 교황 사절은 로마에서 오고 있는 중이었지만, 도착하는 데 지나치게 시간이 걸렸다. 앤 언니는 확실히 궁정에 돌아와 있었지만, 왕은 언니 없이도 행복한 여름을 보냈으므로, 그의 열정이 식은 것일지도 몰랐다.

어느 방향으로 일이 흘러갈지 누구도 감히 예측하지 못했으므로, 사람들은 왕비에게 문안을 한 다음 그녀의 처소에서 나와 연이어서 앤 언니를 방문하러 갔다. 그들은 다른 여자에게 돈을 건 또 다른 사람의 물결과 교차했다. 심지어는 헨리 왕이 결국에는 불어나고 있는 우리의 육아실과 나에게로 돌아갈 것이라는 이야기도 있었다. 나는 전혀 신경 쓰지 않고 있었는데, 어느 날 외삼촌이 왕과 함께 헤버에 있는 그의 잘생긴 아들에 대해 웃으면서 이야기했다는 소식을 들었다.

외삼촌은 절대 어떤 하찮은 것도 우연히 하지 않음을 나는 충분히 알고 있었다. 앤 언니나 조지 오빠도 마찬가지였다. 언니가 오빠와 나를 사저로 데려다 놓고 앞에 서서 우리를 추궁했다.

"대체 무슨 일이 벌어지고 있는 거지?"

언니가 힐문했다.

나는 고개를 저었으나, 조지 오빠는 수상쩍어 보였다.

"오빠?"

"너희 둘의 운수는 서로 반대로 오르고 떨어지는 게 항상 맞다, 정말."

오빠가 어색하게 말했다.

"무슨 뜻이야?"

언니가 쌀쌀맞게 물었다.

"가족회의가 있었어."

"나를 빼고?"

조지 오빠가 패배한 검객처럼 두 손을 쳐들었다.

"난 호출됐어. 하지만 말은 하지 않았어. 한 마디도 하지 않았어."

앤 언니와 나는 즉시 달려들었다.

"우리만 빼고 모였다고? 어른들이 뭐라시는데? 이제 뭘 원하시는데?"

오빠가 우리 둘을 한팔 정도 떼어놓았다.

"알았어! 알았다구! 어른들은 어느 쪽으로 움직여야 하는지 모르고 계셔. 어느 쪽으로 가야 하는지 모르신다구. 앤이 알기 원치 않으셨어, 마음 상하게 할까 봐. 하지만 이제 메리, 네가 너무나 운 좋게 과부가 됐고, 이번 여름에 폐하께서 앤에게 관심을 잃으셨으니까, 어른들은 폐하를 다시 네게 돌아가게 할 수 있을지도 모른다고 생각하고 계셔."

"관심을 잃지 않으셨어!"

앤 언니가 단언했다.

"난 밀려나지 않을 거야."

언니가 내게 달려들었다.

"이런 암캐 같으니라구! 이건 네 계획이겠지!"

나는 고개를 저었다.

"난 아무 짓도 안 했어."

"궁정으로 돌아왔잖아!"

"그건 언니가 강요한 거잖아. 난 폐하를 거의 쳐다보지도 않았어. 한 마디도 건네지 않았다구."

언니가 내게서 돌아서더니, 우리가 꼴도 보기 싫다는 듯 얼굴을 아래로 하고 침대에 몸을 내던졌다.

"하지만 넌 폐하의 아들이 있잖아."

언니가 울부짖었다.

"분명 바로 그거야. 메리에겐 폐하의 아들이 있고, 이제 결혼할 수 있게 됐잖아. 어른들은 폐하께서 메리에게 정착할지 모른다고 생각하고 계셔. 어차피 특면도 너희 둘 중 양쪽 다 해당되는 거구. 원하시면 폐하는 메리와 결혼하실 수 있어."

조지 오빠가 부드럽게 말했다.

앤 언니가 베개에서 몸을 일으켰다. 얼굴이 눈물로 얼룩져 있었다.

"난 폐하를 원하지 않아."

짜증이 났다.

"그건 상관없잖아? 어른들이 너한테 앞으로 나아가라 하면, 넌 앞으로 나아가서 내 자리를 빼앗는 거야."

언니가 씁쓸하게 말했다.

"언니가 내 자리를 빼앗았던 것처럼."

내가 언니에게 상기시켰다.

언니가 바로 앉았다.

"이 불린 가 여자든 저 불린 가 여자든 상관없다는 거지. 우리 중 어느 쪽이 잉글랜드 왕비가 된다 해도, 우리 가족에겐 늘 여전히 아무것도 아닌 존재일 거야."

언니의 입가에 잠시 씁쓸한 미소가 물살처럼 번졌다.

앤 언니는 왕을 처음부터 다시 매료하며 다음 몇 주간을 보냈다. 언니는 그를 왕비에게서, 심지어는 그의 딸에게서도 떼어놓았다. 궁정 사람들은 언니가 왕을 되찾았다는 것을 천천히 깨닫기 시작했다. 이제 앤 언니 외에는 아무도 없었다.

나는 과부의 초연함으로 언니가 왕을 유혹하는 것을 지켜보았다. 헨리 왕은 언니에게 런던에 있는 저택을 한 채 주었다. 그리니치 궁전의 마상 창 시합장 너머에 있는 스트랜드 가(街)의 더럼 하우스가 크리스마스 기간을 위한 언니의 처소였다. 왕의 평의회는 왕비가 너무 훌륭하게 옷을 차려입지도, 사람들에게 보이게 밖으로 나가지도 말 것을 공개적으로 규정했다. 캠페지오 추기경이 이혼을 판결하는 것은 시간문제이고, 헨리 왕은 앤 언니와 결혼할 수 있으며, 나는 헤버의 집으로, 내 아이들에게 돌아가 새로운 인생을 꾸려나갈 수 있다는 것이 이제 모두에게 명백해졌다.

나는 여전히 앤 언니의 가장 믿을 만한 사람이자 친구였다. 11월의 어느 날, 언니는 조지 오빠와 내게 그리니치 궁전에 있는 물이 불어난 강을 따라 걷자고 강요했다.

"이제 남편도 없으니, 네가 어떻게 되는 건가 생각하고 있겠지."

언니가 운을 뗐다. 벤치에 앉아 나를 올려다보았다.

"언니가 날 필요로 할 때까지 함께 살다가, 헤버로 돌아갈 생각이었는데."

내가 조심스럽게 말했다.

"허락해달라고 폐하께 부탁드려볼 수 있어. 내 선물이야."

언니가 말했다.

"고마워."

"널 부양해달라고 부탁드려볼 수도 있구. 알다시피 윌리엄은 네게 거의 아무것도 남겨주지 않았잖아."

"알아."

"폐하께선 윌리엄에게 보조금으로 매년 백 파운드를 주셨어. 그걸 내가 너한테 돌려주게 해줄 수 있어."

"고마워."

내가 되풀이했다.

"실은 말이야. 내가 헨리를 입양할까 생각했어."

쌀쌀한 바람에 옷깃을 여미며 언니가 가볍게 말했다.

"뭘 생각했다구?"

"어린 헨리를 내 아들로 입양할까 생각했다구."

너무나도 깜짝 놀라, 나는 언니를 멍하니 바라볼 수밖에 없었다.

"헨리를 별로 좋아하지도 않잖아."

자식을 사랑하는 엄마에게 가장 먼저 떠오른 어리석은 생각이었다.

"헨리랑 한 번도 놀아준 적이 없잖아. 언니보다 조지 오빠가 헨리랑 더 많은 시간을 보냈어."

앤 언니가 강과 그 너머 뒤죽박죽 모여 있는 런던의 지붕들에서 인내심을 구하려는 듯 눈길을 돌렸다.

"그래, 물론 그렇지. 하지만 내가 헨리를 입양하겠다는 건 그 때문이 아니야. 헨리가 좋아서 내가 그 아이를 탐내는 게 아니라구."

나는 천천히 생각해보기 시작했다.

"아들을 얻으려고 하는 거지, 폐하의 아들을. 태생이 튜더 가인 아들을 가지려는 거지. 폐하께서 언니랑 결혼식을 올리시면, 같은 방법으로 아들도 얻게 되시는 거구."

언니가 고개를 끄덕였다.

나는 돌아서서 두어 걸음 걸었다. 승마 부츠가 얼어붙은 자갈을 자박자박 밟았다. 나는 골똘히 생각하고 있었다.

"당연히, 이런 식으로, 언니는 내 아들을 내게서 빼앗게 되는 거지. 그럼 나는 폐하께 매력이 덜 하게 되는 거구. 단 한 수로써 언니는 폐하의 아들의 어머니가 되는 거고, 또 폐하의 관심을 끌 수 있는 내 커다란 자격까지 빼앗는 거야."

조지 오빠가 헛기침을 하고 강둑 벽에 기댔다. 팔짱을 끼고, 얼굴은 초연함 그대로였다. 나는 오빠에게 달려들었다.

"알고 있었어?"

오빠는 어깨를 으쓱했다.

"앤이 나한테 일을 다 끝내고 나서 말해줬어. 네가 다시 폐하의 관심을 받게 될지도 모른다고 어른들께서 생각하신 걸 얘기해주자 곧장 일을 치렀대. 폐하께서 동의하시고 그 일을 끝내고 나서 아버지랑 외삼촌께만 말씀드렸대. 외삼촌께선 아주 예리한 수라고 생각하셨어."

말라붙은 우물처럼 목구멍이 말라 있었다. 나는 침을 삼켰다.

"예리한 수라고?"

"게다가 너는 부양받게 되는 거잖아. 네 아들은 왕위에 한발 가까이 다가가는 거고, 모든 이점은 앤한테 집중되고. 좋은 계획이잖아."

조지 오빠가 공평하다는 듯 말했다.

"내 아들이야! 헨리는 크리스마스에 팔려고 시장에 내놓은 거위가 아니라구."

거의 말도 제대로 할 수 없었다. 미칠 듯한 슬픔으로 목이 메었다.

조지 오빠가 벽에서 몸을 일으키더니, 내 어깨에 팔을 두르고 몸을 돌려세워 오빠 쪽으로 보게 했다.

"아무도 헨리를 팔아넘기려는 게 아니야. 우린 그 애를 왕자로 만들려는 거라구. 우리 헨리를 대신해 그 애의 권리를 요구하는 거야. 헨리는 다음 잉글랜드 국왕이 될 수도 있어. 자랑스러워해야지."

나는 눈을 감고 차가운 내 얼굴의 피부에 닿는 육지로 불어오는 바람을 느꼈다. 잠시 나는 기절하거나 토할지도 모른다고 생각했다. 무엇보다도 그러길 바랐다. 너무나도 아파서 쓰러져, 나를 헤버로 보내 아이들과 함께 영원히 그곳에 둘 수밖에 없게 되기를 바랐다.

"캐서린은? 내 딸은 어떻게 되는 거야?"

"캐서린은 네가 데리고 있어도 돼. 고작 여자아이일 뿐이니까."

앤 언니가 명확하게 말했다.

"만일 내가 거절한다면?"

나는 조지 오빠의 짙고 정직한 두 눈을 올려다보았다. 비록 이 일을 내게 숨겼지만, 나는 여전히 오빠를 믿었다.

오빠는 고개를 저었다.

"거절할 수 없어. 앤은 법적으로 일을 처리했어. 이미 서명하고 날인도 받았고. 끝난 거야."

"오빠, 헨리는 내 아들이야. 내 사랑스런 아들이라구. 내 아들이 내게 어떤 존재인지 오빠는 알잖아."

내가 속삭였다.

"여전히 보게 될 거야. 이모가 되는 거지."

오빠가 위로하듯 말했다.

물리적인 충격 같았다. 나는 비틀거렸다. 오빠의 팔이 아니었다면 발아래로 쓰러졌을 것이다. 나는 앤 언니에게 돌아섰다. 언니는 조용했지만 자만하는 작은 미소로 입술을 말아 올렸다.

"언니한텐 이게 전부지? 전부 다 손에 넣어야 성이 차지? 잉글랜드 국왕을 마음대로 부리고 있는데, 이제는 내 아들까지 가져가야 성이 찬다는 거지. 언니는 마치 둥지의 다른 모든 새끼들을 먹어치우는 뻐꾸기 같아. 언니의 야망 때문에 우리가 모두 어디까지 가야 하는 거지? 언니가 우리 모두를 끝장낼 거야."

끝 모를 증오로 부들부들 떨었다.

언니는 내 얼굴에 어린 증오를 외면했다.

"난 왕비가 돼야 해. 모두가 나를 도와야 하구. 이 집안의 출세에 네 아들 헨리가 한몫 할 수 있어. 그 대신에 우린 헨리가 올라가는 걸 도와주고. 어떻게 되는지는 너도 잘 알잖니, 메리. 얼간이만 주사위가 어떻게 떨어졌는지 불평하지."

앤 언니는 단지 이렇게만 말할 뿐이었다.

"언니와 시합할 땐 항상 주사위가 한쪽으로 기울어져 있어. 이번 일을 잊지 않을 거야, 언니. 언니가 죽을 때, 자기 아들 하나 만들지 못할까 봐 내 아들을 빼앗았다는 걸 상기시켜줄 거야."

"나도 아들을 만들 수 있어! 너도 했잖아! 내가 왜 못 하겠어?"

언니가 열에 받쳐 소리쳤다.

나는 의기양양하게 살짝 웃었다.

"왜냐하면 언니는 매일 늙고 있기 때문이지. 폐하도 마찬가지고. 언니가 아이를 만들 수 있기나 한지 누가 알겠어? 난 폐하와 생산력 궁합이 그렇게 잘 맞아서 차례로 아이를 둘씩이나 낳고, 한 명은 하느님이 이 땅에 내려놓은 가장 아름다운 사내아이야. 언니는 평생 우리 헨리 같은 아들은 못 낳을 거야. 헨리를 능가할 아들을 절대 못 낳을 거란 걸 언니도 직감적으로 확신하고 있잖아. 자기 아들은 절대 못 가질 걸 알고 있으니까 고작 내 아들을 빼앗기나 하는 거지."

내가 악의를 품고 말했다.

언니는 얼굴이 얼마나 창백한지 스웨트에 다시 걸린 것같이 보였다.

"그만해. 그만하라구, 둘 다."

조지 오빠가 말했다.

"두 번 다시 절대 그런 소리 입 밖에도 내지 마. 내겐 저주야. 게다가 내가 무너지면, 너도 같이 떨어지는 거야, 메리. 오빠도, 우리 모두 다. 두 번 다시 절대로 감히 그런 말 하지 마. 아니면 내가 널 수녀원으로 보내버릴 거야. 넌 두 번 다시 네 어느 아이도 절대 보지 못하게 될 테니까."

언니가 내게 쉿 소리를 내며 말했다.

언니가 자리에서 벌떡 일어서더니, 휙 돌아 모피로 장식된 능라직 옷을 물결치며 떠나가 버렸다. 나는 언니가 길을 올라 궁전으로 뛰어가는 것을 보며, 언니가 얼마나 위험한 적인지 생각했다. 언니는 외삼촌에게로 뛰어갈 수 있고, 왕에게로 뛰어갈 수도 있었다. 언니는 나를 지배할 수 있는 모든 사람들에게 영향력을 끼칠 수 있었다. 언니가 내 아들을 원한다면, 내 목숨을 원한다면, 두 사람 중 어느 쪽에게든 말만 하면 일은 끝나게 될 것이다.

조지 오빠가 내 손 위에 자기 손을 포갰다.

"미안해. 하지만 적어도 이런 식으로, 네 아이들은 헤버에서 지낼 수 있고 넌 아이들을 볼 수 있잖아."

오빠가 어색하게 말했다.

"언니는 모든 걸 빼앗아가. 항상 모든 걸 뺏어갔어. 하지만 이번 일만은 절대 용서하지 않을 거야."

1529년 봄

앤 언니와 나는 블랙프라이어스 수도원의 홀에 있었다. 우리는 뒤쪽에 있는 커튼 뒤에 숨어 있었다. 참석하지 않을 수가 없었다. 궁정에 있을 아주 작은 핑계거리라도 있는 사람은 누구도 참석하지 않고는 못 배겼다. 한 번도 잉글랜드에서 이런 일이 일어난 적이 없었다. 수도원은 잉글랜드 국왕과 왕비의 결혼에 찬성하거나 반대하는 증언들을 들을 장소로 선택된 곳이었다. 대단히 특별하고도 놀라운 청문회이자 대사건이었다.

궁정은 브라이드웰 궁전에 있었고, 수도원의 바로 옆이었다. 왕과 왕비는 매일 저녁 브라이드웰 궁전의 대회당에서 식사를 하고, 그리고 낮에는 매일 블랙프라이어스 수도원에 있는 법정으로 가, 사랑하며 지낸 기나긴 20년의 세월 동안 그들의 결혼이 유효하긴 했던 건지를 들었다.

끔찍한 날이었다. 왕비는 가장 훌륭한 가운 중 하나를 입고 있었다. 매우 수수하게 입으라고 했던 평의회의 지시를 공공연히 거부하기로 결심한 것이 분명했다. 왕비는 금빛 능라직 페티코트에 붉은색 벨벳 가운을 입고 있었다. 가운의 소매와 가두리는 호화로운 까만 검은담비 모피로 장식되어 있었다. 그녀의 짙은 붉은색 두건은 얼굴을 두르고 있었고, 지난 2년간 그랬던 것처럼 지치거나 슬퍼 보이지는 않았다. 왕비는 매섭고 활기차며, 싸울 준비가 되어 있어 보였다.

　왕이 법정에서 진술을 하라고 요청되었을 때, 그가 처음부터 이 결혼의 유효성에 대해 의심했었다고 말하자, 왕비가 그에 끼어들어—세상 누구도 감히 그리하지 못할 듯이—매우 합리적으로, 그렇다면 왕은 그의 의심을 아주 오랫동안 침묵하고 있었다고 말했다. 왕은 언성을 높이며 미리 준비한 연설을 끝까지 계속했지만, 그는 동요되었다.

　왕은 왕비를 향한 크나큰 사랑 때문에 그의 의심을 억눌렀지만, 더 이상 불안감을 묵살할 수 없다고 말했다. 앤 언니가 내 옆에서 사냥하다 멈춰 세운 말처럼 부들부들 떠는 것을 느꼈다.

　"말도 안 되는 소리!"

　언니가 최대한 소리를 낮췄지만 격렬하게 말했다.

　왕비는 왕의 진술에 대답하도록 불려졌다. 법정의 정리(廷吏)가 왕비의 이름을 불렀다. 한 번, 두 번, 세 번. 그러나 왕비는 그가 왕좌 옆에 서서 소리쳤음에도 불구하고 그를 완전히 무시했다. 왕비는 머리를 매우 높이 쳐들고 법정을 걸어가 왕좌에 앉아 있는 헨리 왕에게 곧장 다가갔다. 그녀는 왕 앞에 무릎을 꿇었다. 앤 언니가 커튼 사이로 목을 길게 뺐다.

　"뭐 하시는 거야? 저러시면 안 되는 거잖아."

　언니가 물었다.

　법정의 맨 뒤쪽에 있었지만, 나는 왕비의 목소리를 들을 수 있었다. 악센트는 변함없이 강했지만, 단어 하나하나는 완벽히 또렷했다.

　"아아, 슬픕니다, 폐하. 제가 어떤 점에서 폐하의 감정을 해쳤나요? 전 하느님과 세상 모든 이들로 하여금 제가 폐하께 참되고, 겸손하며, 순종적인 아내였다는 것을 증명케 할 수 있습니다. 20년도 넘게 저는 폐하의 참된 아내였고, 제게서 많은 자식들을 얻었습니다. 물론 하느님께서 그 아이들을 저세상으로 부르시길 원했지만 말입니다. 그리고 당신이 저를 처음 가지셨을 때 저는 진정한 처녀였습니다. 남자의 손길 한번 닿지 않은……."

그녀가 친밀감을 느낄 정도로 부드럽게 말했다.

헨리 왕이 자리에서 움직이며 재판장을 쳐다보고 왕비를 가로막을 것을 간청했지만, 그녀는 결코 그의 얼굴에서 눈을 떼지 않았다.

"그게 사실인지 아닌지는 폐하의 양심에 맡기겠어요."

"저러실 순 없어! 왕비는 변호사들을 불러 증거를 제시해야 해. 이렇게 공개적으로 폐하께 이야기할 순 없는 거라구."

앤 언니가 믿기지 않는다는 듯 쉿 소리를 냈다.

"어쨌든 얘기하고 계시네."

홀에는 완전한 침묵이 흘렀다. 모두가 왕비의 말에 귀 기울이고 있었다. 왕좌에 짓눌리듯 뒤로 기대앉은 헨리 왕은, 창피함으로 얼굴이 창백했다. 그는 마치 천사를 맞닥뜨린 버릇없는 뚱뚱한 아이 같아 보였다. 왕비의 모습에 나는 어느덧 미소 짓고 있었다. 그녀가 하는 말 한 마디 한 마디에 명분이 가라앉은 것은 우리 가족이었지만, 나는 어느덧 싱긋 웃고 있었다. 나는 기뻐서 거의 하하 웃을 뻔했다. 왜냐하면 아라곤의 캐서린 왕비가 이 나라의 여성을 대표해 말하고 있었기 때문이었다. 남편이 단지 다른 여자에게 반했다는 이유만으로 밀려나서는 안 될 성실한 아내들과, 부엌과 침실, 교회와 출산 사이에 놓인 힘든 길을 걸은 여자들을 위해서. 남편의 일시적 기분보다 더 많은 것을 받을 자격이 있는 여성을 위해서.

캐서린 왕비는 자신의 주장을 하느님과 법에 연계했고, 말을 끝마쳤을 때 법정에는 소란이 일었다. 추기경들은 질서를 정리하려 봉을 두드렸고, 서기들은 고함을 질렀다. 흥분 상태는 홀 밖과 수도원의 철창문 밖의 거리에 있는 사람들에게까지 퍼져나가, 그들은 왕비의 말을 하나씩 되풀이한 다음 엄청난 기세로 크게 아우성치며 참된 잉글랜드 왕비인 캐서린을 지지했다.

앤 언니는 내 옆에서 울음을 터뜨리며, 동시에 웃고 울었다.

"마마가 나를 죽이든지, 내가 마마를 죽일 거야! 마마가 나를 끝장 내기 전에 제발, 마마가 죽는 꼴을 보고 말겠어."

1529년 여름

이번 여름은 앤 언니의 승리여야 했다. 결혼 문제를 심리하는 캠페지오 추기경의 법정은 마침내 개정이 되었고, 왕비가 아무리 설득력이 있을지라도 판결 결과는 확실했다. 울지 추기경은 앤 언니의 공표된 친구이자 주요 지지자였고, 잉글랜드 국왕은 변함없이 사랑에 푹 빠져 있었으며, 승리를 얻은 한순간이 지나자, 왕비는 뒤로 물러나 다시 법정에 나타나지도 않았다.

그러나 앤 언니는 기뻐하지 않았다. 내가 아이들과 여름을 보내기 위해 헤버로 가려 짐을 꾸리고 있다는 소식을 듣고, 언니는 지옥에 있는 모든 악마가 자기 발뒤꿈치를 물려고 쫓는 듯이 방으로 들어왔다.

"추기경의 법정이 여전히 열려 있는 동안 넌 날 두고 떠날 수 없어. 난 네가 꼭 필요해. 넌 내 옆에 있어야 해."

"언니, 난 아무것도 안 하잖아. 난 법정에서 하는 말을 반도 이해할 수 없고, 나머지는 듣고 싶지도 않아. 아서 왕자님께서 첫날밤을 지낸 다음날 아침에 뭐라고 했고, 한참 오래전 하인들의 소문이 어쩌고저쩌고 하는 그런 이야기들, 난 듣고 싶지 않아. 이해되지도 않고."

"난 듣고 싶다고 생각하니?"

언니가 힐문했다.

언니의 목소리에 어린 난폭함에 주의해야 했다.

"들어야 하지, 언니는 항상 궁정에 있으니까."

내가 합리적으로 말했다.

"하지만 곧 끝날 거잖아, 안 그래? 마마는 아서 왕자님과 결혼했고, 그 결혼은 신방을 치러 완성됐으며, 마마와 헨리 폐하 사이의 결혼은 무효라고 판결될 거잖아. 그럼 끝나는 거야. 내가 대체 여기에 왜 있어야 한다는 거야?"

"무서우니까! 무서워! 난 늘 무섭다구. 날 여기 혼자 두면 안 돼, 메리. 난 네가 필요해."

언니가 갑자기 폭발했다.

"자, 언니. 두려워할 게 뭐 있어? 법정은 진실을 심리하지도, 찾지도 않고 있어. 철두철미하게 폐하의 사람인 울지 추기경의 지휘 하에 진행되고 있다구. 이 일을 끝내라고 교황께 명령받은 캠페지오 추기경의 지휘 하에 있어. 언니의 행로는 눈앞에 곧게 뻗어 있어. 여기 브라이드웰 궁전에 있기 싫으면, 런던에 있는 새로운 저택으로 가면 되잖아. 혼자 자기 싫으면, 언니한텐 여섯 명이나 되는 시녀가 있잖아. 폐하와 새로 입궁한 어떤 여자 사이가 두려우면, 그 여자를 내보내라고 하면 되잖아. 폐하께선 언니가 원하는 모든 걸 해주시고, 모두가 언니가 원하는 대로 모든 걸 해주잖아."

내가 설득력 있게 입을 열었다.

"넌 안 그러잖아!"

언니의 목소리는 날카롭고, 분개에 차서 잠시 목소리가 떨렸다.

"난 그러지 않아도 돼, 난 그저 또 다른 불린 가 여자일 뿐이니까. 언니가 그렇게 말하지 않는다면, 난 돈도 없고, 남편도 없고, 미래도 없어. 보러 가도록 허락받지 못한다면, 아이들도 없어. 아들도 없고……. 그렇지만 난 아이들을 보러 가도록 허락받았고, 이제 갈 거야, 언니. 날 막을 수는 없어. 세상 어떤 권력도 날 막을 수는 없어."

"폐하께선 막으실 수 있지."

언니가 경고했다.

나는 돌아서서 언니를 직시했다. 내 목소리는 마치 쇠 같았다.

"잘 들어, 언니. 언니가 폐하께 말씀드려 나에게 아이들을 보러 가지 못하게 하면, 난 언니의 새로운 궁정 더럼 하우스에 가서 언니의 금색 거들로 목을 맬 거고, 언니는 영원토록 저주받을 거야. 세상에는 언니도 가지고 놀지 못할 너무나도 대단한 것들이 있어. 언니는 내가 이번 여름에 내 아이들을 보러 가는 걸 막을 수 없어."

"내 아들이지."

언니가 강조했다.

나는 분노를 삼켜 넘길 수밖에 없었다. 저주받을 창문 밖으로 언니를 떠밀어, 저 아래 언덕에 깔린 석조 도로 위에서 언니의 이기적인 목이 부러지게 하고픈 욕망을 억누를 수밖에 없었다. 나는 숨을 들이마셨고, 그런 다음 내 자신을 다스릴 수 있었다.

"알아, 이제 그 애한테 갈 거야."

내가 침착하게 말했다.

나는 왕비에게 인사를 하기 위해 처소에 들렀다. 왕비는 적막한 방에서 홀로 커다란 제단보를 바느질하고 있었다. 나는 문간에서 잠시 머뭇거렸다.

"마마, 작별 인사를 드리러 왔습니다. 여름 동안 아이들에게 가 있을 겁니다."

왕비가 올려다보았다. 궁정을 떠나는 것에 대해 더 이상 그녀에게 허락받지 않아도 된다는 것을 우리 둘 다 알고 있었다.

"아이들을 자주 볼 수 있으니 자네는 운이 좋군."

그녀가 말했다.

"예."

지난 크리스마스 때부터 떨어져 있는 메리 공주를 생각하고 있는 것을 알고 있었다.

"하지만 자네 언니가 자네 아들을 뺏어갔지."

왕비가 말했다.

나는 고개를 끄덕였다. 나는 제대로 말을 할 수 있을지 내 자신을 믿지 못했다.

"앤 양은 강한 패를 가지고 게임을 하는군. 내 남편도 원하고, 자네 아들도 원하다니. 모든 패를 원하는군."

나는 감히 올려다보지도 못했다. 그녀가 내 눈에 어린 깊은 분노를 볼까 봐 두려웠다.

"이번 여름에 떠나 있게 되어 기쁩니다. 마마께서 저를 내주셔서 정말 감사합니다."

내가 조용히 말했다.

캐서린 왕비가 내게 작은 미소를 살짝 비쳤다.

"난 정말 시중 잘 받고 있네. 내 주위에 있는 많은 사람들 덕분에 자네를 아쉬워하지 않아도 될 거야."

그녀가 아이러니컬하게 말했다.

나는 어색하게 서 있었다. 한때는 무척 행복하고 무척 바빴지만 이제는 적막이 흐르는 왕비의 처소에서, 나는 무슨 말을 할지 몰랐다.

"9월에 궁정으로 돌아왔을 때 마마를 다시 모시길 바라는 마음입니다."

내가 조심스레 말했다.

왕비는 바늘을 한쪽에 내려놓고 나를 바라보았다.

"당연히 자네는 나를 시중들게 되겠지. 난 여기 있을 테니까. 의심의 여지가 없어."

"그렇죠."

나는 동의했다. 손끝까지 배반감으로 가득했다.

"자네는 내게 언제나 공손하고 성실한 시녀일 뿐이었어. 자네가 어리고 무척 어수룩했을 때도, 자네는 좋은 여자였어, 메리."

왕비가 말했다.

나는 죄책감을 꿀꺽 삼켰다.

"더 많은 것을 해드렸으면 좋았을 거예요."

내가 매우 나지막이 말했다.

"마마가 아닌 다른 사람들을 섬길 수밖에 없어 죄송했던 적도 있었습니다."

"아, 필리페즈를 말하는 거군. 이보게 메리, 난 자네가 자네 외삼촌이나 아버지, 아니면 폐하께 말씀드릴 거란 걸 알고 있었어. 난 자네가 그 쪽지를 보고, 전달자가 누군지 알 수 있도록 확실하게 했네. 틀린 항구를 감시하길 원했거든. 전달자를 잡았다고 착각하길 원했던 거야. 필리페즈는 조카에게 쪽지를 전했네. 난 자네를 내 유다로 택했어. 자네가 나를 배신할 걸 알았거든."

왕비가 거리낌 없이 말했고 나는 창피함에 얼굴이 짙은 주홍빛으로 붉어졌다.

"용서해달라고 감히 부탁드릴 수도 없습니다."

나는 작은 소리로 말했다.

왕비가 으쓱했다.

"시녀들 중 반쯤은 추기경이나 폐하나 자네 언니에게 매일같이 보고를 하지. 난 아무도 믿지 않는 법을 터득했어. 앞으로 남은 평생 나는 아무도 믿을 수 없다는 걸 알고 있게 될 거야. 난 친구들에게 실망한 채 생을 마감하게 되겠지. 하지만 난 내 남편한테 실망하진 않았어. 그이는 지금 무분별해진 거야, 현혹된 거라고. 하지만 곧 제정신이 돌아올 거야. 그이도 내가 자기 아내라는 걸 알고 있어. 나 외엔 누구도 아내로 할 수 없다는 걸 알고 있다고. 그이는 내게 돌아올 거야."

나는 일어났다.

"마마, 유감스럽게도 폐하께선 다시 돌아오지 않으실 겁니다. 제 언니에게 서약하셨으니까요."

"그건 폐하가 마음대로 할 일이 아니야. 그이는 결혼한 남자야. 다른 여자에게 어떤 것도 약속할 수 없어. 그이의 말이 내 말이야. 그이는 나와 결혼한 사이라고."

그녀가 간단히 말했다.

더 이상 할 말이 없었다.

"하느님의 축복이 있기를 빕니다, 마마."

왕비는 잠시 슬픈 미소를 지었다. 그녀도 나처럼 이것이 이별이라는 것을 알고 있는 듯. 내가 돌아왔을 때 그녀는 궁정에 없을 것이다. 내가 무릎을 굽혀 절하자 왕비가 내 머리 위로 손을 들어 나를 축복했다.

"하느님께서 자네에게 만수무강과 아이들과 함께 큰 희락을 내리시기를."

찬란한 햇빛 속에서 헤버는 따뜻했고, 캐서린은 우리 모두의 이름을 쓰고, 조그만 자기 책을 똑바로 읽고, 프랑스어로 노래를 부를 수 있게 되었다. 악착같이 배우려 하지 않는 헨리는, 약간 혀 짧은 소리를 내 "r"을 "w"로 발음하는 것조차 없어지지 않았다. 더 엄격하게 고쳐줘야 했지만, 나는 그런 헨리가 너무나도 사랑스러웠다. 헨리는 자신을 "헨위"라고 불렀고, 나를 "사왕하는 어머니"라고 불렀다. 잘못 발음하고 있다고 얘기해줄 수 있는 엄마는 아마 심장이 돌로 되어 있을 것이다. 나는 헨리에게 내가 명목적으로만 자기 엄마라는 것 역시 말하지 않았다. 법적으로 헨리는 앤 언니의 아들이었다. 헨리에게 내가 자기를 빼앗겼다고, 억지로 놓아주게 됐다고 도저히 말할 수가 없었다.

조지 오빠는 2주 동안 시골에서 우리와 함께 지냈다. 상처 입은 암컷을 빙 둘러싸고 있는 사냥개처럼 왕비가 끌어내려질 순간을 기다리고 있는 궁정에서 벗어나게 되어 오빠도 나만큼이나 안도했다. 우리 중 누구도 추기경들의 법정이 무고한 왕비에 반대되는 판결을 내리고 불명예를 입힌 채 그녀가 자기 나라라고 불렀던 곳에서 쫓아내는 순간에 그곳에 있고 싶지 않았다. 그즈음 조지 오빠는 아버지에게 편지를 받았다.

조지,

일이 뒤틀렸다. 캠페지오 추기경께서 교황 성하가 없이는 어떤 결정도 내릴 수 없다고 오늘 공포하셨어. 재판은 휴정되었고, 헨리 폐하는 노기가 등등하시며, 네 누이는 제정신을 잃었다.

우리 모두는 즉시 궁전을 떠나 이동하는 중이고, 왕비마마는 불명예를 입으신 채 홀로 남겨지시게 되었다.

너와 메리도 반드시 와서 앤과 함께 있어주길 바란다.

너 말고는 아무도 그 아이의 성깔을 다룰 수 없구나.

볼린.

"가지 않을 거야."

내가 간단히 말했다.

우리는 정찬 후 대회당에 함께 앉아 있었다. 친할머니는 침실로 들어갔고, 아이들은 하루종일 뛰고 숨고 캐치볼을 하며 놀고 나서, 조그만 자기들 침대에 곤히 잠들어 있었다.

"난 가야 할 거야."

조지 오빠가 말했다.

"난 아이들이랑 여름을 보내도 된다고 하셨어. 약속하셨다구."

"앤이 너를 필요로 하면……."

"언니는 항상 날 필요로 해. 언니는 오빠도 항상 필요로 하고. 언니는 항상 우리 모두를 필요로 하잖아. 언니는 지금 불가능한 일을 해내려고 악을 쓰고 있어. 선량한 여자를 결혼 생활에서 밀어내고, 한 나라의 왕비를 왕위에서 밀어내려고 하고 있어. 당연히 군대가 필요하겠지. 반역적인 반란을 일으키려면 언제나 군대가 필요하지."

조지 오빠가 대회당 문이 닫혀 있는지 힐금 확인해보았다.

"말조심해."

"여긴 헤버야. 내가 헤버로 오는 이유도 이 때문이야. 말을 하려고. 난 아프다고 말씀드려. 스웨트에 걸렸을지도 모른다고 말씀드려. 건강을 다시 회복하자마자 간다고 말씀드리라구."

"이건 우리의 미래야."

나는 어깨를 으쓱했다.

"우린 졌어. 다들 아는데 우리만 모르고 있어. 캐서린 마마께서 폐하와 함께 하실 거야. 정당하게 그래야 하는 것처럼. 언니는 폐하의 정부가 될 거구. 우린 결코 잉글랜드의 왕위까지 오르진 못할 거야. 이번 대(代)엔 아니야. 제인 파커가 오빠한테 예쁜 딸을 낳아주길 기대해야 할 거야. 그럼 그 아이를 늑대가 우글거리는 굴에 던져 넣고 누가 덥석 무는지 지켜보라구."

그 말에 오빠가 짧게 웃었다.

"난 내일 떠날게. 우리 모두가 항복할 순 없으니까."

"우린 졌어. 완전히, 전적으로 패배했을 때 항복하는 건 부끄러운 게 아니야."

내가 단호히 말했다.

메리에게,

오빠가 내게 말하기를, 내 명분이 없어졌다고 생각해서 네가 궁정으로 오지 않는다고 하더라. 이딴 말을 누구한테 하는지 정말 조심해. 울지 추기경은 집도 토지도 재산도 잃을 거고, 그 지위에서도 면직될 거고, 내 일에 실패했기 때문에 몰락하게 될 거라구. 그러니 너 역시도 내 일을 도와야 한다는 것을, 나는 불충한 하인은 참지 않을 거란 것을 잊지 마.

나는 폐하를 내 마음대로 주무르고, 내 요구에 꼼짝도 못 하게 하고 있어.

나는 늙은 두 남자 때문에, 또 그들이 용기가 없어서 패배하진 않을 거야.

  너는 내 패배에 대해 너무 섣불리 말하고 있어. 나는 잉글랜드 왕비가 되는 것에 내 목숨을 걸었어. 해내겠다고 분명히 말했고, 꼭 해낼 거야.

앤

  가을에 반드시 그리니치로 와.

1529년 가을

앤 언니가 울지 추기경에게 위협했던 모든 것들이 실현되었다. 게다가 우리 외삼촌이 왕의 친애하는 친구이자 매제인 서퍽 공작과 함께 불명예를 입은 추기경에게서 잉글랜드의 국새를 떼어내는 기쁨을 누릴 수 있었다. 그들은 추기경의 어마어마한 재산 역시 차지하게 될 것이다.

"끌어내린다고 내가 말했잖아."

앤 언니가 잘난 체하며 내게 말했다. 우리는 언니의 새로운 런던 저택인 더럼 하우스의 알현실에 있는 창가 벤치에서 책을 읽고 있었다. 창가에 서서 목을 길게 빼면, 언니는 추기경이 그곳에서 지난날 패권을 장악하였고 자기가 헨리 퍼시에게 구애했던 요크 플레이스를 바로 볼 수 있었다.

문을 똑똑 두드리는 소리가 들렸다. 앤 언니는 나를 쳐다보며 대신 대답하라고 눈짓했다.

"들어오세요!"

내가 소리쳤다.

왕의 시동 중 하나였는데, 스무 살쯤 되어 보이는 잘생긴 청년이었다. 내가 미소 짓자, 내 관심에 그의 눈동자가 춤을 췄다.

"해럴드 경?"

내가 공손하게 물었다.

"폐하께서 상냥한 애인 분께 이 선물을 받아달라고 부탁하셨습니다."

그렇게 말하더니, 청년은 앤 언니 앞에 한쪽 무릎을 꿇고 조그만 상자를 내밀었다.

언니는 상자를 받아 열어보았다. 내용물을 보고 언니는 만족한 듯 작게 탄식했다.

"뭐야?"

호기심을 주체하지 못하고 내가 물었다.

"진주."

언니가 무뚝뚝하게 대답하더니, 시동에게로 향했다.

"폐하께 이런 선물을 받아 영광이라고 전해주세요. 그리고 내가 직접 감사하는 의미로 오늘 만찬 때 이 선물을 꼭 차고 가겠다고도 말씀드려 주시구요, 폐하께."

언니가 무슨 은밀한 농담에 웃듯 미소 지었다.

"매정한 애인이 아닌, 다정한 애인을 두고 있다는 걸 알게 되실 거라고 전해주세요."

청년은 진지하게 고개를 끄덕이더니, 바로 일어나 앤 언니에게 허리를 깊이 숙여 정중히 절하고, 내게는 머리를 까딱 움직여 인사한 뒤 방을 나갔다. 언니는 상자를 닫아 내게 툭 던졌다. 나는 진주알들을 보았다. 금줄에 꿰어져 있었고, 대단히 훌륭했다.

"방금 그 전갈, 무슨 뜻이야? 매정하지 않고 다정할 거라니?"

내가 물었다.

"난 폐하께 날 드릴 수 없어."

1페니의 가치를 아는 여느 장사치만큼이나 재빠르게 말했다.

"그런데 오늘 아침에 언쟁이 있었어. 폐하께서 미사 후에 사저로 나를 데려가고 싶어하셨는데, 난 가지 않으려 했거든."

"언니는 뭐라고 했어?"

"분통을 터뜨렸어. 폐하께서 나를 창녀처럼 취급하고 모욕하고 그 자신도 모욕하며, 우리에게 주어진, 로마로부터 올바른 판결을 받을 어떤 가능성도 망치는 거라고 단언했어. 누구라도 내가 폐하의 창녀라고 생각한다면, 난 캐서린 마마를 밀어내지 못할 거야. 너보다 더 나을 게 없이 될 거라구."

언니가 고백했다.

"분통을 터뜨렸다구? 폐하께서 어떻게 하셨어?"

내가 즉시 이 문제의 가장 심각한 부분을 꼽아 물었다.

"물러나셨지. 떨어지는 냄비에 덴 고양이처럼 쏜살같이 나가셨어. 하지만 결국 뭐가 돌아왔는지 봤지? 폐하는 내가 자기한테 기분이 상해 있는 걸 견딜 수 없어서. 난 폐하가 날 위해 사내아이처럼 춤추게 하고 있다니까."

언니가 미안한 듯이 말했다.

"지금은 그렇지."

내가 경고하듯 말했다.

"아, 오늘밤엔 약속한 대로 다정하게 굴 거야. 오직 폐하를 위해 옷을 갖춰 입고 노래를 부르고 춤을 추겠어."

"만찬 후엔?"

"날 만지게 해드리는 거지. 내 젖가슴을 어루만지게 해주고, 치마 속으로 손을 넣게 해드리는 거야. 그렇지만 난 절대 폐하를 위해 가운을 벗진 않아. 정말 감히 그렇게는 못 하겠어."

언니가 내키지 않는 듯이 말했다.

"폐하를 만족시켜드려?"

"응. 폐하께서 강요하시고, 어떻게 피해야 할지 모르겠으니까. 하지만 이따금……."

언니가 창가 벤치에서 일어서더니 방 한가운데로 천천히 걸어갔다.

"폐하께서 바지를 벗으시고 그걸 내 손에 밀어 넣으셔. 그럴 때마다 나, 정말 폐하가 싫어. 모욕당하는 것 같아. 나를 그런 식으로 이용하고⋯⋯."

언니가 발끈하여 말을 잇지 못했다.

"그런 다음 폐하는 절정에 도달하시고 멍청한 고래처럼 그걸 내뿜으셔. 완전 지저분하고 축축하고. 그러면서 나는 생각하는 거야⋯⋯."

언니가 손바닥에 주먹을 내리쳤다.

"난 하느님, 아, 하느님, 하고 생각하는 거야. 난 아기가 필요한데 여기 전부 이렇게 버려지고 있잖아! 내 뱃속으로 들어가야 하는데 내 손에 버려지고 있다니! 세상에, 정말! 죄라는 건 둘째치고, 이건 정말 미친 짓이야!"

"늘 더 있잖아."

내가 실제적으로 말했다.

나를 돌아본 언니의 표정이 무언가에 사로잡힌 듯했다.

"나한텐 항상 더 있지 않아. 폐하는 지금 나를 만지고 싶어 안달을 하시지만, 벌써 3년이나 기다리셨어. 만약 또 다른 3년을 기다려야 한다면 어떡하지? 난 내 미모를 어떻게 유지하지? 어떻게 생산력을 유지하냐고? 폐하께선 예순이 되도록 원기가 좋을 수도 있겠지만, 난 어떡하느냐고?"

"폐하께서 언니를 나쁘게 생각하시진 않아? 창녀들처럼 폐하를 가지고 노는 거잖아."

내가 물었다.

앤 언니는 고개를 저었다.

"내 접촉으로 계속 뜨겁게 만들 뭔가를 해야만 해. 난 폐하를 계속 다가오게 하면서도 더는 못 오게 막아야 한다구. 둘 다를 동시에."

"언니가 할 수 있는 다른 것들도 있어."

내가 제의했다.

"말해줘."

"폐하께서 언니를 지켜보게 하는 거야."

"내가 뭘 하는 걸 지켜봐?"

"언니가 자신을 만지는 걸 지켜보게 하는 거지. 엄청 좋아하신다니까. 욕정으로 거의 우시게 만들 수도 있어."

언니는 몹시 불편해 보였다.

"수치스럽게."

나는 무뚝뚝하게 웃었다.

"언니가 옷을 벗는 걸 지켜보게 하는 거야. 하나씩 하나씩, 아주 천천히. 마지막으로 시프트를 걷어 올리고, 손가락을 거기에 갖다 댄 다음 열어서 보여드리는 거야."

언니가 고개를 저었다.

"난 그런 거 못 하지……"

"그리고 입에 그걸 무는 거야."

언니가 움찔하는 것을 보며, 나는 즐거움을 감췄다.

"뭐라구?"

언니가 혐오감을 숨기지 않으며 나를 바라보았다.

"폐하 앞에 무릎을 꿇고 그걸 입에 무는 거야. 그것도 엄청 좋아하셔."

"넌 그걸 했어?"

언니가 코를 찡그리며 물었다.

나는 언니를 향해 두 눈을 똑바로 뜨고 바라보았다.

"난 폐하의 창녀였어. 그래서 우리 오빠는 관리직을 가지게 됐고, 우리 아버지는 그것 때문에 부자가 됐어. 폐하가 바로 누우면, 나는 폐하 위에 누워 입에서부터 아래쪽까지 구석구석에 키스하고, 우유를 할짝할짝 핥아먹는 고양이처럼 구석구석을 핥는 거야. 그런 다음 그걸 물고 빠는 거지."

앤 언니의 얼굴은 호기심과 강한 혐오감으로 번뜩였다.

"그랬더니 폐하께서 좋아하셨어?"

"응, 너무 좋아하셨지. 다른 어떤 것만큼 엄청난 쾌감을 드렸어.

언니는 그런 생각조차 견딜 수 없는 듯 행동할 수도 있고, 원하는 만큼 높이 자신을 올려도 되지만, 폐하를 창녀들처럼 붙들어야 한다면, 새로운 요령들을 좀 배우고 제대로 해보는 게 좋을걸."

나는 잔인할 정도로 솔직하게 대답했다. 잠시 나는 언니가 불끈 화를 낼 줄 알았지만, 언니는 조용히 고개를 끄덕였다.

"왕비는 분명 절대 그런 짓을 하지 않았을 거야."

언니가 조금 분개에 차서 말했다.

"그렇지, 하지만 마마는 폐하가 사랑으로 결혼한 사랑하는 아내였고, 언니랑 나는 그저 창녀들일 뿐이니까."

짧은 순간 동안이나마 나는 흔들림 없는 분노를 발산하며 말했다.

왕을 붙잡아두기 위해 앤 언니는 자기가 배운 요령들로 그의 욕구를 달랬지만, 그것은 언니를 지금까지보다 더욱 성마르게 했다. 어느 날 언니의 방문을 열었을 때, 언니가 언성을 높이고 분통을 터뜨리는 소리를 들었다.

내가 들어갔을 때 헨리 왕이 문 쪽을 향하고 있었는데, 그는 거의 간청하는 듯이 나를 쏘아보았다. 나는 왕에게 노발대발하는 앤 언니를 어안이 벙벙해져 가만히 바라보았다. 언니는 내게 등을 보이고 있었다. 문이 찰칵 열리는 소리도 듣지 못했다. 얼마나 격노하고 있으면 자기가 소리치는 말 이외에는 보이지도 들리지도 않는 듯했다.

"그런데 마마께서, **마마가!** 여전히 당신의 셔츠를 바느질하고 계신다는 걸 알았고, 마마께선 나를 비웃으시면서 내 앞에서 셔츠를 꺼내 바늘에 실을 꿰어달라고 하셨어요. 시녀들이 모두 보는 앞에서 마치 내가 무슨 하녀인 것처럼 실을 꿰어달라고 하셨다구요."

"난 한 번도 왕비에게 그런 걸 해달라고……."

"그러서요? 그럼 어떻게 되는 거죠? 마마께서 밤에 몰래 당신 방에 가서서 셔츠들을 훔쳐오나요? 침실담당 하인이 그것들을 좀도둑질해서 마마께 넘겨주나요? 당신이 몽유병 환자처럼 일어나 마마께 우연히 가져다주나요?"

"앤, 왕비는 내 아내야. 20년 동안 내 셔츠를 바느질해온 사람이라고. 난 당신이 반대할지 정말 몰랐어. 하지만 이제 왕비한테 더 이상 내 셔츠를 바느질하는 걸 원치 않는다고 말하겠어."

"내가 반대할지 정말 몰랐다구요? 그럼 마마의 침대로 다시 돌아가 보시지 그러세요? 내가 그걸 반대할지 보시라구요! 난 마마만큼 바느질을 잘해요. 아니, 사실 훨씬 더 잘하죠. 그렇게 늙고 근시라 다른 사람이 대신 실을 꿰어주지 않아도 되니까. 하지만 당신은 나한테 셔츠를 가져다주지도 않아요. 당신은 나를 무시해……."

언니의 목소리가 떨렸다.

"궁정 사람들 전체가 보는 앞에서 당신은 마마께 셔츠를 가져다주면서 나를 무시해요."

분노로 언니는 점점 더 기가 살아났다.

"차라리 세상에 대고 이렇게 말하지 그래요. 이 사람은 내 아내이자 내가 신뢰하는 여자고, 이 사람은 밤 상대에 놀잇감인 내 정부입니다."

"하느님께 맹세코……."

왕이 입을 뗐다.

"하느님께 맹세코, 당신은 내게 상처를 입혔어요, 헨리!"

언니의 떨리는 목소리에, 그는 적잖이 남자답지 못해졌다. 그는 언니에게 두 팔을 벌렸지만, 언니는 고개를 흔들었다.

"싫어요, 싫어. 당신에게 뛰어가 당신이 내 눈물을 키스로 닦아주고, 중요하지 않다고 말하도록 하지는 않을 거예요. 중요하단 말이에요, 세상 어떤 것보다 중요하다구요."

언니는 손으로 눈을 가리며 왕을 지나쳐갔다. 언니는 내전 문을 열고, 그를 뒤돌아보지도 않은 채 안으로 들어갔다. 뒤따른 침묵 속에서, 우리는 언니가 문을 닫고 열쇠를 자물쇠에 넣어 돌리는 소리를 들었다.

왕과 나는 서로를 바라보았다.

왕은 얼이 빠져 있었다.

"하느님께 맹세코, 난 앤에게 상처를 입히려 한 게 아니야."

"무슨 셔츠에 대한 건가요?"

"왕비가 아직도 내 셔츠를 바느질해주고 있어. 앤은 몰랐고. 안 좋게 받아들인 거야."

"아."

헨리 왕은 고개를 흔들었다.

"왕비한테 더 이상 내 셔츠를 바느질하지 말라고 해야겠어."

"그게 현명할 것 같군요."

내가 부드럽게 말했다.

"앤이 나오면, 너무 아프게 해서 내가 무척 슬퍼했다고 전해주겠나? 두 번 다시는 그런 모욕적인 일이 반복되지 않을 거라고도?"

"예, 그리 전하겠습니다."

내가 대답했다.

"금 세공사를 불러서 뭔가 예쁜 걸 만들어주게 하겠어. 다시 기분이 좋아지면, 앤은 이런 말다툼이 일어났는지조차 잊을 거야."

왕이 그 생각에 힘을 내며 말했다.

"쉬고 나면 기분이 좋아질 겁니다. 당연히 언니에겐 힘이 들죠, 폐하와 결혼하길 기다리는 것 말입니다. 언니는 폐하를 너무나도, 무척이나 사랑하니까요."

내가 희망에 차서 말했다.

잠깐 동안 왕은 캐서린 왕비와 사랑에 빠졌던 소년처럼 보였다.

"맞아, 그래서 앤이 이렇게 노발대발하는 거야. 나를 너무 사랑하니까."

"그럼요."

나는 그를 안심시켰다. 내가 가장 원치 않는 것은 헨리 왕이, 앤 언니의 분노가 실상과 얼마나 어울리지 않는지 아는 것이었다.

그는 다시 온화해 보였다.

"나도 알아. 앤에겐 참을성 있게 행동해야 해. 앤은 무척 어리고, 세상 물정을 거의 모르니까."

나는 입을 꾹 다물고, 우리 가족이 나를 처음 왕에게 넘겨줬을 때 내가 얼마나 어린 소녀였는지, 짜증 부리는 것은 고사하고 항의 한 번도 제대로 속삭이지 못하게 했는지 생각했다.

"루비를 좀 구해다 주겠어. 정숙한 여성, 루비, 알잖나."

"좋아할 거예요."

내가 확신하며 말했다.

헨리 왕은 언니에게 루비를 주었고, 언니는 그에게 미소보다 더 많은 것으로 보답했다. 어느 날 밤 언니는 상당히 늦게 방으로 돌아왔다. 가운은 전부 헝클어져 있고 두건은 벗어 손에 들고 있었다. 나는 침대에서 자고 있었다. 언니가 예전에 그리했던 것과는 달리 나는 언니를 기다린 적이 없었다. 일어나서 드레스 끈을 풀어달라고 언니가 침대보를 걷어 젖혔다.

"네가 말한 대로 했더니, 폐하께서 정말 좋아하셨어. 내 젖가슴이나 머리칼로도 하게 해줬지."

언니가 말했다.

"그렇게 해서 둘이 다시 화해했구나."

나는 언니의 스토마커를 풀고, 머리 위로 페티코트를 끌어올렸다.

"게다가 아버지는 백작이 되시게 됐어. 월트셔와 오르몬드의 백작. 나는 앤 로치퍼드 영부인이 되고, 조지 오빠는 로치퍼드 경이 될 거야. 아버지는 강화 협상을 위해 유럽으로 돌아가시고, 우리 오빠 조지 경은 아버지와 함께 가게 됐어. 우리 오빠 조지 경은 폐하의 가장 총애받는 대사들 중 하나가 되는 거야."

언니가 만족해하며 말했다.

나는 마구 굴러 떨어지는 선물에 숨을 훅 들이마셨다.

"아버지께 백작 지위를?"

"응."

"조지 오빠는 로치퍼드 경이 되는 거고! 오빠한테 얼마나 근사한지, 오빠가 정말 좋아할 거야! 게다가 대사라니!"

"오빠가 늘 원했던 것처럼."

"그럼 나는? 내겐 뭐가 있어?"

앤 언니는 침대에 풀쩍 주저앉더니 나에게 신발과 스타킹을 벗겨내게 했다.

"넌 과부, 캐리 영부인으로 지내는 거지. 그저 또 다른 불린 가 여자일 뿐이야. 알다시피 난 모든 걸 할 순 없어."

〈2권으로 이어집니다.〉

천일의 스캔들 1
The Other Boleyn Girl

개정판 1쇄 발행일 ㅣ 2008년 03월 10일
초판 1쇄 발행일 ㅣ 2007년 02월 26일

지은이 ㅣ 필리파 그레고리
옮긴이 ㅣ 허윤
발행처 ㅣ 현대문화센타
발행인 ㅣ 양장목
출판등록 ㅣ 1992년 11월 19일
등록번호 ㅣ 제3-448호
주 소 ㅣ 경기도 고양시 일산동구 백석동 1449-5 B1층
대표전화 ㅣ (031)907-9690~1   팩시밀리 ㅣ (031)907-9714
이메일 ㅣ hdpub@hanmail.net

ISBN 978-89-7428-334-6 (04840)
      978-89-7428-333-9(전2권)

값 15,000원

헨리 8세의 첫째 왕비 캐서린 기장

캐서린 사인

헨리 8세의 둘째 왕비 앤 불린 기장

앤 불린 사인

헨리 8세의 셋째 왕비 제인 시모어 기장

제인 시모어 기장

블러디 메리 1, 2 *The Queen's Fool*

어릿광대가 되어 궁중에 들어간 유대인 소녀가 가장 가깝게 왕과 여왕을 모시면서, 그녀의 눈에 비친 궁중의 여러 사건을 역사적인 사실에 입각하여 재구성해낸, 신선하고, 생동감 넘치는 작품이다. 종교 문제로 많은 사람을 단두대의 이슬로 사라지게 한 그녀, 흔히 'Bloody Mary'로 불리는 메리 여왕을 인간적인 면에 초점을 맞추어 재조명하고 있다. 또한 여왕이 되겠다는 신념 하나로 모든 난관을 헤쳐 나가 결국 왕위에 등극하는 엘리자베스 여왕의 발칙한 다른 이면들이 소개된다.

〈천일의 스캔들(The Other Boleyn Girl)〉에 이어, 영국 왕실을 한눈에 들여다볼 수 있는 또 하나의 소설, 읽지 않고는 견딜 수 없는 올해 최고의 역사소설이다.